Lucy Maud Montgo
ANNE OF GREEN (

3
첫사랑
루시 모드 몽고메리/김유경 옮김

KB176240

동서문화사

원제 : Anne of the Island(1915)
그림 : 계창훈
디자인 : 동서랑 미술팀

ANNE OF GREEN GABLES
3
첫사랑/차례

《ANNE》의 짧은 이야기

《ANNE》의 에피소드

앤을 좀더 알고 싶어하는
온 세계 소녀들에게

모든 소중한 것들은 이를 찾는 이들에게는
늦게라도 그 모습을 드러내기 마련이다.
결국 사랑이 운명과 작용하여
감추어진 소중한 것들의 베일을 걷어 올리기 때문이다.
—테니슨

싹트는 나날

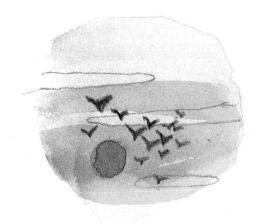

"추수가 끝나고 여름은 가버렸어."

앤은 성서의 한 구절을 읊듯이 중얼거리며 가을걷이가 끝난 밭을 꿈꾸듯 바라보았다.

그린게이블즈 과수원에서 사과를 따던 앤과 다이애너는 양지바른 곳에 앉아 한숨을 돌리는 참이었다. 엉겅퀴의 솜털 군대들이 바람에 실려 두둥실 날아왔지만, '도깨비숲' 양치식물의 향기를 싣고 온 바람에는 아직도 황홀했던 지난 여름 뜨거운 여운이 감돌고 있었다.

그러나 두 사람을 둘러싼 풍경은 가을을 속삭이고 있었다. 먼 바다는 공허한 파도 소리를 울리고, 벌거벗은 들판은 메말라 겨우 노란 기린초만 모닥모닥 피어 있을 뿐이었다.

그린게이블즈 아래쪽 뒤 시냇가에는 연보랏빛 탱알꽃이 자잘하게 피었고, '빛나는 호수'의 물은 온통 푸른빛이었다. 순간순간 달라지는 봄의 파릇파릇함이나 여름의 파란 하늘빛이 아니었다. 가을 호수는 마치 변덕스런 기분과 감정의 혼란이 이미 저 아래 가라앉고 이젠 헛된 꿈에 흔들리지 않는 차분함에 이른 듯 맑고 변함없는, 푸른빛이었다.

"멋진 여름이었어."

다이애너는 왼손에 낀 새 반지를 만지작거리면서 수줍게 웃었다.

"그리고 미스 라벤더 결혼식이 그 절정이었던 것 같아. 지금쯤 어빙 부부는 아마 태평양 연안 어딘가에 가 있겠지."

앤은 한숨을 내쉬었다.

"그분들이 가버린 뒤, 지구를 한 바퀴 돌 만큼 오랜 세월이 지난 것 같은 기분이야. 그 두 분이 결혼한 지 아직 1주일이 채 안 되었다니 믿어지지 않아. 모든 게 다 뒤바뀌어 버렸는 걸.

미스 라벤더와 앨런 목사 내외는 계시지 않고 목사관에는 덧문이 모두 닫혀져 정말 쓸쓸해 보여! 어젯밤 그 옆을 지나갔는데 마치 그 안에서 모두 죽어버린 듯 싸늘한 느낌이었어."

다이애너는 비관적으로 말했다.

"앨런 목사 같은 훌륭한 목사님은 두 번 다시 바랄 수 없을걸. 올겨울에는 여러 대리목사님이 올 테고 설교 같은 건 전혀 들을 수 없는 일요일이 절반은 되겠지. 게다가 너와 길버트도 가버리고. 지겹도록 따분해질 거야."

"프레드가 있잖니?"

앤은 짓궂게 샐쭉 미소지으며 놀렸다.

다이애너는 앤의 말이 전혀 들리지 않은 체하며 물었다.

"린드 아주머니는 언제 온다고 했지?"

"내일이야. 아주머니가 오다니 정말 기뻐. 이것도 작은 변화 가운데 하나지. 어제 머릴러와 둘이서 손님용 침실의 가구를 모두 들어냈는데, 나는 그게 무척 싫었어. 물론 터무니없는 감상이라고는 여기지만, 그래도 마치 신성한 물건을 더럽히는 듯한 기분이었어. 그 낡은 손님용 침실은 내게는 언제나 신전(神殿)과도 같은 존재였거든. 어렸을 적에는 온 세상에서 가장 훌륭한 방이라고 생각했었단다.

너는 기억하고 있겠지? 어릴 적 손님용 침실의 침대에서 한번 자보는 게 내 간절한 바람이었어. 하지만 그린게이블즈의 손님용 침실은 아니었어. 아, 바랄 수도 없는 일이야! 그곳은 너무 황송해서 두렵고 떨려서 아마 한잠도 잘 수 없었을 거야.

머릴러의 심부름으로 그 방에 들어갈 때도 나는 한 번도 그 방안을 성큼성큼 걸어본 적이 없어. 정말이야. 마치 거룩한 교회에 있는 것처럼 숨죽이고 발소리가 나지 않도록 살금살금 걷다가 밖으로 나오면 안도의 한숨을 내쉬었지.

그 방안에 들어가면 거울 양쪽에 조지 화이트필드[1]와 웰링턴[2] 공작의 사진 액자가 걸려 있었는데, 그 방에 있는 동안 내내 무서운 얼굴로 나를 노려보았어. 그 거울이 집안에서 오직 하나, 내 얼굴을 조금도 일그러지지 않게 보여주기에 나도 모르게 들여다보노라면 더욱더 무서운 얼굴을 하는 거야.

머릴러는 용케도 그 방 청소를 하는구나, 나는 언제나 감탄했었어. 그런데 지금은 청소뿐만 아니라 모든 것을 다 떼어내고 들어내버려 아무것도 없는 텅 빈 방이 되고 말았어. 화이트필드도 웰링턴 공작도 2층 거실로 추방당하는 처분을 받은 거지. '이 세상의 마지막 영화(榮華)를 고하도다.'"

그리고 앤은 애써 밝게 웃었으나 그 웃음에는 희미한 애수가 담겨 있었다. 이미 지난날 애착을 가졌던 해묵은 신전에 이제는 흥미를 느끼지 않는 나이가 되었어도 그 변하는 모습을 보는 것은 유쾌하지 않았다.

"네가 가버리면 나는 쓸쓸해서 견딜 수 없을 거야. 게다가 다음 주에 가버린다고 생각하면!"

다이애너는 이로써 백 번째의 한숨을 내쉬었다.

앤이 기운차게 말했다.

---

*1 영국의 종교가. 1714~1770.
*2 영국의 정치가. 1769~1852.

"우리는 아직 이렇게 함께 있으니까 다음주 헤어짐을 생각하며 즐거움을 망쳐 버려선 안 돼. 떠난다고 생각하면 나도 물론 싫어. 지금까지 그린게이블즈와 나는 더없이 사이좋게 지내온걸. 외롭다고 슬퍼할 사람은 오히려 나야. 너는 많은 옛 친구들이 여기에 있잖니. 그리고 프레드도 있어! 그런데 나는 아는 사람이 아무도 없는 낯선 타인들 속으로 혼자 기어들어가야 해!"

다이애너가 앤의 말투와 빈정거림을 흉내내어 말했다.

"길버트가 있잖아. 그, 리, 고, 찰리 슬론도 있지."

"분명 찰리 슬론을 통해서 많은 위로를 받겠지."

앤이 장난스러운 투로 다이애너의 말에 동의하자 두 소녀는 참지 못하고 풋 웃음을 터뜨렸다.

앤이 찰리 슬론을 어떻게 생각하고 있는지 다이애너는 분명히 알 수 있었으나, 여러 가지 이야기를 터놓고 나누는데도 앤이 길버트 블라이스를 어떻게 여기는지는 짐작할 수 없었다. 그도 그럴 것이 앤 자신도 자기의 마음을 알 수 없었던 것이다.

앤이 말했다.

"남자아이들은 킹스포트 변두리에서 하숙할 것 같아, 나는 레드먼드 대학에 가는 것이 기쁘고, 또 어느 정도 시간이 지나면 아마 그곳이 좋아지리라 생각해. 하지만 처음 2,3주일 동안은 그렇지 못하리라는 걸 알고 있어. 퀸즈아카데미 때처럼 주말에 집으로 돌아가는 것을 즐거운 마음으로 기대할 수도 없을 것 같고. 크리스마스 같은 날은 천년이나 뒷날의 일처럼 여겨져."

다이애너는 슬픈 듯이 말했다.

"모든 것이 다 변해—또는 변하려 하고 있어. 모든 일들이 두 번 다시 옛날대로는 되지 않을 거라는 기분이 들어, 앤."

앤은 생각에 잠기며 말했다.

"우리는 갈림길에 이른 게 아닐까. 언젠가는 반드시 거쳐야 하는 갈림길. 다이애너, 어릴 때는 어서 커서 어른이 되고 싶었지만, 어른이 된다는 게 정말 그렇게 좋은 것일까?"

"모르겠어. 좋은 점도 좀 있기는 하지만."

다시금 다이애너는 붉은 낯빛으로 희미한 미소를 지으며 반지를 어루만졌다. 앤은 바로 앞에서 다이애너의 미소를 보자 갑자기 홀로 남겨진 것 같은 기분이 들었다. 마치 다이애너는 앤 자신이 아직 겪어보지 못한 뭔가를 알고 있는 듯했다.

"하지만 당황하게 되는 일도 아주 많아. 때로는 어른이 되는 게 두려워지기도 해. 그런 때에는 다시 아이로 돌아갈 수 있다면 뭐든 주고 싶어."

앤이 쾌활하게 말했다.

"머지않아 어른이 되는데도 익숙해질 거야. 놀라는 일도 차츰 없어질 거고. 하기야 놀라운 일이 없다면 인생을 살아가는 재미가 없을 거라는 생각은 들지만.

우리는 18살이야, 다이애너. 앞으로 2년 뒤면 20살이야. 10살 무렵에는 20살이면 꽤 늙은 사람이라고 생각했었잖니. 이제 곧 너는 안정된 주부가 될 테고 나는 독신자 앤 아줌마가 돼서 휴가 때면 너를 찾아갈 거야. 언제나 나를 위해 자리를 조금쯤 비워주겠지, 다이애너?

물론 손님용 침실이 아니야. 독신자에게 손님용 침실은 너무 사치스러워. 난 디킨스의 《데이비드 코퍼필드》에 나오는 악당 히프처럼 얌전히 있을 테니까. 현관이나 응접실에서 떨어진 편안한 작은 방이면 충분히 만족해."

다이애너는 웃었다.

"무슨 그런 바보 같은 말을 하는 거야, 앤. 너는 틀림없이 누군가 멋들어지고 돈 많은 미남과 결혼할 거야. 그렇게 되면 애번리에 있는 어떤 손님용 침실도 그 호화로움이 너에게 절반도 못 미칠 걸. 그리고 너는 그 자랑스러운 코를 벌름거리며 어렸을 적 친구는 모두 업신여길 테지."

앤은 그 오똑한 코를 쓰다듬었다.

"그거 참 유감이구나. 내 코는 예쁘지만, 거만하게 벌름거리거나 하면 납작하게 짜부라뜨리겠어. 내겐 그럴 만큼 괜찮은 데가 그다지 없으니까 비록 식인종이 사는 섬나라 임금님과 결혼하더라도 우쭐대며 코를 벌름거리거나 하지 않겠다고 굳게 약속해 두겠어, 다이애너."

다시금 쾌활하게 웃음을 터뜨리며 처녀들은 헤어져, 다이애너는 그녀의 집, '언덕의 과수원'으로 돌아가고 앤은 우체국으로 걸어갔다. 우체국에서는 편지 한 통이 앤을 기다리고 있었다.

'빛나는 호수'에 걸린 다리 위로 길버트 블라이스가 뒤따라왔을 때 앤은 편지 내용으로 흥분하고 있었다.

앤이 외쳤다.

"프리실러 그랜트도 레드먼드에 입학한대. 멋지지? 프리실러도 왔으면 좋겠다고 여겼지만 프리실러의 아버지가 승낙하지 않을 거라고 했어. 그런데 허락하셔서 우리는 함께 하숙하게 됐어. 이제 깃발을 높이 쳐든 군대라도―온 레드먼드의 모든 교수가 한데 뭉쳐 잔인한 방진(方陣)을 쌓아올린다 해도―프리실러 같은 좋은 친구가 곁에 있다면 맞서 싸울 수 있을 것 같아."

"우리는 모두 킹스포트를 좋아하게 될 거야. 멋있는 옛날 요새도시인데다 세계에서 가장 아름다운 자연공원이 있대. 그 공원 풍경이 참으로 장대하다던 걸."

"여기보다도 아름다울까. 그럴 리 있을까 싶어."

앤은 소중한 것을 바라보는 듯한 그윽한 눈길로 그 언저리를 둘러보았다. 비록 타향의 별 아래 더 아름다운 곳이 있다 해도 '고향'보다 좋은 곳은 있을 리 없다고 믿는 눈길이었다.

두 사람은 오래된 못의 다리에 기대어 차츰차츰 어두워져가는 황

혼의 매력에 취해 있었다. 그곳은 마침 캐멀롯 성으로 떠내려가는 공주가 되었던 앤이 물속으로 가라앉아가는 배에서 가까스로 기어올라온 곳이었다.

저녁놀이 서쪽 하늘을 아직 엷은 보랏빛으로 물들이고 있었으나, 달이 천천히 떠올라 그 빛을 받은 호수는 커다란 은빛 꿈처럼 조용히 가로놓여 있었다. 지난날의 추억은 젊은 두 사람에게 감미롭고 무어라 말할 수 없는 마력(魔力)을 자아냈다.

마침내 길버트가 입을 열었다.

"꽤 얌전한데, 앤."

앤은 속삭였다.

"나는 침묵을 깨뜨리면 이 멋진 아름다움이 사라져버리지 않을까 싶어서 말을 할 수도, 꼼짝할 수도 없어."

길버트는 별안간 다리 난간에 놓인 앤의 갸름하고 흰 손에 자기 손을 얹었다. 엷은 갈색 눈이 깊은 빛을 띠고, 아직까지 소년의 모습을 간직한 입술을 열어, 가슴 두근거리는 꿈과 희망의 한 자락을 말하려 했다.

그러나 앤은 손을 홱 빼내고 재빨리 몸을 돌렸다. 앤을 사로잡고 있던 황혼의 마력이 깨졌던 것이다.

앤은 좀 엉뚱할 만큼 가벼운 목소리로 외쳤다.

"이제 집에 가야 해. 오늘 오후 머릴러가 머리가 아프다고 했는데 지금쯤 쌍둥이들이 제멋대로 장난치고 있을 거야. 정말이지 이렇게 오래 집을 비워서는 안 되는데."

앤은 그린게이블즈의 오솔길에 닿을 때까지 하찮은 이야기를 줄곧 재잘거려 가엾은 길버트는 한마디도 입을 열 틈이 없었다.

두 사람이 헤어졌을 때 앤은 비로소 마음이 놓였다. '메아리집' 뜰에서 그 한순간, 자신의 감정을 얼핏 들여다본 앤은 마음속으로 길버트에 대해 이제까지 알지 못했던 은밀한 부담을 느끼고 있었다. 옛날과 같은 학교시절의 우정에 무언가 다른 것, 그 순수한 우정을 위협하는 무언가가 두 사람 사이에 끼어들었기 때문이다.

"길버트와 헤어지는 것을 기쁘게 여긴 적은 여태껏 한 번도 없었는데."

앤은 혼자 오솔길을 걸으면서 원망스럽기도 하고 슬프기도 한 감정을 느꼈다.

"길버트가 이런 어리석은 일을 계속한다면 우리 우정은 엉망이 되어버릴 거야. 그렇게 돼서는 안 돼. 우정을 반드시 지키겠어. 아, 남자아이는 어째서 이렇게 분별심이 없는 걸까!"

말은 그렇게 했지만 앤은 아주 잠깐 동안 자기 손 위에 포개졌던 길버트의 따뜻한 손이 지금도 감싸주는 듯 느껴졌다.

앤은 그것도 엄밀히 말해 '온당한' 일이 아니지 않을까 싶어 불안해졌다. 게다가 더욱 이해할 수 없는 것은 그 감각이 전혀 불쾌하지 않았던 것이다.

사흘 전날 밤 화이트 샌즈의 파티에서 찰리 슬론과 함께 댄스 구경을 하고 있었을 때 그가 이와 비슷한 행동을 한 데 대한 감정과는 전혀 달랐다. 앤은 그날의 불쾌한 기억을 떠올리고 몸을 부들부들 떨었다.

그러나 젊은이들을 둘러싼 열정과 흥분된 감정은, 감상적인 것과 거리가 먼 일상생활 속 그린게이블즈 부엌에 들어선 순간 앤의 마음에서 깨끗이 사라져버렸다.

부엌에는 8살 된 소년이 소파 위에서 엉엉 울고 있었다.

"왜 그러니, 데이비?"

앤은 소년을 안아 올렸다.

"머릴러 아줌마는 도러를 재워주고 있어."

데이비는 흐느껴 울었다.

"내가 우는 건, 도러가 밖의 지하실 층계에서 머리를 밑으로 굴러

떨어져 콧잔등이 홀랑 까지고, 그리고—"

"그래그래, 괜찮아. 이제 그 일로 울지 마, 착한 아이니까. 물론 도러가 가엾겠지. 하지만 운다고 해서 도러에게 조금도 도움이 되지는 않아. 내일은 다 나을 테니까. 울어도 아무 소용없어, 데이비. 게다가—"

그러자 데이비는 더욱더 비통한 눈물을 흘리면서 앤의 설교를 가로막았다.

"에잇, 도러가 계단에서 떨어져서 우는 게 아니야. 도러가 떨어지는 장면을 보지 못했기에 우는 거야. 왜 그런지 재미있는 일은 언제나 꼭 놓치고 말아."

앤은 큰 소리로 웃고 싶은 것을 가까스로 참았다.

"어머나, 데이비. 너는 가엾은 동생이 층계에서 떨어져 다치는 것을 보는 게 즐겁다는 거니?"

데이비는 도전하듯 고개를 빳빳이 들고 말했다.

"심하게 다치지 않았는 걸, 뭐. 만일 도러가 죽었다면 물론 나도 정말로 슬프겠지, 누나. 하지만 키스 집안 사람은 허브 블뤼엣네 사람들처럼 그렇게 쉽사리 죽지는 않아.

허브 블뤼엣이 지난 수요일 건초장에서 떨어져 순무를 나르는 통로를 타고 마구간 안으로 떨어졌어. 안에는 무시무시하게 힘세고 성질이 사나운 말이 있었는데, 허브는 그 다리 밑으로 굴러떨어진 거야. 그런데도 허브는 죽지 않고 살았어. 뼈가 세 대 부러졌지만. 도끼로 쳐도 죽지 않는 사람이 더러 있다고 린드 아줌마가 말했어. 린드 아줌마는 내일 이사 오는 거야, 앤 누나?"

"그래, 데이비. 그러니까 너는 이제부터 아주 착한 아이가 돼서 아줌마에게 잘해드려야 해."

"응, 착한 아이가 되어 잘해드릴 테야. 그런데 아줌마도 밤에 나를 재워줄까, 누나?"

"그렇겠지. 왜 그러니?"

데이비는 딱 잘라 말했다.

"만일 그렇다면 아줌마 앞에서는 누나 앞에서처럼 절대로 기도는 하지 않겠어."

"어째서?"

"다른 사람이 있는 데서 하느님께 이야기하는 것은 좋은 일이 아니라고 생각하니까. 도러는 린드 아줌마에게 기도하고 싶으면 하라지. 하지만 난 싫어. 아줌마가 가버릴 때까지 기다렸다가 그 다음에 기도할 테야. 그래도 되지, 앤 누나?"

"좋아. 네가 잊지 않고 기도를 한다면 말이야, 데이비."

"아, 결코 잊지 않아. 기도하는 건 아주 재미있으니까. 하지만 누나가 없는 곳에서 혼자 기도하는 건 재미없어. 누나, 집에 있으면 좋겠는데. 왜 누나는 우리를 버리고 가고 싶어하는지 모르겠어."

"가고 싶어하는 건 아니야, 데이비. 가야 한다고 생각하기 때문이야."

"가고 싶지 않으면 안 가면 될 것 아냐. 누나는 어른이잖아. 내가 어른이 되면 하고 싶지 않은 일은 한 가지도 안 할 거야."

"데이비, 살다 보면 자신이 하고 싶지 않은 일도 참고 해야 한다는 것을 너도 알게 될 거야."

그러나 데이비는 말 한마디로 물리쳤다.

"그렇지 않아. 누가 그런 걸 해! 지금은 싫은 일이라도 억지로 해야만 해. 그렇지 않으면 아줌마와 누나가 나를 침대에 넣어버리는 걸. 하지만 내가 어른이 되면 아줌마도 누나도 그렇게 할 수 없어. 내게 안 된다고 말할 사람은 아무도 없게 될 걸. 어서 빨리 그렇게 되면 좋겠다!

그런데 말해봐, 누나. 누나가 대학에 가는 건 고작 남자를 붙잡기 위해서라고 밀티 볼터의 엄마가 말했대. 정말이야, 누나? 난 알고 싶어."

한순간 앤은 화가 울컥 치밀었으나, 이윽고 웃음을 쿡 터뜨렸다. 볼터 부인의 천하고 통속적인 사고방식이며 말투가 자기에게 상처를 줄 수는 없다는 것을 깨달았기 때문이다.

"아니야, 데이비, 그렇지 않아. 나는 공부를 하고, 성숙한 어른이 되고, 여러 가지 일을 배우러 가는 거야."

"어떤 일을?"

앤은 루이스 캐럴의 '거울나라의 앨리스'에서 '해마(海馬)와 목수'라는 노래를 인용하여 대답했다.

"구두와 배와 봉랍(封蠟)과 양배추와 임금님 등등."

"하지만 만일 남자를 찾고 싶어지면 어떻게 하지? 나는 알고 싶어."

데이비는 아무래도 이 문제에 흥미를 느껴 집요하게 물었다.

앤은 가볍게 대답했다.

"볼터 아줌마에게 물어보렴. 그건 나보다도 그 아줌마가 더 잘 알고 있을 테니까."

데이비는 진지하게 말했다.

"다음번에 만나면 꼭 물어볼게."

앤은 자신의 실수를 깨닫고 놀라 소리쳤다.

"데이비! 그러면 못써!"

데이비는 못마땅한 표정을 지었다.

"누나가 그렇게 하라고 했잖아."

앤은 이 궁지에서 벗어나기 위해 명령했다.

"너는 이제 잠자리에 들어가야 할 시간이야."

데이비가 잠자리에 들고 나자 앤은 천천히 '빅토리아 섬'으로 걸어가 엷은 비단을 펼쳐놓은 것 같은 은은한 달빛에 에워싸인 어스름 속에 혼자 다소곳이 앉아 있었다. 잔잔히 흐르는 시냇물과 흩날리는 바람이 연주하는 이중주가 속삭이고 있었다. 앤은 언제나 이 시냇물이 좋았다. 지난 세월, 수많은 꿈을 반짝이는 이 물 위에 올올이 짜내

곤 했던 것이다.

앤은 사랑에 애태우는 젊은이들에 대한 일이며, 천박한 이웃사람들의 쓸데없는 말이나, 처녀인 자신이 안고 있는 번뇌 등을 모두 잊었다. 그녀의 공상은 초저녁 샛별이 밝히는 물길의 안내로 지금은 물에 잠긴 잃어버린 아틀란티스와 엘리시움*³이 있는 곳, '머나먼 요정나라'의 전설 속 바다를 건너 '마음에 그리는 나라'로 떠나갔다.

꿈속의 앤은 현실에서보다 훨씬 풍요로웠다. 왜냐하면 눈에 보이는 것은 사라지지만, 눈에 보이지 않는 것은 영원하기 때문이다.

---

*³ 그리스 신화에서 善人이 죽은 다음에 간다는 극락.

가을 꽃장식

다음 주는 앤의 이른바 '마지막 정리'로 쏜살같이 지나가 버렸다.

사람들에게 떠난다는 인사를 하러 다녀야 했고, 또 그 답례로 인사를 받아야 했다. 방문할 때도 방문받을 때도 진심으로 앤의 앞날에 박수를 보내는 사람이 있는가 하면, '대학에 간다고 너무 거만하다'느니 '오만한 콧대를 꺾어줘야지' 하면서 샘내는 사람도 있어서 유쾌하기도 하고 불쾌해지기도 했다.

어느 날 밤, 애번리 마을개선회에서는 앤과 길버트를 위한 환송회를 조지 파이네에서 열었다. 그곳으로 정한 것은 파이 씨네 집이 넓어 편리한 탓이기도 했지만, 자기집에서 하면 좋겠다고 조지네에서 먼저 말해 그것을 받아들였던 것이다. 또 만약 그렇게 하지 않으면 그들이 토라져 이 모임에 나오지 않는 게 아닐까 퍽 걱정스러웠기 때문이기도 했다.

짧은 한때였지만 모임은 아주 즐거웠다. 파이 집안 자매가 여느 때와 달리 예의를 차려 그 자리의 분위기를 망쳐버리는 말이나 행동을 하지 않았기 때문이었다. 그것은 그녀들로서는 아주 드문 일이었다. 조지는 전에 없이 붙임성있는 태도로 앤에게 다음과 같은 말을 해주었을 정도였다.

"네 새 옷은 썩 잘 어울려, 앤. 그걸 입으니까 정말로 조금은 아름다워보이는구나."

앤은 재미있다는 듯 눈을 빛내며 대답했다.

"칭찬해줘서 영광이야."

유머 감각이 몸에 배었기에 14살 때쯤이었다면 마음 상했을 말을 들어도 지금은 그저 가볍게 들으며 웃어줄 수 있었다.

조지는 앤의 그 짓궂은 눈 속에서 자기를 비웃는 듯 느껴졌지만, 아래층으로 내려가서 거티에게 속닥속닥 귓속말하는 것으로 만족했다.

"앤 셜리는 대학에 가면 분명 지금보다 콧대가 더 높아질 거야. 두고 보라지!"

'오랜 친구'들이 다 함께 명랑하고 들뜬 마음으로 잔뜩 흥분해서 모여 있었다.

장밋빛 볼에 보조개가 파인 다이애너 배리 옆에는 듬직한 프레드가 그림자처럼 붙어 있었고, 제인 앤드루스는 소박하면서도 예쁘고 단정한 모습이었다. 루비 길리스는 크림빛 비단 블라우스 차림에 빨간 제라늄을 금발에 꽂아 눈부시도록 아름다웠다.

길버트 블라이스와 찰리 슬론은 둘 다 열심히 태도가 뚜렷하지 않은 앤 곁에 있으려고 기를 썼다.

캐리 슬론이 파리한 얼굴로 우울하게 앉아 있는 것은 그녀의 아버지가 올리버 킴블을 가까이 오지 못하게 하기 때문이라는 소문이 자자했다.

무디 스퍼존 맥퍼슨의 동그란 얼굴은 더욱 보름달 같고, 당나귀처럼 옆으로 툭 튀어나온 큰 귀는 더욱더 거슬렸다.

파티 내내 구석에 앉아 있던 빌리 앤드루스는 누군가가 이야기를 걸 때마다 쿡쿡 웃었지만 그 외에는 주근깨 투성이인 커다란 얼굴을 기분 좋은 듯이 히죽거리며 앤 셜리를 지켜보고 있었다.

앤과 길버트는 개선회를 처음으로 만든 사람이라 하여 감사의 말과 '기념품'으로 앤에게는 셰익스피어 희곡집, 길버트에게는 만년필이 주어졌다.

앤은 이 환송회에 대해서는 알고 있었지만, 미처 예상하지 못했던 뜻밖의 선물에 놀랐으며, 무디 스퍼존이 특히 목사님처럼 엄숙한 말투로 읽은 연설 가운데 쑥스러워질 만한 칭찬에 감동하여 커다란 잿빛 눈의 반짝임마저 눈물로 지워져버렸다.

개선회를 위해 충실히 일해 온 앤은 회원들이 자기가 애쓴 데 대해 이토록 위로해 주는 것을 보고 마음이 따뜻해졌다. 모두 친절하고 유쾌한 사람들뿐이었다—파이 집안 자매들에게도 좋은 점은 있었다. 그 순간 앤은 분명 온 세상을 사랑할 수 있었다.

앤은 그날 저녁을 더없이 즐겼는데, 모임이 끝날 무렵 모든 것을 송두리째 망쳐 버리는 일이 일어났다.

길버트와 둘이 달빛을 받으며 베란다에서 저녁 식사를 할 때 또다시 길버트가 조심성 없이 앤에게 감상적인 고백 비슷한 말을 했던 것이다. 그래서 앤은 그 벌로 찰리 슬론에게 상냥하게 대하며 집까지 바래다줄 것을 허락했다.

그러나 이 복수 덕분에 누구보다도 가장 상처를 받은 것은 그렇게 한 자기 자신이었음을 앤은 깨달아야 했다. 길버트는 기분 나쁜 기색도 보이지 않고 루비와 함께 돌아갔으며, 상쾌한 가을의 고요함을 깨뜨리며 웃고 이야기하는 두 사람의 유쾌한 목소리가 앤에게 똑똑히 들려왔다.

두 사람 다 더없이 즐거워 보이는데 비해 앤은 찰리에게 몹시 진저리를 내고 있었다. 찰리는 잠시도 쉬지 않고 떠들어댔지만, 조금이라도 들을 만한 가치가 있는 말은 한마디도 하지 않았다.

앤은 이따금 '그래'라느니 '그렇구나'하며 건성으로 대답할 뿐 머릿속으로는 오늘 밤 루비가 정말 아름다워 보였고 달빛에 비춰진 찰리의 눈이 뒤룩거리며 아주 기분 나쁘게—낮보다 한층 더 기분 나쁘게—보인다고 생각했으며, 이 세상도 어쩐지 아까 느낀 것만큼 그렇게 멋진 곳이 아니라는 쓸쓸한 마음이 들었다.

자기 방에 혼자 있게 되자 한숨 돌리며 앤은 생각했다.

"피곤해서 그런 거야. 그게 틀림없어."

그렇게 진심으로 믿었는데, 다음날 저녁 언제나처럼 경쾌한 걸음걸이로 빠르게 '도깨비숲'을 지나 오래된 통나무다리를 건너오는 길버트를 보았을 때 별안간 어딘가에 남이 알지 못하는 감춰진 샘물처럼 작은 기쁨의 분수가 앤의 가슴 속에 힘차게 퐁퐁 솟아올랐다. 마침내 길버트는 마지막 밤을 루비와 함께 보낼 생각이 아닌 것이다!

길버트는 앤에게 말했다.

"피로해 보이는구나."

"지치기도 했지만 더 기분 나쁜 것은 몹시 울적하다는 거야. 피곤한 것은 트렁크에 짐을 챙겨 넣고 하루 종일 바느질을 한 탓이지만, 기분이 우울하고 화나는 건 아주머니들이 여섯 사람이나 나에게 작별인사를 하러 왔는데 그 사람들이 하나같이 내 인생에서 아름다운 장밋빛 미래를 지워버리고 11월 아침처럼 잿빛을 띤 우울하고 어두운 말만 했기 때문이야."

"못된 할멈들!"

이것이 점잖은 길버트가 할 수 있는 비난의 말이었다.

그러나 앤은 정색하고 말했다.

"어머나, 그렇지 않아. 그게 바로 난처한 점이야. 그 사람들이 못된 할멈들이라면 그 이야기에 마음 쓰지도 않아. 하지만 모두 친절한 어머니 같은 사람들뿐이고 나를 아껴주고 좋아하지. 그 때문에 넌지시 비추는 말들이 이토록 어이없을 만큼 무겁게 나를 내리누르는 거야.

그 사람들은 내가 레드먼드에 가서 B.A.(문학사) 학위를 따는 건 미친 짓이라는 것을 내게 알려주었지. 과연 정말로 그럴까 아까부터 줄곧 고민하고 있었어.

피터 슬론 아주머니는 한숨을 쉬며 '졸업할 때까지 네가 건강하면 좋을 텐데' 이렇게 말했어. 그러자 곧 3년 뒤 손댈 수조차 없는 신경쇠약에 걸린 내 모습이 눈에 떠올랐어. 이븐 라이트 아주머니가 4년이나 레드먼드에 학비를 쏟아붓게 되면 굉장한 돈이 들 거라고 하자 갑자기 이런 어리석은 일에 머릴러의 돈과 내 돈을 헛되이 써버리는 것은 용서할 수 없는 일이라고 여겨졌지.

어떤 사람들처럼 대학에 가서 나빠지는 일이 나에게는 없었으면 좋겠다는 재스퍼 닐 부인의 말을 들으니까, 레드먼드에서 4년을 보내고 나면 다루기 어려운 사람이 되어 잘난 척하는 얼굴로 애번리에서 벌어지는 모든 것을 얕보게 되리라는 기분이 들었어.

일라이셔 라이트 부인은 레드먼드 여자대학생, 특히 킹스포트에서 자란 여자는 멋부리는 걸 좋아하고 거만하대. 그러니 나는 그 속에 끼기 쉽겠느냐고 했어. 그러자 발에 맞지 않는 구두를 신고 레드먼드의 유서 깊은 홀을 덜그럭거리며 걷다가 따가운 눈총을 받는, 촌스럽고 가엾은 시골 아가씨인 내 모습이 눈에 선히 보이는 거야."

앤은 웃음과 한숨을 섞어가며 말을 끝냈다.

감수성 여린 앤은 비판적인 말을 들으면 생선가시가 목에 걸리듯 마음에 걸렸던 것이다. 그리 존경하지 않는 사람의 입에서 나온 말도 마찬가지였다. 그 순간 인생이 무미건조해지고 높은 포부는 꺼진 촛불처럼 홀연히 연기가 되어 사라져 버리고 말았다.

"그 사람들이 한 말에 마음 쓸 것 없어. 좋은 사람들임에는 틀림없지만 그들의 인생관이 얼마나 좁은지 잘 알고 있잖아. 자기들이 해본 적 없는 일을 누군가 용기내어 하면 도저히 용납을 못하는 거지. 앤은 애번리에서 처음으로 대학에 가는 아가씨야. 모든 선구자는 미친 사람 취급을 받는다는 거 알지?"

"응, 잘 알아. 하지만 느끼는 것과 아는 것은 전혀 달라. 내 이성은 길버트의 말을 모두 인정하지만 이따금 그 이성이 내게 아무런 힘도 되지 않을 때가 있어. 말도 안 되는 상식이 오히려 나의 마음을 점령해 버리지. 실제로 일라이셔 부인이 돌아간 뒤엔 짐꾸리기를 이어 갈 힘조차 없어져 버렸어."

"지친 거야, 앤. 자, 그런 일은 깨끗이 잊어 버리고 나와 늪 저쪽 숲을 천천히 산책하러 가자. 거기에 앤에게 보여주고 싶은 것이 있을 거야."

"있을 거라니? 그럼, 있는지 어떤지 확실히 모르는 거야?"

"그래, 그렇게밖에 말할 수 없어. 지난 봄 거기서 우연히 보아서 미루어 있을 거라는 것밖에 몰라. 가자. 우리 둘 다 다시 순수한 어린시절로 돌아간 마음으로 바람의 길을 가보자."

둘은 들뜬 마음으로 나섰다. 어젯밤 불쾌한 경험을 떠올리고 앤은 길버트에게 아주 상냥한 태도를 보여주었으며, 길버트도 조금 현명해져서 학교친구로서 그 선을 벗어나지 않도록 조심했다.

그 두 사람의 모습을 린드 부인과 머릴러가 부엌 창문으로 바라보고 있었다.

린드 부인이 흐뭇하게 웃으며 말했다.

"저 아이들도 머지않아 결혼하게 되겠군요."

머릴러는 살짝 얼굴을 찌푸렸다. 마음속으로는 그것을 바라고 있다 하더라도, 소문을 잘 내는 린드 부인이 마땅한 일이라는 듯 가볍게 말하는 것이 마음에 들지 않았기 때문이다.

머릴러는 무뚝뚝하게 대답했다.

"아직 둘 다 어린 걸요."

린드 부인은 사람 좋게 웃었다.

"앤은 18살이에요. 나는 저 나이에 결혼했죠. 우리 늙은이들은 말이에요, 머릴러, 정말이지 아이들은 언제까지나 어른이 되지 않는 것으로 여기죠.

앤은 젊은 처녀고 길버트는 어엿한 청년으로, 길버트가 앤을 숭배한다는 것은 누가 보아도 알 수 있을 정도죠. 길버트는 훌륭한 남자고, 앤도 나무랄 데 없는 아가씨예요. 이젠 저 아이가 레드먼드에서 쓸데없는 낭만적인 생각에 빠지지 않기를 바랄 뿐이에요.

여전히 나에게 남녀공학 학교는 옛날이나 지금이나 마땅하게 여겨지지 않아요. 그런 대학에선 남녀 학생들이 눈이 맞아 놀아나는 것 말고는 제대로 하는 일이 없는 법이거든요."

린드 부인은 그럴듯하게 결론지었다. 머릴러는 미소를 지으며 말했다.

"공부도 조금은 하겠죠."

린드 부인은 코웃음쳤다.

"손톱만큼은 하겠죠. 물론 앤은 예외겠지만요. 저 아이는 남자친구와 시시덕거리는 짓은 한 적이 없어요. 하지만 저 아이는 아직 길버트가 얼마나 괜찮은 청년인지 모르고 있어요, 전혀. 나는 처녀의 마음이라는 걸 잘 알죠! 찰리 슬론도 앤에게 열을 올리고 있지만 앤에게 슬론 집안사람과의 결혼은 권하지 않겠어요. 물론 슬론 집안은 정직하고 착실한 사람들이죠. 하지만 어차피 슬론은 슬론이니까요."

머릴러는 고개를 끄덕였다. 다른 사람들은 슬론은 슬론이라는 말을 들어도 무슨 소린지 잘 모르겠지만 머릴러는 알고 있었다.

어느 마을에나 이런 집안은 있게 마련이다. 착하고 정직하며 제 몫을 다하는 사람들이지만, 사람의 말로 이야기하든 천사의 혀를 빌리든 슬론은 언제까지나 슬론일 뿐이다.

이렇게 자기들의 미래가 린드 부인에 의해 결정되고 있는 줄도 모르고 길버트와 앤은 어둑어둑한 '도깨비숲'을 천천히 거닐고 있었다.

저편 장밋빛과 엷은 파란빛 하늘 아래에는 가을걷이가 끝난 언덕의 텅 빈 밭이 해질녘 감빛으로 물들어 있었다. 먼 가문비나무숲은

청동색으로 고지의 목장에 긴 그림자를 떨어뜨리고 있었다.

두 사람 둘레에는 전나무 사이로 산들바람이 불어와 가을 내음이 가득히 감돌고 있었다.

"이 숲도 지금은 도깨비들로 가득해, 옛 추억의 도깨비."

앤은 서리가 내려 밀랍처럼 새하얘진 풀고사리를 몸을 굽혀 한줌 뜯었다.

"어린아이였던 다이애너와 내가 지금도 여기서 놀고 있는 것 같아. 저녁안개에 둘러싸여 '드라이어드 샘'가에 쪼그리고 앉아 유령과 남모르게 만나고 있었어.

나는 저녁때 이 오솔길을 지나려고 하면 어쩐지 그 무렵의 무서움이 떠올라 몸이 덜덜 떨려. 우리가 만들어낸 도깨비 가운데 특별히 무서웠던 한 도깨비—살해된 아이 유령이 소리없이 뒤에서 다가와 차디찬 손가락으로 내 손을 덥석 잡는 거야.

사실은 지금도 땅거미진 뒤 여기로 올 때마다 남모르게 다가오는 작은 발소리가 뒤에서 들리는 것 같아 견딜 수가 없어. 이제는 '하얀 옷 입은 여인'이며 '목 없는 남자'나 해골은 이미 무섭게 여겨지지 않지만 그 아이 유령만은 상상으로 만들어내지 않았더라면 좋았을 거라고 생각해. 그 일로 머릴러와 배리 아주머니가 얼마나 화냈었는지 몰라."

앤은 지난일을 떠올리며 웃었다.

숲은 온통 거미줄로 촘촘히 둘러쳐진 보랏빛으로 펼쳐져 있었다. 뒤틀린 가문비나무가 많은 머리처럼 서로 얽혀 우거져 있는 곳에 햇빛의 따사로움이 어른거렸다. 그리고 단풍나무에 둘러싸인 골짜기를 지난 곳에서 두 사람은 길버트가 찾고 있던 무언가를 이윽고 발견했다.

길버트는 만족스럽게 말했다.

"아, 여기 있었군."

앤은 기뻐하며 외쳤다.

"사과나무야—이런 깊숙한 곳에!"

"맞았어. 열매까지 달려 있는 틀림없는 사과나무야. 과수원에서 1마일쯤이나 떨어진 이 소나무며 너도밤나무 속에 탐스럽게 익은 사과라니 말이야. 지난봄이었는데, 여기 와서 이 나무가 하얀 꽃을 활짝 피운 것을 봤어. 가을에 다시 와서 사과인지 확인하려고 마음먹었지. 봐, 주렁주렁 매달렸잖아. 맛있어 보이는데! 겨울사과처럼 갈색이 감도는 노란색에 불그스름한 색이 섞여 있어. 대개 야생사과는 시퍼래서 맛없어 보이기 마련인데."

앤은 머나먼 옛날 일을 떠오르듯 꿈꾸며 말했다.

"틀림없이 몇 해 전 우연히 떨어진 씨에서 자란 것이겠지. 그런데도 낯선 이들만 있는 곳에서 이토록 무럭무럭 잘 자라나 자신을 꿋꿋이 지켜왔어. 참 용감하고 다부진 나무야."

"여기에 이끼 쿠션이 푹신히 깔린 쓰러진 나무가 있으니 앉아, 앤. 이 이끼 쿠션이 숲의 왕좌라고 하자. 나는 나무에 올라가 사과를 따 오겠어. 모두 높은 곳에 열려 있어. 햇빛을 받으려고 애쓰며 뻗어올라갔나봐."

사과는 무척 맛있었다. 과수원에서 가꾸어진 사과에서는 맛볼 수 없는 야생적이고 산뜻한 풍미가 있었다.

"저 치명적인 에덴 동산의 사과도 이렇게 맛있진 않았을 거야. 자, 이제 돌아가야겠어. 저것 봐, 3분 전에는 저녁놀이었는데 벌써 달빛이야. 저렇게 바뀌는 순간을 보지 못해서 안타까워. 하지만 그런 순간은 아무래도 잡을 수 없을 테지."

"늪을 돌아 '연인의 오솔길'을 지나서 가기로 하자. 아까 올 때처럼 기분이 울적하니, 앤?"

"아니, 조금도. 그 사과는 굶주린 영혼에게 신이 주신 만나*¹ 같았

---

*1 이스라엘 백성들이 지도자 모세에게 이끌려 이집트를 떠나 황야를 헤맬 때 하늘에서 내린 빵. 《구약성서》〈출애굽기〉 제16장 제4절.

어. 나는 레드먼드가 아주 좋아지고 거기서 멋진 4년을 보낼 수 있을 것 같아."

"그 4년이 지난 뒤에는—어떻게 할 거지?"

앤은 쾌활하게 대답했다.

"어머나, 4년이 끝날 무렵이면 다시 또다른 길모퉁이가 나타날 테지. 길을 돌아간 곳에 무엇이 있을지 전혀 짐작되지 않아. 아직은 알고 싶은 생각도 없어. 차라리 모르는 편이 더 멋진 걸."

그날 밤 '연인의 오솔길'은 노오란 달빛이 감도는 은밀하고 신비로운 장소였다. 두 사람 다 이야기하고 싶어하지 않았다. 그러면서 서로 마음을 허락한 자들의 기분 좋은 침묵 가운데 천천히 걸어갔다.

앤은 생각했다.

'길버트가 언제나 오늘 밤 같다면 모든 것이 얼마나 행복할까.'

길버트는 바로 옆에서 걸어가는 앤을 바라보고 있었다. 가벼운 옷차림을 한 늘씬한 앤의 모습은 흰 붓꽃을 떠오르게 했다.

'이 여자가 나를 생각하도록 만들 수는 없을까?'

길버트는 자신 없었다. 이내 가슴 깊은 곳에서 아픔을 느꼈다.

출발

이튿날인 월요일 아침, 찰리 슬론과 길버트 블라이스와 앤 셜리는 애번리를 떠났다.

날씨가 맑기를 앤은 바랐었다. 다이애너가 역까지 마차로 배웅해 주기로 되어 있었기 때문이다. 두 사람은 앞으로 얼마 동안은 마지막이 될 드라이브를 유쾌하게 즐기고 싶었다.

그러나 일요일 밤 앤이 잠자리에 들 무렵부터 동풍이 요란스럽게 휘몰아쳐서 불길한 예감을 들게 했다.

다음날 아침, 그 느낌은 눈 앞의 현실로 나타났다.

앤이 눈을 뜨니 굵은 빗방울이 방 창문을 사정없이 두드리고, 못의 잿빛 수면은 온통 퍼지는 파문으로 뒤덮여 있었다. 언덕과 바다는 안개에 가려져 온 세상이 어두컴컴하고 쓸쓸하게 여겨졌다.

앤은 음울한 잿빛 새벽으로 밝기 전에 얼른 일어나 옷을 갈아 입었다. 뱃시간에 맞춰 기차를 타기 위해 일찍 떠나야만 했던 것이다.

앤은 참으려 해도 흘러나오는 눈물을 온 힘을 다해 억눌렀다. 이렇게도 정든 자신의 사랑스러운 집을 떠나야만 한다. 방학 때 쉬러 올 것을 알면서도 이 집을 영원히 떠나는 기분이 들었다. 사물은 두 번 다시 어제와 같지는 않을 것이다. 방학 때 돌아온다 하더라도 지금 여기에 있는 것과는 다르다.

아, 모든 것이 지극히 정답고 사랑스러웠다. 소녀시절 수많은 꿈이 깃들어 있는 현관 위 저 작고 하얀 방. 창 밖 고목 '눈의 여왕', 골짜기의 시냇물, '드라이어드 샘', '도깨비숲', 그리고 '연인의 오솔길'―그러한 헤아릴 수 없이 수많은 장소에 지난날의 추억이 깃들여 있는 것이다. 이곳이 아닌 다른 곳에서 자신이 정말로 행복해질 수 있을까?

그날 아침 그린게이블즈 식탁은 슬픔에 휩싸여 있었다. 데이비는 태어나서 처음 겪는 일이라, 음식을 목구멍에 넘기지 못하고 수프를 앞에 둔 채 부끄러움도 없이 엉엉 소리내어 울었다. 다른 사람들도 모두 식욕이 그리 없었으나 도러만은 달라서 자기 몫을 느긋이 다 먹어치웠다.

세상에는 어떤 일에도 흔들리지 않는 사람이 있게 마련인데 도러도 그 가운데 한 사람이었다. 미쳐버린 연인이 시체가 되어 나무판자 위에 실려 지나가는데도 태연히 빵에 버터를 바르고 있었던 그 차가운 여자 샬럿과도 같았다.

도러는 아직 8살밖에 되지 않았지만 어지간한 일로는 그 냉철함을 흐트러뜨리지 않았다. 물론 앤 언니가 가버리는 것은 슬프지만, 그렇다고 해서 수란을 얹은 맛있는 토스트를 먹어서는 안 될 이유가 있단 말인가? 없다. 그리고 데이비가 먹지 못하는 것을 보자 도러는 데이비 것까지 깨끗이 먹어치웠다.

시간이 되자 다이애너가 레인코트 위의 장밋빛 얼굴을 발갛게 물들이고 마차와 함께 나타났다. 마침내 작별의 인사를 나누지 않으면 안 될 때가 온 것이다.

린드 부인은 방에서 나와 진심으로 앤을 끌어안고 무엇을 하든지 건강에 조심하라고 주의를 주었다.

머릴러는 눈물도 보이지 않고 무뚝뚝한 얼굴로 앤의 뺨에 가볍게 입맞추고 자리잡히면 편지를 보내라고 말했다. 무심히 본 사람은 머릴러에게 있어 앤이 떠나가는 건 아무 것도 아닌 일이라고 여겼을 것이다—머릴러의 그렁그렁한 눈을 자세히 들여다 보면 그렇지 않다는 걸 알았을 테지만.

도러는 형식적으로 앤에게 예의 바르게 키스하고 눈물을 품위 있게 찔끔 두 방울 짜냈다. 데이비는 식사가 끝난 뒤 뒷문 층계에 웅크리고 앉아 줄곧 울며 '안녕'하는 인사를 거부했다.

앤이 가까이 다가오는 것을 보자 데이비는 발딱 일어나 뒤층계를 곧장 달려 올라가 붙박이장 안에 숨어 나오려 하지 않았다. 앤이 그린게이블즈를 떠날 때도 데이비가 목소리를 죽여 흐느끼는 소리가 여전히 들려오고 있었다.

비는 브라이트 리버까지 가는 동안 내내 쏟아졌다. 그 역까지 가야만 하는 것은 카모디에서 오는 기차는 배편과 이어지지 않기 때문이다. 앤이 도착했을 때 찰리와 길버트는 벌써 플랫폼에 나와 있었으며 기차는 길게 기적을 울리고 있었다.

앤은 가까스로 기차표를 사고 트렁크를 맡긴 뒤 다이애너에게 허둥지둥 황급한 이별을 고하고 기차에 올랐다.

앤은 다이애너와 함께 애번리로 되돌아가고 싶었다. 틀림없이 심한 향수병에 걸려 괴로워할 것이 뻔했다. 하다못해 오, 여름이 가고 기쁨과 이별하는 것을 온 세상이 알고 우는 듯 퍼붓는 이 슬픈 비라도 멎어준다면!

길버트조차 위로가 되지 못했다. 찰리 슬론이 함께 있었기 때문이다. 너무나도 슬론 집안다운 둔감함을 참을 수 있는 것은 화창한 날 뿐 이렇듯 비가 오는 날에는 도저히 견딜 수 없었다.

그래도 배가 샬럿타운 항구를 벗어날 무렵부터 상황이 좋아지기 시작했다. 비는 멎고 해가 이따금 구름 사이로 내리비쳐 잿빛 바다를 청동빛으로 반짝이게 했으며, 붉은 섬과 바다를 가로막았던 안개도

걷혀 맑은 날이 될 것을 예고하는 황금빛에 둘러싸였다. 게다가 찰리 슬론이 곧 심한 뱃멀미 때문에 선실로 가야 했으므로 앤과 길버트만 이 갑판에 남았다.

앤은 무자비한 생각을 했다.

'슬론 집안사람은 모두 배를 타면 금방 멀미를 하나봐. 다행이지 뭐야. 찰리가 감상적인 척하고 옆에 서 있으면 정든 고향땅에 작별을 고할 마음도 들지 않았을 거야.'

길버트가 담담한 목소리로 말했다.

"드디어 떠나는구나."

앤은 잿빛 눈을 자꾸만 깜박거리며 말했다.

"그래. 나는 바이런의 차일드 해럴드*1가 된 듯한 기분이야. 다만 내가 바라보고 있는 것이 정말로 '내가 태어난 고향 바닷가'가 아닐 뿐이지.

내게는 노바 스코샤가 고향이겠지. 하지만 '고향 바닷가'란 그 사람이 가장 사랑하는 땅을 말하는 거야. 그러니 저 정다운 프린스 에드워드 섬이야말로 내 고향 바닷가지. 내가 처음부터 여기에 살고 있었던 게 아니라는 사실이 믿어지지 않아. 여기로 오기 전 11년 동안은 정말 악몽 같았거든.

스펜서 부인이 호프타운에서 데려다준 그날 저녁때부터 이 배로 건너온 지 7년이 지났어. 그 지긋지긋한 낡은 교직옷을 입고 빛바랜 해군모자를 쓰고 기뻐서 어쩔 줄 몰라하며 신기한 듯이 갑판이며 선실을 뛰어다녔던 내 모습이 눈에 또렷이 보이는 것 같아. 맑게 갠 저녁이었는데 저 섬의 붉은 바닷가가 햇빛에 눈부시게 반짝이고 있었어. 그런데 지금 또 해협을 건너고 있는 거야. 아, 길버트, 레드먼드를 좋아할 수 있게 되기를 바라지만, 그렇게는 안 될 것 같아."

---

*1 바이런의 시에 나오는 주인공. 여행하며 떠돌아다님.

"앤의 그 즐거운 인생철학은 어디로 가버렸지?"

"외로움과 향수병이라는 큰 파도에 완전히 휩쓸려버렸어. 3년 동안 레드먼드에 가고 싶어서 견딜 수 없었는데 지금 이렇게 가게 되니— 차라리 지금은 가지 않게 되었더라면 좋았을 거라는 생각이 들어.

하지만 괜찮아! 마음껏 울고 나면 다시 기운을 차려 평소 내 인생철학을 되찾게 될 거야. 아무래도 한바탕 울어야겠어. 하지만 그건 오늘밤 잠자리에 들 때까지 미룰 거야. 그 하숙집이 어떤 곳인지는 모르겠지만, 그것으로 나는 다시 여느 때의 앤으로 돌아가겠지. 데이비는 이제 벽장에서 나왔을까?"

기차가 킹스포트에 닿은 것은 그날 밤 9시로, 세 사람은 파르스름한 전등이 반짝이는 혼잡한 역에 내렸다.

몹시 어리둥절해 있는 앤에게 금세 프리실러가 달려왔다. 프리실러는 토요일 밤 킹스포트에 닿았던 것이다.

"드디어 왔구나, 앤! 내가 토요일 밤 여기에 왔을 때처럼 몹시 지쳐 있겠지?"

"지치기만 했겠니! 프리실러, 그래, 나는 완전히 지쳐버렸어. 아무것도 모르는 시골뜨기인데다 이제 겨우 10살쯤 된 것 같아. 부디 이 가엾고 의기소침한 친구를 어디든 쉴 수 있는 곳으로 데려다줘."

"곧장 우리 하숙집으로 데려다 줄게. 역 바깥에 마차가 기다리고 있어."

"네가 여기 있어줘서 마음놓았어, 프리실러. 만일 네가 없었다면 이대로 가방을 깔고 앉아 엄마를 잃은 아이처럼 울음을 터뜨렸을 거야. 낯선 사람들만 정신없이 오가는 곳에서 그리운 얼굴을 만나는 게 이렇게 마음 든든할 줄이야!"

"저기 있는 사람은 길버트 블라이스잖아? 지난 1년 동안 의젓한 어른이 됐구나! 내가 카모디에서 애들을 가르치던 무렵에는 아직 어린아이 같았는데. 그리고 저 사람은 물론 찰리 슬론이겠지. 전혀 달라지지 않았어. 달라질 리 없지! 태어났을 때도 저런 모습이었고, 아마 80살이 되어도 저대로일 거야. 이리 와, 앤. 20분이면 집으로 갈 수 있어."

앤은 신음했다.

"집이라고! 어딘지 무시무시한 하숙집 황량한 뒤뜰에 붙은 휑뎅그렁한 침실을 말하는 것일 테지."

"무시무시한 곳은 아니야, 앤. 자, 이 마차야. 어서 타. 마부가 트렁크를 가져다줄 거야. 아참, 하숙집 얘기를 하던 중이었지. 생각보다는 아주 좋은 곳이란다. 하룻밤 푹 자고 내일 아침 그 새파란 코가 분홍빛으로 변하고 우울증이 싹 가셔버리면 너도 그렇게 느낄 거야.

크고 예스러운 돌집인데 세인트 존 거리에 있어. 레드먼드에서는 기분 좋게 산책할 만한 거리지. 전에는 돈많은 사람들이 사는 주택가였지만 세월이 흐름에 따라 지금은 어느 집이나 모두 옛날의 꿈을 쫓고 있을 뿐이야.

아무튼 엄청 넓어서 방을 비워두기 아까우니까 하숙을 치는 거래. 주인들은 틈만 나면 우리에게 그렇게 강조한단다. 얼마나 재미있는지 몰라."

"집주인들이라니, 몇 사람인데?"

"둘이야. 해너 하비와 에이더 하비. 두 사람은 미혼인데 50년 전에 쌍둥이로 태어났대."

앤은 미소지었다.

"난 쌍둥이와는 떼려야 뗄 수 없는 인연인가봐. 내가 가는 곳마다 기다리고 있으니 말야."

"어머나, 지금 그 두 사람은 쌍둥이가 아니야, 앤. 30살이 된 뒤에는 쌍둥이라고 할 수 없게 됐어. 해너는 아주 늙어버려서 그리 우아하지 않아. 에이더는 30살 때 그대로지만 더 흉하고.

해너가 웃을 줄 아는지 어떤지 나는 모르겠어. 이제까지 아직 한 번도 웃는 것을 본 적 없으니까. 반대로 에이더는 언제나 웃고 있는데, 그게 오히려 더 괴롭다니까. 하지만 두 분 다 친절하고 좋은 사람들이야.

해마다 두 사람씩 하숙생을 두기로 하고 있는데, 해너의 경제관념이 '남아도는 방을 비워두는 것'을 용납하지 않기 때문이래. 필요에 의해서도 아니고 그렇게 해야 할 다른 이유도 없다고 토요일 밤부터 벌써 일곱 번이나 에이더가 말했단다.

우리 방은 확실히 작긴 작아. 내 방은 뒤뜰 쪽으로 있어. 네 방은 앞쪽이어서 올드 세인트 존 묘지를 환히 내다볼 수 있어. 묘지는 바로 길 건너야."

앤은 몸을 떨었다.

"아, 소름이 끼치는 얘기야. 묘지보다는 뒤뜰 풍경 쪽이 그래도 나을 것 같아."

"어머나, 그렇지 않아. 가보면 알겠지만 올드 세인트 존 묘지는 멋진 곳이야. 오래 전부터 묘지로 쓰였지만 지금은 킹스포트의 관광지로 유명해. 나는 어제 한 바퀴 산책하고 왔어. 주위에 큰 돌담이 빙 둘러쳐지고 그 둘레를 큰 나무가 한 줄로 에워싸고 있어. 안에는 가는 곳마다 가로수가 심어져 있고, 아주 색다르고 고풍스러운 비석에 매력적인 묘비명이 새겨져 있지. 너도 틀림없이 읽고 싶어질 거야.

물론 지금은 아무도 묻지 않아. 하기야 2, 3년 전 크림 전쟁에서 쓰러진 노바 스코샤 병사들을 위해 기념비를 세우긴 했지만 말이야. 정문 바로 건너편에 있어. 네가 언제나 말하듯 '상상의 여지'가 있단다.

아, 이제 겨우 네 트렁크가 왔어. 저 친구들이 잘 자라는 인사를 하러 오는구나. 찰리 슬론과 꼭 악수해야만 할까, 앤? 저 사람 손은 언제나 차가워서 물고기를 만지는 것 같은 느낌이야.

가끔 놀러오라고 말하지 않으면 기분 나빠하겠지. 해너가 1주일에 이틀 저녁은 '젊은 신사분을 손님으로 맞아도 좋아요. 적당한 시간에 물러간다면 말이에요'하고 위엄있는 얼굴로 말했고, 에이더는 벙글거리며 부디 신사양반들이 자기의 예쁜 쿠션 위에 앉지 않도록 해달라고 말했단다.

나는 조심하겠다고 약속했지만, 그렇다면 어디에 앉아야 하지? 마룻바닥에라도 앉을 수밖에 없지. 어떤 자리에나 모두 쿠션이 놓여 있으니 말이야. 에이더는 피아노 위에까지 색색의 스펀지 케이크처럼 정성껏 만든 쿠션을 놓아두었단다."

앤도 프리실러를 따라 웃고 있었다. 프리실러의 쾌활한 수다가 즐거워 앤은 다시 기운을 차렸다. 향수병은 깨끗이 사라졌으며 자신의 작은 침실에 혼자 있게 되었을 때에도 외로움이 덮쳐오지는 않았다.

앤은 창문가로 가서 밖을 바라보았다. 거리는 어슴푸레한 안개 속에 조용히 잠들어 있었다. 달은 거리 저쪽 올드 세인트 존 묘지의 기념비에 얹힌, 크고 거무스름한 사자상 바로 뒤에 빼곡이 선 나무들을 비추고 있었다. 앤은 그린게이블즈를 떠나온 것이 오늘 아침이라는 게 믿어지지 않는 심정이었다. 하룻동안 큰 변화를 겪은데다 긴 여행 때문인지, 오랜 날들이 훌쩍 지나간 듯 느껴졌다.

"저 달은 지금 그린게이블즈도 내려다보고 있을 거야. 하지만 그린게이블즈에 대해서는 생각하지 말아야지. 향수병에 걸리게 될 테니까. 실컷 우는 것도 그만 두자. 좀 더 적당한 시기가 올 때까지 미루고 지금은 마음을 가라앉혀 아무것도 생각하지 말고 침대에 들어자는 게 제일이야."

4월의 숙녀

킹스포트의 역사는 영국 식민지시대로까지 거슬러올라간다. 매우 아름답고 오래된 도시로, 그곳을 에워싼 분위기는 훌륭한 노부인이 젊은시절 유행하던 의상을 입고 있는 모습을 떠올리게 했다.

여기저기 근대화된 곳도 있지만 그 밑바탕은 옛날과 전혀 달라지지 않았다.

진기한 유적이 많았으며 지난날 숱한 전설이 후광(後光)처럼 빛을 내고 있다. 본디 국경의 황야 변두리에 있는 개척시대의 관청 업무에 쓰는 말을 바꿔 타던 곳이었으나 그 무렵 이주자들의 생활은 인디언이 자주 쳐들어와 끊임없이 단조로운 일상을 깨뜨리고 있었다. 오래지 않아 이곳은 영국인과 프랑스인 사이에서 일어나는 쟁탈전의 표적이 되어 영국인에게 점령되었는가 하면 다음에는 프랑스인에게 점령되는 식이어서 그때마다 서로 싸우는 두 나라로부터 상처에 상처를 덧입으면서 매서운 점령시대를 버티어 왔다.

공원에는 해안선을 철저히 방비하는 둥근 포탑(砲塔)이 여행자들의 이름을 가득히 새겨넣은 채 서 있었다. 도시 건너편 언덕에는 지금은 쓰지 않는 옛 프랑스군 진지가 가로놓여 있고, 광장에는 예스러운 대포가 몇몇 놓여 있었다. 그 밖에도 호기심 많은 사람들의 눈길을 끄는 사적(史蹟)이 있지만 도시 한복판에 있는 올드 세인트 존 묘지만큼 옛 모습 그대로 자연스럽고 멋있는 곳은 없었다.

묘지는 도시 중심에 자리잡고 있었다. 묘지를 둘러싼 거리 가운데 두 군데는 옛날 집들이 늘어서 있어 조용하지만 나머지 두 곳은 마차가 오가고 사람들로 북적대는 근대적인 대로였다.

킹스포트 시민은 저마다 자랑스러운 올드 세인트 존 묘지를 가슴속에 품고 있다. 조금이라도 이름난 사람이라면 어김없이 그 조상이 이 묘지에 묻혀 있기 때문이었다.

어느 무덤이나 머리맡에 묘석이 비스듬하게 기울어져 있기도 하고, 무덤 전체를 엄호하듯 위에 덮여 있기도 했다. 묘석에는 죽은이가 평생에 이룬 주요한 업적들이 모두 씌어 있다.

대체로 이들 해묵은 묘석은 그리 기교를 부리지 않았다. 오랜 묘석은 그 고장에서 나오는 다갈색이나 잿빛 자연석을 거칠게 다듬은 것으로 조금이라도 꾸민 것은 극히 일부였다. 두개골과 엇갈리게 놓인 넓적다리뼈 두 개를 그린 그림으로 장식을 삼은 것도 있고, 그 음침한 곳에 천사의 머리가 이따금 보인다. 대부분은 넘어지고 깨져 있다. 대개 묘석이 시간의 이빨에 파먹혀 새겨진 묘비명이 모조리 지워져버렸거나, 가까스로 읽혀지는 것도 있다.

묘지에는 수많은 묘석이 빽빽이 들어차 있으며 울창한 나무들로 에워싸여 느릅나무와 버드나무 둘레를 에워싸고 있을 뿐만 아니라 묘지 안에도 곳곳에 늘어서 있다. 죽은이들은 그 나무그늘에서 바람소리와 나직한 나뭇잎의 노랫소리를 들으며 건너편 오가는 사람들 소리에 방해받지 않고 깊이 잠들어 있을 것이다.

다음날 오후, 앤은 올드 세인트 존 묘지로 첫발을 내디뎠다. 오전에 프리실러와 레드먼드에 가서 학생으로서 등록을 끝내니 그날은 이제 아무 할 일이 없었다. 두 사람은 기뻐하며 그곳을 달아나듯 서둘러

밖으로 나왔다. 낯선 사람들에게 둘러싸여 있어봤자 재미가 있을 리가 없었기 때문이었다. 사람들이 어디에 있어야 좋을지 모르는 어리둥절한 이방인 같은 표정으로 옆사람 표정을 살피고 있었다.

'여자신입생'들은 한군데 모여서서 서로를 곁눈질로 바라보고 있었다. '남자신입생'은 여자들보다 단결력이 있으므로 정면 홀의 큰 층계에 모여서 진을 치고 크게 환성을 지르고 있었는데, 그것은 전통적 라이벌인 2학년에 대한 일종의 도전이었다. 2학년생 가운데 두셋은 층계 위의 '건방진 풋내기'를 거만하게 깔보며 왔다갔다했다. 길버트와 찰리의 모습은 아무데도 보이지 않았다.

교정을 가로질러가며 프리실러가 말했다.

"설마 슬론 집안사람을 보고 싶어하는 날이 올 줄은 몰랐어. 지금이라면 그 뒤룩거리는 찰리의 툭 튀어나온 눈을 만나도 무척 반가울 것 같아. 아무튼 낯설지 않은 눈이니까."

앤은 한숨을 쉬었다.

"아, 등록 차례를 기다리면서 저기 서 있을 때 심정을 정말 뭐라 표현할 수 없는 느낌이었어. 커다란 양동이 속 아주 작은 물방울처럼 나 같은 건 참으로 하찮은 존재로 느껴졌지.

그것만으로도 충분히 괴로운데, 자신이 언제까지나 그런 존재에서 벗어날 수 없다는 것을 뼈저리게 느끼게 되는 일은 참으로 견딜 수 없더구나.

마치 내가 눈으로는 보이지 않을 만큼 작은 존재여서 저 2학년생 누군가에게 밟혀버리고 말 것 같았지. 나 같은 것은 죽는다 해도 아무도 울어주거나 덕(德)을 높이 찬양해 주거나 찬송가를 불러줄 사람도 없을 거라 생각했어."

프리실러가 위로했다.

"아, 내년까지만 기다려. 그러면 우리도 저 2학년생처럼 따분하다는 듯한, 뭐든지 다 안다는 듯한 거만한 표정을 할 수 있게 될 테니까.

확실히 하찮은 존재라는 느낌은 좋지 않아. 하지만 나처럼 너무 커서 보기 싫다고 여기는 것보다는 훨씬 좋아. 손과 발이 마치 레드먼드 전체를 뒤덮고 있는 것 같은 심정이었지. 그게 내 감상이야.

　거기 있던 어떤 사람보다도 넉넉히 2인치는 머리가 튀어나와 있으니까. 내게는 2학년생에게 짓밟힐 걱정은 없었어. 그 대신 저 사람들이 나를 코끼리로 잘못 알지 않을까, 아니면 감자만 먹는 섬에서 자란 특대품 견본으로 여기지나 않을까 걱정이었지."

　앤은 타고난 명랑한 성격과 긍정적인 철학으로 형편없이 고통받은 자기의 마음을 위로하려 했다.

　"문제는 생각보다 퀸즈아카데미가 작았는데 레드먼드 대학은 너무 크다는 데 있어. 퀸즈아카데미를 졸업했을 때 우리는 누구와도 모두 아는 사이였고 저마다 어엿한 자기 자리를 가지고 있었거든. 나도 모르게 그 생활의 추억을 레드먼드에서 찾고 있었던 게 아닐까? 그런데 그게 아니었기 때문에 자신이 선 땅이 발밑에서부터 허물어져가는 기분이 드는 거야.

　지금 내 심정을 린드 아주머니나 일라이저 라이트 부인이 알지 못하는 게, 또 영원히 알려지지 않는 게 다행이야. 알았다면 '그러기에 내가 뭐랬어?' 의기양양해 하며 이제 앤도 끝장났다고 생각할 게 틀림없어. 사실은 이제 겨우 한 고비 넘긴 것뿐인데 말이야."

　"맞아. 자, 이제야 앤다워지는구나. 이제 조금만 지나면 이곳에 익숙해져서 친밀감이 느껴질 테고, 모든 일이 마차바퀴가 굴러가듯 잘될 거야.

　얘, 앤, 오전 내내 화장실 가까이에 혼자 서 있던 사람 못 봤니? 다갈색 눈에 입매가 살짝 올라간 아름다운 아가씨 말이야."

　"응, 봤어. 특별히 주의해서 보게 된 건 나처럼 고독함과 쓸쓸함에 젖어 있는 사람은 오직 그녀뿐이었기 때문이야. 그래도 내게는 네가 있지만, 그녀에게는 아무도 없었어."

"나도 그녀가 퍽 외로운 게 아닐까 여겨져. 몇 번이나 우리에게로 오려는 듯 보였지만 끝내 오지 않았지. 아주 내성적인가봐. 다가오면 좋을 텐데, 하고 생각했어. 아까도 말했듯이 내가 코끼리처럼 보이지 않았다면 망설이지 않고 그녀 쪽으로 먼저 갔을 거야. 하지만 층계에서 남학생들이 왁자지껄하게 떠들고 있는데 그 큰 홀을 어슬렁어슬렁 걸어갈 수는 없었어.

오늘 본 신입생 가운데 그녀가 가장 아름다웠어. 하지만 아직 레드먼드의 첫날로서는 '고운 것도 거짓되고 아름다운 것도 헛되느니라*¹ 일지도 모르지."

프리실러는 웃으며 말을 맺었다.

"점심식사가 끝나면 올드 세인트 존 묘지에 가보겠어. 기분을 돋우는 데 묘지가 알맞은 곳인지 어떤지는 모르지만 나무숲이 우거진 괜찮은 장소라면 거기밖에 없고, 무엇보다도 나는 살아 숨쉬는 나무가 있어야 해. 오래된 돌 위에 앉아 눈을 감고 애번리 숲에 있는 거라 상상하겠어."

그런데 앤은 눈을 감고 있을 수 없었다. 묘지는 흥미로운 것이 많이 있어서 눈을 감을 새가 없었던 것이다.

두 사람은 정문으로 들어가 꼭대기에 영국을 상징하는 거대한 사자상을 올려놓은, 소박하지만 육중한 아치형 돌기념비를 지나갔다.

기분 좋은 스릴을 느끼고 앤은 사자를 바라보며 흥얼거렸다.

"잉커먼*² 언저리 검은 딸기덤불조차 시뻘겋게 물들도다. 이리하여 이 거칠고 조용한 언덕 언저리도 뒷날까지 이야깃거리가 되리라."

두 사람이 있는 곳은 컴컴하고 서늘하였다. 그리고 파랗게 물들어 있었으며 상쾌한 바람이 어디선가 불어왔다. 풀이 우거진 긴 오솔길을 여기저기 돌아다니며 지금보다 여유가 있었던 시대에 새겨진 고풍

---

*1 《구약성서》 〈잠언〉 제31장 제30절.
*2 흑해 북쪽 해안의 항구.

스러운 정취가 있는 긴 묘비명을 읽어갔다.

앤은 닳아빠진 평평한 잿빛 돌에 새겨진 글자를 읽었다.

"여기에 앨버트 크로퍼드님의 유해 누웠도다. 오랜 세월에 걸쳐 킹스포트에서 폐하의 병기계(兵器系)를 맡아보았다. 1763년의 강화 성립 때까지 군무에 종사했으며, 건강을 해쳐 퇴역했다. 용감한 무관으로서 좋은 남편이었고 훌륭한 아버지였으며 믿을만한 친구였다. 1792년 10월 29일 세상을 떠나다. 향년 84살.'

너를 위한 묘비명이야, 프리실러. 확실히 '상상의 여지'가 있어. 이런 생애는 얼마나 모험이 가득차 있었을까! 그 덕에 대해서는 사람의 찬사로서 더 최고의 것은 없다고 생각해. 하지만 이 사람이 살아 있는 동안에도 이런 훌륭한 말을 들은 적이 있었을까?"

프리실러가 말했다.

"여기에도 있어, 앤. 들어봐. '앨릭잰더 로스의 영혼을 모시다. 1840년 9월 22일 세상 떠나다. 향년 43살. 고인은 27년 동안 충실히 근무하며 온갖 신뢰를 쏟아, 벗으로서 고인을 대한 이들이 애정의 표시로 이 비를 세우다.'"

앤은 감동하여 말했다.

"참 좋은 비문이야. 더 이상 좋은 것은 감히 바랄 수 없을 정도야. 우리는 저마다 어떤 의미로 본다면 좋이니까 우리가 충실했다는 사실만 묘석에 새겨 준다면 그 이상 아무 것도 덧붙일 필요는 없어.

어머나, 여기에 작은 잿빛 묘석이 슬프게 서 있어, 프리실러. '사랑하는 아들의 영혼을 여기 묻다.' 그리고 여기에는 '다른 땅에 묻힌 이의 영혼을 위하여 이 비를 세우다.' 다른 땅에 묻혔다는 그 무덤은 어디에 있을까?

정말이지 요즘 묘지는 이렇게 감동적이지 못해, 프리실러. 네가 말한 대로야. 나는 앞으로 이따금 여기로 오겠어. 처음부터 몹시 마음에 들었어. 어머나, 여기에 있는 것은 우리만이 아니야. 길 끝에 누군가가 있는 것 같잖아."

"그래, 오늘 아침 레드먼드에서 본 그 애가 틀림없어. 나는 벌써 5분 전부터 알아차렸어. 그녀는 아까부터 여섯 번이나 이쪽으로 오려다가 여섯 번 다 되돌아가 버렸어.

몹시 내성적이든가, 아니면 뭔가 마음이 번거롭기 때문일 거야. 우리가 먼저 말을 걸어 보는 게 어떻겠니? 레드먼드보다도 묘지에서 더 가까워지기 쉬울 것 같아."

두 사람은 풀이 나 있는 오솔길을 걸어 아직 이름도 모르는 사람 쪽으로 가까이 다가갔다. 그녀는 큰 버드나무 밑 잿빛 돌 위에 앉아 있었다.

그녀는 확실히 매우 아름다웠다. 강렬한 인상으로 보는 이의 영혼을 사로잡는 듯한 치명적인 매력이 있었다.

비단같이 윤기가 흐르는 머릿결은 탐스러운 갈색 밤 같았으며 부드러운 볼은 잘 익은 사과처럼 발그레하게 빛나고 있었다. 기묘하게 뾰죽한 검은 눈썹 밑 큰 눈은 벨벳을 떠올리게 하는 다갈색이었으며 살짝 올라간 입매는 장미꽃처럼 붉었다.

산뜻한 갈색 슈트를 입고 그 밑으로 최신형 작은 구두가 보였다. 금갈색 양귀비꽃을 빙 두른 수수한 패랭이꽃빛 밀짚모자에는 분명히 뭐라 말할 수는 없지만 틀림없이 모자를 만드는 전문가의 '예술작품'이라는 느낌이 감돌고 있었다.

프리실러는 갑자기 자기 모자가 마을에서 만든 것이라는 사실이 마음에 걸리기 시작했다. 앤은 린드 부인에게 본을 떠달라고 하여 자기가 직접 만든 블라우스가 이 낯선 아가씨의 세련된 차림에 비해 너무 촌스럽고 초라해보이지 않을까 불안해졌다. 한순간 두 사람은 다시 돌아가고 싶어졌다.

그러나 두 사람은 계속 잿빛 돌쪽을 향하고 있었다. 되돌아가기엔 이미 늦었다. 왜냐하면 분명 다갈색 눈의 아가씨가 두 사람이 자기에

게 말을 걸기 위해 오는 것이라고 여기는 듯한 태도였기 때문이다.

그녀는 얼른 일어나 내성적인 성격이나 마음의 번거로움 같은 것은 그림자도 없는 쾌활하고 따뜻한 미소를 지으며 한 손을 내밀고 앞으로 걸어왔다.

그녀는 진심을 담은 목소리로 말했다.

"아, 너희들의 이름을 몹시 알고 싶어. 아주 궁금해. 오늘 아침 레드먼드에서 너희들을 보았어. 정말 힘들어서 그때는 차라리 집에 돌아가서 결혼하는 편이 낫겠다고 생각했지."

이 엉뚱한 마지막 말에 앤도 프리실러도 그만 풋 웃음이 나와버리고 말았다.

다갈색 눈의 아가씨도 따라 웃었다.

"정말로 그렇게 생각했어. 하려고 마음 먹으면 할 수 있었으니까. 자, 모두 이 묘석 위에 앉아 서로의 이름을 말하는 게 어떠니? 우린 금방 친해질 거야. 서로 좋아하게 될 거라는 걸 알 수 있어. 오늘 아침 레드먼드에서 너희들을 보고 곧 느꼈지. 너희들에게로 달려가 끌어안고 싶었단다."

프리실러가 물었다.

"어째서 그렇게 하지 않았지?"

"결심이 서지 않았기 때문이야. 어떤 일이든지 나는 쉽게 결정을 내릴 수가 없어. 우유부단해서 언제나 고민이지. 이렇게 해야지 하고 결심하면 금방 다시 저렇게 하는 게 낫지 않을까 하는 생각이 드는 거야. 굉장히 불행한 일이지. 하지만 어쩔 수 없어. 그렇게 타고났으니까. 어떤 사람들은 나를 나무라지만 그래봐야 아무 소용없어. 그래서 무척 그렇게 하고 싶었지만 너희들에게 말을 걸 용기가 나지 않았어."

앤이 말했다.

"우리는 네가 너무 내성적인가 생각했어."

"천만에. 내성적이니 하는 성격은 이 필리퍼 고든—그냥 필이라고 부르지—필의 많은 결점—또는 장점—속에는 없어. 이제부터 나를 필이라고 불러줘. 그럼, 너희들 이름은?"

앤이 프리실러를 가리키며 말했다.

"이쪽은 프리실러 그랜트."

이번에는 프리실러가 앤을 가리키며 말했다.

"이쪽은 앤 셜리."

그리고 두 사람은 입을 모아 말했다.

"우리는 프린스 에드워드 섬에서 왔어."

필리퍼가 말했다.

"나는 노바 스코샤의 볼링브로크에서 왔어."

앤이 소리쳤다.

"볼링브로크라고! 아, 거기는 바로 내가 태어난 곳이야!"

"정말이니? 그럼, 마침내 너도 노바 스코샤의 파란코[*3]인 셈이구나."

"아니, 그렇지 않아. 댄 오코닐이었던가, 사람은 마구간에서 태어나도 말은 되지 않는다고 말한 사람? 나는 뼛속까지 프린스 에드워드 섬 사람이야."

"아, 아무튼 네가 볼링브로크에서 태어났다니 정말 반가워. 우리는 이웃사촌 같잖아? 내가 너에게 비밀을 털어놓아도 아무 관계 없는 남에게 이야기하는 것과는 다를 테니 말이야. 그게 기뻐.

나는 비밀을 말하지 않고는 견디지 못해. 비밀을 지킬 수 없어. 숨기려 해도 잘 안 돼. 그게 나의 가장 나쁜 결점이야. 그리고 아까 말한 그 우유부단함도.

내 이야기를 믿을 수 있겠니? 여기에 오려고, 이 묘지에 말이야. 어떤 모자를 쓸까 결정하는 데 30분이나 걸렸단다. 처음에는 깃털이 달

[*3] 노바 스코샤 사람의 별명.

린 갈색으로 할까 했어. 하지만 그것을 쓰니까 금방 가장자리가 넓은 이 패랭이꽃빛 모자가 훨씬 어울리는 것 같았어. 이것을 핀으로 고정하고 나니 이번에는 갈색 모자가 좋을 것 같잖아. 그래서 이 두 가지를 함께 침대 위에 집어던지고 눈을 감고서 모자 핀으로 찔렀어. 핀이 이 모자를 찔렀기 때문에 이걸 쓰고 오기로 한 거야. 잘 어울리지? 있잖아, 내 얼굴을 어떻게 생각해? 솔직히 말해줘."

아주 진지한 말투의 천진난만한 질문에 프리실러는 또다시 웃음을 터뜨렸다.

그러나 앤은 저도 모르게 필리퍼의 손을 꼭잡고 말했다.

"오늘 아침 우리는 레드먼드에서 본 사람들 가운데 네가 가장 아름답다고 생각했어."

필리퍼의 입매에 살짝 매혹적인 미소가 퍼지며 새하얗고 가지런한 이가 드러났다.

"나 스스로도 그렇게 생각했단다."

그 말을 듣고 두 사람은 두 번째로 놀랐다.

"하지만 누군가 동의해 주기를 바랐지. 나는 내 얼굴이 예쁜지 어떤지조차도 확신할 수가 없어. 그래도 나름 예쁘다고 생각하자마자 곧 그렇지 않다는 비참한 기분에 잠겨.

게다가 내게는 나이 많은 무서운 할머니뻘 되는 분이 계시는데, 한숨을 내쉬며 언제나 이렇게 말씀하셔.

'너는 참으로 귀여운 아기였단다. 아이들이란 크게 자라면 어째서 이토록 달라지는지 이상할 정도야'라고.

아주머니는 아주 좋지만 할머니는 너무 싫어. 괜찮다면 이따금 나를 아름답다고 해줘. 내가 예쁘다고 믿을 수 있는 편이 훨씬 기분좋으니까. 또 너희들도 원한다면 나는 기꺼이 그렇게 말해주겠어. 하늘에 부끄럽지 않은 양심을 가지고 말이지."

앤이 활짝 웃었다.

"고마워. 하지만 프리실러와 나는 얼굴에 자신이 있어서 일부러 증명해 줄 필요는 없어. 그러니 걱정하지 마."

"오, 너는 나를 비웃는구나. 나를 밉살스러울 만큼 허영심이 강하다고 생각하고 있지? 하지만 그렇지 않아. 내게는 정말로 한 조각의 허영심도 없어. 게다가 그만한 이유가 있으면 다른 사람들에게도 얼마든지 찬사를 보내.

너희들과 친구가 될 수 있어서 무척 기뻐. 나는 토요일에 여기 왔는데, 그 뒤로 향수병에 걸려 죽을 뻔했어. 정말 우울했단다. 볼링브로크에서라면 나는 유명한 인물인데 킹스포트에 오니까 이름도 없는 신세지 뭐니! 아주 기가 푹 죽어버린 때도 있었어. 그건 그렇고, 너희들 하숙은 어디니?"

"세인트 존 거리 38번지."

"점점 더 좋구나. 내가 머무는 곳은 윌리스 거리 모퉁이를 돌면 바로야. 내 하숙집은 좋지 않아. 황량하고 아주 쓸쓸한 곳이지. 내 방은 참으로 형편 없는 뒤뜰 쪽에 있어. 이 세상에서 그처럼 지저분한 곳은 없을 거야.

고양이들—설마 온 킹스포트의 고양이라는 고양이가 밤만 되면 거기에 모이는 건 아닐 테지만, 확실히 절반은 모여든다고 생각해. 따뜻하게 타오르는 난로 앞 카펫 위에서 졸고 있는 고양이는 나도 좋아해. 하지만 한밤중 뒤뜰로 모여드는 도둑 고양이는 마치 다른 동물 같아.

여기에 온 첫날밤 밤새도록 울었는데, 고양이도 그랬어. 아침이 되었을 때 빨간 내 코를 보여주었더라면 좋았을 걸. 집을 떠나지 말았어야 했다고 얼마나 후회했는지 몰라!"

프리실러가 재미있어하며 말했다.

"네가 정말로 그토록 결단력 없는 사람이라면 어떻게 레드먼드에 올 결심을 했는지, 나는 그게 이상해."

"어머나, 내가 아니었어. 나를 여기로 오게 한 사람은 아버지였어. 아버지는 어떻게 해서든 나를 이곳으로 보내고 싶어하셨지. 어째서인지 나로선 모르겠어. 내가 학사 학위를 따기 위해 공부를 하다니 그런 우스꽝스러운 일이 또 어디 있니? 내가 공부를 못따라 간다는 뜻은 아니야. 나는 머리가 아주 좋거든."

"어머나!"

프리실러가 어이없다는 듯 말했다.

"정말이야. 하지만 그 두뇌를 사용하는 건 힘든 일이야. 게다가 학사 학위를 받은 사람이라면 엄청 박식하고 위엄있고 또 얼마나 거들먹거리니? 틀림없이 그럴 거야. 나는 레드먼드에 오고 싶지 않았어. 하지만 오직 아버지를 기쁘게 해드리고 싶은 순수한 마음으로 왔지.

아버지는 정말 좋은 분이야. 게다가 집에 있으면 결혼해야 한다는 것을 알았거든. 어머니가 무슨 일이 있더라도 결혼시키고 싶어했단다. 어머니는 무슨 일이든 눈 깜짝할 사이에 결정해 버리거든. 하지만 나는 정말이지 앞으로 2, 3년은 결혼하기 싫었는 걸. 자리잡고 들어앉기 전에 실컷 유쾌하게 지내고 싶어.

내가 학사가 되는 것도 우스꽝스럽지만, 결혼해서 유부녀가 되는 건 더욱 바보스럽지 않니? 나는 이제 겨우 18살이야. 결혼해야 한다면 차라리 레드먼드에 가야겠다고 마음먹었지. 게다가 어떤 사람과 결혼할지 내게 결심이 서리라고 여겨지니?"

앤이 웃었다.

"그렇게 상대가 많아?"

"산더미지. 남자들은 나를 무척 좋아해. 정말로 좋아한단다. 하지만 문제는 결혼할 만한 사람을 고르기에는 달랑 두 사람뿐이었어. 나머지는 모두 너무 어린데다 찢어지게 가난해. 글쎄, 나는 부자가 아니면 결혼할 수 없을 것 같아."

"어째서?"

"왜냐하면 내가 가난뱅이의 아내가 된다고는 상상할 수 없잖니? 아무것도 도움되는 일은 할 수 없고 돈 씀씀이가 아주 헤프거든. 내 남편이 될 사람은 넘칠 정도로 돈이 많아야 해. 그러니까 겨우 범위가 좁아져 두 사람만 남게 된 거야. 나로서는 그 두 사람 가운데 결정하는 일도 2백 명 가운데에서 한 명을 선택하는 것처럼 간단하지가 않아. 어느 쪽을 고른다 해도 한평생 후회할 게 뻔한 걸, 뭐."

앤이 조금 망설이면서 물었다.

"너는—저—어느 쪽도 사랑하지 않니?"

앤으로서는 지금 처음 만난 상대에게 인생의 깊은 수수께끼이며 큰 변화를 가져다 주는 사랑에 대해 이야기하는 것은 쉬운 일이 아니었다.

"당치도 않아. 나는 남자를 사랑할 수 없어. 내 성격에 맞지 않아. 게다가 그런 것은 바라지도 않아. 연애를 하면 완전히 노예가 되고 말아. 그렇게 되면 남자는 큰 힘을 가지게 돼서 이쪽에 상처를 줄 수 있거든. 그게 무서워.

물론, 앨릭과 앨런조는 둘 다 좋은 사람들이야. 어느 쪽이 더 좋은지 나로서는 전혀 알 수 없을 정도야. 그래서 난처해. 물론 더 잘생긴 것은 앨릭이야. 나는 잘생긴 사람이 아니면 결혼할 수 없어. 게다가 다정하고 아름다운 곱슬곱슬한 검은 머리를 하고 있지. 지나치게 완벽해. 완벽한 남편 또한 나는 좋아질 것 같지 않아. 결점이 보이지 않는 사람은 말이야."

프리실러가 진지한 얼굴로 물었다.

"그럼 어째서 앨런조와 결혼하지 않는 거지?"

필리퍼는 우울한 얼굴로 대답했다.

"앨런조라는 사람과 결혼하다니 생각 좀 해봐! 도저히 참을 수 없을 것 같아. 하지만 앨런조는 코가 그리스 형이야. 코가 잘생긴 사람과 결혼해서 대대로 그 코가 전해지는 건 나쁘지 않거든.

내 코 모양은 안심할 수 없어. 이제까지는 고든 집안 형을 이어받았지만 나이를 먹어감에 따라 바이언*4 집안의 경향이 나타나는 게 아닐까 생각해. 걱정스러워서 날마다 살펴보며 아직 고든 집안 형의 코인지 어떤지 확인하고 있지. 어머니는 바이언 집안 태생이어서 두드러진 바이언 형 코야. 나중에 한번 봐, 엄청나니까.

나는 멋있는 코를 아주 좋아해. 네 코는 아주 멋있어, 앤 셜리. 코 덕분에 거의 앨런조 쪽으로 기울 뻔했었지. 하지만 앨런조라는 이름으로는! 아니야, 나는 결정할 수 없었어. 모자를 결정했듯이 둘을 함께 세워두고 눈을 감고서 핀으로 콕 찔러 결정할 수 있다면 그처럼 쉬운 일은 없겠지만 말이야."

프리실러가 말했다.

"네가 이곳으로 오게 됐을 때 그 두 사람의 심정이 어땠을까."

"응, 둘 다 여전히 희망을 버리지 않고 있어. 내 결심이 설 때까지 기다리라고 했지. 둘 다 기꺼이 기다릴 거야. 모두 나에게 몹시 빠져 있으니까.

두 사람을 그렇게 해놓고 나는 마음껏 즐길 생각이야. 레드먼드에서도 남자친구를 많이 사귈 거야. 남자친구가 없으면 무슨 재미가 있겠니?

그런데 남자신입생들이 정말 촌스럽다고 생각하지 않니? 그 가운데 꼭 하나 정말로 멋진 사람을 보았어. 그 사람은 너희들이 오기 전에 가버렸지. 함께 있던 친구가 그 사람을 길버트라고 부르더구나. 그 친구는 눈이 엄청 튀어나와 있었어. 어머, 너희들 벌써 돌아가는 건 아니겠지? 부탁이니 아직 가지 마."

앤이 좀 싸늘한 목소리로 말했다.

"이제 돌아가야겠어. 시간이 퍽 늦어진데다, 공부도 해야 하거든."

---

*4 아일랜드 계 姓 Byrne.

"둘 다 나를 또 만나 주겠지?"

필리퍼는 일어나서 프리실러와 앤 두 사람에게 팔을 걸었다.

"나도 찾아가게 해줘. 너희들과 사이좋게 지내고 싶어. 너희들이 꽤 좋아지고 말았는 걸. 하찮은 내 수다에 진저리난 것은 아닐 테지?"

앤은 웃으면서 진심을 담아 필리퍼의 손을 꼭 잡았다.

"죽을 만큼은 아니었어."

"나는 바보스럽지 않아. 결점이든 뭐든 모두 하느님께서 만드신 그대로의 필리퍼 고든으로 받아들여줘야 해. 그러면 틀림없이 내가 좋아질 거야.

이 묘지는 아름다운 곳이구나. 내가 죽은 뒤 여기에 묻어주었으면 좋겠어. 어머나, 이 무덤은 아직 못 보았는데. 철책 속의 이 무덤 말이야. 이것 좀 봐. 섀넌과 체서피크 싸움에서 죽은 해군소위 후보생의 무덤이라고 돌에 새겨져 있어. 정말 놀라워!"

앤은 철책 옆에 멈춰서서 닳아빠진 돌을 바라보다가 갑자기 흥분하여 가슴의 고동이 높아졌다. 오래된 묘지에 가지가 엉킨 나무들의 아치며 긴 나무그늘 오솔길 등은 앤의 시야에서 사라지고 그 대신 1세기 가까이나 옛날의 킹스포트 항구가 떠올랐다.

안개 속에서 '영국의 유성기(流星旗)'를 펄럭이는 군함이 천천히 나타났다. 그 등 뒤에 또 한 척 군함이 따르고 있는데, 뒷갑판에는 조용히, 용맹한 로렌스 소령이 영웅이 되어 성조기(星條旗)에 싸여 누워 있었다. 때마침 손이 그 앞의 책장을 넘기니 그것은 체서피크 호를 사로잡아 의기양양하게 만 안으로 들어오는 섀넌 호였다.[5]

필리퍼가 웃으며 앤의 팔을 잡아당겼다.

"돌아와. 너는 우리가 있는 데에서 백 년이나 떨어진 곳에 있어. 앤 셜리, 돌아와."

---

[5] 1813년 6월 1일, 로렌스 소령을 함장으로 하는 순양함 체서피크는 영국 순양함 섀넌에게 잡혔음.

앤은 한숨과 더불어 제정신으로 돌아왔다. 눈에 정겨운 눈물이 어려 있었다.

"나는 이 옛이야기가 좋아. 이건 쪽은 영국사람이지만, 내가 이 이야기를 좋아하는 건 용감한 패전군 사령관 때문일 거야. 이 무덤은 그 이야기를 참으로 몸 가까이, 그야말로 현실적으로 느끼게 해. 여기 누워 있는 이 가엾은 어린 소위후보생은 겨우 18살이었어. '용감하게 싸우다가 입은 치명적인 부상으로 죽다' 이렇게 묘비에 씌어 있어. 이거야말로 군인으로서 바라는 진정한 소망일 거야."

그곳을 떠나기 전 앤은 가슴에 달았던 작은 팬지꽃다발을 떼어 바닷가 대결투에서 목숨을 잃은 소년의 무덤에 가만히 놓았다.

필리퍼가 가버리자 프리실러가 물었다.

"너는 우리의 새 친구를 어떻게 생각하니?"

"나는 좋아. 그렇게 쓸데없는 말만 지껄여대는데도 어딘지 몹시 마음을 끄는 데가 있어. 자기도 말했듯 그녀는 입으로 말하는 절반도 바보스럽지 않다고 여겨. 입맞춰주고 싶어지는 귀여운 아기야. 언제까지나 진실로 어른이 될 수 없지 않을까 생각해."

프리실러는 또렷이 말했다.

"나도 좋아. 루비 길리스 못지 않을 만큼 남자아이들에 대한 이야기를 하지만, 나는 루비의 말을 듣노라면 언제나 화가 나거나 속이 뒤집혔었는데 필의 경우는 그저 재미있고 웃음이 나와. 대체 이게 어찌된 일일까?"

앤은 명상에 잠기듯 말했다.

"거기에 차이가 있어. 루비는 머리 속에 남자아이밖에 안 들어 있어서 남에게 그런 느낌을 주는 게 아닐까? 연애를 장난삼아 사랑놀이를 하고 있는 거야. 게다가 루비가 자기 숭배자들을 자랑할 때는 이쪽이 그 절반도 가지지 못한 것을 빈정거리기 위한 것처럼 들려.

필이 숭배자에 대해 말하는 것은 그냥 친구에 대한 이야기를 하는 듯 들리잖니. 남자아이를 좋은 친구로 삼고 있는 거야. 그리고 많은 사람들이 주위에 모이는 것을 기뻐하는 건 다만 자기가 인기 있다는 것과 그렇게 생각할 수 있는 게 좋아서일 뿐이야. 앨릭과 앨런조—이제부터는 이 두 사람의 이름을 따로 떼어서 생각할 수 없을 것 같아—도 필에게는 단순한 놀이친구에 지나지 않고 그 두 사람 쪽에서도 한평생 놀고 싶어할 거라 생각하는 게 아닐까?

그녀를 만날 수 있어 기뻤고 우리가 올드 세인트 존 묘지에 갔던 일도 잘했다고 생각해. 오늘 오후 킹스포트에 뿌리를 단단히 내린 것 같아. 그렇게 하고 싶어. 옮겨 심겨진 것 같은 기분은 싫으니까."

고향에서 온 편지

　다음 3주일 동안 앤과 프리실러는 낯선 나라에 찾아온 이방인 같은 기분이었다.

　그 뒤로는 모든 것이 톱니바퀴 맞물리듯 갑자기 잘 풀려 나갔다. 레드먼드도, 교수진도, 학과도, 학생도, 연구도, 사교적인 행사도 모두 하나의 초점으로 집중되는 것처럼 여겨졌다. 저마다 파편으로 이루어진 것으로밖에 보이지 않던 생활이 다시 같은 분자로 하나하나 결합되어 갔다.

　신입생들은 이제 연결고리 없는 개개인이 기름과 물처럼 모여 있는 것이 아니라 동기생(同期生) 정신, 동기생의 외침, 동기생의 이해(利害), 동기생으로서 저항과 포부 등을 갖춘 결합체임을 깨달았다. 특히 1년에 한 번 열리는 예능대회에서 2학년생에게 이긴 뒤로는 전학년의 존경을 받게 됨과 아울러 큰 자신감을 지니게 되었다.

　3년 동안은 언제나 2학년생이 '대회'에서 줄곧 이겼었는데 뜻밖에도 올해 승리가 1학년생에게로 돌아온 건 오로지 길버트 블라이스의 뛰어난 전략으로 가능했다. 그가 동료들을 이끌어 독창적인 전술을 썼기에 2학년생을 낭패시키고 1학년생을 승리로 이끌었던 것이다.

그 공적이 인정되어 길버트는 명예롭고 책임이 중대한 지위—적어도 1학년생의 관점에서 보면—즉 많은 학생들이 갈망하는 1학년생 대표로 뽑혔다.

길버트는 또 램스*¹에 들라는 권유를 받았다. 이것은 1학년생에게는 드물게 주어지는 영예였다. 입회식의 예비로서 시련을 받아들이며 길버트는 하루 종일 킹스포트에서 가장 번화한 거리를 부인용 선보닛*²을 쓰고 화려한 꽃무늬가 있는 터무니없이 큰 사라사 앞치마를 두르고 돌아다녀야만 했다. 이것을 그는 거뜬히 해냈으며, 아는 부인들을 만나면 공손히 보닛을 벗고 인사까지 했다.

램스에 들라는 권유를 받지 못한 찰리 슬론은 블라이스가 용케도 저런 짓을 해냈다며 자기라면 도저히 저런 괴상한 짓은 할 수 없다고 앤에게 이야기했다.

프리실러가 쿡쿡 웃으며 말했다.

"생각 좀 해봐. 찰리 슬론이 '사라사 앞치마'를 두르고 '선보닛'을 쓴 모습을 말이야. 슬론 할머니와 똑같아 보이지 않겠니. 길버트는 그런 모습을 하고 있어도 여느 때 차림과 마찬가지로 남자다워 보였어."

앤과 프리실러는 어느덧 레드먼드의 사교계 중심에 들어가 있었다. 그처럼 빨리 그렇게 된 것은 필리퍼 고든 덕분이었다.

필리퍼는 널리 알려진 부유한 명사(名士)의 딸이며 전통 있는 귀족인 '파란코' 집안이었다. 게다가 그녀는 아름답고 매력적이었으므로—그 매력은 그녀를 만나는 모든 이에 의해 인정되었다—곧 온 레드먼드의 모든 파벌이며 동아리며 학과는 그녀를 위해 기꺼이 문을 열었다.

필리퍼는 어디든 앤과 프리실러와 함께 다녔다. 필리퍼는 앤과 프리실러를, 특히 앤을 '열렬히 사랑'했다. 진실되고 겸손한 아가씨여서 어

---

*1 Lambs, '램버시터' 즉 '학우회'와 같은 뜻을 레드먼드 식으로 줄인 것.
*2 햇빛가리는 모자.

느 점으로 보나 조금도 오만하지 않았으며, '내 이웃을 내 몸처럼 사랑하라'는 무의식적인 좌우명을 갖고 있는 듯했다. 넓어져가는 교제 안에 필리퍼는 특별히 애쓰는 기색도 없이 친구들을 불러들였기에 두 애번리 아가씨에게 사교계에 들어가는 길은 무척 평탄하고 유쾌했으며 다른 여자 신입생들에게 부러움과 놀라움의 대상이 되었다. 필리퍼의 힘을 빌릴 수 없는 첫 1년 동안 그들의 대학생활은 그저 주위에서 뱅뱅 맴돌 운명이었다.

물론 진지한 인생관을 지닌 앤과 프리실러에게 필리퍼는 처음 만났던 인상 그대로 유쾌하고 사랑스러운 아기였다. 그러나 필리퍼는 자신도 말했듯이 뛰어난 두뇌를 지니고 있었다. 언제 어디서 공부할 시간을 빼내는지 이상할 정도였다. 끊임없이 온갖 '유쾌한 것'을 찾았으며 집에 있는 날 저녁때 그녀의 집은 방문자로 가득했기 때문이다.

필리퍼는 숭배자다운 모습을 마음껏 지니고 있었다. 전학년 대부분이 그녀의 미소를 갈구하는 경쟁자였다. 이것을 필리퍼는 천진난만하게 기뻐하며 새로 정복한 사람을 하나하나 즐거운 듯이 앤과 프리실러에게 말해 주었는데, 그때마다 가련한 연인들은 어디선가 쉴새 없이 재채기를 해댔으리라.

앤이 놀리듯 말했다.

"아직 앨릭과 앨런조만큼 강력한 라이벌은 나오지 않았나보구나."

필리퍼도 동의했다.

"한 사람도 없어. 매주 두 사람에게 편지로 여기서 내 남자친구들에 대해 모두 써보내. 틀림없이 두 사람 다 재미있어하리라고 생각해.

물론 내가 가장 좋다고 생각하는 사람은 손에 잡히지 않아. 길버트 블라이스는 나 같은 건 마음에도 두지 않고, 나를 다만 귀여운 아기고양이로 쓰다듬어주고 싶다는 듯한 눈으로 볼 뿐이야.

그 까닭을 나는 알고 있어. 나는 네가 원망스러워, 앤 여왕님. 너를 미워해야만 하는데도 나는 미칠 듯이 네가 좋아. 날마다 너를 만나지 못하면 우울해져. 너는 이제까지 내가 알았던 어떤 사람과도 달라. 넌 사람을 보는 눈이 매우 독특해. 그런 눈으로 나를 바라보면 어쩌면 나는 이토록 하찮고 시시한 인간일까 하는 기분이 들어 좀 더 현명하고 강하게 되었으면 하지. 그리고 굳은 결심을 하지만, 멋진 젊은이가 내 앞에 나타나기가 무섭게 모처럼 다진 결심도 머리에서 내동댕이쳐지고 만단다.

대학생활이란 멋있잖아? 첫날 우울해하며 몸서리치게 싫었던 것을 떠올리면 아주 우스워져. 아마 그날 참지 않았다면 너와 친구가 되지 못했을지도 몰라. 앤, 부탁이니 다시 한 번만 조금이라도 내가 좋다고 말해주면 안 돼? 그 말을 듣고 싶어 견딜 수가 없어."

앤은 웃었다.

"나는 네가 조금이 아니라 많이 좋아. 귀엽고 다정하고 사랑스럽고 부드럽고 날카로운 발톱이 없는 조그만—아기고양이라고 생각해. 하지만 용케도 공부할 시간이 있구나 싶어."

시간을 어떻게든 낼 수 있는 듯 필리퍼는 어느 과목에서나 훌륭한 성적을 유지하고 있었다. 까다로운 늙은 수학교수는 남녀공학을 싫어하여 여학생이 레드먼드에 들어오는 것을 반대한 사람이지만 그래도 필리퍼만은 그 실력을 인정해 주었다. 필리퍼는 거의 모든 과목에서 1학년생의 선두를 달렸지만 영문학만은 앤이 그녀를 훨씬 능가했다.

앤에게 1학년 공부가 좀 편했던 것은 근래 2년 동안 애번리에서 길버트와 함께 열심히 공부한 덕분이었다. 이 때문에 사교생활을 누릴 여유가 생겼으므로 앤은 진심으로 그것을 즐겼다.

그러나 앤은 단 한순간도 애번리와 그곳에 있는 친구들을 잊어버린 적이 없었다. 앤에게 가장 기쁜 것은 매주 고향에서 오는 편지를 받을 때였다.

첫 번째 편지를 받고 앤은 비로소 킹스포트를 좋아하게 될 것 같으며 이곳에서 잘해 나갈 수 있을 것 같은 기분이 들었다. 그 전에는 애번리가 몇 천 마일이나 멀리 떨어진 곳에 있는 듯했었는데 편지 덕분에 이제까지 지내온 생활과 새로운 생활이 밀접하게 연관되어 애번리가 가까이 느껴졌다.

맨 처음에 온 편지는 여섯 통으로 제인 앤드루스, 루비 길리스, 다이애너 배리, 머릴러, 린드 부인, 데이비로부터 온 것이었다.

제인 편지는 인쇄한 것 같아서 't'자에는 반드시 작대기가 그어지고 'i'자에는 어김없이 점이 찍혀 있었지만, 재미있는 얘기는 하나도 씌어 있지 않았다. 앤이 무척 궁금해하는 학교 일은 한마디도 하지 않았고 편지로 물어본 일에 대해서도 전혀 대답하지 않았으며, 그 대신 요즘 자기가 얼마나 길게 레이스를 떴으며 애번리의 날씨가 어떻다느니 새 슈트를 이런 식으로 만들 생각이라느니 두통이 났을 때 어떠했다느니 하는 것만 씌어 있었다.

루비 길리스 편지는 터무니없이 감상적인 기세로 앤이 없는 자리를 한탄하고 온 마을 사람들이 앤을 그리워한다고 했으며, 레드먼드 '남자친구들'에 대해 묻는 것도 잊지 않았다. 그 나머지는 자기를 숭배하는 수많은 그녀 남자들과 사귀는 게 얼마나 괴로운지 자랑하듯 얘기하고 있었다. 그것은 바보스럽고 별다른 내용도 없는 편지였기에 '덧붙임'만 없었다면 앤은 웃어버릴 참이었다.

길버트가 보낸 편지를 보면 레드먼드가 꽤 즐거운 듯하더구나. 찰리는 그다지 재미있어 하는 것 같지 않지만.

그렇다면 길버트는 루비에게 편지를 보내고 있구나! 좋아, 물론 편지 쓸 권리는 있으니까. 아무리 그래도—! 앤은 먼저 루비가 편지를 보냈고 길버트는 예의상 답장 쓴 것에 지나지 않는 줄은 몰랐다.

앤은 경멸하듯 루비의 편지를 옆으로 홱 집어던졌는데, 이 '덧붙임'이 가져다준 고통은 다이애너의 쾌활한 수다로 가득찬 유쾌한 편지 덕분에 가까스로 쫓아낼 수 있었다.

다이애너 편지에는 곳곳에 프레드라는 이름이 너무 자주 나왔지만, 그것만 빼면 흥미로운 일들이 편지지 빽빽이 씌어 있어 그것을 읽는 동안 앤은 애번리로 돌아간 기분이었다.

머릴러 편지는 좀 딱딱하고 무미건조했으며 얘깃거리나 감정 같은 것과는 거리가 먼 내용이었다. 그렇다 해도 그 편지는 옛 시절의 평화로운 향기가 감돌았다. 그것은 그린게이블즈의 소박한 생활 안에 있는 숨결을 고스란히 전해주어 거기에는 언제까지나 변하지 않는 앤에 대한 애정이 있음을 느끼게 했다.

린드 부인 편지는 교회 소식으로 가득했다. 집안일에서 벗어난 린드 부인은 그때까지보다도 더 많이 교회일에 열중할 여유가 생겼으므로 몸과 마음을 다 바쳐 일하고 있었다. 목사 자리가 비어 있는 애번리 교회에 '목사 후보자'들이 쉬지 않고 찾아오지만 하나같이 자격 미달이어서 격분하고 있었다.

정말이지 요즘은 저능한 사람 말고는 목사가 될 사람이 없는가 하고 여겨질 정도란다. 우리에게 보내는 후보자도 후보자지만 그 설교가 어찌나 형편없는지 말도 할 수 없어! 설교 절반은 사실로 받아들일 수 없고, 더욱 나쁜 것은 조금도 교리(敎理)답지 않다는 점이야. 지금 와 있는 후보자는 그 가운데에서도 가장 형편없어서 언제나 성경구절을 꺼내놓고 뭔가 다른 것을 설교하지 뭐니. 그리고 이교도라 할지라도 반드시 영원한 지옥에 떨어지는 것은 아니라는 거야. 생각 좀 해보렴! 그게 정말이라면 외국전도에 쏟은 내 돈이 모두 헛된 셈이잖니. 기막힌 일이야!

지난 일요일에는 물에 뜨는 도끼에 대해 설교하겠다고 하지 않겠니. 설교는 성경에 있는 범위 안에서만 하고 인기를 얻기 위한 소재는 택하지 않는 편이 좋으리라고 생각해. 목사의 설교가 성경에 있는 이야기로 모자라다면 정말 큰일이라고 여겨지는구나.

앤, 너는 어떤 교회에 다니고 있니? 꼬박꼬박 빠지지 말고 가도록 해라. 누구나 집을 떠나면 교회에 나가는 일을 대충 하기 쉬운 법이고 그 점에서 대학생은 큰 죄인이란다.

대학생은 일요일에도 다른 날과 마찬가지로 공부한다는 말을 들었어. 나는 네가 그렇게까지 타락하지 않기를 바라고 있단다, 앤. 네가 어떻게 자랐는지를 결코 잊어서는 안 된다. 그리고 어떤 사람을 친구로 삼아야 할지 깊이깊이 생각하고 조심하도록 해라. 대학 같은 데에는 어떤 사람이 있을지 모르니까. 그런 사람들은 하얗게 칠한 무덤과 같아서 겉으로는 아름다워 보이지만*3 본성은 먹이를 찾아다니는 이리란다. 섬에서 같이 간 사람 말고는 젊은 남자와 사귀지 않는 게 좋아.

목사님이 여기에 찾아왔을 때 일을 깜빡 잊었구나. 그런 우스꽝스러운 일은 본 적이 없어. 머릴러에게 '앤이 있었으면 얼마나 웃었겠어요' 하고 말했을 정도였단다. 그 무뚝뚝한 머릴러까지도 웃었으니 말이다.

목사라는 분은 키가 아주 작고 뚱뚱한 데다 안짱다리더구나. 그런데 해리슨 씨네 그 늙은 돼지—그 몸집도 키도 큰 돼지—가 그날 또 길을 잘못 들어 뒤뜰로 쳐들어와 우리도 모르는 사이에 부엌문으로 들어온 참에 목사님이 문 앞에 떡하니 나타났지.

돼지는 달아나려고 미친 듯이 날뛰기 시작했지만 달아날 곳이라고는 목사님의 안짱다리 사이밖에 없었단다. 그래서 그곳으로 돌진하기는 했는데 돼지는 엄청나게 크고 목사님은 몹시 작아서 돼지는 빠져나가지 못하고 그대로 목사님을 등에 태우고 달아나 버리고 말았어.

---

*3 《신약성서》 〈마태복음〉 제23장 제27절.

머릴러와 내가 문 앞으로 가보니 모자는 이쪽에서 지팡이는 저쪽에서 굴러다니는 형편이었지. 그 목사님 모습은 언제까지나 잊혀지지 않을 게다. 그 가엾은 돼지는 또 얼마나 놀랬겠니?

성경에 나와 있는, 가파른 길을 미친 듯이 달려 내려가서 바다로 뛰어내린 돼지 이야기를 읽을 때마다 해리슨 씨의 돼지가 목사님을 태우고 언덕을 정신없이 뛰어내려간 일을 눈앞에 떠올리지 않을 수 없을 거야.[4] 돼지는 가슴 속이 아니라 등에 악마가 옮겨탄 것이라고 생각했을 거다.

쌍둥이가 그 광경을 보지 못해 얼마나 다행인지 몰라. 그 아이들에게 목사님의 그런 흉한 모습을 보이면 좋지 않으니까.

시냇물 바로 앞에서 목사님은 뛰어내렸는지 아니면 굴러떨어졌는지 아무튼 등에서 내리고 돼지는 미친 듯이 시냇물에 뛰어들어 숲속으로 들어가버리고 말았지. 머릴러와 나는 부리나케 달려가 목사님을 부축해 일으키고 옷을 털어드렸단다. 다친 곳은 없었지만 성을 버럭 냈지. 그것은 우리집 돼지가 아니고, 온 여름 내내 그 돼지 때문에 곤란을 겪어왔다고 우리가 말했지만 그래도 이 일의 책임은 모두 머릴러와 내게 있다고 원망하는 것 같았지.

대체 목사라는 사람이 어째서 부엌문 같은 데로 들어왔을까. 전앨런 목사님은 단 한 번도 그러지 않았어. 앨런 씨 같은 목사님은 좀처럼 기대할 수 없을 것 같아. 그래도 우는 자가 있으면 웃는 자가 있다고 그 일이 있은 뒤로 그 돼지는 그림자도 보이지 않고 앞으로도 그럴 것 같구나.

애번리는 이렇다 할 일 없이 조용하단다. 그린게이블즈는 생각했던 것만큼 쓸쓸하지 않아. 올 겨울에는 무명실로 침대덮개를 하나 더 짤 생각이다. 사일러스 슬론 부인이 아주 멋진 사과잎사귀무늬

---

*4 《신약성서》〈마태복음〉 제8장 제20~32절.

의 새로운 본을 가지고 있단다.

뭔가 자극이 필요할 때에는 조카가 보내주는 보스턴 신문에 실린 살인범 공판(公判) 기사를 읽고 있지. 이제까지 한 번도 보지 않았었는데 정말 재미있더구나. 합중국이란 정말 무시무시한 곳인 모양이야. 그런 곳에는 결코 가지 마라, 앤. 어쨌든 요즘 아가씨들이 온 세계를 돌아다니는 것은 너무 무섭게 느껴진다. 〈욥기(記)〉에 여기저기를 왔다갔다하는 악마를 언제나 생각나게 하지. 정말이지 하느님은 여자가 그렇게 돌아다니는 것을 바라지 않으시리라고 여긴다.

네가 가버린 뒤로 데이비는 아주 착한 아이가 되었단다. 하지만 언젠가 무슨 나쁜 짓을 해서 머릴러가 그 벌로 하루 종일 도러의 앞치마를 입게 했더니, 데이비는 도러의 앞치마를 모조리 갈기갈기 찢어버렸지. 그래서 내가 엉덩이를 한 대 때리자 이번에는 내 수탉을 쫓아다녀 끝내 죽게 만들어 버렸단다.

맥퍼슨 씨네가 내 집으로 옮겨왔어. 그 부인은 퍽 알뜰히 살림을 꾸려나가는 꼼꼼한 사람인데, 풀이 지저분해 보인다며 나의 준 릴리(6월 백합)까지도 모조리 뿌리째 뽑아버렸지. 우리가 결혼했을 때 토머스가 심은 꽃인데 말이다. 맥퍼슨은 좋은 사람인 듯하지만, 그 부인은 오랫동안 독신으로 살아온 버릇이 아직도 없어지지 않았더구나, 정말이지.

너무 지나치게 공부해서는 못쓴다. 날씨가 추워지거든 곧 겨울 속옷을 입도록 해라. 머릴러가 온통 너에 대해서만 걱정하기에 내가 이렇게 말해 주었다. 앤은 한때 내가 걱정했던 것보다 훨씬 분별력이 생겼으니 아무 걱정 없다고 말이다.

데이비의 편지는 대뜸 불평으로 시작되어 있었다.

앤 누나, 부탁이니 머릴러 아줌마에게 편지해서 내가 낚시질 갈 때 다리난간에 나를 꽁꽁 묶어놓지 말아 달라고 해줘. 남자아이들이 놀려대니까.

누나가 없어서 여기는 아주 쓸쓸하지만 학교는 무척 재미있어. 제인 앤드루스 선생님은 누나보다 훨씬 무서워.

어젯밤 도깨비등불로 린드 아줌마를 깜짝 놀라게 했어. 아줌마의 영감닭을 뒤쫓아 온 뜰을 돌아다녔더니 끝내 쓰러져 죽어버려서 아줌마는 몹시 화가 났어. 나는 결코 죽일 생각은 조금도 없었어. 어째서 죽었을까, 누나, 나는 알고 싶어.

린드 아줌마는 닭을 돼지우리에 집어던졌어. 블레어 씨에게 팔면 좋을 텐데. 블레어 씨는 요즘 좋은 닭이 죽은 것은 한 마리에 50센트씩 쳐주거든.

린드 아줌마가 목사님에게 자기를 위해 기도해 달라는 말을 들었는데, 아줌마는 어떤 나쁜 짓을 했을까? 누나, 알고 싶어.

나는 꼬리가 꽤 많이 달린 연을 가지고 있어.

어제 밀티 볼터가 학교에서 엄청난 이야기를 해주었어. 그것은 진짜 있었던 이야기야. 조 모제이 씨와 리언이 지난주 어느 날 밤 숲속에서 트럼프 놀이를 하고 있었대. 트럼프가 나무 그루터기 위에 놓여 있었는데, 나무보다도 더 큰 시커먼 남자가 와서 트럼프와 나무 그루터기를 움켜쥐고 우르르쾅쾅 천둥 같은 큰 소리를 내며 사라져버렸대. 둘 다 깜짝 놀랐을 거야. 그 시커먼 남자는 악마라고 밀티가 말했어. 진짜 그럴까, 누나? 나는 알고 싶어.

스펜서베일의 킴블 씨가 몹시 아파 '뱅원'에 가야한대. 이 철자가 맞는지 어떤지 머릴러 아줌마에게 물어보고 올 테니 잠깐 기다려줘.

아줌마는 킴블 씨가 가야하는 곳은 '뱅원'이 아니라 '요양소'래. 킴블 씨는 몸 속에서 뱀이 꿈틀대는 듯하다고 했어. 몸 속에 꿈틀거리는 뱀이 들어 있으면 어떤 느낌일까?

　로런스 벨 아줌마도 '병'에 걸렸어. 너무 자기 몸에 대한 생각만 하기 때문이라고 린드 아줌마는 말했어.

편지를 접으며 앤은 중얼거렸다.
"린드 아주머니는 필리퍼를 어떻게 생각할까?"

신의 고독함에 휩싸여

토요일 오후, 필리퍼가 앤의 방에 들어와 물었다.

"오늘은 무엇을 할 생각이지?"

앤은 대답했다.

"우리는 공원으로 산책가려고 해. 집에서 블라우스를 다 만들어야 하지만, 이런 맑은 날 도저히 바느질 같은 걸 하고 앉아 있을 수만은 없잖아. 뭔가가 내 안으로 들어와 마음을 들뜨게 해. 손가락 끝이 자꾸 꿈틀거려 바느질이 비뚤어지고 말 거야. 그러니—가자, 우리 공원의 잔솔 아래로—라는 셈이 되는 거야."

"그 '우리' 가운데에는 너와 프리실러 말고 또 누가 있니?"

"응, 길버트와 찰리야. 너도 함께 간다면 아주 기뻐할 거야."

필리퍼는 내키지 않는다는 듯한 투로 말했다.

"하지만 내가 가면 들러리밖에 더 되겠니? 필리퍼 고든으로서는 새로운 경험이야."

"어떠니. 새로운 경험이란 인간의 폭을 넓히는 거야. 함께 가자. 그러면 언제나 들러리만 서는 가엾은 사람들의 기분을 알게 될 테니까. 그건 그렇고, 너의 포로들은 다 어디 있지?"

"아, 그 사람들은 지긋지긋해졌어. 오늘은 그들에게 시달리고 싶지 않아. 오늘은 마음이 좀 우울하게 가라앉아 있어. 뭐, 수면에서 조금 가라앉았을 뿐, 침몰할 정도는 아니지만.

지난주 앨릭과 앨런조에게 편지를 썼어. 편지를 봉투에 넣고 겉봉을 쓰기는 했지만 봉하진 않았어. 그런데 그날 밤 퍽 재미있는 일이 일어났었어. 그래서 나는 앨릭이 그 일을 재미있어 할 것 같았어. 물론 앨런조는 그렇게 생각할 듯싶지 않았지. 나는 서두르고 있었으므로 봉투에서 앨릭에게 쓴 편지—앨릭에게 쓴 편지라고 나는 생각했지—를 꺼내 그 애기를 덧붙여 썼어. 그리고 두 통 다 우체통에 넣었지.

오늘 아침 앨런조로부터 답장이 왔는데, 무슨 일이 있었겠니? 나는 그 애기를 그만 앨런조의 편지에 써버렸던 거야. 앨런조는 엄청 화가 났지. 물론 앨런조는 그러다가 곧 풀리겠지만—그렇게 되지 않더라도 나는 괜찮아—그러나 내 오늘 일은 엉망이 되어버렸어. 너희들에게로 와서 나를 신나게 해달라고 말하려 했어.

풋볼시즌이 시작되면 이제 토요일 오후에도 시간이 없을 거야. 풋볼이라면 나는 정신 못 차리거든. 시합에 입고 가려고 무척 화려한 모자와 레드먼드의 빛깔을 얼룩무늬로 디자인한 스웨터를 샀단다. 조금 떨어진 곳에서 보면 틀림없이 이발소 간판이 걸어가는 것 같을 거야. 길버트가 1학년 풋볼 팀 주장으로 뽑힌 걸 알고 있니?"

무언가에 화가 나서 대답도 하지 않는 앤을 보고 프리실러가 대신 말했다.

"응, 길버트가 어젯밤에 이야기해 주었어. 길버트와 찰리가 왔었지. 두 사람이 온다고 해서 우리는 열심히 에이더의 쿠션을 보이지 않는 곳이나 손닿지 않는 곳에 치웠어. 무늬가 도톰하게 올라오도록 정성스럽게 수놓은 쿠션은 그것이 얹혀 있던 구석쪽 의자 뒤에 떨어뜨려 두었단다. 거기라면 안전하다고 여긴 거지. 그런데 어쨌는 줄 아니?

찰리가 그 의자 쪽으로 가더니 뒤에 쿠션이 있는 것을 보고는 천천히 집어올려 돌아갈 때까지 깔고 앉았지 뭐니. 쿠션이 어찌나 볼품없이 되어버렸던지!

가엾은 에이더는 오늘 나를 보고 방글거리면서도 비난하는 목소리로 오, 왜 그 위에 앉게 했느냐고 물었어. 나는 내가 앉게 한 것이 아니고—본디 앉도록 정해진 숙명인데다 슬론 집안 특유의 둔감함까지 보태졌으니 도저히 나 같은 사람은 어떻게 해볼 수가 없었다고 변명했지."

앤도 말했다.

"에이더의 쿠션 따윈 이제 지겨워 죽겠어. 지난 주에도 새것을 둘이나 수를 놓고 속을 채웠는데 그야말로 목숨을 건 것 같았어. 어디고 이제는 쿠션이 놓이지 않은 자리가 없어. 에이더는 층계 난간 벽에 둘 다 세워두었어. 그게 언제나 굴러떨어져서 캄캄할 때 층계를 오르내리면 꼭 발끝에 걸려버려.

지난 일요일 데이비스 박사가 바다의 위험에 맞닥뜨려 있는 사람들을 위해 기도했을 때, 나는 마음속으로 덧붙였지. '어리석을 만큼 쿠션이 사랑받고 있는 집에 사는 모든 사람들을 위하여!'라고.

자, 준비 다 됐어. 아, 남자들도 세인트 존을 지나 이리로 오고 있네. 너도 우리와 운명을 함께 하기로 했니? 필?"

"갈 테야. 프리실러와 찰리가 함께라면. 그렇다면 들러리 역이 되어도 참을 수 있을 테니까. 앤, 너의 길버트는 아주 멋있는 사람이야. 하지만 어째서 저렇게 눈이 튀어나온 금붕어하고만 함께 있을까?"

앤의 태도가 굳어졌다. 찰리 슬론에게 그리 호의를 가지고 있지는 않지만, 그는 애번리 사람이다. 타지 사람이 찰리를 비웃는 것은 싫었다.

앤은 싸늘하게 말했다.

"찰리와 길버트는 어릴 때부터 친구야. 찰리는 좋은 사람이야. 튀어나온 눈은 그 사람 잘못이 아니라고 생각해."

"무슨 소리니? 나는 그렇게 생각 안 해. 그 사람은 전생에 뭔가 끔찍한 짓을 해서 그 벌로 눈이 저렇게 된 거야. 프리실러와 둘이 그 사람을 놀려주겠어. 똑바로 대놓고 놀려대도 그 사람은 아마 모를 거야."

앤의 이른바 '못 말리는 두 P'인 프리실러와 필리퍼는 악의 없는 음모를 실행에 옮긴 듯했다.

그러나 슬론은 아무 것도 모르고 기분이 좋았다. 이처럼 멋진 여학생 둘과 함께, 게다가 그 가운데 한 명은 1학년 최고의 미인이자 스타인 필리퍼 고든과 함께 걷게 되다니 스스로 우쭐한 생각이 들 정도였다.

그는 앤이 이것을 보면 느끼는 게 있을 것이고, 필리퍼처럼 자신의 참다운 가치를 알아주는 사람도 있다는 것을 보여 주리라 생각했다.

길버트와 앤은 다른 사람들보다 조금 뒤떨어져 평온하고 조용한 가을의 아름다움을 즐기며, 바닷가 언덕길이 되기도 하고 구불구불하기도 한 길로 빠지는 공원의 소나무 밑을 천천히 걷고 있었다.

앤은 햇빛이 가득한 하늘을 올려다보며 말했다.

"이곳의 고요함은 기도하는 것 같아. 향긋한 소나무가 얼마나 좋은지 몰라. 모든 시대의 이야기 속에 묵직하게 뿌리를 내리고 있는 듯 보여. 이따금 아무도 모르게 여기에 와서 소나무들과 사이좋게 이야기를 나누면 금세 마음이 편안해져. 이곳에 오면 언제나 아주 행복한 기분이 들어."

"성스러운 마법의 재주이런가
신의 고독함에 휩싸여
아픔은 사라지네
바람에 흔들려 소나무 잎은

우수수 떨어지듯."

길버트가 읊고 나서 말했다.

"소나무를 보면 우리의 작은 포부는 오히려 하찮은 것으로 여기게 해, 앤."

앤은 꿈꾸듯 말했다.

"나는 뭔가 커다란 슬픔이 닥쳐오면 소나무에게 위로를 받으러 오곤 해."

"사소한 슬픔조차 앤에게 얼씬도 하지 않기를 바라겠어."

그로서는 자기 옆을 걷는 기쁨에 찬 처녀를 슬픔과 결부시켜 생각할 수 없었다. 아주 높이 날 수 있는 이는 또한 밑바닥 깊숙이 가라앉는다는 것, 더없이 큰 환희를 맛보는 이는 또한 가장 날카롭게 고통을 느끼는 사람이라는 것을 길버트는 알지 못했다.

앤은 생각에 잠기며 말했다.

"하지만 언젠가 틀림없이 닥쳐올 거야. 언젠가는. 인생은 마치 내 입술에 내밀어진 영광의 술잔과도 같아. 하지만 거기에는 뭔가 쓴맛이 있을 게 틀림없어. 어떤 술잔에나 들어 있는 것이니까. 나도 언젠가는 맛보겠지. 거기에 맞설 수 있을 만큼 강하고 용감해지고 싶어. 그리고 그렇게 되더라도 그것이 나 자신의 잘못 때문에 일어난 일이 아니기를 바랄 뿐이야.

지난 일요일 데이비스 박사님이 한 말 기억나? 신께서 주시는 슬픔에는 위로와 힘이 함께 오지만, 우리가 어리석은 행동이나 사악한 행동으로 자기 자신에게 불러일으킨 슬픔은 그보다 훨씬 견디기 어렵다고 했었지. 하지만 이렇게 멋진 오후에는 슬픔에 대한 이야기를 해서는 안 돼. 오늘은 순전히 기쁨만을 위한 날 같지 않아?"

길버트는 구애를 하듯 '위험신호'를 생각나게 하는 투로 말했다.

"내가 할 수만 있다면 앤의 생활로부터 행복과 기쁨 말고는 모든

것을 다 쫓아내버리겠어."

"그건 그리 현명한 생각이 아닌 것 같아."

앤은 재빨리 덧붙여 말하였다.

"어떤 인생이든 시련과 슬픔을 거치지 않으면 그만큼 나아지지도 원숙해지지도 않는다고 생각해. 물론 그런 말을 할 수 있는 것은 시간이 흘러 자기가 행복에 잠겨 있을 때겠지만. 자, 어서 가자. 모두들 텐트 있는 곳에 이미 도착해서 우리를 부르고 있어."

그들은 작은 텐트 안에 앉아 불처럼 새빨갛고 엷은 금빛 가을 저녁해를 바라보았다. 왼편에는 킹스포트가 가로놓이고, 집들마다 지붕이나 뾰족탑이 연보랏빛 연기에 흐릿하게 보였다. 오른편 항구는 저녁해 쪽으로 뻗어감에 따라 장밋빛이며 구릿빛으로 물들어 있었다.

그들의 눈앞에는 공단처럼 매끄러운 은회색 바다가 반짝반짝 빛나고 그 저편에는 깨끗하게 면도한 것처럼 나무 그림자 하나 없는 윌리엄즈 섬이 이 도시를 지키는 힘센 불독처럼 안개 속에 떠올라 있었다. 섬의 등댓불이 불길한 별처럼 안개 속에서 반짝이고, 아득히 먼 수평선의 다른 불빛이 이에 답하고 있었다.

필리퍼가 물었다.

"이렇게 강력한 느낌을 주는 곳을 본 적 있어? 특히 윌리엄즈 섬이 탐나는 건 아니야, 가지고 싶어해 봐야 가질 수 있는 것도 아니지만 희망이 없어. 저 포대(砲臺) 꼭대기 깃발 바로 옆에 있는 보초병을 봐. 마치 로맨스 속에서 빠져나온 것 같잖니?"

프리실러가 말했다.

"로맨스라니까 생각나는데, 우리는 히스 꽃을 찾았지만 물론 단 하나도 발견하지 못했어. 계절이 너무 늦었나봐."

앤이 소리쳤다.

"히스라고? 히스는 북아메리카에는 나지 않잖아?"

필리퍼가 설명했다.

"온 아메리카 대륙 꼭 두 군데에 있어. 한 군데는 잊었지만 이 공원 안이고, 또 한 군데는 노바 스코샤의 어딘가야. 저 유명한 스코틀랜드 고원지대의 '검은 경비대'가 어느 핸가 이곳에서 1년 동안 야영했는데, 봄에 병사들이 침대에 깐 마른풀을 털었을 때 히스 씨가 몇 알 떨어져 뿌리를 내린 거야."

앤은 뛸 듯이 기뻐했다.

"어쩌면! 정말 멋있구나!"

길버트가 말을 꺼냈다.

"스포퍼드 거리를 지나 돌아가기로 하자. '부유한 귀족들이 사는 아름다운 저택'을 볼 수 있으니까. 스포퍼드 거리는 킹스포트에서 가장 훌륭한 주택가로 백만장자가 아니면 아무도 집을 지을 수 없지."

필리퍼가 말했다.

"아, 그렇게 해. 너에게 특별히 보여주고 싶은 아주 예쁜 곳이 있어, 앤. 그건 백만장자가 지은 게 아니야. 공원을 나서면 바로 앞에 있지. 아마 스포퍼드 거리가 아직 시골길이었던 무렵에 생겼을 거야. 그건 처음부터 거기 있었어. 결코 지은 게 아니야!

나는 스포퍼드 거리의 흔한 집에는 관심이 없어. 너무 새집이어서 개성이 없는 걸 뭐. 그런데 이 작은 집은 마치 꿈에서 톡 튀어나올 것 같단다. 게다가 그 이름은 정말, 하지만 그것을 볼 때까지 아무 말 말아야지."

공원에서 소나무에 둘러싸인 언덕을 올라간 곳에 그 집이 있었다. 언덕 위에서 스포퍼드 거리는 꽤 평범한 길이 되어 사라지지만, 바로 그곳에 작고 흰 목조집이 세워져 있고 양쪽에 선 소나무가 그 낮은 지붕을 엄호하듯 가지를 뻗고 있었다. 온통 빨강과 금빛 담쟁이덩굴로 덮인 사이로 초록빛 덧문이 내려진 창문이 보였다.

집 앞은 작은 뜰이었으며 낮은 돌담으로 에워싸여 있었다. 10월인데도 뜰은 정다운 꽃이며 키 작은 나무로 여전히 고풍스럽고 사랑스러웠다. 산사나무, 쑥, 칡덩굴, 앨리섬, 페츄니아, 금잔화, 국화 등이 심어져 있었다. 깃털무늬로 된 벽돌을 간 오솔길이 문에서 현관으로 죽 이어져 있었다.

집 전체가 어딘지 먼 시골 마을에서 그대로 옮겨다 놓은 듯했지만, 가장 가까이 넓은 잔디밭에 둘러싸인 담배왕 궁전의 호화로움을 넘어 그것을 천하게 보이게 할 만큼 고귀한 무엇인가를 지니고 있었다.

필리퍼의 말대로 그곳에 본디 있던 것과 만들어진 것의 차이였다.

앤은 크게 기뻐했다.

"이렇게 아름다운 곳은 처음 보았어. 가슴이 아픈 듯한 이상한 기분이 옛날처럼 되살아났어. 미스 라벤더의 돌집보다 더 예쁘고 운치가 있어."

필리퍼가 말했다.

"특히 앤에게 보여주고 싶은 것은 이곳 이름이야. 이것 봐. 문 위 아치에 '패티의 집'이라고 흰 글씨로 씌어 있어. '패티의 집' 멋지지 않니? 게다가 파인허스트 집안이니 엘름월드 집안이니 시더크로프트 집안이니 하는 어마어마한 이름이 주욱 늘어서 있는 이 스포퍼드 거리에 말이야. '패티의 집', 부디 잘 부탁해요! 나는 아주 좋아. 정말 멋있어. 너무 마음에 들어!"

"패티란 누구를 가리키는지 아니?"

"이 집 주인인 노부인의 이름이 패티 스포퍼드야. 나는 이미 다 알아보았지. 조카딸과 단둘이 살고 있어. 아마 백 년쯤 살았을까? 그보다 짧을지도 모르지만. 앤, 과장은 시적인 공상의 비약에 지나지 않아.

돈 많은 사람들이 몇 번이나 그 땅을 사려고 한 것 같아. 지금은 웬만한 재산이니까. 하지만 패티는 무슨 일이 있어도 팔려고 하지 않는단다. 집 뒤에는 뒤뜰 대신 사과나무밭이 있어. 조금만 더 가면 보여. 스포퍼드 거리에 사과나무밭이 있다니, 상상이나 했겠니?"

앤이 말했다.

"오늘 밤에는 '패티의 집' 꿈을 꿀 거야. 마치 내가 오래전부터 저 집에 사는 사람인 것 같은 생각이 들어. 어쩌면 언젠가 집 안을 볼 수 있을지도 몰라."

프리실러가 말했다.

"그런 일은 있을 것 같지 않아."

앤은 야릇한 미소를 떠올렸다.

"그래, 그럴지도 몰라. 하지만 틀림없이 그렇게 될 거라고 믿어. 근질근질하고 오싹오싹, 기묘한 기분, 어떤 예감이라고 해도 좋아, 그것이 '패티의 집'과 내가 앞으로 한층 더 친해질 수 있다고 말하고 있어."

그린게이블즈로

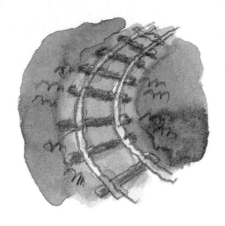

레드먼드에 머문 처음 3주 동안은 무척 긴 것처럼 느껴졌지만 1학기의 나머지는 바람의 날개에 올라타고 나는 듯 쏜살같이 지나갔다. 문득 그것을 깨달았을 때는 이미 레드먼드 학생들이 크리스마스의 기말시험으로 허덕이고 있었지만, 그럭저럭 헤쳐 나갈 수 있었다.

1학년생 수석은 앤과 길버트와 필리퍼 사이를 왔다갔다했다. 프리실러도 꽤 성적이 좋았다. 찰리는 체면을 유지할 만큼 아슬아슬하게 통과했는데, 마치 모든 과목에서 수석이라도 한 것처럼 기쁜 얼굴이었다.

떠나기 전날 밤 앤이 말했다.

"내일 이때쯤은 그린게이블즈에 돌아가 있으리라는 게 믿어지지 않아. 하지만 정말이야. 그리고 필, 너는 볼링브로크에서 앨릭이며 앨런조를 만나고 있겠구나."

필리퍼가 초콜릿을 깨물며 털어놓았다.

"그 사람들을 만나고 싶어 견딜 수 없어. 둘 다 정말 좋은 사람들이란다. 아, 방학을 멋지게 지내야지. 끝없이 이어지는 춤이며 드라이브며 웃고 떠드는 요란스러움. 방학을 나와 함께 우리집에서 보내주지 않다니 영원히 용서하지 않겠어, 앤 여왕님."

"'영원히'란 네 경우 사흘을 말하는 거지, 필. 나를 초대해 줘서 정말 고마워. 나도 언젠가는 볼링브로크에 꼭 가보고 싶어. 하지만 올해는 안 돼. 집에 돌아가야 해. 내가 얼마나 우리집을 그리워하고 있는지 너는 몰라."

필은 볼멘소리로 투덜댔다.

"별로 재미있는 일도 없을 텐데. 바느질모임이 한두 번 있을까? 그리고 소문내기를 좋아하는 할머니들이 네 앞에서나 뒤에서 수다를 떨겠지. 너는 따분해서 죽을 지경이 될 거야, 앤."

"애번리에서?"

앤은 아주 재미있어 했다.

"나와 함께 가면 더없이 화려한 나날을 보낼 수 있어. 볼링브로크가 온통 네게 열광할 거야. 네 머리카락, 너의 스타일, 아, 너의 모든 것에 말이야! 그만큼 너는 특별하거든. 너는 분명 큰 성공을 거둘 거야. 그리고 나는 그 덕을 좀 보는 거야. '장미꽃은 아니지만 장미꽃 가까이에' 있을 수 있는 거지. 앤, 함께 가자."

"네가 그리는 사교계를 정복하는 그림은 정말 내 마음을 흔들리게 해, 필. 하지만 그 못지않은 그림을 나도 그려 보이겠어. 내가 돌아가는 곳은 한 채의 낡은 시골 농가로 전에는 싱그러운 초록빛이었지만 지금은 세월에 따라 빛깔이 많이 바래버렸어.

그 농가는 잎이 져버린 사과나무 숲속에 있지. 아래쪽에는 시냇물이 흐르고 그 건너편은 12월의 전나무숲이야. 그 숲속에서 비와 바람의 손가락이 하프를 연주하지. 가까이에 있는 연못은 지금쯤 잿빛이 되어 깊은 생각에 잠겨 있을 거야.

집에는 좀 늙은 부인이 둘 있어. 한 분은 여위고 키가 크며 또 한 분은 키가 작고 뚱뚱하지. 쌍둥이도 있는데, 한 아이는 나무랄 데 없는 모범아동이고 또 한 아이는 린드 아주머니의 말대로 이른바 '공포의 장난꾸러기'야. 현관 위 2층에는 작은 방이 있는데, 지난날 추억이 짙게 깃들여 있고 하숙집 이부자리에 비하면 너무도 호화스럽다고 할 만한 폭신폭신하고 부드러운 깃털이불이 있어. 내 그림은 어때, 필?"

필리퍼는 얼굴을 찌푸렸다.

"아주 따분해."

앤이 조용히 말했다.

"아, 그렇지. 나는 모든 것을 바꿔버리는 힘이 있는 것을 아직 말하지 않았구나. 거기에는 애정이 있단다, 필. 내게는 세상 어디에서도 찾아낼 수 없을 만큼 정답고 언제까지나 변함없는 애정이야. 나를 기다려주는 애정이지. 화려한 색채로 꾸며지진 않았지만 이것으로 내 그림은 걸작이 되겠지?"

필리퍼는 아무 말 없이 일어나더니 초콜릿 상자를 집어던지고 앤에게로 다가와 두 손을 잡았다. 그리고 진지한 목소리로 말했다.

"앤, 나도 너 같으면 좋겠다고 생각해."

다음날 밤 앤은 카모디 역에 마중나와 있던 다이애너와 함께 별빛이 총총히 빛나는 조용한 밤하늘 밑을 마차로 달려 집으로 향했다.

오솔길로 들어서니 그린게이블즈가 마치 축제를 벌인 듯한 모습을 드러냈다. 창문이라는 창문마다 환하게 불이 켜지고 그 불빛이 어둠을 비추고 있는 모습은 캄캄한 '도깨비숲'이라는 배경 쪽으로 내던진 불꽃 같은 붉은 꽃을 생각나게 했다.

뒤뜰에는 커다란 모닥불이 기세 좋게 타올랐다. 작은 그림자 둘이 그 둘레를 명랑하게 돌며 춤추고 있었다.

마차가 포플러 밑으로 들어서자 그 가운데 하나가 세상이 떠나갈 듯 소리를 질렀다.

다이애너가 설명했다.

"데이비는 저게 인디언이 싸울 때 지르는 함성이래. 해리슨 씨네에 고용되어 있는 남자아이에게 배워 너를 환영할 때 쓰겠다며 줄곧 연

습해 왔어. 린드 아주머니는 저 소리 때문에 신경이 걸레처럼 너덜너덜해졌다고 푸념이시지. 데이비는 살금살금 린드 아주머니 뒤로 다가가 목청껏 소리를 질러대거든.

그리고 너를 위해 무슨 일이 있어도 모닥불을 피우겠다며 아무리 말려도 말을 듣지 않았단다. 2주일이나 걸려 마른 나뭇가지를 쌓아올리고, 거기에 불붙이기 전에 쓰는 석유를 끼얹게 해달라고 머릴러에게 떼쓰며 졸랐지.

이 냄새로 보아 머릴러는 끝내 승낙한 것 같아. 그렇게 하면 데이비뿐만 아니라 온 가족이 모두 뼈도 못 추릴 거라며 린드 아주머니가 끝까지 반대하셨지만 말이야."

이때 앤은 마차에서 내렸으며 데이비는 정신없이 앤의 무릎에 달라붙었고 도러마저 앤의 손에 매달렸다.

"저거 엄청난 모닥불이지, 누나? 내가 불 살리는 걸 보여 줄게. 봐, 저 불꽃을 보란 말이야. 이거 누나에게 해줘야겠다고 생각하고 한 거야. 누나가 집에 돌아온다고 해서 나는 말할 수 없이 기뻤거든."

부엌문이 열리고 머릴러의 여윈 모습이 집안의 불빛을 등지고 나타났다. 머릴러는 어둠 속에서 앤을 맞이하고 싶었다. 너무 기뻐 울음을 터뜨리지나 않을까 걱정스러웠기 때문이다. 엄격하고 감정을 나타내지 않는 머릴러에게는 어떤 격렬한 감정의 움직임을 드러내는 것은 보기 흉한 것이었다.

그 등 뒤에는 린드 부인이 여느 때처럼 쾌활하고 친절함이 넘치는 당당한 모습으로 서 있었다. 자기를 변함없이 기다려 주고 있을 거라며 앤이 필에게 얘기했던 그대로 앤을 따뜻이 감싸며 축복과 애정을 담아 앤을 꼬옥 끌어안았다. 마침내 죽 이어온 인연, 오래된 친구들, 옛날 그대로의 그린게이블즈, 세상에 이보다 더 좋은 곳은 없으리라!

수북이 차려진 저녁 식탁에 앉았을 때 앤의 눈은 반짝이고 있었다. 뺨이 장밋빛으로 물들었으며 그 웃음소리는 투명한 방울소리처럼 울렸다. 게다가 다이애너가 자고 가기로 되어 있었다. 어릴적 정든 시절과 똑같지 않은가!

식탁에는 장미꽃봉오리무늬 찻잔이 놓여 있었다! 머릴러로서는 할 수 있는 한 큰 기쁨을 드러낸 표시였다.

앤과 다이애너가 2층으로 가려 하자 머릴러가 빈정거리듯 말했다.

"어차피 이제부터 다이애너와 둘이서 밤새도록 이야기하느라고 자지도 않겠구나."

자신의 감정을 나타낸 뒤면 머릴러는 무안한 나머지 언제나 빈정거렸다.

앤은 들뜬 목소리로 대답했다.

"네. 하지만 먼저 데이비를 재워주려고 해요. 데이비가 그렇게 해달라고 고집부리는 걸요."

복도를 걸어가며 데이비가 말했다.

"그렇게 해야 해. 나는 누군가 기도를 들어줄 사람이 필요하니까. 혼자서 말하는 건 조금도 재미없어."

"혼자가 아니야, 데이비. 하느님이 언제나 너와 함께 계셔서 네가 하는 기도말을 들으신단다."

"하지만 하느님은 보이지 않잖아. 내 눈에 보이는 누군가가 없으면 재미없어. 하지만 린드 아줌마나 우리 아줌마는 싫단 말이야!"

그런데도 플란넬 잠옷으로 갈아입은 데이비는 도무지 기도를 시작할 기색 없이 우뚝 선 채 맨발 한쪽을 다른 한쪽에 문질러대며 마음을 정하지 못하는 듯했다.

앤이 말했다.

"자, 착한 아이니까 어서 무릎을 꿇어야지."

데이비는 앞으로 나와 앤의 무릎에 머리를 묻었으나 무릎은 꿇지 않았다.

데이비는 목소리를 낮춰 말했다.

"누나, 나는 기도하고 싶은 마음이 조금도 없어. 벌써 1주일이나 그래. 나는—나는 어젯밤도, 그 전날 밤도 기도하지 않았어."

앤은 다정하게 물었다.

"어째서 그렇지, 데이비?"

"저—저, 내가 말해도 누나 버럭 화 안 낼 거지?"

데이비의 말투는 사정하는 듯했다.

앤은 잿빛 플란넬 잠옷 차림의 작은 몸을 무릎 위로 안아 올려 그 머리를 끌어안았다.

"네가 어떤 말을 해서 내가 '버럭' 화낸 적 있었니, 데이비?"

"음, 한번도 없지만—하지만 누나는 슬퍼할 거야. 그게 더 참을 수 없어. 내가 이 이야기를 하면 누나는 꽤 슬퍼할 거야, 누나—게다가 나를 부끄럽게 생각할게 틀림없어."

"뭔가 나쁜 짓을 했니, 데이비? 그래서 기도할 수 없는 게 아니니?"

"아니야, 나는 아무 나쁜 짓도 하지 않았어—아직. 하지만 하고 싶어."

"어떤 일이지, 데이비?"

데이비는 필사적인 노력 끝에 말을 쏟아냈다.

"나—나는 아주 나쁜 말을 하고 싶어. 지난주에 언젠가 해리슨 씨네에서 일하는 형이 말하는 걸 들었어. 그런 뒤로는 자꾸만 말하고 싶어서 못 견디겠어—기도할 때도 그래."

"그럼, 말해봐, 데이비."

데이비는 깜짝 놀라 빨개진 얼굴을 들었다.

"하지만 누나. 엄청 나쁜 말인데?"

"괜찮으니까 어서 말해봐!"

데이비는 의심스러운 앤을 물끄러미 보고 침을 꿀꺽 삼키더니 낮은 목소리로 그 무서운 말을 속삭였다. 다음 순간 그는 앤의 가슴에 자기 얼굴을 묻었다.

"아, 누나, 나는 이제 절대로 이런 말 쓰지 않을게. 절대로 하지 않겠어. 이제는 절대로 말하고 싶다는 생각조차도 하지 않겠어. 나는 나쁜 말이라는 것을 알고 있었지만, 이렇게—이렇게 나쁜 줄은 몰랐어. 이렇게 언짢게 될 줄은 몰랐어."

"그래, 다시는 그런 말을 쓰지 않겠지. 데이비—또 그런 말을 생각하거나 하지도 않겠지. 그리고 만일 내가 너라면 해리슨 씨네 형과 함께 놀지 않을 거야."

"그 형은 인디언이 싸울 때 지르는 소리를 무척 잘 하는데."

데이비는 좀 아쉬운 듯했다.

"그렇지만 네 마음을 나쁜 말로 가득차게 하고 싶지는 않을 테지, 데이비? 그러면 마음에 독이 퍼져 착하고 남자다운 것을 모조리 쫓아내고 말거야."

데이비가 깊이 생각하는 진지한 눈길로 말했다.

"그건 싫어."

"그럼, 그런 말 쓰는 사람들과 같이 놀면 못써. 자, 이제는 기도할 수 있을 것 같니, 데이비?"

"응, 할 수 있어."

데이비는 힘차게 바닥으로 내려가 무릎을 꿇었다.

"이제는 잘할 수 있어. '잠든 사이에 죽음을 맞이해도'라는 말도 할 수 있어. 전에는 무서워서 못했지만."

아마도 앤과 다이애너는 그날 밤 그동안 쌓인 얘기를 나누며 밤을 꼬박 새웠겠지만 그 이야기의 기록은 하나도 남아 있지 않다. 떠들어대기도 하고 서로 고백하기도 하며 정신없이 몇 시간이나 흘러갔지만, 아침 식탁에 앉은 두 사람은 젊은이에게서밖에 볼 수 없는 활기찬 모습으로 초롱초롱한 눈을 반짝이고 있었다.

이제까지 한 번도 눈이 오지 않았었는데, 아침에 다이애너가 오래된 통나무다리를 건너 집으로 돌아갈 때 깊이 잠들어 있는 잿빛 들판과 나무숲에 흰 눈이 흩날리기 시작했다.

오래지 않아 곧 먼 산허리와 언덕에 비단 같은 솔이 걸쳐져 희끄무레한 유령처럼 보였다. 그것은 마치 파리해진 가을 신부가 안개의 베일을 쓰고 겨울 신랑을 기다리는 것 같았다.

화이트 크리스마스를 맞은, 그날은 참으로 즐거웠다. 오전 중에 미스 라벤더와 폴로부터 편지와 선물이 왔다. 그것을 앤은 쾌적한 그린 게이블즈의 부엌에서 펼쳤다.

부엌은 데이비가 기쁜 듯이 코를 킁킁거리며 말하는 '맛있는 냄새'로 가득차 있었다.

앤이 보고했다.

"미스 라벤더와 어빙 씨는 이제야 겨우 새 집에 자리잡았다나봐요. 미스 라벤더는 말할 수 없이 행복한 것 같아요. 편지를 보면 알 수 있어요. 샤를로타 4세로부터도 소식이 와 있어요. 보스턴이 조금도 마음에 들지 않아 집이 그리워 못 견디겠대요.

미스 라벤더는 내가 집에 있는 동안 언제든 한번 '메아리집'에 가서 불을 지펴 집안을 말리고 쿠션도 곰팡이가 슬지 않도록 말려 달래요. 다음주에 다이애너와 함께 가서 밤에는 시어도러 딕스네에 묵도록 하겠어요.

시어도러도 만나고 싶어요. 그런데 루도빅 스피드는 아직도 시어도러와 사귀고 있나요?"

머릴러가 대답했다.

"그렇다더구나. 루도빅쪽은 교제만은 계속할 마음인 것 같다만. 아무리 교제해도 그 이상 진전은 없을 거라고 모두들 단념하고 있단다."

"내가 시어도러라면 조금은 루도빅을 재촉하겠어, 정말이지."

린드 부인이 말했는데 확실히 그것은 린드 부인이 했을 법한 일임에 틀림없다.

필리퍼로부터 그녀답게 갈겨쓴 편지가 왔는데, 처음부터 끝까지 앤릭과 앨런조에 대한 얘기뿐, 그들이 뭐라고 했고 무엇을 했으며 필리퍼를 다시 만났을 때 어떤 얼굴을 했는지 등이 씌어 있었다.

하지만 나는 어느 쪽과 결혼하면 좋을지 아직 결심이 서지 않아. 네가 나와 함께 여기에 와서 나를 위해 결정해 주었으면 좋았을 텐데. 누군가가 그렇게 해주지 않으면 안 되는 걸, 뭐.

앨릭을 만났을 때 가슴이 철렁 울렸으므로 '이 사람이야말로 틀림없구나'하고 생각했어. 그런데 앨런조가 왔을 때 또다시 내 심장이 덜컹 울리지 않겠니? 이래서는 믿을 수가 없잖아. 내가 읽은 소설에는 모두 다 그걸로 알 수 있다고 되어 있는데 말이야.

그런데 앤, 네 심장은 진짜 잘생긴 왕자님이 아니면 어떤 사람이든 두근두근 떨리지 않겠지? 틀림없이 내 심장에는 뭔가 근본적인 결함이 있나봐.

하지만 나는 더없이 멋진 나날을 보내고 있어. 네가 여기에 있었다면 얼마나 좋을지 모르겠는데! 오늘은 눈이 내려서 너무너무 기뻐.

눈 없는 크리스마스를 맞는 게 아닐까 무척 걱정했었거든. 그린 크리스마스는 싫어. 눈이 오지 않으면 잿빛인지 갈색인지 모르겠지만 하여튼 지저분해서 마치 백 년 전부터 그 우울한 기분에 절여져 있었던 것 같은데 사람들은 눈이 오지 않으면 태연히 그린 크리스마스라고 해. 그린 크리스마스라니! 왜 그렇게 부르는지 나한테 물어봤자 소용없어. 던드리어리 경(卿)이 말했듯 '아무도 알 수 없는 일이 있도다'야.

앤, 전차를 타고 보니 돈을 한푼도 갖고 있지 않아 차비를 낼 수 없었던 일을 겪은 적 있니? 얼마 전에 내가 그랬단다. 정말 한심했어. 전차에 탈 때는 5센트짜리 동전 한 개를 가지고 있었지. 그것을 코트 왼쪽 주머니에 넣어두었다고 생각했지. 편안히 자리에 앉은 다음 무심코 주머니에 손을 넣었는데 돈을 찾아보니 없잖아! 등이 오싹하고 한기가 들더구나. 다른 쪽 주머니를 뒤져 보았지. 거기에도 없었어. 또

다시 소름이 돋았어. 이번에는 작은 안주머니를 뒤져 보았지. 모두 헛일이었어. 그때마다 눈앞이 아찔했지.

장갑을 벗어 좌석에 놓고 다시 한번 주머니를 샅샅이 뒤져 보았어. 아무 데도 없었어. 나는 일어나 이리저리 몸을 흔들고 나서 아래를 보았지. 전차는 오페라가 끝나고 돌아가는 사람으로 가득찼고 모두 나를 빤히 보고 있었지만 그때는 그런 하찮은 일에 마음 쓸 상황이 아니었어.

결국 차비는 보이지 않았어. 틀림없이 입에 물고 있다가 그만 삼켜버린 거라고 판단했단다.

나는 어찌해야 좋을지 알 수 없었어. 온갖 생각을 다해 봤지. 차장이 전차를 멈추고 나를 명예롭지 못한 부끄러운 모습으로 내리도록 하는 게 아닐까 생각했지. 덜렁대는 버릇 덕분에 이런 곤경에 빠졌을 뿐이며, 잊어버린 척하고 무임승차하는 뻔뻔한 사람이 아님을 차장에게 납득시킬 수 있을까? 앨릭이나 앨런조가 있어 주었으면 좋았을 거라고 얼마나 바랐는지 몰라. 하지만 오는 게 싫다고 내가 말했으므로 둘 다 없었지. 내가 싫다고 하지 않았다면 그들은 기꺼이 거기에 함께 있었을 텐데.

차장이 다가오면 뭐라고 할까 마음을 쉽사리 정하지 못하고 있었어. 가슴속에 둘러댈 말을 한 가지 만들어내고는 곧 아무도 그런 말은 믿어주지 않으리라고 여겨져 또 다른 변명거리를 짜야만 했단다.

이제는 운을 하늘에 맡기는 수밖에 없다는 생각이 들었어. 그렇게 생각하니 한결 마음이 아주 가벼워지면서 폭풍우가 휘몰아치는 상황 속에서 선장으로부터 '전능하신 신께 모든 것을 맡기는 수밖에 없습니다'라는 말을 듣고 '저런, 선장님, 그토록 심한가요?' 외쳤다는 그 할머니와도 같은 심정이었단다.

모든 희망은 깨끗이 사라지고 차장이 내 옆자리 손님에게 통을 내민 그 결정적인 순간 문득 그 동전을 넣어둔 곳이 생각났어. 역시 삼켜버린 건 아니었어. 얌전히 장갑 집게손가락에서 동전을 꺼내 통 속에 밀어넣었단다. 나는 다른 사람들의 얼굴을 보고 방긋 웃으며 이 세상은 정말 아름답다고 생각했지.

'메아리집' 방문은 방학 동안 여기저기 다닌 먼 나들이 가운데 둘째가라면 서러울 만큼 즐거웠다.

앤과 다이애너는 점심을 담은 바구니를 들고 곧 너도밤나무숲속의 옛길을 지나갔다.

미스 라벤더의 결혼식 뒤로 닫혀 있던 '메아리집'은 다시 모든 문을 활짝 열고 바람과 햇빛을 마음껏 쐬었다. 작은 방들에서는 난롯불이 활활 타올랐다. 미스 라벤더가 만든 장미꽃 포푸리에서 나는 향기가 아직도 공기 속에 감돌고 있었다.

미스 라벤더가 환영하는 마음이 담긴 다갈색 눈을 별처럼 반짝이며 발걸음도 가볍게 나타나고 샤를로타 4세가 파란 나비 리본을 매고 큰 입으로 웃으며 문에서 불쑥 나오지 않는 게 믿어지지 않을 정도였다. 폴 또한 요정의 공상과 더불어 그 둘레를 서성거리고 있는 듯이 여겨졌다.

앤이 웃으며 말했다.

"어쩐지 유령이 되어 이제 손이 닿지 않는 옛날을 들여다보러 다시 돌아온 것 같은 느낌이 들어. 밖으로 나가 메아리가 집에 있는지 확인해 봐야지. 그 뿔피리는 지금도 부엌문 뒤에 걸려 있을 거야."

메아리는 흰 시냇물 건너편에 자리잡고 옛날과 변함없이 맑은 은방울 울림을 지니고 있었다.

메아리가 그치자 '메아리집'의 문을 잠근 두 사람은 다시 겨울해가 장밋빛과 사프란빛으로 주위를 차츰차츰 물들이고 있는 황혼 속을 걸어 돌아갔다.

청혼

묵은해(年)는 눈도 내리지 않는 어스름 속에 분홍과 오렌지색으로 물든 하늘로 저녁해가 떨어지면서 조용히 물러간 게 아니라, 휘몰아치는 눈보라 속에서 요란하게 막을 내렸다.

그날 밤도 폭풍은 꽁꽁 얼어붙은 목장과 거뭇거뭇한 골짜기 위를 윙윙거리며 날아와 길 잃은 방랑자처럼 나무줄기 언저리를 소리내며 돌다가 덜컹덜컹 흔들리는 창문에 날카롭게 몰아붙였다.

앤은 제인 앤드루스를 보고 말했다.

"이렇게 담요를 두르고 침대 속에 있을 수 있는 행복을 신께 감사드리고 싶어지는 밤이구나."

제인은 오후부터 와 있었으며 그날 밤 자고 가기로 했다. 그러나 두 사람이 앤의 현관 위 작은 방에서 담요를 두르고 앉았을 때 제인이 생각하고 있었던 것은 신에 대한 감사가 아니었다.

제인은 정색을 하고 말했다.

"앤, 네게 하고 싶은 이야기가 있는데, 괜찮겠니?"

앤은 어젯밤 루비 길리스가 연 파티에 갔었으므로 좀 졸렸다. 제인이 하는 얘기란 지루할 게 뻔했기 때문에 제인의 속내 말에 귀기울이

기보다는 잠을 자고 싶었다. 어떤 일인지 짐작도 가지 않았다. 아마 제인도 약혼한 것이겠지. 확실한 곳을 통해 들은 소문으로는 루비 길리스가 이 주위의 아가씨란 아가씨는 모두 열을 올리고 있는 스펜서 베일의 선생님과 약혼한 듯하니까.

'이제 나만 4인조 가운데 오직 혼자, 사랑을 모르는 아가씨가 되고 말겠구나.'

앤은 꾸벅꾸벅 졸며 생각했으나 입으로는 이렇게 말했다.

"물론 괜찮아."

제인은 한층 더 진지하게 말을 꺼냈다.

"앤, 너 우리 오빠 빌리를 어떻게 생각하니?"

이 뜻밖의 질문에 앤은 숨이 멎을 듯이 놀라 필사적으로 머리를 굴렸다.

이게 무슨 소리람! 나는 빌리 앤드루스를 어떻게 생각하고 있을까? 빌리를—동그란 얼굴에 얼빠진 듯 언제나 히죽거리고 있는 착하기만 한 빌리 앤드루스를 생각해 보는 사람이 있을까?

앤은 말을 더듬었다.

"나—나는 모르겠어, 제인. 대체 무슨 얘기니—자세히 말해 주겠니?"

제인은 다짜고짜 물었다.

"너 빌리 오빠 좋아하니?"

"그—그야, 좋지, 물론."

앤은 겨우 대답했지만 지금 자기가 한 말이 정말인지 아닌지 스스로도 자신이 없었다. 확실히 빌리가 싫지는 않았다. 이따금 빌리가 눈에 들어와도 관심이 없기에 아무렇지도 않게 있을 수 있는 것을 좋아한다고 해도 되는 것일까? 대체 제인은 무슨 말을 하고 싶은 것일까?

제인은 침착하게 물었다.

"우리 오빠를 남편감으로 좋다고 생각하니?"

"남편감으로!"

앤은 빌리에 대한 자신의 마음을 들여다보는 어려운 문제와 씨름하기에 좋으리라고 여겨 침대 위에 일어나 앉아 있었는데, 지금은 베개 위에 벌렁 나자빠져 숨마저 멎을 정도였다.

"남편이라니, 누구의?"

"물론 네 남편이지. 빌리 오빠는 너와 결혼하고 싶어해. 전부터 네게 빠져 있었지. 게다가 이번에 아버지가 위쪽 밭을 오빠 명의로 해주었기에 언제라도 결혼할 수 있게 되었어. 오빠는 그야말로 부끄럼을 많이 타서 네가 결혼해 주겠는지 어떤지 하는 것을 물을 수 없어 내게 시켰어. 나는 하고 싶지 않지만 오빠가 너무 귀찮게 굴어 하는 수 없이 좋은 기회가 왔을 때 물어보겠다고 했지. 내 얘기를 어떻게 생각하니, 앤?"

이것은 꿈일까? 어째서 그렇게 되었는지 전혀 모르는데도 자기가 싫은 어떤 사람과 또는 알지도 못하는 사람과 꿈에서 약혼하거나 결혼하는 일이 있는데, 이것도 그런 악몽 가운데 하나일까?

아니, 그렇지는 않다. 나 앤 셜리는 눈을 크게 뜨고 여기 내 침대에 누워 있으며, 제인 앤드루스는 곁에서 태연히 오빠 빌리를 대신하여 결혼신청을 하고 있는 것이다.

앤은 울어야 할지 웃어야 할지 몰랐지만, 그러나 그 어느 쪽도 하지 않았다. 제인의 감정을 해쳐서는 안 되기 때문이었다.

앤은 가까스로 말했다.

"아―안 돼. 네 오빠하고는 결혼할 수 없어. 알지, 제인? 그런 일은 한 번도 생각한 적 없는 걸, 단 한 번도!"

제인도 동의했다.

"그럴 거야. 빌리 오빠는 부끄럼이 많아서 스스로 구애한다는 건 생각조차 하지 못했으니까. 하지만 잘 생각해봐, 앤. 빌리 오빠는 좋은 사람이야. 내 오빠기 때문에 잘 알 수 있어. 나쁜 버릇은 하나도 없고 일 잘하고 믿음직스러워. '손 안에 있는 새 한 마리는 덤불 속에 있는 두 마리보다 낫다'고 하잖아.

오빠는 네게 이렇게 말해 달랬어. 네가 무슨 일이 있어도 그래야겠다면 기꺼이 네가 대학을 졸업할 때까지 기다리겠다고. 물론 오빠로서는 올봄 씨뿌리기가 시작되기 전에 빨리 결혼하고 싶대. 오빠는 평생 널 소중히 생각할 거야. 게다가 앤, 나도 네가 내 올케가 되어 주면 좋겠어."

앤은 딱 잘라 말했다.

"나는 빌리 오빠와 결혼할 수 없어."

정신을 되찾자 얼마쯤 화가 치밀기도 했다.

"생각해볼 것도 없어, 제인. 너희 오빠를 좋아한다는 건 그런 뜻이 아니었어. 너희 오빠에게 분명히 그렇게 전해줘."

"그래, 나도 네가 승낙하리라고는 생각지 않았어."

제인은 최선을 다했다는 마음으로 체념하고 한숨을 쉬었다.

"네게 물어봐야 소용없다고 말했지만 오빠가 고집을 부렸어. 됐어. 네 뜻은 그것으로 분명해졌으니까, 앤. 다만 나중에 후회하지 않기를 바라겠어."

제인의 말투는 얼마쯤 싸늘했다. 앤에게 마음을 빼앗긴 빌리의 바람은 이루어질 가망이 전혀 없다고 제인은 단념했지만, 마침내 의지할 곳 없는 고아에 지나지 않는 앤 셜리가 내 오빠를—애번리의 유서깊은 앤드루스 집안사람을 거절했다고 생각하니 좀 야속하여 약이 올랐다.

좋아, 오만한 사람은 오래 가지 못한다고 했어, 이렇게 제인은 곱지 않은 생각으로 자신을 위로했다. 자기의 오빠와 결혼하지 않은 것을 후회하지 말라는 제인의 말에 앤은 어둠 속에서 자기도 모르게 미소를 떠올렸다.

앤은 위로하듯 말했다.

"빌리 오빠가 이 일로 너무 마음 아파하지 않았으면 좋겠어."

제인은 베개 위에서 머리를 번쩍 들었다.

"어머나, 오빠는 비탄에 잠기거나 하지 않아. 분별력이 있으니까 그런 짓은 하지 않을 거야. 오빠는 네티 블뤼엣도 꽤 좋아해. 어머니도 다른 누구보다 네티와 결혼시키고 싶어하지. 네티는 살림을 썩 잘하고 알뜰하니까. 너하고 절대로 결혼할 수 없다면 오빠는 네티를 데려오리라 생각해. 이런 말은 부디 아무에게도 하지 말아줘. 알겠지, 앤?"

"그럼, 비밀로 할게."

앤은 빌리 앤드루스가 자기와 결혼하고 싶어 했다느니 하는 말을 퍼뜨리고 싶은 마음은 조금도 없었다. 앤을 좋아하느니 하면서 마침내 결혼하기로 한 상대가 네티 블뤼엣이라니, 네티 블뤼엣이라니!

제인이 말했다.

"그럼, 이제 자는 게 좋겠어."

제인은 잠 속으로 어렵지 않게 스르르 빠져들어갔다. 제인을 맥베스[1]에 비유하는 것은 마땅치 않지만, 앤의 잠을 살해한 것만은 분명했다. 결혼신청을 받은 아가씨는 베개에 머리를 올려놓은 채 새벽까지 뜬눈으로 누워 있었는데, 마음 속 생각은 낭만적인 것과 거리가 멀었다.

이튿날 아침이 되어서야 앤은 겨우 마음껏 웃을 수 있었다. 제인이 돌아가버리자—앤드루스 집안과의 명예로운 혼담을 앤이 고맙게 여기지 않고 그토록 딱 잘라 거절한 데 대해 아직 마음이 말끔히 풀리지 않아 싸늘한 말과 태도로 돌아간 제인을 배웅하자마자—앤은 현관 위의 방으로 가서 문을 닫고 마음껏 웃었다.

---

[1] 셰익스피어 《맥베스》 주인공.

앤은 생각했다.

'이토록 우스꽝스러운 얘기를 아무에게도 말하지 못하다니 아까워 죽겠어. 하지만 그렇게 할 수는 없지. 다이애너에게만은 털어놓고 싶지만, 비록 제인에게 비밀로 할 것을 맹세하지 않았다 하더라도 지금으로서는 다이애너에게 이야기할 수 없어. 모두 다 프레드에게 말해버릴 테니까. 틀림없어. 그래, 이것이 첫 구혼이라는 거로구나. 언젠가는 받으리라 생각했지만, 설마 대리인을 통해서 받을 줄은 생각도 못했어. 기가 막혀서! 하지만 마음이 좀 아픈 것도 사실이야.'

말로는 하지 않았지만 마음이 아픈 원인이 어디에 있는지 앤은 잘 알고 있었다. 앤은 멋진 구혼의 말을 해줄 누군가가 나타나기를 남몰래 꿈꾸어 왔다. 꿈속에서 그런 장면은 반드시 아주 낭만적이고 아름다웠다. 그 '누군가'는 앤이 기뻐 어쩔 줄 모르며 수줍게 '네'라고 대답할 만한 '매력적인 왕자'거나, 또는 아쉬운 마음으로 아름답게 엮은 말이지만 희망의 여지가 없는 단호한 거절을 해야 할 상대거나, 아무튼 얼굴이 뛰어나게 잘생겼으며 검은 눈동자와 고귀한 태도로 말도 잘했었다.

두 번째 경우에도 섬세하고 품위 있는 말로 거절하므로 상대는 승낙을 받은 것과 다름없는 마음으로 앤의 손에 입맞추고 평생토록 변함없는 뜨거운 사랑을 바칠 것을 맹세하며 떠나는 것이다. 그리고 그것은 애수 띤 아름다운 추억으로 언제까지나 가슴속에 남아 있어야 했다. 그런데 이 가슴 두근거리는 경험이 단순히 우스운 일로 허무하게 끝난 것이다.

빌리 앤드루스는 아버지가 밭을 주었다고 자기 대신 누이동생에게 결혼신청을 하게 하고, 만일 앤이 자기를 남편으로 원하지 않는다면 네티 블뤼엣이 기꺼이 올 거라고 한다.

정말 대단한 로맨스가 아닌가!

앤은 소리내어 웃었다. 그리고 한숨을 쉬었다. 처녀시절이 누릴 수 있는 소박한 꿈에서 장밋빛 꽃이 져버린 것이다. 인생은 이런 유쾌하지 않은 경험이 거듭되는 가운데 이윽고 따분한 것이 되어버리는 게 아닐까?

세놓음 가구딸림

레드먼드 2학기는 1학기와 마찬가지로 눈 깜짝할 사이에—필리퍼의 말을 빌면 '휘익 하는 소리를 내며' 날아가 버렸다.

앤은 모든 대학생활을 마음껏 즐겼다. 학급에서의 활기찬 경쟁, 새로이 맺어지거나 또는 한층 더 깊어져 가는 참된 우정, 떠들썩한 사교모임에서 남몰래 익힌 사교술, 앤이 속해 있는 갖가지 모임에서의 행사, 식견(識見)과 흥미의 폭을 더해 가는 여러 경험 등이었다.

앤은 열심히 공부에 힘썼다. 영문학에서 '소번 장학금'을 타야겠다고 마음먹고 있었기 때문이다. 이 장학금을 타면 다음해 머릴러의 얼마 안 되는 저금에 손대지 않고 레드먼드로 돌아올 수 있다. 어떻게든 머릴러의 저금은 고스란히 두겠다고 앤은 결심하고 있었다.

길버트도 장학금을 노리고 있었지만 세인트 존 거리 38번지를 뻔질나게 드나들 시간은 충분했다.

모든 모임에서 길버트는 앤의 짝이 되었으며, 레드먼드의 참새들은 두 사람의 이름을 함께 묶어 수군거린다는 것을 앤은 알고 있었다. 이 일에 앤은 몹시 못마땅하게 여겼으나 어쩔 수 없었다. 길버트 같은 오랜 친구를 저버릴 수도 없었으며, 특히 그가 갑자기 신중하고 조심스러워졌으므로 더욱 더 그러했다.

사실 길버트로서는 초저녁 샛별처럼 매혹적인 잿빛 눈의 이 늘씬한 빨강머리 여자대학생을 에스코트하는 자리를 노리고 있는 남자들이 한둘이 아니어서 반드시 그렇게 하지 않을 수 없었다.

필은 1학년 때 내내 그녀에게 봉사하고 싶어 안달하는 추종자들을 이끌고 승리의 행진을 계속했지만 앤은 그렇지 않았다. 다만 여위고 머리가 좋은 1학년생과 쾌활하고 몸집 작으며 얼굴이 동그란 2학년생, 그리고 박식하고 키 큰 3학년생이 있어서 그들은 모두 세인트 존 38번지를 찾아와 쿠션으로 파묻힌 그 응접실에서 '무슨무슨 이론'이니 '무슨무슨 주의'니 또는 좀 더 가벼운 화제 등을 앤과 함께 이야기하기 좋아했다.

길버트는 이 사람들 가운데 누구도 좋아하지 않았다. 길버트는 방심한 사이 그들 가운데 누가 별안간 앤에게 열렬한 구애를 하는 일이 없도록 세심한 주의를 기울였다.

앤에게 길버트는 또다시 애번리 시절 편한 친구가 되었으며, 그렇게 됨으로써 경쟁자의 대열에 있는 어떤 숭배자들보다 우세한 입장을 유지할 수 있었다.

친구로서는 길버트만큼 만족스러운 이가 없음을 앤도 솔직하게 인정했다. 그리고, 은근히 길버트가 그 바보스러운 생각을 버린 게 오히려 고마운 마음이 들었다. 한편으로는 길버트가 어째서 이렇게 되었을까 남몰래 이상하게 생각했던 것도 사실이다.

단 한 가지, 그해 겨울을 불쾌하게 한 사건이 있었다. 어느 날 밤에 이더가 가장 아끼는 쿠션에 막대기처럼 딱딱하게 앉은 찰리 슬론이 앤에게 '장래 찰리 슬론 부인이 되겠다'고 약속해 주겠느냐고 뜬금없이 물은 일이었다. 빌리 앤드루스의 대리인사건이 없었다면 낭만적인 앤은 엄청난 충격을 받았겠지만 그 뒤였으므로 그리 큰 충격 없이 넘길 수 있었다.

그러나 확실히 이 또한 가슴이 찢어지는 듯한 환멸이라고밖에 할 말이 없었다. 게다가 화도 났다. 찰리에게 이런 터무니없는 일을 생각하게 할 만한 태도를 조금도 보이지 않았기 때문이다. 그러나 린드 부인이 경멸하듯 한 말대로 슬론 집안사람이니 어련하겠어 하는 기분이었다. 말투며 태도며 말씨에 이르기까지 찰리 전체에서 슬론 집안 냄새가 풍기고 있었다.

그는 엄청난 명예를 앤에게 주려 하는 것이다. 그 점은 조금도 의심할 여지가 없었다. 그러나 앤은 이것을 조금도 명예로 느끼지 않아 성의껏 에둘러서 배려하는 말로 거절했다—슬론 집안사람이라 하더라도 감정을 지니고 있으므로 상처를 입혀서는 안 되기 때문이다—그러자 슬론 집안의 둔감함이 더욱더 얼굴에 드러났다.

확실히 찰리는 앤이 상상 속에서 구혼자가 거절당했을 때처럼은 물러가지 않았다. 뿐만 아니라 마구 성내며 그것을 겉으로 나타내어 아주 심한 말을 했으므로 저도 모르게 화가 치민 앤도 통렬한 말로 응수했다. 그것이 얼마나 날카로웠던지 찰리를 보호하고 있는 슬론 적인 둔감함마저 뚫어버리고 급소에 깊숙이 꽂히고 말았다.

찰리는 얼굴이 시뻘개져서 모자를 움켜쥐고 밖으로 뛰쳐나갔다. 앤은 도중에 에이더의 쿠션에 두 번이나 걸리며 2층으로 뛰어올라가 침대에 몸을 던지고 굴욕과 분노의 눈물을 흘렸다.

정말이지 자신은 슬론 집안사람과 말다툼할 만큼 타락한 것일까? 찰리 슬론의 말이 나를 이렇게까지 화나게 할 만큼 힘이 있었던 것일까? 아, 네티 블뤼엣의 라이벌이 되는 것보다 더 끔찍해!

앤은 엎드린 채 억울하고 분한 감정에 휩싸여 흐느껴 울었다.

'저렇게 끔찍한 사람은 다시 만나고 싶지 않아.'

찰리와 다시 만나지 않을 수는 없었지만 화가 난 찰리 쪽이 얼굴을 마주치지 않도록 조심했다. 그 덕분에 에이더의 쿠션은 찰리로 말미암아 괴로움을 받는 일이 없었으며, 거리에서나 레드먼드 대학에서

앤을 만났을 때 찰리의 인사는 아주 싸늘했다. 예부터 학교친구였던 두 사람 사이는 1년 가까이 이처럼 팽팽히 긴장된 상태가 이어졌다!

얼마 뒤 찰리 마음에 상처 입은 애정은 장밋빛 얼굴과 사자코에 눈이 파란 조그마한 2학년생에게로 옮겨졌으므로 그 뒤 앤에 대한 노여움을 풀고 다시금 점잖고 정중히 행동하게 되었는데, 그것은 앤이 얼마나 손해 보았는가 하는 것을 깨닫게 해주려는 의도가 한눈에 드러나는 뻔뻔스러운 태도였다.

어느 날 앤은 흥분하여 프리실러의 방에 뛰어들어 왔다.

"이것 좀 읽어봐."

앤은 소리치며 프리실러에게 편지 한 통을 내밀었다.

"스텔러로부터 왔어. 다음해에 레드먼드로 오겠대. 스텔러의 생각을 어떻게 여기니? 그대로 이루어질 수만 있다면 이렇게 멋진 일은 또 없다고 생각해. 이루어질 수 있을까, 프리실러?"

"무슨 일인지 알면 좀 더 확실한 대답을 할 수 있겠지."

프리실러는 그리스어 사전을 내던지고 스텔러의 편지를 집어들었다. 스텔러 메이너드는 퀸즈아카데미 시절의 친구로, 그때까지 학교에서 아이들을 가르치고 있었다.

하지만 학교에서 가르치기를 그만두고 다음해 대학에 들어갈까 생각해, 앤. 퀸즈아카데미에서 3학년까지 마쳤으니 대학 2학년에 편입할 수 있어.

외진 시골 학교에서 아이들을 가르치는 일에는 이제 싫증나버렸어. 머지않아 '시골 여교사의 시련'이라는 글을 쓸 생각이야. 혹독한 현실생활을 있는 그대로 써보려 해. 여교사는 하는 일도 없이 빈둥대며 꼬박꼬박 월급이나 챙겨 가는 족속쯤으로 보는 것이 일반사람들의 인상인 듯해.

내 책으로 우리 여교사들의 실상을 알려줄 생각이야. 편한 일을 하고 높은 월급을 받는다는 말을 누군가로부터 듣지 않고 1주일을 지낼 수 있다면 그 자리에서 곧바로 승천제(昇天祭)에 입을 옷을 주문하여 이 세상과 하직해도 좋다는 기분이 들 정도야.

'꽤 편한 직업 아닙니까?' 지방세를 내는 어떤 사람이 생색이라도 내듯이 말하는 거야. '그저 책상 앞에 앉아서 학생들이 공부하는 것을 지켜보기만 하면 되니까.'

처음에는 논쟁을 벌였지만 지금은 나도 많이 현명해졌어. 현실이란 완강한 벽임에 틀림없지만 누군가가 말했듯 그것은 오해의 절반에도 미치지 못해. 그래서 난 그저 상대방을 경멸하듯이 웃으며 잠자코 있어. 침묵은 많은 것을 얘기하는 법이거든.

생각해봐. 학생들은 1학년부터 9학년까지 섞여 있어서 지렁이의 내장 조사로부터 태양계 연구에 이르기까지 모든 것을 조금씩 다 가르쳐야만 해. 가장 어린 학생은 4살이야. 어머니가 '귀찮아서' 학교에 보내고 있지. 가장 나이 많은 학생은 20살, 더 이상 들일을 하기보다는 학교에 가서 교육받는 것이 편하겠다고 '문득 생각했다'더구나.

모든 과목을 하루 여섯 시간 수업 속에 집어넣으려고 필사적으로 동동거려야 하니, 저학년 남자아이들이 영화를 보러갔을 때와 같은 기분을 느끼는 것도 무리가 아니야. 방금 뭐가 지나갔는지도 모르는데 벌써 그 다음 장면을 봐야 한다고 투덜대는 거지. 나 자신도 그런 생각이 드니까.

게다가 내가 받는 편지라니, 앤! 토미의 어머니는 자기가 바라는 대로 토미의 산수가 조금도 늘지 않는다고 원망 어린 편지를 보냈어. '토미는 아직 뺄셈을 하고 있는데 조니 존슨은 분수를 하고 있다, 조니는 우리 토미의 반만큼도 영리하지 못한데 그 까닭을 자기로서는 알 수가 없다'는 거야.

수지의 아버지는 수지가 쓰는 편지가 절반쯤 철자법이 틀리는 것은 어찌된 일인지 까닭을 알고 싶다고 하고, 딕의 아주머니는 딕의 자리를 바꿔주었으면 좋겠는데, 함께 앉은 그 브라운이라는 못된 아이가 나쁜 말을 가르쳐 주기 때문이라고 이러쿵저러쿵 말해 오는 형편이야.

경제적인 면은 어떤가 하면—아니야, 이 얘기는 그만 두겠어. 신은 파멸시키고 싶은 사람으로 가장 먼저 시골 여선생을 고른단다!

앤, 내게 조그만 계획이 있어. 내가 얼마나 하숙을 싫어하는지 잘 알고 있겠지. 4년 동안이나 하숙생활을 해 왔으니까. 아주 지긋지긋해. 그런데 또 3년이라니 도저히 견딜 수 없을 것 같아.

그래서 말인데, 너와 프리실러와 내가 한데 모여 킹스포트 어딘가에 조그만 집 한 채를 빌어 자취할 수 없을까? 다른 어떤 방법보다도 그편이 싸게 먹힐 거야.

물론 가정부가 필요하겠지만 그건 벌써 해결되어 있어. 내가 제임시너 숙모님 이야기를 한 것을 들은 적 있겠지? 이름과는 달리 아주 다정한 분이야. 이름은 어쩔 수 없는 것 아니겠니? 제임시너라는 이름이 붙은 까닭은 숙모님의 아버지인 제임스 씨가 숙모님이 태어나기 한 달 전 바다(sea)에서 죽었기 때문이란다.

나는 언제나 숙모님을 짐시 숙모님이라고 부르지. 그런데 숙모님의 외동딸이 얼마 전 결혼해서 외국으로 전도하러 가버렸어. 제임시너 숙모님은 넓은 집에 혼자 있게 되어 몹시 쓸쓸해 하시지. 그래서 우리가 부탁하면 킹스포트에 와서 우리를 위해 살림을 돌봐줄 거고, 너희들도 틀림없이 우리 숙모님을 아주 좋아하게 될 거야.

이 계획은 생각하면 할수록 더욱더 마음에 들어. 우리는 누구의 방해도 받지 않고 아주 즐겁게 살게 될 거야. 만일 너와 프리실러가 찬성이라면 그곳에 있는 너희 둘이서 알맞은 집이 구해질지 어떨지 올봄에 한번 찾아보는 게 좋지 않겠니? 그편이 가을까지 기다리는 것보다 좋을 거야.

가구 딸린 집이 있으면 무엇보다도 좋겠지만, 그렇지 못한 경우
에는 우리들 것이며 또 가족이나 아는 사람들의 골방에서 조금씩
가구를 얻어 모으면 돼. 아무튼 되도록 빨리 결정해서 답장해줘.
제임시너 숙모님도 계획을 세우고 준비해야 하니까.

　　프리실러가 말했다.
　"멋진 생각인 것 같아."
　　앤은 기쁜 듯 맞장구쳤다.
　"나도 그렇게 생각해. 이 집도 그렇게 나쁘진 않지만, 그래도 하숙
은 하숙, 집은 아니지 않니? 시험이 시작되기 전에 곧 셋집을 찾으러
나가보자."
　　프리실러가 경고했다.
　"꼭 알맞은 집을 구하기란 좀 어렵지 않을까. 너무 기대를 크게 가
져서는 안 돼, 앤. 그럴싸한 곳에 지어진 멋진 집이라면 우리 돈으로
는 구할 수 없을 거라고 생각해. 아마 어떤 사람들이 살고 있는지 알
수 없고 이름도 없는 거리에 있는 허름한 집으로 만족하며, 대신 그
안에서 쾌적한 생활로 채워야 할 거야."
　　그리하여 두 사람은 셋집을 찾으러 나섰으나 원하는 것과 같은 집
을 찾아내기란 프리실러가 걱정한 이상으로 어려운 일임을 알았다.
가구가 딸린 집이든 딸리지 않은 집이든 얼마든지 있었다. 그러나 터
무니없이 크거나 너무 작았으며, 이 집은 집세가 너무 비싼가 하면
저 집은 레드먼드에서 너무 멀었다.
　　어느덧 시험이 시작되고 그리고 끝났다. 학기 마지막 주가 돌아왔
지만 앤의 '꿈의 집'은 아직까지 공중누각 상태였다.
　　프리실러가 침울하게 말했다.
　"이젠 단념하고 가을까지 기다려야 할 것 같아."
　　두 사람은 4월에 흔히 있는 무어라 말할 수 없이 기분 좋은 날, 공

원을 산책하고 있었다. 바람은 산들산들 불었고 하늘은 파랬으며 진 줏빛 안개 밑에서 항구가 크림빛으로 반짝였다.

"가을이 되면 그럭저럭 살 만한 오두막이라도 발견될지도 모르고, 그것도 안 되면 언제라도 하숙으로 돌아가면 돼."

"어쨌든 지금으로선 나는 그 일을 생각하느라 이 아름다운 오후를 망쳐 버리거나 하지 않겠어."

앤은 즐거운 듯 주위를 둘러보았다. 상쾌하고 산뜻한 공기는 희미하게 송진 향기를 머금고 있었으며 머리 위의 하늘은 수정처럼 맑고 파랬다. 축복의 큰 잔이 찰랑거리다 기울어진 것 같았다.

"오늘은 봄이 내 마음에서 노래하고 있어. 그리고 4월의 유혹이 공중에 붕붕 떠돌고 있어. 나는 환상을 그리며 달콤한 꿈을 꾸고 있는 참이야, 프리실러. 그것은 바람이 서쪽에서 불어오기 때문이야. 서풍이란 아주 좋아. 희망과 기쁨의 노래를 부르고 있어. 동풍일 때는 언제나 처마에 내리는 슬픈 비며 잿빛 기슭으로 밀려오는 슬픔의 물결을 떠올리게 돼. 노인이 된 뒤로는 동풍이 불면 나는 틀림없이 류머티즘을 일으킬 거야."

프리실러는 웃었다.

"게다가 털가죽이며 겨울옷을 벗어버리고 이처럼 가벼운 봄옷차림으로 외출하는 것은 즐겁지 않니? 마치 새로 태어난 기분이야?"

"봄은 모든 것이 새로워. 봄 그 자체도 언제나 신선한 걸. 해마다 똑같은 봄은 하나도 없어. 반드시 뭔가 특별한 것을 지니고 있어서 독특한 아름다움이 있지. 저것 봐, 저 작은 연못 둘레에 솟은 풀이 얼마나 파란지. 버드나무도 저렇게 싹이 돋았어."

"시험도 끝났고, 곧 종업식이야. 이번 수요일이지. 다음주는 아마 집에 가 있을 거야."

앤은 황홀하게 말했다.

"기뻐. 하고 싶은 일이 많아. 뒷문 층계에 앉아 해리슨 씨네 밭에서 불어오는 바람도 쐬어보고 싶고 '도깨비숲'에 양치류를 찾으러 가기도 하고 '제비꽃 골짜기'에서 제비꽃도 꺾고 싶어. 우리들의 그 멋진 소풍 기억하니, 프리실러? 나는 개구리의 노랫소리며 포플러의 속삭임을 듣고 싶어.

하지만 킹스포트도 아주 좋아하게 됐어. 그래서 올가을에 돌아오는 게 즐거워. 하지만 '소번 장학금'을 받지 못했다면 돌아올 수 없었으리라 생각해. 머릴러의 얼마 안 되는 저금에 손대다니, 도저히 할 수 없는 일이거든."

프리실러가 한숨을 쉬며 말했다.

"나머진 집 문제뿐이야! 저 킹스포트를 봐, 앤—집, 집, 곳곳에 집이야. 그런데 그중에 우리집은 한 채도 없잖아."

"그만둬, 프리실러. '가장 좋은 것은 또한 뒤에 온다*¹'야. 고대 로마 사람처럼 우리는 반드시 집을 찾아내거나 짓게 될 거야. 이런 날 내 멋진 사전에 실패라는 말은 없단다."

두 사람은 땅거미질 때까지 공원 안을 서성거리며 놀라운 봄의 기적과 영광과 경이로움에 흠뻑 잠긴 다음 여느때처럼 '패티의 집'을 보려고 스포퍼드 거리를 들르기로 했다.

언덕길을 올라가면서 앤이 말했다.

"뭔가 알 수 없는 일이 지금 곧 일어날 듯한 기분이야. '엄지손가락이 찌릿하게 아픈' 것을 보면 말이야. 어쩐지 멋진 옛날이야기 속에 있는 듯해. 어머나—어머나—어머나! 프리실러 그랜트, 저기 좀봐. 저게 정말일까? 아니면 내가 허깨비라도 보고 있는 것일까?"

프리실러는 찬찬히 살폈다. 앤의 엄지손가락과 눈에 잘못은 없었다. 패티의 집 입구 아치에 작고 얌전한 팻말이 달려 있었는데, 다음과 같이 씌어 있었다.

---

*1 19세기 영국 시인 브라우닝의 말.

세놓음 가구딸림. 자세한 것은 들어와 물어주시오.

앤이 속삭였다.
"프리실러, 우리가 패티의 집을 빌릴 수 있을 것 같니?"
놀란 프리실러는 딱 잘라 말했다.
"아니, 빌릴 수 없어. 그런 기막히게 좋은 일이 생길 리 없지. 요즘 세상에 동화 속에 나오는 기적 같은 건 일어나지 않아. 그런 희망은 갖지 않을 거야, 앤. 실망하는 일을 생각하면 견딜 수 없으니까. 우리 힘으로 낼 수 없는 집세일 거야. 다만 잊어서는 안 될 일은 저 집이 스포퍼드 거리에 있다는 점이야."
앤은 마음을 정하고 말했다.
"아무튼 알아봐야 해. 오늘은 이미 늦었으니까 내일 오기로 하자. 프리실러, 이 예쁜 집을 얻을 수 있으면 얼마나 좋을까! 처음에 봤을 때부터 내 운명이 패티의 집과 닿을 거라는 기분이 줄곧 들었었어!"

패티의 집

다음날 저녁, 두 사람은 떨리는 마음을 다독이며 단단히 먹고 작은 뜰의 오솔길을 성큼성큼 걸어갔다.

4월 훈훈한 바람이 소나무 가지를 실로폰 치듯 울리고 우거진 나무숲은 울새로 떠들썩했다

―크고 통통하게 살찐 두세 마리가 오솔길을 으스대며 뛰어다니고 있었다.

두 사람은 좀 겁을 먹어 조심히 벨을 눌렀다. 무표정한 얼굴의 나이든 하녀가 안으로 맞아들였는데, 문은 곧바로 큰 거실이 이어지고 타고 있는 벽난로 곁에는 두 부인이 무표정하게 앉아 있었다.

한 명은 70살쯤이고 다른 한 명은 좀 더 낮추어 50살쯤 되어 보인다는 것 말고 두 사람은 거의 다른 점이 없었다. 둘 다 철테안경 속의 동그란 눈이 깜짝 놀랄 만큼 컸으며 하늘빛이었다. 테 없는 모자를 똑같이 쓰고 잿빛 숄을 걸쳤으며 서두르지도 않고 멈추지도 않으며 느긋하게 뜨개질을 하고 있었다. 두 사람 다 흔들의자를 유유히 흔들며 한마디도 하지 않고 두 아가씨를 물끄러미 바라보았다. 저마다 등 뒤에 동그란 초록빛 점이 온몸 여기저기에 있고 코도 귀도 초록빛인

하얀 도자기 개 인형이 앉아 있었다. 그 개들은 곧바로 앤의 마음을 사로잡아 버렸다. 그들은 마치 패티의 집 쌍둥이 수호신인 듯 여겨졌다.

얼마 동안은 아무도 말이 없었다. 아가씨들은 너무 긴장하여 말이 나오지 않았고 부인과 도자기 개도 그리 이야기하고 싶은 것 같지는 않았다.

앤은 방을 둘러보았다. 참으로 쾌적한 곳이었다! 다른 문은 곧장 소나무숲으로 이어졌으며 울새가 대담하게도 층계까지 다가와 있었다.

바닥 여기저기에는 머릴러가 그린게이블즈에서 만들었던 것과 같은 동그랗게 손으로 짠 깔개가 깔려 있었는데, 지금은 어디에서나— 애번리에서조차도—시대에 뒤떨어진 것으로 여기는 물건이었다. 그런데 그것이 이 스포퍼드 거리에 있는 것이다!

구석에는 잘 닦여진 옛날식 큰 분동(分銅)시계가 둔중한 소리로 시각을 알리고 있다. 벽난로 맞은편은 아기자기한 매혹적인 작은 그릇장이었으며 유리문 속에 고풍스런 중국 도자기들이 희미하게 빛나고 있었다.

벽에 오래된 판화며 그림자 그림이 걸려 있었다. 한구석에 층계가 나 있고, 올라가면 첫 번째 낮은 모퉁이에 길다란 창문이 있고 앉기 편해 보이는 의자가 마련되어 있었으며 모든 것이 앤이 상상한 그대로였다.

프리실러는 침묵이 너무나도 견딜 수 없어 앤을 팔꿈치로 쿡쿡 찌르며 말을 재촉했다.

앤은 기어들어가는 목소리로 분명히 패티 스포퍼드라고 여겨지는 나이든 부인에게 말을 걸었다.

"저—저—우리는 밖의 팻말을 봤는데 이 집을 세놓겠다고 해서……"

미스 패티 스포퍼드가 대답했다.

"네, 그래요. 오늘 저 세놓는다는 팻말을 떼려고 생각하던 참이죠."

앤이 슬픈 목소리로 말했다.

"그렇다면—그렇다면 우리가 늦은 건가요? 어떤 다른 분에게 빌려 주기로 했나요?"

"그런 것은 아니고, 세놓지 않기로 했어요."

저도 모르게 앤은 큰소리로 말했다.

"어머나, 실망이군요. 저는 이 집을 사랑해요. 꼭 빌리고 싶었는데."

그러자 미스 패티는 뜨개질감을 내려놓고 안경을 벗어 닦더니 다시 쓰고는 그제야 비로소 사람을 대하는 태도로 앤을 바라보았다. 곧 다른 부인도 똑같이 그렇게 했으므로 마치 미스 패티가 거울에 비치고 있는 것 같았다.

미스 패티가 강조하면서 말했다.

"사랑한다구? 그건 다시 말해서 정말로 사랑한다는 말인가요, 아니면 다만 이 집의 겉모습이 마음에 들었다는 정도인가요? 요즘 아가씨들은 몹시 부풀린 말을 잘 써서 속마음을 알 수 없어요.

내 젊은시절에는 그렇지 않았어요. 그 무렵에는 자기 어머니나 주예수를 사랑한다는 것과 조금도 다름없는 말투로 순무를 사랑한다느니 하는 새빨간 거짓말은 결코 하지 않았죠."

앤은 조금도 양심에 거리낄 것이 없었기에 자신 있게 말했다.

"나는 진심으로 사랑해요. 지난해 가을에 본 뒤로 줄곧 마음에 두고 있었지요. 내년에는 하숙을 하지 않고 사이좋은 친구 둘과 함께 살려고 조그만 셋집을 찾고 있어요. 그래서 이 집을 세놓는다는 것을 알고는 아주 기뻐했죠."

"그런 마음으로 아끼고 사랑한다면 빌려주겠어요. 오늘 머라이어와 아무래도 남에게 빌려주는 일은 그만두자고 결정한 일은 세들고 싶다며 찾아온 사람이 아무도 우리 마음에 들지 않기 때문이에요.

꼭 그래야만 하는 것은 아니거든요. 세놓지 않더라도 우리는 유럽쯤은 갈 수 있으니까요. 물론 도움은 되겠지만 비록 황금산을 주겠다 하더라도 이제까지 보러 온 그런 사람들에게는 이 집을 절대로 맡기고 싶지 않았어요.

그런데 아가씨는 그렇지 않은 것 같군요. 이 집을 소중히 대해주리라 여겨져요. 아가씨에게 빌려주기로 하죠."

앤이 망설이며 말했다.

"만일—만일 원하시는 집세를 드릴 수 있어야하겠지만요."

미스 패티는 요구하는 금액을 말했다.

앤과 프리실러는 서로 얼굴을 마주보았다. 프리실러가 고개를 저었다. 앤은 실망을 지그시 누르며 말했다.

"우리에게는 그만한 힘이 없어요. 보시다시피 우리는 학생이고 가난하거든요."

미스 패티는 뜨개질하는 손을 멈추지 않고 물었다.

"얼마쯤이면 되겠다고 생각했죠?"

앤이 그 금액을 말하자 미스 패티는 표정을 바꾸지 않고 고개를 끄덕였다.

"그거면 됐어요. 조금 전에도 말했듯 꼭 이 집을 남에게 빌려주어야 하는 건 아니니까요. 우리는 부자는 아니지만 유럽에 갈 만큼은 가지고 있지요.

나는 이제까지 한 번도 유럽에 가본 적이 없고 가려고도 하지 않았고 가고 싶은 생각도 없었어요. 하지만 여기에 있는 조카딸 머라이어 스포퍼드가 죽기 전에 꼭 한번 가보고 싶다는군요. 그렇지만 머라이어 같은 젊은 여자를 혼자 돌아다니게 할 수는 없죠."

미스 패티가 너무도 진지한 얼굴로 말하자 앤은 작은 목소리로 맞장구쳤다.

"그, 그렇죠. 그렇고 말고요."

"그러니까 나도 가서 이 조카딸을 감독해야만 해요. 그리고 이왕이면 즐겁게 다녀와야지요. 벌써 70살이지만 아직 살아가는 데 싫증을 느끼지는 않거든요. 그럴 생각만 있었으면 좀더 일찍 유럽에 갔을 거예요. 아마 2년이나 3년쯤 가 있을까 해요. 우리는 6월에 배로 떠날 거니까 열쇠를 아가씨들한테 보내주고 언제든지 좋을 때 쓰도록 모든 것을 깨끗이 정돈해 두겠어요. 특별히 소중한 것은 두세 가지 다른 곳에 넣어 두겠지만 그 밖의 것은 모두 그대로 두고 가겠어요."

앤이 겁먹은 목소리로 물었다.

"저 중국 도자기 개는 그대로 두고 가시나요?"

"그랬으면 좋겠어요?"

"네, 그렇게 해주시면 좋겠어요. 아주 마음에 들어요."

미스 패티의 얼굴에 기쁨의 미소가 번졌다. 그리고 자랑스럽게 말했다.

"저 개는 나도 아주 소중하게 여기고 있어요. 백 살도 넘었을 거예요. 오빠 아론이 50년 전 런던에서 가져온 뒤로 이 난로 양쪽에 줄곧 저렇게 앉아 있죠. 스포퍼드 거리란 바로 오빠 아론의 이름을 따서 붙인 거예요."

미스 머라이어가 시간을 거꾸로 서서히 돌리듯 처음으로 입을 열었다.

"훌륭한 분이었죠. 아, 지금은 그런 분을 찾아볼 수 없어요."

미스 패티도 몹시 감격하며 말했다.

"네게는 좋은 아저씨였지, 머라이어. 아저씨를 기억하고 있는 것은 고마운 일이야."

미스 머라이어는 차분하게 말했다.

"절대로 잊을 수 없어요. 지금도 눈에 선해요. 저 난로 앞에 서서 뒷짐을 지고 우리에게 벙글거리며 웃으시던 모습이."

미스 머라이어가 손수건을 꺼내 눈물을 닦았다. 그러나 미스 패티는 의지의 힘으로 감상에 젖은 세계로부터 사무적인 일로 돌아왔다.

"소중히 다뤄 주겠다면 개는 저대로 두기로 하죠. 이름은 고그와 매고그예요. 고그는 오른쪽 것이고 매고그는 왼쪽이죠. 그리고 또 하나 있어요. 이 집을 패티의 집이라고 그대로 부르는 것에 반대하지 않겠죠?"

"네, 물론이죠. 우리는 그것도 이 집의 가장 훌륭한 것 가운데 하나라고 여겨요."

미스 패티는 아주 만족스러운 듯했다.

"아가씨들은 뭔가를 아는 사람들 같군요. 글쎄 사람들이 뭐라는지 알아요? 이 집을 얻고 싶다며 여기에 온 사람들은 저마다 자기네가 사는 동안은 저 이름을 문에서 떼어버려도 되느냐고 묻더군요. 그래서 저 이름은 이 집에 꼭 어울린다고 분명히 말해 주었어요.

오빠 아론이 유언으로 내게 물려준 뒤로 이곳은 줄곧 패티의 집이라고 불려왔고 내가 죽고 머라이어가 죽을 때까지 패티의 집으로 해두어야지요. 그 뒤에는 다음 주인이 어떤 이름을 붙이든지 상관할 바 아니죠."

미스 패티의 말투는 마치 '내가 죽은 뒤에는 홍수가 나든 어떻게 되든 알 바 아니다[1]라는 듯했다.

"그럼, 계약을 맺기 전에 집을 한 바퀴 돌아보는 게 어때요?"

집을 보고 나자 두 아가씨는 더욱 더 기뻤다. 아래층에는 넓은 거실 외에 부엌과 작은 침실이 있었다. 2층에는 방이 셋 있었는데 하나는 크고 둘은 작았다. 앤은 작은 방 가운데 하나로 큼직한 소나무가 내다보이는 방이 특히 마음에 끌려 자기가 쓰고 싶다고 생각했다.

그 방에는 물빛 벽지를 바르고 촛대받이가 달린 작고 예스러운 화장대가 놓여 있었다. 마름모꼴 유리를 끼운 창문에는 푸른 모슬린 커

─────────────
*1 프랑스 왕 루이 15세 왕정에서 극도의 영화를 누린 퐁파두르 부인의 사치를 대신들이 공격했을 때 이런 말로 대답했음.

튼 아래 공부며 몽상하기에 더없이 좋은 의자가 있었다.

돌아오는 길에 프리실러가 말했다.

"모든 게 너무나도 훌륭해서 내일 아침 잠에서 깨어나면 틀림없이 밤 사이 덧없는 꿈이 되고 말 거야."

앤이 웃었다.

"미스 패티며 미스 머라이어는 도저히 꿈속에 나오는 사람으로는 보이지 않지만 그분들이 세상을 돌아다니는 장면을, 특히 저 숄과 그 모자 차림으로 다니는 모습을 떠올릴 수 있겠니?"

"아무리 그래도 유럽으로 여행떠날 때 숄과 모자는 벗어놓지 않을까? 하지만 그 뜨개질감만은 어디에든 가져가겠지. 아무래도 손에서 떼어놓을 수가 없을 테니까. 웨스트민스터 성당에서도 뜨개질하며 돌아다닐 거야.

그건 그렇고 앤, 우리는 패티의 집에 사는 거야. 더욱이 스포퍼 거리에서 말이야. 벌써 백만장자가 된 거 같아."

앤이 말했다.

"나는 기쁨을 노래하는 샛별이 된 기분이야."

그날 밤 세인트 존 거리 38번지로 찾아온 필리퍼 고든이 앤의 침대에 몸을 던졌다.

"너무 피곤해서 죽을 것 같아. 조국을 잃은 남자의 심정이야. 아, 잃어버린 건 그림자였던가? 어느 쪽인지는 잊어버렸어. 아무튼 나는 지금까지 짐을 꾸리느라고 혼났어."

프리실러가 웃었다.

"네가 이토록 녹초가 된 것은 어느 것을 먼저 넣어야 할지, 어디에 넣어야 할지 결단을 내릴 수 없었기 때문이겠지?"

"정말 정확히 맞췄어. 가까스로 모두 집어넣고 하숙집 아주머니와 하녀를 그 위에 올라타게 해서 자물쇠를 채운 순간 종업식에 필요한 것들을 몽땅 바닥에 넣어버린 것을 깨달았지 뭐니?

할 수 없이 다시 트렁크를 열고 한 시간이나 휘저은 끝에 가까스로 꺼냈어. 이거야 하고 끄집어내면 자주 엉뚱한 게 나왔기에 꼬박한 시간이나 걸리고 말았어. 아니야, 앤, 나는 화가 치밀어 하느님을 모독하거나 하는 말은 하지 않았어."

"난 그런 말 한 적 없어."

"하지만 그런 표정이었어. 솔직하게 말하면 거의 그럴 뻔했지. 더욱이 지독한 코감기에 걸려—답답해서 에, 에, 하다가는 에취, 에취, 재채기를 연발했지 뭐야. 에, 에, 에취란 두운(頭韻)이 딱 들어맞는 골칫거리라고 할 수 있겠지. 이봐, 앤 여왕님, 뭔가 기운날 만한 말 좀 해줘."

"이번 월요일 밤이면 너는 앨릭과 앨런조의 나라에 돌아가 있으리라는 생각을 하렴."

앤이 말했으나, 필리퍼는 우울한 듯이 고개를 가로저었다.

"또 앨릭과 앨런조의 두운이구나. 천만에, 코감기가 들었을 때는 그런 사람들에게 볼일이 없어. 그런데 너희 둘에게 무슨 일이 일어난 듯해. 지금 이렇게 가만히 바라보고 있으니까 가슴 속에서 뭔가 희미하게 빛이 뿜어나오고 있는 것 같아. 정말로 너희들은 빛나고 있어! 무슨 일이 있었니?"

앤이 의기양양하게 보고했다.

"우리는 가을학기부터 패티의 집에서 살게 됐어. 사는 거야, 알겠니? 하숙하는 게 아니야! 우리가 세를 얻었지. 그리고 스텔러 메이너드도 오고, 스텔러의 숙모님이 우리 살림을 보살펴주기로 되어 있어."

필리퍼는 펄쩍 뛰어 오르더니, 코를 풀고 앤 앞에 무릎 꿇었다.

"앤, 프리실러—둘 다 나도 살게 해줘. 오, 나는 정말 얌전하게 있겠다고 약속할게. 내가 있을 방이 없다면 과수원 안 작은 개집이라도 좋아—있는 걸 봤어. 부탁이야, 나도 끼워줘."

"일어나, 바보야."

"올겨울 너희들과 함께 살아도 좋다고 말해 줄 때까지는 일어나지 않겠어. 절대로 움직이지 않을 거야."

앤과 프리실러는 서로 얼굴을 마주보았는데, 조금 뒤 앤이 마지못해 설명했다.

"필, 우리는 너도 함께 와 줬으면 하는 마음이 간절해. 하지만 있는 그대로를 다 말해 버리는 편이 좋겠어. 나는 가난해. 프리실러와 스텔러 메이너드도 마찬가지야. 우리 생활은 아주 절약해서 식사도 간소하게 해야 해. 그래서 너도 우리와 똑같이 생활해야만 해. 그런데 너는 부자잖아. 네 하숙비가 그 사실을 증명하고 있어."

필은 비극의 주인공처럼 말했다.

"그, 그게 대체 어떻다는 거지? 통통하게 살찐 암소를 외양간에서 끌어내다가 요리한 것을 쓸쓸한 하숙집에 혼자 앉아 먹기보다 서로 마음맞는 친구들과 들나물 반찬을 먹는 편이 훨씬 좋아. 너희 둘 다 내가 위(胃)주머니만으로 되어 있는 사람으로 생각하지 말아줘. 나를 함께 있게만 해준다면 기꺼이 빵과 물만 먹고도 살겠어. 아주 조금 잼을 발라서 말이야."

"게다가 해야 할 일도 많아. 스텔러의 아주머니 혼자서는 모두 해낼 수 없으니까. 우리는 저마다 자질구레한 일들을 맡아서 할 각오가 필요해. 하지만 너는—"

필리퍼가 그 다음말을 받았다.

"일도 해보지 않았고 바느질도 할 줄 몰라. 하지만 나는 열심히 배우겠어. 어떻게 하는 것인지 내게 한 번만 가르쳐주면 돼. 지금이라도 곧바로 할 수 있는 게 한 가지 있어. 바로 침대를 정돈하는 것.

그리고 요리할 줄은 모르지만 화내는 것을 누를 수는 있어. 그것만 해도 대단한 것 아니니? 게다가 변덕스런 날씨에 대해서도 불평하지 않겠어. 더 장하지? 애들아, 부탁해! 이토록 간절히 부탁하는 것은 태어나서 처음이야. 그건 그렇고 이 바닥은 엄청 딱딱하구나."

프리실러가 결연히 말을 꺼냈다.

"마지막으로 한 가지 더 있어. 필, 네가 거의 매일 저녁 손님을 접대한다는 것은 온 레드먼드에 알려져 있어. 하지만 패티의 집에서는 그렇게 할 수 없어. 우리는 금요일 저녁에만 손님을 초대하는 날로 하자고 결정했어. 만일 네가 우리와 함께 있게 된다면 그 규칙을 지켜야만 해."

"그래, 좋아. 설마 내가 그 규칙을 싫어한다고는 여기지 않겠지? 오히려 기쁠 정도야. 나 자신도 뭔가 그런 규칙이 있어야 한다는 것은 알고 있었지만 그걸 만들거나 지켜나갈 만한 결심이 모자랐지. 그 책임을 너희들이 내게 준다면 정말 마음놓이겠어.

너희들과 운명을 같이 하도록 해주지 않는다면 나는 실망하고 낙담한 나머지 죽어버린 뒤 귀신이 돼서 너희들에게 따라 붙을 테야. 패티의 집 층계에 버티고 앉아 있을걸. 너희들은 내 유령에 걸려 넘어지지 않고는 들어갈 수도, 나갈 수도 없게 될 거야."

또다시 앤과 프리실러는 서로 눈으로 이야기를 주고받았다.

앤이 말했다.

"물론 스텔러와 의논할 때까지는 너를 맞아들이겠다고 약속할 수 없지만, 스텔러도 반대할 것 같지 않고 우리로서는 네가 와주면 좋겠어. 대환영이야."

프리실러도 말했다.

"우리의 소박한 생활에 싫증을 느끼면 우리로부터 떠나도 괜찮아. 이유를 묻거나 하지는 않겠어."

필리퍼는 벌떡 일어나 환성을 지르며 두 사람을 와락 끌어안았다. 그리고 기뻐하며 돌아갔다.

프리실러가 진지한 얼굴로 말했다.

"잘되면 좋으련만."

"잘되도록 우리가 노력해야만 해. 필은 '즐거운 우리집'에 훌륭히 순

응해 나갈 거야."

"오, 필은 함께 수다를 떨거나 놀기에는 퍽 좋은 사람이야. 게다가 사람 수가 는 만큼 우리의 얇은 지갑 사정이 좀 나아지겠지. 하지만 그 아이와 함께 과연 잘 생활해 나갈 수 있을까? 어떤 사람이든 여름과 겨울을 함께 살아보지 않으면 공동생활을 할 수 있는 상대인지 어떤지 알 수 없어."

"아, 하지만 그 점에서는 우리 모두가 똑같이 시험받게 되는 거야. 그러니까 우리는 분별 있는 사람답게 자기주장을 버리고 함께 생활해야 해. 필은 이기적인 사람이 아니야. 좀 경솔하기는 하지만. 우리는 모두 패티의 집에서 행복하게 잘 지낼 수 있을 거야."

인생의 참모습

빛나는 소번 장학금을 받는 영광을 안고 앤은 자랑스러운 모습으로 애번리에 돌아왔다.

사람들은 앤이 조금도 달라지지 않았다고 말했지만, 그 목소리에는 변함없음을 뜻밖으로 여기는 놀라움과 얼마쯤 실망한 느낌도 담겨 있었다.

애번리도 또한 그대로였다. 적어도 처음에는 언뜻 그렇게 보였다. 그러나 앤이 돌아온 뒤 첫 일요일 교회에서 그린게이블즈 가족들의 정해진 자리에 앉아 모인 사람들을 둘러보았을 때 몇 가지 작은 변화가 있다는 걸 알았다. 애번리에서도 시간이 완전히 멎어 있었던 것이 아님을 깨달은 앤은 몹시 마음이 아팠다.

설교단에는 새 목사님이 서 있고, 신도들이 앉는 자리에는 낯익은 얼굴들이 영원히 사라져 있었다.

예언을 모두 끝마친 '에이브 아저씨', 한숨 주머니가 텅 빌 때까지 한숨을 계속 쉬었던—모두들 그랬기를 바랐다—피터 슬론 부인, 린드 부인이 말했듯이 '20년 동안이나 죽는 연습을 쌓은 끝에 마침내 정말로 죽은' 티머시 코튼, 게다가 콧수염을 말끔히 깎아버려 관에 누운 것을 보고 그 사람인 줄 아무도 몰랐던 조사이어 슬론 노인—
이 사람들은 모두 교회 뒤의 작은 묘지에 잠들어 있었다.

그리고 빌리 앤드루스가 네티 블뤼엣과 결혼했다! 그들에게는 그
일요일이 '첫 등장'이었다. 떳떳한 신랑이 된 빌리가 행복하게 벙글거
리며, 깃털장식을 달고 비단옷을 곱게 차려입은 신부를 하면 앤드루
스 집안 자리로 데려가는 것을 보고 앤은 우스워서 참을 수 없는 웃
음을 들키지 않기 위해 눈을 내리깔았다.

빌리를 대신하여 제인이 결혼신청했던 크리스마스 휴가의 눈보라
치던 겨울밤이 생각났다. 거절당했어도 빌리는 확실히 비탄에 잠기거
나 하지 않았던 것이다. 네티에 대한 청혼도 제인이 대신 해주었는지,
아니면 그 중대한 질문을 스스로 할 만한 용기를 가까스로 빌리가
긁어모았는지 모르겠다고 앤은 생각했다.

앤드루스 집안은 자리에 앉아 있는 하면 부인으로부터 합창대에
있는 제인에 이르기까지 모두 빌리와 함께 자랑스러움과 기쁨을 서
로 나누는 모습이었다. 제인은 애번리 초등학교를 그만두고 가을이
되면 서부로 갈 생각이었다.

린드 부인은 경멸하듯 말했었다.

"애번리에서는 애인이 안 생기기 때문이지, 뭐. 서부가 건강에 좋기
때문이라는데 말도 안 돼. 나는 이제까지 제인의 몸이 약해졌다는
말을 들어본 적이 없어."

우정에 충실한 앤은 친구 편을 들었다.

"제인은 얌전한 아이예요. 누구처럼 눈길을 끌려고 애쓰지 않았을
뿐이에요."

"아, 남자들을 쫓아다니지는 않았지. 하지만 그 아이도 누구 못지않
게 결혼하고 싶어해, 정말이지. 그렇지 않다면 장점이라고는 남자가
많고 여자가 적다는 것뿐인 외진 서부 구석까지 뭐하러 가겠니? 내
눈은 못 속여!"

그러나 그날 앤이 불안하고 놀라운 눈으로 바라본 것은 제인이 아니라 합창대의 제인 곁에 앉은 루비 길리스였다. 루비가 대체 어찌된 일일까? 전보다도 훨씬 아름다웠지만, 그러나 그 파란 눈은 지나치게 반짝이고 강렬히 빛났으며 뺨은 병적으로 발갛게 물들어 있었다. 게다가 몹시 여위어 찬송가를 든 손이 투명하게 내비칠 듯이 가냘팠다.

교회에서 돌아오자 앤은 린드 부인에게 물었다.

"루비 길리스는 병이 들었나요?"

린드 부인은 거침없이 말했다.

"루비 길리스는 급성 폐결핵으로 죽어가고 있어. 그 애와 가족 말고는 누구나 알고 있는 일인데, 그 사람들만은 그렇지 않다고 하지.

올겨울 각혈한 뒤로 학교에서 아이들을 가르치지 못하고 있는데, 자기는 가을이 되면 또 가르칠 생각이라고 말한다. 루비는 화이트 샌즈 초등학교에 가고 싶어하지만, 가엾게도 화이트 샌즈 초등학교가 개학할 무렵이면 무덤에 들어가 있을 게다. 정말이지 불쌍한 아이야."

앤은 너무도 놀라 아무 말도 하지 못했다. 옛날부터 사이좋게 지내온 학교 친구가 죽어가고 있다니! 그런 일이 있을 수 있을까?

요즈음 그리 친하게 지내지 못했지만 학교 친구로서 오랜 인연은 그대로 유지되고 있었기에 이 소식은 앤의 마음에 큰 충격을 주었다. 정이 많은 앤에게는 그 오랜 인연의 힘이 강하게 느껴졌다.

화려하고 쾌활하며 요염한 루비! 이 루비와 죽음을 결부하여 생각한다는 것은 아무래도 불가능했다. 예배가 끝난 뒤 루비는 아주 반갑게 앤에게 따뜻이 인사하고 이튿날 밤 꼭 놀러오라고 말했다.

루비는 자랑스럽게 속삭였다.

"나는 화요일과 수요일에는 집에 없어. 카모디에서 음악회가 있고, 화이트 샌즈에서는 파티가 있지. 허브 스펜서가 데려다준단다. 허브는 나의 가장 가까운 사람이야. 내일 꼭 와줘. 너와 마음껏 이야기하고 싶어 견딜 수가 없어. 레드먼드에서 네가 어떻게 지냈는지 모두 들고 싶어."

루비가 최근에 있었던 자신의 연애담에 대해 모두 이야기하고 싶어하는 것을 알았지만 앤은 다이애너도 함께 간다고 약속했다.

다음날 저녁 둘이서 그린게이블즈를 나설 때 다이애너가 앤에게 말했다.

"나는 전부터 루비를 만나고 싶었지만 혼자서 갈 수가 없었어. 저렇게 루비가 잠시도 쉬지 않고 재잘거리는 말을 듣거나 기침이 심해서 이야기할 수 없을 정도인데도 자기는 아무렇지도 않은 척하는 것을 보기가 무서운 걸. 루비는 안간힘을 다해 싸우고 있지만, 전혀 가망이 없는 것 같아."

두 사람은 말없이 붉게 물든 저녁어스름 속 큰길을 걸어갔다. 울새들이 높은 우듬지에서 노래하며 금빛으로 물든 둘레를 환희에 넘친 목소리로 가득 채우고 있었다. 내리비치는 햇살이며 비로 씨가 생명의 약동을 시작하고 있는 밭을 넘어 늪이며 연못 언저리에서 은피리 소리 같은 개구리의 합창이 흘러왔다.

빨간 나무딸기덤불의 달콤하며 상쾌한 향기가 은은하게 퍼져 나오고 있었다. 조용히 가라앉은 골짜기에 하얀 안개가 끼어 있고 시냇물 위에서는 제비꽃 같은 별이 파랗게 반짝이고 있었다.

다이애너가 감탄했다.

"어쩌면 저녁해가 저토록 아름다울까! 저것 봐, 앤. 저것만으로도 또 하나의 신비한 나라 같잖니? 저 가늘고 길게 뻗어 있는 보랏빛 구름이 해변이고 저편의 맑게 갠 하늘은 금빛 바다 같아."

앤은 명상에서 깨어나며 말했다.

"폴이 옛날 작문에 썼던 달빛 보트─기억하니?─우리가 그걸 타고 저어갈 수 있다면 얼마나 멋질까? 저 나라에서 우리의 지나간 날들을 다시금 만날 수 있지 않을까, 다이애너?─옛날의 봄이며, 폴이 보았다고 말했던, 옛날에 우리를 위해 피었던 장미꽃이 여전히 있다

고 생각해?"

다이애너가 말했다.

"그만둬! 인생이 모두 끝나버린 할머니가 된 것 같은 기분이야."

"가엾은 루비에 대해 들은 뒤로 그렇게 느껴져. 그 건강했던 루비가 죽어가는 게 사실이라면 다른 어떤 슬픈 일이라도 정말로 있을 수 있으니까."

다이애너가 말했다.

"잠깐 일라이서 라이트네에 들렀다가자. 이 젤리를 아토사 대고모에게 전해 드리라고 어머니로부터 부탁을 받았어."

"아토사 대고모가 누구니?"

"어머나, 들은 적 없니? 스펜서베일의 샘슨 코츠 부인인데—일라이셔 라이트 씨의 이모야. 우리 아버지의 고모이기도 하지. 올겨울 남편이 돌아가셨는데 아주 가난하고 의지할 곳이 없어서 라이트 집안사람들이 모셔 왔어. 어머니는 우리가 맡는 게 옳다고 여겼지만 아버지가 완강히 받아들이지 않았어. 아토사 대고모와 사는 것은 아무리 뭐라고 해도 절대로 싫다는 거야."

앤은 멍하니 물었다.

"그렇게 끔찍한 분이니?"

다이애너는 의미심장한 말을 했다.

"그 집에서 나오기 전에 어떤 사람인지 알게 될 거야. 아버지 말로는 대고모가 손도끼 같은 얼굴을 하고 있대—공기를 자른다는 거야. 대고모의 혀는 얼굴에 있는 어떤 것보다도 더 날카롭단다."

시간이 늦었는데도 아토사 부인은 라이트네 부엌에서 씨감자를 자르고 있었다. 빛바래고 낡아빠진 실내옷을 걸쳤으며 흰 머리카락은 몹시 헝클어져 있었다. 아토사 부인은 '기분좋은' 모습을 보여 주기 싫어서 언제나 불쾌한 얼굴을 하고 있었다.

다이애너가 앤을 소개하자 부인은 말했다.

"아, 그럼, 네가 앤 셜리로구나? 네 이야기는 이미 들었다."

그 말투에는 아무것도 좋은 말은 못 들었다는 뜻이 담겨 있었다.

"앤드루스 부인이 네가 돌아왔다는 말을 하더구나. 그 부인은 네가 꽤 좋아졌다고 말했다."

좀 더 좋아져야 할 여지가 많다고 아토사 부인이 말하는 듯, 그것은 의심할 나위가 없었다. 부인은 손을 멈추지 않고 부지런히 씨감자를 자르고 있었다.

부인은 빈정거리듯 말했다.

"앉으라고 해봐야 별 수 없겠지. 물론 여기에는 너희들에게 그리 재미있는 일도 없어. 다른 사람은 모두 나가버렸고."

그러나 다이애너가 쾌활하게 말했다.

"어머니가 얼마 안 되지만 이 대황(大黃) 젤리를 갖다드리라고 했어요. 오늘 만든 건데 마음에 드실지도 모른다면서요."

아토사 부인은 까다로운 목소리로 말했다.

"아, 고맙구나. 헌데 네 어머니의 젤리는 아무래도 내 입에 맞지 않아. 언제나 너무 달거든. 하지만 참고 조금만 먹어봐야지. 올 봄에는 도무지 식욕이 없단다. 건강도 시원찮고. 하지만 나는 그래도 부지런히 일한단다. 이 집에서는 일할 수 없는 사람에게는 볼일이 없으니까. 미안하다만 그 젤리를 그릇장에 넣어주렴. 오늘밤 안으로 서둘러 이 감자를 다 잘라야 하니까. 둘 다 이런 일은 한 번도 해본 적이 없을 테지. 손이 망가질까봐 말이다."

앤은 방긋 웃었다.

"우리 농장을 남에게 빌려주기 전에는 늘 이런 일을 했어요."

다이애너도 소리내어 웃었다.

"나는 지금도 해요. 지난주에는 사흘이나 내내 감자를 잘랐는걸요."

그리고 다이애너는 장난스럽게 덧붙였다.

"물론 그런 뒤에는 밤마다 손을 레몬주스에 담갔다가 양가죽장갑을 끼고 잤지만 말이에요."

아토사 부인은 홍 하고 말했다.

"그렇게 하면 좋다는 것은 네가 자주 읽는 그 바보스러운 잡지에서 읽었겠지. 어머니라는 사람이 어떻게 그런 걸 읽도록 내버려 두나 몰라. 어쨌든 네 어머니는 전부터도 너를 응석꾸러기로 키우고 있으니까. 조지가 네 어머니와 결혼할 때 우리 모두 조지에게 어울리는 아내가 못된다는 생각을 했었단다."

아토사 부인은 조지 배리가 결혼할 때의 꺼림직했던 예감이 모두 무서우리만치 들어맞았다는 듯 무거운 한숨을 내쉬었다.

두 사람이 일어서는 것을 보고 부인이 말했다.

"돌아가려고? 그래, 나 같은 늙은이와 이야기해 봐야 그리 재미없을 테니까. 이 집에 남자들이 없어서 안됐구나."

다이애너가 설명했다.

"우리는 루비 길리스를 잠깐 만나보고 오려 해요."

부인은 한결 온화하게 대답했다.

"그야, 핑계는 얼마든지 댈 수 있지, 다들 왔다가 인사도 제대로 하기 전에 또 얼른 뛰어나가고 말야. 그게 대학의식이라는 거겠지.

루비 길리스는 가까이 하지 않는 편이 현명해. 폐병은 옮는다고 의사선생님이 말하니까. 지난해 가을, 보스턴같이 먼 곳까지 돌아다니곤 하기에 틀림없이 루비가 무슨 병인가에 걸리리라고 나는 생각했었지. 집에 가만히 있지 못하는 사람은 반드시 뭔가 옮는 법이니까."

다이애너가 가라앉은 목소리로 말했다.

"먼곳까지 돌아다니지 않는 사람도 병이 옮을 수 있고, 때로 죽는 일도 있어요."

"그런 경우 그 사람들을 나무랄 수는 없지."

아토사 부인은 의기양양하게 대꾸하고 물었다.

"너는 6월에 결혼한다지, 다이애너?"

"헛소문이에요."

다이애너는 뺨을 붉혔다.

아토사 부인은 비아냥거리며 말했다.

"하지만 너무 미루지 않는 게 좋아. 아름다울 때는 잠깐이니까. 네가 자랑할 만한 것이라곤 윤기 있는 피부와 머리카락뿐이야. 게다가 라이트 집안사람들은 변덕이 엄청 심하단다.

너는 모자를 써야겠다, 셜리 양. 도무지 봐줄 수 없을 만큼 주근깨가 나 있잖아. 저런, 게다가 빨강머리! 할 수 없지. 우리 모두 하느님이 만들어주신 그대로 있을 수밖에 없으니까.

머릴러에게 안부 전해라. 내가 애번리에 온 뒤 한 번도 만나러 와주지 않지만, 그래도 어쩔 수 없는 일이지. 커스버트 집안사람들은 언제나 이 부근의 누구보다도 거만하니까."

겨우 오솔길로 도망쳐 나오자 다이애너가 숨을 헐떡이며 물었다.

"어때, 굉장하지?"

앤이 말했다.

"미스 일라이저 앤드루스보다도 더 심하구나. 하지만 한평생 아토사라는 이름으로 살지 않으면 안 되는 것을 불쌍히 생각해야지! 누구라도 심술궂어지지 않겠니? 부인은 자신의 이름이 코딜리어라고 상상했으면 좋았을 텐데. 그렇게 했으면 마음이 훨씬 편했을 거야. 나도 앤이라는 이름을 좋아하지 않았을 때 그 이름이라 생각하고 나자신을 위로했는 걸."

"조지 파이가 어른이 되면 저 대고모와 똑같아질 거야. 봐, 조지의 어머니와 아토사 대고모는 사촌이잖아.

아, 거기 가는 심부름을 끝내 마음이 후련해. 대고모는 너무나도 심술궂으니까 말이야. 뭐든지 다 언짢게 만들지.

지난번에는 아버지가 대고모에 대해 아주 우스운 이야기를 해주었단다. 옛날에 스펜서베일에 무척 훌륭하지만 귀가 먼 목사님이 있었대. 보통으로 얘기하는 소리도 전혀 들리지 않을 정도였지. 그런데 일요일 저녁이면 언제나 기도회를 베풀어 참석한 신자들은 모두 일어나 차례로 기도하거나, 성경 속 구절에 대해 뭔가 두서너 마디씩 감상을 말하기로 되어 있었어.

어느 날 밤, 아토사 대고모가 벌떡 일어났대. 기도도 하지 않고 설교도 하지 않고 대신 온 교회 사람들을 하나하나 헐뜯었지. 이름을 불러대며, 모두들 어떤 짓을 해 왔는지 폭로하기도 하고 지난 10년 동안에 있었던 싸움질이며 추문을 낱낱이 말한 끝에 마지막으로 '나는 스펜서베일 교회에는 정떨어졌다, 두 번 다시 이 교회 문턱을 넘고 싶지 않다, 무서운 벌이 이 교회에 내리기를 바란다' 이렇게 말하고는 숨이 차서 자리에 앉았대.

그러자 대고모의 말이 하나도 들리지 않은 목사님이 일어나서 아주 경건한 목소리로 말했지.

'아멘! 주여, 바라옵건대 우리의 사랑하는 이 자매의 소망을 이루게 해주옵소서!'하고.

아버지가 이 이야기를 할 때 너무 웃겨서 너에게 들려주고 싶었을 정도였어."

그러자 앤이 비밀을 털어놓는 듯한 목소리로 말을 꺼냈다.

"이야기라니 말인데, 다이애너, 사실은 요즘 나 짧은 소설을 쓸까 생각하는 참이야. 출판할 만한 가치가 있는 소설을 말이야."

앤이 엄청난 말을 하고 있다는 것을 겨우 이해한 다이애너가 말했다.

"앤! 너라면 쓸 수 있어. 너는 몇 해 전 우리의 '이야기클럽'에서 정말로 가슴 뛸만한 감동적인 이야기를 썼었잖니."

앤은 미소 지었다.

"그래, 하지만 내가 말하는 건 그런 종류의 것이 아니야. 그 일로 요즘 조금 무서워서 손을 대지 못하고 있어. 만일 실패하면 너무 부끄러운 일이니까."

"언젠가 프리실러가 말했었는데, 모건 부인이 처음에 쓴 이야기는 모두 되돌아왔었대. 하지만 요즘은 편집자들도 좀 더 보는 눈이 생겼으니까 네 작품은 그런 일이 없을 거야."

"레드먼드 3학년인 마거릿 버튼이 올겨울 쓴 이야기가 〈캐나다 여성〉이라는 잡지에 발표되었어. 적어도 그 정도는 쓰고 싶어."

"그럼, 너는 그것을 〈캐나다 여성〉에 발표할 거니?"

"처음에는 좀더 큰 잡지를 목표로 해볼까 생각해. 잡지는 내가 어떤 글을 쓰느냐에 달려 있지만."

"어떤 것을 쓸 건데?"

"아직 몰라. 좋은 구상을 잡으려고 궁리하고 있어. 편집자의 관점에서는 그게 가장 중요할 것 같아. 단 하나 결정된 것은 여주인공의 이름이야. 에이브릴 레스터로 하겠어. 꽤 예쁜 이름이잖아?

이 일을 아직 아무도 말하지 마, 다이애너. 너와 해리슨 씨 말고는 아직 아무도 몰라. 해리슨 씨는 그리 격려해 주지 않았어. 지금도 세상에는 너무나 변변치 못한 작품이 많아 걱정이라며, 대학에서 1년 동안 공부하고 왔으니 더 나은 생각을 할 줄 알았다는 거야."

다이애너는 경멸하듯 말했다.

"해리슨 씨가 뭘 안다는 거니?"

두 사람이 도착했을 때 길리스 집안은 전등이 환히 빛나고 방문객으로 떠들썩했다. 스펜서베일의 레너드 킴블과 카모디의 모건 벨이 응접실에서 서로 노려보고 있었다. 발랄한 아가씨들이 몇몇 찾아왔다.

루비는 새하얀 옷차림으로 눈과 뺨이 매우 빛나고 있었다. 쉴새없이 웃고 떠들어대다가 다른 아가씨들이 가버리자 앤을 2층으로 데려가 자기의 여름옷을 보여 주었다.

"푸른 비단이 있는데, 여름에 입기에는 좀 두꺼워. 그건 가을까지 그냥 두려고 해. 나는 화이트 샌즈에서 아이들을 가르치게 되었거든. 내 모자 어떠니? 어제 네가 교회에서 쓰고 있던 모자는 정말 멋졌어. 하지만 나한테는 화려한 것이 좋을 것 같아.

너 아래층에 있는 골치아픈 두 사람 봤니? 저 두 사람은 서로 상대편보다 오래 여기에 있으려고 마음먹고 있단다. 나는 그 두 사람 가운데 아무한테도 관심 없어.

내가 좋아하는 사람은 허브 스펜서야. 허브야말로 '내 결혼상대'라고 생각할 때가 있단다. 크리스마스 무렵에는 스펜서베일의 교장선생님이 그런가 생각했었는데, 내 마음에 들지 않는 점이 발견되었어. 내가 거절했을 때 그 사람은 꼭 미친 것 같았지.

저 두 사람이 오늘 밤 오지 않았으면 좋았을 텐데. 너와 천천히 이야기 나누고 싶었어, 앤. 하고 싶은 이야기가 산더미 같아. 너와 나는 본디부터 사이가 좋잖아?"

루비는 꾸민 듯한 웃음소리를 내며 살그머니 앤의 허리에 팔을 둘렀다. 그러나 한순간 두 사람의 눈이 마주쳤을 때 앤은 루비의 이 발랄함 뒤에 숨겨진 마음에 섬뜩하니 아픔을 느끼게 하는 것을 보았다.

루비가 속삭였다.

"이따금 와줘, 앤. 혼자 와줘. 나는 네가 필요해."

"너 어디 아픈 데 없니, 루비?"

"내가? 어머나, 나는 무척 건강한 체질이야. 이렇게 건강한 적은 이제까지 없었을 정도지. 물론 올겨울 각혈에는 좀 혼났어. 하지만 내 혈색을 봐. 그리 앓는 사람으로는 보이지 않으리라고 여겨."

루비의 목소리는 송곳 같았다. 화난 듯 앤으로부터 팔을 떼더니 아래층으로 뛰어내려가 한층 더 쾌활하게 행동하며 두 숭배자를 놀려주기에 열중하는 듯했다. 다이애너와 앤은 그들과 어울리지 못하고 곧 그곳을 떠났다.

에이브릴의 속죄

"무슨 꿈을 꾸고 있니, 앤?"

어느 날 저녁 두 아가씨는 시냇물 요정이 사는 저지대를 천천히 걷고 있었다. 양치류는 시냇물에 고개를 끄덕이고 작은 풀은 파랗게 우거졌으며 시냇물에 하얀 커튼을 내린 야생 배나무는 좋은 향기를 물씬 풍기고 있었다.

앤은 꿈에서 깨어났다.

"나 말이지, 소설 줄거리를 생각하고 있었어, 다이애너."

"어머나, 벌써 쓰기 시작한 거니?"

다이애너는 곧 흥미를 보였다.

"응, 아직 2, 3쪽밖에 쓰지 못했지만 전체 구상은 거의 다 잡혔어. 그 이름에 걸맞는 줄거리를 만드는 데까지가 힘들었지. 떠오르는 줄거리는 많지만 에이브릴이라는 이름의 아가씨에게 어울리는 건 좀처럼 없었는 걸."

"그 이름을 바꿀 수는 없었니?"

"응, 그건 불가능해. 해보기는 했지만 네 이름을 바꿀 수 없는 것과 마찬가지로 잘 안 됐어. 나로서는 에이브릴이라는 이름이 너무 친밀하게 여겨져서 다른 어떤 이름을 붙이려 해도 곧 에이브릴로 생각되고 마는 거야.

하지만 고심 끝에 에이브릴에게 어울리는 줄거리를 생각해냈어. 그리고 다음에는 등장인물 모두에게 하나하나 이름을 붙여 주는 즐거움이 기다리고 있었어. 다이애너는 어떨지 몰라도 아주 재미있어. 이름을 짓는 일로 몇 시간이나 밤에 눈을 말똥말똥 뜨고 있었어. 남자 주인공의 이름은 퍼시벌 댈림플이야."

다이애너는 실망한 듯 말했다.

"벌써 모두 이름 붙여 버렸니? 만일 아직 다 되지 않았다면 내게 꼭 하나만 짓게 해주면 좋겠어. 누군가 중요하지 않은 인물의 이름을 말이야. 그렇게 하면 나도 조금은 네 소설에 공헌했다는 느낌이 들 수 있을 텐데."

앤은 양보했다.

"레스터 집안에 고용되어 있는 어린 남자아이에게 이름을 붙여도 좋아. 그리 중요한 인물이 아니고, 아직 이름을 짓지 않은 것은 그 아이뿐이란다."

다이애너가 활짝 웃으며 말했다.

"그 아이를 레이먼드 피츠오즈번이라는 이름으로 해줘."

초등학교시절 앤과 제인 앤드루스와 루비 길리스 넷이서 만들었던 '이야기클럽'에서 쓴 이름들을 잔뜩 기억하고 있었던 것이다.

하지만 앤은 탐탁치 않다는 듯 고개를 저었다.

"그런 잔심부름하는 어린 소년의 이름치고는 너무 귀족적이어서 안 돼. 나로서는 피츠오즈번이라는 사람이 돼지에게 먹을 것을 주거나 땔나무를 줍는 장면을 떠올릴 수 없어. 너는 할 수 있니?"

상상력 있는 앤이 그걸 생각지 못한다는 것은 다이애너로서 이해되지 않았다. 하지만 앤 또한 잘 알고 있는 일이므로 잔심부름하는 어린 소년의 이름은 마침내 로버트 레이라고 붙여졌고 줄여서 부를 때는 보비라고 불리게 되었다.

다이애너가 물었다.

"그 작품으로 얼마나 받을 수 있다고 생각해?"

그러나 앤은 그 일은 조금도 생각하고 싶지 않았다. 그녀는 명성을 구하고 있는 것이며 천한 돈벌이를 탐내고 있는 것은 아니었다. 문학에 대한 앤의 꿈은 아직까지 돈에 대한 생각으로 더럽혀져 있지 않았다.

다이애너가 부탁했다.

"내게도 읽게 해줘."

"완성되면 너와 해리슨 씨에게 읽어줄 테니 가차 없이 비평해 주었으면 해. 이것이 발표되기까지는 다른 아무에게도 보여 주지 않겠어."

"마지막은 어떻게 할 생각이니? 행복하게? 아니면 비극적으로?"

"아직 몰라. 나는 마지막을 슬프게 만들고 싶어. 그편이 훨씬 낭만적인걸. 하지만 편집자라는 사람들은 슬픈 결말을 몹시 싫어하는 것 같아. 언젠가 해밀턴 교수의 이야기를 들었는데, 슬픈 결말은 천재가 아니면 쓰려 해서는 안 된대. 그런데 나는 천재가 못되거든."

앤은 겸손하게 말을 맺었다.

"나는 해피엔딩이 좋아. 퍼시벌을 에이브릴과 결혼시키면 좋겠어."

다이애너는 프레드와 약혼한 뒤로 특히 소설은 모두 이러한 결말로 끝나야 한다고 여기고 있었다.

"하지만 너는 소설을 읽고 우는 것을 좋아하잖니?"

"그래, 맞아. 가운데쯤에서는 그렇지. 하지만 마지막에는 모든 일이 다 행복한 결과로 맺는 게 좋아."

앤은 생각에 잠기며 말했다.

"꼭 한 군데 비극적인 장면을 넣어야 해. 로버트 레이를 사고로 다치게 해서 죽는 장면을 만들까?"

다이애너는 웃으며 항의했다.

"안 돼, 보비를 죽여서는 안 돼. 보비는 내 거니까 살아서 잘되기를 원해. 굳이 필요하다면 다른 누군가를 죽여줘."

다음 2주일 동안 앤은 작품을 쓰며 그때그때의 기분에 따라 괴로워하기도 하고 즐거워하기도 했다. 불현듯 훌륭한 착상이 떠올라 환희에 취해 있는가 하면 반대측 인물이 도무지 적절히 움직여주지 않는다면서 절망해 버리기도 했다.

다이애너로서는 그것을 이해할 수 없었다.

다이애너가 물었다.

"그 사람들을 네가 생각하는 대로 하도록 만들면 되잖니?"

앤은 한탄했다.

"난 할 수 없어. 에이브릴은 남이 시키는 대로 하는 사람이 아니야. 그녀는 내가 생각지도 못한 일이나 말을 해. 그러면 그때까지 쓴 것이 모두 허사가 되어버려 다시 처음부터 써야 해."

그러나 마침내 소설은 완성되어 앤은 이층 자기 방에서 다이애너에게 읽어주었다. '비극적인 장면'도 그럭저럭 로버트 레이를 희생시키지 않고 끝났다. 앤은 읽으면서 다이애너의 기색을 살폈다. 다이애너는 거기에 호응하여 울어야 할 부분에서는 우는 모습을 보여 주었다. 그러나 마지막 장면이 되자 좀 실망한 듯했다.

다이애너는 나무라듯 물었다.

"어째서 모리스 레넉스를 죽여버린 거지?"

"악당인 걸. 벌을 받아야만 했어."

다이애너는 터무니없는 소리를 했다.

"나는 모리스 레넉스가 그 가운데에서 가장 좋아."

"하지만 모리스는 죽어버렸어. 죽게 내버려둬야 해. 만일 살려두면 에이브릴과 퍼시벌을 줄곧 괴롭힐 테니까."

앤이 좀 뾰로통해져서 말했다.

"그렇구나, 네가 마음을 고쳐먹게 하지 않는 한."

"그렇게 하면 낭만적이지 못해. 게다가 소설이 너무 길어지는 걸."

"그래. 아무튼 정말 고상한 이야기야, 앤. 틀림없이 너는 유명해질 거야. 그것만은 확실해. 제목은 붙였니?"

"아, 제목은 벌써 오래 전에 정했어. 《에이브릴의 속죄(Averil's Atonement)》야. 어감이 좋잖니? 자, 다이애너, 솔직히 말해줘. 내 소설에 뭔가 결점이 있니?"

다이애너는 어물거리면서 망설이다 말했다.

"글쎄, 에이브릴이 케이크를 만드는 장면은 그리 낭만적으로 여겨지지 않아. 그것은 누구나 하는 일인 걸, 뭐. 특별한 여주인공이란 요리 같은 것은 할 게 못된다고 생각해."

"어머나, 그 점이 또한 좋은 거야. 이 소설에서 가장 뛰어난 부분이지."

거기에 대해서는 앤의 말이 옳다고 생각해도 좋을 것이다.

다이애너는 현명하게도 그 이상 비평하지 않았지만 해리슨 씨는 쉽게 만족하지 않았다. 우선 해리슨 씨는 이야기 속에 너무 묘사가 많다고 했다.

해리슨 씨는 무자비하게 말했다.

"그 부풀린 미사여구를 모두 빼버려요."

앤은 불쾌하게 여기면서도 확실히 해리슨 씨의 말이 옳다고 느꼈으므로 마음 내키지 않았지만 좋아하는 묘사를 대부분 지워버렸는데, 덕택에 까다로운 해리슨 씨를 만족시키기 위해 세 번이나 다시 써야 했다.

앤은 마지막에 힘주어 말했다.

"불필요한 설명적인 묘사를 모두 빼버렸지만 해질 무렵의 장면만은 남겨뒀어요. 아무래도 그것만은 버릴 수 없었어요. 이 소설에서는 그것이 가장 잘된 장면이에요."

해리슨 씨가 말했다.

"이야기 줄거리와는 아무 관계도 없잖소? 게다가 배경을 돈 많은 도시 사람들 속에 두는 게 아니었소. 그런 사람들에 대해 앤이 뭘 아오? 어째서 이 애번리로 하지 않았소. 물론 지명을 바꿔서 말이오. 그렇지 않으면 레이철 린드 부인이 자기를 여주인공이라고 여길 테니까요."

"어머나, 그렇게 할 수는 없어요. 애번리는 이 세상에서 가장 좋아하는 곳이지만 이야기의 무대로 할 만큼 낭만적이지 못한 걸요."

해리슨 씨는 태연하게 말했다.

"애번리에도 로맨스는 얼마든지 굴러다니고 있소—비극도 마찬가지지. 앤이 쓴 인물은 누구를 보아도 실제로 있는 사람 같지 않소. 너무 말이 많고, 게다가 지나치게 부풀린 말만 쓰고 있소. 댈림플이라는 사람이 두 쪽에 걸쳐 줄곧 이야기해서 아가씨가 말할 새 없었던 장면이 한 군데 있는데, 현실생활에서 그렇게 해보오, 아가씨는 댈림플을 뻥 차버렸을 거요."

불쾌한 앤은 단호하게 말했다.

"그렇지 않아요."

앤은 마음속으로 댈림플처럼 아름답고 시적인 말을 한다면 어떤 아가씨의 마음도 정복당하고 말 거라 생각했다. 게다가 에이브릴—당당한 여왕과도 같은 에이브릴—이 누군가를 차버린다는 건 생각조차 할 수 없었다. 그것을 애써 표현하려면 에이브릴은 '청혼을 받아들이지 않았다'고 해야 마땅할 것이다.

그러나 해리슨 씨는 추궁의 고삐를 늦추지 않았다.

"나는 어째서 모리스 레닉스가 에이브릴을 자기 것으로 만들지 않았는지 모르겠소. 모리스가 상대편보다도 수백 배나 남성적이오. 나쁜 짓이기는 하지만 어쨌든 뭔가를 했소. 하지만 퍼시벌은 어리벙벙하기만 할 뿐 아무것도 하지 않았잖소."

'어리벙벙'이라니! 이것은 '차버린다'는 말보다 더 심한 말이다.

앤은 화가 나서 말했다.

"모리스는 악한이에요. 어째서 모두들 퍼시벌보다 모리스를 좋아하는지 모르겠어요."

"퍼시벌이 지나치게 짜증날 만큼 착한 거요. 다음에 주인공에 대해 쓸 때에는 얼마쯤 인간미를 넣도록 해요."

"에이브릴은 결코 모리스 같은 사람과 결혼할 수 없어요. 모리스는 나쁜 사람이니까요."

"에이브릴이 모리스를 새사람으로 만들면 되지. 알겠소? 남자는 마음을 고쳐먹게 할 수 있어요. 물론 줏대없는 해파리 같은 사람이라면 안 되겠지만. 앤의 작품은 이야기로서는 나쁘지 않소. 확실히 흥미있는 것만은 인정하오. 그러나 훌륭한 작품을 쓰기에 앤은 아직 너무 어려요. 앞으로 10년은 기다리구료."

앤은 다음에 소설을 쓰면 아무에게도 비평해 달라고 부탁하지 않으리라 마음먹었다. 낙담만 될 뿐이다.

길버트에게도 작품에 대한 이야기를 했지만 읽어 주지는 않았다.

"만일 성공하면 발표될 테니까 그때까지 기다려줘, 길버트. 하지만 실패하면 아무에게도 보여 주지 않을 거야."

앤이 그런 모험을 시도하고 있다는 것을 머릴러는 전혀 몰랐다.

앤은 어떤 잡지에 실린 자신의 작품을 머릴러에게 읽어주는 모습을 떠올렸다. 그리고 머릴러로 하여금 칭찬을 늘어놓게 만드는 것이다—공상으로는 무슨 일이든 가능하니까—그런 다음 의기양양하게 자기가 바로 그 작품을 쓴 사람임을 알리는 것이다.

어느 날 앤은 길다랗고 두툼한 봉투를 안고 우체국으로 갔다.

젊음과 무경험이 가져다주는 낙천적인 자신감을 가지고 '대형출판사' 가운데에서도 가장 큰 출판사로 보내려는 것이었다. 다이애너도 앤 못지않게 열광하고 있었다.

다이애너가 물었다.

"얼마쯤 지나면 소식이 올까?"

"2주일이 넘지는 않겠지. 아, 만일 채택된다면 얼마나 기쁘고 자랑스러울까!"

"물론 채택될 거야. 그리고 좀 더 보내달라고 틀림없이 말해 올 거야. 언젠가는 너도 모건 부인처럼 유명해질지 몰라, 앤. 그렇게 되면 나는 너와 아는 사이라는 것을 얼마나 자랑스럽게 생각할까."

적어도 다이애너는 친구의 재능과 장점을 시기하지 않고 진심으로 찬사를 보내는 보기드문 장점을 갖추고 있었다.

다음 1주일은 즐거운 꿈속에서 지났고 이윽고 쓰디쓴 자각의 눈을 뜨는 날이 찾아왔다.

어느 날 저녁, 앤의 방으로 올라간 다이애너는 앉아 있는 앤의 얼굴에서 운 흔적을 발견할 수 있었다.

탁자 위에 기다란 봉투와 꾸깃꾸깃한 원고가 놓여 있었다.

다이애너가 자기 눈을 의심하듯 소리쳤다.

"앤, 설마 네 작품이 되돌아온 것은 아니겠지?"

앤은 힘없이 말했다.

"아니, 부메랑처럼 되돌아왔어."

"그럴 리가! 그 편집자 머리가 어떻게 된 것 아냐? 이유가 뭐래?"

"이유 같은 건 없었어. 그냥 인쇄된 종이쪽지에 채택되지 않았다고 씌어 있을 뿐이야."

다이애너는 몹시 성난 목소리로 말했다.

"그 잡지 별거 아니라고 전부터 생각했어. 그 잡지에 실린 작품은 〈캐나다 여성〉에 실린 것의 절반도 재미없어. 값은 훨씬 비싸면서 양키가 아닌 사람은 안 된다는 편견을 가지고 있는 것 같아. 실망하면 안 돼, 앤. 모건 부인의 작품도 몇 번이나 되돌아왔던 걸 생각해 봐. 이걸 〈캐나다 여성〉에 보내도록 해."

앤도 용기를 냈다.

"그렇게 하겠어. 그리고 만일 그 잡지에 실린다면 거기에 표시를 해서 이 미국인 편집자에게 한 권 보내줘야지. 하지만 그 해 질 무렵을 그린 부분은 지워야겠어. 해리슨 씨 말이 옳은가봐."

그리하여 해 질 무렵 부분은 지워졌다. 그러나 이 결단에도 불구하고 〈캐나다 여성〉 편집자도 《에이브릴의 속죄》를 되돌려 보냈다.

그것이 또 너무 빨랐으므로 분개한 다이애너는 편집자가 전혀 읽지 않은 게 틀림없다고 말하며 자기는 〈캐나다 여성〉 구독을 곧바로 중단하겠다고 했다.

앤은 절망한 나머지 이 두 번째 거절을 오히려 냉정하게 받아들여 옛날 '이야기 클럽'의 작품을 넣어둔 지붕밑방 트렁크 속에 집어넣고 잠가버렸다. 그러나 그 전에 다이애너의 간절한 부탁에 져서 베낀 원고를 주었다.

절망적인 심정으로 앤은 쓰디쓰게 말했다.

"이것으로 내 문학적 야심은 끝났어."

이 일을 해리슨 씨에게는 말하지 않았는데, 어느 날 밤 해리슨 씨가 작품이 어떻게 되었는지 불쑥 물었다.

앤은 짧게 대답했다.

"편집장은 받아주지 않았어요."

발그스름하게 달아오른 섬세한 옆얼굴을 해리슨 씨는 곁눈질로 보았다. 그리고 앤을 격려하듯 말했다.

"그렇소? 나라면 이어서 쓰겠소."

눈앞에서 문이 쾅 닫혀져 버린 것을 보고 희망을 잃은 19살의 젊은이답게 앤은 단호하게 말했다.

"아니에요, 다시는 소설을 쓰지 않겠어요."

해리슨 씨는 곰곰이 생각한 뒤에 타이르듯 말했다.

"나라면 그대로 단념해 버리지는 않겠소. 다시 새로 써 보겠소. 하지만 함부로 원고를 보내 편집자를 고민하게 하는 짓은 안 할 거요.

나라면 자신이 알고 있는 사람들이며 장소를 소재로 삼겠소. 그리고 자신의 인물이 일상어를 쓰도록 하겠소. 해가 뜨고 지는 것도 호들갑스럽게 부풀리지 않고 어제와 다름없이 뜨고 조용히 지게 하겠소.

　만일 악당이 반드시 필요하다면 나는 그들에게 기회를 주겠소, 앤. 기회를 주어야 해요. 실제로 세상에는 지독한 악인도 얼마쯤 있지만 그런 사람은 그리 흔치 않아요. 물론 린드 부인의 말을 빌면 우리는 모두 악인인 셈이지만 말이오. 하지만 어떤 사람이든 조금은 괜찮은 점도 있는 법이오. 이어서 꾸준히 쓰도록 해요, 앤."

　"아니에요. 그런 일을 하다니 아주 어리석었어요. 레드먼드를 졸업하면 아이들을 가르치는 일에만 전념하겠어요. 가르칠 수는 있으니까요. 하지만 소설은 못 쓰겠어요."

　"레드먼드를 졸업하면 시집을 가야 할 나이가 되오. 결혼을 너무 오래 미루는 것은 좋지 않소, 나처럼 말이오."

　앤은 자리를 박차고 일어나 집으로 돌아갔다. 해리슨 씨는 이따금 정말 진저리쳐질 때가 있다.

　'차버린다'느니 '어리벙벙하다'느니 '시집을 가라'느니. 오, 맙소사!

믿음 없는 사람들

데이비와 도러는 주일학교에 갈 준비를 모두 끝마친 상태였다. 둘이서만 가기로 되어 있었는데, 이것은 좀처럼 없던 일이었다. 언제나 주일학교에는 린드 부인이 따라갔기 때문이다. 그러나 린드 부인은 발목을 삐어 절룩거리므로 오늘 아침에는 집에 있기로 했다.

말하자면 쌍둥이는 교회에서 가족대표가 되는 셈이었다. 앤은 어젯밤 카모디의 친구에게 가서 일요일을 보내기로 하여 집에 없었으며, 머릴러는 두통 때문에 도저히 갈 수 없었다.

데이비는 느릿느릿 층계를 내려왔다. 도러는 린드 부인이 준비를 도와주어 아까부터 현관 앞에서 데이비를 기다리고 있었다.

데이비는 스스로 준비를 갖추었다. 주머니에는 주일학교에 헌금하기 위한 1센트와 교회에 헌금할 5센트짜리 동전이 들어 있고 한 손에 성경책을 들었으며 다른 한 손에는 주일학교 회보를 들고 있었다.

주일학교에서 공부할 성구(聖句)와 교리문답도 데이비는 모조리 외고 있었다. 그야 물론 지난 일요일 오후 내내 ―린드 부인에게 붙잡혀 부엌에서 공부한 덕분이었다. 그러므로 데이비는 편안한 자세로 앉아 있을 것이었다.

그러나 실제로는 그렇지 못하여 데이비의 가슴속은 마치 경중경중 날뛰는 망아지와도 같았다.

데이비가 도러에게 다가가자 린드 부인이 부엌에서 다리를 절룩거리며 나왔다.

린드 부인은 엄하게 물었다.

"깨끗하게 씻었겠지?"

데이비는 싸움이라도 걸려는 듯이 노려보며 대답했다.

"응—보이는 데는 모두."

린드 부인은 한숨을 쉬었다. 데이비의 목과 귀 언저리가 수상쩍게 여겨졌으나, 그렇다고 검사를 하려 들면 데이비는 죽어라고 달아날 것이며 오늘은 뒤쫓아갈 수도 없음을 알고 있었기 때문이다.

"그럼, 얌전히 굴어야 한다. 먼지 속을 걸어서는 안 돼. 입구에서 걸음을 멈추고 다른 아이들과 떠들거나 해서는 안 돼. 자리에 앉으면 꿈지럭거리거나 바스락거리는 소리를 내서도 안 돼. 그리고 성구를 잊어서도 안 돼. 헌금을 잃어버리거나 헌금상자에 넣는 것을 결코 잊어서는 안 돼. 기도할 때 몰래 소곤거려도 안 되고 설교도 열심히 들어라."

데이비는 대답하지 않았다. 터덜터덜 오솔길을 내려가는 데이비의 뒤를 도러가 얌전히 따라갔다.

데이비의 마음은 들떠 있었다. 린드 부인이 그린게이블즈에 온 뒤로 데이비는 부인의 손과 입에 걸려 갖가지 괴로움을 겪어왔다. 적어도 데이비는 그렇게 여겼다. 왜냐하면 린드 부인은 상대가 9살이든 90살이든 깍듯한 예의를 갖추지 않은 사람하고는 함께 살 수 없는 사람이기 때문이다.

어제 오후만 해도 린드 부인이 참견하는 바람에 머릴러가 데이비를 티머시 코튼네 아이들과 고기잡이하러 가지 못하게 했다. 데이비는 그 일로 지금도 몹시 화가 나 있었다.

오솔길을 벗어나자마자 데이비는 잔뜩 얼굴을 찡그려 불쾌한 표정을 지었는데, 너무도 무섭게 붉으락푸르락했으므로 데이비의 성격을 잘 알고 있는 도러마저 이전 얼굴로 되돌아갈 수 없으면 큰일이라고 겁먹었을 정도였다.

데이비는 분노를 터뜨렸다.

"할멈, 죽어버려라."

도러는 깜짝 놀라 숨을 삼켰다.

"오, 데이비, 그런 심한 말을 하면 안 돼."

데이비는 앞뒤가리지 않고 마구 퍼부었다.

"'죽어버려라'는 심한 말이 아니야. 진짜로 심한 말은 아니야. 그러면 또 어때서?"

도러는 간절히 부탁했다.

"도저히 안 하고는 못 배기겠으면, 제발 일요일만이라도 하지 마."

데이비는 아직 뉘우칠 마음은 없었지만 속으로 좀 지나쳤나보다고 생각되지 않는 것도 아니었다.

"나만 아는 욕을 발명한 거니까 괜찮아."

도러가 머릴러처럼 엄한 표정으로 주의를 주었다.

"그런 짓 하면 하느님이 벌주실 거야."

"그렇다면 하느님은 심술꾸러기 영감이지. 누구나 자기 감정을 풀 수 있는 뭔가가 있어야 한다는 걸 하느님은 알지 못하나봐."

"데이비!"

도러는 데이비가 그 자리에서 천벌을 받아 죽을 것이 틀림없다고 생각했다. 그러나 아무 일도 일어나지 않았다.

데이비는 침을 튀기며 말했다.

"아무튼 나는 이제 더 이상 린드 아줌마가 이래라저래라 시키는 것을 참을 수 없어. 누나나 우리 아줌마가 그러는 건 어쩔 수 없지만 린드 아줌마는 그럴 권리가 없잖아. 나는 아줌마가 해서는 안 된다는 일을 하나도 빠짐없이 해주겠어. 두고 보라지."

도러가 너무나 기막혀 넋 나간 듯 보고 있노라니, 데이비는 말없이 4주일 동안이나 비가 내리지 않은 풀 속에 뛰어들어 부옇게 쌓인 먼지 속으로 아무렇게나 발을 질질 끌고 마구 돌진해 갔다. 데이비는 자욱한 흙먼지 구름 속에 완전히 휩싸이게 되었다.

데이비는 의기양양하게 선언했다.

"이게 시작이야. 그리고 교회 현관 앞에 멈춰서서 말할 상대를 붙잡고 내내 떠들어대겠어. 자리에 앉으면 꾸물거리기도 하고 수선도 떨고 수군수군 이야기도 할 테야. 그리고 성구 따위는 모른다고 할 거야. 게다가 헌금은 지금 여기서 버릴 테니까."

데이비는 신난다는 표정으로 동전을 모두 배리 씨네 나무울타리를 향해 집어던졌다.

도러가 비난했다.

"악마가 그런 짓을 하게 한 거야."

데이비는 화나서 외쳤다.

"악마 따위가 뭐야! 나 혼자 생각한 거야. 그리고 다른 것도 내가 생각했어. 앞으로 주일학교에도, 교회에도 안 갈 거야. 코튼네 아이들과 놀겠어. 오늘은 주일학교에 안 갈 거라고 어제 말했거든. 어머니가 안 계시니까 억지로 가라고 할 사람이 없대. 같이 가자, 도러. 분명 재미있을 거야."

도러가 도리질을 하며 반대했다.

"나는 가고 싶지 않아."

"가야만 해. 가지 않으면 월요일에 학교에서 프랭크 벨이 네게 입맞춘 일을 아줌마에게 일러줄 테야."

도러는 얼굴을 붉히며 외쳤다.

"어쩔 수 없었어. 프랭크가 그런 짓 하리라는 것을 알아차리지도 못했는 걸, 뭐."

"하지만 너는 프랭크의 뺨도 때리지 않았고 조금도 성난 얼굴도 안했잖아. 안 가면 그것도 아줌마에게 일러주겠어. 이 밭의 지름길로 빨리 가자."

달아날 구실을 발견하고 가엾은 도러가 쭈뼛쭈뼛 말했다.

"저 소가 무서워."

데이비는 비웃었다.

"저런 소에게 겁먹다니 어이가 없구나. 저놈들은 모두 너보다도 나이가 적어."

"나보다 크잖아."

"그래도 너를 해치지는 않아. 자, 어서 와. 기분 좋다. 나는 어른이 되면 결코 교회에 가지 않겠어. 천국에는 나 혼자서도 충분히 갈 수 있어."

"안식일을 지키지 않으면 오빠는 천국 반대쪽으로 가게 돼."

도러는 마지못해 데이비의 뒤를 따랐다.

그러나 데이비는 두려워하지 않았다—지금은. 아직 지옥은 머나먼 곳에 있으며 코튼네 아이들과 낚시하러 가는 즐거움이 바로 눈앞에 있었다.

도러에게 좀더 용기가 있으면 좋겠다고 데이비는 생각했다. 금방이라도 울음을 터뜨릴 것 같은 표정으로 자꾸 뒤만 돌아보고 있어서 모처럼의 즐거움이 반감되고 말았다. 여자아이란 정말 마음에 안 드는 존재다. 하지만 데이비도 이번에는 '죽어버려라'라는 말은 마음속으로도 하지 않았다. 아까 그 말을 한 것을 후회하는 건 아니었다. 다만, 하루 종일 무한한 힘을 지닌 존재를 두려워하지 않는 일만 계속하는 건 생각해볼 문제라고 여긴 것이다.

코튼네 작은 동무들은 천진난만하게 뒤뜰에서 놀고 있었는데, 데이비가 나타나자 기뻐서 소리를 지르며 반갑게 맞이했다. 피트와 토미와 애들퍼스와 미러벨 등 코튼네 아이들만 있었다. 어머니와 누나들은 외출하고 집에 없었다.

도러는 미러벨이 있는 것이 그나마 다행이라고 생각했다. 남자아이들 속에 자기 혼자만 있게 되지 않을까 걱정하고 있었던 것이다.

하지만 말괄량이 미러벨은 남자아이와 다를 게 없었다. 그만큼 소란스러웠고 햇빛에 그을렸으며 앞뒤가리지 않고 분별없이 굴었다. 그러나 적어도 여자아이 옷만은 입고 있었다.

데이비가 말했다.

"우리는 낚시하러 가려고 왔어."

코튼네 아이들이 환호성을 질렀다.

"와!"

미러벨이 양철통을 들고 앞장섰으며 모두들 지렁이를 잡으러 이리저리 뛰어갔다. 속상한 도러는 그 자리에 주저앉아 엉엉 울고 싶었다. 오, 저 밉살머리스러운 프랭크 벨이 뽀뽀만 하지 않았더라면! 그랬다면 데이비가 무슨 말을 해도 상관하지 않고 좋아하는 주일학교에 갈 수 있으련만.

아이들은 물론 못으로 낚시하러 가지는 않았다. 그곳은 교회가는 사람들에게 훤히 보이기 때문이다. 코튼네 집 뒤에 있는 숲속 시냇물로 만족할 수밖에 없었다.

거기에는 송어가 무척 많아서 그날 오전 내내 아이들은 신나게 놀았다. 아무튼 코튼네 아이들과 데이비는 그렇게 보였다.

데이비는 이성을 모조리 잃지는 않았던지 자기 구두와 양말을 벗고 토미 코튼의 아래위가 한데 붙은 작업복을 빌려 입었다. 이런 옷차림이라면 습지대든 늪지대든 풀숲이든 조금도 두려워할 것이 없었다.

도러는 누가 봐도 혀를 쯧쯧 찰 만큼 비참한 모습이었다. 웅덩이에서 웅덩이로 돌아다니는 다른 아이들의 뒤를 성경책과 주일학교책을 꼭 끌어안고 따라다녔으며, 지금쯤은 주일학교에서 우러러 공경하는 선생님 앞에 얌전히 앉아 있었을 텐데, 하며 분한 마음을 곱씹고 있었다.

그런데 이처럼 구두를 더럽히지 않도록, 또 예쁜 흰옷이 뭔가에 걸려 찢어지거나 더럽혀지지 않도록 조심하면서 이 야만인 같은 코튼네 아이들과 정신없이 숲을 헤매고 있는 것이다. 미러벨이 앞치마를 빌려주겠다고 했지만 도러는 자못 경멸스럽다는 듯이 거절했었다.

일요일에는 언제나 그렇듯 송어가 곧잘 먹이를 물었다. 한 시간쯤 지나자 바라는 만큼 물고기를 잡았으므로 작은 죄인들은 저마다 집에 돌아갔다. 도러는 마음이 조금 놓였다.

다른 아이들이 마구 소리를 지르며 술래잡기를 하는 동안 도러는 뜰의 엎어놓은 바구니 위에 새침하게 앉아 있었다. 그 뒤 돼지우리 지붕 위로 올라가 판자에 자기들 이름의 머리글자를 새겼다.

닭장의 평평한 지붕과 그 밑에 쌓아놓은 짚을 보니 데이비는 멋진 생각이 떠올랐다. 다함께 지붕에 올라가 고함치고 비명을 있는 힘껏 지르며 짚더미 위로 폴짝 뛰어내리면서 재미있는 30분을 보냈다.

그러나 빗나간 환락에도 끝이 있다. 못의 다리를 덜컹덜컹 울리며 오는 마차 소리를 듣자 데이비는 이제 집으로 돌아가야 한다는 것을 깨달았다. 토미의 작업복을 벗고 집에서 나올 때의 옷차림으로 돌아간 데이비는 한숨을 쉬며 줄에 꿰어진 자기 송어에서 얼굴을 돌렸다. 그것을 집으로 가지고 돌아갈 생각은 도저히 할 수 없었다.

산밭을 내려오며 데이비가 도전적으로 물었다.

"어때, 재미있었지?"

도러는 야무지게 말했다.

"나는 조금도 재미없었어. 오빠도―진심으로―재미있어 하지는 않았다고 여겨."

이것은 도러에게는 보기 드문 통찰이었다.

"아주 재미있었어."

데이비는 고개를 쳐들고 큰 소리로 외쳤으나, 부정하는 것 치고는 너무 힘이 들어간 목소리였다.

"네가 따분해 하는 것은 마땅해—그런 곳에 마치—노새처럼 앉아 있었으니까."

도러는 거만하게 말했다.

"나는 코튼네 사람들하고는 같이 놀지 않기로 했거든."

"코튼네 아이들이 뭐 어때서. 걔네는 우리보다 훨씬 재미있게 살고 있어. 좋아하는 일을 해도 괜찮고, 모두들 앞에서 하고 싶은 말을 할 수도 있어. 이제부터는 나도 그렇게 할 거야."

도러가 주장했다.

"오빠는 사람들 앞에서 큰 소리로 할 수 없는 말이 많아."

"그런 건 없어."

도러는 진지한 목소리로 따져물었다.

"있어. 그렇다면 목사님 앞에서 '수코양이'*¹라고 할 수 있어?"

이것은 어려운 문제였다. 데이비는 어른들처럼 언론의 자유에 대한 이런 구체적인 예를 들며 대응할 태세가 갖추어져 있지 않았다.

데이비는 마지못해 인정했다.

"물론 그건 말하지 않아. '수코양이'란 교회와 아무런 상관없는 말인걸. 그런 동물에 대한 말은 목사님 앞에서 절대로 꺼낼 수 없어."

도러가 캐물었다.

"하지만 무슨 일이 있어도 말해야만 한다면?"

"그렇다면 남자고양이라고 부를 거야."

도러는 곰곰이 생각하며 말했다.

"차라리 '신사고양이'라고 하는 편이 좀더 점잖다고 생각해."

"네가 생각을 한다고?"

---

*1 여자를 좋아한다는 뜻으로 쓰이기도 함.

데이비는 콧대를 꺾어 놓으려는 듯 경멸했다.

데이비도 이 세상을 마냥 천국으로 생각하는 것은 아니었다. 물론 그것을 도러에게 인정할 바엔 차라리 죽어버렸을 테지만. 이제 몰래 노는 것에 대한 짜릿한 쾌감이 사라지자 양심이 바늘처럼 콕콕 쑤셔 따끔따끔 아파오기 시작했다.

그래 교회에 가는 편이 좋았을지도 모른다. 린드 아줌마는 잔소리를 잘하는지 모르지만, 아줌마의 부엌 선반에는 언제나 과자상자가 놓여 있었다. 아줌마는 무엇이든 아까워하지 않는다.

공교롭게도 이때 데이비는 1주일 전 학교에 입고 갈 새 바지를 찢었을 때, 린드 부인이 말쑥하게 기워주고 머릴러에게 한 마디도 하지 않았던 일을 생각해 냈다.

그러나 데이비의 심술 주머니는 아직 충분히 찬 것이 아니었다. 그는 한 가지 죄가 그것을 감추기 위해 또 다른 죄를 불러일으킨다는 것을 알아야만 했다.

그날 쌍둥이는 린드 부인과 점심 식사를 했는데, 부인의 첫 질문은 이러했다.

"오늘 주일학교의 너희 반 아이들은 모두 참석했니?"

데이비는 군침을 꿀꺽 삼키면서 대답했다.

"응, 모두 있었어. 꼭 한 사람만은 없었지만."

"성구와 교리문답도 했니?"

"응."

"헌금도 했겠지?"

"응."

"예배에 맬컴 맥퍼슨 씨 부인도 오셨니?"

"모르겠어."

이것만은 적어도 정직한 대답이라고 비참해진 데이비는 생각했다.

"부인회에서 다음 주에 모임이 있다는 애기는 안 하든?"

"응."

목소리가 떨렸다.

"기도회 모임은?"

"나, 나는 몰라."

"알고 있어야만 해. 알리는 말을 주의해 들어야지. 하비 씨의 성경 구절은 뭐였지?"

데이비는 필사적으로 물 한 모금을 입안 가득 물고 마지막까지 저항하던 양심과 함께 꿀꺽 삼켜 버린 뒤, 몇 주 전에 배운 성경구절을 줄줄 외었다.

다행히 린드 부인은 더이상 묻지 않았으나 식욕이 뚝 떨어진 데이비는 푸딩을 한 접시 먹는 게 고작이었다.

린드 부인이 놀라며 물었다.

"왜 그러니? 어디 아픈 데라도 있는 거냐?"

데이비는 어물어물했다.

"아니야."

린드 부인이 걱정되어 주의를 주었다.

"얼굴빛이 좋지 않구나. 오늘 오후는 햇빛을 쬐지 않는 편이 좋겠다."

식사가 끝나고 둘만이 있게 되자 곧 도러가 데이비를 나무랐다.

"린드 아줌마에게 오빠는 몇 가지 거짓말을 했는지 알아?"

궁지에 몰린 데이비는 맹렬히 맞섰다.

"알 게 뭐야. 상관없어. 잠자코 있어, 도러 키스."

가엾은 데이비는 수북이 쌓아놓은 땔나무 뒤 깊숙한 곳에 숨어 죄인이 저지른 수많은 잘못에 대해 곰곰이 생각해 보았다.

앤이 돌아왔을 때 그린게이블즈는 캄캄한 어둠에 둘러싸여 있었다. 앤은 몹시 지쳐 곧장 잠자리에 들었다. 지난주 애번리에 떠들썩한 모임이 여러 번 있어서 늦게까지 시간을 보냈기 때문이다.

앤은 머리를 베개에 얹기도 전에 절반쯤 잠에 빠져들어가고 있었다.

바로 그때 방문이 살그머니 열리면서 호소하는 듯한 목소리가 들렸다.

"누나."

앤은 졸린 눈을 비비며 일어났다.

"데이비, 너였구나? 왜 그러니?"

하얀 잠옷을 입은 데이비는 바람같이 방을 가로질러 쪼르르 달려와 침대에 몸을 던졌다.

"누나."

데이비는 흐느껴 울며 앤의 목에 매달렸다.

"누나가 집에 돌아와서 아주 기뻐. 누군가에게 이야기하지 않고는 나는 잠잘 수가 없어."

"누군가에게 뭘 이야기한다는 거지?"

"내가 얼마나 비참한지를."

"어째서 비참하니, 데이비?"

"왜냐하면 오늘 나는 아주 나쁜 아이였어, 누나. 아, 너무 못된 아이였어. 이제까지보다도 훨씬 더 지독했어."

"뭘 했는데?"

"아, 누나에게 말하기가 무서워. 누나는 이제 나를 좋게 생각해 주지 않을 거야. 오늘 밤 나는 도저히 기도할 수 없었어. 하느님이 아시게 되면 너무너무 부끄러우니까."

"기도하든 안 하든 하느님은 다 아신단다, 데이비."

"도로도 그렇게 말했어. 하지만 어쩌면 하느님이 미처 알아차리지 못했을지도 모른다는 생각이 들었지. 아무튼 누나에게 먼저 말하는 편이 좋겠어."

"무슨 짓을 했다는 거니?"

모든 것이 한꺼번에 쏟아져 나왔다.

"나 주일학교에 안 갔어. 사실은 코튼네 아이들과 고기잡으러 갔거든. 린드 아줌마에게 산더미처럼 거짓말을 했어. 여섯 개쯤이나—그리고—그리고—나—나는 심한 욕을 했어, 누나—아주 나쁜 욕. 그리고 하느님을 욕하는 말도 했어."

앤은 대답이 없었다. 데이비는 앤이 아무 말도 하지 않는 것을 어떻게 받아들여야 할지 알 수 없었다. 누나는 너무 어이가 없어 말을 하지 않는 걸까?

데이비는 귓가에 속삭였다.

"누나, 나를 어떻게 할 거야?"

"어떻게도 하지 않을 거야, 데이비. 너는 이미 벌을 받았다고 생각하니까."

"아니야, 아직 받지 않았어. 내게 아무 일도 없었는 걸."

"나쁜 짓을 한 뒤 내내 마음이 몹시 괴로웠을 테지?"

울상이 된 데이비는 힘주어 말했다.

"말도 못할 정도야!"

"그것은 네 살아 있는 양심이 너를 충분히 벌했기 때문이야, 데이비!"

"양심이라는 게 뭐지? 가르쳐줘, 누나."

"그건 네 마음 속에 있어, 데이비. 네가 나쁜 짓을 하면 언제나 가르쳐주고, 그래도 계속 나쁜 짓을 하면 마음을 괴롭게 만들지. 그걸 깨달은 적 없니?"

"있어. 하지만 그것이 뭔지 몰랐었어. 내게는 그런 게 없었으면 좋겠는데. 그편이 훨씬 재미있고 편할 거야. 내 양심은 어디에 있지? 누나, 가르쳐줘. 내 뱃속에 있어?"

"아니, 네 마음 속에 있어."

앤은 캄캄한 어둠에 감사했다. 이렇게 진지한 문제를 얘기할 때는 근엄한 얼굴을 해야 하기 때문이다.

데이비가 한숨을 쉬었다.

"그렇다면 그걸 내게서 떼어버릴 수는 없겠군. 내 이야기를 아줌마와 린드 아줌마에게 이를 거야, 누나?"

"아니야, 아무에게도 이르지 않아. 너는 나쁜 짓 한 것을 뉘우치고 있겠지?"

"그야 물론이지!"

"그러면 나쁜 짓을 다시는 하지 않겠지?"

"응. 하지만—"

데이비는 조심스레 덧붙였다.

"다른 나쁜 짓을 할지도 몰라."

"좋지 않은 말을 쓰거나, 주일학교에 빠지거나, 자기의 잘못을 감추기 위해 또 다른 거짓말하거나 하지 않겠지?"

"응, 거짓말해 봐야 소용없는 걸."

"그렇다면 데이비, 하느님께 '잘못했습니다' 진심으로 빌고 '용서해 주십시오' 이렇게 기도해."

"누나는 나를 용서해준 거야?"

"그렇단다, 데이비."

데이비는 기쁜 듯 말했다.

"그러면 하느님이 용서해 주든 말든 상관없어."

"데이비!"

"아—하느님께 빌게—빈다니까."

앤의 엄한 목소리로 자기가 뭔가 틀림없이 무서운 말을 했음을 알아차린 데이비는 당황하여 침대에서 기어 내려갔다.

"용서를 빌 거야, 누나—하느님, 오늘은 제가 좋지 않은 짓을 해서 몹시 나쁘다고 생각합니다. 앞으로는 늘 일요일에 착한 아이가 되도록 하겠으니 부디 용서해 주십시오. 자, 봐, 누나."

"자, 그럼 착한 아이니까 어서 가서 자렴."

"알았어. 어? 이제 비참했던 마음이 없어졌어. 아주 기분 좋아졌어. 안녕, 잘 자."

"잘 자라."

앤은 안도의 한숨을 내쉬며 베개에 머리를 얹었다. 아—어쩌면 이렇게 졸음이 올까! 그런데 금세—

"누나."

데이비가 다시 침대 곁에 돌아와 있었다. 앤은 무거운 눈꺼풀을 가까스로 끌어올렸다.

제발 좀 그만하라는 기분을 숨기려 애쓰며 앤이 물었다.

"이번에는 뭐지, 데이비?"

"누나, 해리슨 씨가 어떻게 침을 뱉는지 본 적 있어? 나도 열심히 연습하면 해리슨 씨처럼 침을 뱉을 수 있게 될까?"

"데이비 키스, 곧장 네 침대로 가. 오늘 밤 또다시 침대에서 나오면 용서하지 않겠어! 자, 어서 가!"

데이비는 그 명령에 반항하지 않고 곧 사라졌다.

떠나가는 벗

이윽고 길리스 씨네 뜰에서 하늘거리던 햇빛도 사라져버렸으나 앤은 아직 루비 길리스와 함께 앉아 있었다.

오후 내내 더위로 모든 것이 몽롱해 보였다.

세상은 온통 앞다투어 핀 꽃으로 황홀했다. 황혼이 찾아온 지금, 한가롭고 고요한 골짜기에는 안개가 자욱하게 끼어 있었다. 숲의 오솔길에는 그림자가 깃들고 들판은 보랏빛 개미취로 장식되어 있었다.

앤은 그날 밤 루비와 함께 지내기 위해 달빛을 받으며 화이트 샌즈 바닷가로 드라이브하는 것을 포기했다.

그해 여름 앤은 이러한 저녁을 몇 번인가 지내왔는데, 그것이 누구를 위해 유익한 일일까 이따금 망설여져 때때로 다시는 오지 말아야겠다고 마음먹고 돌아온 적도 있었다.

여름이 얼마 남지 않게 되어감에 따라 루비의 얼굴은 점점 더 핼쑥해졌다. 결국 화이트 샌즈 초등학교는 단념해야만 했다—"아버지가 새 학년이 될 때까지 가르치지 않는 게 좋겠다고 하셔서."—그리고 루비가 몹시 좋아하는 자수도 힘이 들어 손에서 놓고 먼산을 보는 일이 차츰 많아졌다.

그래도 루비는 언제나 쾌활하고 희망에 차서 여전히 자신을 에워싸고 있는 숭배자들에 대한 얘기며 그들끼리 경쟁하거나 낙담한 일 등을 공개적으로 얘기하거나 작은 목소리로 소곤거렸다.

앤이 루비를 찾아가는 일을 괴롭게 여기는 것은 이 때문이었다. 전에는 어리석다고 생각하거나 웃고 즐길 수 있었지만 지금은 두렵게 느껴졌던 것이다. 루비를 보고 있노라면 제멋대로 생긴 가면 뒤에서 검은 죽음이 생명을 삼키고자 그 기회를 호시탐탐 엿보고 있는 것 같았다.

그런데 루비는 앤에게 매달려 곧 또 오겠다는 약속을 받기 전에는 절대로 돌려 보내주지 않았다. 앤이 자주 루비를 찾아가는 데 대해 린드 부인은 불평하며 앤에게 폐병이 옮는다고 주의를 주었다. 이 일은 머릴러까지 불안해 하고 있었다.

머릴러가 참다 못해 말했다.

"너는 루비를 만나러 갈 때마다 몹시 지친 모습으로 돌아오는구나."

앤은 힘없이 말했다.

"너무 슬프고 안타까워서 그래요. 루비는 자기 용태를 조금도 모르겠나봐요. 그러면서도 왠지 모르게 도움을 청하고 있는 것이 느껴져요, 필사적으로 말이에요. 그래서 도와주고 싶지만 그게 잘 안 돼요. 함께 있는 동안 내내 루비가 눈에 보이지 않는 적과 싸우고 있는 것을—그 적을 가냘픈 저항으로 가까스로 밀어내려 하는 것을 나는 물끄러미 바라볼 뿐이에요. 그래서 돌아오면 이렇게 지칠 대로 지쳐 버리는 거예요."

그러나 오늘 밤은 그런 느낌이 그리 강하게 느껴지지 않았다. 루비는 이상하게 조용했다. 파티며 드라이브며 웃으며 '숭배자들'에 대해 한 마디도 하지 않았으며 손대지 않은 수예물을 곁에 놓고 흰 솔로 여윈 어깨를 감싼 채 해먹에 누워 있었다.

길게 땋은 금발—옛날 초등학교 시절 앤은 이 아름다운 머리카락을 얼마나 부러워했는지 모른다!—이 루비의 어깨에 늘어져 있었다. 머리 핀은 모두 뽑아 놓았다—머리가 아파지기 때문이라고 루비는 말했다. 오늘 밤에는 병적인 붉은 기운이 사라지고 루비의 갸름한 얼굴은 앳되 보였다.

은빛 달이 하늘에 떠올라 구름을 진줏빛으로 물들였으며, 그 아래 못은 희미한 빛을 띠고 있었다.

길리스 씨네 집 바로 건너편에 교회가 있고 그 옆에는 오랜 묘지가 있었다. 달빛이 흰 돌을 비추어 뒤의 거무스름한 나무를 배경으로 뚜렷이 보이고 있었다.

별안간 루비가 말했다.

"달빛이 비치면 묘지는 정말 이상해 보여. 어쩌면 저토록 섬뜩한 기분이 들게 할까! 앤, 나도 이제 곧 저기 들어가는 거야. 너나 다이애너, 그 밖의 다른 모든 사람들은 하루하루 기운차게 살아가는데—나는—저기—저 오랜 묘지에—죽어 있는 거야."

루비는 몸을 파르르 떨었다.

너무나도 놀라 앤은 어찌할 바 모르며 한참동안 말을 잇지 못했다.

루비가 다그쳐 물었다.

"그렇게 된다는 걸 너도 알고 있겠지?"

앤은 낮게 대답했다.

"응, 루비, 알고 있어."

루비는 격한 목소리로 말했다.

"모두 알고 있어. 나도 알아. 항복하지 않으려 했지만 여름 내내 알고 있었어. 하지만 오, 앤!"

루비는 손을 뻗어 매달리듯 앤의 손을 붙잡았다.

"나는 죽고 싶지 않아. 죽는 게 두려워."

앤은 조용히 물었다.

"왜 두려워하니, 루비?"

"왜냐하면—왜냐하면—아, 천국에 가는 것이 두려운 게 아니야, 앤. 나는 교회임원인 걸. 하지만—모든 게 너무도 달라져버리잖아. 나는 틀림없이—틀림없이—무척 외로워하고—그리고—그리고—향수병에 걸리고 말 거야. 물론 천국은 무척 아름다울 테지. 성경에 그렇게 씌어 있는 걸—하지만 앤, 천국이란 지금까지 내가 살던 곳과는 많이 많이 다른 곳이잖아."

언젠가 필리퍼 고든이 그런 이야기를 해줘서 우스꽝스럽게 들었던 기억이 앤의 마음에 떠올랐다. 죽은 뒤 세상에 대해 이와 똑같은 말을 한 어떤 노인의 이야기였다.

그때는 정말 우습게 들렸었다. 프리실러와 둘이 대굴대굴 구르며 웃었는데, 지금 루비의 바르르 떨리는 핏기 없는 입술에서 그런 말이 나오자 유머는 조금도 느껴지지 않았다. 그것은 가슴이 아린 듯이 아프고, 게다가 부인할 수 없는 진실이었다!

천국은 루비가 지금까지 살았던 곳과 같을 수 없다. 지금까지 발랄하고 즐겁게 살아온 루비, 깊이 생각하지 않고 높은 이상을 품은 적도 없었던 루비는 그 커다란 변화를 견딜 만한 힘이 없는 것이다. 내세니 하는 것은 그녀에게 지금의 세상과는 전혀 다른 믿을 수 없을 만큼 따분한 곳으로밖에 여겨지지 않았다.

어떤 말을 해줘야 루비에게 도움이 될지 앤은 자신이 없었다. 도대체 무슨 말을 할 수 있을까?

그러나 앤은 머뭇거리며 말하기 시작했다.

"나는 이렇게 생각해, 루비."

마음속 깊이 간직해두었던 생각을, 또는 이 세상과 다음 세상에 대한 위대한 신비를, 어린아이와 같은 사고방식 대신 요즘들어 희미하게나마 머릿속에 형태를 이루어 가고 있는 새로운 관념을 입 밖에 내어 말하는 것은 앤으로서 매우 어려운 일이었다. 특히 그것을 루비 길리스 같은 상대에게 이야기하기란 한층 더 힘든 일이었다.

"우리는 아마도 천국에 대해서, 있는 그대로 생각하지 않는 것 같아. 우리를 위해 마련되어 있는 천국에 대해 아주 잘못된 생각을 하고 있는 게 아닐까 여겨져. 나는 사람들이 생각하듯 내세 생활이 이 세상 생활과 몹시 다르다고는 여기지 않아. 우리는 그냥 이 세상에서 누렸던 생활을 거의 그대로 이어 가므로 자기 자신에게는 변함이 없을 거야. 다만 좋은 행동을 하는 일과 최고의 이상에 따르는 일이 지금보다 훨씬 쉬우리라 생각해. 방해나 어려움이 모두 없어지고 사물을 똑똑히 볼 수 있게 되는 거지. 두려워하지 마, 루비."

하지만 루비는 가련하게 대답했다.

"두려워하지 않을 수 없어. 비록 천국에 대해 네가 한 이야기가 정말이라 하더라도—너 또한 확신하고 있는 건 아니고 네 공상에 지나지 않는 것일지도 몰라—전혀 달라. 같을 리 없어.

나는 이곳에 살고 싶어. 아직 이렇게 젊은 걸, 앤. 아직 내 인생을 제대로 살았다고 할 수 없어. 나는 어떻게든 살려고 정말로 열심히 싸워 왔어—하지만 안 돼—나는 죽어야만 해—소중히 여기는 것들을 모두 뒤에 남겨두고."

앤은 가슴이 찢어지는 심정으로 앉아 있었다. 견디기 어려운 고통이었다. 마음을 편안히 해주기 위해 하얀 거짓말을 할 생각은 없었으며, 루비의 말은 무서우리만큼 진실이었다.

루비는 소중히 여기는 것들을 다 두고 가는 것이다. 루비가 아끼는 것들은 모두 이 지상에 있다. 루비는 이 세상의 덧없는 것—변하는 것—만을 추구하며 살아왔고 영원히 존재하는 위대한 것에는 눈을 돌리려 하지 않았다. 그것이야말로 두 세계 사이에 가로놓인 강에 다리를 놓는 것이며, 죽음을, 하나의 세계에서 또 다른 세계로—해뜨기 전 여명으로부터 맑게 갠 하늘에서 빛나는 태양 아래로—옮겨갈 수 있게 해주는데.

저 세상에서 하느님이 루비를 조용히 이끌어 주신다는 것을 끝내 그녀는 알게 되리라고 앤은 믿어 의심치 않았다. 그러나 루비가 현재 사랑하고 있는 것에 맹목적으로 매달리는 것도 무리는 아니었다.

루비는 한 팔을 짚고 일어나 파랗게 빛나는 아름다운 눈을 달빛 가득한 하늘로 돌렸다. 그리고 떨리는 목소리로 말했다.

"나는 살고 싶어. 나도 다른 사람들과 마찬가지로 살고 싶어. 나는, 나는 결혼하고 싶어, 앤―그리고―그리고―아기를 낳고 싶어. 내가 늘 갓난아기를 무척 좋아했던 걸 알고 있지, 앤? 이런 말은 너 말고는 아무에게도 할 수 없어. 너라면 이해해주리라는 걸 알고 있어. 게다가 가엾게도 허브는―그 사람은―그 사람은 나를 사랑하고 나도 그를 사랑해, 앤. 다른 사람들은 내게 아무 것도 아니야. 하지만 그 사람은 그렇지 않아. 만일 내가 살아 있을 수 있다면 그의 아내가 돼서 행복하게 지낼 수 있을 텐데. 오, 앤, 괴로워."

루비는 다시 베개에 얼굴을 묻고 격렬하게 경련하듯 흐느껴 울었다.

앤은 어찌해야 좋을지 알 수 없었고 그저 루비의 손을 꼭 잡아주었다. 이 말 없는 따뜻한 마음이 뜻 모르는 말을 두서없이 늘어놓는 것보다 루비에게 힘을 준 듯 조금 뒤 그녀는 마음을 가라앉히고 울기를 그쳤다.

루비가 소곤거렸다.

"이런 말을 너에게 하기 잘했어, 앤. 모두 다 털어놓은 것만으로도 마음이 훨씬 편해졌어. 여름 내내 그렇게 하고 싶다고 생각했었지만, 네가 올 때마다 이야기하고 싶었지만, 할 수 없었어. 입 밖에 내어 말해버리면 죽음이 확실해질 것 같았거든. 아니, 나뿐만 아니라 누군가 다른 사람이 말하거나 내비치기만 해도 그렇게 될 것 같았어.

낮에 내 주위에 있는 사람들이 즐겁게 지낼 때에는 잠시 잊을 수도 있었어. 하지만 잠들 수 없는 밤에는―그야말로 두려웠어, 앤. 그런 때에는 아무리 발버둥치며 싫어도 나쁜 생각을 하게 돼. 죽음이 닥쳐와 나를 지그시 바라보고 있으면 너무 무서워서 비명을 지르지 않을 수 없어."

"하지만 이제는 두려워하지 않겠지, 루비? 용기를 내어 걱정할 것 없다고 마음을 다스릴 수 있지? 내가 한 말을 조금은 믿어줘."

"해보겠어. 네 이야기를 잘 생각해 보고 믿도록 애쓰겠어. 그리고 되도록 자주 와 주겠지, 앤?"

"그래, 자주 올게, 루비."

"이제—이제 그리 길지 않을 거야, 앤. 확실히 느끼고 있어. 다른 누구보다도 네가 내 곁에 있어 주었으면 좋겠어. 함께 학교에 다닌 아이들 가운데 나는 언제나 너를 가장 좋아했었어. 꽤 시샘 많고 심술 궂은 사람이 많았지만 너는 한 번도 그런 일이 없었지. 가엾게도 엠 화이트가 어제 나를 만나러 왔었어. 학교 다닐 무렵 3년 동안 엠과 내가 둘도 없는 단짝친구였던 걸 기억하겠지? 그런데 학교 음악회 때 싸운 뒤로 서로 말을 안 했어. 얼마나 어리석니? 그런 일이 지금은 모두 어리석게 여겨져.

어제 엠과 옛날에 싸웠던 일을 화해했어. 엠은 몇 해 전부터 말하고 싶었었지만 내가 받아들여주지 않으리라 여겼었어. 나도 틀림없이 엠이 말하고 싶지 않으리라 생각해서 말을 걸지 않았었지. 오해란 정말 우스운 거야. 그렇지, 앤?"

"인생의 거의 모든 고민은 작은 오해에서 비롯되는 게 아닐까 생각해. 나는 이제 돌아가야겠어, 루비. 너무 늦었으니까—너도 밤이슬에 젖으면 좋지 않아."

"또 와 줘."

"응, 곧 올게. 뭔가 내가 도움되는 일이 있다면 얘기해. 뭐든지 기꺼이 하겠어."

"알고 있어. 이제까지도 많이 도와줬어. 이제는 두렵지 않아. 잘 가, 앤."

"잘 자, 루비."

으스름한 달빛을 받으며 집으로 돌아오는 앤의 발걸음은 무거웠다.

그날 밤 이후로 앤은 어떤 변화를 느꼈다. 인생의 다른 의미를, 더욱 높은 이상을 가지게 되었다. 겉으로는 전과 다름없었지만 깊은 밑바닥부터 뿌리가 흔들리고 있었다.

자신은 가엾은 루비와 같아서는 안 된다. 이 세상의 삶을 끝낼 때가 되어도 다음 세상은 지금과 전혀 다르다는 것—지금까지의 생각과 이상과 희망이 끼어들 수 없는 곳—으로 생각하고 두려워해서는 안 된다. 아무리 아름답고 멋진 것이라 해도 덧없는 것을 인생의 목적으로 삼아서는 안 된다. 보다 높은 것을 추구하고 거기에 따르지 않으면 안 된다. 하늘나라의 생활은 이 땅에서부터 시작해야만 한다.

그날 밤 뜰에서 한 작별이 마지막이 되고 말았다. 그 뒤 앤은 살아 있는 루비를 다시 볼 수 없었다.

다음날 밤, 애번리 개선회에서는 서부로 떠나게 된 제인 앤드루스의 환송회가 있었다. 그리고 경쾌한 다리가 춤추고, 반짝이는 눈들이 웃고, 쉴 새 없이 즐거운 수다를 떨고 있는 동안 애번리의 한 영혼이 홀로 하늘의 부름을 받았다. 무시할 수도 피할 수도 없는 부름이었다.

이튿날 아침, 루비 길리스가 죽었다는 소식이 이 집에서 저 집으로 전해졌다. 루비는 잠든 동안 아무 고통 없이 얼굴에 평화로운 미소마저 떠올린 채 죽어 있었다. 마치 죽음은 루비가 그토록 두려워했던 기분 나쁜 요괴가 아니라 다정한 친구처럼 찾아와 손을 잡고 문턱을 넘게 해준 듯했다.

장례식 뒤에 린드 부인은 이제까지 죽은 얼굴이 루비 길리스처럼 아름답게 보인 적은 없다고 손수건을 눈물로 적시며 힘주어 말했다.

흰 옷을 입고 앤이 넣어준 꽃들 속에 파묻혀 누워 있던 루비의 아름다움은 몇 해 뒤까지도 사람들 기억에 오래 남아 애번리의 이야깃

거리가 되었다.

루비는 본디부터 고왔지만 그 아름다움은 지상의 것, 속세의 것이었다. 마치 다른 사람에게 보란 듯이 자랑하는 오만함이 깃들어 있었다. 광채도 없었고 이지적인 아름다움도 없었다.

그러나 죽음이 루비에게 닿아 그녀를 깨끗하게 하고 우아한 느낌과 이제까지 볼 수 없었던 청순미를 남겼다. 넓은 사랑과 깊은 비애와 여자로서 크나큰 기쁨을 루비에게 죽음이 마지막 선물로 준 것이다.

앤은 눈물로 흐려진 눈으로 어릴 적 친구를 내려다보며 신은 루비를 이런 모습으로 만들고 싶어했으리라 생각하고 언제까지나 그 얼굴을 기억하기로 결심했다.

장례행렬이 집을 나서기 전에 길리스 부인은 아무도 없는 방으로 조용히 앤을 불러들여 그 손에 조그만 꾸러미를 건네주었다.

부인은 소리죽여 흐느끼며 말했다.

"이걸 네게 주고 싶구나. 루비도 분명 네게 주고 싶어했을 거야. 그 아이가 수놓던 테이블 보야. 아직 다 되지 않았어. 이 세상을 떠나기 전날 마지막으로 한 것이지. 바늘을 꽂은 채로 있어. 가엾게도 그 작은 손가락이 만들었던 그대로 그 자리에 바늘이 남아 있단다."

린드 부인은 그 이야기를 듣고는 눈물을 머금은 채 말했다.

"죽은 사람 뒤에는 반드시 하던 일이 남아 있는 법이란다. 하지만 그것을 이어받아 완성하는 사람도 반드시 있지."

다이애너와 함께 집으로 돌아오는 길에 앤이 말했다.

"이제까지 줄곧 서로 알고 지냈던 사람이 죽어버렸다니 믿을 수가 없어. 우리 학교 친구 가운데 죽은 것은 루비가 처음이야. 늦든 이르든 남아 있는 우리도 한 사람 한 사람 그 뒤를 쫓아가게 되는 셈이지."

다이애너는 불안한 투로 말했다.

"그래, 그런 거겠지."

그녀는 그런 말은 하고 싶지 않았다. 그보다도 장례식에 대한 이야기를 하고 싶었다. 길리스 씨가 무슨 일이 있더라도 루비를 위해서라며 주장한 훌륭한 흰 벨벳 관에 대해 "길리스 집안사람들은 장례식 때까지도 화려하게 하지 않고는 직성이 풀리지 않는다니까"라고 린드 부인이 말한 일, 허브 스펜서의 슬픈 얼굴, 루비의 자매 가운데 하나가 남의 시선은 아랑곳하지 않고 울부짖은 일들을 말이다.

그러나 앤은 그런 일에 대해 이야기하려 하지 않고 생각에 잠겨 있는 모습이었으므로 다이애너는 그 사색에 함께 끼어들 수도 엿볼 수도 없어서 외로움을 느꼈다.

그때 데이비가 불쑥 말을 꺼냈다.

"루비 누나는 참 잘 웃는 사람이었어. 애번리에 있었을 때처럼 천국에서도 그렇게 웃을까, 누나? 나는 알고 싶어."

"그래, 웃을 거라고 생각해."

충격을 받은 다이애너가 얼굴을 찡그리며 항의했다.

"어머나, 앤!"

앤은 진지하게 되물었다.

"어머나, 어째서 안 되는 거지, 다이애너? 천국에서는 전혀 웃지 않을 거라고 생각하니?"

다이애너가 당황하여 말했다.

"글쎄―나―나는 모르겠어. 아무튼 좋지 않은 일이라고 생각해. 교회 안에서 웃는 것은 왠지 두려운 생각이 들잖아."

"하지만 천국은 교회 같은 곳이 아닐 거야―언제나."

데이비가 힘차게 말했다.

"그 편이 좋아. 만일 같다면 나는 가고 싶지 않아. 교회는 엄청 따분한 걸. 어느 쪽이든 나는 오래오래 가지 않을 생각이야. 화이트 샌즈의 토머스 블뤼엣 씨처럼 백 살까지 살겠어. 블뤼엣 씨가 말했는데,

오래오래 사는 길은 언제나 담배를 피우기 때문이며 담배가 병균을
깨끗이 죽여버린대. 나도 이제 곧 담배피워도 돼, 누나?"

앤은 건성으로 대답했다.

"아니야, 데이비, 담배 같은 건 아예 피우지 않는 게 좋아."

데이비가 따지고 들었다.

"그럼, 병균이 나를 죽여버리면 어떡할 거야, 누나?"

Chang.Kye

꿈의 끝

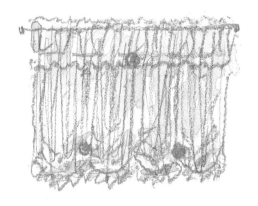

"앞으로 1주일 뒤면 레드먼드로 돌아가는 거야."

다시 공부를 시작하고 학과며 레드먼드 친구들이 있는 곳으로 돌아간다고 생각하니 앤은 기뻤다.

즐거운 공상은 패티의 집 둘레에도 끝없이 펼쳐졌다. 아직 거기서 산 적은 없지만 생각만 해도 따뜻하고 살기 좋은 '우리집'이라는 마음이 들었다.

물론 이번 애번리에서 보낸 여름도 무척 즐거웠다. 여름의 타오르는 해와 파란 하늘과 함께 즐겁게 살며 감사한 것들에 에워싸여 사는 기쁨을 맛보고, 옛 친구들과의 우정을 새롭게 다졌으며 지금보다 더 부끄럽지 않은 삶을 살고, 일에도 공부에도 모든 일에 열심히 노력하며 마음껏 노는 것을 배웠다.

앤은 생각했다.

'인생의 교훈을 반드시 대학에서 배워야 하는 것은 아니야. 모든 곳에서 인생이 저절로 가르쳐 주고 있어.'

그러나 그 유쾌한 방학의 마지막 주는 악몽과 같은 고약한 사건 때문에 엉망이 되고 말았다.

어느 날 저녁, 앤이 해리슨 부부와 차를 마시고 있을 때 해리슨 씨가 상냥하게 물었다.

"요즘도 소설을 쓰고 있소?"

앤은 좀 새침하게 대답했다.

"아니오."

"아니, 나쁜 뜻으로 한 말은 아니오. 하이어럼 슬론 부인이 요전에 내게 말했는데, 몬트리올의 롤링즈 우량 베이킹파우더 회사로 보내는 큼직한 봉투가 한달 전 우체통에 넣어졌다고 해서요. 그 회사의 베이킹파우더 이름을 넣은 선전소설 현상모집에 누군가 응모한 게 아닐까 슬론 부인은 생각하고 있었소. 봉투의 글씨는 앤의 것이 아니었다고 부인이 말했지만, 나는 아마도 앤이 아니었을까 짐작했었소."

"어떻게 그런 생각을! 상금을 준다는 건 나도 알았지만 상금을 바라고 글을 써야겠다는 생각은 꿈에도 하지 않았어요. 베이킹파우더를 광고하기 위해 소설을 쓰다니, 더없이 부끄러운 일이라고 생각해요. 저드슨 파커 씨의 약광고 담장 못지 않을 만큼 심해요."

오만하게 큰소리친 앤은 치욕의 골짜기가 자기를 기다리고 있을 줄은 꿈에도 생각지 못했다.

그날 저녁 눈을 반짝이며 뺨이 발그스름해진 다이애너가 편지 한 통을 들고 앤에게 뛰어들어 왔다.

"오, 앤, 네게 편지가 왔어. 내가 우체국에 갔다가 보고 네게 전해주려고 가져왔어. 빨리 뜯어봐. 만일 내가 생각하고 있는 그런 편지라면 나는 너무너무 기뻐서 미쳐버릴 거야."

앤은 당혹스러워하면서도 겉봉을 뜯어 타이프라이터로 친 편지를 한 줄 한 줄 읽어 내려갔다.

프린스 에드워드 섬, 애번리
그린게이블즈

앤 셜리 귀하

삼가 아룁니다.

전날 우리 회사 공모에서 당신의 매력적인 소설 《에이브릴의 속죄》가 25달러의 상금을 획득했음을 알려 드립니다.

수표는 여기에 함께 넣었습니다. 우리 회사에서는 이 소설을 캐나다 여러 큰 신문에 실으려고 하며, 또한 작은 책자로 인쇄하여 고객 여러분에게 나누어 드릴 생각입니다.

우리 회사의 사업에 관심을 가져주신 것을 깊이 감사드립니다.

롤링즈 우량 베이킹파우더회사

앤은 망연히 말했다.

"나로서는 도무지 알 수 없는 일이야."

다이애너가 손뼉을 치며 기뻐했다.

"오, 나는 꼭 상을 받을 줄 알았어—믿었었는 걸. 내가 네 작품을 공모에 보냈어, 앤."

"다—다이애너!"

다이애너는 침대에 걸터 앉으며 말했다.

"그래, 내가 했어. 그 모집광고를 본 순간 네 작품이 생각났지. 처음에는 너와 의논하려 했지만 네가 승낙하지 않으리라고 여겼어. 그 작품에 대해 너는 거의 자신없어 했었으니까. 나는 네가 베껴서 준 것을 보내기로 하고 그 일에 대해 한마디도 하지 않으리라 마음먹었지. 그렇게 하면 만약 상금을 못 받더라도 너는 모르는 일이니 비참한 생각을 하지 않을 테니까. 낙선한 작품은 되돌려 주지 않기로 되어 있었거든. 그리고 만일 입상하게 되면 너는 깜짝 놀라고 기뻐하게 될 거라 생각했어."

다이애너는 남의 기분을 잘 살피는 편은 아니었지만, 이때만은 다이애너도 앤이 미친 듯 기뻐하는 태도가 아니라는 것을 알 수 있었다. 놀라는 기색은 틀림없었다. 그러나 좋아하는 모습은 도대체 어디에 있는가?

다이애너가 외쳤다.

"왜 그래, 앤, 너는 조금도 기쁜 것 같지 않구나!"

앤은 곧 어색한 미소를 짜내 얼굴에 띠었다. 그리고 천천히 말했다.

"물론 나를 기쁘게 해주려는 너의 친절한 마음은 어떻게 고맙게 생각하지 않을 수 있겠니? 하지만 말이야—나는 너무너무 놀라고 말았어—도무지 이해할 수 없어. 내 작품 속에는 하나도 그—"

앤은 잠깐 말이 막혀 심호흡을 하고 말을 이었다.

"베이킹파우더에 대해 씌어 있지 않거든."

그러자 다이애너가 자신 있게 말했다.

"아, 그건 내가 넣었어. 싱거울 만큼 간단했지. 물론 옛날 '이야기클럽'에서의 경험이 도움이 됐어. 저, 에이브릴이 케이크를 굽는 장면이 있었지? 거기서 에이브릴이 그 과자 속에 롤링즈 우량 베이킹파우더를 넣었다고 썼을 뿐이야. 그래서 케이크가 잘 부풀었다고. 그리고 마지막 절(節)에서 퍼시벌이 에이브릴을 끌어안고 '사랑스러운 사람이여, 아름다운 미래가 우리들 소원을 이루어줄 거요'라고 말하는 장면 말이야. 거기에 나는 '우리집에서는 롤링즈 우량 베이킹파우더 말고는 쓰지 않도록 합시다'라고 덧붙였어."

"어머나."

가엾은 앤은 누군가가 찬물을 뒤집어씌운 듯 정신이 번쩍 들고 숨이 막혔다.

다이애너는 의기양양하게 말했다.

"그래서 너는 25달러를 받은 거야. 언젠가 프리실러가 말했는데, 〈캐나다 여성〉에서는 작품 하나에 겨우 5달러밖에 주지 않는대!"

앤은 떨리는 손가락으로 흉칙한 분홍빛 쪽지를 내밀었다.

"나, 이거 받을 수 없어. 이건 마땅히 네 거야, 다이애너. 네가 작품을 응모했고 고치기도 했잖아. 나—나였다면 결코 보내지 않았을 테니까. 그러니 네가 이—이 수표를 받아야 해."

다이애너는 당황하여 강하게 손사래치며 말했다.

"어떻게 내가 받겠니. 내가 한 건 조금도 힘든 일이 아니었는 걸, 뭐. 수상자의 친구라는 명예만으로 나는 충분해. 자, 이만 가야겠어. 손님이 있어서 다른 데 들르지 않고 곧장 돌아가야 했지만, 아무래도 여기 와서 결과를 보지 않고는 가만 있을 수 없었지. 너를 위해 나는 얼마나 기쁜지 몰라, 앤."

앤은 별안간 몸을 굽혀 다이애너를 끌어안고 그 뺨에 입맞추었다. 그리고 떨리는 목소리로 말했다.

"너는 이 세상에서 가장 착하고 성실한 친구야, 다이애너. 네 마음을 나는 정말로 고맙게 생각해."

하지만 다이애너는 달아나듯 부끄러운 얼굴로 빨개져서 돌아갔다.

가엾은 앤은 죄없는 수표를 마치 살인 사례금이기라도 하듯 책상서랍에 깊숙이 집어넣은 뒤 침대에 몸을 던지고 부끄러움과 모욕감으로 울고 또 울었다.

오, 이 치욕은 평생 씻을 수 없을 거야—결코! 영원히!

어두컴컴해진 뒤 길버트가 축하말을 하고 싶은 마음에 견딜 수 없어서 찾아왔다. '언덕의 과수원'을 찾아갔다가 이 소식을 들었던 것이다.

그러나 앤의 얼굴을 흘끗 본 순간 그의 축하말은 입술 위에서 얼어붙고 말았다.

"앤, 대체 어찌된 일이지? 나는 앤이 롤링즈 우량 베이킹파우더의 상금을 받아 기뻐하고 있을 줄 알았는데. 어쨌든 축하해!"

"오, 길버트, 너마저!"

앤은 '브루터스, 너마저!'[*1]를 흉내내는 듯한 투로 한탄했다.

---

*1 셰익스피어의 《줄리어스 시저》 제3막 제1장 시저가 살해되는 장면에서 브루터스가 시저를 찔렀을 때 시저가 한 말.

"길버트만은 알아줄 거라 생각했는데. 이것이 얼마나 끔찍한 일인지 모르겠어?"

"사실 무슨 말인지 모르겠어. 뭐가 끔찍하다는 거지?"

앤은 신음했다.

"뭐든지 다. 영원히 지울 수 없는 치욕을 당한 심정이야. 자기 아이의 온몸에 베이킹파우더 광고가 문신(文身)으로 새겨져 있는 것을 보면 그 어머니는 어떤 마음일 거라고 여기니? 나는 마치 그런 심정이야.

나는 내 변변치 못한 단편을 몹시 사랑하고 있어. 내가 가진 모든 것을 쏟아부었어. 그것을 베이킹파우더 광고 같은 낮은 수준까지 떨어뜨리다니 신성한 것에 대한 모독이야.

해밀턴 교수가 퀸즈아카데미 문학강의 때 언제나 우리에게 했던 말을 기억하니? 천박한 동기를 위해서는 한마디도 쓰지 말고 언제나 최고의 이상을 추구해야만 한다고 했었잖아.

내가 롤링즈 우량 베이킹파우더 광고용으로 단편을 썼다는 말을 들으면 교수님이 뭐라고 하겠어? 게다가 아, 이것이 레드먼드에 퍼지게 되면! 틀림없이 나를 비웃을 거야."

"그렇지 않아."

길버트는 앤이 이렇게 걱정하고 있는 것은 그 괘씸한 3학년생 녀석이 어떻게 생각할지 그것이 마음에 걸리기 때문이라 여기고 불안해졌다.

"레드먼드 사람들은 나와 같은 생각일 거야. 앤도 우리 열 사람 가운데 아홉 사람이 그렇듯 물질적인 부(富)를 넘칠 만큼 갖고 있는 것은 아니니까 1년 동안 학비에 보탬이 되도록 정당한 수단으로 돈을 벌었다고 여길 테지. 그것이 왜 천박한 건지, 또 왜 비웃음을 사야 할 일인지 나는 모르겠어. 누구나 위대한 걸작을 쓰고 싶은 건 당연한 일이야. 그러나 한편 하숙비며 수업료도 내야만 하니까."

이 위로의 말에 앤은 좀 기운이 났다. 자신의 이상(理想)이 짓밟힌 데 대한 상처는 한층 더 깊어질 뿐이었지만 적어도 비웃음받으리라는 공포만은 사라진 것이다.

들에 핀 백합을 보라

"이렇게 내 집처럼 아늑한 곳은 처음이야. 우리집보다 더 내 집인 것만 같아."

필리퍼 고든은 기쁜 눈으로 주위를 둘러보았다.

해질 무렵 그들은 '패티의 집' 넓은 거실에 모여 있었다─앤과 프리실러, 필리퍼와 스텔러, 제임시너 아주머니, 러스티, 조지프, 세러 고양이, 그리고 고그와 매고그였다.

난롯불 그림자가 벽에서 활활 춤추고 고양이들은 목을 가르랑거렸으며, 필리퍼의 숭배자 가운데 한 사람이 보내온 온실에서 피운 큰 국화 화분이 어슴푸레한 금빛 거실에서 크림빛 달처럼 흐드러지게 피어 있었다.

얼마쯤 흥분이 가라앉은 지 3주일이 지나자 이미 그들의 시도는 성공이라고 믿었다. 그들이 되돌아온 첫 2주일 동안은 즐겁고 활기에 차 있었다. 가지고 온 가구를 배치하고 작은 집을 살기 좋게 정리하고 저마다 내는 의견을 조정하면서 바쁘게 보냈다.

대학으로 돌아올 시기가 닥쳐왔을 때에도 앤은 애번리를 떠나는 게 견딜 수 없을 만큼 슬프지는 않았다. 휴가의 마지막 며칠이 즐겁지 않았기 때문이다.

앤의 당선작품은 프린스 에드워드 섬 모든 신문에 발표되었고 윌리엄 블레어 씨는 그 글을 분홍과 초록과 노랑색 소책자로 인쇄하여 가게 계산대에 수북이 쌓아 놓고 손님들에게 나눠주었다.

블레어 씨는 앤에게 축하의 뜻으로 그 책을 한 묶음 보내주었지만 앤은 곧 부엌 스토브 속에 모조리 쳐넣었다.

앤은 자신의 이상에 비추어 명예를 더럽혔다고 느꼈으나, 애번리 사람들은 앤이 상금 받은 것을 더없이 영광스러운 일로 여겼다. 많은 친구들은 진심으로 존경의 눈초리로 앤을 바라보았으며, 몇몇 적은 부러움 담긴 경멸을 나타냈다.

조지 파이는 앤 셜리가 그 작품을 어딘가에서 베껴쓴 것임에 틀림없으며 확실히 몇 년 전 어떤 신문에서 읽은 기억이 있다고 말했고, 셜리의 원고가 '되돌려져온' 일이 있음을 알아내서 하는 말인지 또는 추측해서 하는 말인지, 한 슬론 집안사람은 그런 것은 그리 자랑할 일이 아니며, 사람들이 하기만 하면 될 수 있는 일이라고 말했다.

그리고 아토사 부인은 앤에게 대놓고 말했다.

"네가 소설 같은 걸 썼다고 하는데 나는 왜 그런 짓을 하는지 모르겠다. 애번리에서 태어나 자란 사람이라면 그런 일은 하지 않을 텐데. 이런 일도 다 누구의 핏줄인지 모르는 고아를 데려다 길렀기 때문이지."

린드 부인조차도 만들어낸 이야기를 쓰는 일의 타당성에 대해 의문을 품고 있었다. 물론 그 25달러 수표로 마음이 조금 돌아서기는 했지만 말이다.

린드 부인은 자랑스러움과 엄격함이 반씩 섞인 목소리로 말했다.

"저런 거짓말에 그렇게 큰돈을 주다니 참으로 어이가 없군, 정말이지."

그 모든 것을 생각하니 떠날 때가 다가온 것이 오히려 반가웠다.

더욱이 경험을 쌓은 현명한 2학년생으로서 레드먼드에 돌아온 개학 날 여럿 모인 친구들과 인사를 나누는 기쁨은 한층 더했다.

프리실러도 스텔러도 길버트도 있었다. 이제까지 어느 2학년생보다도 더 거드름부리는 찰리 슬론이며, 앨릭과 앨런조 문제를 지금도 여전히 풀지 못하고 있는 필리퍼며, 무디 스퍼존 맥퍼슨도 있었다.

무디 스퍼존은 퀸즈아카데미를 나온 뒤 줄곧 교편을 잡아왔는데, 이제 가르치는 것은 그만 두고 목사가 될 공부에 힘써야 할 때라고 어머니가 결론을 내렸기 때문이었다.

가엾은 무디 스퍼존은 대학생활의 출발부터 불운을 겪었다. 함께 하숙하는 무자비한 2학년생 여섯이 어느 날 밤 그를 급습하여 머리를 절반쯤 깎아버린 것이다.

운 나쁜 무디 스퍼존은 다시 머리가 자랄 때까지 그 모습으로 다녀야만 했다. 자신의 천직이 정말로 목사인지 어떤지 의문을 품는 적이 있다고 그는 앤에게 괴로운 듯 털어놓았다.

아가씨들이 패티의 집에 맞이할 준비를 갖춘 뒤 제임시너 아주머니는 도착하기로 되어 있었다.

미스 패티는 앤에게 열쇠와 편지를 보내고 고그와 매고그는 손님용 침실 침대 밑 상자에 넣어 두었으니 필요하면 꺼내 놓아도 좋다고 썼으며, 덧붙여 액자를 걸 때 주의해 주었으면 좋겠고 거실 벽지는 5년 전 새로 바른 것이므로 자기와 머라이어는 새로운 벽지에 아주 꼭 필요한 경우 말고는 지금 있는 것 이상으로 구멍이 뚫리지 않기를 바란다고 씌어 있었다. 그 밖의 것은 모두 앤에게 맡긴다고 했다.

그녀들은 즐겁게 자기들의 보금자리를 깔끔히 정리했다!

필리퍼는 결혼이라도 하는 것처럼 신난다고 말했다. 게다가 남편 따위에게 시달리지 않고 가정을 이루어가는 유쾌함만 맛볼 수 있다는 것이었다.

이 작은 집을 꾸미기 위해 그들은 저마다 여러 가지 물건을 가져왔다. 프리실러와 필리퍼와 스텔러는 자잘한 소품과 그림을 잔뜩 가지고 왔다. 그림은 미스 패티의 새 벽지를 무시하고 저마다의 취미에 따라 마음대로 걸었다.

반대를 외치는 앤에게 세 사람은 말했다.

"우리가 여기서 나갈 때 퍼티*1로 구멍을 막으면 돼─절대로 모르실 거야."

다이애너는 앤에게 솔잎 넣은 쿠션을 선물했고, 미스 에이더도 앤과 프리실러에게 꽤 멋지게 수놓은 쿠션을 주었다. 머릴러는 큰 설탕절임상자를 보내주었고 감사절에 또 맛있는 것을 보내겠다는 뜻을 넌지시 비추기도 했다. 린드 부인은 퀼트 이불을 하나 주고 다섯 장을 빌려주었다.

린드 부인은 명령하게 말했다.

"이걸 가져가거라. 지붕밑방 트렁크 속에서 좀먹게 할 바에는 쓰는 편이 좋으니까."

린드 부인의 퀼트 이불에 다가갈 용기가 있는 좀벌레는 아마 없을 것이다. 방충제 냄새가 너무도 강해서 꼬박 2주일 동안 패티의 집 과 수원에 널어놓은 뒤에야 겨우 집안에 들여와 참을 수 있을 정도가 되었다. 귀족적인 스포퍼드 거리에서는 보기 드문 전시품이었다.

'옆집'에 사는 무뚝뚝한 백만장자가 찾아와 앤이 린드 부인에게서 받은, 호화스러운 빨강과 노랑 '튤립 무늬'가 있는 퀼트 이불을 사고 싶다고 제의했다. 어머니가 언제나 그런 퀼트 이불을 만들곤 하여 어머니에 대한 추억으로 꼭 하나 가지고 싶다고 했다.

앤이 팔 수 없다고 하자 백만장자는 매우 실망했는데, 앤은 이 일을 린드 부인에게 자세히 써 보냈다. 매우 기뻐한 린드 부인은 그와 똑같은 것으로 다른 사람에게 주어도 되는 퀼트 이불이 하나 있다는

---

*1 창문 등의 접합제.

회답을 보내와 결국 담배왕은 그 퀼트 이불을 가질 수 있게 되었으며, 그것을 자기 침대에 덮겠다고 고집을 부려 세련된 부인을 어이없게 만들었다.

그해 겨울 린드 부인의 퀼트 이불은 매우 쓸모가 있었다. 패티의 집에는 많은 장점이 있었지만 결점도 있었다. 그곳은 무척 추운 집이었으므로 서리라도 내리는 밤이면 아가씨들은 린드 부인의 퀼트 이불 속에 기어들어가 몸을 따뜻이 녹였다. 그러면서 이 퀼트 이불을 빌려준 일이 린드 부인의 가장 큰 선행으로 신의 눈에 들기를 기도했다.

앤은 첫눈에 반했던 파란 방을 자기 것으로 차지했다. 프리실러와 스텔러는 큰 방에 들고, 필리퍼는 부엌 위의 작은 방으로 만족했다. 제임시너 아주머니에게는 거실 안쪽 방을 드리기로 했다. 러스티는 처음 얼마 동안 문 앞 층계에서 잤다.

새학기가 시작된 2, 3일 뒤 앤은 레드먼드에서 집으로 돌아오다가 지나가는 사람들이 얼굴에 미소를 띠며 이쪽을 쳐다보는 것을 알아챘다. 앤은 자기에게 뭔가 잘못된 게 있는가 싶어 불안하게 생각했다. 모자가 비뚤어졌을까? 벨트가 느슨해진 것일까? 요모조모 살펴보려고 둘러보는데 비로소 러스티가 눈에 들어왔다.

앤의 바로 뒤에서 터벅터벅 따라오는 것은 고양이들 가운데에서도 이제까지 본 적 없을 만큼 초라한 모습을 하고 있었다. 벌써 오래 전 아기고양이의 모습을 벗어나 빼빼 여위어 볼품없는 모습이었다.

두 귀는 모두 일부가 떨어져 나갔고 한쪽 눈은 곧 치료해야 할 상태며 턱뼈 한쪽은 우스꽝스럽게 부어올라 있었다. 빛깔은 본디 검은 고양이를 불에 그을리면 이 집잃은 고양이의 지저분하게 축 늘어진 보기흉한 털이 될 것 같은 색을 하고 있었다.

앤은 쉿! 쫓았으나 고양이는 달아나지 않았다. 앤이 멈춰서 있으면 고양이도 웅크리고 앉아 아프지 않은 한쪽 눈으로 앤을 비난하듯 바라보았다.

앤이 걷기 시작하니 고양이도 따라왔다. 앤도 단념하고 패티의 집 문에 닿을 때까지 따라오는 대로 내버려두었으나, 다 오자 냉정하게 고양이 눈앞에서 문을 닫아버리고 그로써 모든 일이 끝난 것으로 생각했다.

그런데 15분 뒤 필리퍼가 문을 열어보니 층계에 그 불그스름한 고양이가 얌전히 앉아 있었다. 게다가 고양이는 얼른 안으로 뛰어들어와 호소와 의기양양함이 반씩 섞인 목소리로 야옹 야옹 울며 앤의 무릎에 뛰어올랐다.

스텔러가 무서운 목소리로 물었다.

"앤, 그건 네 고양이니?"

지긋지긋해진 앤은 부인했다.

"아니야, 천만에. 어디서부터인지 돌아오는 길에 졸졸 따라왔어. 아무리 쫓아도 따라오잖아. 오, 싫어. 제발 내려가 줘. 나도 깨끗하고 어엿한 고양이라면 꽤 좋아하는 편이지만 너같이 못생긴 것은 좋아하지 않아."

그러나 고양이는 내려가지 않고 유유히 앤의 무릎에 웅크리고 앉아 가르릉거리기 시작했다.

프리실러가 웃었다.

"고양이쪽이 널 양녀로 삼고 싶은 모양이야."

앤은 완강히 말했다.

"양녀가 되는 건 사양하겠어."

필리퍼가 안됐다는 듯이 말했다.

"가엾기도 하지. 이 고양이는 굶주렸어. 어쩌면, 뼈가 가죽에서 툭 튀어나올 것 같잖니?"

앤은 딱 잘라 말했다.

"그렇다면 배불리 먹인 다음 온 쪽으로 다시 돌려보내겠어."

고양이는 먹을 것을 얻어먹고 밖으로 쫓겨났다.

아침이 되어 보니 아직도 문 앞 층계에 쭈그리고 있었다. 그리고 그 자리에 줄곧 앉아 있다가 문이 열릴 때마다 휙 뛰어 들어왔다. 아무리 싸늘하게 대해도 조금도 효과가 없었으며, 고양이는 앤 말고는 누구에게도 전혀 관심을 두지 않았다.

가엾게 여긴 아가씨들은 먹을 것을 계속 주었지만, 1주일이 지나자 어떻게든 해야 한다고 생각하게 되었다.

고양이의 용모는 퍽 좋아졌다. 눈과 뺨이 여느 고양이와 같은 상태를 되찾았으며 살이 쪘고 얼굴을 씻는 모습도 볼 수 있게 되었다.

스텔러가 말했다.

"그래도 역시 우리가 기를 수는 없어. 제임시너 숙모님이 다음주에 오시기로 되어 있고, 세러 고양이를 함께 데려올 테니까. 우리는 고양이를 두 마리나 기를 순 없어. 기른다면 이 러스티 코트*² 녀석이 일 년내내 세러 고양이와 티격태격 싸움만 할 거야. 태어날 때부터 투사였으니까. 어젯밤에도 담배왕네 고양이와 격전을 벌여 상대방 기병이나 보병이며 포병을 모조리 해치웠거든."

앤도 찬성하고 그 고양이를 어두운 얼굴로 바라보았다. 고양이는 어린 양 같은 유순한 태도로 난롯가의 깔개 위에서 가르릉거리고 있었다.

"하지만 문제는—어떤 방법으로? 무방비 상태인 네 여자가 나가지 않으려는 고양이를 어떻게 하면 쫓아버릴 수 있을까?"

필리퍼가 기세 좋게 말했다.

"클로로포름으로 죽이는 거야. 그게 가장 자비로운 방법이지."

앤이 우울한 목소리로 말했다.

"클로로포름으로 죽이는 법을 우리는 아무도 모르잖아."

---

*2 불그스름한 빛깔의 웃옷.

"내가 알고 있어, 앤. 그건 내 몇 안 되는—한심하리만큼 몇 안 되는 할 줄 아는 것 가운데 하나야. 집에서 대여섯 마리 처치했었지. 아침에 이 고양이에게 맛있는 음식을 잔뜩 먹여. 그런 다음 낡은 삼베 자루를 가져다가—뒷문에 하나 있어—고양이를 그 속에 넣고 나무 상자를 씌워. 그리고 마개를 뽑은 클로로포름 2온스 들어 있는 병을 나무상자 가장자리로 살그머니 집어넣는 거야. 그런 다음 상자 위에 무거운 것을 올려놓고 아침까지 내버려두면 돼. 고양이는 잠든 듯 편안히 옹크리고 죽어 있지. 아무 고통 없이—몸부림치지도 않고."

앤이 의심스러운 얼굴로 말했다.

"간단하게 들리기는 하지만—"

필리퍼가 보증했다.

"간단하고말고. 내게 맡겨둬. 내가 다 할 테니까."

그리하여 클로로포름이 준비되고 다음날 아침 러스티는 죽음의 운명으로 이끌려갔다.

러스티는 아침식사를 마치고 뺨을 핥으며 앤의 무릎으로 올라왔다. 앤의 결심이 흔들렸다.

이 가엾은 동물은 나를 사랑하며—믿고 있다. 어떻게 이것을 죽이는 일을 거들 수 있을까?

앤은 급히 필리퍼를 불렀다.

"자, 어서 데려가줘. 살인마가 된 기분이야."

"괴로워할 것 없어."

필리퍼가 위로했지만 앤은 달아나버렸다.

사형은 뒷문에서 집행되었다. 그날은 아무도 그 가까이에 가지 않았다.

저녁때가 되자 필리퍼는 러스티를 묻어야 한다고 말했다.

"프리실러와 스텔러는 과수원에 무덤을 파줘. 앤은 나랑 가서 상자를 들어내자. 이건 내가 가장 싫어하는 일이야."

두 음모자는 마지못해 발소리를 죽여 뒷문으로 갔다.

필리퍼는 두려워 떨며 상자 위의 돌을 치웠다. 별안간 희미하기는 하나 틀림없이 '야옹' 하는 소리가 상자 속에서 들렸다.

"죽—죽지 않았어."

앤은 뒷문 층계에 힘없이 주저앉았다. 필리퍼는 믿어지지 않는 얼굴이었다.

"죽어 있을 거야."

또다시 작은 울음소리가 들려 러스티가 죽지 않았음이 분명해졌다. 두 아가씨는 뚫어지게 얼굴을 마주보았다.

앤이 물었다.

"어떻게 하지?"

문 앞에 스텔러가 나타나서 물었다.

"왜 오지 않니? 우리는 무덤준비가 다 됐어. '어찌하여 모두 이처럼 말이 없고 움직이지도 않느뇨?'"

스텔러는 연극 흉내를 내며 말을 맺었다.

앤이 상자를 가리키며 곧 똑같이 연극 대사처럼 대답했다.

"아, 아니로다, 아득히 먼 폭포의 울림과 같이 들려오는 사자(死者)의 목소리.'"

한꺼번에 웃음소리가 터지며 그 자리의 긴장감이 풀렸다.

필리퍼가 돌을 다시 놓았다.

"아침까지 이대로 둬야 해. 5분 동안이나 야옹거리지 않았고 우리가 들은 울음소리는 마지막 신음이었는지도 몰라. 아니면 죄의식을 견디지 못해 울음소리가 들린 것으로 착각했을 지도 모르지."

그러나 아침이 되어 상자를 열었을 때 러스티는 힘차게 훌쩍 앤의 어깨로 뛰어올라 애정을 담아 앤의 얼굴을 핥기 시작했다. 이렇게 생기발랄한 고양이는 본 적이 없을 만큼 건강했다.

필리퍼가 신음했다.

"상자에 구멍이 나 있었어. 그래서 죽지 않은 거야. 자, 처음부터 다시 해야 해."

별안간 앤이 선언했다.

"아니야, 그럴 필요 없어. 다시는 러스티를 죽여선 안 돼. 이건 내 고양이야. 그러니 너희들도 참아줘."

스텔러는 깨끗이 손을 떼겠다는 태도로 말했다.

"아, 그래, 좋아. 네가 제임시너 숙모님과 세러 고양이로부터 양해만 얻는다면 말이야."

그때부터 러스티는 한 가족이 되어, 밤에는 뒷문 구두닦는 깔개 위에서 자며 호화롭기 이를 데 없는 생활을 했다. 덕분에 제임시너 아주머니가 도착할 무렵에는 토실토실 살찌고 털도 반드르르하니 윤기가 흘러 아주 보기 좋게 되어 있었다.

그러나 키플링*³의 고양이처럼 그도 '독립독보적(獨立獨步的)'인 고양이었다. 러스티는 모든 고양이에게 도전했고 그때마다 고양이들은 러스티에게 두 손 두 발 들었다. 스포퍼드 거리의 귀족적인 고양이들을 러스티는 차례차례로 정복해 갔다.

사람에 대해서는 어떤가 하면, 러스티가 사랑한 것은 앤 뿐이었다. 다른 사람은 누구도 쓰다듬을 수조차 없었다. 무심코 쓰다듬기라도 하려 들면 발끈 성내며 털을 있는 대로 곤두세우고 아주 불량한 소리를 냈다.

스텔러가 말했다.

"저 고양이 태도 정말 못 봐주겠어."

앤은 짐짓 과장해서 사랑하는 고양이를 쓰다듬었다.

"어머, 얼마나 사랑스런 고양이니?"

스텔러는 비관적으로 말했다.

---

*3 《정글북》을 쓴 영국 소설가.

"하지만 러스티와 세러 고양이가 어떻게 함께 살아갈는지 걱정이야. 밤에 과수원에서 벌어지는 고양이의 싸움만으로도 견딜 수 없는데, 이 거실에서 싸움을 벌이게 되면 어찌될지 상상도 못하겠어."

이윽고 제임시너 아주머니가 도착했다. 앤과 프리실러와 필리퍼는 아주머니가 오기를 좀 불안한 마음으로 기다렸는데, 이윽고 활활 타오르는 난로 앞 흔들의자에 아주머니가 자리를 잡았을 때 모두들 그 앞에 엎드려 절이라도 하고 싶은 심정이었다.

제임시너 아주머니는 몸집이 작은 노부인으로 부드러우면서도 갸름한 얼굴에 다정한 파란 눈을 갖고 있었으며, 그 큰 눈은 여전히 젊음으로 빛나고 소녀 같은 희망이 넘쳐흘렀다. 뺨은 장밋빛이며 눈처럼 흰 머리칼을 귀 위에서 조그맣게 부풀려 예스러운 모양으로 빗어 올렸다.

아주머니는 저녁놀에 물든 구름처럼 아름다운 분홍색의 무언가를 부지런히 뜨개질하며 말했다.

"아주 옛날식으로 빗었지? 나라는 사람은 구식이야. 입는 옷도 그렇고, 따라서 내 사고방식도 구식인 셈이지.

그게 좋다는 건 아니야. 사실은 꽤 나쁘지. 하지만 오래 입어서 입기 편하다고 할까? 그런 마음이야. 새 구두는 낡은 것보다 틀림없이 보기는 좋겠지만, 신어서 편하기로는 낡은 구두가 좋은 법이지. 나만한 나이가 되면 구두든 사고방식이든 내 식으로 인정받아도 되지 않을까?

나는 여기서 마음 편하게 지낼 생각이야. 너희들은 내가 감독자로서 감시의 눈초리를 날카롭게 빛낼 것으로 여길지 모르지만, 너희들도 모두 어른이니 어떠한 경우에 어떻게 행동해야 되는지 쯤은 알고 있을 거야. 그러니 나로서는 ―"

제임시너 아주머니는 장난기 가득한 눈을 반짝거리며 말을 맺었다.

"인생을 망치고 싶으면 마음대로 해."

스텔러가 몸을 떨었다.

"오, 누구든 저 고양이들을 떼어놓아 줘."

제임시너 아주머니는 세러 고양이뿐만 아니라 조지프도 데려왔다. 아주머니의 설명에 따르면, 조지프는 밴쿠버로 옮겨가버린 아주머니의 친한 친구 것이었다고 한다.

"조지프를 데려갈 수 없으니 나더러 보살펴달라고 부탁하더구나. 나는 거절할 수 없었어. 아주 예쁜 고양이지. 친구가 조지프라는 이름을 붙인 건 이 고양이의 털이 갖가지 빛깔을 지녔기 때문이란다."[4]

확실히 그 말대로였다. 진절머리난 스텔러의 말을 빌면 조지프는 마치 살아 있는 누더기 같은 모습이었다. 본바탕이 어떤 빛깔인지 전혀 알 수 없었다.

발은 흰 바탕에 검은 반점이 여기저기 있었으며, 등은 잿빛 바탕에 한쪽은 노랑이고 한쪽은 검고 큰 얼룩이 있었다. 꼬리는 노란색 바탕에 잿빛 줄무늬, 한쪽 귀는 검정이고 한쪽 귀는 노랑이었다. 한쪽 눈 위에 검은 무늬가 있어 조지프를 몹시 불량해 보이게 했으나 실제로는 온순하고 사람을 잘 따랐다.

조지프는 마치 들의 백합 같았다.[5] 일하지 않고 길쌈도 안한 건 물론이고 쥐를 잡지도 않았다. 커다란 영화를 누린 솔로몬도 조지프보다 더 폭신한 잠자리에서 자지 못했을 것이며 조지프보다 더 기름진 음식을 먹을 수는 없었을 것이다.

조지프와 세러 고양이는 급행열차로 저마다 다른 상자에 넣어 보내져 왔다. 두 마리는 상자에서 나와 먹을 것을 받아먹은 뒤 조지프

---

[4] 《구약성서》〈창세기〉 제37장 제3절에 야곱이 요셉(조지프)을 아이들 가운데 가장 사랑하여 '여러 가지 빛깔로 옷을 만들어 주었다'고 씌어 있음.

[5] '들의 백합화가 어떻게 자라는가를 생각하여 보라, 수고도 아니하고 길쌈도 아니 하느니라'라는 그리스도의 말. 《신약성서》〈마태복음〉 제6장 제28절.

는 마음에 드는 구석의 쿠션을 골라잡았고 세러 고양이는 난로 앞에 앉아 유유히 얼굴을 씻기 시작했다.

세러 고양이는 털이 반지르르한 회색과 흰색의 아주 크고 위엄 있는 고양이였으며, 그 위엄은 평민으로 태어났다 해도 조금도 손상되지 않았다. 이 고양이는 제임시너 아주머니가 아는 세탁부로부터 받은 것이었다.

"그 여자 이름이 세러였으므로 나의 남편은 새끼고양이적부터 이것을 세러 고양이라고 불렀지. 나이는 8살이고 쥐를 신통하게 잘 잡아. 걱정하지 않아도 돼, 스텔러. 세러 고양이는 절대로 싸우지 않고 조지프도 좀처럼 싸우지 않으니까."

스텔러가 말했다.

"하지만 여기서는 자기방어를 위해 싸우지 않을 수 없게 될 거예요."

이때 러스티가 등장했다. 기분 좋게 방 중간쯤까지 달려오다가 비로소 침입자들을 알아차렸다. 거기서 딱 멈춰서더니 꼬리를 세 갑절이나 될 만큼 부풀리고 등의 털을 도전하는 듯한 아치 형으로 곤두세웠다. 러스티는 머리를 낮추고 증오와 대항의식에 찬, 무서울 만큼 날카로운 소리를 지르며 세러 고양이에게 돌진했다.

당당한 세러 고양이는 얼굴 씻던 손을 멈추고 이상한 듯 러스티를 바라보았는데, 러스티의 공격을 경멸하듯 앞발을 교묘하게 홱 뿌리쳤다.

러스티는 물구나무서며 깔개 위에 뒹군 뒤 비틀거리며 일어났다. 따귀를 철썩 갈기다니, 저것의 정체는 대체 뭐란 말인가? 러스티는 움찔거리며 세러 고양이의 기색을 살폈다.

세러 고양이는 유유히 러스티에게 등을 돌리고 몸치장을 계속했다. 러스티는 한번 더 할까, 말까? 고민하다가 그만두기로 했다. 그 뒤로는 결코 저항하지 않았다. 그 뒤 세러 고양이가 보금자리를 장악했고 러스티는 두 번 다시 덤벼들지 않았다.

이때 경솔하게도 조지프가 몸을 일으키며 하품을 했다. 치욕의 복수심에 불탄 러스티는 조지프에게 덮쳤다. 조지프는 본디 온화한 성질이지만 싸울 때가 오면 과감히 싸울 수 있었으며 훌륭하게 맞서 싸웠다. 결과는 줄곧 비겼다. 러스티와 조지프는 매일같이 얼굴만 마주치면 싸웠다.

앤은 러스티를 편들어 조지프를 미워했고 스텔러는 어찌할 바 몰라했다.

제임시너 아주머니는 그저 웃기만 했다. 아주머니는 대범한 태도였다.

"실컷 싸우게 내버려둬. 이제 곧 친해질 거야. 조지프도 운동을 좀 해야 하고—너무 살쪘으니까. 그리고 러스티도 자기만이 이 세상에 오직 하나뿐인 고양이가 아니라는 것을 배워야만 해."

마침내 조지프와 러스티는 현실을 받아들여 이 세상에 둘도 없는 원수에서 다시 친한 사이가 되었다. 두 마리는 같은 쿠션 위에서 서로 상대편에게 앞발을 걸치고 잤으며 그럴듯하게 서로의 얼굴을 핥아주었다.

필리퍼가 말했다.

"이제 우리는 모두 익숙해져서 함께 살 수 있게 되었어. 나는 접시 닦는 것을 배우고 비질하는 법도 배웠어."

"하지만 고양이를 클로로포름으로 죽이는 솜씨는 믿을 수 없어."

앤이 웃었다.

필리퍼가 항의했다.

"그건 구멍 탓이었어."

제임시너 아주머니가 좀 엄한 목소리로 말했다.

"구멍이 있기를 잘했지. 아기고양이는 물에 빠뜨려 죽여야 한다고 나도 생각해. 그렇지 않으면 이 세상은 온통 고양이로 가득찰 테니까.

하지만 사람처럼 어른이 된 고양이는 결코 죽여선 안 돼. 달걀을 훔쳐 먹지만 않으면 말이야."

스텔러가 말했다.

"러스티가 여기에 처음 왔을 때 모습을 보셨다면 숙모님도 그런 말씀 안 하셨을 거예요. 꼭 악마 같았어요."

제임시너 아주머니는 깊은 생각에 잠긴 듯 말했다.

"악마가 그토록 지독히 추할 리 없다고 생각해. 만일 그렇게 추하다면 사람들을 죄에 빠뜨리기 위해 유혹할 수 없을 것 같아. 나는 늘 악마를 잘생긴 신사로 여기고 있단다."

악마의 아버지는

11월 어느 날 저녁, 집으로 돌아온 필리퍼가 소리쳤다.

"애들아, 눈이 내리고 있어. 산책길에 온통 더없이 아름다운 별 모양, 십자 모양 눈이 소복히 쌓여 있어. 이제까지 나는 눈이 이토록 아름다운 줄 몰랐어. 소박한 생활에서는 이런 일에도 관심을 기울일 만한 여유가 있구나. 내게 이런 생활을 누릴 수 있도록 해주어서 모두들 고마워. 버터가 1파운드에 5센트씩 값이 올랐다고 걱정하는 것은 정말 즐거운 일이야."

집안살림을 맡고 있는 스텔러가 되물었다.

"어머나, 올랐니?"

필리퍼는 진지한 얼굴로 말했다.

"응─자, 버터야. 나는 이제 장보는 솜씨가 퍽 좋아졌어. 공연히 남자친구랑 돌아다니는 것보다 훨씬 재미있어."

스텔러가 한숨을 쉬었다.

"물가가 아찔할 만큼 오르는구나."

제임시너 아주머니가 말했다.

"너무 걱정할 것 없어. 고맙게도 공기와 하느님의 구원은 아직까지

거저니까."

앤이 거들었다.

"그리고 웃음도요. 웃음에는 아직 세금이 붙지 않잖아요. 그건 멋진 일이에요. 왜냐하면 이제 곧 모두들 배꼽을 잡고 웃을 테니까요. 내가 데이비로부터 온 편지를 읽어줄게. 데이비의 철자법은 요 1년 사이 많이 나아졌어. 아직도 아포스트로피에는 약하지만. 게다가 확실히 편지를 재미있게 쓰는 재능이 있어. 저녁 공부를 시작하기 전에 들어보고 웃어줘."

누나에게

한 자 써 올립니다. 우리는 아주 잘 있어. 누나도 건강하기를 기도해. 오늘은 눈이 조금 내렸어. 아줌마는 하늘에 계신 할머니가 깃털 이불을 털고 있기 때문이라고 했어. 그 할머니는 하느님의 부인인가, 누나? 나는 알고 싶어.

린드 아줌마는 몹시 아팠지만 지금은 많이 나았어. 지난주에 아줌마는 지하실 층계에서 떨어졌지. 떨어질 때 우유가 담긴 양동이며 스튜 냄비가 가득 놓인 선반을 붙잡았는데 그만 선반이 떨어지면서 린드 아줌마와 함께 나동그라져 우당탕탕 요란한 소리가 났어. 머릴러는 처음에 지진인가 생각했대. 스튜 냄비 가운데 하나가 찌그러지고 린드 아줌마는 갈비뼈를 다쳤어.

의사선생님이 와서 갈비뼈에 바르라고 약을 주었는데, 아줌마는 의사선생님 말을 잘못 알아듣고 싹 다 마셔버렸어. 아줌마가 죽지 않은 것이 이상하다고 의사선생님이 말했지만 아줌마는 죽지 않을뿐더러 갈비뼈도 싹 다 나았어. 린드 아줌마는 의사는 아무것도 모른다고 말했어. 아줌마는 나았지만 스튜냄비는 낫지 않았기에 머릴러 아줌마가 결국 버렸어.

지난주는 추수감사절이었어. 학교는 쉬었고 우리는 집에서 맛있는 음식을 먹었지. 나는 민스 파이와 구운 칠면조 요리, 과일 케이크와 도너츠, 치즈와 잼, 그리고 초콜릿 케익을 잔뜩 먹었어. 아줌마는 그걸 다 먹으면 죽고 말 거라고 했지만 나는 죽지 않았어.

나중에 도러가 귀앓이를 일으켰어. 하지만 아픈 건 귀가 아니라 배였어. 나는 어느 쪽도 아프지 않았는데.

이번에 우리 선생님은 남자야. 여러 가지 우스갯소리를 해. 지난주에 우리 3학년 남자아이들에게 어떤 아내를 맞고 싶은가, 또 여자아이들에게는 어떤 남편을 맞고 싶은가 작문으로 쓰게 했어.

선생님은 그것을 읽으며 눈물이 날 만큼 뒤로 젖혀가며 웃었어. 이것이 내가 쓴 거야. 누나가 보고 싶을 거라고 생각해.

내가 맞고 싶은 아내

내 아내는 얌전하고 시간에 맞춰 식사를 준비하고 내가 시키는 대로 하며, 언제나 내게 공손해야 합니다. 나이는 15살이어야만 합니다. 가엾은 사람들에게 친절히 하고 자기집을 잘 정돈하며 언제나 웃는 얼굴로 어김없이 교회에 가야 합니다. 아주 예쁘고 머리는 곱슬머리면 좋겠습니다.

만일 바라는 대로 아내를 맞는다면 나는 굉장히 좋은 남편이 되겠습니다. 여자는 남편에게 아주 잘해야 한다고 생각합니다. 가엾게도 여자들 가운데에는 남편이 없는 사람도 있습니다.

끝

지난주 화이트 샌즈의 아이적 라이트 아주머니 장례식에 갔다왔어. 죽은 아주머니의 남편은 정말로 슬퍼하고 있었지.

라이트 아주머니의 할아버지가 양을 훔친 일이 있다고 린드 아줌마가 말했는데, 우리 아줌마는 죽은 사람에 대해 나쁘게 이야기하는 게 아니라고 했어. 어째서 나쁘지, 누나? 말했다고 해서 들키는 것도 아닌데. 그렇지, 누나?

지난번 내가 린드 아줌마는 노아*¹ 때에도 살았었느냐고 물었더니 굉장히 성을 냈어. 나는 아줌마의 기분을 나쁘게 할 생각은 아니었어. 그냥 물어보고 싶었을 뿐이야. 그 무렵에도 아줌마는 살았었어?

해리슨 씨는 기르던 개를 처치하려고 목을 맸는데, 다시 살아나 해리슨 씨가 무덤을 파고 있는 동안 헛간으로 달아나고 말았어. 해리슨 씨는 한 번 더 개의 목을 맸고 이번에는 살아나지 않았지.

해리슨 씨네 집에 일하는 사람이 새로 왔어. 일솜씨가 너무너무 형편없어. 두 손이 모두 왼손인 것 같다고 해리슨 씨가 말했어.

배리 씨네 일꾼은 게으름쟁이야. 배리 아주머니가 말했지만, 배리 씨는 게으른 게 아니라, 일해서 뭔가 손에 넣기보다 손에 저절로 들어오게 해달라고 기도하는 편이 더 쉽다고 생각하는 것뿐이래.

하면 앤드루스 아주머니가 그토록 자랑하던 상금탄 돼지가 발작을 일으켜 죽고 말았어. 린드 아줌마는 앤드루스 아주머니가 너무 으스대서 벌받은 거래. 그렇다면 돼지가 너무 가엾다고 생각해.

밀티 볼터가 병이 났어. 의사선생님이 밀티에게 약을 주었는데, 끔찍이도 맛이 나빠. 나는 밀티 대신 4분의 1만 마셔주겠다고 했는데 볼터네는 아주 인색해. 밀티도 돈 주고 산 거니까 자기가 마시겠다는 거야.

볼터 아주머니에게 남자를 잡으려면 어떻게 해야 되느냐고 물었더니, 아주머니는 버럭 화를 내며 한 번도 남자를 쫓아다녀본 적이 없어서 그런 것은 모른다고 말했어.

개선회에서 공회당 페인트 칠을 다시 하려 하고 있어. 파랑색을 더는 못 봐주겠대.

새 목사님이 어젯밤 차를 마시러 집에 왔어. 목사님은 파이를 세

---

*1 《구약성서》의 노아의 방주.

조각이나 드셨지. 내가 그렇게 했다면 린드 아줌마가 먹보라고 말했을 거야. 그리고 목사님은 부지런히 입에 하나 가득 넣고 허겁지겁 잡수셨는데, 우리 아줌마는 언제나 나더러 그렇게 하면 안 된다고 해. 어린아이가 하면 안 되는 것을 어째서 목사님은 해도 되지? 나는 알고 싶어.

　소식은 이것뿐이야. 여기에 키스를 여섯 개 넣어서 보낼게. ×××
×××. 도러도 한 개 보냈어. 이것이 도러의 것이야. ×.

누나의 사랑하는 벗
데이비 키스 드림

덧붙임―누나, 악마의 아버지는 누구야? 나는 알고 싶어.

조지핀 할머니의 유언

크리스마스 휴가가 찾아오자 패티의 집 아가씨들은 저마다 집으로 흩어져 갔지만, 제임시너 아주머니는 그대로 머물기로 했다.

"여기저기서 초대를 받았지만 어디든 고양이를 세 마리나 데려갈 수는 없어. 그렇다고 3주일 가까이나 가엾은 고양이들을 여기에 남겨 두고 갈 수도 없지. 고양이에게 먹을 것을 꼬박꼬박 갖다 줄 만한 사람이 가까이에 있다면 생각해 보겠지만, 이 언저리에는 백만장자밖에 없거든. 나는 여기에 남아 너희들이 언제라도 돌아올 수 있도록 패티의 집을 따뜻하게 해 놓겠어."

앤은 언제나 그렇듯이 기쁨에 찬 기대를 안고 돌아왔다—그 기대는 모두 다 이루어지지는 않았다. 애번리는 추위가 유난히 빨리 닥쳤다. '가장 오래 산 노인'조차 기억에 없을만큼 눈보라가 휘몰아치는 추운 겨울이 기다리고 있었다.

그린게이블즈는 말 그대로 눈에 파묻히고 말았다. 운이 나쁜 그 휴가 동안 거의 날마다 폭설이 내렸고 갠 날에도 끊임없이 바람이 눈보라를 일으켰다. 겨우 길을 다닐만 하다 싶으면 다시 눈이 수북이 쌓여버렸다. 거의 외출을 할 수 없었다.

개선회에서는 대학에서 돌아온 친구들을 위해 환영하는 파티를 세 번이나 열려고 했다. 하지만 폭풍이 너무 심해 아무도 나갈 수 없었기에 마침내 포기하고 말았다.

앤은 그린게이블즈에 대한 애정은 변함없었지만 패티의 집과 그곳의 기세좋게 장작이 타고 있는 따뜻한 난로, 제임시너 아주머니의 즐거워 보이는 눈, 고양이 세 마리, 아가씨들의 명랑하고 쾌활한 재잘거림, 대학친구들이 찾아와 심각한 문제나 또는 재미있는 일들을 이야기하는 금요일 밤 등을 그리워하지 않을 수 없었다.

앤은 쓸쓸했다. 휴가 동안 내내 다이애너가 악성기관지염으로 집에 틀어박혀 있었기 때문이다. 다이애너는 그린게이블즈에 올 수 없었고 앤도 좀처럼 '언덕의 과수원'에 가지 못했다. '도깨비숲'을 빠져나가는 그리운 길은 눈이 깊게 쌓여 지나갈 수 없었으며, 얼어붙은 '빛나는 호수'를 건너 돌아가는 길도 그 못지않게 어려웠다.

루비 길리스는 하얀 눈 덮인 묘지에 고이 잠들어 있고, 제인 앤드루스는 서부 평원의 학교에서 가르치고 있었다. 길버트만은 여전히 날씨가 심하지 않은 밤이면 언제나 눈길을 마다않고 그린게이블즈를 찾아왔다.

그러나 앤은 길버트의 방문이 이미 예전 같지 않아 오히려 그가 오는 것이 두려울 정도였다. 별안간 입을 다물어버려 얼굴을 들면 길버트의 개암나무빛 눈이 사랑에 빠진 듯한 마음을 깊숙이 담고 앤을 진지하게 바라보고 있어서 그때마다 앤은 어찌할 바를 몰라했다. 더욱이 한층 더 허둥거려지는 것은 그가 뚫어지게 바라보는 눈길에 자신의 얼굴이 새빨개졌기에, 마치—마치—아무튼 말할 수 없이 거북스러웠다.

앤은 패티의 집으로 돌아가고 싶었다. 거기서는 언제나 누군가가 곁에 있어 미묘한 상황이 벌어질 기회가 적었다. 그린게이블즈에서는 길버트가 오면 머릴러는 쌍둥이를 억지로 함께 데리고 부리나케 린드 부인에게로 갔다. 그것이 무엇을 뜻하는지 의심의 여지가 없었기에 앤은 그저 화가 날 뿐이었다.

그러나 데이비는 정말 행복했다. 아침에 부산을 떨며 밖으로 나와 우물과 닭장으로 가는 오솔길의 눈치우기를 마음껏 즐겼다. 또한 크리스마스에 머릴러와 린드 부인이 다투어가며 앤을 위해 차린 맛있는 음식도 좋았으며, 학교도서실에서 정신을 빼앗길 만한 책을 빌려와 재미나게 읽었다.

주인공은 연거푸 궁지에 빠지는 이상한 재능의 소유자지만, 지진이나 화산 폭발 같은 재난에서 구출되고, 모든 문제도 깨끗이 해결되어 부자가 된다는 행복한 이야기였다.

데이비는 황홀하여 말했다.

"멋진 이야기야, 누나. 나는 성경보다 이걸 훨씬 읽고 싶어."

앤은 미소 지었다.

"그래?"

데이비는 이상한 듯이 앤의 얼굴을 찬찬히 바라보았다.

"누나는 조금도 놀란 것 같지 않네. 린드 아줌마는 내가 이 말을 했더니 깜짝 놀랐어."

"나는 놀라지 않아. 9살 된 남자아이가 성경보다 모험이야기를 읽고 싶어하는 것은 조금도 이상한 일이 아니니까. 네가 좀 더 컸을 때 성경이 얼마나 훌륭한 책인지 알게 되기 바라고, 자연스레 그렇게 되리라 생각해."

데이비가 양보했다.

"아, 성경도 재미있는 게 조금은 있어. 그 요셉 이야기 말이야—그건 멋있어. 하지만 만일 내가 요셉이었다면 그 형제들을 용서하지 않을 테야. 절대로, 누나. 모두 목을 두 동강으로 뎅겅 잘라줄 테야. 이렇게 말하니까 린드 아줌마는 버럭 화를 내며 성경을 탁 덮고 그런 말을 하면 다시는 읽어주지 않겠다고 했어. 이제 나는 아줌마가 일요일 낮에 성경을 읽어줄 때는 아무말 하지 않고 그냥 머릿속으로 여러 가지를 상상하다가 다음날 밀티 볼터에게 말해.

내가 엘리사*¹와 곰 이야기를 해주었더니 밀티는 몹시 무서워하면서 그때부터 해리슨 씨 대머리를 놀리지 않게 됐어. 프린스 에드워드 섬에도 곰이 있어, 누나? 나는 알고 싶어."

"지금은 없어."

앤은 창문을 거칠게 때리는 눈을 보며 건성으로 대답했다.

"이 눈보라는 대체 언제쯤 멎을까?"

"하느님만이 아시느니라."

데이비는 거침없이 말하고 다시 책으로 눈을 돌렸다. 이번에는 앤이 깜짝 놀랐다. 앤은 비난을 담아 외쳤다.

"데이비!"

그러자 데이비가 입을 삐죽 내밀었다.

"린드 아줌마가 그렇게 말했는 걸. 지난주, 우리 아줌마가 '루도빅 스피드와 시어도러 딕스는 언제 결혼할까요?' 하니까 린드 아줌마가 '하느님만이 아시느니라' 했단 말이야—꼭 지금처럼."

앤은 좀 난처했으나 마음먹고 말했다.

"그래, 아줌마도 그런 말을 해서는 안 돼. 누구든 함부로 하느님의 이름을 말하거나 우스갯소리처럼 해서는 안 된단다, 데이비. 두 번 다시 그런 말을 하면 안 돼."

데이비는 진지하게 물었다.

"목사님처럼 천천히 엄한 얼굴로 말해도 안 돼?"

"응, 그래도 안 돼."

"그렇다면 말하지 않겠어. 루도빅 스피드와 시어도러 딕스는 그래프턴에 사는데, 루도빅 스피드는 백 년 동안이나 시어도러 딕스에게

———————————
*1 《구약성서》에 나오는 예언자.

신부가 되어달라며 부탁하고 있다고 린드 아줌마가 말했어. 이제 곧 둘 다 너무 늙어버려서 결혼할 수 없게 되는 건 아닐까, 누나?

길버트가 루도빅처럼 누나에게 오래오래 부탁만 하고 있지 않았으면 좋겠어. 언제 결혼해, 누나? 린드 아줌마가 틀림없이 결혼할 거라고 했어."

"린드 아줌마는 정말—"

앤은 발끈 화내며 말하다가 입을 다물었다.

"끔찍스러운 수다쟁이 할멈이야."

데이비가 침착하게 말을 맺은 뒤 덧붙였다.

"누구나 다 린드 아줌마를 그렇게 말해. 정말로 결혼할 거야, 누나? 나는 알고 싶어."

"너는 정말 못 말릴 아이야, 데이비."

말을 마치자 앤은 휭하니 방을 나가버렸다.

부엌에 아무도 없었으므로 앤은 이미 저물어가는 어둑어둑한 창가에 홀로 앉았다. 해는 지고 바람도 잠들었다. 차갑게 느껴지는 파르스름한 달이 서쪽 보랏빛 구름 뒤에서 얼굴을 내밀고 있었다. 하늘빛은 엷어졌으나, 지평선의 한 줄기 빛이 반짝임과 강렬함을 더욱 더해가 마치 갈 곳을 잃은 빛이 한군데에 몰려 있는 듯했다.

성직자들 행렬과도 같은 전나무가 능선으로 서 있는 언덕이 그것을 등지고 뚜렷이 검게 떠올라 있었다. 창 밖에는 저녁 무렵 음산하고 황량한 빛을 받아 하얀 들판이 생명의 기운을 잃은 모습으로 싸늘하게 펼쳐져 있었다. 앤은 고요한 들판을 바라보며 한숨을 지었다.

앤은 몹시 쓸쓸하고 슬펐다. 다음해에 레드먼드로 돌아갈 수 있을지 어떨지 생각하고 있었기 때문이다. 돌아갈 수 있을 것 같지 않았다. 2학년생이 얻을 수 있는 장학금은 단 하나뿐이며 금액도 아주 적었다. 머릴러의 저금을 쓸 마음은 없었고 여름방학 동안 그만한 수입을 올릴 수도 없었다.

생각하면 할수록 자신이 없었다.

'다음해에는 쉬어야 할 것 같아. 학비가 만들어질 때까지 시골 초등학교에서 아이들을 가르쳐야지. 그 무렵 내 동급생들은 모두들 졸업할 테고 패티의 집은 생각도 할 수 없어. 하지만 좋아! 나는 겁쟁이가 되지 않을 테야. 나 혼자 힘으로 돈을 벌 수 있는 것에 감사해야지.'

그때 데이비가 뛰어가며 큰 소리로 알려주었다.

"해리슨 씨가 눈을 헤치며 걸어오고 있어. 편지를 가져온 거면 좋겠어. 지난번 편지 뒤로 사흘이나 흘렀잖아. 나는 저 얄미운 자유당이 어떤 일을 하는지 알고 싶어. 나는 보수당 편이야. 그러니 알겠지? 자유당 녀석들을 꼼꼼히 잘 감시해야 해."

해리슨 씨는 편지를 가져다주었다. 스텔러와 프리실러 그리고 필리퍼로부터 온 쾌활한 편지가 앤의 우울한 마음을 곧 날려 보내주었다. 제임시너 아주머니로부터도 왔는데, 줄곧 난롯불을 피웠고 고양이도 모두 잘 있으며 집안에 있는 식물들이 싱싱하게 자란다는 소박한 일상들이 씌어 있었다.

요즘 추운 날씨가 계속되어 고양이들을 집안에서 재우고 있어—러스티와 조지프는 거실 소파에서 자고 세러 고양이는 내 잠자리 발치에서 자지. 밤에 잠이 깨어 외국에 있는 가엾은 딸을 생각할 때에는 세러 고양이의 목구멍을 울리는 소리가 얼마나 위로되는지 몰라.

그게 어디든 인도가 아닌 곳이라면 나도 걱정하지 않겠는데, 그곳 뱀은 엄청 무섭다더구나. 한번 뱀에 대해 생각하기 시작하면 아무리 세러 고양이의 목소리가 들려도 머리에서 떠나지 않아. 나는 어느 것이나 믿음을 갖지만 뱀만은 그렇지 않아. 어째서 하느님은 그런 것을 만드셨는지 모르겠어. 때로는 하느님이 하신 일이 아

니라고 여겨질 때조차 있지. 뱀을 만들어내는 데 악마도 한 역할하고 있었던 것으로 믿고 싶어져.

앤은 타이프라이터로 친 얄팍한 편지를 중요하지 않게 여겨 맨 뒤로 미뤄두었었다. 그것을 읽고 난 앤은 눈에 눈물을 머금은 채 조용히 꼼짝 않고 앉아 있었다.

머릴러가 물었다.

"왜 그러니, 앤?"

앤은 낮은 목소리로 대답했다.

"조지핀 배리 할머니가 돌아가셨어요."

"그래? 마침내 돌아가셨구나. 그래, 그분은 1년이 넘도록 앓고 계셔서 배리 씨네는 마음의 준비를 하고 있었단다. 편안하게 눈을 감으신 것은 그나마 잘된 일이야. 무척 고통스러워 하셨나 보더라, 앤. 그분은 언제나 네게 친절히 해주셨지."

"마지막까지 친절하셨어요, 머릴러. 이 편지는 배리 할머니의 변호사로부터 온 거예요. 유언으로 1천 달러를 나에게 남겨 주셨어요."

데이비가 외쳤다.

"우와! 그렇게 많이? 그 할머니는 누나와 다이애너 누나가 손님용 침대 위로 뛰어올라가서 혼냈던 사람이지? 다이애너 누나가 그 이야기를 해줬어. 그래서 그 할머니가 그렇게 많은 돈을 누나에게 줬어?"

"조용히 해, 데이비."

앤은 다정히 나무라고 목이 꽉 메어 자기 방으로 조용히 올라갔다. 앤이 가버리자 머릴러와 린드 부인은 마음껏 이 소식에 대해 이야기를 나누었다.

데이비가 걱정스럽게 말을 꺼냈다.

"이렇게 되었는데도 누나는 결혼할까? 지난해 여름 도커스 슬론이 결혼했을 때 말했는데, 살아갈 만한 돈이 있다면 남자 따위로 속썩이지 않겠지만 아이가 여덟이나 되는 홀아비라도 시누이와 함께 사는 것보다 낫대."

린드 부인이 엄한 목소리로 꾸짖었다.

"데이비 키스, 잠자코 있지 못하겠니. 어린애가 그런 말하면 못써."

에피소드

"오늘로서 스무 살이 되었어요. 10대 시절과 영영 이별이라니, 믿을
수 없어요."

러스티를 무릎에 올려놓고 난로 앞 깔개 위에 앉은 앤이 책을 읽
는 제임시너 아주머니를 보고 슬픈 얼굴로 말했다.

거실에는 둘뿐이었다. 스텔러와 프리실러는 모임에 갔고 필리퍼는
파티에 가기 위해 2층에서 준비하고 있었다.

"좀 서운하겠구나? 10대는 한평생 가장 기억에 남는 참으로 멋진
시절이니까. 언제까지나 나는 10대를 넘지 않는 게 몹시 행복하단다."

앤이 샐쭉 웃었다.

"아주머니는 언제까지나 그러실 거예요. 1백 살이 되어도 소녀처럼
18살로 계실 거예요. 네, 그래요, 하지만 나는 슬퍼요. 게다가 좀 불만
스럽기도 해요. 스테이시 선생님이 사람은 20살이 될 무렵에는 좋든
나쁘든 성격이 완성된다고 했는데, 나는 아직 훌륭한 성격이 아닌 것
같아요. 결점 투성이니까요."

그러자 제임시너 아주머니는 명랑하게 말했다.

"누구나 그렇단다. 내 성격은 백 군데쯤 금이 가 있지. 스테이시 선

생님의 말은 네가 20살이 되면 어느 쪽이든 한쪽으로 경향이 정해져 그쪽으로 뻗어나간다는 뜻이 아닐까?

그런 일로 너무 걱정하지마라, 앤. 하느님과 이웃사람과 자신에 대한 의무를 다하고 유쾌하게 지내는 거야. 이것이 내 인생관인데 지금까지는 잘해온 셈이지. 필리퍼는 오늘 밤 어디 가는 거냐?"

"댄스파티에 간대요. 그것 때문에 아주 예쁜 옷을 샀어요. 레몬빛 노랑 비단에 거미줄 같은 레이스가 달려서 거무스름한 필의 피부에 퍽 잘 어울려요."

"'비단'이니 '레이스'니 하는 말에는 마법이 담겨 있는 게 아닐까? 듣기만 해도 댄스파티에 달려가고 싶어지거든. 더욱이 '노랑 비단'은 아침 햇살을 떠올리게 하지. 전부터 노랑 비단옷을 가지고 싶었지만, 처음에는 어머니가, 다음에는 남편이 그 소원을 들어주지 않았어. 천국에 가서 맨 먼저 할 일은 노랑 비단옷을 사는 일이야."

앤이 웃고 있는데, 필리퍼가 아름다운 구름 같은 드레스를 끌며 내려와 벽에 걸린 가늘고 긴 타원형 거울에 모습을 비춰보았다.

"실제 모습보다 나아 보이는 거울 앞에서 실없이 좋아하는 것은 우습지만, 내 방에 있는 거울은 확실히 얼굴빛이 나빠보여. 나 예쁘게 보이니, 앤?"

앤은 진심으로 감탄하며 물었다.

"너는 자신이 얼마나 아름다운지 정말로 알고 있니, 필?"

"물론 알고말고. 거울이나 남자들이 무엇 때문에 있다고 생각하니? 내 말뜻은 그게 아니야. 어디 이상한 데는 없어? 스커트는 똑바로 되어 있어? 이 장미는 좀더 낮게 다는 편이 좋지 않을까? 조금 높지 않은가—내가 한쪽으로 기울어져 보일 테지만 귀가 간지러운 것은 싫어."

"다 잘되어 있어. 게다가 네 보조개가 참 귀여워."

"앤, 내가 특별히 너를 좋아하는 것은 진심으로 사람을 칭찬하는 점이야. 네게는 조금도 샘이 없어."

제임시너 아주머니가 말했다.

"샘낼 필요가 있겠니? 앤은 너만큼 예쁘지 못할지 모르지만 코는 훨씬 예쁜 걸."

필리퍼도 고개를 끄덕이며 인정했다.

"확실히 그래요."

앤은 웃으며 털어놓았다.

"이 코로 언제나 위로받고 있단다."

"그리고 네 이마의 머리카락이 난 좋아. 게다가 언제나 곧 떨어질 듯하면서도 떨어지지 않는 그 하나뿐인 작은 컬이 멋있어. 정말이지 코에 대해서는 고민이야. 난 아마 40살 무렵에는 외가인 바이언 집안 형이 되어 있을 거야. 내가 40살이 되면 어떤 모습이 될 거라고 여기니, 앤?"

앤이 놀려댔다.

"나이를 먹어 푹 퍼진 아줌마."

필리퍼는 파티에 데려가 줄 남자를 기다리기 위해 편안한 자세로 의자에 앉았다.

"그렇게 되지는 않아. 얼룩고양이 조지프야, 내 무릎에 뛰어오르면 가만두지 않겠어. 온몸이 고양이 털투성이가 되어 춤추러 가는 것은 싫으니까. 아니야, 앤, 푹 퍼지는 것만은 싫어. 확실히 결혼은 했을 테지만."

앤이 물었다.

"앨릭? 아니면 앨런조?"

필리퍼는 한숨을 쉬었다.

"그 두 사람 가운데 하나겠지. 어느 쪽인지 내가 결정할 수만 있다면 말이야."

제임시너 아주머니가 잔소리를 했다.

"결정하기는 어려운 일이 아닐 텐데."

"나는 처음부터 그네처럼 잘 흔들리게끔 태어났어요, 아주머니. 그래서 쉽게 결정하지 못하는 거예요."

"너는 좀더 냉정히 생각해야 해, 필리퍼."

"물론 냉정한 머리가 가장 좋을 게 틀림없죠. 하지만 그렇게 되면 아주 재미있는 일을 손해 보게 돼요. 아주머니도 앨릭과 앨런조, 이 두 사람을 안다면 어째서 골라잡기 어려운지 알게 될 거예요. 둘 다 똑같으리만큼 좋은 사람이니까요."

제임시너 아주머니가 제안했다.

"그렇다면 그 둘보다 더 좋은 사람을 고르도록 해봐. 네게 완전히 열중한 그 4학년생 있잖니. 윌 레슬리 말이야. 그 사람은 눈이 참 멋지더구나. 크고 부드러운 게."

필리퍼는 얼굴을 찌푸리며 잔혹하게 말했다.

"좀 지나치게 크고 너무 순해서—황소 같아요."

"그럼, 조지 파커는 어떠니?"

"그 사람은 언제 보아도 마치 풀 먹여 막 다림질하고 온 듯한 모습이라는 것밖에 꼭 집어서 할 말이 없어요."

"마르 핼워지는? 설마 그 사람의 결점은 못 찾아내겠지?"

"네, 가난하지만 않다면 그 사람도 좋겠어요. 제임시너 아주머니, 나는 돈 많은 사람과 결혼해야 해요. 그리고—잘생겨야 하는 것—이건 빼놓을 수 없는 조건이에요. 길버트 블라이스가 부자라면 그와 결혼하겠는데요."

앤은 조금 심술궂게 필리퍼를 빈정거렸다.

"어머나, 네가?"

"나도 앤도 그런 생각은 하지 않아요. 둘 다 길버트 블라이스 같은 남자를 차지하고 싶은 마음은 없으니까, 전혀."

필리퍼가 놀렸다.

"불쾌한 이야기는 그만두자. 언젠가는 나도 결혼해야겠지만, 그 끔찍한 날을 최대한 미루겠어."

제임시너 아주머니가 말했다.

"어쨌든 사랑하지 않는 사람과 결혼해서는 안 돼, 필."

"오, 왠지 그리운 사람을 사랑하는 마음은 오늘날 너무나 촌스러워 유행에 뒤떨어지도다."

필리퍼는 이런 대화를 어리석게 여기듯 일부러 들뜬 목소리로 말했다.

"아, 마차가 왔어. 서둘러야겠어. 내가 사랑하는 고풍스러운 두 분, 안녕."

필리퍼가 가버리자 제임시너 아주머니는 진지한 눈으로 앤을 바라보았다.

"저 아가씨는 착하고 귀엽지만, 이따금 머리가 좀 이상해지는 게 아니냐? 그렇게 생각지 않니, 앤?"

앤은 터져나오는 웃음을 꾹 참으며 말했다.

"글쎄요, 필리퍼 머리는 걱정할 필요 없어요. 그냥 이야기할 때 버릇이 그래요."

제임시너 아주머니는 이해할 수 없다는 듯 고개를 가로저었다.

"그렇다면 좋겠는데, 앤. 부디 그렇기를 바란다. 나는 저 아이가 좋거든. 하지만 나로서는 이따금 저 아이를 잘 모르겠어. 도무지 갈피를 못 잡겠어. 이제까지 내가 아는 어느 아가씨와도 닮지 않았고 또 내가 직접 보내온 처녀시절과도 다르니까."

길버트 입을 열다

"오늘은 길고 긴 지루한 날이었어."

고양이 두 마리를 억지로 쫓아버린 소파에서 필리퍼가 하품을 하며 길게 드러누웠다.

앤은 《픽윅 페이퍼스》[*1]에서 얼굴을 들었다. 봄시험도 끝났으므로 앤은 디킨스 소설을 마음껏 즐기고 있었다.

앤은 생각에 잠기며 말했다.

"우리에게는 심심한 날이었지만 다른 사람에게는 멋진 날이었겠지. 어떤 사람은 정신차릴 수 없을 만큼 행복했을 테고, 어딘가에서는 무언가 멋진 일이 벌어졌을지도 모르고―뛰어난 시가 씌어졌을지도 모르고 또는 위인이 태어났을지도 몰라. 그리고 실연을 당해 비탄에 잠겨 있는 사람도 있을지 모르지, 필."

필리퍼가 투덜거렸다.

"어째서 너는 이야기 끄트머리에 꼭 그런 말을 붙여서 모처럼 아름다운 생각을 망가뜨리니, 앤? 실연을 당한다는 건 생각하고 싶지도

*1 디킨스의 소설.

않아—불쾌한 애기는 싫어."

"너는 평생 불행한 일을 피해갈 수 있으리라 여기니, 필?"

"천만에. 그렇지 않아. 지금 내가 그런 경우에 맞닥뜨려 있잖니. 앨릭과 앨런조가 나를 죽도록 괴롭히고 있는데, 그 사람들의 일을 유쾌하다고 말할 수는 없잖겠니?"

"너는 무슨 일이든 진지하게 받아들이려고 하지 않는구나, 필."

"왜 그렇게 해야 하는 거지? 그런 사람들은 얼마든지 많잖아. 세상은 말이야 나처럼 즐겁게 하는 사람을 필요로 하고 있어. 만일 누구나 총명하고 진실하고 진지하다면 세상은 끔찍한 곳이 될 거야.

내 사명은 조새이어 앨런이 말했듯 '매혹시키고 유혹하는' 거야. 자, 솔직히 털어놔. 내가 여기서 너희들과 함께 있었기에 올겨울 패티의 집 생활이 훨씬 밝고 명랑하지 않았니?"

그것은 앤도 인정했다.

"맞아, 그랬어."

"게다가 너희들은 모두 나를 좋아하고 있어. 내가 정말로 돌았다고 여기는 제임시너 아주머니까지도 말이야. 그런데도 어째서 달라져야 하지?

아, 졸려. 어젯밤은 1시까지 무서운 유령이야기를 읽었어. 침대 속에 누워 읽었는데, 책을 덮고 나서 침대에 나와 불을 끌 수 있었을 것 같니? 도저히 그럴 수 없었어!

스텔러가 늦게 돌아오지 않았으면 저 불은 아침까지 환히 켜져 있었을 거야. 스텔러가 돌아오는 기적을 듣고 불러서 내가 어떤 지경에 처해 있는지 애기한 다음 불을 꺼달라고 했지. 만일 내가 직접 끄려고 일어났다면 침대 속에 들어가려는 순간 뭔가가 내 다리를 와락 붙잡을 것 같았거든. 그건 그렇고, 앤, 제임시너 아주머니는 올여름 어떻게 지내실지 결정하셨니?"

"응. 여기에 계시기로 했어. 행복한 고양이들을 위해서 아주머니는 집을 비우는 것도 귀찮고 다른 사람 집에 폐를 끼치는 것도 싫으시대."

"그래, 뭘 읽고 있니?"

"픽윅."

"그 책을 읽으면 나는 언제나 배가 고파져. 그 속에는 맛있는 음식을 먹는 장면이 너무 많거든. 등장인물은 처음부터 끝까지 햄이며 달걀이며 밀크펀치 등을 입에 달고 있는 것 같지 않아?

나는 픽윅을 읽은 뒤 대개 벽장을 뒤지러 가곤 해. 생각하는 것만으로도, 이내 배가 고파진다는 것을 깨달았어. 부엌에 뭐 맛있는 게 있을까, 앤 여왕님?"

"오늘 아침 새콤달콤한 레몬파이를 만들었으니 한 조각 먹으렴."

필리퍼는 부엌으로 뛰어갔으며 앤은 러스티를 데리고 과수원에 나갔다.

촉촉하고 상쾌한 향기가 감도는 이른 봄밤이었다. 공원에는 채 녹지 않은 눈이 작은 둑을 이루어 소나무 밑 4월 해를 가로막고 있었다. 그 때문에 항구거리는 질척거리는 흙탕이 되었고 아직 저녁 공기는 싸늘했다.

그래도 관목뿌리 가까이에는 풀이 파랗게 돋아 있어 길버트는 사람눈에 띄지 않는 구석진 곳에서 파르스름한 달처럼 소담스럽게 핀고운 철쭉꽃을 보았다. 그는 그것을 두 손에 가득 꺾어들고 걸어왔다.

앤은 과수원의 크고 둥근 잿빛 돌에 앉아 불그스름한 저녁해를 등지고 우아하게 손을 내민 듯 아직 잎이 나지 않은 자작나무 가지를 바라보고 있었다. 꼭 시에서 한번쯤은 보았으리라 생각하였다.

이윽고 앤은 공상의 날개를 펴서 공중누각을 짓고 있었다—햇빛이 내리쬐는 훌륭한 저택 안 뜰이며 어마어마한 홀에 아라비아 향료가 몽글몽글 피어오르고 있고, 거기서 앤은 여왕으로서, 또 성주(城主)로서 영화를 누리고 있는 것이다.

하지만 길버트가 이쪽으로 오는 것을 보고 앤은 얼굴을 찌푸렸다. 요즘 길버트와 될 수 있으면 단둘이 있지 않도록 조심해 왔었다. 그런데 꼼짝없이 붙들리고 만 것이다. 고양이 러스티까지도 앤을 두고 가버렸다.

길버트는 둥근 돌에 앤과 나란히 앉아 메이플라워*2를 내밀었다.

"이걸 보니 애번리 초등학교 시절 소풍갔던 일이 생각나지 않아, 앤?"

앤은 꽃을 받아들고 그 속에 얼굴을 묻었다. 그리고 황홀한 표정으로 말했다.

"그래. 나는 지금 사일러스 슬론 씨의 그 메마른 땅에 있어."

"이제 2, 3일 뒤면 앤은 실제로 거기에 가 있겠지?"

"아니야. 아직 2주일이나 지나야 돌아가. 집으로 돌아가기 전에 필과 함께 볼링브로크에 가기로 되어 있어. 길버트가 나보다 먼저 애번리에 돌아가 있을 거야."

"아니, 나는 올여름 애번리로 돌아가지 않아. 데일리 뉴스 지의 사무실에 일거리가 있어서 그걸 맡을 생각이야."

"어머나."

앤은 놀라 말하며 길버트가 없다면 애번리 여름이 어떨까 생각했다. 아무리 생각해도 그리 즐거울 것 같지 않았다.

앤은 퉁명스럽게 말했다.

"그래, 그것 잘됐구나."

"맞았어. 그 일을 하게 되면 좋겠다고 바라고 있었지. 덕분에 내년 학비에도 보탬이 될 거고."

"너무 열심히 일만 하면 안 돼."

앤은 자기가 지금 무슨 말을 하고 있는지 뚜렷이 알지 못했다. 부

---

*2 5월에 피는 여러 가지 꽃을 통틀어 이름.

디 필리퍼가 나와주었으면 하고 간절히 바라고 있었다.

"길버트는 올겨울 내내 쉼 없이 공부해 왔잖아. 어때, 기분 좋은 밤이지? 오늘 나는 저 뒤틀린 큰 나무 밑에 흰 제비꽃이 한데 모여 피어 있는 것을 봤어. 마치 금광을 발견한 것 같았어."

"앤은 언제나 금광을 발견하는구나."

길버트도—또한 건성으로 말하고 있었다. 하지만 앤은 신이 나서 열심히 말했다.

"좀더 찾아낼 수 있을지 어떨지 가봐. 필을 불러서, 그리고—"

"지금은 필이고 제비꽃이고 아무래도 좋아, 앤."

길버트는 조용히 말하며 앤의 손을 잡아 꼭 쥐었다. 앤은 그의 손에서 달아날 수 없었다.

"나는 앤에게 꼭 해야 할 이야기가 있어."

앤은 비명에 가까운 목소리로 애원했다.

"아, 하지 마. 부탁이니 아무말 하지 말아줘, 길버트."

"해야겠어. 더이상 이런 상태를 유지할 수는 없어. 앤, 나는 앤을 사랑해. 그건 분명 앤도 알고 있을 거야. 나는—나는 얼마나 앤을 사랑하는지 말로 다 할 수 없어. 앞으로 내 아내가 되겠다고 약속해 주겠어?"

앤은 슬픈 목소리로 말했다.

"나—나는—그럴 수 없어. 오, 길버트—길버트는—길버트는 모든 것을 다 망쳐 놓고 말았어."

무거운 침묵이 흐르는 동안 앤은 고개조차 들 수 없었다. 가까스로 길버트가 입을 열었다.

"앤은 내게 전혀 마음이 없는 거니?"

"응—그런 의미에서는. 친구로서는 길버트에게 호의를 가지고 있어. 하지만 길버트를 사랑하고 있지는 않아."

"언젠가는 그렇게 될지도 모르잖아. 얼마쯤의 희망을 갖게 해줄 수

는 없을까―앞으로?"

앤은 필사적으로 소리쳤다.

"아니야, 안 돼. 그런 식으로는 나―결코, 결코 길버트를 좋아할 수 없어. 내게 다시는 그런 말 하지 말아줘."

또다시 무거운 침묵이 이어졌다. 너무나도 길고 초조한 마음에 무서워 마침내 앤은 얼굴을 들지 않을 수 없었다. 길버트의 얼굴은 입술까지 새파랬다. 더욱이 눈은―앤은 몸을 떨며 얼굴을 돌려버렸다. 어디에도 낭만과는 거리가 멀었다. 프러포즈를 거절하는 것은 괴상하거나 비참한 것이 아니면 안 된단 말인가? 지금 길버트의 얼굴이 언제까지나 잊혀지지 않을 것 같았다.

마침내 길버트가 낮은 목소리로 물었다.

"누구 다른 사람이 있어?"

앤은 오해하지 않도록 열심히 부정했다.

"아니야―없어. 그런 의미에서 내가 좋아하는 사람은 아무도 없어―그리고 나는 이 세상 그 누구보다도 길버트가 가장 좋아."

길버트는 씁쓰레하게 조금 웃었다.

"친구로서 말이지. 앤의 우정만으로 나는 만족할 수 없어. 나는 앤의 사랑이 필요해. 그런데도 내가 그것을 도저히 가질 수 없다는 말이로구나."

"미안해, 용서해, 길버트."

앤은 이 말밖에 할 수 없었다. 오, 청혼을 거절할 때 쓰려고 그토록 준비해 두었던 우아하고 아름다운 말들은 다 어디로 가버렸단 말인가!

길버트는 가만히 앤의 손을 놓았다.

"아무것도 용서할 건 없어. 때로는 앤도 나를 사랑하고 있다고 생각한 적 있었지만 그건 내 착각이었어. 그뿐이야. 안녕, 앤."

앤은 가까스로 자기 방으로 돌아와 소나무가 내다보이는 창가 자리에 앉아 몹시 흐느끼며 울었다. 무언가 꽤 귀중한 것이 자기 생애에서 사라져버린 듯했다. 물론 길버트의 우정이었다. 아, 그것을 어째서 이렇게 잃어야만 하는 것일까?

"왜 그러니, 앤?"

달빛에 비춰진 희미한 어둠 속으로 필리퍼가 다가왔다. 앤은 대답하지 않았다. 그 순간에는 필리퍼가 1천 마일이나 떨어진 곳에 멀리 멀리 있어 주었으면 싶었다.

"너, 길버트 블라이스를 거절했구나. 참 어리석은 사람이야, 앤셜리!"

대답하지 않고는 견딜 수 없어 앤은 쌀쌀맞게 말했다.

"사랑하지도 않는 사람과의 결혼을 거절하는 게 어리석다는 거니?"

"너는 눈앞에 있는 사랑을 모르는 거야. 너의 그 공상으로 스스로 만든 사랑 때문에 눈이 멀어서 진짜 사랑도 알아보지 못하는 거야. 어머나, 나는 태어나서 처음으로 분별 있는 말을 했어. 어떻게 내 입에서 이런 말이 튀어나왔지?"

앤이 힘없이 부탁했다.

"필, 제발 잠깐 동안만 나를 혼자 있게 해줘. 내 세계는 산산이 허물어졌어. 그것을 다시 일으켜 세워야 해."

그 자리를 떠나며 필리퍼가 물었다.

"길버트가 없는 세계를?"

길버트가 없는 세계! 앤은 쓸쓸하게 그 말을 되풀이했다. 몹시 초라하고 외롭지 않을까? 그렇다, 이것도 모두 길버트 때문이다. 길버트가 두 사람의 아름다운 우정을 엉망으로 망가뜨린 것이다. 이제부터는 길버트의 우정 없이 살아가지 않으면 안 된다.

어제의 장미

앤이 볼링브로크에서 지낸 2주일 동안은 참으로 즐거웠다. 길버트를 생각할 때마다 왠지 모를 고통과 불만이 마음 밑바닥에 응어리로 맺혔지만, 다행히 길버트를 생각할 시간은 그리 없었다.

유서 깊고 아름다운 저택 '마운트 홀리 장(莊)'에는 필리퍼의 남녀 친구들이 와작와작 떼지어 모여와 활기찬 분위기를 복돋워주었다. 눈이 핑핑 돌만큼 드라이브며 춤이며 피크닉이며 뱃놀이로 시간 가는 줄 모를 만큼 즐거웠고 그것들은 필리퍼가 '잼버리'라고 부르는 명랑하고 활기찬 계획이었다.

물론 앨릭과 앨런조는 어느 때에도 빠지지 않았다. 앤은 이 두 사람이 도깨비불같이 변덕스러운 필리퍼의 춤 상대가 되는 것 외에 도대체 무엇을 하는 것일까 의아하게 생각했다. 둘 다 인상 좋고 남자다운 사람들이었지만 앤은 어느 쪽이 뛰어난지 의견을 말하려 하지 않았다.

필리퍼가 한탄하듯 말했다.

"누구와 결혼하면 좋을지 결심하는 걸 네가 도와줄 줄 알았는데."

하지만 앤은 쌀쌀맞게 말했다.

"그건 너 자신이 결정해야만 해. 누구는 누구와 결혼하는 게 좋다느니, 누구와 누구는 잘 어울린다느니 다른 사람의 일은 잘 결정하잖니."

필리퍼는 눈을 동그랗게 뜨고 그럴 듯하게 대답했다.

"어머나, 그건 문제가 달라."

볼링브로크에 머무르는 동안 가장 기념할 만한 일은 앤이 태어난 집을 방문한 일이었다—앤이 몇 번이나 꿈속에 그렸던 작고 초라한 노란색 집은 사람 눈에 띄지 않는 조용한 곳에 있었다.

필리퍼와 함께 대문을 들어선 앤은 기쁨으로 가슴 설레며 그 집을 바라보았다.

"거의 내가 떠올리던 그대로야. 창문에는 인동덩굴이 기어오르고 있지 않지만, 앞뜰에 라일락 나무가 있어. 그리고—맞아, 창문에 모슬린 커튼이 드리워져 있어. 지금도 집이 노랑색으로 칠해져 있어서 참 기뻐."

그때 키 크고 여윈 여자가 문을 열었다.

그녀는 앤의 질문에 대답했다.

"그래요, 셜리 씨는 20년 전 여기에 살았어요. 이 집을 빌려서 살았지요. 나는 그 사람들을 아직도 기억하고 있어요. 부부가 함께 열병에 걸려 죽어버렸죠, 정말 가엾었어요. 갓난아기를 남겨두고 말이에요. 그 아이는 벌써 오래 전에 죽어버렸을 거예요. 아주 허약한 아이였으니까요. 토머스 씨 부부가 데려갔죠. 자기들 아이만으로는 모자란다는 듯이."

앤이 방긋 웃으며 말했다.

"그 아이는 죽지 않았어요. 내가 그 갓난아기예요."

"설마! 이런—아주 많이 컸군요."

그녀는 앤이 아직도 갓난아기가 아닌 것이 자못 놀라운 듯 큰 소리로 외쳤다.

"자세히 보니 확실히 닮았어요. 살결이 흰 것이 아버지와 똑같아요. 아버지도 빨강머리였죠. 눈과 코는 어머니를 닮았군요. 어머니는 아주 좋은 사람이었어요. 우리 딸아이가 학교에 다닐 때 어머니에게서 공부를 배웠는데 무척 좋아했었어요. 두 분 다 한 무덤에 묻혔죠. 근무를 성실히 잘해준 사례로 학교 이사회에서 묘석을 세워 주었답니다. 자, 안으로 들어와요."

앤이 물었다.

"집안을 둘러봐도 괜찮을까요?"

"그럼요. 원한다면 얼마든지 보세요. 어렵지 않아요. 그리 넓지도 않으니까요. 남편에게 새로 부엌을 지어달라고 줄곧 조르고 있지만 그이는 본디 솜씨가 없죠.

응접실은 바로 거기고 2층에 방이 둘 있어요. 천천히 둘러보세요. 나는 손자를 봐줘야 하니까요.

동쪽 방이 아가씨가 태어난 방이에요. 아가씨 어머니가 해돋이 보기를 무척 좋아했다던 말이 기억나요. 아가씨가 태어났을 때 마침 둥근 해가 솟아올라 어머니의 눈에 맨 먼저 비친 것이 아기 얼굴에 닿은 햇빛이라는 말도 했지요."

앤은 두근거리는 가슴을 다독이며 좁은 층계를 올라가 그 작은 동쪽 방으로 살며시 들어갔다.

그곳은 앤에게 신전과도 같은 장소였다. 여기서 그녀의 어머니는 머지않아 태어날 아기를 생각하며 끝없이 행복한 꿈을 그리고 있었다.

새로운 생명이 태어나는 신성한 순간에 빨갛게 솟는 아침햇살이 여기서 어머니와 아기에게 비쳤고, 여기서 어머니는 세상을 떠났다.

눈물을 머금고 앤은 경건하게 주위를 둘러보았다. 그것은 영원토록 기억 속에서 눈부시게 반짝이는 인생의 보석과도 같은 한순간이었다.

앤은 속삭였다.

"상상이 안 돼. 어머니는 나를 낳았을 때 지금의 나보다 더 어렸다니."

앤이 아래로 내려가자 여자는 홀에서 기다리고 있다가 빛바랜 파란 리본으로 묶은 작은 먼지투성이 꾸러미를 건네주었다.

"내가 여기 왔을 때 2층 저 벽장에 있던 오래된 편지다발이에요. 어떤 편지인지는 모르겠지만요. 속을 보거나 하는 일은 하지 않았거든요. 편지받은 사람의 이름은 '버서 윌리스'로 되어 있는데, 이것은 어머니의 소녀 때 이름이에요. 가지고 싶거든 가져가세요."

앤은 좋아서 어쩔 줄 모르며 꾸러미를 끌어안고 소리쳤다.

"오, 고마워요. 정말 고마워요."

"집에 있던 것이라고는 그것뿐이었어요. 가구는 다 팔아 의사선생님의 치료비로 주었고, 토머스 부인이 어머니의 옷이며 자질구레한 것들을 받았으니까요. 그런 것도 저 토머스네 개구장이들에게 걸렸으니 오래 가지 못했을 거예요. 뭐든지 부숴버리고 마는 정말이지 감당 못할 아이들이었거든요."

앤은 목멘 소리로 말했다.

"나는 어머니의 물건을 하나도 가지고 있지 않아요. 이 편지에 대해 뭐라고 감사의 말을 해야 할지 모르겠어요."

"뭘요, 괜찮아요. 아가씨의 눈은 정말 어머니의 눈과 똑같군요. 꼭 살아생전 어머니가 말하는 것 같아요. 아버지는 그리 잘생기진 않았지만 참으로 좋은 분이었어요. 그 두 분이 결혼했을 때 그만큼 서로 사랑하는 부부는 없다고 모두들 말했던 기억이 나요. 가엾게도 그리 오래 살지 못했죠. 하지만 살아 있는 동안은 무척 행복했어요. 그게 더 중요한 것 아니겠어요?"

앤은 빨리 돌아가 귀중한 편지를 읽고 싶었으나, 그 전에 또 한 군데 들를 곳이 있었다.

아버지와 어머니가 묻혀 있는 '오래된' 볼링브로크 묘지를 혼자 찾아가 순결한 흰꽃을 무덤 위에 바쳤다.

그런 다음 서둘러 '마운트 홀리 장'으로 돌아와 자기 방에 틀어박혀 편지를 읽고 또 읽었다.

어떤 것은 아버지가 썼고, 어떤 것은 어머니가 쓴 것이었다. 많지는 않았는데—모두 열두 통뿐이었다—그것은 월터와 버서가 약혼시절 따로따로 떨어져 지낸 일이 그리 없었기 때문이었다.

편지는 흘러간 세월 때문에 누렇게 바래고 흐릿해져서 글씨를 또렷하게 알아보기 어려웠다.

더러워지고 구겨진 편지에는 깊은 지성이 담긴 말은 없었지만 사랑과 믿음이 넘쳐흐르고 있었다.

거기에는 머나먼 망각의 세계로 흘러간 감미로움—먼 과거의, 죽어서도 오래오래 사랑하는 사람들이 서로 소중히 여기는 마음이 절절히 담겨 있었다.

버서 셜리에게는 편지 쓰는 재능이 있어 세월이 흐른 뒤까지도 아름다운 향기를 간직한 말과 생각들이 고스란히 그 사람의 인성을 여실히 보여 주고 있었다.

편지는 모두 애정이 깊었고 진실했으며 오직 한 사람에게만 바쳐진 신성한 것이었다. 앤이 가장 좋았던 것은 자기가 태어난 뒤 얼마 안 되는 동안 집을 비웠던 아버지에게 쓴 편지였다. '아기'가 얼마나 영리하고 얼마나 쑥쑥 잘 크는지 그리고 무엇보다 얼마나 사랑스러운지 자랑스러움에 젊은 어머니가 쓴 '아기'의 보고서라고도 할 만한 것이었다.

나는 잠들어 있는 이 아기가 아주 어여쁘고, 깨어 있을 때 영롱한 눈을 마주보고 있으면 한층 더 사랑스럽답니다.

버서 셜리는 덧붙임으로 이렇게 쓰고 있었다. 아마도 이것이 버서가 펜을 잡고 쓴 마지막 말이었는지도 모른다. 죽음은 버서의 몸 가까이 성큼 다가와 있었던 것이다.

앤은 그날 밤 필리퍼를 보고 말했다.

"오늘은 내 생애에서 가장 아름다운 날이었어. 아버지와 어머니를 만났으니까. 그 편지 덕분에 아버지도 어머니도 실제로 내게 존재하는 사람처럼 된 거야. 이제부터 나는 고아가 아니야. 마치 책을 펴보니 어제의 장미가 다정하고 사랑스러운 모습 그대로 책갈피에 끼워져 있는 그런 심정이야."

다시 그린게이블즈로

난롯불 그림자가 그린게이블즈의 부엌 벽에서 춤추고 있었다. 봄이라고는 하나 아직은 으스스 추운 저녁이었다. 활짝 열어젖혀진 동쪽 창문으로 무어라 말할 수 없는 황홀한 밤의 온갖 소리가 바람결에 흘러들어왔다.

머릴러는 난롯가에 앉아 있었다―적어도 몸만은 앉아 있었다. 하지만 마음은 젊은 시절로 되돌아가 익숙히 다니던 길을 헤매고 있었다. 요즘 머릴러는 쌍둥이를 위해 뜨개질을 해야 한다고 생각하면서도 이렇게 몇 시간씩 멍하니 보내는 일이 많아졌다.

머릴러는 혼자 중얼거렸다.

"나도 나이를 먹은 거야."

그러나 이 9년 동안 머릴러는 그리 달라지지 않아 전보다 좀 여위어 앙상해지고 한층 더 흰 머리가 늘었을 뿐이며, 머리카락은 여전히 단단한 호두처럼 빗어올려 변함없이 두 개의 핀으로 찌르고 있었다―그 핀도 예전의 그 핀일까?

그러나 그 표정은 크게 달라져 있었다. 입매에 자연스럽게 감돌고 있던 유머러스한 점이 한층 두드러지고, 눈은 더욱 다정하고 온화해졌으며, 미소가 잦아져 자애로움을 띠고 있었다.

머릴러는 지나온 인생을 찬찬히 뒤돌아보고 있었다. 옹색하기는 했지만 불행하지 않았던 어린시절, 한사코 감추어온 꿈과 꺾인 희망의 처녀시절, 그 뒤에 이어진 기나긴 활기없는 잿빛 중년생활의 좁고 단조로운 세월.

그리고 앤이 왔다—발랄하고 상상력 풍부하며 때로는 충동적이고 애정이 듬뿍 담긴 마음과 공상의 세계를 지닌 앤이 따뜻함과 밝은 빛을 가져와 거친 들판에 장미꽃이 피듯 쓸쓸한 인생을 화목하게 해주었다.

머릴러는 60년 생애 가운데 자기가 살아 있었다고 할 수 있는 것은 앤이 나타난 뒤의 겨우 9년 동안에 지나지 않는 듯 여겨졌다. 그런 앤이 내일 저녁 돌아온다.

부엌문이 열렸다. 린드 부인이겠지 하며 머릴러는 얼굴을 들었다. 그런데 눈앞에 늘씬한 앤이 서 있었다. 별처럼 눈을 반짝이며 두 손에는 오롱조롱 핀 산사꽃과 제비꽃을 가득 들고 있었다.

머릴러가 외쳤다.

"앤 셜리!"

너무 놀라워 머릴러는 태어나서 처음으로 자제심을 잃고 사랑하는 딸을 와락 끌어당겨 가슴에 힘껏 얼싸안고 윤기 흐르는 머리카락이며 사랑스러운 얼굴에 진심을 담아 입맞추었다.

"오늘 돌아올 줄은 꿈에도 생각지 못했구나. 카모디에서부터 어떻게 왔지?"

"걸어왔어요, 사랑하는 머릴러. 퀸즈아카데미에 가 있을 무렵 여러 번 그렇게 했었잖아요? 우체부 아저씨가 내일 내 트렁크를 가져다줄 거예요. 나는 갑자기 참을 수 없이 집이 그리워져서 하루빨리 돌아오고 싶었어요.

아! 봄의 여왕 5월 저녁어스름 속에 이루 말할 수 없이 아름다운 풍경 속을 거닐며 왔어요. 저 축축한 땅에서 잠깐 산사꽃을 땄죠. '제비꽃 골짜기'를 지나왔는데, 마치 제비꽃으로 된 큰 화분 같았어요—귀엽게 생긴 하늘색 제비꽃. 꽃내음 좀 맡아보세요, 머릴러—깊이 들이마셔 보세요."

머릴러는 하라는 대로 냄새를 맡았으나, 제비꽃 향기를 들이마시기보다 앤 쪽에 마음이 가 있었다.

"앉아라, 앤. 피곤하겠구나. 먹을 것을 가져오마."

"오늘 밤은 산 뒤에서 보름달이 떠올랐어요, 머릴러. 게다가 카모디에서 여기까지 줄곧 초록 나뭇잎을 닮은 개구리가 나를 벗해주었죠! 나는 개구리의 음악을 아주 좋아해요. 내가 가장 행복했던 어린시절의 봄날 저녁에 대한 모든 추억과 이어져 있는 듯 여겨지거든요.

개구리 노래는 언제나 내가 여기에 처음 왔던 날을 떠오르게 해줘요. 그날 일을 기억해요, 머릴러?"

머릴러는 힘주어 말했다.

"기억하고말고. 언제까지나 잊을 것 같지 않구나."

"그해에는 늪이며 시냇물이며 여기저기서 미친 듯이 노래했어요. 나는 어둠 속에서 방 창문으로 다가서서 그 노래를 들으며, 어쩌면 그토록 기쁜 듯하면서도 슬프게 울 수 있을까 늘 이상하게 생각했었죠.

아, 집에 돌아온다는 것은 정말 좋아요! 레드먼드도 좋고 볼링브로크도 즐거웠지만—그린게이블즈는 내 집이에요."

머릴러가 물었다.

"길버트는 올여름에 돌아오지 않는다더구나."

"네, 안 와요."

그 목소리가 왠지 마음에 걸려 머릴러는 눈치를 살피며 앤을 바라보았지만, 언뜻 보기에 앤은 제비꽃을 화분에 옮기는 데 정신을 빼앗기고 있는 듯했다.

"보세요, 예쁘죠?"

앤은 애써 밝은 척하며 재빨리 말을 이었다.

"1년은 마치 한 권의 책 같아요, 머릴러. 봄 페이지에 나오는 건 산사꽃과 제비꽃, 여름은 장미꽃, 가을은 붉게 물든 단풍 잎사귀, 겨울은 뾰족뾰족한 호랑가시나무와 푸르디푸른 상록수예요."

그러나 머릴러가 끈질기게 물었다.

"길버트는 시험을 잘 쳤니?"

"아주 잘했어요. 일등을 했거든요. 그런데 쌍둥이와 린드 아주머니는 어디 있죠?"

"레이철과 도러는 해리슨 씨네에 갔고 데이비는 볼터 씨네 아이들한테 갔단다. 아이고, 우리 데이비가 돌아온 모양이구나."

데이비는 뛰어들어오다가 앤을 보고 놀라 걸음을 딱 멈추더니 환성을 지르며 앤에게 달려들었다.

"아, 누나, 돌아와서 너무너무 기뻐! 누나, 지난해 가을보다 나는 키가 2인치나 자랐어. 오늘 린드 아줌마가 줄자로 재주었지. 그리고 말이야, 누나, 내 앞니 좀 봐. 빠졌어. 린드 아줌마가 실 끝을 이에 붙들어매고 또 한끝을 문에 맨 다음 문을 쾅하고 닫았어. 그 이를 밀티에게 2센트 받고 팔아버렸어. 밀티는 이를 모으고 있거든."

머릴러가 얼굴을 찡그리며 물었다.

"대체 이 같은 걸 무엇 때문에 가지고 싶어하는 거지?"

데이비는 앤의 무릎 위로 기어올라가며 설명했다.

"인디언 추장 놀이에 쓸 목걸이를 만든대. 벌써 열 다섯 개나 모았어. 이미 다른 아이들 것도 모두 약속해 버려서 우리가 이제부터 모으려 해도 틀렸어. 정말이지 볼터 씨네 사람들은 장사를 잘해."

머릴러는 엄하게 물었다.

"볼터 아주머니 댁에서 착하게 굴었니?"

"응. 하지만 말이야, 나는 착한 아이 되는 것이 싫증났어."

앤이 웃으며 말했다.

"이왕이면 나쁜 아이가 되는 데 싫증나면 좋을 텐데."

"그래도 나쁜 아이로 지내는 동안은 재미있는 걸. 나중에 잘못했다고 빌면 되니까."

"빈다 해도 못된 짓을 한 결과는 지워버릴 수 없어, 데이비. 지난해 여름 주일학교에 가지 않았던 그 일요일 일을 잊었니? 그때 나쁜 짓을 하면 손해라고 네가 말했었잖아? 오늘은 밀티와 무얼 했지?"

"아, 낚시질도 하고 고양이를 쫓아다니기도 하고 알을 찾기도 하고 메아리를 부르려고 고함도 외쳐봤어. 밀티네 집 헛간 뒤에 덤불이 있는데 거기에 커다란 메아리가 있어. 메아리란 뭐지, 누나? 나는 알고 싶어."

"메아리는 아름다운 요정이야, 데이비. 아주 먼 숲속에 꼭꼭 숨어 살고 있지. 그리고 언덕 사이로 세상을 내다보며 배시시 웃는 거야."

"어떻게 생겼어?"

"머리카락과 눈은 까맣고 목과 팔은 눈처럼 희지. 얼마나 아름다운지는 아무도 볼 수 없어. 사슴보다도 재빨라서 우리가 알 수 있는 것은 저 놀려대는 듯한 목소리뿐이야.

밤이 되면 메아리가 부르는 소리가 나중에 들리고 별빛 아래에서는 웃는 소리도 들리지. 하지만 볼 수는 없어. 뒤쫓아가면 자꾸자꾸 달아나버리면서 언제나 바로 옆 언덕 너머에서 이쪽을 보고 웃어주고 있단다."

데이비는 눈이 똥그래져서 물었다.

"그거 모두 정말이야, 누나? 아니면 거짓말이야?"

앤은 실망하며 말했다.

"데이비, 넌 재미있는 옛날이야기와 거짓말도 구별할 줄 몰라?"

데이비는 고집스럽게 주장했다.

"그렇다면 볼터네 풀숲에서 내가 하는 말을 따라하는 건 뭐지? 나는 알고 싶어."

"네가 좀 더 크면 가르쳐 줄게."

나이에 대한 말이 나오자, 데이비는 딴 생각이 난 듯 잠시 말없이 얌전히 있더니 목소리를 낮춰 진지하게 말했다.

"누나, 나 결혼할 생각이야."

앤도 데이비 못지않게 진지한 얼굴로 물었다.

"언제?"

"그야 물론 어른이 된 다음이야."

"아, 그 말을 들으니 마음이 놓이는구나. 데이비. 부인은 누구지?"

"우리 반 아이 스텔러 플레처야. 그리고 누나, 스텔러만큼 예쁜아이는 없어. 만일 내가 어른이 되기 전에 죽어버리면 누나가 스텔러를 잘 보살펴줘."

머릴러가 엄하게 나무랐다.

"데이비 키스, 그런 어이없는 이야기는 그만둬라."

데이비는 기분이 언짢은 듯 항의했다.

"어이없는 일이 아니야. 스텔러는 내 부인이 돼주겠다고 약속했단 말야. 그러니 내가 죽으면 내 미망인이 되잖아? 게다가 스텔러에게는 할머니 말고는 돌봐줄 사람이 없어."

머릴러가 말했다.

"앤, 이리 와서 식사해라. 그 아이가 하는 그런 어이없는 이야기를 재미있다는 듯 다 들어줘선 안 돼."

'메아리집' 사람들

애번리에서의 그해 여름은 참으로 즐거웠다. 그러나 앤은 방학 동안 갖가지 기쁨에 에워싸여 있으면서도 뭔가 있어야 할 것이 없는 허전한 심정에 사로잡혀 지냈다.

그러나 앤은 길버트가 없다는 데 그 원인이 있음을 쉬이 인정하려 들지 않았다. 하지만 기도회며 개선회모임이 끝나 다이애너와 프레드처럼 즐거워 보이는 많은 커플들이 함께 걸어가는데, 희미한 별빛이 비치는 시골길을 홀로 외로이 집으로 돌아와야만 할 때 말할 수 없는 기묘한 고독감이 가슴을 휩쌌다.

편지쯤은 보내줄 만도 한데 길버트는 그것조차 하지 않았다. 다이애너에게는 이따금 편지가 온다는 것을 앤은 알고 있었지만 길버트에 대해 물으려 하지 않았으며, 다이애너 쪽에서는 앤도 편지를 받고 있으리라 여기고 아무 말도 하지 않았다.

길버트 어머니는 명랑하고 쾌활하며 솔직했지만 눈치가 없었으므로 앤을 볼 때마다 요즘 길버트로부터 편지가 왔었는지 언제나 또렷한 목소리로, 게다가 언제나 많은 사람들이 보는 앞에서 묻는 바람에 앤을 난처하게 했다.

"요즘은 오지 않아요."

가엾은 앤은 얼굴이 붉어지면서 작은 목소리로 대답할 수밖에 없었다. 그것은 블라이스 부인을 포함한 모든 사람들에게 단순히 처녀다운 수줍음으로 받아들여졌다.

그것만 빼면 어쨌든 앤은 여름을 즐겁게 지냈다. 6월에는 프리실러가 찾아와 떠들썩한 나날을 보냈으며, 프리실러가 돌아가자 어빙 부부와 폴과 샤를로타 4세가 7월과 8월 사이에 돌아왔다.

'메아리집'은 다시금 활기가 넘치고, 강 건너편의 메아리는 가문비나무 뒤쪽의 오랜 뜰에 울려 퍼지는 웃음소리를 끊임없이 흉내내고 있었다.

미스 라벤더는 전보다 더 다정하고 우아한 것 말고는 조금도 달라지지 않았다. 폴은 그녀를 거의 숭배할 만큼 좋아하여 이 두 사람은 각별한 애정과 관심을 서로 쏟아주어 더없이 아름다웠다.

폴이 앤에게 설명했다.

"하지만 나는 '어머니'라고는 부르지 않아요. 그 말은 내 진짜 엄마만의 것이니까요. 알겠죠, 선생님? 그래서 '라벤더 엄마'라고 부르고 있어요. 그리고 아버지 다음으로 좋아해요. 그리고―그리고 선생님보다 조금 더 좋아할 정도예요, 선생님."

앤이 미소 지으며 말했다.

"그게 당연하지."

폴은 이제 13살이 되었고 나이에 비해 키도 훌쩍 컸다. 얼굴도 눈도 전과 다름없이 귀여웠으며, 공상의 세계를 가지고 있는 것 또한 그대로였다. 그 환상은 프리즘과 같아 그에 닿는 모든 것을 무지개 빛깔로 바꾸었다.

폴은 앤과 숲이며 들이며 바닷가를 즐겁게 산책했다. 이 두 사람보다 더 완전한 '서로를 부르는 영혼'은 달리 없을 정도였다.

어느덧 샤를로타 4세는 활짝 핀 꽃 같은 처녀가 되어 있었다. 지금은 앞머리를 터무니없이 부풀리고 옛날에 정들었던 파란 나비 리본을 버렸지만, 그 얼굴은 조금도 달라지지 않아서 주근깨 투성이였으며 사자코였고 입이 큰 만큼 미소도 컸다.

샤를로타 4세는 걱정스럽게 물었다.

"내가 양키 사투리로 말한다고 생각하지는 않겠죠, 셜리 아가씨?"

"그런 것 같지 않은데, 샤를로타."

"그 말을 들으니 안심되는군요. 집에서는 사투리가 있다고 모두들 말해요. 틀림없이 나를 놀려주기 위해서 그럴 거예요. 양키 사투리는 절대사절이에요. 양키들에게 불만이 있는 것은 아니지만. 그 사람들은 정말 문화인이니까요. 하지만 나로서는 프린스 에드워드 섬보다 더 좋은 곳은 없어요."

폴은 여기에 온 처음 2주일 동안 애번리 어빙 할머니 집에서 지냈다. 마중 나갔던 앤은 폴이 정신없이 바닷가에 가고 싶어하는 것을 보았다―'노러'도 '황금부인'도 '쌍둥이선원'도 친구인 폴을 그리워하며 기다리고 있을 것이다.

폴은 저녁식사를 끝내는 것도 기다릴 수 없을 정도였다. 자기가 오지 않을까 살피고 있는 노러의 요정 같은 얼굴이 건너편에서 내다보고 있는 듯해서였다. 그러나 자욱한 저녁 안개 속에 바닷가로부터 돌아온 폴은 몹시 침울했다.

"'바위사람들'을 만나지 못했니?"

앤이 문자 갈색 곱슬머리를 바람에 나부끼며 폴은 슬픈 듯 고개를 끄덕였다.

"쌍둥이선원과 황금부인은 나타나지 않았어요. 노러는 있었지만― 그러나 노러도 전 같지 않아요, 선생님. 모든 게 달라져 버렸어요."

"오, 폴, 달라진 건 너야. 바위사람들이 볼 때 너는 너무 어른이 되어버린 거야. 그 사람들은 놀이친구로 아이들만 좋아하지. 쌍둥이선원은 그 달빛 돛을 단 진주 같은 마법의 배를 타고 다시는 네게로 오

지 않을 거야.

황금부인은 이제 네게 금으로 된 하프를 켜주지 않을 거고, 노러도 이제 곧 너와 만나지 않게 될 테지. 너는 어른이 된 벌금을 물어야만 해, 폴. 동화의 나라를 뒤에 남겨두고 떠나야만 한단다."

어빙 할머니가 놀림과 나무람을 반씩 섞어 말했다.

"두 사람은 여전히 쓸데없는 말만 하고 있군."

앤은 진지한 표정으로 고개를 저었다.

"어머나, 그렇지 않아요. 우리는 너무 어른스러워진 것이 몹시 서운해요. 말이란 우리의 생각을 감추기 위해 주어진 포장지임을 일단 알고 나자 우리는 절반도 재미가 없어지고 말았어요."

어빙 할머니는 정색하고 말했다.

"그렇지 않아. 말은 우리의 생각을 서로 표현하기 위해 주어진 거지."

할머니는 비웃으며 비유로 쓴 표현을 결코 이해하지 못했다.

앤은 황금빛으로 번쩍이는 8월이 한창일 때 '메아리집'에서는 평화로운 2주일을 지냈다. 그곳에 머무는 동안 우연히 앤은 시어도러 딕스와 천천히 교제하며 몇 년째 결정적인 구혼을 하지 않고 있는 루도빅 스피드를 독촉하는 일을 거들게 되었는데, 그것은 앤의 다른 이야기에 씌어 있다.

어빙 부부의 나이 많은 친구 아널드 셔먼이 그 무렵 찾아와 함께 지내며 즐거움을 더해주었다.

앤이 말했다.

"참으로 멋지게 보냈어요. 나는 힘을 잔뜩 얻은 거인이 된 기분이들어요. 앞으로 겨우 2주일 뒤면 킹스포트로—패티의 집으로—돌아가요. 패티의 집은 정말 사랑스러운 곳이에요, 미스 라벤더. 나는 마치 내 집을 두 채나 가지고 있는 것 같아요—하나는 그린게이블즈고 또 하나는 패티의 집이에요. 대체 여름은 어디로 가버렸을까요? 그 봄날 저녁, 산사꽃을 꺾어들고 돌아온 지 하루도 채 지나지 않은 것 같은데요. 어린시절 나는 여름의 한쪽 끝에서 다른 한쪽 끝을 볼 수 없었어요. 끝없이 이어지는 계절처럼 내 앞에 펼쳐져 있었죠. 지금은 그저 '한 손의 나비일 뿐, 또 하나의 이야기일 뿐'이에요."

미스 라벤더가 조용히 물었다.

"앤, 길버트는 여전히 친밀한 친구 사이예요?"

"길버트가 친구라는 사실에는 변함이 없어요, 미스 라벤더."

미스 라벤더는 고개를 저었다.

"어딘가 달라진 게 느껴져요, 앤. 실례되는 말을 묻겠는데, 싸우기라도 했어요?"

"아니에요, 다만 길버트가 우정 이상의 것을 요구하는데 나는 그것을 줄 수 없을 뿐이죠."

"그게 확실해요, 앤?"

"확실하고 말고요."

"정말 안타까운 일이에요."

"어째서 누구나 내가 길버트와 결혼하는 것이 마땅하다고 여기는 걸까요?"

앤은 토라졌다.

"그건 두 사람이 서로를 위해 그렇게 되도록 태어났기 때문이에요. 그 때문이죠. 앤, 그렇게 기를 쓰며 부정할 것 없어요. 그게 사실이니까요."

조너스 등장

필리퍼로부터 편지가 왔다.

8월 20일
프로스펙트 곳에서
끝에 E자가 붙은 사랑하는 앤에게
죽을 힘을 다해 눈꺼풀을 들어올리며 이 편지를 쓰고 있단다. 올여름 네게 소식 전하지 못한 거 정말 미안해. 하지만 다른 사람한테도 마찬가지야. 답장을 써야 할 편지가 산더미처럼 쌓여 있어. 그러니까 허리끈을 졸라매고 열심히 곡괭이로 밭을 갈아야만 하겠어. 비유를 여러 가지로 뒤섞어 미안해. 나는 지금 엄청 졸려.

어젯밤 친척인 에밀리와 함께 이웃집을 방문했어. 우리 말고도 몇 사람 손님이 있었는데, 그 사람들이 돌아가자 가엾게도 그들에 대해 그 집 부인과 딸 셋이 마구 헐뜯었지. 에밀리와 나도 문을 닫고 나온 순간부터 그들의 도마 위에 올라갔을 게 뻔해.

집에 돌아오자 릴리 부인이 지금 말한 그 집에 고용되어 있는 소년이 성홍열에 걸려 누워 있다고 가르쳐 주더구나. 릴리 부인은 꼭 그런 말로 사람을 기쁘게 해 주니 정말 할 말이 없어. 나는 성홍열이 두려워 견딜 수 없어지고 말았어.

그 생각을 하며 침대에 들어도 잠이 안 와서 이리저리 뒤척이다가 잠깐 잠들었는가 하면 무서운 꿈을 꾸는 거야.

그러다가 3시에 잠을 깨어보니 높은 열이 나고 목구멍이 아프며 머리가 깨질 듯 아팠어. 틀림없이 성홍열에 걸린 것 같았어. 나는 깜짝 놀라 일어나서 에밀리의 《의료독본》을 찾아 증세를 읽어보았지.

그런데 앤, 나에게 그 증상이 모조리 나타나고 있었어. 더없이 나쁘다는 것을 안 그날 밤 나는 침대로 돌아와 팽이처럼 푹 잠들고 말았지. 물론 어째서 팽이가 다른 어떤 것보다도 훨씬 깊이 잠드는지 나로서는 알 수 없지만.

그런데 오늘 아침이 되어 보니 거뜬히 나았단다. 그러니까 성홍열 걸렸을 리 없잖겠니? 어젯밤에 감염되었다면 벌써 증세가 나았을 리 없지. 낮이었다면 그런 생각을 할 수 있었겠지만 밤중인 새벽 3시에는 도저히 논리적으로 생각할 수 없는 일 아니겠니?

내가 프로스펙트 곶에서 뭘 하고 있을까 생각하겠지. 언제나 여름 한달을 바닷가에서 지내는데, 아버지가 프로스펙트 곶에 있는 아버지 육촌동생 에밀리의 '고급하숙'에 가라고 해서 2주일 전 여느 때와 다름없이 그대로 했지.

그리고 여전히 마크 밀러 아저씨가 그 낡아빠진 마차와 아저씨의 이른바 '호기로운 말'로 나를 역에서부터 태워다주었어.

아저씨는 참으로 인상 좋은 노인이야. 내게 핑크빛 박하사탕을 한 움큼 주었지.

박하사탕이라면 언제나 뭔가 신성한 것처럼 여겨져. 어린시절 고든 집안 쪽 할머니로부터 늘 교회 안에서 받아먹곤 했기 때문인가 봐. 언젠가 한번 박하사탕 냄새에 대해 "이것이 신성한 냄새예요?" 물은 적이 있었지.

그런데 나는 마크 아저씨가 준 박하사탕은 먹고 싶지 않았어. 아저씨는 주머니 속을 마구 뒤져 사탕을 하나하나 집어내는데다 그 속에서 누렇게 녹슨 바늘이며 여러 가지 잡동사니를 골라낸 다음 내게 주는 걸, 뭐. 하지만 모처럼 다정한 아저씨 마음을 아프게 하고 싶지 않아 적당한 때를 보아 하나씩 박하사탕을 길에 던져버렸지.

마지막 하나까지 없어졌을 때 마크 아저씨는 걱정스레 말했어.

"그 사탕을 모조리 한꺼번에 드시면 안 됩니다, 필 아가씨. 반드시 배앓이를 일으킵니다."

에밀리네 집에는 하숙하는 사람이 나 말고 다섯밖에 없어—노부인 넷, 젊은이 하나.

식탁에서 내 오른쪽 옆자리가 릴리 부인. 이 부인은 자기의 온갖 아픔과 고통과 병에 대해 자세히 말하는 일에 불쾌한 기쁨을 알게 모르게 느끼는 사람 가운데 하나로, 어쩌다 누가 어디가 나쁘다는 말을 꺼내면 곧 고개를 끄덕이며 이렇게 말해.

"아, 그게 어떤 것인지 나는 너무 잘 알아요."

—그리고 끝없이 늘어놓는 말을 들어야만 하지.

조너스가 말했는데, 언젠가 릴리 부인에게 들리는 곳에서 보행장애에 대한 이야기를 했더니 그게 어떤 것인지 너무 잘 알고 있다고 말하기 시작했대. 그 때문에 10년 동안이나 괴로워하다가 어느 뜨내기 의사 덕분에 나았다는 거야.

조너스가 누구냐고? 잠깐만 기다려, 앤 셜리. 때가 되면 다 얘기해 줄 테니까. 이 사람은 존경할 만한 노부인들과 함께 묶어서는 안 돼.

그리고 식탁 왼쪽 옆자리는 피니 부인이야. 늘 비탄에 잠긴 듯한 목소리로 말하는 사람이지. 금방이라도 울음을 터뜨리지 않을까 마음이 조마조마하단다.

피니 부인을 보고 있으면 인생은 그야말로 눈물의 골짜기며 소리내어 웃는 것은 물론 미소를 머금는 일조차도 정말 돼먹지 않고 경박하기 이를 데 없다는 인상을 받지.

나에 대해 제임시너 아주머니보다 더 나쁘게 여기고 있는데, 제임시너 아주머니는 그런 마음을 메우려고 열심히 귀여워해주지만 이 부인은 그렇게 하지도 않아.

미스 머라이어 그림스비는 내 건너편에 앉아 있어. 여기에 온 첫날 나는 머라이어 그림스비에게 좀 비가 올 것 같은 날씨예요, 하고 말했지—그러자 미스 머라이어는 호탕하게 웃더구나. 나는 역에서 오는 길이 아주 깨끗했어요, 이렇게 말했지. 그러자 또 미스 머라이어는 하하하 웃었어.

나는 아직 모기가 두세 마리 남아 있는 것 같아요, 했지. 미스 머라이어는 또 하하하 웃었어. 프로스펙트 곶은 언제나 변함없이 아름다워요, 하니까 미스 머라이어는 이번에도 하하하 웃지 않겠니?

"나의 아버지는 목을 매달았고, 어머니는 독약을 마셨으며, 오빠는 형무소에 들어갔고, 나는 폐병 말기환자랍니다."

만일 내가 이렇게 말했다 하더라도 미스 머라이어는 하하하 웃을 거야. 그 사람 잘못이 아니야. 그렇게 태어났어. 하지만 그 모습은 비참하고 무시무시해.

네 번째 노부인은 그랜트 부인이야. 이분은 다정한 노인이지. 하지만 누구의 일이든 칭찬만 해서 이분의 이야기는 조금도 재미가 없어.

자, 이제 드디어 조너스 차례야, 앤.

여기에 온 첫날 식탁에서 나와 마주보고 앉은 한 젊은이가 있었는데, 마치 갓난아기였던 시절부터 알고 지내온 사이라도 되는 것처럼 나를 보고 벙글벙글 웃었어. 마크 아저씨가 말해줘서 나는 그 사람이 조너스 블레이크라는 이름을 가진 세인트 컬럼버에서 온 신학생으로, 여름 동안 프로스펙트 곶의 교회를 맡았다는 것 등을 알 수 있었어.

조너스는 참으로 못생긴 젊은이야. 정말이지 이토록 못생긴 젊은

이는 이제까지 본 적도 없어. 터무니없이 다리가 길고 관절이 헐거운 듯한 커다란 몸집이지. 누르스름한 머리카락은 곱슬거리지 않고 눈은 초록색, 입은 크고 귀는 또—하지만 되도록 조너스의 귀에 대해서는 생각하지 않는 편이 좋단다.

하지만 목소리는 좋아—눈을 감고 목소리만 듣고 있으면 이 사람은 아주 멋있어. 게다가 성격이 정말 좋단다.

우리는 금방 사이가 좋아졌어. 물론 조너스는 레드먼드 졸업생이어서 그것이 우리를 사이좋게 만든 인연이 되어 주었지. 우리는 함께 낚시질하거나 보트를 젓거나 달밤의 모래언덕을 산책하곤 한단다. 달빛에 보면 그리 못생기지 않았고, 아, 잘생긴 사람이었어. 조너스로부터 멋스러움이 마구 뿜어나오는 것 같았지.

노부인들은—그랜트 부인 말고는—조너스를 좋게 생각하지 않아. 웃거나 농담을 잘 하는데다—분명히 노부인들보다 경박한 나와 함께 있기를 좋아하기 때문이지.

어찌된 일인지 나는, 조너스가 나를 경박하다고 여기지 않았으면 좋겠어. 앤. 이상하지? 조너스라는 누런 머리카락의 이제까지 본 적도 없는 인물이 나를 어떻게 생각할까 하는 일에 내가 어째서 이토록 마음 쓰는 걸까?

지난 일요일, 조너스는 마을 교회에서 설교를 했어. 물론 나도 갔었지. 하지만 조너스가 설교한다는 건 상상이 되지 않았어. 조너스가 목사라는 사실—또는 이제부터 목사가 되려 한다는 사실—도 나로서는 터무니없는 농담으로밖에 생각되지 않아.

어쨌든 조너스는 설교를 했단다. 설교를 시작한 지 10분쯤 되었을 무렵 나는 너무나도 자신이 작고 형편없이 느껴져 눈으로는 보이지 않으리라 생각했지.

조너스는 여자에 대해서는 한마디도 하지 않았을 뿐만 아니라 한 번도 내 쪽을 보지 않았어. 하지만 나는 그때 그 자리에서 내가 얼마

나 한심하리만큼 경박스럽고 속이 좁고 변덕이 심한 사람인가 하는 것을 알았고 조너스가 이상적으로 여기는 여자와는 꽤 먼 거리가 있음을 깨닫게 되었지.

그녀는 당당하고 의지가 강하고 기품 있는 여자라야 해. 조너스는 참으로 진지하고 다정하며 성실했지. 목사로서 모든 것을 갖추고 있었어. 영감이 번뜩이는 그 눈, 여느 날에는 아무렇게나 흩어져 떨어지는 머리카락으로 가려진 저 지적인 이마를 가진 조너스를 어째서 못생겼다고 생각했을까 이상하게 여겨졌지—하지만 실제로 못생겼단다!

그 설교는 너무도 훌륭해서 영원히 듣고 또 듣고 싶었지만 아주 비참한 기분이 드는 것도 사실이야. 아, 내가 너 같으면 얼마나 좋을까 하는 생각이 들 만큼 간절했지 뭐니, 앤.

집으로 돌아오는 길에 조너스가 뒤따라와서 내게 여느 때와 마찬가지로 싱긋 웃어 보였어. 하지만 싱긋 웃더라도 나는 이제 두 번 다시는 속지 않아. 나는 진정한 조너스를 보고 말았으니까. 조너스는 필의 참모습을 볼 수 있을까 생각했지. 진짜 필은 아직 아무도, 앤, 너조차도 본 적이 없단다.

'조너스' 나는 그렇게 부르고 말았어. 블레이크 씨라고 부르는 것을 순간 잊어버렸지. 엄청나잖니? 하지만 그런 건 아무래도 상관없는 때가 있잖아—

"조너스, 당신은 목사가 되기 위해 태어났어요. 다른 어떤 일에도 당신에게 맞지 않아요."

그러자 조너스는 진지한 목소리로 말했어.

"그래요, 맞지 않죠. 오랫동안 뭔가 다른 일을 하려고 애써 보았었죠. 목사는 되고 싶지 않았으니까요. 하지만 마침내 이거야말로 내게 주어진 일이라는 것을 깨닫게 되었어요. 그렇기에 하느님의 도움으로 이 일을 계속 할 생각이죠."

조너스의 목소리는 낮고 경건했어. 나는 조너스라면 그 일을 훌륭하고 숭고하게 잘 해나가리라 생각했지. 그리고 타고난 소질과 훈련으로 조너스를 도울 수 있는 여성은 정말 행복할 거라 여겼어.

그 부인은 변덕스러운 바람이 불 때마다 이리저리 불려가는 깃털 같은 존재는 아닐 거야. 언제나 어느 모자를 쓰면 좋을지를 잘 알고 있을 테고, 어쩌면 모자는 한 개밖에 가지고 있지 않을지도 몰라. 목사란 결코 돈이 많지 않으니까. 하지만 모자가 하나밖에 없든 전혀 없든 조금도 개의치 않을 거야. 조너스가 있으니까.

앤 셜리, 설마 내가 블레이크 씨와 사랑에 빠졌다느니 하는 말을 하거나 넌지시 비추거나 생각하거나 하면 용서하지 않을 거야. 내가 어떻게 머리카락이 뻣뻣하고 가난하며 못생긴—조너스라는 신학생을 좋아할 수 있겠니? 마크 아저씨는 아니지만 '그런 일은 있을 리 없고, 상상도 할 수 없는 일'이야. 잘 자.

필로부터

덧붙임—그런 일은 있을 리 없어. 하지만 아무래도 사실인 것 같아 나는 몹시 걱정하고 있단다. 나는 행복하지만 비참하며 겁먹고 있어. 조너스가 나 같은 아이를 도저히 좋아하게 될 수 없음을 훤히 알기 때문이지. 내가 목사의 아내로서 어울리는 사람이 될 수 있다고 여기니, 앤? 솔선해서 기도모임을 열 수 있는 사람이 될 수 있을 것 같아?

필 고든

잘생긴 왕자

"집 안과 밖 가운데 어디가 더 나은지 비교하고 있는 참이에요."

앤은 패티의 집 창문으로 공원의 푸른 소나무를 바라보고 있었다.

"오늘 오후는 다행히 아무 것도 하지 않고 느긋하게 지낼 수 있어요, 제임시너 아주머니. 난롯불이 기분좋게 타오르고 맛있는 겨울사과가 그릇에 한가득 있는 걸 보니 마음도 넉넉해져요. 고양이 세 마리가 사이좋게 응석부리는 소리를 내고 더없이 훌륭한 초록빛 코의 도자기 개 두 마리가 있는 이 안에서 지낼까요? 아니면 숲과 항구의 바위 위에 떠 있는 잿빛 구름을 따라 공원으로 갈까요?"

"내가 너처럼 젊다면 공원으로 결정하겠다."

제임시너 아주머니는 뜨개질바늘로 조지프의 누런 귀를 간질여주면서 말했다.

앤이 놀랐다.

"아주머니는 누구에게도 지지 않을 만큼 젊다고 한 줄로 아는데요?"

"마음은 그렇단다. 하지만 다리는 너희처럼 젊지 못하다는 걸 인정해야 해. 아마 조금만 걸어도 후들후들 떨릴게다. 나가서 신선한 공기를 마시고 오너라, 앤. 요즘 너는 얼굴빛이 나빠."

앤은 들떠 말했다.

"그럼, 공원에 가 보겠어요. 오늘은 차분한 요조숙녀처럼 소박한 기쁨에 젖을 마음이 아니에요. 혼자 자유롭게 자연인이 돼 보고 싶어요. 공원은 텅 비어 있을 거예요. 모두 축구시합에 갔을 테니까요."

"어째서 너는 가지 않지?"

"한마디로 저 싫은 꼬마 댄 레인저 말고는 '나를 부르는 사람은 아무도 없도다'예요. 말썽꾸러기 댄 레인저와 함께 어디 가는 것은 골치 아파요. 하지만 그 작고 여린 마음에 상처주고 싶지 않아서 오늘은 너무 피곤한 나머지 전혀 시합을 보러 갈 마음이 없다고 말했죠. 나는 괜찮아요. 그냥 축구를 보고 싶은 마음이 없을 뿐이니까요."

제임시너 아주머니가 근심어린 얼굴로 되풀이해서 말했다.

"가서 신선한 공기를 마시고 오너라. 우산을 꼭 가져가도록 해. 틀림없이 비가 올 테니까. 추위 때문에 다리의 류머티즘이 도져서 쿡쿡 쑤시고 아플거야."

"류머티스는 노인들만 걸려요, 아주머니."

"아니다, 다리의 류머티스는 누구나 걸릴 수 있어. 그런데 노인은 마음의 류머티스에 걸리지. 고맙게도 나하고는 인연이 없지만. 마음의 류머티스에 걸릴 바엔 차리리 관을 고르러 가는 편이 나아."

11월이었다―진홍빛 저녁해, 떠나가는 철새, 깊고 슬픈 바다의 노래, 마지막 열정이 느껴지는 솔바람의 계절이었다.

앤은 공원 소나무 사이를 누비며 오솔길을 천천히 걸어가, 앤의 표현을 빌리면 마음 속 안개를 세게 휘몰아치는 바람에 저 멀리 날려보냈다. 마음의 안개로 시달리는 것은 여느 때 없는 일이었다. 그러나 3학년을 보내기 위해 레드먼드로 돌아온 뒤 어쩐지 인생은 전처럼 한 점 구름도 없이 빛나는 투명함으로 앤의 마음을 비춰주지 않았다.

패티의 집 생활은 겉보기로는 이제까지와 변함없이 일이며 공부며 오락의 되풀이가 이어지고 있었다. 금요일 저녁이면 난롯불이 타고 있는 큰 홀에 방문자가 무리지어 모여 끝없이 우스갯소리며 웃음소리가 울려 퍼지고 제임시너 아주머니는 그런 모두를 웃는 얼굴로 말없이 지켜보았다.

필리퍼의 편지에 있었던 '조너스'도 자주 찾아왔다. 세인트 컬럼버에서 아침 일찍 기차로 달려왔다가 늦은 밤 기차로 돌아갔다. 그는 패티의 집 모든 사람에게 인기 있었다.

물론 제임시너 아주머니는 고개를 저으며 신학생도 옛날 같지 않다고 말했다.

"정말 좋은 사람이야, 필. 하지만 목사란 좀더 무게 있고 위엄이 넘치도록 행동해야 한단다."

필리퍼가 말했다.

"남자는 늘 웃으면서 크리스천으로 있을 수는 없나요?"

그러자 제임시너 아주머니가 나무라듯이 말했다.

"그래, 남자는—그래도 괜찮고말고. 내 말은 목사를 뜻하는 거야, 필. 그러니 너도 그렇게 블레이크 씨를 장난삼아 상대해서는 못써."

필리퍼가 발끈하며 항의했다.

"나는 장난삼아 그러는 게 아니에요."

이 필리퍼의 말을 앤 말고는 아무도 믿지 않았다. 다른 사람은 모두 필리퍼가 언제나처럼 즐기는 것으로 여겨 그런 태도는 좋지 않다고 드러내놓고 말했다.

스텔러는 엄격하게 말했다.

"블레이크 씨는 앨릭이나 앨런조와 같은 사람이 아니야, 필. 그는 무슨 일이든 진심으로 받아들일 사람이야. 너는 그 사람에게 상처를 주게 될 거야."

"정말로 내가 그렇게 할 수 있다고 여기니? 차라리 그럴 수 있다면 좋겠어."

"필리퍼 고든! 네가 그토록 매정한 사람일 줄은 몰랐어. 남자에게 상처를 주고 싶다니, 어떻게 그런 말을!"

"나는 그렇게 말하지 않았어, 스텔러. 내 말을 잘 이해해줘. 내가 상처를 줄 수 있다고 생각할 수 있으면 좋겠다고 했지. 내게 그렇게 할 만한 힘이 있는지 그걸 알고 싶은 거야."

"나는 너라는 사람을 모르겠어, 필. 너는 일부러 그 사람을 끌고 돌아다니잖아. 앞으로 어떻게 하겠다는 생각도 없으면서."

필리퍼는 침착하게 대답했다.

"할 수만 있다면 그 사람에게 청혼을 하도록 시킬 생각이야."

스텔러는 단념했다.

"네게는 정말 두 손 두 발 다 들었어."

길버트는 금요일 밤에 이따금 찾아왔다. 언제나 기분 좋게 주고받는 우스갯소리며 재치 있는 입담 속에서 훌륭하게 자기 입장을 지키고 있었다. 앤에 대해서는 특별히 가까이 다가오지도 그렇다고 피하지도 않았다. 얼굴이 마주치게 되었을 때에는 방금 새로 알게 된 사람을 대하듯 쾌활하고 정중한 태도로 얘기를 나누었다.

옛날의 우정은 흔적도 없이 사라져버렸다. 앤은 그것을 느낄 수 있었지만, 한편으로는 길버트가 앤에 대한 실망을 그처럼 깡그리 이겨낸 것은 아주 고맙고 기쁜 일이라고 생각했다.

앤은 과수원에서의 그 4월 어느 날 저녁 길버트의 마음에 쓰라린 상처를 준 일을 결코 잊을 수 없었다. 그 상처가 오래도록 낫지 않는 게 아닐까 진심으로 두려워했었다. 그러나 그런 걱정이 필요치 않음을 알았다. 남자들은 죽어서 벌레에 파먹힐지라도 사랑 때문에 죽지는 않는다. 길버트가 곧 멸망할 일이 없는 것은 분명하며 그는 인생을 즐기고 야심과 열의에 넘쳐 있었다.

그는 어떤 여성이 아름답고 쌀쌀맞다고 해서 절망에 빠지거나 할 틈이 없었다. 길버트와 필리퍼 사이에 끊임없이 오가는 재미있는 말을 들으며 앤은 자신이 길버트를 도저히 좋아할 수 없을 거라고 말했을 때 그의 눈빛은 단순히 자기가 만든 것이었을까 의심스러웠다.

길버트가 비어 있는 자리에 기꺼이 발을 들여놓으려는 사람이 없는 것은 아니었지만, 앤은 전처럼 두려워하지도 않고 비난하지도 않았다. 다만 정중히 그들을 거절했다. 참다운 '꿈속의 왕자'가 나타날 때까지 대용품은 필요없었다. 바람이 세차게 휘몰아치는 흐린 날, 공원에서 앤은 스스로에게 단호히 말했다.

갑자기 제임시너 아주머니의 예언대로 비가 소리를 내며 억수같이 퍼붓기 시작했다. 화들짝 놀라 앤은 우산을 펴들고 서둘러 언덕길을 내려왔다. 항구의 큰길로 나왔을 때, 강한 돌풍이 몰아쳐 눈깜짝할 사이에 우산이 벌렁 뒤집혀지고 말았다. 앤은 필사적으로 우산에 매달렸다.

그때였다—가까이에서 낯선 목소리가 들렸다.

"실례합니다만—내 우산을 함께 쓰시겠습니까?"

앤은 얼굴을 들었다. 키 크고 잘생겼으며 사람의 눈길을 끄는 용모—우수에 찬 검고 깊은 눈동자—감미로운 따뜻한 목소리—그렇다, 앤이 그토록 꿈꾸던 주인공, 그 사람이 현실적으로 앤 앞에 서 있었던 것이다. 주문을 시켜 만들게 했다 하더라도 이보다 더 앤의 이상과 똑같을 수는 없을 정도였다.

앤은 어쩔 줄 몰라 했다.

"고맙습니다."

낯선 사람이 말했다.

"저 곳에 있는 정자로 서둘러가는 게 좋을 것 같군요. 저기라면 이 소나기가 지나갈 때까지 비를 피할 수 있을 겁니다. 이처럼 심하게 퍼붓는 것을 보니 그리 오래 내리지는 않을 테니까요."

그 말은 아주 평범했지만, 오, 그 목소리! 그리고 얼굴에 담긴 미소! 앤은 가슴이 두근두근 방망이질치는 야릇함을 느꼈다.

두 사람은 허둥지둥 정자로 뛰어들어가 숨을 헐떡이며 그 고맙고 안락한 지붕 밑에 앉았다.

앤은 웃으며 자신을 배반한 우산을 쳐들었다. 앤은 유쾌한 목소리로 말했다.

"우산이 뒤집혔을 때 나는 무생물이 얼마나 매정한가를 깨달았어요."

빗방울이 반지르르 윤기 도는 앤의 머리카락에서 반짝이고 흐트러진 곱슬머리는 목이며 이마 언저리에 동글동글 감겨 있었다. 뺨은 발갛게 물들고 커다란 눈은 별처럼 반짝였다. 상대는 황홀한 얼굴로 앤을 내려다보았다. 그 뚫어지게 바라보는 눈길 아래에서 앤은 자기도 모르게 얼굴이 붉어지는 것을 스스로 느꼈다.

이 사람은 누구일까? 어머나, 옷깃에 레드먼드의 하양과 빨강 리본이 달려 있지 않은가?

앤은 1학년생 말고는 레드먼드의 모든 학생을 적어도 한눈에 알아볼 수 있다고 생각했었다. 그러나 이 세련된 젊은이가 1학년일 리는 없었다.

"우리는 동창인 듯하군요."

젊은이는 앤이 달고 있는 리본 빛깔을 보며 싱긋 웃었다.

"그 배지가 소개하는 수고를 덜어주겠는데요. 나는 로열 가드너입니다. 댁은 지난번 연구회에서 테니슨에 대한 논문을 읽은 셜리 양 아닙니까?"

앤은 솔직히 말했다.

"네, 그래요. 나는 전혀 댁을 모르겠어요. 저, 몇 학년인가요?"

"나는 아직 어느 학년에도 속해 있지 않습니다. 2년 전 레드먼드에서 1학년과 2학년을 마치고 그 뒤 줄곧 프랑스에 가 있었죠. 이제 문학부를 마치기 위해 돌아온 겁니다."

"나도 지금 3학년이에요."

상대는 그 멋진 눈에 무한한 의미를 담아 말했다.

"그럼, 우리는 동창인 동시에 동기인 셈이군요. 나는 풀벌레에게 먹혀버린 듯한 세월이 아깝지 않게 느껴집니다."

비는 조금도 멎지 않고 한 시간쯤 줄곧 쏟아졌다. 하지만 그것이 못내 아주 짧은 시간으로 여겨졌다.

구름이 걷히고 파리한 11월 햇빛이 항구며 소나무에 비스듬히 비쳤을 때, 앤과 로열 가드너는 나란히 집으로 돌아갔다.

패티의 집에 닿을 무렵, 그는 집에 들러도 되겠느냐고 물었고 앤은 그것을 허락했다.

앤은 뺨이 화끈거리고 손가락 끝까지 빨개져서 집 안으로 들어갔다. 러스티는 앤의 무릎으로 기어올라가 핥으려 했으나 냉대를 받았을 뿐이었다.

낭만적인 두근거림으로 마음을 빼앗긴 앤은 귀가 찢어진 고양이에게 관심을 줄 만한 여유가 없었다.

그날 밤, 패티의 집 셜리 양에게 선물 꾸러미가 배달되었다. 상자에 든 것은 호화스러운 장미꽃 열두 송이였다. 필리퍼는 상자에서 떨어진 카드를 얼른 집어들어 이름과 그 뒤에 씌어진 시적인 인용구를 읽었다.

"로열 가드너라고! 어머나, 앤, 네가 로이 가드너와 아는 사이인 줄은 몰랐어!"

앤이 당황하여 설명했다.

"오늘 오후 비가 쏟아졌을 때 공원에서 우연히 만났어. 내 우산이 뒤집혀버렸기에 그 사람이 배려심에 우산을 씌워 주었지."

필리퍼는 호기심에 타오르며 앤을 빤히 지켜보았다.

"오! 고작 그런 평범한 일로 로이가 센티멘털한 시를 곁들여 장미꽃을 한 다스나 보내왔단 말이니? 그리고 너는 로이의 카드를 보고 세상에 보기드문 사랑스러운 장밋빛으로 뺨을 물들였다는 거니? 앤,

그 대답이 네 얼굴에 다 씌어 있어."

"그런 어이없는 말 하지 마, 필. 너는 가드너 씨를 알고 있니?"

"그 사람 누이동생 두 명을 만난 적이 있어. 그래서 그 사람에 대해 알고 있지. 킹스포트에서는 웬만한 사람이면 누구나 다 그 사람을 알고 있단다. 가드너 집안은 노바 스코샤의 파랑코 중에서도 본토박이인 데다 큰 부자야. 로이는 매우 잘생겼고 머리가 좋지.

2년 전 어머니 건강이 나빠져 대학을 그만두고 함께 유럽으로 가야만 했었지. 아버지는 이미 돌아가셨어. 공부를 단념해야만 해서 몹시 낙담했을 텐데도 주변 사람들 말로는 조금도 그런 내색을 하지 않았대. 휘이—히이—훠어*¹—앤, 로맨스 향기가 물씬 풍기는구나. 부럽지만, 그렇지도 않아. 결국 로이 가드너는 조너스가 아니니까."

"이 바보야!"

앤은 새침하게 그렇게 쏘아붙였지만 그날 밤 오래도록 잠을 이루지 못했다. 자고 싶지도 않았다. 눈을 뜨고 공상하는 편이 꿈나라의 어떤 환상보다도 더 매력 있었다.

마침내 왕자가 나타난 것일까? 앤의 마음 속까지 들여다보듯이 그윽하게 바라보던 그 멋진 검은 눈을 떠올리면, 앤은 확실하다는 느낌이 강하게 들었다.

---

*¹ 잭과 콩나무라는 옛날이야기에 나오는 거인의 외침.

크리스틴

패티의 집 아가씨들은 외출 준비를 하고 있었다. 3학년생들이 해마다 2월이면 4학년생을 위해 여는 파티에 가기 위해서였다.

앤은 파란 방 거울에 비친 자기 모습을 만족스러운 눈으로 바라보았다. 오늘은 특별히 아름다운 드레스를 입고 있었다.

보통은 얇은 시폰이 겹쳐진 아무 장식 없는 크림빛 비단에 지나지 않았는데, 필리퍼가 크리스마스 휴가 때 집으로 가지고 가 거기에 하나 가득 조그만 장미꽃 봉오리를 수놓겠다고 한사코 고집을 부렸던 것이다.

필리퍼의 솜씨 덕분에 그것은 온 레드먼드 아가씨들에게 부러움의 표적이 될 만한 의상이 되었다. 파리에서 주문한 옷을 입는 여자들조차도, 앤이 옷자락을 끌며 레드먼드 큰 층계를 올라갈 때, 그 장미꽃봉오리 무늬가 수놓인 작품을 부러워하는 눈길로 바라볼 정도였다.

앤은 머리에 꽂은 흰 난초를 살펴보고 있었다. 로이 가드너가 앤에게 보내온 것으로, 레드먼드의 어느 아가씨도 그날 밤 흰 난초를 꽂지 않을 것을 앤은 알고 있었다. 그때 필리퍼가 들어오더니 눈을 크게 뜨며 감탄했다.

"앤, 오늘 밤은 틀림없이 네가 가장 돋보이고 아름다울 거야. 열 밤 가운데 아홉 밤까지는 내가 너보다 빛났겠지만, 갑자기 너는 한번에 꽃망울이 활짝 핀 듯 나를 무색하게 만드는구나. 어떻게 하면 그렇게 할 수 있을까?"

"옷 때문이야, 필. 옷이 날개라고 하잖니?"

"그렇지 않아. 네가 갑자기 아름다워보였던 저번날 밤엔 린드 아주머니가 만들어준 낡은 파랑 플란넬 웃옷을 입었었잖아? 비록 로이가 아직 네게 마음을 빼앗기지 않았었다 하더라도 오늘 밤에는 반드시 항복하고 말거야. 하지만 너에게는 난초가 어울리지 않는 것 같아. 정말이야. 시샘하는 마음으로 하는 말이 아니야. 난초는 네 꽃이 아니라는 생각이 들어. 너무 이국적이고—너무 남국적이며—거만해 보인다고 할까? 아무튼 그건 그만두는 게 좋겠어."

"좋아, 떼겠어. 사실은 나도 난초를 좋아하지 않아. 나한테는 어울리지 않는다고 생각해. 로이도 그렇게 자주 보내주는 것은 아니야. 언제나 나는 가까운 곳에 있는 꽃을 좋아한다는 것을 아니까. 그저 만날 때마다 들고 올 뿐이야."

"오늘 밤 쓰라고 조너스는 핑크빛 장미꽃봉오리를 보내주었어—하지만—그는 오지 않아. 빈민가에서 기도회 사회를 봐야 한대! 오고 싶지 않은 게 아닐까. 앤, 조너스는 나 같은 아이를 조금도 좋아하지 않는 게 아닐까? 이대로 말라 죽어버릴까, 아니면 계속 공부해서 문학사 학위를 받아 사려 깊은 유익한 사람이 될까 결정하지 못하고 있는 참이야."

"너는 도저히 그런 사람은 될 수 없을 테니, 말라 죽는 길밖에 없겠구나."

"매정한 아이로구나!"

"요, 바보 같은 필! 조너스가 너를 사랑한다는 것을 뻔히 알면서."

"하지만—한 번도 내게 그렇게 말하지 않는 걸. 그렇다고 내 편에서 먼저 말할 수는 없잖아. 눈에는 드러나 있어. 그것만은 인정해. 하지만 너의 눈으로만 말할지어다—만으로는 냅킨에 수를 놓거나 식탁보 가장자리를 뜨며 새 가정을 꾸밀 준비를 할 수는 없어. 그런 일은 정말로 약혼한 뒤가 아니면 시작하고 싶지 않아. 운명을 시험해보는 것이 되니까."

"블레이크 씨는 네게 결혼해 달라고 말하는 걸 망설이고 있는 거야, 필. 가난하니까 네가 이제까지 지내온 생활을 할 수 없기 때문이지. 그것이 마음에 걸려 블레이크 씨가 이미 오래 전에 했을 말을 여태껏 못하고 있다는 것은 너도 알잖니?"

"나도 그렇게 생각해."

필리퍼는 슬픈 듯 동의하더니 갑자기 기운을 차리고 덧붙였다.

"좋아. 그가 구혼하지 않는다면 내가 하겠어. 그러면 돼. 이제 걱정하지 않겠어. 그러고 보니 길버트 블라이스는 언제나 크리스틴 스튜어트와 함께 다니더구나. 알고 있니?"

앤은 작은 금목걸이를 목에 감고 고리를 걸려던 참이었는데, 갑자기 그것을 걸기 힘들어졌다. 대체 이 고리가 어찌된 것일까—아니면 내 손가락이 어떻게 된 것일까?

앤은 아무렇지 않은 척 대답했다.

"몰라. 크리스틴 스튜어트가 누구지?"

"로널드 스튜어트 누이동생이야. 올겨울 킹스포트에 음악공부하러 와 있어. 나는 아직 못봤는데 퍽 예쁘고 길버트가 열중해 있다는 소문이야. 네가 길버트 구혼을 거절했을 때 나는 얼마나 분개했는지 몰라, 앤. 하지만 네게는 로이 가드너가 나타날 운명이었나봐. 이제 와서야 알았어. 역시 네가 옳았어."

결국 로이 가드너와 결혼할 것이라는 식으로 친구가 말하면 앤은 언제나 얼굴이 새빨개졌으나, 이때는 그렇지 않았다. 갑자기 아무 재미도, 흥미도 없는 듯 여겨졌다. 필리퍼의 수다는 하찮았고 환영회도 싫증이 나버렸다. 앤은 가엾은 러스티의 뺨을 때렸다.

"그 쿠션에서 얼른 내려와, 이 고양이 녀석아! 어째서 제자리에 얌전히 못 있는 거지?"

앤은 난초를 집어들고 아래층으로 내려갔다.

아래층에서는 제임시너 아주머니가 불 앞에 코트를 한 줄로 죽 걸어놓고 따뜻하게 덥히는 중이었다.

로이 가드너는 앤을 기다리며 세러 고양이를 놀려대고 있었다.

세러 고양이는 로이를 좋아하지 않아 언제나 그로부터 달아나곤 했지만 패티의 집에 사는 다른 사람은 모두 그를 좋아했다. 언제나 변함없는 예의 바른 태도와 듣기 좋은 목소리로 붙임성 있게 이야기하므로 제임시너 아주머니는 꽤 마음에 들어했고, 가드너 씨 같은 훌륭한 젊은이는 본 일이 없으며 앤은 참으로 운 좋은 아가씨라고 말했다.

그런 말을 들으면 앤은 뒷걸음치고 싶은 기분이었다. 로이의 구애는 확실히 아가씨 마음을 더없이 행복하게 할 만큼 낭만적이었지만. 그래도—앤은 제임시너 아주머니나 친구들이 이미 결정된 사실인 것처럼 대해 주지 않으면 좋겠다고 여겼다.

로이가 앤에게 외투를 입혀주며 시적인 찬사를 속삭였을 때에도 앤은 뺨을 붉히거나 가슴 두근거리는 것을 느끼지 못했다. 로이는 레드먼드로 가는 길을 걷는 동안 앤이 말없음을 알아차렸다.

앤이 여학생 화장실에서 나왔을 때에도 좀 파리한 듯 여겨졌으나 두 사람이 파티장으로 들어선 순간 갑자기 앤의 얼굴이 환하게 빛나기 시작했다. 앤은 더없이 쾌활하고 명랑한 표정으로 로이를 바라보았다. 로이도 필리퍼가 말하는 이른바 '그 깊고 검은 벨벳 같은 미소'로 앤의 표정에 답했다.

그러나 앤은 로이를 코 앞에 두고도 전혀 눈에 들어오지 않았다.

방 건너편 종려나무 밑에서 길버트가 크리스틴 스튜어트와 이야기를 나누며 서 있는 것을 날카롭게 의식하고 있었던 것이다.

그 아가씨는 매우 아름다웠으며 중년에는 얼마쯤 뚱뚱하게 살이 찔 듯한 당당한 몸매였다. 키가 크고 커다랗고 짙은 파란색 눈, 풍만한 몸매, 검고 윤기 흐르는 머릿결.

'그녀는 내가 언제나 바라던 그 모습이구나.'

앤은 비참해졌다.

'장밋빛 살결―별처럼 빛나는 제비꽃을 닮은 눈―새까만 고운 머릿결―그래, 내 꿈을 모두 갖추고 있어. 이름이 코딜리어 피츠제럴드가 아닌 게 이상할 정도야! 하지만 몸매는 나만큼 좋지 않고 코는 확실히 내가 나아.'

이 결론으로 앤은 얼마쯤 위로를 받았다.

고백

그해 겨울 3월은 유순한 새끼양처럼 살며시 다가와 상쾌한 황금빛 나날을 안겨주었다. 그러한 한낮 뒤에는 얼어붙을 듯한 황혼이 길게 이어졌으며, 이윽고 황혼은 차디찬 달빛이 다스리는 요정나라로 사라져버렸다.

패티의 집 아가씨들에게 4월 시험은 부담감으로 어두운 그림자를 던지고 있었다. 저마다 열심히 공부했고 필리퍼까지도 평소의 그녀답지 않게 교과서와 노트에 매달려 있었다.

필리퍼는 다부지게 말했다.

"나는 우수한 수학 성적으로 존슨 장학금을 받을 생각이야. 그리스어 장학금이라면 문제없이 탈 수 있지만, 조너스에게 내가 머리가 좋다는 것을 반드시 보여주고 싶어서 수학으로 하는 거야."

앤이 말했다.

"조너스는 네 곱슬머리 밑에 있는 두뇌보다도 너의 커다란 눈과 살짝 입꼬리가 올라간 그 미소를 더 좋아할 거야."

그러자 제임시너 아주머니가 말했다.

"내 처녀시절에는 수학에 대해 알고 있는 것은 여자답지 못하다고 여겼단다. 하지만 시대가 달라졌으니까. 좋은 쪽으로 달라졌는지는 모르겠지만. 그런데 필은 요리를 할 줄 아니?"

"아뇨, 생강과자 말고는 이제까지 요리해본 적이 없어요. 그 생강과자도 실패였어요. 한가운데는 납작하고 가장자리는 제멋대로 부풀어버렸어요. 어떤 모양이었는지 알겠죠? 하지만 아주머니, 내가 마음 먹고 열심히 요리를 배운다면 수학장학금을 탈 수 있는 머리로 요리공부에도 도움되지 않을까요?"

그러자 제임시너 아주머니는 신중하게 대답했다.

"그럴지도 모르지. 하지만 나는 조금도 여성의 고등교육을 헐뜯는 게 아니야. 내 딸도 문학사니까. 게다가 요리도 할 줄 알지. 대학교수가 수학을 가르치기 전에 내가 먼저 요리를 가르쳐 주었단다."

3월 중간 무렵 미스 패티 스포퍼드로부터 편지가 왔는데, 미스 머라이어와 둘이 앞으로 1년 더 외국에서 지내기로 했음을 알려왔다.

편지에는 다음과 같이 씌어 있었다.

그러므로 패티의 집을 다음 겨울에 더 써도 좋아요. 머라이어와 나는 이집트를 한 바퀴 둘러볼 생각입니다. 죽기 전에 스핑크스를 꼭 한번 보았으면 해서지요—

프리실러가 웃었다.

"그 두 할머니가 '이집트를 한 바퀴 도는' 광경을 생각해 봐. 스핑크스를 올려다보며 뜨개질을 할까?"

스텔러도 따라 웃으며 말했다.

"앞으로 1년 더 이 집을 쓸 수 있게 되어 정말 기뻐. 그분들이 돌아오지 않을까 걱정했었지. 그렇게 되면 이 즐겁고 아담한 보금자리는 흩어져버릴 거고—우리 둥지 없는 병아리들은 또다시 하숙집이라는 싸늘한 곳에 내던져질 테니까."

필리퍼가 친구의 말이 끝나기 무섭게 책을 옆으로 내던지며 말했다.

"나는 공원으로 산책 갔다 오겠어. 내가 80살이 되었을 때 틀림없이 오늘 밤 산책 가기를 잘했다고 여길 테니까."

앤이 물었다.

"그게 무슨 뜻이지?"

"따라와봐. 그러면 가르쳐 줄게."

두 사람은 천천히 걸으며 3월 해질녘 신비로움과 갖가지 마술을 바라보았다. 말할 수 없이 고요하고 평온한 해질 무렵은 위대하고 경이로웠다. 깊은 생각에 잠긴 듯한 침묵에 둘러싸여 있었다. 하지만 귀뿐만 아니라 마음을 열고 귀 기울이면 정적을 깨고 무수한 은구슬 소리가 들려왔다. 두 사람이 정치없이 걸어가는 소나무 그늘진 긴 오솔길은 그대로 진홍색 햇빛이 가득한 겨울 저녁놀 타오르는 하늘로 이어지는 듯 여겨졌다.

"나, 쓸 줄만 알면 지금이라도 집으로 돌아가 시를 쓰겠는데."

필리퍼는 활짝 트인 곳에서 멈춰섰다. 햇빛이 파란 소나무 우듬지를 차츰차츰 물들이고 있었다.

"여기는 어쩌면 이토록 멋있을까. 깊고 하얀 정적에 휩싸여 있는 이 어두컴컴한 숲의 나무들은 언제나 사색에 잠겨 있는 것 같아."

앤이 나직이 중얼거렸다.

"'숲은 신께서 만드신 최초의 신전이니라.' 이런 곳에서는 경건한 숭배의 마음이 일지 않을 수 없어. 나는 변함없는 소나무 사이를 거닐 때는 언제나 신실한 하느님을 가까이에서 느끼곤 하지."

느닷없이 필리퍼가 털어놓았다.

"앤, 나는 이 세상에서 가장 행복한 사람이야."

앤은 침착하게 이 말을 이어받았다.

"그럼, 드디어 블레이크 씨가 구혼했나 보구나."

"맞았어. 그가 내게 구혼하는 동안 나는 세 번이나 재채기를 했지. 너무했지 뭐야. 조너스의 말이 채 끝나기도 전에 '예스'했단다. 조너스의 마음이 달라져 취소라도 하면 큰일이라고 여겼거든. 나는 정신차릴 수 없을 만큼 행복해. 조너스가 구혼하기 전까지는 조너스가 나 같은 경박한 사람을 좋아하게 되리라고는 정말로 생각할 수 없었으니까."

앤은 진지하게 말했다.

"필, 너는 경박하지 않아. 너의 가벼워 보이는 겉모습 깊숙이에 착하고 성실하며 여자다운 고운 마음이 숨어 있어. 어째서 너는 그것을 그토록 감추는 거지?"

"그렇게 하지 않을 수 없어, 앤 여왕님. 네 말대로─나는 마음이 경박하지는 않아. 하지만 마음 위에는 경박스러운 껍질이 있어 벗겨버릴 수가 없단다. 포이저 부인이 말했듯이 다시 태어나서 다른 사람이 되지 않는 한 결코 달라지지 않는 걸.

하지만 조너스는 진정한 나를 알고 있고 변덕스러운 점이든 뭐든 내 모든 것을 사랑해. 그리고 나도 조너스를 사랑해. 조너스를 사랑한다는 사실을 스스로 깨달았을 때만큼 놀란 적은 태어나서 처음이야. 못생긴 사람과 사랑에 빠지는 일은 있을 수 없다고 생각했었는걸.

내가 단 한 사람 숭배자 앞에 무릎을 꿇다니! 더욱이 조너스니 하는 이름을 가진 사람에게 말야! 그 사람을 조라고 부를 생각이야. 짧고 어감이 좋은 이름이야. 앨런조였다면 줄여서 부를 애칭도 없지만"

"앨릭과 앨런조는 어쩌지?"

"아, 크리스마스에 두 사람에게 어느 쪽과도 결혼할 수 없다고 말했어. 그런 생각을 했었나 이제 와서 돌이켜보니 너무 우스꽝스러웠어.

두 사람이 너무도 슬퍼해서 나까지 엉엉 울어버리고 말았단다. 하지만 내가 결혼할 수 있는 사람은 이 세상에 단 한 사람뿐임을 알았어. 처음으로 나 혼자 결심했는데, 생각보다 참 간단했지. 더구나 그

확신을 스스로 찾아내고 누군가에 의해 주어진 것이 아님을 깨닫는 것은 참으로 기쁜 일이야."

"그걸 앞으로도 이어 갈 수 있다고 생각하니?"

"나 혼자 결심하는 거? 그건 알 수 없지만 조가 훌륭한 규칙을 만들어주었지. 망설여질 적에는 내가 80살이 되었을 때도 틀림없이 그렇게 했으면 좋았을 거라고 여겨질 일을 하래. 아무튼 조는 결단이 빠른 사람이니 한 집에 사공이 너무 많은 것도 곤란하지 않겠니?"

"아버지와 어머니는 뭐라고 하실까?"

"아버지는 별 말씀 없으실 거야. 내가 하는 일은 뭐든지 옳다고 생각하시니까. 하지만 어머니는 다를 거야. 아, 어머니의 혀는 코와 마찬가지로 바이언 집안 형인 걸, 뭐. 결국 다 잘될 거야."

"블레이크 씨와 결혼하면 이제까지 가지고 있던 여러 가지를 단념해야겠구나, 필."

"조가 있으니까 괜찮아. 다른 것은 없어도 좋아. 내년 6월에 결혼할 생각이야. 조는 올봄에 세인트 컬럼버를 졸업하잖아. 그리고 빈민가인 패터슨 거리의 조그만 교회에 부임하도록 되어 있어. 생각 좀 해 봐, 내가 빈민가에 가는 거야! 하지만 조와 함께라면 빈민가라도, 그린란드의 빙산이라도 기꺼이 가겠어."

앤은 어린 소나무에게 쓰다듬으며 말했다.

"들었니? 돈많은 부자가 아니면 절대로 결혼하지 않겠다고 한 사람이 하는 말을!"

"오, 내 청춘의 어리석음을 알리지 말아줘. 부자였던 때와 마찬가지로 명랑하게 지낼 테니까. 두고 봐. 요리며 옷을 고쳐 만드는 방법도 배울 거야. 장보기는 패티의 집에 와서 이미 배웠고 올 여름내내 주일학교에서 아이들을 가르친 적도 있어. 제임시너 아주머니는 내가 조와 결혼하게 되면 조의 경력을 물거품으로 만들어버릴 거라고 했어.

절대 그렇게 하지는 않아. 내게 분별이나 냉정한 이성이 너무도 없다는 것은 나도 알고 있어. 하지만 내게는 그보다 더 좋은 게 있지. 다른 사람이 나를 좋아하게 만드는 요령을 알고 있어. 볼링브로크 기도회에서 혀 짧은 투로 언제나 간증하는 남자가 있는데, 그가 말했었지. '전기에서 튀는 불꽃처럼 강하게 빛나지 않더라도 촛불처럼 빛나라.' 나는 조의 작은 촛불이 되겠어."

"필, 네게는 두 손 들었어. 그래, 나는 네가 너무너무 좋아서 가벼운 축하말 같은 건 나오지 않아. 하지만 나는 진심으로 너의 행복을 기뻐하고 있어."

"알고 있어. 너의 그 큰 잿빛 눈에는 진정한 우정이 넘치고 있는 걸, 앤. 머지않아 나도 똑같은 눈으로 너를 바라보게 되겠지. 너는 로이와 결혼할 거지, 앤?"

"필리퍼, '구혼받기도 전에 거절했다'던 저 유명한 베티 백스터에 대한 이야기를 들어본 적 있니? 나는 이 유명한 부인처럼 지지 않기 위해 어느 사람에게 구혼받기도 전에 거절하거나 승낙할 생각은 없어."

필리퍼는 거침없이 말했다.

"로이가 네게 열중해 있다는 것은 온 레드먼드가 다 알아. 너도 로이를 사랑하고 있지, 앤?"

"그—그렇다고 생각해."

앤은 마지못해 인정했다. 그런 일을 털어놓을 때에는 얼굴을 붉히는 게 마땅하리라 느꼈지만 그렇지 않았다. 그와 반대로 앤이 있는 데서 길버트 블라이스와 크리스틴 스튜어트에 대해 누군가가 말할 때에는 언제나 새빨개졌다. 길버트 블라이스와 크리스틴 스튜어트는 자신과 아무 관계도 없다—전혀 없다. 그러나 앤은 자기가 얼굴 붉히는 까닭에 대해 헤아리기를 단념하고 있었다.

로이에 대해서는, 물론 그를 사랑하고 있다—열렬히. 그렇게 되지 않을 수 없잖은가? 로이는 내 이상형인데. 그 멋있는 검은 눈과 저 호소하는 듯한 목소리에 어찌 저항할 수 있겠는가? 레드먼드 아가씨들 절반은 정신없이 부러워하지 않는가? 게다가 내 생일에 제비꽃상자에 곁들여 얼마나 아름다운 시를 보내주었던가!

앤은 그것을 한 줄도 빠짐없이 외워버렸다. 연인에게 주는 것 치고는 아주 뛰어난 시였다. 키츠나 셰익스피어 수준에는 이를 수 없지만—앤은 그것도 판단할 수 없을 만큼 맹목적인 사랑에 빠져 있지는 않았다. 그래도 잡지에 실리기에는 충분했다. 더욱이 앤에게 바쳐진 시다—로러나 베아트리체 또는 아테네의 아가씨에게 바치는 게 아니라 오직 나 앤 셜리를 위한 선물이다.

당신의 눈동자는 밤하늘의 샛별이라느니—당신 뺨의 붉은 빛은 솟아오르는 해돋이에서 훔쳐온 것이라느니—당신 입술은 낙원의 장미꽃보다도 빨갛다느니 하며 지은 운율은 가슴이 떨릴 만큼 낭만적이다. 길버트라면 앤의 눈썹을 찬양하여 짧은 시를 쓰는 일은 생각조차도 못할 텐데.

그러나 길버트에게는 우스갯소리가 통한다. 앤은 언제인가 로이에게 우스운 이야기를 해준 적이 있었다. 그런데 로이는 갸우뚱거리며 그 이야기가 왜 재미있는지 이해하지 못했다. 앤은 길버트와 단둘이 이야기를 하면서 즐겁게 웃었던 일이 떠올라 유머를 이해하지 못하는 사람과 함께 생활한다는 것은 결국 따분하지 않을까 불안스럽게 느꼈다.

그러나 우수가 깃들어 있는 신비스러운 주인공에게 유머 또한 이해해주기를 바라는 게 더 우스운 일 아닐까? 그것은 정말 앞뒤가 맞지 않는 이야기다.

6월의 황혼

"언제나 6월만 있는 세상에 산다면 어떨까요?"

앤은 해질녘 과수원 향기와 활짝 핀 꽃 사이를 빠져나와 현관 앞 층계에 다다라 말했다.

거기에는 머릴러와 린드 부인이 앉아 뜨개질을 하면서 그날 다녀온 아토사 할머니 코츠 부인의 장례식에 대해 이야기하고 있었다. 도러는 두 사람 사이에 앉아 부지런히 공부하고, 데이비는 풀 위에 꼼짝도 하지 않고 앉아 있었는데 한쪽 폭 파인 보조개를 제외하고는 온통 울적한 표정이었다.

머릴러가 한숨 쉬며 말했다.

"그렇게 된다면 싫증나겠지."

"그렇겠죠. 하지만 지금으로서는 오늘 같은 아름다운 날이라면 당분간 싫증날 듯싶지 않아요. 누구나 6월을 좋아해요. 그런데 데이비, 이 꽃의 계절에 어째서 음침한 11월 같은 얼굴을 하고 있니?"

어린 비관주의자가 대답했다.

"나는 살아 있는 것이 싫어졌어."

"10살인데? 아이고, 놀라워라. 얼마나 슬픈 일일까?"

데이비는 무서운 표정으로 항의했다.

"나는 지금 장난하는 게 아니야. 나는 의—의—의기소침하단 말이야."

그는 고심 끝에 이 어려운 말을 내뱉었다.

"무슨 일로?"

앤은 데이비와 나란히 앉았다.

"왜냐하면 홈즈 선생님이 병이 나서 새로 온 여선생님이 월요일까지 해오라며 수학문제를 열 개나 내줬거든. 그걸 하려면 내일 온종일 걸려. 토요일에 아무것도 못하고 공부만 해야 한다는 건 너무해. 밀티 볼터는 하지 않겠다고 하지만, 머릴러는 해야만 한대. 나는 카슨 선생님이 조금도 좋지 않아."

린드 부인이 엄하게 나무랐다.

"선생님을 그렇게 말하면 못써, 데이비 키스. 카슨 선생님은 아주 신중하고 훌륭한 아가씨야. 조금도 들떠 있는 데가 없는 분이지."

앤이 웃으며 말했다.

"그 말은 그리 매력적으로 들리지 않는군요. 나는 조금 들떠 있는 사람이 좋아요.

하지만 데이비, 나는 너보다는 카슨 선생님을 좋게 여기고 싶어. 어젯밤 기도회에서 봤는데, 아주 고지식하기만 한 사람의 눈 같지는 않았어. 자, 데이비, 힘을 내. '내일은 또 다른 내일의 바람이 부는' 법이니까. 내가 아는 것만큼 문제를 도와줄게. 이 빛과 어둠 사이의 아름다운 시간을 낭비하면 아까우니까."

데이비는 갑자기 힘이 솟았다.

"응, 알았어. 누나가 도와준다면 금방 끝날 거니까 밀티와 낚시질하러 갈 수 있어.

아토사 할머니 장례식이 오늘이 아니라 내일이었으면 좋았을 걸. 밀티가 그러는데 아토사 할머니는 틀림없이 관 속에 일어나 앉아 할머니가 묻히는 것을 보러 온 사람들에게 싫은 소리를 할 거라고 밀티 어머니가 말했대. 그래서 나도 가보고 싶었거든. 하지만 그런 일은 일 어나지 않았다고 우리 아줌마가 말했어."

린드 부인은 엄숙한 태도로 말했다.

"가엾은 아토사도 관 속에서는 온화하게 누워 있더구나. 그 사람이 그렇게 편안한 얼굴을 하고 있는 것을 본 건 처음이었어, 정말이지.

그래, 그 사람을 위해 운 사람은 그리 없었어. 가엾은 사람이지. 아마 일라이져 라이트네 집에서는 그 사람이 없어져 한시름 놓고 있을 걸. 그렇다고 그 사람들을 조금도 나쁘게 말하는 건 아니지만."

앤은 두려움에 몸을 떨었다.

"이 세상을 떠나는데 누구 한 사람 슬퍼해주는 사람도 없이 세상과 작별해야 한다는 건, 끔찍스러운 일이라고 생각해요."

"부모 말고는 가엾은 아토사를 좋아해준 사람이 아무도 없었던 건 확실해. 남편되는 사람도 좋아하지 않았으니까."

린드 부인은 딱 잘라 말하고 덧붙였다.

"아토사는 네 번째 아내야. 남편이라는 사람은 말하자면 습관적으로 결혼했다고 할까? 아토사와 결혼한 지 겨우 2,3년 밖에 못 살았어. 의사는 소화불량으로 죽었다고 했지만, 나는 그 사람이 아토사의 혀 때문에 죽은 게 틀림없다고 믿고 있어.

정말이지 불쌍한 아토사는 이웃사람들 일은 하나에서 열까지 속속들이 알고 있었지만, 자신에 대해서는 그리 알지 못했단다. 어쨌든 그 사람도 죽어버렸어. 이 다음 소동은 다이애너 결혼일거야."

"다이애너가 결혼한다고 생각하면 우습기도 하고 무서워지기도 해요."

앤은 한숨을 내쉬며 두 무릎을 끌어안고 '도깨비숲' 나무들 사이로 다이애너의 방에 반짝이는 불빛을 바라보았다.

린드 부인이 힘주어 말했다.

"다이애너가 저렇게 행복해 하는데 어째서 무섭다는 건지 나로서는 모르겠구나. 프레드 라이트는 훌륭한 농장을 가지고 있고 모범적인 젊은이야."

앤은 미소지었다.

"확실히 프레드는 옛날 다이애너가 결혼상대로 바라고 있었던 거칠고 허풍 떠는 야성적인 젊은이는 아니에요. 그에 비해 프레드는 더없이 착한 사람이죠."

"그게 마땅하지. 너는 다이애너를 나쁜 사나이와 결혼시켰으면 좋겠다고 생각하니? 아니면 네가 그런 사람과 결혼하고 싶다는 말이냐?"

"어머나, 그런 게 아니에요. 나는 나쁜 사람과 결혼하고 싶지는 않아요. 하지만 그럴 마음만 있으면 얼마든지 나쁜 사람이 될 수도 있지만, 군이 그러지 않는 사람이 좋을 것 같아요. 프레드는 꿈도 희망도 필요 없을 만큼 좋은 사람인걸요."

머릴러가 꾸짖었다.

"너도 어서 철 좀 들었으면 좋겠구나."

머릴러의 말투는 좀 씁쓰레했다. 머릴러는 앤이 길버트 블라이스를 거절했음을 알고 몹시 실망했기 때문이었다. 이 일로 애번리는 온통 들끓었는데, 그 일이 어떻게 새어나갔는지는 아무도 몰랐다. 어쩌면 찰리 슬론이 짐작하고 그 일을 사실이라고 떠들었을지도 모르며, 다이애너가 프레드에게 말한 뒤 프레드가 가볍게 퍼뜨린 건지도 모른다.

어쨌든 그 일은 애번리에 자자하게 퍼졌다. 이미 블라이스 부인은 공적으로든 사적으로든, 요즘 길버트로부터 소식이 있느냐고 묻지 않고 싸늘하게 고개를 돌린 채 지나쳐버렸다.

앤은 늘 젊은이처럼 쾌활한 길버트 어머니를 본디 좋아했기에 마음 속으로 이 일을 슬퍼했다. 머릴러는 아무말도 하지 않았지만 린드 부인은 화난 얼굴로 줄곧 앤에게 빈정거리는 투로 말했다.

그러다가 무디 스퍼존 맥퍼슨의 어머니 입으로부터 앤에게 돈 많고 잘생겼으며 훌륭한 사람으로 모든 것을 다 갖춘 다른 '숭배자'가 생겼다는 새로운 소문을 들었다. 그 뒤 린드 부인은 입을 다물어버렸지만, 여전히 마음속으로는 앤이 길버트의 구혼을 받아들였더라면 좋았으리라 아쉬워하고 있었다.

부(富)란 정말 좋은 것이다. 그러나 현실적인 린드 부인이라 하더라도 돈이 전부라는 생각은 하지 않았다. 그 잘생긴 '낯선 남자'쪽이 길버트보다 앤의 '마음에 들었다'면 더이상 할 말은 없었다. 하지만 린드 부인은 앤이 돈 때문에 결혼하는 잘못을 저지르려 하는 게 아닐까 몹시 불안스럽게 여겼다.

앤을 너무나도 잘 알고 있는 머릴러는 그 점은 걱정하지 않았지만, 그러나 우주만물의 운명에 뭔가 슬픈 착오가 생긴 게 아닐까 하는 느낌을 품고 있었다.

린드 부인은 어두운 표정을 지었다.

"모든 건 흘러갈 길로 자연스레 흘러가기 마련이야. 때로는 일어날 리 없는 일들이 일어나는 수도 있지만. 앤도 그런 경우가 아닐까 하는 생각이 들어. 하느님이 나서시지 않는다면 말이야, 정말이지."

린드 부인은 한숨을 내쉬었다. 부인은 하느님이 간섭하지 않을 거라 생각했고 그렇다고 자기가 나설 용기도 없었다.

앤은 천천히 '드라이어드 샘'으로 내려와 커다란 자작나무 아래에 몸을 웅크리고 앉았다. 지난 여름날 길버트와 둘이서 여기에 몇 번이나 앉았는지 모른다.

방학이 되자 길버트는 다시 신문사 사무실로 가버렸으므로 그가 없는 애번리는 아주 지루하고 심심했다.

길버트는 한 번도 앤에게 편지를 보내지 않았으며, 앤은 오지도 않는 편지를 기다렸다.

로이로부터는 일주일에 두 번 편지가 왔다. 그의 편지는 언행록(言行錄)이나 전기(傳記) 중에서 맑고 명랑한 목소리로 읽기 좋을 듯한 훌륭한 문장이었다. 그것을 읽노라면 앤은 전보다 더 로이를 깊이 사랑하고 있는 듯 여겨졌다.

그러나 로이의 편지를 볼 때는 단 한 번도 갑자기 고통을 느낄 만큼 가슴뛰는 일이 없었는데, 어느 날 하이어럼 슬론 부인이 봉투에 받는 사람 이름이 검은 잉크로 씌어진 길버트의 정확한 필적을 앤에게 건네주었을 때에는 그렇지 않았다.

앤은 서둘러 집으로 돌아와 동쪽 자기 방에서 정신없이 겉봉을 뜯었다—그러나 타이프라이터로 친 대학의 어떤 모임에 대한 보고에 지나지 않았다—'오직 그것뿐' 다른 내용은 들어 있지 않았다.

앤은 죄 없는 편지를 방 저쪽으로 집어던지고 토라진 마음에 책상 앞에 앉아 로이에게 전보다 더욱 다정한 편지를 쓰기 시작했다.

다이애너는 앞으로 닷새 뒤면 결혼식을 올리기로 되어 있어 '언덕의 과수원'에서는 굽고 삶고 찌고 술을 빚으며 축제 분위기를 높였다. 그야말로 성대한 전통 혼례를 올리기로 되어 있었기 때문이다.

물론 앤은 12살 때 서로가 주고받은 맹세에 따라 신부의 들러리가 되며 길버트도 신랑의 들러리가 되기 위해 킹스포트에서 오기로 되어 있었다.

앤은 갖가지 준비를 하느라 들떠 있었지만 그 속마음은 희미한 아픔을 끊임없이 느꼈다. 아마 소중한 친구를 잃은 탓일 게다.

다이애너가 꾸밀 새 가정은 그린게이블즈에서 2마일이나 떨어져 있으므로 두 사람이 전처럼 언제나 함께하는 것은 이제 바랄 수 없었다.

앤은 얼굴을 들어 다이애너의 방 불빛을 바라보며 여러 해 동안 저 불빛이 자기에게 얼마나 기운을 북돋아주었던가 생각했다.

그러나 이제 곧 저 불빛이 여름 어스름 속에서 반짝이는 일도 없

게 된다. 굵은 눈물방울이 앤의 잿빛 눈에서 넘쳐 흘러나왔다.

"아, 정말 싫어. 기어코 어른이 되어—결혼하고—달라져야만 한다
는 것은!"

다이애너의 결혼식

"역시 장미다운 장미는 핑크빛뿐이야."

앤은 '언덕의 과수원' 서쪽 방에서 다이애너의 꽃다발을 흰 리본으로 예쁘게 매고 있었다.

"핑크빛 장미는 사랑과 성실의 뜻을 지닌 꽃이야."

다이애너는 하얀 웨딩드레스 차림으로 방 한가운데에 요모조모 살펴보며 긴장한 나머지 침착하지 못한 태도로 서 있었다. 곱슬곱슬한 검은 머리는 안개 같은 웨딩 베일에 덮여 있었다. 몇 해 전 맹세에 따라 앤이 그 베일을 씌워 주었다.

앤이 웃으며 말했다.

"무척 아름답구나. 네가 어쩔 수 없이 결혼해서 우리가 따로따로 떨어져 살게 될 거라며 엉엉 울었던 그 옛날, 언제나 내가 그렸던 모습과 모든 게 아주 똑같아.

너는 '아름다운 안개 같은 베일'을 쓴 내 상상 속 신부야, 다이애너. 그리고 나는 네 들러리. 아, 안타까워라! 내가 입고 있는 건 부푼 소매가 아니야. 물론 이 짧은 레이스 소매가 더 아름답지만 말이야. 또 내 가슴도 찢어지지 않고 프레드를 진심으로 미워하고 있지도 않아."

다이애너가 항의했다.

"우리는 정말로 헤어지는 게 아니야. 내가 멀리 가버리는 것도 아니니까 이제까지와 마찬가지로 앞으로도 우리의 우정은 변하지 않을 거야. 우리는 언제나 그 옛날에 맺은 우정의 '맹세'를 꿋꿋이 지켜 왔잖아."

"그래, 우리는 끈끈히 지켜왔어. 우리의 우정은 아름다웠지, 다이애너. 한 번도 싸우거나 차가운 태도를 보이거나 심술궂은 말로 네 마음을 해친 적이 없었어. 언제까지나 그렇게 지내고 싶어.

하지만 이제부터는 모든 게 전과 같지는 않을 거야. 너에게는 다른 중요한 사람이 생겼는 걸. 나는 다만 친구에 지나지 않아.

린드 아주머니 말대로 '이것이 세상'이지. 린드 아주머니는 깊숙이 간직했던, '담배무늬'를 넣어 짠 침대덮개를 네게 주셨는데 내가 결혼할 때에도 한 장 주시겠다고 했어."

다이애너는 한탄했다.

"네가 결혼할 때는 내가 들러리를 서주지 못한다는 게 너무 슬퍼."

"다음해 6월 필이 블레이크 씨와 결혼할 때도 나는 들러리가 되겠지만, 그것으로 더이상 들러리를 서지 못해. '들러리를 세 번 서면 신부가 될 수 없다'는 속담이 있잖니?"

앤은 창문으로 핑크빛과 흰빛이 어우러진 꽃이 한창 피어 있는 과수원을 내다보았다.

"목사님이 왔어, 다이애너."

다이애너는 갑자기 새파래지며 떨기 시작했다.

"오, 앤—어쩌면 좋아—나는 아주 떨려—끝까지 해낼 수 없을 것 같아—앤, 나는 틀림없이 기절하고 말거야."

"기절하기만 해봐, 빗물받이통 속으로 끌어다 처넣어버릴 테니까."

앤은 장난스레 생글 웃으며 겁을 주었다.

"힘을 내야 해, 다이애너. 결혼이란 그렇게 두려운 게 아니야. 저토록 많은 사람들이 결혼식을 끝내고도 무사히 살아 있잖니. 내가 얼마나 침착한지 봐. 그리고 용기를 내는 거야."

"네 차례가 되어봐, 미스 앤. 오, 앤, 아버지가 2층으로 올라오시나 봐. 꽃다발을 이리 줘. 베일이 제대로 되어 있니? 나 얼굴이 새파래?"

"아니, 아주 예쁠 뿐이야. 나의 소중한 다이애너, 마지막으로 작별 키스를 해줘. 다시는 다이애너 배리의 키스를 받는 일이 없을 테니까."

"그 대신 다이애너 라이트가 있어. 저기 봐, 어머니가 불러, 어서 가자."

그 무렵 유행인 전통 의식에 따라 앤은 길버트의 팔을 잡고 응접실로 내려왔다. 두 사람은 킹스포트에서 헤어진 뒤 층계 위에서 처음으로 만났다. 길버트가 그날에야 도착했기 때문이다.

길버트는 정중하게 악수했다. 좀 여원 것 같았지만 아주 건강한 모습이었다. 얼굴빛도 나쁘지 않았다. 탐스럽게 반짝이는 머리에 오롱조롱 핀 은방울꽃을 꽂고 부드러운 흰 옷을 차려입은 앤이 어스름한 홀을 걸어 그 쪽으로 갔을 때 그의 뺨이 붉게 물들었다.

그들이 사람들로 가득찬 응접실에 나란히 들어가자 감탄의 속삭임이 온 방안에 넘쳤다.

린드 부인이 감격한 목소리로 머릴러에게 소곤거렸다.

"어쩌면 저토록 훌륭한 한 쌍일까요."

프레드가 몹시 빨간 얼굴로 천천히 혼자 들어오고, 이윽고 다이애너가 아버지의 팔에 매달려 사뿐히 들어왔다. 다이애너는 기절하지 않았고 예식을 방해하는 난처한 일도 일어나지 않았다.

예식에 이어 떠들썩한 축하연이 벌어져 저녁 늦게야 프레드와 다이애너는 달빛을 받으며 그들의 새 보금자리로 마차를 몰아갔고 길버트는 앤을 그린게이블즈로 바래다주었다.

그날 저녁 잘 아는 사람들끼리 유쾌하게 떠들고 노는 동안 두 사람 사이에서는 친밀했던 마음이 얼마쯤 되돌아왔다. 오, 이 정답게 거닐던 길을 다시 길버트와 걷는 것은 얼마나 즐거운 일인가!

고요히 잠든 밤으로, 활짝 핀 장미의 속삭임—데이지 웃음소리—풀의 노랫소리—등 수많은 다정한 목소리가 모두 뒤섞여 들려오는 것 같았다. 눈익은 밭에 비치는 아름다운 달빛이 온 세상을 환히 비추고 있었다.

'빛나는 호수'에 걸린 다리를 건너자 길버트가 물었다.

"집으로 들어가기 전에 '연인의 오솔길'을 좀 걷지 않을래?"

호수에는 달그림자가 물에 빠진 황금빛 큰 꽃송이처럼 누워 있었다.

앤은 들뜬 마음으로 수줍게 끄덕였다. 그날 밤 '연인의 오솔길'은 마치 요정나라에 있는 오솔길 같았다. 그것은 달빛이 자아내는 매혹에 빠져 어슴푸레하게 빛나는 신비로운 곳이 되어 있었다.

한때 '연인의 오솔길'을 이처럼 길버트와 산책하는 것이 몹시 위험했던 일도 있었다. 그러나 지금은 로이와 크리스틴 덕분에 아주 안전했다.

앤은 길버트와 즐겁게 이야기하면서도 크리스틴을 자꾸만 생각하고 있는 자신을 깨달았다. 킹스포트를 떠나기 전에 크리스틴을 몇 번 만났으며, 앤도 크리스틴도 서로 상냥하게 대했다. 실제로 이 두 사람은 아주 친했다. 그럼에도 불구하고 두 사람 사이는 우정으로까지 무르익지 못했다. 확실히 크리스틴은 '서로를 부르는 영혼'은 아니었다.

"여름 내내 애번리에 있을 생각이니?"

길버트가 물었다.

"아니, 다음주에 동부의 밸리 로드로 가게 되어 있어. 에스터 헤이손이 자기 대신 7월과 8월에 아이들을 가르쳐 달래. 그 학교에는 여름학기도 있는데, 에스터는 건강이 좋지 않아서 내가 대리로 가는 셈이야.

한편으로는 싫지 않아. 왜냐하면 요즘 애번리에서 지내는 게 이방인이 된 기분이 들거든. 그렇게 생각하면 슬프지만—하지만 사실이야.

요 두 해 동안 큰 소년 소녀로—아니, 젊은 남녀로 자란 아이들을 보면 정말 놀라울 정도야. 내가 가르치던 학생들은 거의 어른이 되었어. 그 아이들이 전에 길버트와 우리 친구들이 놀았던 장소에 있는 것을 보면 내가 무척 나이든 기분이야."

앤은 웃으며 한숨을 내쉬었다. 아주 나이가 많이 들어 원숙하고 현명한 여인이 된 것 같다—는 것은 그녀가 아직도 젊다는 것을 나타내고 있었다. 앤은 인생을 희망과 환상의 장밋빛 미래를 어렴풋이 바라볼 수 있었고, 영원히 가버리고 돌아오지 않는 말할 수 없는 어떤 것이 존재하고 있었던 그 그립고 즐거운 시절로 돌아가고 싶다고 마음속으로 간절히 생각했다.

지금은 다 어디로 가버렸는가—그 광채, 그 꿈은?

"그리하여 이 세상은 달라져가도다."

길버트는 좀 건성으로 현실적인 구절을 인용했다.

크리스틴을 떠올리고 있는 게 아닐까 앤은 잠시 생각했다.

오, 애번리는 정말 쓸쓸해지고 말 것이다—다이애너가 가버렸으니!

어느 로망스

밸리 로드 역에서 기차를 내린 앤은 누군가 마중나와 있지 않을까 주위를 둘러보았다.

앤은 재닛 스위트라는 사람 집에 머무르게 되어 있었는데, 에스터의 편지로 상상해 본 그 부인과 조금이나마 들어맞을 만한 사람은 보이지 않았다.

사람이라곤 짐마차 안에 우편물자루를 쌓아올리고 앉아 있는 꽤 나이든 풍만한 여자뿐이었다. 몸무게가 적어도 2백 파운드는 되리라. 얼굴은 보름달처럼 동그랗고 붉으며 눈코가 있는지 없는지 보이지도 않을 정도였다.

10년 전 유행한 몸에 딱 붙는 검정 캐시미어 옷을 입고 노란 나비 리본장식을 달았다. 먼지투성이 검은 밀짚모자를 썼으며 팔꿈치까지 오는 손가락 없는 빛바랜 검정 레이스 장갑을 끼고 있었다.

그녀가 활기차게 앤에게 채찍을 흔들어 보였다.

"여기예요, 여기. 밸리 로드의 새 선생님이죠?"

"네."

"그러리라 생각했어요. 밸리 로드는 예쁜 선생님으로 유명하거든요.

밀러스빌에서는 못생긴 것으로 유명하지만.

오늘 아침 재닛 스위트가 선생님을 데리러 가줄 수 없겠느냐고 부탁해서 나는 말했죠.

'좋고말고요. 좀 거북한 것을 참아주기만 한다면 말이에요. 내 마차는 우편물자루를 싣기에는 좀 작은데다 나는 토머스보다 덩치가 크거든요!'

잠깐만 기다려주세요, 아가씨. 이 자루를 조금 치워 어떻게든 아가씨를 집어넣어줄 테니까요. 재닛 집까지 2마일밖에 안 돼요. 재닛의 옆집에 고용되어 있는 소년이 오늘 밤 아가씨 트렁크를 가지러 올 거예요. 아, 나는 스키너예요. 어밀리어 스키너."

앤은 마침내 앉게 되었다. 훌쩍 올라타며 혼자 우스운 듯 미소 지었다.

"자, 어서 가자, 검정 암말아!"

스키너 부인은 퉁퉁하게 살찐 손에 고삐를 힘껏 잡았다.

"우편물을 배달하러 가는 것은 이번이 처음이에요. 토머스가 오늘은 순무를 캐고 싶으니 대신해 달라기에 뱃속에 얼른 뭣좀 집어넣고 달려왔죠. 나름 이런 일도 좋아해요. 물론 좀 지루하지만요. 도중에 앉아서 생각에 잠기거나 그냥 앉아 있을 때도 있지요.

자, 가자, 암말아. 빨리 집으로 돌아가고 싶구나. 내가 없으면 토머스가 무척 외로워하거든요. 우리는 결혼한 지 아직 얼마 안 됐죠."

앤은 예의바르게 말했다.

"그러셨어요?"

"겨우 한달 됐죠. 하기야 토머스 구혼은 퍽 오래 되었지만요. 정말이지 낭만적이었어요."

앤은 로맨스와 스키너 부인을 아무리 함께 떠올리려 했으나 헛일이었다.

앤은 또다시 물었다.

"그러셨어요?"

"그래요. 나를 쫓아다니던 다른 사람이 또 있었죠. 어서 가자, 말아. 남편이 죽은 뒤 너무 오랜 시간 혼자 살아와서 사람들도 내 재혼을 단념하고 말았는데, 내 딸—아가씨처럼 학교선생이에요—이 서부로 가르치러 가게 되니 나는 정말로 쓸쓸해져서 그냥 버티고 있을 수만은 없게 되었죠.

그러는 동안에 토머스가 찾아오게 됐고, 또 다른 한 남자도 나타났죠—윌리엄 오베이디어 시먼이 그 남자 이름이에요. 오랫동안 나는 어느 쪽을 택할까 갈팡질팡 마음을 정하지 못했어요. 두 사람은 계속 들락거렸고 나는 계속 망설였죠. 하기야 윌리엄 오베이디어는 돈이 많아요. 좋은 저택이 있고 살림도 넉넉해서 분에 넘치는 상대죠. 어서 가자, 검정 암말아."

"어째서 그분에게 가지 않았죠?"

스키너 부인은 진지하게 대답했다.

"그건 나를 사랑해 주지 않았기 때문이죠."

앤은 눈을 크게 뜨고 스키너 부인 쪽을 보았으나, 그 부인의 얼굴에 조금도 우스갯소리를 하고 있다는 표정은 없었다. 스키너 부인은 자신의 결혼소동에 우스꽝스러운 부분이 있다고는 전혀 생각하지 않는 모양이었다.

"윌리엄 오베이디어는 3년 동안 홀아비로 살며 누이동생에게 살림을 맡아달라고 시켰었는데 그 누이동생이 결혼해서 그저 누군가 살림을 돌봐줄 사람이 필요했을 뿐이에요. 사실 보살펴줄 만한 가치가 있는 훌륭한 집이죠.

그에 비해 토머스 쪽은 가난하고 집도 겉보기에는 좀 깨끗하게 보여도, 장점이라고 해야 날씨가 궂은 날엔 비가 새지 않는 정도예요. 하지만 나는 토머스를 진실로 사랑했고 윌리엄 오베이디어한테는 전혀 마음이 없었어요. 그래서 스스로에게 타일렀답니다. '세러 크로' 내 이름을 부르며 말했어요—맨 처음 성이 크로예요—'조금이라도 좋아한다면 돈 많은 남자와 결혼해도 괜찮지만 행복해질 수는 없어. 이 세상에서 사람은 얼마쯤 애정이 있지 않으면 결코 함께 살아갈 수 없어. 그러니 토머스와 결혼해. 토머스는 너를 사랑하고, 너도 토머스를 사랑하고 있으니까. 그 밖의 사람은 모두 네게는 안 돼.'

그래서 토머스에게 당신으로 정했다고 말했어요. 결혼 준비를 하는 동안 나는 윌리엄 오베이디어 집 앞을 지나갈 용기가 나지 않았어요. 으리으리한 집을 보고 또 마음이 흔들리기 시작하면 난처하다고 여겼거든요. 지금은 전혀 그런 생각은 들지 않고 토머스와 아주 행복하게 살고 있어요."

앤이 또 물어보았다.

"윌리엄 오베이디어는 어떻게 되었나요?"

"조금은 소란을 떨었어요. 하지만 지금 윌리엄은 밀러스빌의 혼자 사는 말라깽이 여자를 만나고 있는데 아마 곧 승낙할 것 같아요. 첫 부인보다 나은 아내가 될 테죠.

윌리엄은 첫부인과 결혼하고 싶지 않았지만 아버지가 원해서 그녀가 틀림없이 싫다고 거절하리라 여기고 청혼했었어요. 그런데 웬걸요. 상대편이 승낙해 버린 거예요. 하는 수 없었죠.

부인은 집안살림 솜씨는 좋았지만 무척 인색했어요. 18년이나 똑같은 모자를 쓰고 있었는데, 그 뒤 새 모자를 샀더니 윌리엄이 길에서 만나도 자기 아내인 줄 몰랐다더군요.

나도 하마터면 큰일날 뻔했죠. 부자하고 결혼했더라면 가엾은 내 사촌 제인 앤처럼 아주 비참해졌을 테니까요. 제인 앤은 조금도 좋아하지 않는 부자와 결혼해서 끔찍한 생활을 하고 있어요. 지난주에 나를 찾아와 말하더군요.

'세러 스키너, 나는 언니가 부러워. 내 남편 같은 사람과 큰 집에서 사느니보다 자기가 좋아하는 사람과 길가의 조그마한 움막에 사는

편이 나아.'

제인 앤의 남편은 그리 나쁜 사람은 아니지만, 기온이 30도가 넘는데 털가죽외투를 입을 만큼 성질이 비뚤어진 사람이죠. 뭐든지 시키려면 그 반대되는 일을 하라고 구슬릴 수밖에 없답니다. 어쨌든 아무리 잘해보려 해도 그만한 애정이 없으니 몹시 괴로울 테죠.

저 낮은 지대에 있는 것이 재닛의 집이에요. 재닛은 '길섶'이라고 부르고 있어요. 아름답잖아요? 둘레에 우편물자루가 잔뜩 실려 있었으니 내리면 시원할 거예요."

앤은 진심으로 말했다.

"그렇겠군요. 덕분에 재밌는 얘기도 듣고 아주 즐거운 드라이브를 했어요."

스키너 부인은 기분이 꽤 좋은 모양이었다.

"자, 내릴 준비하세요, 토머스에게 아가씨가 한 말을 이야기하고 오겠어요. 내가 칭찬받으면 토머스는 언제나 아주 기뻐하거든요.

자, 다 왔어요. 학교 일이 잘되도록 빌겠어요, 아가씨. 재닛의 집 뒤쪽 늪지대를 지나면 학교로 가는 지름길이 있는데, 그 길로 가려면 조심해야 해요. 일단 그 시커먼 뻘에 발을 들여놓으면 그대로 빨려들어가 애덤 팔머네 소처럼 심판의 날까지 다시는 모습도 보이지 않고 목소리도 들리지 않게 돼버릴 테니까요. 어서 가자, 검정 암말아."

앤이 필리퍼에게

필리퍼 고든에게
앤 셜리로부터

사랑하는 필, 좀 더 빨리 소식을 전했어야 했는데 미안해. 나는 다시 시골 '학교선생'으로 밸리 로드에 취직해서 '길섶'이라는 미스 재닛의 검소한 집에 하숙하고 있어. 재닛은 퍽 친밀감을 느끼게 하는 사람으로 아주 미인이야. 키는 너무 크지 않고 탄탄한 몸집으로, 살찌는 것에 있어서도 낭비는 하지 않는다고 할 만한 검소한 사람을 떠오르게 한단다.

하나로 묶은 곱슬곱슬하고 부드러운, 노르스름한 머리카락에는 흰머리가 희끗희끗 섞이고, 장밋빛 뺨 얼굴은 아주 쾌활하며, 크고 다정한 눈은 물망초처럼 새파래. 게다가 상대가 소화불량을 일으키든 말든 오직 기름진 음식만을 고집하는 유쾌한 옛날식 요리사 가운데 한 사람이지.

나는 재닛을 좋아하고 재닛도 나를 좋아해. 그 까닭은 재닛에게 어려서 잃은 앤이라는 여동생이 있었다는 게 주된 원인인 것 같아.

내가 이 집에 도착하자 재닛은 힘차게 말했지.

"정말 잘 와줬어요. 어머나, 내가 생각했던 것과 조금도 닮지 않았어요. 틀림없이 머리색깔이 검은 분이리라 생각했었죠. 내 여동생 앤이 검은 머리였거든요. 그런데 댁은 빨강머리잖아요!"

얼마 동안은 처음 언뜻 보았을 때 재닛을 좋아하게 될 수 없다고 여겼는데, 빨강머리라는 말을 한 것만으로 사람을 싫어하는 바보여서는 안 된다고 마음을 돌렸지. 아마도 '적갈색'이라는 말이 재닛이 알고 있는 어휘 가운데에는 없었는지도 모르잖니.

'길섶'은 아주 멋진 곳이야. 집은 아담하고 희며, 큰길에서 보이지 않는 박하향이 쏠쏠 풍겨오는 상쾌한 저지대에 있지. 큰길과 집 사이는 과수원과 화원이 한데 어울려 있고, 현관 앞 오솔길은 대합조개껍질로 가두리되어 있어. 재닛은 '대합조개'를 '태압조개'라며 사투리를 쓰더구나. 입구에는 담쟁이덩굴이 땋은 머리처럼 얽히고 지붕에는 이끼가 끼었어.

내 방은 응접실에서 떨어진 말끔하고 작은 곳으로 침대만으로도 꽉 찬단다. 내 침대머리 위에는 커다란 수양버들 그늘에 자리잡은 하이랜드의 메리 무덤이 있는 곳에 시인 로버트 번즈[*1]가 서 있는 그림이 걸렸는데, 로버트의 얼굴이 너무나 슬퍼 보여. 내가 언짢은 꿈을 꾸는 것도 큰 무리가 아니야. 그런데 여기 온 첫날 밤 웃지 못할 일들이 벌어지는 꿈을 꾸었지 뭐니.

응접실은 잘 정돈되어 있는데 하나뿐인 창문이 큰 버드나무 때문에 그늘져 방은 어두컴컴한 초록빛이라 마치 동굴 속에 있는 기분이야. 의자등받이에는 멋진 덮개가 씌워지고 바닥에는 화려한 카펫이 깔려 있지.

책이며 카드는 둥근 테이블 위에 가지런히 진열되어 있고 벽난로에

───────────────

*1 스코틀랜드의 서정 시인. 1786년 봄 나이어린 아기보는 소녀 메리 캠벌을 처음 만나 서로 결혼약속까지 했는데, 메리가 그해 가을 죽자 번즈는 몹시 슬퍼하여 가장 아름답게 여기는 시 몇 편을 메리에게 바침.

는 마른풀을 넣은 꽃병이 여러 개 놓여 있어. 꽃병과 꽃병 사이에는 관뚜껑 명찰이라는, 은근히 긴장시키는 장식품이 잘 꾸며져 있지. 모두 다섯 개인데, 재닛의 아버지와 어머니와 오빠와 여동생 앤, 그리고 전에 여기서 죽은 고용인이래! 만일 며칠 안 되어 내가 미치기라도 한다면 그 원인이 오직 이 명찰에 있음을 '사람들이여, 이 편지로써 알지어다.'

하지만 전체적으로 좋은 곳이어서 마음에 쏙 든다고 재닛에게 그렇게 말했더니 재닛은 나를 아주 좋아하게 됐어. 그런데 에스터가 이렇게 햇빛이 들어오지 않으면 건강에 해롭고 깃털이불을 덮고 자는 것은 싫다느니 투덜거려서 재닛은 불쌍한 에스터를 아주 싫어해.

나는 부드러운 깃털이불이 좋아서 견딜 수 없어. 깃털이 많으면 많을수록 나는 더욱더 좋아. 그리고 재닛은 내가 먹는 것을 보면 마음이 놓인대. 재닛은 내게 당신도 헤이손 양 같지 않을까 걱정했었대. 헤이손 양은 아침 식사로 과일과 맹물밖에 아무것도 먹으려 하지 않고 자기에게 고소한 튀김요리를 못하게 했다고 불평을 늘어놓았지.

사실은 에스터도 좋은 사람이란다. 다만 앞뒤 안 가리고 유행을 좋아하며 상상력이 모자라고 소화불량기가 있다는 점이 문제야.

재닛은 내게 젊은 남자분들이 찾아오면 응접실을 써도 좋다고 말해 주었어. 찾아와 줄 남자가 그리 많다고는 여기지 않아. 밸리 로드에서 젊은 남자라고는 이웃집 고용인밖에 보지 못했어. 그 고용인은 샘 톨리버라는 소년인데 키가 엄청나게 크고 바싹 여위었으며 엷은 머리색깔을 가졌어.

지난 밤에 찾아와서는 재닛과 내가 현관 문 근처에서 수놓고 있는데 그 옆 담장 위에 한 시간이나 앉아 있었단다. 그 사이에 한 말은 "박하사탕을 먹으세요, 아가씨! 박하는 감기에 잘 들지요" 하고 "오늘 밤에는 이 언저리에 웬 메뚜기가 이토록 많담, 정말이지"라는 것뿐이었어.

여기서도 연애사건이 진행중이야. 나이지긋한 사람의 로맨스에 휘말려 들어가는 게 내 운명인가봐. 어빙 부부는 자기들이 결혼할 수 있었던 게 내 덕분이라 하고, 카모디의 스티븐 클러크 부인은 내가 나서지 않았더라도 누군가 다른 사람이 말할 게 뻔한 일을 내가 했을 뿐인데도 나를 무척 고맙게 여기고 있다는 거야.

다만 루도빅 스피드는 만일 내가 그 사람과 시어도러 딕스를 도와주지 않았더라면 여전히 느긋하게 교제만 하며 그 이상 진전은 없었을 거라고 생각하지만.

현재 나는 단순한 방관자에 지나지 않아. 한번 사태가 진전되도록 해보려다가 끔찍하게 망쳐버리고 말았지. 그래서 다시는 끼어들지 않기로 했어. 만나면 한꺼번에 다 이야기할게.

차 한잔

앤이 밸리 로드에 머무르게 된 첫 목요일 밤, 재닛이 앤에게 교회 기도회에 함께 가자고 했다.

그 기도회에 갈 때 재닛은 마치 장미꽃이 활짝 핀 것 같았다. 절약가인 재닛에게 용케도 생겼다고 여겨질 만큼 주름장식이 화려하고 팬지가 흐드러지게 핀 것 같은 물빛 모슬린 옷을 입었다. 그리고 핑크빛 장미와 타조깃털이 세 개 달린 흰 밀짚모자를 썼다.

앤은 정말 어리둥절했다. 나중에야 이런 옷차림을 하기에 이른 재닛의 동기가—에덴 동산에까지 거슬러 올라가야 하는 것임을 앤도 알게 되었다.

밸리 로드 기도회에는 부인들이 주로 모이는 듯했으며 참석한 사람은 부인 서른 둘, 어른이 되려는 소년 둘, 목사 말고는 남자가 단 한사람이었다.

앤은 이 남자에게 관심을 기울이고 있다는 것을 깨달았다. 그는 그다지 잘생기지도 젊지도 않았으며 기품이 있는 것도 아니었다. 다리가 눈에 띄게 길었으며— 때문에 의자 밑에서 똬리를 튼 채로 두어야만 할 정도였다—게다가 등이 구부정했다. 손이 크고 머리는 손질

되어 있지 않았으며 콧수염도 가지런하지 않았다.

하지만 앤은 그의 인상이 좋다고 생각했다. 친절하고 정직하며 인정있는 얼굴이라는 점 말고도 다른 뭔가가 있었다—그것이 무엇인지 앤은 딱히 꼬집어 말할 수 없었다.

마침내 앤은 이 남자는 꿋꿋하게 고생을 견뎌온 사람이며 모진 세월에 따라 얼굴에 그것이 나타나 있는 거라는 결론에 이르렀다. 그 표정에는 긍정적인 인내력이라고도 할 만한 것이 있었으며 어쩔 수 없이 화형(火刑)이라도 당해 정말로 몸부림쳐야만 할 때까지는 유쾌한 얼굴을 보이려는 마음이 드러나 있었다.

기도회가 끝나자 이 남자는 재닛에게로 다가와 물었다.

"댁까지 바래다드려도 되겠습니까, 재닛?"

재닛은 그에게 팔짱을 꼈다. '처음으로 에스코트를 받는 16살 된 소녀처럼 새침하면서도 수줍어하며' 나중에 패티의 집 아가씨들에게 앤은 말해 주었다.

재닛은 굳어져서 말했다.

"셜리 양, 더글러스 씨를 소개하겠어요."

더글러스 씨가 고개를 끄덕였다.

"기도회에서 댁을 찬찬히 바라보고 있었어요, 아가씨. 참으로 멋진 아가씨라고 생각했습니다."

백 사람 가운데 아흔 아홉 사람으로부터 이런 말을 들었다면 무척 화냈을 것이다. 그러나 더글러스 씨의 말투에는 앤을 진심으로 그렇게 생각하며 기분 좋게 칭찬해 준다는 느낌이 있었다.

앤은 감사의 마음을 담아 더글러스 씨에게 방긋 웃고 자기는 일부러 떨어져 달빛 비치는 길을 뒤에서 천천히 걸어갔다.

그럼, 재닛에게 숭배자가 있었던가! 앤은 자기 일처럼 기뻐했다. 재닛은 분명 모범적인 아내가 될 것이다. 명랑하고 검소하며 너그러운데다 요리에 있어서는 재닛과 어깨를 겨룰 사람이 없을 정도다. 재닛을 언제까지나 독신녀로 내버려두는 것은 대자연의 태만이다.

다음날 재닛이 설명했다.

"존 더글러스가 앤과 함께 그의 어머니를 만나러 와주었으면 좋겠다고 하더군요. 그 어머니는 오래 몸져 누워 결코 집 밖으로 나오지 못해요. 하지만 손님을 무척 좋아하죠. 언제나 우리집에 하숙하는 분을 만나고 싶어한답니다. 오늘 밤 가겠어요?"

그러나 그날 오후 더글러스 씨가 어머니를 대신해서 찾아와 토요일 저녁 차를 함께 들러 와달라고 초대했다.

두 사람이 집을 나설 때 앤이 물었다.

"어머나, 어째서 그 아름다운 팬지 옷을 입지 않죠?"

더운 날이었다. 가엾게도 재닛은 무거운 검정 캐시미어 옷에 끼어 산 채로 불에 구워지고 있는 모습이었다.

"더글러스 씨 어머니가 그 옷을 무척 품위 없고 천하며 어울리지 않는다고 여기지 않을까 해서예요. 물론 존은 그 옷을 좋아하지만요."

흥분한 재닛은 뒤의 말을 슬픈 듯 덧붙였다.

더글러스 씨의 오랜 저택은 '길섶'에서 반 마일 떨어진 바람을 세게 받는 언덕 꼭대기에 있었다. 집 자체는 워낙 크고 쾌적하여 오랜 세월 위엄을 갖추었으며 단풍나무숲과 과수원에 둘러싸여 있었다. 집 뒤에 말쑥한 큰 헛간들이 있어 모든 것이 번영하고 있음을 그대로 말해 주었다. 더글러스 씨의 얼굴에 나타난 인내력이 무엇을 뜻하든 빚과 빚쟁이를 의미하지는 않는다고 앤은 생각했다.

존 더글러스는 문 앞에서 두 사람을 정중히 맞아 거실로 안내했다. 거실에는 그의 어머니가 여왕처럼 팔걸이의자에 걸치고 도도하게 앉아 있었다.

앤은 더글러스 씨의 모습으로 미루어 더글러스 노부인도 키가 크고 여위었으리라 생각하고 있었다. 그러나 노부인은 자그마한 몸매로 부드러운 뺨은 복숭아색이며 다정한 눈은 호수처럼 파랗고 앙증

맞은 입은 갓난아기 같았다. 유행되는 아름다운 검정 비단옷을 입고 어깨에는 하늘하늘한 하얀 숄을 두르고 눈처럼 흰 머리칼을 머리 꼭대기에 모아 우아한 레이스 모자를 올려놓은 모습이 마치 할머니 인형 같았다.

노부인은 다정한 목소리로 말했다.

"별일없죠, 재닛? 또 이렇게 만날 수 있어 기뻐요."

노부인은 키스를 받기 위해 나이는 들었지만 귀엽고 작은 얼굴을 들었다.

"이분은 새로 온 학교선생님이군요? 잘 와줬어요. 내 아들이 아가씨에 대해 너무 칭찬이 대단해서 샘이 조금 났었죠. 더욱이 재닛은 엄청 질투하겠군요."

재닛은 부끄러워 얼굴이 붉어졌다. 앤은 뭔가 공손하고 평범한 말을 하고 모두 자리에 앉아 이야기를 시작했다. 하지만 애기가 매끄럽게 진행되지 않았다.

그것은 앤도 마찬가지였다. 다만 더글러스 부인만은 예외여서 전혀 신경 쓰는 기색없이 애기를 자연스레 이어갔다. 재닛을 곁에 앉히고 이따금 그 손을 쓰다듬었다. 재닛은 그 한심한 옷을 입고 견딜 수 없이 거북스러워하면서도 미소 짓고 앉아 있었으나 존 더글러스는 조금도 웃지 않았다.

차가 마련된 테이블에서 더글러스 부인은 재닛에게 차를 따라 달라고 우아하게 부탁했다. 재닛은 지금보다도 더 새빨개지며 그대로 했다. 앤은 이 식탁광경을 스텔러에게 다음과 같이 썼다.

우리는 차가운 혓바닥고기, 닭고기, 딸기 설탕절임, 레몬파이, 초콜릿 케익, 건포도 든 과자, 파운드 케익, 과일 케익을 배 터지도록 먹었어. 그 밖에 두세 가지 파이가 더 있었지—캐러멜 파이였던 것 같아. 내가 평소의 두 배나 먹어버린 뒤에도 더글러스 부인은 한숨을 내쉬며 아무것도 내 식욕을 돋울 만한 게 없었던 것 같다고 말하는 거야.

　노부인은 남의 비위를 잘 맞추는 상냥한 말투였지.

　"재닛의 요리 덕분에 다른 집 음식은 아무것도 입에 맞지 않는 게 아닐까요? 밸리 로드에서는 요리에 대해 재닛과 겨루려는 사람이 아무도 없죠. 파이를 한 조각 더 들어요, 셜리 양. 아무것도 들지 않는군요"

　스텔러, 나는 혓바닥고기 한 접시, 닭고기 한 접시, 비스킷 세 조각, 설탕절임을 수북이 한 컵, 파이 한 조각, 타르트 한 개, 초콜릿 케익 네모난 것 하나, 이만큼 먹었는데도!

　차를 마시고 나자 더글러스 부인은 선한 미소를 지으며 존에게 '귀여운 재닛'을 뜰로 데리고 나가 장미꽃을 꺾어주라고 이른 다음 가엾은 목소리로 부탁했다.

　"이 사람들이 밖에 나가 있는 동안 셜리 양은 나와 함께 있어주겠죠? 그렇게 해주겠죠?"

　그리고는 한숨을 내쉬며 팔걸이의자에 앉았다.

　"나는 몸이 아주 허약한 늙은이예요, 셜리 양. 20년이 넘도록 말할 수 없는 괴로움을 겪어왔죠. 20년이라는 진절머리날 만큼 기나긴 세월 동안 한 발 두 발 죽음을 향해 걸어왔으니까요."

　"정말 안 되셨어요!"

　앤은 동정심을 나타내려 했으나 결과는 얼빠진 느낌을 맛보았을 뿐이었다.

　더글러스 부인은 가라앉은 목소리로 말을 이었다.

　"이대로 아침을 맞이하지 못하는 게 아닐까 주위에 걱정을 끼친 적이 한 두번이 아니었어요. 내가 얼마나 한심하고 비참하게 살아왔는지 아무도 몰라요. 아는 것은 오직 나뿐이죠.

이제 앞날이 그리 길지 않아요. 언제나 끝날까 싶은 내 여행도 곧 끝날 거예요, 셜리 양.

존이 어미가 없어진 뒤 좋은 아내의 시중을 받으리라 생각하면 정말 마음놓여요. 셜리 양"

앤은 진심으로 말했다.

"재닛은 좋은 분이에요."

"좋은 사람이죠! 성격도 좋고. 게다가 나무랄 데 없는 주부죠. 나는 그렇지 못했어요. 건강이 허락되지 않았으니까요.

존이 현명한 선택을 해줘서 정말 고맙게 여겨요. 존이 행복해지도록 바라고 있고 틀림없이 그렇게 될 거예요. 저 아이는 하나뿐인 내 아들이죠. 저 아이의 행복이 마음에 걸려요."

"그렇겠죠."

앤은 얼빠진 대답을 했다. 태어나서 처음으로 앤은 바보가 되었다. 그러면서도 그 까닭을 도무지 알 수 없었다. 다정히 손을 쓰다듬어 주며 부드럽고 상냥하게 웃는 천사 같은 이 노부인에게 앤은 할말을 찾아내지 못했다.

앤과 재닛이 돌아가겠다고 하자 더글러스 부인은 애정을 듬뿍 담아 말했다.

"또 와줘요, 재닛. 더 자주 와주길 바래요. 하지만 머지않아 존이 재닛을 데려다가 여기서 언제까지나 함께 있게 될 거예요."

어머니가 말하는 동안 앤은 무심코 흘끗 존 더글러스를 보고 깜짝 놀랐다. 그는 고문대에서 참을 수 있는 마지막 단계에 이르기까지 고통받아 몸부림치는 죄인 같은 표정을 짓고 있었다. 틀림없이 아픈 것 같다고 여겨 앤은 얼굴 붉히고 있는 재닛을 독촉하여 돌아왔다.

큰길을 걸으며 재닛이 물었다.

"더글러스의 어머니는 정말 다정한 분이시죠?"

어째서 더글러스가 그런 표정을 지었을까 생각하고 있던 앤은 건

성으로 대답했다.

"글쎄요—"

재닛이 정말 가엾다는 듯이 말했다.

"그분은 무척 고생하며 살아왔어요. 무서운 발작을 일으키곤 하거 든요. 그래서 존은 언제나 걱정하죠. 어머니가 갑자기 발작을 일으켰을 때 하녀 말고는 아무도 없으면 큰일이니까요. 그래서 늘 마음놓고 집을 비우지 못해요."

20년 세월의 길

그런 일이 있은 지 사흘 뒤, 앤이 학교에서 돌아와보니 재닛은 눈이 빨개지도록 울고 있었다. 눈물과 재닛이 너무나도 어울리지 않아 앤은 정말 당황했다.

앤은 걱정스럽게 소리쳤다.

"어머나, 왜 그러세요—?"

"나는—나는 오늘로 마흔살이 됐어요."

재닛은 흐느껴 울었다.

앤은 웃음을 참으며 위로했다.

"어제도 마흔 살이 가까웠는데 아무렇지 않았잖아요?"

"하지만—하지만—"

재닛은 울음소리를 꿀꺽 삼켰다.

"존 더글러스가 내게 결혼하자는 말을 하지 않게 되는걸요."

앤은 알 수 없다는 얼굴로 말했다.

"어머나, 그렇지 않을 거예요. 그분에게 시간을 드려야만 해요, 재닛."

"시간이라고요? 그에게는 20년이나 시간이 있었어요. 얼마나 시간이 더 필요하다는 거죠?"

그 목소리에는 말로는 표현할 수 없는 냉소가 담겨 있었다.

"그럼, 존 더글러스 씨가 20년 동안이나 재닛을 만나러 왔었다는 건가요?"

"그래요. 그러면서도 그는 결혼에 대해서는 전혀 말하지 않았어요. 이 나이가 되었으니 이제 희망이 없어요. 지금까지 이 일에 대해 아무에게도 말한 적이 없지만, 이제는 누군가에게 이야기라도 하지 않으면 미쳐버릴 것 같아요.

존 더글러스는 20년 전부터 나와 만나기 시작했는데 그때는 우리 어머니도 건강했죠. 너무 자주 찾아와서 시간이 지나자 나는 홑이불이며 여러 가지 것들을 만들기 시작했지만, 그 사람은 결혼에 대해서는 한마디도 하지 않고 그저 만나기만 했죠. 나로서는 어쩔 수 없었어요.

우리가 친해진 지 8년이 지났을 때 어머니가 돌아가셨어요. 내가 이렇게 세상에 혼자 남겨진 것을 보면 그 사람은 이번에야말로 말하겠지 생각했어요.

그 사람은 정말로 따뜻하게 위로해주었고, 될 수 있는 한 모든 일을 해주었지만 결혼하자는 말만은 하지 않았어요. 그리고 그 뒤로 지금까지 줄곧 그대로 이어지고 있는 셈이에요. 다른 사람들은 나를 나쁘게 말해요. 내가 그 사람과 결혼하지 않는 것은 그 사람의 어머니가 저토록 약하니까, 시중들기에 시달리기 싫기 때문이라는 거예요.

아, 나는 얼마나 존의 어머니 시중을 들어드리고 싶은지 몰라요! 하지만 다른 사람들이야 뭐라고 생각하든지 내버려두고 있어요. 남의 동정을 받기보다는 나쁜 말을 듣는 편이 좋으니까요!

존이 내게 결혼하자는 말을 하지 않다니, 이보다 더 굴욕적인 일이 또 있을까요? 어째서 청혼을 하지 않는 걸까요? 그 까닭만이라도 안다면 속이 시원하겠어요."

"아마 그분 어머니가 어떤 사람과도 결혼시키고 싶어하지 않나 보죠."

"그런데 결혼시키고 싶어해요. 당신이 눈을 감기 전에 존이 안정되게 사는 모습을 보고 싶다고 몇 번이나 내게 말했어요. 존에게도 언제나 그런 뜻을 넌지시 비추곤 해요! 앤도 요전에 들었죠? 나는 쥐구멍이라도 있으면 들어가고 싶을 정도예요."

"나로서는 이해가 안 돼요."

앤은 어찌해야 할지 알 수 없었다. 루도빅 스피드가 생각났지만 이번 일과 비교할 수는 없었다. 존 더글러스는 루도빅 타입의 사람이 아니다.

앤은 단호하게 말했다.

"좀 더 의연한 자세를 보여야 해요, 재닛. 어째서 좀 더 오래 전에 그분을 버리지 않았죠?"

재닛은 슬픈 목소리로 말했다.

"그렇게 할 수 없었어요. 왜냐하면 앤, 나는 존을 무척 사랑해요. 그저 와주기만 해도 전혀 오지 않는 것보다 나은걸요. 그 사람 말고는 좋아하는 사람이 없으니, 그래도 참았던 거지요."

"하지만 그렇게 하면 그분에게 남자답게 말을 꺼낼 기회를 주었을지도 모르잖아요?"

"아니에요. 그런 일은 없었을 거라고 생각해요. 어떻든 시험해보는 게 무서웠어요. 그 사람이 그것을 정말로 알아채고 가버리지나 않을까 걱정했죠. 겁쟁이 같지만 마음을 바꿀 수는 없어요."

"어머나, 하는 수 없다니요, 그렇지 않아요. 아직도 얼마든지 할 수 있어요. 태도를 분명하게 정해요. 그처럼 우유부단하게 꾸물거리는 사람은 이제 더이상 참을 수 없다는 것을 그분에게 보여주는 게 좋아요. 내가 응원할게요."

재닛은 어찌해야 좋을지 알 수 없었다.

"어떻게 해야 할지 모르겠어요. 내게 그런 배짱이 있는지 어떤지. 너무나도 오랫동안 내버려두었으니까요. 하지만 한번 생각해 보겠어요."

앤은 존 더글러스에게 실망했다. 그에게 퍽 호감을 가지고 있었으므로 20년 동안이나 여자의 마음을 농락할 남자라고는 생각되지 않았다. 확실히 벌을 주어 혼낼 필요가 있었다. 앤은 그 과정을 즐겨야겠다며 같은 여자로써 복수심에 불탔다.

이튿날 저녁, 기도회에 갈 때 재닛이 자신의 의지를 보여줄 생각이라고 말하자 앤은 기뻤다.

"나도 더 이상 내 자존심을 짓밟히지 않겠다는 것을 존 더글러스에게 보여주겠어요."

앤은 힘차게 손을 맞잡으며 격려했다.

"대찬성이에요."

기도회가 끝나자 존 더글러스는 늘 그렇듯 재닛의 곁으로 다가와 언제나처럼 집까지 바래다주겠다고 말했다.

재닛은 겁먹기는 했으나 결연히 말했다.

"아니, 괜찮아요. 집으로 돌아가는 길은 나도 잘 알고 있으니까요. 40년이나 다닌 길이니 당연하잖아요? 아무 걱정 마세요, 더글러스 씨."

그 말투는 냉정하고 단호했다.

앤은 존 더글러스를 찬찬히 살펴보았는데, 밝은 달빛 속에서 지난번과 같은 고문대의 고통을 또다시 보았다. 그는 한마디도 하지 않고 홱 돌아서더니 큰길을 성큼성큼 걸어갔다.

"잠깐만! 잠깐만 기다리세요!"

앤은 어리둥절하여 쳐다보는 사람들은 아랑곳하지 않고 큰 소리로 부르며 존을 쫓아갔다.

"더글러스 씨, 잠깐만! 돌아와주세요!"

존 더글러스는 멈춰섰으나 되돌아오지는 않았다. 앤은 큰길을 뛰어가 그의 팔을 잡아끌 듯하여 재닛에게로 데려왔다.

앤은 간절히 부탁했다.

"그냥 가시면 안 돼요. 모두 오해예요, 더글러스 씨—모두 내가 나빴어요. 내가 재닛에게 그렇게 시켰어요. 재닛은 싫다고 했지만—하지만 이제는 완전히 괜찮아졌죠, 재닛?"

재닛은 한마디도 하지 않고 그의 팔을 잡더니 걸어갔다. 앤은 얌전히 그들의 뒤를 따라 집에 돌아오자 살그머니 뒷문으로 들어갔다.

재닛이 빈정거렸다.

"정말 앤은 믿음직스러운 응원자예요."

앤은 후회하는 투로 말했다.

"하는 수 없었어요, 재닛. 마치 사람 죽이는 것을 곁에 서서 구경하는 듯했으니까요. 더글러스 씨를 뒤쫓아가지 않고는 못 배기겠던걸요."

"아, 나도 앤이 그렇게 해주기를 바라고 있었어요. 잘했다고 생각해요. 존 더글러스가 등을 돌리고 가버리는 것을 보았을 때, 내 생애에 남아 있는 얼마 안 되는 기쁨이며 행복이 남김없이 그 사람과 함께 사라져버리는 것 같았죠. 정말로 비참했어요."

"왜 그랬냐고 더글러스 씨가 묻던가요?"

재닛은 멍하니 대답했다.

"아니에요. 그 일에 대해서는 한마디도 하지 않았어요."

잔혹한 거짓말

앤은 그 뒤에도 뭔가 변화가 일어나지 않았나 작은 희망을 품고 있었지만 아무 일도 일어나지 않았다. 존 더글러스는 이제까지 20년 동안 해왔던 대로 재닛을 데려가거나 기도회에서 집까지 바래다주며 앞으로 또 20년 동안 꾸역꾸역 그대로 계속해 나갈 듯싶었다.

무더운 여름이 소리없이 지나갔다. 앤은 학교에서 아이들을 가르치고 편지를 쓰고 공부도 조금 했다.

학교로 오가는 길은 즐거웠다. 앤은 언제나 늪지대를 지나곤 했으며, 그곳은 아름다웠다—눈이 시원해지는 것 같은, 파란 이끼에 덮인 흙무더기가 있는 진흙땅은 촉촉하고 부드러웠다. 은빛 시냇물이 그 가운데로 구불구불 흐르고 부동자세로 굳건히 서 있는 가문비나무 굵은 가지에는 잿빛이 도는 녹색 이끼가 붙어 있으며, 밑둥에는 온갖 아기자기한 식물이 나 있었다.

그런데도 앤은 밸리 로드 생활이 좀 지루하게 느껴졌다. 그러나 꼭 한 가지 기분전환이 된 사건이 일어났다.

여위고 머리빛이 엷은, 박하사탕의 주인인 새뮤얼, 앤은 그가 찾아왔던 그날 저녁 이후로 이따금 그를 큰길에서 마주칠 때 말고는 만나지 못했었다.

그런데 8월 어느 날 밤, 그가 입구 옆 통나무 벤치에 점잔을 빼며 앉았다. 여러 가지 헝겊으로 기운 바지에 팔꿈치가 해진 파란 무명 셔츠를 입고 너덜너덜한 밀짚모자를 쓴 일할 때 입는 옷차림이었다.

그는 앤 쪽을 흘끗거리며 줄곧 짚을 질겅질겅 씹고 있었다. 앤은 한숨을 내쉬며 책을 옆에 내려놓고 수놓고 있던 냅킨을 집어들었다. 샘과 이야기를 나눈다는 것은 생각조차 하지 않았다.

한참 동안 아무 말도 없더니 샘이 불쑥 이야기했다.

"나는 저기를 그만두려 합니다."

그는 밑도끝도없이 말을 꺼내며 짚을 이웃집 쪽을 가리키며 흔들었다.

앤은 공손히 받아주었다.

"어머나, 그래요?"

"그렇습니다."

"그럼, 다음에는 어디로 가시죠?"

"글쎄요. 나는 내 집을 가져볼까 합니다. 밀러스빌에 내게 맞는 집이 한 채 있어요. 하지만 그것을 빌리게 되면 아내가 있어야지요."

앤은 건성으로 답했다.

"그렇겠군요."

"그렇습니다."

또 오랫동안 침묵이 흘렀다.

한참 뒤 샘은 짚을 입에서 꺼내며 물었다.

"앤이 내게로 와주지 않겠습니까?"

"뭐, 뭐, 뭐라고요?"

앤은 깜짝 놀랐다.

"앤이 내게로 와주지 않겠느냐고요."

가엾은 앤은 가까스로 되물었다.

"그건—결혼하자는 말인가요?"

"그렇습니다."

앤은 화가 나서 외쳤다.

"어머나, 우린 서로 아는 사이도 아니잖아요?"

"하지만 우리가 결혼하면 아는 사이가 되죠."

앤은 위엄에 찬 목소리로 의연히 말했다.

"샘하고 결혼하는 일은 절대로 없을 거예요."

샘이 설득하려는 듯이 말했다.

"그리 나쁘지 않을 텐데요. 나는 부지런한 일꾼이고 은행에 돈도 저축해 두었으니까요."

"그런 말 다시는 내게 하지 말아요. 대체 어떻게 그런 생각을 하게 되었죠?"

앤의 밝은 기운이 노여움을 이겨내게 했다. 잘 생각해 보면 그저 황당한 상황일 뿐 아닌가.

"앤은 멋진 아가씨고 걸음걸이가 기막히니까요. 나는 게으른 여자는 싫습니다. 잘 생각해 봐주십시오. 얼마동안은 내 마음이 달라지지 않을 테니까요. 그럼, 가볼까? 소젖을 짜야 되거든요."

청혼에 대한 앤의 꿈은 요즘들어 너무나도 많은 시달림을 받아왔으므로 그 기대는 거의 남아 있지 않았다. 그 때문에 마음의 아픔을 전혀 느끼지 않고 진심으로 웃을 수 있었다.

그날 밤 앤은 재닛에게 가엾은 샘의 흉내를 내보이며 둘이 실컷 웃었다.

앤이 밸리 로드에 머무르는 것도 끝나가는 어느 날 오후, 앨릭 워드가 급한 볼일로 재닛을 찾아 '길섶'으로 말을 몰고 왔다.

"얼른 더글러스 씨네로 와 주십시오. 이제 드디어 더글러스 할머니가 정말로 죽을 것 같아요. 20년이나 죽는 시늉만 해왔지만요."

재닛은 모자를 가지러 뛰어갔다. 앤은 더글러스 할머니가 여느 때보다도 병의 상태가 나쁘냐고 물어보았다.

앨릭은 진지한 얼굴로 말했다.

"여느 때 절반만큼도 좋지 않습니다. 그래서 중태라는 생각이 드는 거지요. 다른 때 같으면 마구 고함치며 온 집안을 뒹구는데 이번에는 조용히 누운 채 말도 하지 않으니까요. 그 할머니가 입을 다물었을 때에는 엄청 나쁜 거죠."

앤은 호기심에 끌려 물어보았다.

"앨릭은 더글러스 할머니를 좋아하지 않는군요?"

앨릭은 알쏭달쏭한 대답을 했다.

"나는 고양이(심술사나운 여자)는 고양이답게 하고 있는 것을 좋아합니다. 사람가죽을 쓴 고양이는 싫지요."

재닛은 저녁때 돌아왔다.

"존의 어머니는 끝내 돌아가셨어요."

그리고 피곤한 목소리로 덧붙였다.

"내가 그곳에 간 뒤 곧 돌아가셨어요. 내게 꼭 한마디 했지요—'이 렇게 되면 재닛도 존에게로 오겠구면.' 이 말을 듣고 나는 가슴을 도려내는 아픔을 느꼈어요, 앤. 존을 낳으신 어머니까지도 내가 어머니 때문에 그 사람과 결혼하고 싶어하지 않는다고 여기다니요! 나는 한 마디도 할 수 없었어요—그 자리에는 다른 여자들도 있었죠. 존이 거기에 없는 게 다행이라 여겼어요."

재닛은 서글프게 흐느껴 울기 시작했다. 앤은 재닛을 위로하려고 따끈한 생강차를 따랐다. 나중에 생강이 아니라 후추를 넣은 것을 깨달았지만 재닛은 알아차리지 못했다.

장례가 끝난 날 밤 재닛과 앤은 지는 해를 바라보며 현관문 앞에 조용히 앉아 있었다. 바람은 소나무숲에서 잠들고 불길한 번갯불이 북쪽 하늘에서 소리도 내지 않고 번뜩였다.

검정 옷을 입고 너무 울어 눈과 코가 빨개진 재닛은 아주 볼품 없는 모습이었다. 두 사람은 별다른 말을 하지 않았다. 재닛에게서 앤의 위로를 바라지 않는 기색을 엿볼 수 있었기 때문이었다. 재닛은 그저 마음이 시키는 대로 비참한 기분에 잠겨 있고 싶었던 것이다.

갑자기 문여는 소리가 나며 존 더글러스가 성큼성큼 뜰로 들어왔다. 그는 두 사람을 향해 똑바로 제라늄 꽃밭을 밟고 넘어 급히 걸어왔다.

재닛은 일어섰다. 앤도 일어섰다. 앤은 키 큰 아가씨였으며 흰 옷을 입고 있었지만 존 더글러스의 눈에는 보이지 않았다.

"재닛, 나와 결혼해 줘요."

20년 동안이나 그 말이 하고 싶어 견딜 수 없었기에, 곧바로 말하지 않으면 큰일나는 것처럼 단숨에 쏟아져 나왔다.

울어서 퉁퉁 부은 재닛의 얼굴은 더이상 빨개질 수가 없어서 보기 흉한 보랏빛을 띠기 시작했다.

재닛은 무거운 목소리로 물었다.

"어째서 좀더 빨리 그 말을 하지 않았죠?"

"그럴 수 없었소. 하지 않겠다고 약속을 해야만 했거든요—어머니가 약속하게 했어요. 19년 전에 어머니는 심한 발작을 일으킨 적이 있는데, 그때는 모두들 살아나지 못할 거라고 예상했지요. 어머니는 자기가 살아 있는 동안에는 당신에게 청혼하지 않겠다고 약속해 달라고 내게 애원했었소.

비록 우리 모두가 어머니의 앞날이 이미 길지 않다고 생각할 때이기는 했지만 나는 그런 약속을 하고 싶지 않았소—의사는 단 여섯 달밖에 버티지 못할 거라고 했을 정도였지만 말이오. 그러나 병으로 괴로운 가운데에서도 어머니가 무릎 꿇고 부탁해서 하는 수 없이 약속했소."

재닛이 외쳤다.

"나의 어디가 어머니 마음에 들지 않았나요?"

"아무것도 없소—아무것도. 자신이 살아 있는 동안은 집에 다른 여자—어떤 여자든간에—를 있게 하고 싶지 않았던 것뿐이오.

약속하지 않으면 곧바로 그 자리에서 죽어버리겠고, 그렇게 되면 네가 나를 죽인 셈이라는 말을 듣고는 어쩔 수 없이 약속했지요. 그 때부터 줄곧 어머니는 나를 얽어매 왔소. 물론 나도 어머니 앞에 무릎을 꿇고 제발 그 약속을 풀어 달라고 애원해본 적도 있어요."

재닛은 목멘 소리로 말했다.

"어째서 그 말을 내게 해주지 않았죠? 내가 알기만 했더라면! 어째서 내게 전혀 말해 주지 않았어요?"

"아무에게도 말하지 않겠다는 약속도 시켰기 때문이오. 어머니는 성경에 걸고 맹세하게 했소, 재닛. 설마 이렇게 오래될 줄 알았다면 나는 그렇게 하지 않았을 거요.

재닛, 지난 19년 동안 내가 얼마나 괴로웠는지 모를 거요. 당신을 괴롭혀온 것은 알고 있소. 하지만 그래도 나와 결혼해 주겠죠, 재닛? 아, 재닛, 결혼해 주지 않겠소? 이제서야 이 말을 할 수 있게 되었기에 맨 먼저 달려온 것이오."

더글러스의 목소리는 쉬어 있었다.

멍하니 서 있던 앤은 그제야 비로소 제정신을 차리고 자기는 이 자리에 볼일이 없다는 것을 알아차렸다. 앤은 살그머니 그 자리를 떠나 이튿날 아침까지 재닛과 마주치지 않았다.

다음날 아침이 되자, 재닛이 나머지 부분을 이야기해 주었다.

앤이 외쳤다.

"그 할머니, 어쩌면 그토록 무정하고 잔혹하며 거짓말을 잘할까요?"

재닛이 진지하게 나무랐다.

"쉿!—이젠 돌아가신 분이에요. 돌아가시지 않았다면 몰라도—하지만 돌아가셨으니까요. 그러니 그분을 나쁘게 말하면 안 돼요. 마침내 나도 행복해졌어요, 앤. 자초지종을 알기만 했더라면 이토록 오래 기다렸다 해도 아무렇지 않았을 거예요."

"결혼식은 언제 올리죠?"

"다음달에요. 물론 아주 조용히 할 거예요. 틀림없이 지독한 소문이 나겠죠. 어머니라는 방해자가 없어지자마자 내가 존을 재촉했다고 할 거예요. 존은 사실대로 사람들에게 알리겠다고 했지만 나는 말했어요.

'그건 안 돼요, 존. 뭐니뭐니해도 그분은 당신 어머니니까, 이번 일은 우리 가슴속에만 간직해서 어머니의 추억에 어두운 그림자가 깃들이지 않도록 해요. 사실을 알게 된 이상 남들이 뭐라든 괜찮아요. 아무렇지도 않아요. 그 일을 돌아가신 분과 함께 묻어버려요.' 그리고 존을 달래서 내 의견에 찬성하도록 했어요."

앤은 좀 화난 투로 말했다.

"재닛은 정말 나 같은 사람은 도저히 흉내낼 수 없을 만큼 너그럽군요."

재닛은 자애로운 얼굴로 말했다.

"앤도 나만한 나이가 되면 여러 가지 일에 대해 느끼는 방법이 달라지게 돼요. 그게 우리가 나이를 먹으며 배워가는 것 가운데 하나죠—사람을 용서한다는 것 말이에요. 20살 때보다 40살 때가 더 쉽사리 그렇게 되는 법이죠."

마지막 해

"자, 또다시 돌아왔구나. 얼굴이 보기 좋게 햇빛에 그을리고 늠름한 사내가 경주하는 것처럼 건강하게 말이야."

필리퍼는 옷가방 위에 걸터앉아 기쁜 듯 가슴을 쫙 펴고 숨을 내쉬었다.

"이 정든 패티의 집과—아주머니와—고양이들을 다시 보게 되는 게 얼마나 행복한 일이니? 러스티는 남은 한쪽 귀마저 잃어버린 것 아니야?"

앤은 자기 트렁크가 있는 곳에서 변함없이 러스티를 두둔하며 말했다.

"러스티에게 귀가 두 쪽 다 없어지면 이 세상에서 가장 멋진 고양이가 될 거야."

한편 러스티는 반가워서 기뻐 날뛰며 환영하는 몸짓으로 앤의 무릎에 몸을 바싹 대고 있었다.

필리퍼가 성급하게 물었다.

"우리가 돌아와 좋죠, 아주머니?"

"좋고말고. 하지만 물건들을 다 정리해 주었으면 좋겠구나."

제임시너 아주머니는 웃으면서 수다스럽게 떠드는 네 아가씨 주변에 흩어져 있는 트렁크와 옷가방을 한심한 얼굴로 보았다.

"이야기는 나중에라도 할 수 있어. 먼저 일을 하고, 그런 다음에 놀리는 것이 내 처녀시절의 좌우명이었지."

"오, 현대의 우리는 그 신념을 거꾸로 바꿨어요. 우리는 '놀 만큼 놀아라, 그리고 나서 모두 해치워라' 예요. 먼저 실컷 놀고 나면 그만큼 일의 능률이 더 오르거든요."

제임시너 아주머니는 조지프와 뜨개질거리를 집어들며 기숙사 사감 여왕에 어울리는 우아한 태도로 어쩔 수 없다며 단념하는 표정으로 말했다.

"필, 목사님과 결혼할 생각이라면 '모두 해치워라' 같은 말은 쓰지 말아야 해."

필리퍼가 한탄했다.

"어째서죠? 아, 어째서 목사의 아내는 거드름피우고 점잖은 척하는 말만 써야 하는 건지 모르겠어요. 나는 절대 그렇게 하지 않겠어요. 패터슨 거리에서는 모두 속어를 써요—은어 말이에요—그러니까 만일 나도 그렇게 하지 않으면 역겹게 으스댄다는 말을 듣게 돼요."

점심바구니에서 먹다 남은 음식을 꺼내 세러 고양이에게 주며 프리실러가 물었다.

"집안어른들에게 그 이야기를 했니?"

필리퍼는 고개를 끄덕였다.

"그래, 어땠어?"

"오, 어머니는 미친 듯이 격분했지. 하지만 나는 아랑곳하지 않고 고집스럽게 한 발짝도 양보하지 않았어. 이제까지 어떤 일에든 한 번도 주장을 내세운 적이 없었던 나, 필리퍼 고든이 말이야. 그런데 아버지는 의외로 훨씬 침착하셨어. 아버지의 아버지가 목사님이었기에 성직에 대해 너그럽게 봐주셨지.

어머니가 좀 가라앉은 뒤에 조를 마운트 홀리로 데려갔어. 그랬더니 아버지도 어머니도 조를 썩 좋아하게 됐지. 하지만 어머니는 하는 말마다, 나는 이 아이에게 이런 것을 바랐었느니 어쩌니 하며 견딜 수 없도록 듣기 싫은 말만 하잖겠니? 아, 내 휴가는 반드시 즐거운 생활이라고 할 수 없었어. 하지만—내가 이겨서 기어코 조는 내 것이 됐단다. 다른 것은 일도 아니야."

제임시너 아주머니가 핀잔을 주듯이 말했다.

"네게 있어서는 그렇겠지."

필리퍼가 재빨리 반격했다.

"조에게도 그래요. 아주머니는 조만 동정하는군요. 왜 그러시죠? 모두 조를 부러워해도 좋을 거라고 나는 생각해요. 조는 기막히게 좋은 두뇌와 미모 그리고 순정을 겸한 '나'를 얻었으니까요."

제임시너 아주머니는 고개를 절레절레 저으며 참을성 있게 말했다.

"우리는 필리퍼의 말을 어떻게 받아들이면 되는지 알고 있으니 괜찮지만, 다른 사람 앞에서는 그런 말 하지 않는 편이 좋아. 어떻게 생각할지 모르니까."

"어머나, 나는 남이 어떻게 생각하는지는 알고 싶지 않아요. 다른 사람이 보는 눈으로 자신을 보고 싶지 않은 걸요. 그렇게 하면 거의 언제나 불안한 마음이 될 거예요. 번즈라 할지라도 그 기도에서 진지했었다고는 믿어지지 않아요."

제임시너 아주머니는 솔직하게 인정했다.

"확실히 우리는 마음에도 없는 기도를 하는 경우가 있지. 자기 마음을 정직하게 들여다보면 알 수 있어. 다만 그런 기도는 높은 곳까지 이르지 않을 거야.

나도 옛날에 어떤 사람을 용서할 수 있게 해달라고 기도한 적이 있었지만, 이제 와서 생각해 보면 사실은 그 여자를 용서할 마음이 없었다는 것을 알게 되었단다. 가까스로 그것을 깨닫자, 그런 기도를 다시는 하지 않았고 이제야 그 사람을 용서하고 싶다는 마음이 들게 됐어."

스텔러가 말했다.

"숙모님이 그토록 오랫동안 누군가를 용서하지 못했다는 건 상상도 못하겠어요."

"전에는 그랬었지. 하지만 원한을 품는다는 것은 나이—를 먹어감에 따라 하찮은 일로 여겨진단다."

"그래서 생각났는데—"

앤은 존과 재닛 이야기를 했다.

필리퍼가 재촉했다.

"그럼, 이번에는 네가 편지로 은근히 비추었던 그 낭만적인 장면을 이야기해 줘."

앤은 재밌다는 듯이 새뮤얼의 청혼을 흉내내 보였다.

아가씨들은 웃음을 터뜨렸고 제임시너 아주머니도 빙그레 웃었다.

"자기 숭배자를 도마 위에 올려 놓고 웃음거리로 삼는 것은 좋은 취미가 아니야."

아주머니는 나무라고는 이내 덧붙였다.

"하지만 나도 언제나 그렇게 했었지."

필리퍼가 졸랐다.

"아주머니의 숭배자에 대한 이야기를 해주세요, 아주머니. 많은 이야기가 있었을 테니까요."

"있었을 거라는 과거형이 아니야. 지금도—있으니까. 고향에 요 얼마 동안 내게 추파를 던지는 늙은 홀아비가 셋이나 있지. 너희들 같은 젊은이들만이 이 세상 로맨스를 독차지하고 있다고 생각해서는 안 돼."

"홀아비니 추파니 하는 건 그리 낭만적으로 들리지 않아요, 아주머니."

"그렇구나. 하지만 젊은 사람이라고 다 낭만적이라고 할 수는 없지. 내 숭배자 가운데에도 확실히 그렇지 않은 사람이 두셋 있었으니까. 가엾게도 그 사람들을 나는 언제나 함부로 비웃곤 했단다.

짐 엘우드라는 사람이 있었는데―이 사람은 늘 마음이 딴 데 가 있어 주위에서 어떤 일이 일어나는지 알아차리지 못했지. 분명 내가 '노' 했는데도 1년이 넘도록 그 사실을 깨닫지 못했으니까. 짐은 결혼 한 뒤 어느 날 밤, 썰매에 아내를 태우고 교회로 가다가 자기 아내가 떨어져버렸는데도 알아차리지 못했단다.

그리고 댄 윈스턴이 있었지. 너무 아는 게 많은 사람이었어. 이 세 상에 대한 건 모르는 것이 없었고 저세상에 대한 것도 거의 알고 있 었기에 어떤 것을 물어도 척척 답할 수 있었지. '마지막 심판날은 언 제일까요' 물었다 하더라도 말이다.

밀턴 에드워즈는 정말로 좋은 사람이어서 나도 마음을 열었지만 끝내 결혼은 하지 않았어. 한 가지 우스갯소리를 일주일이 걸려서야 겨우 알게 돼서 난처하다는 이유도 있었지만, 또 한 가지 이유는 밀 턴이 내게 청혼하지 않았기 때문이지.

호레이쇼 리브는 내 숭배자 가운데 가장 재미있는 사람이었는데, 이 사람은 이야기를 너무 꾸며대서 알맹이가 뭔지 알 수 없었어. 거 짓말을 하는 건지, 아니면 상상력이 만들어내는 대로 말하는 것인지 나로서는 도무지 알 수가 없었지."

"그럼, 다른 숭배자들은 어떤 사람이었죠, 아주머니?"

"자, 자, 일어나서 짐을 풀도록 해라."

제임시너 아주머니는 뜨개질바늘을 든다는 게 조지프를 들어서는 모두에게 흔들어보였다.

"다른 사람들은 너무 좋은 사람들이어서 웃음거리로 삼고 싶지 않 아. 나는 그 추억을 소중히 여기지. 참, 네 방에 꽃상자가 와 있다, 앤. 한 시간쯤 전에 왔더구나."

일주일 뒤 패티의 집 아가씨들은 공부에 열중하고 있었다. 이것이 레드먼드 대학 마지막 학년이며 졸업할 때 어떻게든 영예를 쟁취해야만 하기 때문이었다.

앤은 문학에 전념했고, 프리실러는 고전에 몰두했으며, 필리퍼는 수학에 매달렸다. 때로는 몹시 지쳤고 낙심했으며 아무리 공부해도 소용없을 거라는 생각을 하기도 했다.

스텔러는 11월 어느 비오는 날 밤, 앤의 파란 방으로 슬며시 찾아갔다. 앤은 꾸깃꾸깃해진 원고지 속에 파묻혀 바닥에 그려진, 램프의 불빛이 만드는 작은 동그라미 속에 앉아 있었다.

"대체 뭘 하는 거지?"

"옛날 '이야기클럽'의 기담(奇談)을 다시 읽어보고 있을 뿐이야. 뭔가 기운을 북돋아 기쁘게 해주는 게 필요했어.

너무 정신없이 공부했더니 머리가 멍해서 세상이 온통 하늘색으로 보이지 않겠니. 그래서 여기에 올라와 트렁크를 뒤져 이걸 찾아낸 거야. 모두 눈물과 비극에 절어 있어 괴로울 만큼 또 한편으로는 유쾌해."

"나도 지금 몹시 우울해서 실의에 빠져 있어."

스텔러는 긴의자에 털썩 몸을 던졌다.

"발버둥치며 무엇을 해도 소용없을 거라는 생각이 들어. 내 사고방식 자체가 낡아빠졌는 걸, 뭐. 모두 전에 생각했던 일뿐이야. 살아 있다 한들 뭐가 되겠니, 앤?"

"스텔러, 그런 기분이 드는 것은 피로와 날씨 때문이야. 하루 종일 죽을 힘을 다해 공부한 뒤 이렇게 비가 억수같이 퍼붓는 밤이면 누구나 짓눌려 짜부라져버리고 말아. 그래도 인생은 살 보람이 있다는 것은 알고 있겠지?"

"아, 그렇겠지. 하지만 지금은 나 자신에게 납득시킬 수가 없어."

앤은 먼곳을 바라보며 도취된 듯 말했다.

"이제까지 이 세상에 살며 일해 온 위대하고 숭고한 사람들을 생각해봐. 그런 사람들 뒤에 태어나서 그들이 획득한 것과 가르침을 이어받는 건 행운이 아닐까? 그리고 지금도 같은 시대에 살고 있는 수많은 위인들을 생각해봐. 그 사람들의 감화를 받을 수 있다는 것만으로도 살 보람이 있잖니?

그리고 미래에 나타날 훌륭한 인물은 어때? 그 사람들을 위해 조금이나마 길을 닦아주는 것은—단 한 걸음이나마 그 사람들의 길을 편하게 해주는 것도 보람 있는 일 아닐까?"

"아, 내 머리 속은 네 말에 찬성이란다, 앤. 하지만 내 마음은 여전히 우울하고 무감각해. 나는 비 내리는 밤에는 언제나 뭔가 답답한 기분이 드는 걸."

"나는 이런 밤일지라도 좋아하는 일이 있어. 누운 채 비가 후두둑 후두둑 지붕을 때리거나, 심한 바람에 날리며 소나무를 가로지르는 소리를 듣는 게 좋아."

"느긋하게 지붕 위에 올라앉아 있다면 나도 비가 좋아. 하지만 반드시 그렇다고는 할 수 없는 걸.

지난 여름 낡은 농가에서 나는 끔찍한 밤을 보냈어. 지붕이 새는 바람에 비가 뚝뚝 내 침대로 떨어졌지. 그런 판국에 낭만이고 뭐고 어디 있겠니? 나는 '한밤중'에 일어나 빗방울이 떨어지지 않는 곳을 찾아 여기저기 침대를 끌고 돌아다녀야만 했는데, 그 침대가 흔히 있는 튼튼한 구식 침대여서 무게가 1톤이 넘었지. 대충 말해서 말이야. 게다가 밤새도록 뚝뚝 후둑후둑 하는 소리로 신경이 곤두서버렸어.

깜깜한 밤 아무 것도 깔지 않은 맨바닥에 철썩대며 떨어지는 굵은 낙숫물이 얼마나 기분 나쁜 소리를 내는지 너는 꿈도 꿀 수 없을 거야. 마치 유령의 발소리나 아무튼 그런 무서운 것으로 들려. 왜 웃지, 앤?"

"이 이야기 말야, 필이라면 우스워서 죽겠다고 할 거야—여러 가

지 이유에서. 왜냐하면 여기 나오는 모든 등장인물들이 죽어버리는 걸, 뭐. 우리는 어쩌면 이토록 눈부시리만큼 아름다운 여주인공을 만들었던지—그녀들에게 입힌 옷은 또 어떻고! 비단에—공단에—벨벳에—보석—레이스—그런 것 말고는 입힌 적이 없었어. 여기 제인 앤드루스의 작품이 하나 있는데, 그 여주인공은 작은 진주로 테를 두른 흰 공단잠옷을 입고 잔대."

"그 다음을 읽어줘. 인생에 웃음이 있는 한 가치가 있을지도 모르지."

"여기에 내가 쓴 게 있어. 내 주인공은 '머리 꼭대기에서 발끝까지 다이아몬드로 찬란하게 반짝이며' 무도회에서 신나게 즐기고 있지. 하지만 아름다움이나 호화스러운 옷차림이 무슨 소용 있겠니? '영화의 길은 오직 무덤으로 이어질 뿐'[*1] 모두 살해되거나 비탄에 잠겨 죽어버리고 말아. 결코 달아날 방법이 없어."

"네 작품을 몇 개—읽게 해줘."

"자, 이게 내 걸작이야. 이 유쾌한 제목을 좀 봐—《내 무덤》이란다. 이걸 쓰면서 나는 눈물을 줄줄 흘렸고, 이걸 읽어주었을 때 다른 아이들도 폭포수처럼 엉엉 울었지. 제인 앤드루스는 그 주에 너무 많이 손수건을 빨래광주리에 넣어서 어머니에게 야단맞았을 정도였어.

어떤 감리교[*2] 교회 목사 부인의 방랑을 그린 가슴 아픈 이야기야. 그 부인을 왜, 감리교파로 했느냐면 정처없이 떠돌아다녀야만 하기 때문이었어. 부인은 안타깝게도 이사가는 곳마다 아이를 장사지내. 아이는 모두 아홉으로, 뉴펀들랜드에서 밴쿠버에 이르기까지 무덤이 멀리 따로따로 떨어져 있지.

나는 아이들을 묘사하고, 저마다 죽는 마지막 장면을 그리고, 그

---

*1 영국 시인 토머스 그레이의 걸작 《시골묘지에서 읊은 만가》의 한 구절.
*2 1729년 존과 찰스 웨슬리 형제가 영국 옥스퍼드에서 일으킨 경건주의적 운동. 프로테스탄트의 한 교파로 교직 순회제 및 교육·사회사업에 중점을 두고 엄격한 교리를 지킴.

묘석과 묘비명도 구체적으로 썼어. 아홉 아이를 모두 장사 지낼 생각이었지만 여덟 아이를 처치했더니 공상의 씨가 다 떨어져 아홉 번째 아이는 끔찍한 장애아로 만들어 살려두기로 했단다."

스텔러는 《내 무덤》을 읽으며 그 비극적 문장 사이사이에서 소리 내어 웃었고, 러스티는 그때까지 밖에서 돌아다니느라 몹시 피곤한지 제인 앤드루스의 소설 원고에 올라앉아 동그랗게 웅크리고 잠들어 있었다. 그 소설은 나병환자 마을로 간호하러 갔던 15살 된 아름다운 소녀의 이야기로—물론 마지막에는 자신도 그 저주할 병에 걸려 죽고 마는 것이었다.

앤은 다른 원고에 눈길을 멈추고 애번리 초등학교 시절 '이야기클럽' 회원들이 가문비나무 밑이며 시냇가의 양치류 속에 앉아 소설을 썼던 일을 떠올리고 있었다.

얼마나 즐거웠던가!

그 그리운 여름 햇빛이며 즐거움이 되살아왔다. 그리스의 영화도, 로마의 장대함도 이 '이야기클럽'의 우스꽝스럽고 눈물 넘치는 이야기가 자아내는 요술에는 당할 수 없었다.

원고 가운데에서 앤은 포장지 뒤에 깨알처럼 쓴 한 편의 작품을 발견했다. 이 이야기를 썼던 때와 장소를 생각해내자 앤의 잿빛 눈에 웃음이 떠올랐다. 그것은 앤이 토리 가도 콥 집안의 집오리 오두막 지붕을 뚫고 그 속으로 떨어진 날 쓴 단편이었다.

앤은 그것을 대충 훑어 본 뒤 다시 찬찬히 읽기 시작했다. 그것은 과꽃이며 스위트피며 라일락들이 어우러져 핀 숲에 머무르는 야생 카나리아와 화원을 지키는 천사가 주고받는 대화체로 씌어 있었다.

다 읽고 나서 앤은 멍하니 허공을 바라보았다.

스텔러가 가버리자 꾸깃꾸깃해진 원고를 펴며 힘차게 말했다.

"좋아, 한번 해보겠어."

가드너 부인네 그 딸들

"아주머니에게 인도 우표가 붙은 편지가 와 있어요, 제임시너 아주머니. 스텔러에게는 세 통. 프리실러에게는 두 통. 두툼한 것은 조로부터 내게 온 것이고. 네게는 아무 것도 와 있지 않아, 앤. 회보 한 통 말고는."

필리퍼가 아무렇게나 내던진 얇은 편지를 집어들었을 때 앤의 뺨이 느닷없이 확 붉어진 것을 누구도 알아차리지 못했다.

2, 3분 뒤 문득 얼굴을 든 필리퍼의 눈에 비친 것은 어리둥절한 다른 사람 같은 앤이었다.

"앤, 무슨 좋은 일이 있니?"

"〈젊은이의 벗〉에서 2주일 전 내가 보낸 단편을 채택해 주었어."

앤은 마치 자신의 글이 채택되는 데 익숙해진 듯 말하려 애썼지만 잘 되지 않았다.

"앤 셜리! 멋지구나! 뭐였는데? 언제 실리지? 돈도 보내왔니?"

"응, 10달러 수표를 보내 왔어. 그리고 내 작품을 좀더 보여주기 바란다는 편집장이 쓴 편지야. 물론 보여주고말고. 이번에 보낸 건 내 상자 속에서 찾아낸 옛 작품이었어. 그걸 다시 손질해서 보냈는데―

특별한 줄거리가 없는 것이어서 받아주리라고는 생각지 못했어."

앤은 《에이브릴의 속죄》에 대한 쓰디쓴 경험이 떠올랐던 것이다.

필리퍼가 제안했다.

"그 10달러로 뭘 할 생각이지, 앤? 모두 거리로 나가서 신나게 취해 보는 게 어때?"

앤은 들떠서 말했다.

"뭔가 한바탕 떠들며 노는 데 쓸 생각이야. 아무튼 이건 더러운 돈이 아닌 걸, 뭐—그 불쾌한 우량 베이킹파우더 때 받은 수표하고는 달라. 그 돈을 유익하게 쓰려고 옷을 샀는데 입을 때마다 마음이 언짢아."

프리실러가 말했다.

"생각 좀 해봐. '패티의 집'에 진짜 살아 있는 작가가 있어."

제임시너 아주머니가 심각한 표정으로 말했다.

"그건 아주 무거운 책임이지."

프리실러도 아주머니 못지않게 엄숙히 말했다.

"정말이야. 작가란 다룰 수 없이 날뛰는 황소 같은 거야. 언제 어떻게 날뛰기 시작할지 어떻게 알겠니? 앤은 우리를 모델로 삼을지도 몰라."

그러자 제임시너 아주머니가 주의를 주었다.

"내 말은 쓰는 힘을 가지고 있고 또 그것을 출판한다는 건 매우 책임이 무겁다는 거야. 앤도 그걸 알아주었으면 해. 내 딸도 외국으로 가기 전에는 창작을 했지만 지금은 좀더 고상한 것에 눈을 돌리고 있지.

그 아이는 언제나, 자신의 모토는 '내 장례식에서 읽어 부끄러운 것은 단 한 줄도 쓰지 않는다'는 것이라고 말하곤 했는데, 앤, 너도 문학을 할 생각이라면 이걸 네 모토로 삼는 게 좋을 거야. 하기야……"

제임시너 아주머니는 이해할 수 없다는 얼굴로 덧붙였다.

"이 말을 할 때면 일리저버스는 언제나 웃었지. 그것도 아주 크게. 그런 아이가 용케도 선교사가 될 결심을 했구나 생각했지. 그렇게 되어준 데 대해 감사하고는 있지만—그렇게 돼주기를 나는 바랐으니까—하지만—선교사가 되지 않는 편이 좋지 않았을까 이따금 생각할 때도 있어."

말을 마친 제임시너 아주머니는 이 들뜬 아가씨들이 어째서 웃는 것일까 생각했다.

그날 하루 종일 앤의 눈은 빛나고 있었다. 문학에 대한 꿈이 다시금 가슴에 싹트고 자라기 시작한 것이다. 환희에 뛰는 마음은 로이와 함께 지니 쿠퍼가 베푼 하이킹을 갈 때도 달라지지 않았다. 바로 앞에 걸어가고 있는 길버트와 크리스틴을 봐도 그 별빛 같은 희망의 광채는 엷어지지 않았다. 그렇다고 크리스틴의 걸음걸이가 참으로 보기 흉하다는 것을 알아차리지 못할 만큼 세상과 거리가 먼 도취상태에 있었던 것은 아니었다.

'하지만 길버트는 틀림없이 크리스틴의 얼굴만 보고 있을 거야. 외로운 남자들에게 있음직한 일이지.'

앤은 마음 속으로 경멸했다.

로이가 물었다.

"토요일 오후는 집에 있을 겁니까?"

"네."

"어머니와 누이들이 뵙겠다고 합니다."

뭔가 전율과도 같은 것이 앤의 몸속에 찌르르 흘렀다. 몸이 떨리고 소름이 오돌토돌 돋는 기분으로, 썩 좋은 느낌은 아니었다. 이제까지 앤은 한 번도 로이의 가족을 만난 일이 없었다. 앤에게는 로이가 한 말의 중요성이 이해되어 왠지 모르게 이제는 되돌릴 수 없다는 심정으로 마음이 섬뜩해졌다.

앤은 분명히 말했다.

"만나뵙게 되어 기뻐요."

그러나 정말로 기쁠까 앤은 생각했다. 물론 좋아해야 하는 게 마땅하다.

하지만 시련이라고도 할 수 있지 않겠는가? 가드너 집안 어머니와 딸들이 아들이자 남자형제인 사람의 '연인'을 어떻게 보고 있는가에 대한 소문이 앤에게도 들려왔다.

이 방문에 대한 소식을 전한 로이는 그와 더불어 틀림없이 괴로운 압박감을 앤에게 가져다줬으며 앤은 자신이 심판대에 올라앉게 되었음을 알았다. 그들이 이 방문을 결정한 것이 마음내켜서인지 아니면 마지못해서인지는 모르지만, 아무튼 앤을 자기네 가족의 한 사람으로 받아들일 가능성이 있음을 나타내는 일이라는 것은 앤도 알 수 있었다.

앤은 냉정하게 생각했다.

'나는 다만 나답게 있기로 하자. 좋은 인상을 주려고 애쓰지 않겠어.'

앤에게도 자존심이 있었다.

그래도 토요일 오후에는 어떤 옷을 입으면 좋을까, 머리는 이제까지보다도 높이 빗어올리는 새로운 스타일이 어울릴까 하는 것 등을 고민하고 있었다. 그 때문에 앤은 하이킹을 마음껏 즐길 수 없었는지도 모른다.

밤이 될 무렵 앤은 토요일에 얇게 짠 다갈색 비단옷을 입고, 머리는 빗어내리기로 마음먹었다.

금요일 오후는 레드먼드의 어느 아가씨도 수업이 없었다. 스텔러는 이 기회를 이용하여 학생연구회에 제출할 논문을 쓰려고 거실 구석 탁자에 앉아 바닥에 노트며 원고들을 지저분하게 흩뜨려놓고 있었다.

스텔러는 한 장을 다 쓸 때마다 그것을 내던지지 않으면 아무것도 쓸 수 없다고 늘 말하고 있었다.

플란넬 블라우스에 서지 스커트 차림의 앤은 바람 속을 산책하고 왔으므로 머리카락이 바람에 날려 헝클어진 채로 방 한가운데에 주저앉아 창사골(暢思骨)*¹로 세러 고양이를 놀리고 있었다.

조지프와 러스티는 두 마리 다 앤의 무릎에 올라앉아 동그랗게 웅크리고 있었다. 맛있는 자두 냄새가 온 집안에 감돌았다. 프리실러가 부엌에서 요리를 하고 있었기 때문이다. 이윽고 큼직한 앞치마로 몸을 감싼 프리실러가 코에 밀가루를 묻히고 나타나 아이싱*²을 막 끼얹은 초콜릿 케익을 제임시너 아주머니에게 보여 주었다.

바로 그때 문을 두드리는 소리가 들렸다. 그것에 주의를 기울였던 사람은 필리퍼뿐으로 얼른 뛰어나가 문을 열었다. 모자가게의 소년이 아침에 산 모자를 배달하러 왔으리라 여겼기 때문이었다. 그런데 문 앞에 서 있는 사람은 가드너 부인과 그 딸들이었다.

앤은 가까스로 일어나며 화가 난 고양이 두 마리를 무릎에서 떨쳐버리고 저도 모르게 새뼈를 오른손에서 왼손으로 옮겼다. 부엌으로 가려면 그 방을 가로질러 가야만 했으므로 프리실러는 허둥지둥 난롯가의 소파 쿠션 밑에 정신없이 초콜릿 케이크를 처박아 넣고 2층으로 뛰어올라가 버렸다. 스텔러는 미친 사람처럼 원고를 그러모으기 시작했다.

허둥대지 않고 조용히 있는 사람은 제임시너 아주머니와 필리퍼뿐이었다. 이 두 사람 덕분에 모두들—앤까지도 곧 침착함을 되찾고 앉을 수 있었다. 프리실러는 앞치마를 벗은 다음 코에 묻은 밀가루를 닦아내고 내려왔으며, 스텔러는 자기가 있는 구석 자리를 그런대로 정리했고, 필리퍼는 끊임없이 재치 있는 이야기를 하여 그 자리를 위기상황에서 구해냈다.

---

*1 새의 가슴뼈 앞에 있는 Y자형 뼈. 새요리를 먹을 때 이 뼈의 양끝을 둘이서 잡아당겨 긴 쪽을 가진 사람의 소원이 이루어진다고 함.
*2 설탕을 녹여 끼얹는 것.

가드너 부인은 키가 크고 날씬한 미인으로 훌륭한 옷을 입었으며 조금 꾸민 듯한 우아함이 보였다.

앨린 가드너는 가드너 부인의 젊은 모습에서 붙임성만을 빼버린 것 같았다. 그녀는 친절하게 보이려 애썼지만 마침내 오만하고 잘난 척하는 태도가 되어버리는 것이었다.

도로시 가드너는 호리호리한 몸매의 쾌활한 말괄량이 아가씨였다.

앤은 도로시가 로이와 사이좋은 여동생임을 알고 있어 호의를 가졌다. 장난기 가득한 엷은 갈색 눈 대신 꿈꾸는 듯한 검은 눈이었다면 로이와 똑같았을 것이다.

분위기가 얼마쯤 거북스러운 것과 좀 난처한 사건 두 가지를 빼면 도로시와 필리퍼 덕분에 이 만남은 순조롭게 진행되었다.

러스티와 조지프는 자기들만이 자리에서 밀려났으므로 서로 술래잡기를 시작하여 가드너 부인의 비단옷 무릎 위에 미친 듯 뛰어올라갔다가 무시무시한 기세로 뛰어내려왔다.

가드너 부인은 손잡이 달린 코안경을 들어올려 나는 듯한 재빠른 두 마리의 고양이를, 이제까지 고양이라는 것을 본 적 없는 듯 찬찬히 바라보았다.

앤은 좀 초조한 웃음을 삼키며 열심히 사과했다.

가드너 부인은 가벼운 놀라움을 말투에 담아 침착하게 물었다.

"아가씨는 고양이를 좋아하나요?"

앤은 러스티에게 애정을 품고 있었지만 특별히 고양이를 좋아하는 편은 아니었다. 그러나 가드너 부인의 말이 귀에 거슬렸다. 이 경우 아무런 관계도 없는 일인데 앤은 존 블라이스 부인이 고양이를 아주 좋아하여 남편이 허락하는 한 많은 고양이를 기르고 있던 생각이 났다.

앤은 짓궂게 물었다.

"귀엽죠?"

가드너 부인은 쌀쌀맞게 말했다.

"나는 고양이를 좋아하지 않아요."

그러자 도러시가 말했다.

"나는 아주 좋아요. 정말 귀엽고 제멋대로인걸요. 개는 너무나도 착해서 상대방을 너무 배려해요. 그래서 오히려 마음이 편치 않아요. 하지만 고양이는 신통하게도 인간적이에요."

"보기좋은 도자기 개가 두 마리 있군요. 자세히 봐도 괜찮을까요?"

그리고 앨린은 난로 쪽으로 방을 가로질러갔는데, 그 때문에 무의식중에 또다른 사건이 일어나게 되었다. 매고그를 집어든 앨린이 프리실러가 초콜릿 케이크를 감춘 쿠션 위에 앉은 것이다.

프리실러와 앤은 어쩔 줄 몰라하며 얼굴을 마주보았으나 어떻게도 할 수 없었다. 앨린은 쿠션에 깊숙이 앉은 채 돌아갈 때까지 도자기 개에 대한 이야기를 했다.

도러시는 뒤에 잠깐 남아 앤의 손을 꼭 잡고 친근한 감정을 담아 속삭였다.

"우리는 아주 좋은 사이가 되리라는 것을 나는 알아요. 오, 로이는 앤 이야기를 빠짐없이 모조리 해주었어요. 가엾게도 로이가 여러 이야기를 할 수 있는 사람은 나 한 사람뿐이에요. 아시죠? 아무도 어머니나 앨린에게 마음 속에 있는 말을 털어놓지 못해요.

여러분은 여기서 참으로 즐겁게 지내는군요! 나도 이따금 와서 함께 지낼 수 있을까요?"

"얼마든지 오고 싶을 때 오세요."

앤은 진심으로 그렇게 대답하고 로이의 자매 가운데 한 사람만이라도 가깝게 지낼 수 있어 다행이라고 생각했다. 앨린을 좋아할 수 없는 것은 확실했으며 앨린 역시 앤을 마음에 들어할 것 같지 않았다. 물론 가드너 부인의 마음을 얻을 수 있을지는 모르겠지만. 아무튼 시련이 끝났을 때 앤은 후유 안도의 숨을 내쉬었다.

"혀와 펜에서 나오는 온갖 말 가운데 이럴 수도 있었는데 후회하는 이것이야말로 가장 슬픈 말이다."

프리실러는 쿠션을 집어들며 비극적인 말투로 인용했다.

"납작해진 케익을 앞에 두고 그것을 만든 사람도 납작, 쿠션도 엉망이 되었어. 금요일은 불길한 날이라는 말은 다시는 하지 말아줘."

제임시너 아주머니가 말했다.

"토요일에 온다는 전갈을 보낸 사람이 금요일에 오는 것은 상식 밖이야."

필리퍼가 말했다.

"틀림없이 로이가 착각했을 거예요. 그 사람은 앤과 이야기할 때면 무슨 말을 하는지 자기 자신도 모르는 걸요. 앤은 어디 있죠?"

앤은 2층으로 올라가 있었다. 묘하게 울고 싶은 심정이었으나 우는 대신 웃기 시작했다. 러스티와 조지프는 정말 도저히 못말릴 녀석들이야. 그리고 그래, 도러시는 귀여운 아가씨였어.

학사학위

"나 죽고 싶어. 그렇지 않으면 지금이 내일 밤이라면 좋겠어."

필리퍼가 신음했다.

앤은 침착하게 말했다.

"네가 오래 살면 그 양쪽 다 이루어질 수 있어."

"너는 태연하게 있을 수 있겠지. 철학을 잘하니까. 하지만 나는 그렇지 못해. 그래서 내일 무서운 시험을 생각하면 오그라들고 말아. 만일 떨어지면 조가 뭐라고 할까?"

"떨어지지 않아. 오늘 그리스어는 어땠니?"

"모르겠어. 어쩌면 잘 쓴 건지도 모르고, 또 어쩌면 지금쯤 호메로스가 무덤 속에서 뒤로 나자빠졌을지도 몰라. 노트를 붙들고 공부하느라 머리를 다 써버려, 이제 아무것도 생각할 수가 없어. 이 시험집행이 모두 끝나면 이 가련한 필이 얼마나 좋아하겠니?"

"시험집행이라고? 그런 말은 들어본 적 없어."

"어머나, 나도 다른 사람과 마찬가지로 새로운 말을 만들 권리가 있지 않겠니?"

"말은 만드는 게 아니야—저절로 생기는 거지."

"아무렴 어때—내게는 희미하게나마 보여. 저 앞쪽 아름다운 바다, 거기에는 시험이라는 거친 파도가 밀려오지 않아. 애들아—우리 레드먼드 생활도 이제 끝난다는 게 실감나니?"

앤이 슬픈 듯 말했다.

"믿어지지 않아. 프리실러와 내가 레드먼드 신입생 가운데 단둘이 끼어 있던 게 바로 어제 일 같은 걸. 그런데 지금은 마지막 시험을 치고 있는 4학년생이야."

필리퍼가 어딘가에서 끌어댄 것처럼 말했다.

"강하고 현명하며 존경할 만한 4학년생. 우리가 처음 레드먼드에 왔을 때보다 정말로 조금이라도 현명해졌다고 생각하니?"

제임시너 아주머니가 짐짓 엄하게 나무랐다.

"그렇게 여겨지지 않는 행동이 이따금 있었지."

그러나 필이 애교를 부렸다.

"오, 제임시너 아주머니. 아주머니가 어머니 역할을 해주신 지난 3년 겨울 동안 대체로 우리는 꽤 좋은 딸들 아니었나요?"

"너희들처럼 사랑스럽고 다정하고 착한 네 명의 아가씨가 나란히 대학을 졸업한 것은 지금까지 없던 일일 거야."

제임시너 아주머니는 칭찬해야 할 때는 어김없이 칭찬했다.

"하지만 아직 너희들의 분별력을 믿을 수 없어. 물론 그것을 기대하는 게 아직은 무리겠지. 경험이 옳고 그름을 가르치는 거니까. 대학공부에서 그것을 배울 수는 없어. 너희들은 4년 동안 대학에 다녔지만 나는 대학에 간 일이 없지. 그러나 너희들보다 내가 더 많은 것을 알고 있단다, 아가씨들."

스텔러가 다시 인용했다.

"규칙대로만 되지 않는 일이 많고, 대학에서 얻을 수 없는 지식이 산더미 같으며, 학교에 다녀도 배울 수 없는 여러 일들이 있다."

제임시너 아주머니가 따져 물었다.

"너희들은 레드먼드에서 지금은 쓰지 않는 고어(古語)니 기하 같은 하찮은 것 말고 뭔가 배운 게 있니?"

앤이 항의했다.

"네, 그럼요. 확실히 배웠다고 생각해요, 아주머니."

이번에는 필리퍼가 말했다.

"우리는 지난번 연구회에서 우들리 교수님이 한 말씀이 진실임을 배웠어요. 교수님은 이렇게 말했죠.

'유머는 인생의 향연에서 가장 풍미 있는 향신료다. 자신의 실패를 웃고 거기에서 배워라. 자신의 고생을 웃음거리로 삼으며 그것에서 용기를 얻어라. 곤경을 웃어버리며 그것을 이겨내라.' 이것은 배울 가치가 충분히 있겠죠, 제임시너 아주머니?"

"그럼, 있지, 필. 웃을 일은 웃고 웃어서는 안 되는 일은 웃지 않는 것을 배웠을 때 너희들은 지혜와 분별력을 얻은 거란다."

프리실러가 나직이 속삭였다.

"너는 레드먼드 생활에서 무엇을 얻었지, 앤?"

앤이 천천히 말했다.

"나는 말이야, 조그만 장애는 모두 웃음거리에 지나지 않고 크나큰 장애는 더 큰 승리를 미리 알려주는 것임을 실제로 배웠어. 결국 이 거야말로 레드먼드가 나에게 가르쳐준 거라고 생각해."

프리실러가 말했다,

"레드먼드가 나를 위해 어떤 일을 해주었는지를 말하려면 우들리 교수님 말씀을 또 인용해야만 해. 우들리 교수님이 이런 연설을 한 것을 기억할 거야.

'우리에게 그것을 볼 눈이 있고 그것을 사랑할 마음이 있으며 그것을 그러모을 손이 있기만 하면, 이 세상에는 참으로 많은 것들이 있다―남자나 여자나 예술에 있어서나 문학에 있어서나, 기뻐하고 감사할 일이 곳곳에 얼마든지 있단다.'

레드먼드가 조금이나마 알게 해줬다고 생각해, 앤."

제임시너 아주머니가 말했다.

"너희들이 말하는 것으로 미루어 마침내―타고난 의지만 있으면―20년의 긴 생활이 가르치는 것을 대학 4년에 다 배울 수 있다는 거구나. 자, 그러니 나도 고등교육을 인정할 마음이 생기는구나. 이제까지는 좀 못마땅하게 생각했었지."

"하지만 타고난 의지가 없는 사람은 어떻게 하죠, 제임시너 아주머니?"

"타고난 의지가 없는 사람은 대학에서나 인생에서나 결코 아무것도 배울 수 없지. 비록 백 살까지 산다 하더라도 태어났을 때와 다름없이 아무 것도 몰라.

그것은 그 사람들의 죄가 아니라 가엾게도 운이 나쁜 거지. 의지를 조금이라도 가지고 있는 우리는 마땅히 신께 감사해야만 해."

필리퍼가 부탁했다.

"아주머니의 그 의지란 어떤 것인지 설명해 주시겠어요?"

"아니, 그만 두겠어. 의지가 있는 사람은 그것이 어떤 것인지 알 것이고 그게 없는 사람은 아무리 가르쳐줘도 모를테니 뭐라고 말할 필요가 없지."

바쁜 나날이 쏜살같이 지나 시험도 끝났다. 앤은 문학에서, 프리실러는 고전에서, 필리퍼는 수학에서 우등을 했으며 스텔러는 모든 학과에서 좋은 성적을 거두었다. 이윽고 졸업식이 다가왔다.

"옛날 같으면 내 인생에 오래도록 잊지 못할 기념비적인 사건이라고 했을 거야."

앤은 그렇게 말하면서 로이가 보내준 상자에서 제비꽃을 꺼내 물끄러미 바라보았다. 물론 앤은 그것을 달고 갈 생각이었지만 눈은 탁자 위에 놓인 또 하나의 상자 쪽으로 가고 있었다.

그 상자에는 은방울꽃이 한가득 들어 있었다. 애번리에 6월이 찾

아오면 그린게이블즈 뜰에 피는 은방울꽃도 이처럼 싱그럽고 향기가 좋았다. 상자 옆에는 길버트 블라이스의 카드가 놓여 있었다. 어째서 길버트가 오늘을 위해 꽃을 보내왔을까 의아했다.

올겨울 앤은 길버트를 아주 이따금씩 밖에 못 보았었다. 크리스마스 휴가 뒤 단 한 번 금요일밤 패티의 집에 왔을 뿐 다른 곳에서도 두 사람은 거의 만나지 못했다. 길버트가 최우등과 쿠퍼 장학금을 목표로 맹렬하게 공부하느라 레드먼드 사교적인 모임에 거의 끼지 않는 것을 앤은 알고 있었다. 하지만 앤은 반대로 매우 떠들썩한 겨울을 보냈다.

가드너 집안사람들과 자주 만났으며, 그러다보니 도러시와 아주 친해졌다. 대학 친구들은 앤이 머지않아 로이와의 약혼을 발표할 거라고 기대하고 있었다. 앤 자신도 기다렸다. 그런데도 앤은 졸업식장을 향해 패티의 집을 나서기 바로 전에 로이의 제비꽃을 옆으로 던져놓고 그 대신 길버트의 은방울꽃을 달았다. 어째서 그랬는지 스스로도 설명할 수 없었다.

몇 해 동안 오랜 바람이 이루어진 지금 그리운 애번리의 기억이며 꿈이며 우정 쪽이 왠지 모르게 자신에게 더 어울리는 것처럼 느껴진 것이다. 앤과 길버트는 언젠가 문학부 졸업생으로서 학사모를 쓰고 가운을 입을 날을 즐겁게 그려본 적이 있었다. 그 경사스러운 날이 다가왔다. 거기에는 로이의 제비꽃이 차지할 장소가 없다. 일찍이 소꿉친구와 서로 나누었던 어릴 적 꿈이 열매를 맺은 이날 그 소중한 친구의 꽃만이 인연이 있는 것으로 여겨졌다.

이날은 몇 해 동안 앤을 손짓해 불러왔으며 서서히 이끌어왔다. 그런데 드디어 그날이 왔을 때, 오직 하나의 또렷한 추억으로서 영원히 앤의 마음 속에 남은 것이 있었다. 그것은 엄격한 레드먼드의 학장이 모자와 졸업증서를 주며 앤을 문학사(B.A.)라고 부른 그 숨막히는 순간도 아니고, 앤의 은방울꽃을 보았을 때 길버트의 눈에서 빛난 광채도 아니었으며, 또 단상의 앤 곁을 지나갈 때 로이가 보낸 당혹하고 상처받은 눈길도 아니었다. 앨린 가드너의 거만스러운 축하말도 아니고 도러시가 기뻐하며 축하해준 말도 아니었다.

그것은 앤이 오랫동안 꿈꾸어 왔던 날을 헛되이 만들어버린, 표현할 수 없는 기묘한 마음의 고통이었다. 그 마음의 고통은 희미하긴 하지만 영원히 지워지지 않는 쓸쓸함을 남겼다.

그날 밤 문학부 졸업생들은 졸업을 축하하는 댄스파티를 베풀었다. 앤은 드레스를 갈아입자 언제나 걸고 있던 진주목걸이를 밀어놓고 크리스마스 날 그린게이블즈로 배달된 조그만 상자를 트렁크에서 꺼냈다. 실 같은 금사슬에 조그만 핑크빛 에나멜 하트가 펜던트로 달려 있는 목걸이였다.

곁들여진 카드에 다음과 같이 씌어 있었다.

행복을 빌어. 옛 친구 길버트.

앤은 길버트가 앤을 '홍당무'라 부른 뒤 핑크빛 하트형 캔디로 화해하려다가 실패한 그 치명적인 날의 추억이 이 에나멜 하트를 본 순간 다시 떠올라 웃으며 길버트에게 고맙다는 편지를 써 보냈다. 그러나 한 번도 그것을 목에 걸어본 적은 없었다. 오늘 저녁 앤은 꿈꾸는 듯한 미소를 떠올리며 하얀 목에 그것을 걸었다.

앤은 필리퍼와 함께 레드먼드로 걸어갔다.

앤은 묵묵히 걸었으나 필리퍼는 여러 이야기를 재잘거렸다. 그러다가 문득 필리퍼가 말을 꺼냈다.

"오늘 들었는데, 졸업식이 끝나는 대로 길버트 블라이스와 크리스틴 스튜어트의 약혼이 발표된대. 너는 그 일에 대해 뭔가 들었니?"

"아니."

필리퍼는 가볍게 말했다.

"정말인가봐."

앤은 아무 말도 하지 않았다. 어둠 속에서 얼굴이 붉게 타오르는 듯했다. 앤은 옷깃 안쪽으로 살그머니 손을 넣어 금사슬을 움켜잡았다. 세게 힘을 주어 한 번 비튼 것만으로도 사슬은 뚝 끊어졌고, 앤은 그것을 주머니에 쑤셔넣었다. 두 손이 바들바들 떨리고, 눈은 따끔따끔 아파왔다.

그러나 그날 밤 모두들 들떠서 떠들어댄 가운데에서도 가장 활발한 것은 앤이었으며, 길버트가 춤을 청하자 약속이 이미 다 찼다며 아쉬워하는 낯빛도 없이 단칼에 거절했다. 그 뒤 패티의 집 타다 남은 난롯불 앞에서 다른 아가씨들과 함께 비단 같이 고운 얼굴에서 봄의 쌀쌀함을 쫓아버리고 있을 때에도 그날 있었던 일들을 앤만큼 신나게 얘기한 사람은 없었다.

불을 꺼뜨릴까 봐 자지 않고 있던 제임시너 아주머니가 말했다.

"오늘 저녁 너희들이 나간 뒤 무디 스퍼존 맥퍼슨이 찾아왔더구나. 졸업생 댄스파티를 몰랐대. 그 아이는 잘 때 머리 둘레에 고무 밴드를 끼워 귀가 튀어나오지 않도록 해야겠더라. 내 숭배자 가운데 그렇게 한 사람이 있었는데, 퍽 좋아졌지. 그런 말을 꺼낸 것은 나였고 그 사람은 내 충고에 따랐지만, 그런 말을 한 나를 결코 용서하지 않았단다."

프리실러가 하품하며 말했다.

"무디 스퍼존은 아주 진실한 젊은이예요. 그 사람의 관심은 자기의 귀보다 더 중대한 일에 있나봐요. 목사가 될 생각이거든요."

"그렇겠지, 하느님은 사람의 귀에는 어떤 관심도 없을 테니까."

제임시너 아주머니는 무게 있게 말하고 무디 스퍼존에 대한 비평을 그만두었다. 아주머니는 비록 병아리 목사에 지나지 않더라도 성직자에 대해서는 나름대로 경의를 품고 있었다.

거짓 사랑

"좀 상상해봐—다음주 오늘 밤에는 애번리로 돌아가 있는 거야—생각만 해도 기뻐!"

앤은 상자 위로 몸을 구부려 린드 부인이 빌려준 퀼트 이불을 넣고—있었다.

"하지만 상상해봐—다음주 오늘 밤 나는 영원히 패티의 집을 떠나가는 거야—생각하기도 싫어!"

필리퍼는 앤의 말을 따라하며 말했다.

"우리의 웃음소리가 망령이 되어 미스 패티와 미스 머라이어의 꿈속에 울려 퍼질까."

미스 패티와 미스 머라이어는 아마도 사람이 살 수 있는 지구 구석구석을 돌아다닌 끝에 바야흐로 귀향길에 오르게 되었다.

미스 패티로부터 편지가 왔었다.

우리는 5월 둘째주에 돌아가겠어요. 카르나크신전[1]을 보고 온

─────────────

[1] 나일강 상류 기슭에 있는 고대 테베의 유적.

뒤에는 패티의 집이 좀 작게 여겨지겠지만 사는 데 큰 장소는 그리 좋지 않으니까요.

게다가 집으로 돌아가는 것은 감사한 일이에요. 늘그막에 여행을 나서면 앞날이 얼마 안 남았다는 생각으로 무리하기 쉽고 이 버릇은 어느 틈엔가 나도 모르게 심해지는 법이지요. 머라이어는 앞으로 집에 가만히 틀어박혀 있을 수 없게 될 것 같아 걱정이에요.

"나는 여기에 내 공상과 꿈을 곱게 접어 다음에 오는 사람들을 위해 축복하겠어."

앤은 아쉬운 듯 파란 방을 둘러보았다―이 아름다운 파란 방에서 앤은 참으로 행복한 3년을 보냈다.

그 창가에서 무릎 꿇고 기도했으며 그 창문으로 몸을 내밀어 소나무 뒤 뉘엿뉘엿 넘어가는 저녁해를 바라보았다. 가을비가 부슬부슬 창문을 두드리는 소리를 듣고 그 문턱에 와서 살며시 앉는 울새를 즐거운 마음으로 맞아주었다.

앤은 오랜 과거의 꿈이 그 방을 맴돌며 떠나지 않는 것이 아닐까―이제까지 기뻐하고 괴로워하며 웃고 울어온 방을 영원히 떠날 때 자기의 한 부분―만져볼 수도 없고 눈으로 볼 수도 없게 되었어도 틀림없이 존재하는 그 어떤 것―이 소리 없는 추억으로 뒤에 아련하게 남지 않을까 생각했다.

필리퍼가 말했다.

"사람이 꿈을 꾸고 때로는 슬퍼하고 기뻐하며 생활하는 방은 그 주인과 함께 수많은 것들을 함께 했기에 떼려야 뗄 수 없는 사이가 되어 방 또한 독자적인 인격을 가지게 되는 게 아닐까? 지금부터 50년이 지난 뒤 내가 이 방에 들어오면 방이 내게 '앤, 앤' 다정하게 말할 것 같아.

정말이지 우리는 여기서 얼마나 즐겁게 지냈는지 몰라! 새처럼 재잘거리면서 장난치고 사이좋게 소란도 피웠지!

아, 어떡해. 나는 6월에 조와 결혼해. 말할 수 없이 행복할 거라는 건 나도 알아. 하지만 지금 심정으로는 이 아름다운 레드먼드 생활이 영원히 이어졌으면 좋겠어."

"그게 이치에 맞지 않는 건 알지만 나도 그래. 앞으로 어떤 커다란 기쁨이 우리를 반겨줄지 모르지만 여기서 지낸 즐겁고 자유로운 생활은 두 번 다시 할 수 없을 거야. 영원히 가버린 거야, 필."

여전히 그 특권이 주어진 고양이가 어슬렁거리며 방으로 들어왔다. 필리퍼가 물었다.

"러스티는 어떻게 할 생각이니?"

러스티의 뒤를 따라들어온 제임시너 아주머니가 말했다.

"러스티는 조지프와 세러 고양이와 함께 내가 데리고 돌아가겠어. 모처럼 함께 살도록 길들여진 것들을 따로 떼어놓을 수는 없으니까. 길들여진다는 건 고양이에게나 사람에게나 그리 쉬운 일이 아니지."

앤은 서운한 듯 말했다.

"러스티와 헤어지는 게 몹시 슬퍼요. 하지만 그린게이블즈로 데려갈 수 없어요. 머릴러는 고양이를 아주 싫어하고 데이비는 못살게 굴어서 죽여버리고 말 테니까요. 게다가 나는 집에 그리 오래 있게 될 것 같지 않아요. 서머사이드 고등학교에서 교장으로 와주지 않겠느냐는 제안을 받았거든요."

필리퍼가 의아해서 물었다.

"승낙할 생각이니?"

"아, 아직 결정하지 않았어."

앤은 어쩔 줄 몰라하며 얼굴을 붉혔다.

필리퍼는 알았다는 얼굴로 고개를 끄덕였다. 로이한테서 결혼에 대한 뭔가 말이 있을 때까지 앤이 섣불리 계획을 세울 수 없는 건 당연했다. 로이는 머지않아 곧 말을 꺼낼 것이다—그것은 의심할 여지가 없는 일이었으며, 또 로이가 "승낙해 주겠습니까?" 하면 앤이 "네" 하고 대답할 것도 확실한 일이었다.

앤 자신은 잔물결 하나 일지 않는 침착한 태도로 자연스레 흘러가는 상황을 만족스럽게 지켜보고 있었다.

나는 로이를 깊이 사랑하고 있다, 물론 내가 꿈꾸던 사랑과 꼭 들어맞는 것은 아니다, 그러나 무슨 일이든간에 자기 생각대로 되는 것이 인생에서 얼마나 있을까 앤은 조금은 가라앉은 기분으로 스스로에게 물었다. 이 또한 어린시절에 맛보았던 다이아몬드의 환멸이 되풀이되는 것이다—보라색으로 눈부시게 빛나고 있는 줄만 알았던 다이아몬드가 실은 차가운 돌에 지나지 않음을 알았던 그때와 똑같았다.

'그건 내가 생각했던 다이아몬드가 아니었다'고 앤은 말했었다. 그래도 로이는 어쨌거나 좋은 사람이다. 함께 사랑하며 행복하게 지낼 수 있을 것이다. 뚜렷이 말할 수는 없으나 인생에서 중요한 무언가가 빠져 있는 느낌은 들지만.

그날 저녁, 로이가 찾아와 앤에게 공원을 산책하지 않겠느냐고 했을 때 패티의 집 사람들 모두 로이가 무슨 말을 하러 왔는지 이미 알고 있었다. 또 앤이 어떤 대답을 할 것인가도 짐작하고 있었다. 아니, 확실하다고 생각하고 있었다.

제임시너 아주머니가 말했다.

"앤은 정말 운 좋은 사람이야."

스텔러는 어깨를 으쓱해 보이며 말했다.

"나도 그렇게 생각해요. 로이는 확실히 좋은 사람이에요. 하지만 알맹이는 아무 것도 없어요."

제임시너 아주머니가 나무랐다.

"그런 말을 하면 마치 시샘하는 듯이 들려, 스텔러."

스텔러는 태연했다.

"그렇게 들리시겠죠—하지만 유치하게 시샘 같은 건 하지 않아요. 나는 앤을 너무 좋아하고 로이에게도 호의를 가지고 있어요. 모두들 앤이 로이에게 훌륭하게 잘 어울리는 상대라고 말하고 가드너 부인 조차 지금은 앤의 매력을 인정하고 있으니까요. 모든 것이 꼭 천국에서 일어나는 이야기같이 들리지만, 정말 그럴까 하고 생각될 때가 있어요. 그걸 기억해 주세요, 아주머니."

로이는 앤을 처음 만났던 항구의 조그만 정자에서 앤에게 결혼신청을 했다. 앤은 로이가 그 자리를 선택한 것을 아주 낭만적이라고 생각했다. 게다가 청혼도 루비 길리스의 한 연인이 했던 구애 같았고 결혼에 대한 책에서 베껴온 듯 화려했다. 전체적으로 완벽해 모자라는 데가 없었고 또 진지했다.

로이가 진심으로 말하고 있는 것은 의심할 나위가 없었다. 불협화음으로 심포니를 망쳐버리거나 쓸데없는 말로 이 중요한 순간을 깨는 일도 없었다. 앤은 자신의 머리끝부터 발끝까지 찌릿찌릿하는 기쁨을 느껴야 한다고 생각했다. 그러나 그렇지 않았다. 무서울 만큼 침착했다. 로이가 입을 다물고 대답을 기다릴 단계가 되자 앤은 자신의 운명을 결정하는 "네"라는 말을 하려고 입을 열었다.

그런데 그때—앤은 마치 절벽 끝에서 비틀비틀 뒷걸음질치듯 자신이 떨고 있는 것을 깨달았다. 눈이 아찔할 만큼 섬광 같은 짧은 순간에 지금까지 전 인생을 통해 배운 모든 것을 뛰어넘는 무언가를 깨닫는 때가 있는데, 그런 순간이 앤을 덮친 것이다. 앤은 로이의 손에서 자기 손을 잡아 뺐다.

앤은 격정적으로 외쳤다.

"나, 난 당신하고 결혼할 수 없어……못해……할 수 없어."

로이는 새파래지며—좀 얼빠진 표정마저 지었다. 지금까지—무리도 아니지만—아무런 문제없다고 믿고 있었던 것이다.

로이는 말을 더듬거렸다.

"그게 무슨 소리지?"

앤은 필사적으로 되풀이했다.

"로이와는 결혼할 수 없다는 말이야. 할 수 있다고 생각했었는데—하지만 할 수 없어."

로이는 냉정을 조금 되찾았다.

"어째서지?"

"왜냐하면—결혼할 만큼 좋아하지 않으니까."

로이의 얼굴에 붉은빛이 어렸다.

그는 묻고 싶지 않은 것을 질문하듯 천천히 되물었다.

"그럼, 앤은 지난 2년 동안 장난삼아 나를 대한 거야?"

"아니, 아니, 그렇지 않아."

가엾은 앤은 숨이 막힐 것만 같았다. 오, 이 마음을 어떻게 설명할 수 있겠는가? 도저히 할 수 없는 일도 있는 법이다.

"로이를 사랑한다고 생각했어—진심으로 그렇게 생각했어—하지만 지금, 바로 이 순간 그렇지 않다는 것을 깨달았어."

로이는 원망스러운 눈으로 힘주어 말했다.

"앤은 내 일생을 엉망으로 만들어 버렸어."

앤은 화끈거리는 뺨과 따끔따끔 찌르는 눈 그리고 기어들어 가는 소리로 사과했다.

"용서해줘."

로이는 휙 돌아서서 한참 동안 바다를 노려보았다. 앤에게로 돌아섰을 때는 또다시 창백한 얼굴이 되어 있었다.

"희망이 전혀 없는 거야?"

앤은 말없이 고개를 끄덕였다.

로이가 말했다.

"그럼—안녕히. 나로서는 이해할 수 없어. 앤이 내가 믿고 있던 그

런 사람이 아니라는 게 도무지 믿어지지 않아. 하지만 비난해서 뭐 하겠어. 당신은 내 유일한 사랑이었어. 그동안 보여줬던 우정 고마워, 안녕, 앤."

"안녕."

앤의 목소리는 떨렸다. 로이가 가버리자 앤은 오랫동안 정자 안에 앉은 채 무정한 안개가 바다에서 항구 쪽으로 다가오는 것을 바라보았다.

그야말로 앤에게는 굴욕과 부끄러움으로 뒤엉킨 순간이었으며 그 모든 것들이 파도처럼 앤을 덮쳐왔다. 그러면서도 그 밑바닥에는 다시 자유를 되찾았다는 기묘한 해방감이 숨어 있었다.

앤은 저녁 어스름을 틈타 몰래 패티의 집에 숨어들어가 자기 방으로 살금살금 들어갔다. 그러나 거기에서는 필리퍼가 창가의 자리에 앉아 조용히 기다리고 있었다.

그 뒤에 이어서 일어날 일들을 섬광처럼 깨닫고 앤이 새빨개진 얼굴로 말했다.

"잠깐 기다려. 내 말이 끝날 때까지 기다려줘, 필. 로이가 내게 청혼했어―하지만 난 거절했어."

"거―거절?"

필리퍼가 어이없다는 표정을 지었다.

"응."

"앤 셜리, 너 제정신이니?"

앤은 피곤에 지친 목소리로 힘없이 대답했다.

"그런 것 같아. 아, 필, 날 나무라지 마. 너는 몰라."

"모르고말고. 너는 2년 동안이나 모든 점에서 로이에게 그렇게 마음 먹도록 해놓고―이제 와서 거절했다니! 그렇다면 너는 그 사람을 농락한 셈이야. 앤, 네가 그런 짓을 하다니 믿을 수가 없어."

"그 사람을 농락한 게 아니야―마지막 순간까지 나는 그 사람을 사랑한다고 생각했지—그랬는데—막상 그 순간이 닥치니까 비로소 깨달은 거야. 그 사람하고는 결혼할 수 없다는 걸."

필리퍼는 잔인하게 말했다.

"너는 돈 때문에 그 사람과 결혼할 생각이었는데 양심이 고개를 들어 그렇게 하지 못한 거지?"

"그렇지 않아. 그 사람의 돈에 대해서는 생각해본 적도 없어. 로이한테도 분명히 설명할 수 없었는데 너한테도 역시 마찬가지야."

필리퍼는 몹시 격분했다.

"어쨌든 넌 로이한테 너무 심한 짓을 했어. 그 사람은 멋지고 머리 좋고 돈 많고 사람도 좋아. 더 이상 뭐가 더 필요하니?"

"나는 나와 같은 세계에 살고 있는 사람을 원해. 그 사람은 그렇지 않아. 처음에는 로이의 용모와 낭만적인 찬사에 반해버렸어. 그러다가 그 사람이 내가 이상형으로 생각하는 검은 눈동자의 연인에 딱 들어맞았기에 사랑한다고 믿어버린 거야."

"자기 마음을 알 수 없다는 점에 대해서는 나도 할말이 없지만, 하지만 네가 더 심해."

앤은 항의했다.

"난 내 마음을 알고 있어. 난처한 것은 그 마음이 변한다는 점이고, 변할 때마다 다시 처음부터 그 마음과 사귀어 시작해야 한다는 거야."

"그럼, 이제는 무슨 말을 해도 소용없겠구나."

"그럴 필요 없어, 필. 나는 부끄러워서 죽을 것 같아. 지금까지 쌓아온 모든 것을 망치고 말았어. 레드먼드 시절을 생각할 때마다 수치스러운 오늘을 떠올리지 않을 수 없게 되었으니. 로이는 날 경멸하고 있어…… 필 너도 그렇고…… 나 또한 나 자신을 경멸하고 있어."

필리퍼는 마음이 좀 누그러졌다.

"가엾어라. 자, 이리 와, 내가 위로해줄게. 내게는 너를 야단칠 자격이 없어. 나도 조를 만나지 않았다면 앨릭이나 앨런조와 결혼했을 테니까.

오, 앤, 현실세계에서는 모든 일들이 뒤얽히고 헝클어지나봐. 소설에 씌어진 것처럼 멋있고 정연하지 않은 모양이야."

"내가 살아 있는 한 두 번 다시 어떤 사람으로부터도 청혼 같은 건 받고 싶지 않아."

앤은 스스로도 그렇게 생각하는 것으로 믿으면서 흐느껴 울었다.

결혼식의 모습들

앤이 그린게이블즈로 돌아온 뒤 2, 3주일 동안은 인생이 기쁨의 절정에서 비참한 내리막길로 곤두박질쳤다는 기분에 사로잡혀 있었다.

첫째로 패티의 집에서 친구들과 떠들썩하게 즐겁게 지냈던 일이 그리웠다. 올겨울 화려한 꿈을 그려왔는데 지금은 먼지가 되어 쌓여 있을 뿐이었다. 그렇다고 자기 혐오에 빠진 지금의 심리상태에서는 아무것도 할 수 없었으며, 앤은 꿈을 품은 고독은 멋이 있지만 꿈이 없는 고독은 그리 매력이 없다는 것을 알게 되었다.

공원 정자에서 로이와 괴롭게 헤어진 뒤로 앤은 두 번 다시 그를 만나지 않았는데, 앤이 킹스포트를 떠나기 전에 도러시가 만나러 왔다.

"앤이 로이와 결혼하지 않는다니 정말 섭섭해요. 앤이 올케가 되어주기를 바랐거든요. 하지만 앤이 옳았어요. 로이와 결혼하면 죽을 정도로 따분할 거예요.

나는 로이를 무척 좋아하고, 로이는 나에게 아주 다정한 오빠예요. 하지만 재미있는 사람은 아니죠. 재미있는 척하지만 사실은 아니랍니다."

앤이 슬픈 듯 물었다.

"이 일로 우리의 우정에 금이 가지는 않겠죠, 도러시?"

"그야 물론이에요. 앤처럼 좋은 사람을 어떻게 잊을 수 있겠어요? 올케가 되어주지 않는다면 앞으로 내내 친구로 머물러 달라고 할 생각이에요. 그리고 로이 일로 마음 쓰지 말아요. 물론 로이는 지금 무척 비참한 심정이 돼 있어요—나는 거의 날마다 쏟아져나오는 로이의 호소에 귀기울여야만 하죠—하지만 머지않아 다시 일어설 거예요. 언제나 그러니까요."

"어머나—언제나라고요? 그럼, 전에도 그런 적이 있다는 말인가요?"

앤의 말투가 조금 달라졌다.

"네, 있었어요. 전에 두 번 있었죠. 그때도 로이는 내게 정신없이 이야기했었어요. 그들이 로이를 거절한 것은 아니었어요—다만 다른 사람과 약혼을 발표했을 뿐이었죠.

물론 앤을 만났을 때 로이는 이제까지는 진정한 사랑을 한 적이 없다—전에는 어린아이 같은 들뜬 마음에 지나지 않았다고 내게 말했어요. 어쨌든 걱정할 필요 없다고 생각해요."

이로서 앤은 걱정하지 않기로 했다. 안도감과 분노가 한꺼번에 뒤범벅된 기분이었다.

로이는 앤만이 이제까지 사랑한 단 한 사람이라고 분명히 말했다. 아마 로이는 스스로도 그렇게 믿고 있었을 것이다. 어쨌든 하마터면 속을 뻔했지만, 로이의 인생을 망친 건 아니라는 생각이 들자 앤은 마음이 편해졌다. 그 밖에도 여신(女神)은 있을 터이므로, 도러시의 말로 미루어 로이는 어딘가 또다른 신전을 찾아가지 않고는 못 견딜 것이다.

그럼에도 몇몇 꿈이 인생으로부터 다시 빗나가 앤은 인생이 더욱 더 황량해진 것 같은 느낌이 들어 견딜 수 없었다.

그린게이블즈로 돌아온 날 저녁 앤은 슬픈 얼굴로 이층 방에서 내려왔다.

"그 나이 먹은 '눈의 여왕'은 어떻게 되었죠, 머릴러?"

"아, 그것 때문에 네가 실망할 거라고 생각했었다. 나도 그랬으니까. 그 나무는 내가 어렸을 때부터 거기 있었거든. 지난 3월 폭풍으로 쓰러져버렸단다. 속이 다 썩었더구나."

앤이 슬프게 말했다.

"그게 없으니까 더욱 더 쓸쓸해요. 현관 위 방도 그 나무가 없으니 이제 내 방 같지 않아요. 창문으로 바깥을 볼 때마다 '아, 그 나무는 없어져 버렸어' 하고 생각하게 되겠죠. 그리고 그린게이블즈에 돌아왔을 때 다이애너가 기다려 주지 않은 적은 한 번도 없었는데, 그 다이애너도 없는 걸요."

린드 부인이 의미심장하게 말했다.

"다이애너는 지금 그 밖에도 해야 할 일이 많단다."

"자, 애번리 소식을 모두 들려주세요."

입구 층계에 앉은 앤의 머리에 저녁햇빛이 아름다운 황금빛발처럼 쏟아져내렸다.

린드 부인이 말했다.

"네게 편지로 알린 것 말고는 별 소식이 없어. 사이먼 플레처가 지난주 다리를 부러뜨린 이야기는 아직 듣지 못했겠구나. 그 집안사람들에게는 큰 사건이었지. 하고 싶어도 사이먼이 옆에 붙어 있는 한 할 수 없었던 일을 산더미처럼 해치우고 있단다. 아무튼 성질이 괴팍한 영감이니까."

머릴러가 끼어들었다.

"그 사람은 본디 쓸모없는 머저리잖아요? 그 영감이 태어난 집안 자체가 모두 모자란 사람뿐이잖아요."

"모자란 사람? 그래요! 그 사람의 어머니는 언제나 기도회 때 일어나 자기 아이들 결점을 늘어놓고 아이들을 위해 기도해 달라고 부탁하곤 했죠. 그렇게 하면 할수록 아이들은 화가 나서 더욱더 나빠지기만 하는데도."

머릴러가 생각났다는 듯이 말했다.

"레이철, 아직 제인에 대해 앤에게 이야기하지 않았어요."

린드 부인은 코웃음쳤다. 그리고 그리 내키지 않는 듯이 얘기하기 시작했다.

"아, 제인. 그래, 제인 앤드루스가 서부에서 돌아왔단다. 지난주였지. 위니펙의 억만장자와 결혼하기로 되어 있다나. 앤드루스 부인이 벌써 여기저기 떠들며 다니고 있다."

앤은 진심으로 말했다.

"그리운 제인—정말 잘됐어요. 그 아이는 인생의 멋진 순간을 손에 넣을 자격이 있는 걸요."

"아, 나는 조금도 제인을 나쁘게 말한 건 아니야. 그 아이도 좋은 아가씨고말고. 하지만 억만장자에게 어울리는 아이는 아니야. 게다가 그 상대는 부자라는 점을 빼면 특히 내세울 만한 게 하나도 없는 사람일 테니까.

앤드루스 부인은 그 남자가 영국사람으로 광산을 해서 재산을 모았다고 하지만, 머지않아 그 사람이 양키임이 밝혀지리라 생각하고 있어.

돈은 확실히 있는 듯하더구나. 제인에게 보석으로 선물공세를 하는 걸 보면. 약혼반지는 다이아몬드인데 어찌나 큰지 통통하게 살찐 제인의 손 위에서 고약처럼 보였어."

린드 부인은 아무리 애를 써도 빈정대는 말투가 되고 말았다. 그 못생기고 게으른 제인 앤드루스가 억만장자와 약혼했다는데, 앤은 부자든 가난뱅이든간에 아직 누구와도 짝이 되어 있지 않잖은가. 더욱이 앤드루스 부인은 정말 밉살스러울 만큼 자랑만 늘어놓으니.

머릴러가 말했다.

"길버트 블라이스는 대학에서 대체 뭘 했지? 지난주에 돌아왔는데 보니 얼굴빛이 너무도 나쁘고 여위어서 못 알아볼 뻔했다."

"올겨울 길버트는 정말 열심히 공부했어요. 고전 최우수상과 쿠퍼 장학금을 탔잖아요. 그 장학금은 5년 동안 아무도 탄 사람이 없었대요! 그래서 길버트는 몸이 좀 쇠약해진 걸 거예요. 우리는 모두 조금씩 지쳤어요."

"아무튼 너는 문학사인데 제인은 앞으로도 그렇게 될 가능성은 없겠지."

린드 부인은 은근히 만족스러움을 나타냈다.

2, 3일 지난 어느 날, 앤은 제인을 만나러 갔으나 제인은 샬럿타운으로 가서 집에 없었다.

앤드루스 부인이 거들먹거리며 말했다.

"바느질할 일이 있거든. 지금의 제인으로서는 애번리 같은 촌구석 재봉사에게 일을 맡길 수 없다니까."

앤이 말했다.

"제인에게 아주 좋은 일이 있다고 들었어요."

"그렇단다. 제인은 크게 성공했어. 비록 학사님은 아니지만 말이야."

앤드루스 부인은 새침하게 고개를 옆으로 치켜들었다.

"잉글리스 씨는 대단한 재산가야. 두 사람은 신혼여행으로 유럽에 가기로 되어 있지. 돌아오면 위니펙에 있는 대리석으로 된 웅장한 저택에서 살 거란다.

제인에게도 한 가지 고민거리는 있어. 요리를 그렇게 잘하는데 남편되는 사람이 손에 물도 못 담그게 해놓고 음식을 못하게 한대. 그 사람은 엄청 부자여서 요리는 요리사를 고용해서 시킨대나. 요리사와 그 밖에 하녀 둘, 마부, 그리고 집안일을 할 하인을 따로 쓰기로 되어 있다더구나.

그런데 너는 어떠냐, 앤? 대학까지 다녔는데도 결혼한다는 말이 전혀 없으니."

앤은 웃었다.

"그래요, 아무래도 이대로 노처녀가 되려나 봐요. 마음에 드는 사람이 좀처럼 나타나지 않아서요."

이것은 앤으로서는 나름대로 좀 심술궂은 말투였다. 비록 노처녀가 된다 해도 결혼할 기회가 없었기 때문이 아니라는 걸 앤드루스 부인이 알 수 있게 하기 위해 일부러 그렇게 말한 것이다.

그러나 앤드루스 부인은 재빨리 반격을 가했다.

"그래, 너무 까다로운 아가씨는 결국 기회를 잃어버리는 법이지. 그러고 보니 길버트 블라이스가 스튜어트 양인가 하는 사람과 약혼했다는 것은 어찌된 일이냐? 찰리 슬론이 말했는데, 아주 미인이라더구나. 그게 정말이니?"

앤은 평온한 태도로 차분히 말했다.

"길버트가 스튜어트 양과 약혼한 것이 정말인지 어떤지는 모르지만, 스튜어트가 무척 아름다운 것은 사실이에요."

"우리는 모두 너와 길버트가 결혼하리라고 생각했었지. 앤, 정신 차리지 않으면 남자친구들이 모두 손가락 사이로 다 빠져나가 버릴 게다."

앤은 앤드루스 부인과의 결투를 그만두기로 했다. 가느다란 칼이 전투용 도끼로 이리저리 휘두르는 적을 막을 수는 없는 노릇이다.

앤은 가슴을 펴며 일어났다.

"제인이 없으니 오늘 아침에는 이만 돌아가야겠군요. 제인이 있을 때 다시 찾아오겠어요."

앤드루스 부인은 필요 이상으로 정겹게 말했다.

"꼭 그렇게 해. 제인은 조금도 뽐내지 않으니까. 옛날 친구들과는 이제까지 사귀어온 대로 인연을 이어갈 생각이야. 널 만나면 무척 반가워할 거야."

제인의 억만장자는 5월 마지막 날에 도착해 눈부실 만큼 호화롭게 치장한 제인을 데려가버렸다. 린드 부인은 잉글리스 씨가 40대로 키가 작고 여위었으며 흰 머리카락이 듬성듬성 섞여 있는 것을 보고 고소한 만족감을 맛보았다. 잉글리스 씨의 결점을 파헤치는 데 사정을 봐줄 마음은 처음부터 없었던 것이다.

린드 부인은 그럴 듯하게 말했다.

"저런 사람을 보기좋게 꾸미려면 가진 돈을 고두 털어넣어야겠구나, 정말이지."

앤이 의리 있게 말했다.

"친절하고 좋은 사람 같았어요. 제인을 몹시 소중히 여길 거예요."

"흥!"

린드 부인은 코웃음칠 뿐이었다.

그 다음 주에는 필리퍼 고든이 결혼하므로 앤은 들러리가 되기 위해 볼링브로크로 갔다.

필리퍼는 우아하고 아름다운 요정 같은 신부였으며 조너스 목사는 행복으로 빛나 아무도 그를 못생겼다고 여기는 사람이 없을 정도였다.

"우리는 에반젤린*1의 나라로 신혼여행을 한 뒤 패터슨 거리에 자리잡을 거야. 어머니는 불평이 많아. 하다못해 조가 그보다는 나은 곳에 교회를 갖게 되면 좋겠다는 거야. 하지만 그가 있어 준다면 황량한 빈민가인 패터슨 거리도 내게는 장미의 화원과 마찬가지야. 오, 앤, 나는 너무나도 행복해서 눈물이 날 정도야."

앤은 언제나 친구의 행복을 자기 일처럼 기뻐했다. 그러나 사람은 남의 행복에 에워싸여 있으면 조금은 쓸쓸해지기도 하는 법이다.

그런 마음은 애번리에 돌아와서도 마찬가지였다. 그곳에서는 다이

---

*1 미국 시인 롱펠로가 쓴 서사시의 여주인공.

애너가 첫아기를 눕혀놓았을 때 여자에게 찾아드는 숭고한 기쁨으로 빛나고 있었다. 파리한 얼굴을 한 어린 어머니 다이애너한테서 이제까지 그녀에게 느껴보지 못한 어떤 거룩함마저 느낄 수 있었다.

눈에 환희를 떠올린 이 파리한 부인이 지난 초등학교 시절에 함께 놀았던 저 검은 곱슬머리와 장밋빛 뺨의 작은 다이애너란 말인가? 자신은 그 과거의 세월에 속할 뿐 현재와는 아무런 연관도 없는 것 같은 묘한 외로움을 느꼈다.

다이애너가 자랑했다.

"정말 예쁜 아기지?"

조그맣고 통통한 갓난아기는 우스꽝스러우리만큼 프레드를 닮았다. 동글동글한 얼굴이며 발그레한 것이 똑같았다. 앤은 예쁘다는 말에 긍정하는 건 자신의 양심에 비추어 내키지 않았지만 귀엽게 생겨서 입맞추고 싶어지는 사랑스러운 아기라고 진심으로 말했다.

"나는 이 아기가 태어나기 전에는 여자아이를 가지고 싶었단다. 앤이라고 부를 수 있게 말이야. 하지만 이렇게 작은 프레드가 태어난 이상 백만 명의 여자아이와도 바꾸고 싶지 않아. 귀여운 나의 아들, 이 아기면 돼. 너무나 소중한 내 아기야."

앨런 부인이 기쁜 듯이 인용했다.

"'갓난아기는 모두 가장 귀엽고 소중한 아이'지요. 만일 작은 앤이 태어났다 하더라도 다이애너는 같은 생각을 했을 거예요."

앨런 부인은 다른 교회로 전임되어 간 뒤 처음으로 애번리에 와 있었다. 옛날과 다름없이 쾌활하고 다정했다. 부인의 옛 친구인 처녀들은 정신없이 기뻐하며 환영했다. 지금의 목사 부인도 존경할 만한 사람이지만 '서로를 부르는 영혼'이라고는 할 수 없었다.

"이 아기가 말을 할 만한 나이가 될 때까지 어떻게 기다리지?"

다이애너는 한숨을 포옥 내쉬었다.

"이 아이가 '엄마' 하는 걸 듣고 싶어 못견디겠어. 그리고 어머니에

대한 이 아이의 첫번째 기억을 멋지게 만들 생각이야. 내가 떠올리는 첫 추억은 내가 뭔가 잘못을 저질러서 뺨을 맞은 일이야. 맞을 만한 짓을 했기 때문임에 틀림없고 언제나 잘해주었기에 나는 어머니를 너무너무 좋아해. 하지만 어머니에 대한 첫 추억이 좀 더 좋았더라면 하는 아쉬움이 들곤 해."

앨런 부인이 말했다.

"나는 어머니의 추억이 단 하나밖에 없지만, 그것은 내 모든 추억 가운데 가장 아름다운 것이에요.

내가 5살 때인 어느 날, 두 언니와 함께 학교에 가도 좋다는 허락이 내렸어요. 학교가 끝나자 언니들은 저마다 자기 친구들끼리 집으로 돌아갔어요. 둘 다 상대방이 나를 데리고 있는 줄 알았대요.

그런데 나는 쉬는 시간에 함께 놀던 작은 여자아이를 따라가 학교 가까이에 있는 그 아이 집에서 흙장난을 하며 놀았어요. 우리가 한창 재미있게 노는데 작은 언니가 숨을 헐떡이며 몹시 화가 나서 찾아왔더군요.

'나쁜 애로구나!' 하고 소리치며 언니는 싫다며 떼를 쓰는 내 손을 움켜잡고 질질 끌다시피해서 데려갔어요. '얼른 집에 가야 해. 안 그러면 혼나! 엄마가 엄청 화나셨단 말이야. 넌 분명 회초리로 맞을 거야.'

나는 그때까지 한 번도 회초리로 맞은 적이 없어서 걱정과 두려움으로 작은 가슴이 쿵당쿵당 방망이질쳤어요. 그리고 집으로 걸어가던 그때만큼 비참한 마음이 들었던 것은 태어나서 처음이었죠.

결코 나쁜 짓을 할 생각은 아니었어요. 페미 캐머런이 함께 자기집에 가자며 나를 이끌었고, 말없이 가버리면 나쁘다는 것을 나는 미처 몰랐으니까요. 그런데도 매맞을 거라는 이야기였어요.

집에 닿자 언니는 나를 부엌으로 끌고 들어갔죠. 부엌의 불 옆에는 어머니가 저녁 어스름 속에 앉아 있었어요. 불쌍한 내 작은 다리는 덜덜 떨려서 서 있을 수 없을 정도였지요.

그러자 어머니는—어머니는 한마디도 야단치거나 무서운 말을 하지 않고 다만 나를 번쩍 안아올려 입맞춰주고 가슴에 꼭 끌어안더니 '네가 길을 잃어버렸나 해서 너무너무 걱정했단다' 하고 다정하게 말했어요.

나를 내려다보는 어머니의 눈이 사랑으로 빛나는 것을 알 수 있었어요. 어머니는 내가 한 짓을 야단치거나 비난하지 않고—다만 허락없이 다시는 다른 사람 집에 가서는 안 된다고 타일러주었을 뿐이었어요.

그 얼마 뒤 어머니는 세상을 떠났죠. 이것이 어머니에 대한 단 하나의 추억이에요. 아름다운 추억이죠?"

앤은 이제까지보다도 더한 쓸쓸함을 느끼며 자작나무 오솔길과 '윌로미어'를 지나 집으로 돌아갔다. 이 길은 몇 달 동안이나 걸은 적이 없었다.

진한 보랏빛 꽃이 흐드러지게 피어 있는 밤이었다. 바람결에 꽃내음이 가득 피어오르고 있었다. 너무 강렬해 숨이 막혔기에 이제 그만! 소리치고 싶을 정도였다. 그것은 마치 금방이라도 넘칠 것 같은 잔을 받았을 때 어쩔 줄 몰라 쩔쩔 매는 것과 비슷했다.

오솔길의 자작나무는 요정 같아 보이는 어린 나무였었는데 큰 나무로 자라 있었다. 모든 것이 다 달라져 버렸다.

여름이 지나고 애번리를 떠나 다시 일을 시작할 수 있으면 좋겠다고 앤은 생각했다. 그렇게 되면 인생을 이토록 공허하게 느끼지는 않을 것이다.

"'나는 세상에 나가보았다. 세상은 이미 옛 로맨스의 옷을 입고 있지 않았다.'"

읊조리고 나서 앤은 한숨을 쉬었다. 그리고 이 세상에서 로맨스가 사라져버렸다는 낭만적인 글로 큰 위로를 받았다.

묵시록

어빙네가 여름을 지내기 위해 '메아리집'에 돌아왔으므로 앤은 거기서 7월의 3주일 동안을 즐겁게 보냈다.

옛날의 미스 라벤더인 어빙 부인은 조금도 달라지지 않았다. 샤를로타 4세는 이제 어엿한 숙녀가 되어 있었지만 지금도 여전히 앤을 숭배하고 있었다.

샤를로타 4세는 솔직히 털어놓았다.

"뭐니뭐니해도 셜리 아가씨, 보스턴에서도 아가씨와 비교할 만한 사람은 하나도 못 봤어요."

폴도 이제 16살로 어른이 다 되어 있었다. 그의 곱슬머리는 말쑥하게 깎은 다갈색이었으며 요정들보다도 축구에 더 흥미를 느끼고 있었다. 그러나 폴과 그의 옛 친구였던 선생 사이에 흐르는 정은 그대로 이어지고 있었다. 아무리 세월이 바뀌어도 '서로를 부르는 영혼'만은 변함이 없었다.

앤이 그린게이블즈로 돌아온 것은 7월의 어느 날, 비가 내릴 듯한 황량하고 쓸쓸한 밤이었다. 이따금 세인트 로렌스만을 지나가곤 하는 격렬한 여름태풍이 바다를 거칠게 흔들고 있었다. 앤이 집으로 들어섰을 때 첫 빗방울이 창문을 때렸다.

머릴러가 물었다.

"지금 너를 바래다준 것은 폴이었니? 오늘 밤 여기서 자고 가라고 하지 그랬니? 날씨가 이렇게 험악한데."

"큰 비가 퍼붓기 전에 '메아리집'에 닿을 거예요. 폴도 돌아가고 싶어했어요. 아, 아주 즐겁게 보내고 왔어요. 하지만 이렇게 집에 돌아올 수 있는 게 더 기뻐요. '동쪽을 보아도, 서쪽을 보아도 집이 가장 좋아라'예요. 어머나, 데이비, 잠깐 사이에 키가 또 큰 거니?"

데이비가 자랑했다.

"누나가 없는 동안 1인치나 컸어. 이제 밀티 볼터를 따라잡았어. 그래서 기분이 좋아. 밀티는 이제 자기가 더 크다고 큰소리칠 수 없게 되었어. 저, 누나, 길버트 형이 죽게 되어 버렸다는 걸 누나는 알아?"

앤은 아무말 하지 못하고 그 자리에 못박힌 듯이 서서 데이비를 뚫어져라 응시했다. 얼굴이 너무 새파랗게 질렸으므로 머릴러는 앤이 기절하는 게 아닐까 생각했다.

린드 부인이 화내며 말했다.

"데이비, 잠자코 있어. 앤, 그런 얼굴 하지 마라. 그런 얼굴을 해서는 안 돼! 이렇게 불쑥 알리지 않으려 했는데."

"그게 —정말—인가요?"

놀란 앤은 쉿소리로 말했다. 그것은 앤의 목소리가 아니었다.

"길버트는 몹시 위독해. 네가 '메아리집'으로 떠난 바로 뒤에 길버트는 장티푸스에 걸렸지. 아무 소식도 못 들었니?"

"못 들었어요."

"처음부터 아주 증상이 심각했어. 몸이 너무 쇠약해져 있다고 의사 선생님이 말해서 그 집에서는 간호사를 두는 등 최선을 다해 왔단다. 그런 얼굴 하지 말라니까, 앤. 목숨이 있는 한 희망이 있으니까."

데이비가 다시 끼어들어 말했다.

"해리슨 씨가 아까 저녁때 여기 와서 도저히 가망이 없다고 말하던걸."

늙고 약해진 머릴러는 피로한 모습으로 일어서더니 무서운 얼굴로 데이비를 부엌에서 쫓아냈다.

린드 부인은 파리해진 앤의 몸을 늙은 팔로 다정하게 끌어안았다.

"제발 부탁이니, 그런 얼굴 하지 마라. 나는 단념하지 않으니까. 포기하지 말고. 다행히 길버트는 블라이스 집안의 체력을 지니고 있으니까."

앤은 린드 부인의 팔을 가만히 떼어놓고 아무것도 눈에 들어오지 않는 부엌을 가로질러 자기가 쓰던 방으로 갔다.

앤은 눈을 멍하니 뜬 채 창가에 무릎을 꿇고 앉았다. 창밖은 어두웠고 바람에 떨고 있는 밭에 비가 세게 내리쳤다. '도깨비숲'은 폭풍에 몸을 비트는 큰 나무의 울부짖음으로 가득 찼으며 공기는 아득히 먼 바닷가에 밀려오는 큰 파도가 부서지는 천둥 같은 소리로 떨리고 있었다.

그리고 길버트는 죽어가고 있는 것이다!

성경에 신이 그 섭리를 계시한 묵시록이 있듯 누구의 생애에나 묵시록이 있다. 앤도 폭풍과 어둠 속에서 모든 것을 잊고 잠 못 이루며 지낸 그 고뇌에 찬 밤에 자신의 묵시록을 읽었다.

나는 길버트를 사랑하고 있었다―이제까지 줄곧 사랑해온 것이다! 그것을 비로소 깨달았다. 앤은 자신의 오른손을 잘라내버릴 수 없는 것과 마찬가지로 자신의 생애에서 고통을 느끼지 않고 길버트를 버릴 수 없음을 알았다.

그러나 이 깨달음은 너무 늦었다―길버트가 세상을 떠나는 마지막 자리에 함께 있음으로써 괴로움 속에서도 위로받을 수 있는 것조차 이미 늦었다. 자기가 그토록 눈이 멀지 않았다면―그토록 어리석지 않았다면―지금 곧바로 길버트 곁으로 달려갈 수 있었을 텐데.

그러나 앤이 자기를 사랑하고 있다는 것을 길버트는 결코 모를 것이다—앤이 사랑하지 않는다고 여긴 채 이 세상을 떠나가고 말 것이다. 오, 자기 앞에 펼쳐진 공허하고 캄캄한 세월!

어떻게 저 세월 속에서 살 수 있단 말인가—살 수 없다!

앤은 두려움에 떨면서 창가에 웅크리고 앉아 행복하고 젊디젊은 생애에 처음으로 자신도 죽고 싶다고 생각했다. 만일 길버트가 한 마디 말도 남기지 않고, 또는 추억의 물건이나 전하는 말 하나 남기지 않고 떠나가 버린다면 나는 살 수 있을까. 길버트 없이는 아무런 가치도 없다. 나는 길버트를 위해 있고 길버트는 나를 위해 있는 것이다.

고통의 절정에서 앤은 거기에 대해 더이상 의심하지 않았다. 길버트는 크리스틴 스튜어트를 사랑하고 있지 않다—이제까지 한 번도 사랑한 적이 없다. 아, 길버트와 내가 어떤 운명의 끈으로 결부되어 있는지 몰랐던 나는 얼마나 바보였던가. 로이 가드너에게 느낀, 우쭐하여 들뜬 마음을 사랑이라고 생각하다니. 죄를 저지른 경우와 마찬가지로 지금 나의 어리석음에 대한 속죄를 해야만 한다.

린드 부인과 머릴러는 자기 전에 몰래 앤의 방문 앞에서 귀를 기울여보았지만 물을 끼얹은 듯 조용한 것을 보고 서로 말없이 불안스럽게 고개를 저어보인 다음 가버렸다.

폭풍은 밤새도록 미친 듯 날뛰더니 새벽이 되어서야 가라앉았다. 앤은 어둠의 끝자락에 떠오르는 신비한 빛을 바라보았다.

조금 뒤 동쪽 언덕 꼭대기가 떠오르는 아침해를 받아 루비처럼 영롱하게 물들었다. 구름은 두둥실 홀로 떠올라 지평선에서 크고 부드러운 흰 덩어리가 되었으며, 하늘은 파란색과 은빛으로 빛났다. 고요함이 온 세상에 자욱이 퍼졌다.

앤은 조용히 일어나 발소리를 죽여 아래로 내려갔다. 비에 씻긴 상쾌한 바람이 뒤뜰로 나간 앤의 파리한 얼굴을 쓰다듬고 지나가 메마르고 충혈된 눈을 식혀주었다. 마치 춤추는 듯 명랑한 휘파람 소리가 오솔길에서 들려왔다. 다음 순간 퍼시피크 부트의 모습이 나타났다.

앤의 몸에서 갑자기 힘이 빠졌다. 만일 낮은 버드나무가지를 붙잡지 않았다면 앤은 쓰러질 뻔했다.

퍼시피크는 조지 플레처네 일꾼이며 조지 플레처는 블라이스 네 옆집에 살고 있다. 플레처 부인은 길버트의 아주머니였다. 퍼시피크라면 어쩌면—어쩌면—길버트에 대한 소식을 알고 있을 것이다.

퍼시피크는 휘파람을 불며 힘차게 오솔길을 성큼성큼 걸어왔다. 그에게는 앤이 보이지 않았다. 앤은 세 번이나 퍼시피크를 부르려 했으나 헛일이었다. 그가 하마터면 지나쳐버리려고 했을 때 앤은 떨리는 입술로 겨우 "퍼시피크!"라고 불렀다.

퍼시피크는 이를 드러내보이며 쾌활하게 웃고 아침인사를 했다.

앤은 들릴락 말락한 목소리로 물었다.

"퍼시피크, 오늘 아침 조지 플레처 씨네에서 오는 거예요?"

퍼시픽은 상냥하게 말했다.

"그렇습니다. 어젯밤 제 아버지가 아프다는 전갈을 받았지만 폭풍이 너무 심해서 갈 수가 있어야죠. 그래서 오늘 아침 일찍 나온 겁니다. 숲의 지름길로 가야겠어요."

"오늘 아침 길버트 블라이스가 좀 어떤지 들었어요?"

앤의 간절한 마음이 그녀에게 이렇게 묻도록 시켰다. 최악의 대답을 듣는다 해도 이처럼 견딜 수 없는 불안감에 시달리기보다는 그나마 나을 것 같았다.

"다행히 회복되어가는 것 같습니다. 어젯밤 고비를 겨우 넘겼죠. 의사선생님은 이제 곧 나을 거라고 했습니다. 하지만 정말 위험했어요! 그 도련님은 대학에서 몸을 망쳐버렸습니다. 그럼, 난 이만 가보겠습니다. 아버지가 빨리 만나고 싶어할 테니까요."

퍼시피크는 이내 휘파람을 불며 걷기 시작했다. 그의 뒷모습을 바라보는 앤의 눈에서 기쁨의 눈물이 지난밤부터 긴장되었던 마음과 괴로운 몸부림을 몰아내버렸다. 퍼시피크는 너무나도 여위고 몹시 너덜너덜한 차림이었으며 아주 못생긴 젊은이었다. 그러나 앤의 눈에는 그가 산 위에서 좋은 소식을 가져다주는 천사 못지않게 아름다워 보였다. 살아 있는 한 앤은 퍼시피크의 햇볕에 그을린 둥글고 검은 눈의 얼굴을 볼 때마다 죽음의 슬픔 대신 기쁨의 향유를 가져다 준 그 순간을 따뜻하게 떠올리지 않을 수 없을 것이다.

퍼시피크의 쾌활한 휘파람소리가 멀어져 이윽고 저 멀리 '연인의 오솔길'의 단풍나무 밑에서 멎어버린 뒤까지도 앤은 버드나무 아래에 우두커니 서서 크나큰 걱정거리가 사라졌을 때 가슴을 파고드는 인생의 감미로움을 맛보고 있었다.

그날 아침은 황홀하도록 아름다운 안개와 햇살이 찰랑거리는 백포도주 같았다. 앤이 서 있는 한구석에 수정 같은 이슬을 머금은 장미꽃이 활짝 피기 시작하여 앤에게 놀라움과 기쁨을 안겨주었다.

머리 위 큰 나무에서 재잘거리는 새의 노래는 앤의 기분과 하나로 조화되었다. 오랜 진리의 책, 성경의 한 구절이 앤의 입을 통해 흘러나왔다.

"밤새도록 울며 슬퍼할지라도 아침과 더불어 기쁨이 오리로다."*1

---

*1 《구약성서》〈시편〉 제30편 제5절.

진실

길버트가 현관 모퉁이를 돌아 불쑥 나타났다.

"오늘은 옛날처럼 9월의 숲을 지나 '향료가 나는 언덕을 넘어' 산 책을 하자고 부르러 왔어. 헤스터 그레이의 정원을 찾아가보지 않 을래?"

무릎 위에 하나 가득 얇고 보드라운 녹색 옷감을 올려놓고 돌층계 위에 앉아 있던 앤은 좀 난처한 듯이 얼굴을 들었다.

앤은 마지못해 말했다.

"아, 가고 싶지만 갈 수 없어, 길버트. 오늘 저녁 앨리스 펜헬로 결혼 식에 가기로 되어 있거든. 이 옷을 좀 손질해야 해. 그리고 이것이 다 되었을 때에는 갈 준비를 해야 해서 미안해, 길버트. 무척 가고 싶은 데 말이야."

"그럼, 내일 오후라면 갈 수 있겠니?"

길버트는 별로 실망하는 기색도 없이 물었다.

"응, 내일은 괜찮을 거야."

"그렇다면 나는 서둘러 집으로 돌아가서 내일 할 일을 해치워야겠 군. 흠, 앨리스 펜헬로가 오늘 저녁 결혼한다고? 올 여름 앤은 세 번이나 결혼식에 참석하는구나. 필의 결혼식, 앨리스의 결혼식, 그리고 제인의 결혼식. 나를 결혼식에 초대하지 않다니, 제인을 용서하지 않겠어."

"꼭 초대해야만 할 앤드루스 집안 친척이 끔찍스럽게도 많았다는 걸 생각해 보면 제인을 나무랄 수도 없어. 그 사람들도 집에 다 들어갈 수 없었을 정도였으니까.

나는 제인의 어렸을 적 소꿉친구라는 명분으로 특별히 초대됐어—적어도 제인 쪽에서 말하면 그렇지. 제인의 어머니가 나를 부른 건 제인의 멋지고 호화스러운 모습을 보여주고 싶었기 때문이었을 테지만."

"제인이 꽤 많은 다이아몬드를 달고 있어서 어디서부터 어디까지가 다이아몬드고, 어디서부터가 제인인지 알 수 없을 정도였다는 게 정말이야?"

앤은 웃었다.

"꽤 많았던 건 사실이야. 다이아몬드, 흰 공단, 얇은 비단, 레이스, 장미꽃, 오렌지색 꽃들로 새침하고 조그만 제인이 폭 파묻혀버릴 것 같았지. 하지만 제인은 무척 행복해 보였어. 잉글리스 씨도, 그리고 제인의 어머니는 말할 것도 없었고."

길버트가 하늘하늘한 주름장식을 내려다보며 물었다.

"오늘 저녁 입고 갈 옷이야?"

"응, 예쁘지? 머리에는 별꽃을 꽂을 생각이야. 지금 '도깨비숲'에 잔뜩 피어 있어."

문득 길버트는 앤의 환영을 보았다. 하늘하늘한 초록색 옷을 입고 순결한 팔과 목을 드러내고 물결치는 빨강머리에서 하얀 꽃이 별처럼 반짝이고 있는 모습이었다.

이 환영에 길버트는 저도 모르게 숨을 삼켰다. 그러나 아무 일도 없었다는 듯한 얼굴로 자리에서 일어났다.

"그럼, 내일 다시 올게. 오늘 저녁 즐겁게 보내."

앤은 성큼성큼 걸어가는 길버트의 뒷모습을 다정한 눈길로 배웅했다. 길버트는 너무나도 친절했다. 앓고 난 뒤 그린게이블즈를 자주 찾아와 두 사람 사이에 옛 우정이 새록새록 되살아나고 있었다.

그러나 앤은 이미 그것으로 만족할 수 없었다. 사랑의 장미꽃 앞에서 우정의 꽃은 빛깔도 향기도 없었다. 그리고 앤은 길버트가 지금 자기에게 느끼고 있는 것은 우정뿐인 것이 아닐까 자기도 모르게 초조해지기 시작했다. 평범한 나날의 연속에서 그 황홀한 기쁨에 젖었던 아침, 그토록 찬연하게 빛났던 확신도 희미해져 버리고, 앤은 자신의 실수를 씻을 수 없는 게 아닐까 하는 걱정에 시달리고 있었다.

길버트가 사랑하는 사람은 또한 크리스틴일 수도 있었다. 이미 크리스틴과 약혼했을지도 모른다. 앤은 믿을 수 없는 희망은 모조리 마음에서 몰아내고 장래에 기다리고 있는 것은 사랑 대신 일과 야망이라고 생각함으로써 만족하려고 무던히도 애썼다.

선생으로서 위대하다고는 할 수 없더라도 잘 해낼 수 있다. 게다가 앤의 단편이 편집자들 사이에 반응이 좋은 것도 앞으로 그녀가 문학 활동으로 성공할 희망을 주었다.

그러나―그러나―앤은 초록색 옷을 집어들며 또다시 한숨을 내쉬었다.

길버트가 다음날 오후 찾아가 보니, 앤은 엊저녁 파티의 피로도 보이지 않고 새벽별처럼 아름다운 모습으로 길버트를 기다리고 있었다. 앤은 초록빛 옷을 단정히 입고 있었다. 길버트가 레드먼드의 환영회에서 특히 마음에 든다고 말했던 예전의 그 옷이었다. 그 초록색은 앤의 머리 빛깔이며 별 같은 잿빛 눈은 아이리스처럼 아름다움을 돋보이게 해주었다.

숲속 오솔길의 나무그늘을 걸으며 길버트는 곁눈질로 앤을 쳐다보고 이토록 빛나 보인 적은 없다고 생각했다. 앤도 이따금 길버트를 곁눈질해 보며 앓고 난 뒤로 완전히 어른이 된 것 같다고 생각했다. 마치 소년시절은 영원히 사라진 것 같았다.

그날은 눈부시게 아름다웠고, 걸어가는 길도 평화로웠다. 두 사람이 헤스터 그레이의 정원에 닿아 낡은 벤치에 앉았을 때 앤은 벌써 목적지에 닿아버린 것을 아쉬워할 정도였다. 그러나 여기도 또한 무척이나 사랑스러웠다. 다이애너와 제인과 프리실러와 앤 네 사람이 함께 가졌던 그 먼 옛날의 행복했던 소풍날과 다름없이 아름다웠다.

그때에는 수선화와 제비꽃이 흐드러지게 피어 있었는데, 지금은 기린초가 곳곳에 그 요정 같은 횃불을 밝히고 있고, 탱알이 정원을 군데군데 파랗게 물들이고 있었다. 자작나무 골짜기에서 들려오는 시냇물 소리가 숲을 빠져나와 전과 다름없이 유혹해 왔다.

부드러운 공기는 바다의 숨결로 가득 차 있었다. 건너편에는 여러 해 동안 여름햇빛을 받아 은회색이 된 울타리로 둘러싸인 밭이 있고 길다랗게 이어진 언덕에는 가을구름이 스카프처럼 그림자를 드리우고 있었다. 살랑거리는 서풍과 함께 옛꿈이 되살아났다.

앤이 조용히 말했다.

"'꿈이 이루어지는 나라'가 저 파란 안개 너머 저쪽에 있는 것 같아."

길버트가 물었다.

"앤에게 뭔가 이루지 못한 꿈이 있어?"

그 말투의 어떤 것이—패티의 집 과수원에서 있었던 그 비참한 밤 이후로 듣지 못했던 어떤 것이 앤의 가슴을 몹시 고동치게 했다.

그러나 앤은 가볍게 받아넘겼다.

"물론이지. 누구나 그래. 꿈이 모두 실현되어 버리면 따분해지지 않겠어? 꿈꿀 일이 남아 있지 않으면 죽은 거나 마찬가지인걸. 저 나직이 가라앉는 해는 탱알이며 양치류로부터 얼마나 좋은 향기를 들이마실까. 향기를 들이마실 뿐만 아니라 눈으로도 볼 수 있으면 좋겠

어. 아마 퍽 아름다울 거야."

길버트는 그런 수법으로 말하는 것을 다른 곳으로 돌려버리거나
하지는 않았다.

그는 천천히 말했다.

"내게도 한 가지 꿈이 있어. 몇 번인가 실현될 것 같지 않게 여겨졌
었지만 나는 여전히 그 꿈을 계속 뒤쫓고 있어. 바로, 행복한 가정을
이루는 꿈이야. 난로에는 불이 타오르고, 고양이와 개가 있고, 친구들
의 발소리가 들리고—그리고 앤, 그곳에는 앤이 있어."

앤은 뭔가 말하려 했으나 말이 나오지 않았다. 행복이 물결처럼 밀
려왔다. 두려울 정도였다.

"나는 2년 전 너에게 물은 적이 있었지, 앤? 오늘 다시 물으면 앤은
다른 대답을 해줄까?"

여전히 앤은 아무 말을 할 수가 없었다. 그러나 헤아릴 길 없는 과
거의 시간이 거슬러온 사랑에 빠진 듯 반짝이는 눈을 들어 앤은 한
동안 길버트의 눈을 뚫어지게 바라보았다. 이제 길버트에게 앤의 대
답은 필요하지 않았다.

에덴 동산을 생각나게 하는, 아름다운 저녁 어스름이 찾아올 때까
지 두 사람은 오래된 정원에서 꼼짝하지 않았다. 스쳐가는 일들이—
이야기하고, 행동하고, 듣고, 생각하고, 느끼고, 오해했던 일들이 너무
나 많았다.

앤은 마치 로이 가드너를 사랑한다고 밖에는 생각할 수 없을 만한
상황을 길버트에게 보여준 일이 없었던 것처럼 꾸짖듯 말했다.

"나는 네가 크리스틴 스튜어트를 사랑하는 줄로만 여겼어."

길버트는 소년처럼 해맑게 웃었다.

"크리스틴은 고향에 약혼한 사람이 있어. 나는 그걸 알고 있었고 크
리스틴도 내가 안다는 것을 알고 있었지. 크리스틴의 오빠가 졸업하
면서 자기 누이동생이 다음해 겨울 음악을 공부하러 킹스포트에 오

기로 되어 있는데, 아는 사람이 없어 무척 쓸쓸해 할 테니 좀 보살펴 줄 수 없겠느냐고 내게 부탁했었어. 나는 좋다고 했지. 게다가 만나보니 크리스틴은 그 자체로 좋아하게 되었어. 그렇게 멋진 여자는 좀처럼 보기 드물 거야.

대학에서 우리가 서로 사랑하고 있다는 소문이 나도는 것을 알았지만 나는 상관하지 않았어. 앤이 나를 도저히 사랑할 수 없다는 말을 한 뒤로는 이제 될 대로 되라는 심정이었거든. 내게는 앤 말고는 아무도—절대로 아무도 있을 수 없었어. 나는 초등학교 때 앤이 내 머리를 내려쳐 석판을 깨뜨렸던 그날부터 줄곧 앤만을 사랑해 왔어."

"이렇게 바보인 나를 어떻게 변함없이 사랑할 수 있었는지 이상해."

길버트가 솔직히 털어놓았다.

"웬걸, 나도 단념하려고 했었지. 지금 앤이 말한 것처럼 생각해서가 아니라 가드너가 나타난 뒤로는 이제 내게 기회조차 없다고 생각했기 때문이었어. 그런데 포기할 수 없었어. 그리고 앤이 로이와 결혼하리라 믿고 있었던 2년 동안, 그리고 남의 일에 참견하기 좋아하는 녀석들이 앤의 약혼이 이제 발표될 단계에 이르렀다는 말을 거의 매주마다 퍼뜨리고 다녔던 그 두 해 동안 내가 어떠했는지 괴로움은 말로 다할 수 없어.

열이 내려 침대 위에 일어나 앉아 있던 그 고마운 날까지 그렇게 믿었었어. 필 고든으로부터 아니, 필 블레이크로부터 편지를 받았지. 필은 앤과 로이는 아무런 사이도 아니니 '다시 한번 해보라'고 용기를 주었어. 그 뒤 회복이 빠르게 호전되자 의사선생님도 무척 놀랐어."

앤은 웃고—그리고 몸을 떨었다.

"나는 길버트가 죽어간다고 생각한 그날 밤을 절대로 잊을 수 없을 거야. 아, 나는 알게 됐어—그때 알았지—하지만 이미 늦었다고 생각했었어."

"아냐 그렇지 않아, 앤. 이것으로 모든 아픔을 충분히 보상받았어.

이 멋진 선물을 보내준 이 날을 우리는 한평생 가장 아름다운 날로 소중히 간직하자."

앤이 다정하게 말했다.

"오늘은 우리의 행복이 새롭게 태어난 날이야. 나는 전부터 이 헤스터 그레이의 오래된 정원을 좋아했지만 지금은 전보다 훨씬 더 소중하게 되었어."

길버트는 슬픈 듯 말했다.

"하지만 나는 앤을 오래 기다리게 해야 해. 3년이 지나야 의학과정을 졸업할 수 있고, 그때가 된다 해도 다이아몬드도 없고 대리석 홀하고는 거리가 멀어."

앤이 웃었다.

"나는 다이아몬드도 대리석 홀도 탐나지 않아. 내가 바라는 것은 '당신'뿐이야. 수치도 체면도 없이 이런 말을 하는 건 필과 마찬가지야. 다이아몬드 반지며 대리석 홀도 좋은 건 사실이지만, 그런 게 없는 편이 '공상할 여지'가 더 많아. 그리고 기다리는 일쯤은 아무것도 아니야. 우리는 서로를 위해 기다리고 공부하고 일하며—그리고 꿈꾸면서 행복하게 지낼 수 있을 거야. 아, 이제부터는 틀림없이 멋진 꿈을 꾸게 될 거야."

길버트는 앤을 끌어당겨 키스했다. 두 사람은 사랑의 왕국에서 함께 왕과 여왕의 왕관을 썼다. 이윽고 앤과 길버트는 저녁 어스름 속에서 일찍이 이토록 아름답게 핀 일이 없다고 여겨지는 수많은 꽃에 에워싸여 구불구불한 오솔길을 걸어 희망과 추억의 바람이 살랑거리는 목장을 지나 집으로 돌아왔다.

Lucy Maud Montgomery
ANNE OF GREEN GABLES

《ANNE》의 짧은 이야기

루시 모드 몽고메리/김유경 옮김

미스 페닐로피의 아이기르기
페트릭의 후견인

미스 페닐로피의 아이기르기

　페닐로피 크레이그는 엘스턴 부인네 집의 브리지 게임에서 일찌감치 집으로 돌아왔다.

　그날 밤 그녀는 아동심리에 대한 강의준비를 해놓아야만 했고 그밖에도 생각해둬야 할 몇 가지 절박한 문제가 있었다. 비타민을 어떻게 섞어 어린이 식사를 만드는가 하는 것은 그녀가 지금이라도 곧 풀어야만 할 문제였다. 다른 부인들은 인기있는 페닐로피가 가버리는 것을 몹시 유감스러워했지만, 그녀의 모습이 사라져버리자 곧 웃으며 이야기하기 시작했다.

　콜린즈 부인이 먼저 말했다.

　"그거 재미있는 생각이군요. 미스 페닐로피 크레이그가 양자를 맞아온다는 것 말예요."

　그러자 친구를 찾아와 있던 블라이스 부인이 물었다.

　"하지만 그게 어째서 나쁘다는 건가요? 그분은 어린이교육에 대해 누구나 인정하고 있는 권위자잖아요?"

　"물론 권위자죠. 그녀는 동물애호협회 회장이고 아동복지위원회 위원장, 그리고 전국부인회연합 강사도 맡고 있어요. 그러면서도 조금도 잘난 체하며 뻐기는 데가 없죠. 하지만 양자를 데려오려는 생각은 아무래도 좀……"

블라이스 부인은 고집스럽게 또 물었다.

"어째서죠?"

그녀 자신 또한 일찍이 양녀였고, 그린게이블즈에서 머릴러 커스버트가 그녀를 데려왔을 때 주위 사람들이 미친 짓이라 수군거렸다는 것을 알고 있었기 때문이다.

콜린즈 부인은 아주 의미 있는 태도로 손을 뻗치며 말했다.

"어머나, 블라이스 부인도 우리들만큼 오래 미스 페닐로피 크레이그를 사귀었다면 알 수 있을 테지만, 그녀는 여러 이론에 대해서는 정말로 잘 안답니다. 하지만 그것을 실행에 옮기게 되면—게다가 남자아이잖아요?"

앤은 커스버트 집안사람들이 처음에는 남자아이를 맞을 생각이었던 일이 생각났다. 머릴러는 내가 남자아이였어도 제대로 기를 수 있었을까 하고 앤은 생각했다.

콜린즈 부인은 말을 이었다.

"여자아이라면 어떻게 되겠지만 말예요. 어떤 이론이든 무언가 쓸모있는 것이 포함되어 있을 테니까요. 여자아이로 실험해 보는 게 좋지 않을까요? 하지만 남자아이라면 좀. 미스 페닐로피 크레이그가 남자아이를 기른다는 것을 한번 생각해 보세요."

앤이 다시 물었다.

"그 아이는 몇 살이죠?"

"내가 듣기로는 8살이래요. 미스 페닐로피와는 아무 관계도 없는 모양이에요. 최근에 세상을 떠난 그녀의 친구 아들이래요. 아버지는 그 아이가 태어나자 곧 돌아가셨기 때문에 남자라곤 전혀 접촉한 일이 없다고 미스 페닐로피가 말하더군요."

클로스비 부인이 웃으며 말했다.

"그편이 그녀에게는 더 나을 거예요."

그러자 블라이스 부인이 또다시 물었다.

"미스 크레이그는 남자를 싫어하나요?"

"남자를 싫어한다고까지는 할 수 없어요. 아니, 사실은 싫어하지 않겠죠. 다만 남자 일로 머리쓸 겨를이 없다고나 할까요? 갤브레이즈 의사선생이라면 잘 아시겠죠. 갤브레이즈 선생을 아시죠? 댁의 남편께선 틀림없이 아실 거예요."

"그렇겠죠. 그분 이야기라면 들은 것 같아요. 아주 총명한 분이라죠? 그 선생께서 미스 크레이그를 사랑하나요?"

블라이스 부인이라는 사람은 어쩌면 저렇게 함부로 말을 한담! 하지만 그녀로서는 아무리 간단한 일이라도 납득될 때까지 이해하지 않으면 안 되는 성미였다.

'호기심은 인간의 본능인걸. 당연하지, 뭐.'

그녀는 생각하며 입을 열었다.

"그렇게 말할 수 있죠. 그분은 미스 페닐로피에게 계속 구혼하고 있답니다. 벌써 10년쯤 될까요? 그래요, 부인이 저 세상으로 간 지 13년이나 되었으니까요."

"무척 끈질긴 분이군요."

"그래요. 갤브레이즈 집안 사람들은 결코 단념하지 않아요. 게다가 미스 페닐로피는 아주 상냥하게 거절하고 있어서 다음에는 틀림없이 응해줄 거라고 기대하는지도 모르죠."

블라이스 부인은 예전의 자기 로맨스를 돌이켜보고 웃으며 말했다.

"그녀가 응하리라는 것은 기대할 수 없나요?"

"안 되지 않을까요? 미스 페닐로피는 비록 상대가 로저 갤브레이즈든 다른 누구든 결혼 같은 건 결코 하지 않을 거라고 여겨요."

앤은 생각했다.

'로저 갤브레이즈. 그래, 그 사람이야. 길버트가 그 사람은 한번 마음먹으면 지렛대로 움직여도 꿈쩍하지 않는다고 말했었지.'

롤리 부인이 말했다.

"두 사람은 사이좋은 친구예요. 그저 친구 사이로만 있을 거예요. 그 이상 깊은 사이로는 진전될 것 같지 않아요."

블라이스 부인이 말했다.

"우정이라고 생각했던 게 실제로는 사랑일 수도 있죠. 미스 페닐로피는 아주 아름다운 분이니 말예요."

그녀는 미스 페닐로피의 넓은 크림빛 이마에 늘어져 있는 작게 컬한 검은 머리카락을 머릿속에 떠올려보았다. 앤은 어른이 된 지금도 아직 자기의 빨강머리를 체념하지 못하고 있었다.

콜린즈 부인이 고개를 끄덕이며 말했다.

"아름답고 똑똑하고 유능하죠. 그래서 남자들이 참을 수 없게 되는 게 아닐까요?"

앤이 말했다.

"남자를 필요로 하지 않는가 보군요."

"그럴지도 몰라요. 하지만 로저 갤브레이즈만한 남자가 10년이나 그녀를 계속 따라다니는 것을 보면 마음이 조마조마해진답니다. 어린 아가씨들이 얼마든지 있잖아요? 샬럿타운의 미혼녀 절반쯤은 그분에게 달려들 거예요."

"미스 크레이그는 몇 살인가요?"

"35살이에요. 전혀 그렇게 보이지 않지만. 그녀에게는 인생의 고생이 없었으니까요. 게다가 슬픔도 없었잖아요? 어머니는 그녀가 태어났을 때 돌아가셨거든요. 쓸쓸함을 느낄 리 없죠. 그 뒤로 줄곧 먼 친척되는 미스 마터와 살고 있어요.

미스 마터는 그녀를 숭배하고 있답니다. 그래서 여러 가지 클럽 활동에 시간을 쓸 수가 있죠. 확실히 똑똑하고 유능한 사람이지만 실제로 아이를 길러보지 않으면 이론과 실천이 얼마나 다른지 모를 거예요."

트위드 부인이 차갑게 웃으며 말했다.

"그래요, 이론 따위는!"

그녀는 여섯 아이를 훌륭하게 키운 어머니로서 한마디 할 권리가 있다고 생각했던 것이다.

"미스 페닐로피는 이론이라면 얼마든지 알고 있어요. 지난해 어린이 교육에서 '모형'에 대해 이야기한 것을 기억하시겠죠?"

앤은 머릴러와 린드 부인이 생각났다. 그녀들이었다면 이런 이야기에 뭐라고 할 것인가?

트위드 부인이 말을 이었다.

"그녀가 강조한 점 가운데, 아이들에게 좋아하는 일을 하도록 해주고 그 결과를 어린이 자신이 책임지도록 길러야 한다는 것이 있었어요. 아이가 무엇을 하더라도 못하게 막아서는 안 된다는 거예요. '그렇게 하면 아이들은 스스로 사물을 판단하게 됩니다' 하고 그녀는 말했었답니다."

블라이스 부인이 말했다.

"어느 정도까지는 맞군요. 하지만 그 정도를 지나면……"

파커 부인이 기억을 더듬으며 말했다.

"어린이에게 개성을 발휘하게 해주어야 한다고도 말했었어요."

블라이스 부인이 웃으며 말했다.

"아이들이 거의 그렇게 하고 있죠. 미스 크레이그는 어린이를 좋아하나요? 내게는 그것이 아주 중요한 일로 생각되는데요."

그러자 콜린즈 부인이 말했다.

"내가 물어본 적이 있었어요. 그랬더니 그녀는 '그런 질문은 어른을 좋아하느냐 어떠냐고 묻는 것과 같아요' 하더군요. 어떻게 생각하세요?"

플튼 부인이 말했다.

"그래요. 그녀 말이 맞아요. 좋아지는 아이가 있는가 하면 그렇지 못한 아이도 있으니까요."

조지 파이에 대한 추억이 앤의 마음속을 스쳐 지나갔다.

앤은 말했다.

"왠지 모르게 그렇게 되죠. 그 까닭은 여러 가지 있겠지만……"

그러자 매킨지 부인이 물었다.

"침을 질질 흘리는 그 뚱뚱한 팩스턴의 아이를 좋아할 사람이 있을 거라고 생각하세요?"

앤이 웃으며 말했다.

"그 아이 어머니는 이 세상에서 가장 귀엽게 여긴답니다."

이번에는 로런스 부인이 퉁명스럽게 말했다.

"아이를 때리는 그녀의 모습을 보면 도저히 그런 말을 할 수 없을 거예요. 미스 페닐로피라면 아끼는 아이에게는 매질을 하라는 속담을 믿지 않을 테니까요."

윌리엄즈 부인이 지친 목소리로 말했다.

"나는 요 5주일 동안 버터와 밀크로 생활해서 몸무게를 4파운드나 줄였답니다."

그녀는 이제 슬슬 화제를 바꾸는 편이 좋겠다고 생각했던 것이다.

그러나 다른 사람들은 윌리엄즈 부인의 이야기를 완전히 무시했다. 그녀가 살쪘건 여위었건 누가 그런 일에 관심을 가질 것인가?

레니 부인이 말했다.

"나는 그녀가 어린이를 매질해서는 안 된다고 하는 말을 들었어요."

앤은 유쾌한 마음으로 생각했다.

'그녀와 수전은 정말 꼭 닮았구나.'

플튼 부인이 말했다.

"그 점에서는 나는 그녀와 의견이 같아요."

트위드 부인이 입술을 오므리며 말했다.

"그래요? 나는 다섯 아이에게 전혀 매를 대지 않았어요. 하지만 조니에게만은……그 아이와 함께 살고 있으면 때로는 호되게 때려줘야만 하거든요. 그 점 어떻게 생각하세요, 블라이스 부인?"

앤서니 파이를 생각하고 있던 앤은 트위드 부인의 질문에 잠시 망설였는데, 게이너 부인이 느닷없이 이야기하기 시작했으므로 대답하지 않아도 되었다. 그녀는 이제까지 한마디도 끼어들지 않았지만 이제야말로 자기가 나서서 주장할 때라고 생각했던 것이다.

"미스 페닐로피 크레이그가 어린아이를 때리는 모습을 상상해 보세요."

아무도 그것을 생각할 수 없었으므로 그녀들은 다시 게임으로 돌아갔다.

페닐로피가 집에 돌아왔을 때 로저 갤브레이즈 의사가 거실에 와 있었고, 그를 숭배하는 마터가 자신이 만든 큼직한 도넛을 차와 함께 대접하고 있었다.

"남자아이를 양자로 데려온다는 이야기를 들었는데 정말이에요, 페니? 온 마을이 그 이야기로 떠들썩해요."

마터가 말했다.

"남자아이를 양자로 두는 것만은 그만둬줬으면 좋겠다고 부탁했었죠."

마터는 그토록 부탁했는데도 헛일이었다는 듯한 말투였다. 페닐로피는 조용하고 아름다운 목소리로 말했다―그런 목소리로 말하면 언제나 매력적으로 들렸다.

"이번 경우 남자아이니 여자아이니 택할 여지는 전혀 없었어요. 가엾은 엘러의 아이를 다른 사람이 돌보게 맡겨둘 수 없었는걸요. 그녀는 죽음이 임박한 병상에서 내게 편지를 썼어요. 다른 사람이 알지

못하도록 내게 부탁하고 싶었으리라 생각해요. 그 아이가 여자아이
가 아닌 것은 참으로 유감스러운 일이지만요."

"여기가 남자아이를 기르기에 알맞은 곳이라고 생각해요?"

갤브레이즈 선생은 깨끗이 정리된 아담하고 깔끔한 방안을 둘러보
며 정말로 의심스럽다는 듯이 더부룩한 갈색 머리카락을 손가락으로
만졌다.

페닐로피는 차갑게 말을 이었다.

"물론 그렇다고는 생각지 않아요, 선생님. 어린아이에게 생활환경이
얼마나 중요한지 선생님 못지않게 잘 알고 있어요.

그래서 케픽에 있는 옛날이야기에 나오는 것 같은 집을 샀잖아요.
거기를 '윌로 런(버드나무 오솔길)'이라고 부르기로 했어요. 아주 기분
좋은 곳이에요. 마터도 인정하고 있어요."

갤브레이즈 선생이 말했다.

"스컹크가 많을 거요. 그리고 모기도."

페닐로피는 그가 말한 스컹크에 대해서 완전히 무시하고 말했다.

"여름이 되면 그곳에 많은 피서객들이 와요. 라이어닐에게 친구가
많이 생길 거예요. 물론 어떤 곳일지라도 결점은 있지만, 거기는 아이
들에게 이상적인 장소에 가까운 곳이라고 생각해요.

햇빛이 찬란하게 내리쬐고 공기가 신선하고 놀 장소도 얼마든지
있어요. 개성을 길러나가려면 놀 장소가 있어야만 해요. 게다가 라이
어닐이 잘 침실은 전나무 언덕 쪽으로 창문이 나 있어요."

"라이어닐이라고!"

"네. 확실히 좀 우스운 이름이에요. 엘러가 문학에 열중했었기 때문
이 아닐까요?"

"그런 이름으로는 여자 같은 남자가 되고 말아요. 뭐, 어찌됐든 미
망인인 어머니가 응석받이로 키웠다면 그렇게 되었겠지만."

갤브레이즈 의사는 말하며 자리에서 일어났다. 6피트나 되는 여위

고 근육질인 그의 몸은 이 작은 방에 너무 큰 것처럼 생각되었다.

"언제 한번 나를 그 '윌로 런'에 데려가 주었으면 좋겠소. 위생시설은 어떤 가요?"

"아주 잘 갖추어져 있어요. 내가 그런 일을 생각지 못할 거라고 여기나요?"

"그리고 물은 어때요? 아마도 우물에서 길어올리겠죠? 여러 해 전 여름 케퍽에서 장티푸스가 돌아 혼난 일이 있었죠."

"요즘은 염려없을 것으로 생각하지만, 언제 한번 가서 봐주면 고맙겠어요."

페닐로피의 콧대가 조금 약해졌다. 아이를 밝게 기르는 방법에 대해서는 모든 것을 다 알고 있는 줄 생각했지만, 장티푸스라면 이야기가 달랐다. 왜냐하면 그 무렵 의학은 장티푸스를 막을 만큼 진보되어 있지 못했기 때문이다. 의사의 말은 역시 귀담아 들어야만 했다.

다음날 오후 갤브레이즈 선생은 자동차를 몰고 와서 페닐로피와 함께 '윌로 런'으로 갔다.

페닐로피가 말했다.

"어제 엘스턴 부인 집에서 블라이스 부인이라는 분을 만났어요. 그 남편 되시는 분이 의사선생이라죠? 아세요?"

"길버트 블라이스 씨겠죠. 알아요. 훌륭한 의사요. 게다가 부인도 꽤 매력 있는 분이죠."

"네, 그렇더군요. 자세히는 보지 않았지만요."

페닐로피는 갤브레이즈가 블라이스 부인을 높이 평가한 것이 어째서 자기 기분을 건드리는지 이상하게 느껴졌다.

'마치 그것이 나에게 중요한 일인 것 같잖아?'

그러나 그녀는 빨강머리 여자는 아무래도 좋아할 수 없었다.

갤브레이즈 의사는 '윌로 런'의 우물이나 그 밖의 여러 것들을 찬찬히 살펴보고, 이 정도라면 괜찮다고 말했다. 그곳이 매력적인 곳임은 부정할 나위 없는 사실이었다.

페닐로피는 집을 살 때 속을 만큼 어리석지 않았다. 집은 방이 많은 예스러운 구조였고, 단풍나무와 버드나무로 온통 둘러싸여 있었다.

뜰로 들어가는 어귀에 장미꽃 시렁이 만들어져 있고, 조개껍질로 가장자리가 꾸며진 돌을 깔아놓은 길은 봄 동안 수선화가 가득 피어 있었다.

이따금 나무 사이로 파아란 바다가 어른거렸다. 하얀 문에서부터 붉은 벽돌담이 이어지고 그 위에 꽃핀 사과나무가 가지를 뻗고 있었다.

갤브레이즈 의사가 말했다.

"잉글사이드처럼 아름답군요."

"잉글사이드라니요?"

"글렌 세인트 메리의 블라이스 씨네 저택이죠. 그곳 사람들은 그렇게 부르죠. 요즘 자기 집에 이름붙이는 것이 유행하잖아요? 나는 좋은 풍조라고 생각해요. 장소에 개성을 주는 게 되니까 말이죠."

"그럴까요?"

페닐로피의 상냥한 목소리가 또 조금 쌀쌀해진 것 같았다. 블라이스 집안 이야기가 나올 때마다 그녀는 왠지 약이 오르는 것 같았다. 그 잉글 뭐라는 이름도 '월로 런'은 도저히 미치지 못하는 것으로 여겨졌다.

집안도 바깥 못잖게 아주 훌륭했다.

페닐로피는 매우 만족한 얼굴로 말했다.

"이런 곳이라면 라이어닐의 교육에 썩 좋으리라고 생각해요. 아이가 자기 가정에 어떤 마음을 갖는가 하는 것은 매우 중요한 일이에요. 라이어닐이 자기가 사는 가정을 사랑하게 되기를 나는 바라고 있어요.

식당이 '참제비고깔 오솔길'로 향하고 있잖아요? 나는 그것이 무척 기뻐요. 참제비고깔을 보면서 식사하다니 생각만 해도 즐거워요."

"그렇지만 남자아이란 그런 일에는 흥미가 없지 않겠소? 물론 월터 블라이스는……"

갑자기 페닐로피가 커다랗게 소리질렀다.

"저봐요, 다람쥐가 있어요."

까닭은 모르겠지만 갤브레이즈 선생이 한번 더 블라이스네 이야기를 한다면 큰 소리로 외치고 싶은 심정이었다.

"사람에게 아주 익숙해져 있군요. 그 남자아이는 틀림없이 다람쥐를 좋아할 거예요."

"남자아이가 무엇을 좋아하게 될 건지는 좀처럼 알 수가 없소. 고양이에게 다람쥐를 쫓게 하는 일이라면 좋아하게 될지도 모르지만."

"나는 고양이를 기르지 않아요. 싫어하니까요."

"고양이에 대해서라면, 잉글사이드에서 이상한 일이 있었죠. 거기에는 검정……"

페닐로피는 상대의 말을 가로막으며 말했다.

"나는 이사올 날이 몹시 손꼽아 기다려져요. 이렇게 오래도록 그 답답한 아파트에서 살아온 게 지금은 도무지 믿어지지 않아요. 이제야 겨우 '윌로 런'에서 내 아이와……"

"그 아이가 친아들이 아니라는 것을 잊어선 안 됩니다, 페니. 비록 그렇더라도 그 나름대로 문제는 있을 테니까."

갤브레이즈 의사는 위 층계에 서 있는 페닐로피를 올려다보았다. 그의 착한 검은 눈이 갑자기 매우 다정해 보이는 표정을 띠었다. 그는 밝은 목소리로 말했다.

"오늘은 아주 멋진 날이오. 이런 날에는 아무래도 당신에게 구혼하고 싶어지는구료. 구태여 내 청혼을 거절할 필요는 없을 것 같은데."

페닐로피는 조금 쑥스러운 듯 입술을 삐죽해 보였으나 다정한 목소리로 말했다.

"사랑하라고 요구만 하지 않는다면 나는 당신을 무척 좋아하게 될 거예요, 로저. 왜냐하면 우리의 우정이 얼마나 멋져요? 어째서 우정을 더럽히려고 하죠? 지금 내 생활에는 남자분이 들어설 여지가 전혀 없어요."

그리고 그녀는 그만 쓸데없는 말을 덧붙이고 말았다.

"블라이스 부인이 미망인이 아니어서 유감이군요."

로저가 조용하게 말했다.

"당신이 그런 말을 하리라곤 생각지도 못했소, 페니. 비록 블라이스 부인이 미망인이라 할지라도 내게는 그런 의미에서는 흥미가 전혀 없소. 나는 빨강머리 여자를 좋아하지 않으니까."

페닐로피는 항의하며 말했다.

"블라이스 부인의 머리칼은 빨강이 아니에요. 아주 매력적인 적갈색이지요."

그녀는 갑자기 블라이스 부인이 썩 즐거운 사람이었던 게 생각났던 것이다.

"그렇다면 당신 좋을 대로의 빛깔로 해두어도 좋소."

갤브레이즈 의사의 목소리가 조금 밝아졌다. 페니는 블라이스 부인에게 질투를 느꼈음에 틀림없다. 질투심이 있는 것을 보면 희망이 있다고 그는 생각했다. 그러나 돌아오는 자동차 안에서 그는 말을 그리하지 않았다.

한편 페닐로피는 아이들 정신은 이렇다느니, 아이들에게는 좋아하는 대로 해주어야만 한다느니(그녀의 말을 빌면 '어린이의 에고이즘을 밖으로 나타낸다'는 게 된다), 시금치를 잘 먹게 만들어야 한다느니 그야말로 즐겁게 이야기를 계속했다.

의사는 일부러 말했다.

"블라이스 부인은 젬에게 시금치를 먹게 하는 것을 끝내 체념하고 말았죠."

그러나 페닐로피는 블라이스 부인이 어떻게 했다는 이야기에 이미 관심을 보이지 않았다. 그뿐 아니라 여느 때와 다른 저자세로 '암시'의 효과에 대해, 특히 아이가 잠들어 있을 때의 효과에 대해 어떻게 생각하느냐고 물었다.

"졸려 하는 거라면 자게 내버려두면 되오. 대부분 어머니는 아이가 잠자는 걸 기뻐하지 않겠소?"

"어머나! 대부분 어머니라고요! 내가 하고 싶은 말은 아이를 깨우라는 게 아니에요. 아이 곁에 조용히 앉아 낮고 포근한 목소리로 아이의 마음에 무언가를 심어 주려는 거예요."

갤브레이즈 의사가 말했다.

"나라면 그렇게 하지 않소."

페닐로피는 하마터면 자신의 혀를 깨물 뻔했다. 로저의 부인이 아기를 낳다가 죽었다는 사실을 어째서 자기는 잊고 있었단 말인가.

갤브레이즈 의사가 말했다.

"그 생각에도 그 나름의 효과가 있을지 모르죠."

예전에 그는 블라이스 의사에게 얼마쯤 빈정거리는 투로, 당신이 성공한 것은 사람들이 정말로 하고 싶어하는 일을 재빨리 깨닫고 그것을 해보도록 권했기 때문이라고 말한 적이 있었다.

페닐로피가 꿈꾸듯 말했다.

"아이의 어린 정신이 발달되어 가는 것을 보는 건 즐거운 일이에요."

갤브레이즈 의사는 무뚝뚝하게 말했다.

"그 아이는 8살이라고 했죠? 그 아이 정신은 이미 꽤 발달되어 있는 게 아닐까요? 로마 가톨릭 교회에서 아이에 대해 뭐라고 하는지 알아요? 처음 7년 동안이 중요하다고 해요. 그렇다고 해서 희망이 전혀 없는 것은 아니지만."

페닐로피는 상냥하게 웃으며 반론했다.

"당신처럼 빈정거리기만 하면 잃는 것도 많지 않을까요, 로저?"

페닐로피는 스스로 인정하고 싶지는 않았지만, 라이어닐이 왔을 때 갤브레이즈 의사가 그 자리에 없는 것을 남모르게 기뻐하고 있었다.

그는 휴가를 떠나 있었으며, 몇 주일 동안 돌아오지 않을 예정이었다. 그가 돌아올 무렵에는 자기도 라이어닐과 친해져 비록 어떤 문제가 일어날지라도 이미 해결되어 있을 것이다.

페닐로피는 비겁하게 문제를 피할 생각은 없었다. 그러나 인내력과 이해력만 있다면 어떤 문제라도 쉽게 해결되리라. 게다가 그녀는 자신이 그 양쪽을 모두 갖추었다고 확신하고 있었다.

그날 아침 일찍, 그녀는 위니펙에서 라이어닐을 데리고 올 남자로부터 그를 맞아오기 위해 역까지 나갔다.

그러나 라이어닐을 처음 보았을 때 그녀는 받은 충격을 누를 수 없었다. 그녀가 기대했던 라이어닐은 엘러와 똑같이 곱슬곱슬한 금발과 어린아이 같은 파란 눈에 버드나무를 떠오르게 하는 아름다움을 지닌 소년이었다.

그런데 그는 그녀가 한 번도 만난 적 없는 그의 아버지를 닮았음이 분명했다. 키가 작고 땅딸막한 데다 머리카락은 검고 숱이 많았으며 눈썹은 어린아이라고 여길 수 없을 만큼 검고 짙어서 심지어 콧방울 있는 데까지 이어져 있는 것처럼 보였다.

"내가 페닐로피 이모야."

그러자 라이어닐이 말했다.

"그럴 리 없어요. 내게는 친척이 없는 걸요."

페닐로피는 기습을 당하고 말이 막혔다.

"그건 그래. 그렇구나. 진짜 이모는 아니지만 그렇게 부르는 편이 좋지 않겠니? 나는 네 엄마와 가장 친한 친구였으니까. 여행은 즐거왔니?"

"재미 같은 건 눈곱만큼도 없었어요."

그녀는 라이어닐과 나란히 자동차에 올라탔지만, 그는 '윌로 런'으로 가는 동안 오른쪽도 왼쪽도 전혀 보려 하지 않았다.

"피곤하니?"

"아뇨."

"그럼, 배고프겠구나? 마터가……"

"배도 고프지 않아요."

페닐로피는 이야기하기를 단념해 버렸다. 아동심리책에 어떤 경우에는 아이를 내버려두는 편이 좋다고 씌어 있었던 것을 그녀는 생각해 냈다.

'이 아이는 지금 말하고 싶지 않은 모양이니까 얼마 동안 가만히 내버려두기로 하자.'

두 사람은 아무 말 없이 그대로 달렸다. 마터가 기다리고 있는 입구에 페닐로피가 자동차를 세웠을 때 라이어닐이 갑자기 침묵을 깨뜨렸다.

그는 또렷한 목소리로 물었다.

"저 더러운 할멈은 누구예요?"

"어머나! 뭐라고! 저 분은 마터 이모란다. 함께 살고 있는 내 사촌언니지. 너는 저 분도 이모라고 부르면 좋을 것 같은데. 아주 좋은 사람이니까. 머지 않아 틀림없이 좋아하게 될 거야."

"싫어요!"

"그렇게 말해선……"

페닐로피는 아이들에게 '해선 안 된다'고 부정적인 말을 해서는 안된다는 생각이 들어 말을 끊었다.

"저 사람을 더럽다고 말하지 마라."

라이어닐이 물었다.

"어째서요?"

"왜냐하면……왜냐하면 너도 저 사람의 마음을 상하게 하고 싶지는 않겠지? 누구나 더럽다는 말을 듣고 싶어하지는 않는단다. 알겠지? 너도 싫겠지?"

"난 조금도 더럽지 않은걸요."

그 말을 듣고 보니 확실히 그랬다. 그는 그 나름으로 얼굴생김이 단정한 아이였다.

마터는 퉁명스럽게 다가와 손을 내밀었다. 라이어닐은 손을 뒤로 감추었다.

"자, 마터 이모와 악수해야지."

"싫어요!"

그리고 라이어닐은 한마디 더 덧붙였다.

"이 사람은 내 이모가 아닌걸요."

페닐로피는 누군가 흔들어주고 싶은 충동을 느꼈다. 이런 심정은 태어나서 처음으로 느끼는 일이었다.

이 아이가 마터에게 좋은 인상을 주느냐 어떠냐는 것은 아주 중요한 일이었는데! 그러나 흥분이 가라앉자 그녀는 또 다시 자신의 교육 방침이 생각났다. 그녀는 명랑하게 말했다.

"자, 아침 식사를 해야지. 식사를 하면 기분이 좀 더 좋아질 거야. 그렇지, 아가야?"

"나는 기분이 나쁘지 않아요."

그리고 라이어닐은 한마디 더 덧붙였다.

"아가라고 부르지 마세요."

라이어닐의 아침 식사는 오렌지주스와 삶은 달걀이었다. 그것을 보자 그는 참으로 먹기 싫은 얼굴이 되어 말했다.

"소시지를 먹을 거예요."

소시지는 없었으므로 라이어닐에게 줄 수 없었다. 이런 상태로는 다른 어떤 음식을 주어도 이 아이는 먹지 않을 것이다. 페닐로피는 또다시 그를 내버려두기로 했다. 그녀는 육아책을 생각해 내며 중얼거렸다.

"때로는 무시해 버리는 것이 아이를 위하는 게 되는 거야."

그러나 점심시간이 되어 라이어닐이 또 소시지를 달라고 했을 때 그녀의 마음에 이제는 손쓸 수 없다는 절망적인 감정이 생겨났다.

오전 동안에도 라이어닐은 현관 포치에 앉아 물끄러미 앞을 바라보고 있었을 뿐이었다. 로저 의사가 휴가중이었으므로 그녀는 글렌 세인트 메리의 잉글사이드를 찾아가 그 아이들을 볼 기회를 가졌었는데, 라이어닐의 행동은 잉글사이드 아이들과도 너무나 달랐다.

점심시간이 지나도 라이어닐은 소시지가 없다면서 완강하게 아무 것도 먹지 않은 채 포치 층계로 돌아가 앉아 있었다.

페닐로피는 걱정스럽게 말했다.

"저 아이는 식욕이 없는가 봐. 약을 먹이는 게 좋을까?"

마터가 말했다.

"약 같은 건 필요없어. 저 아이에게 필요한 것은 소리가 나도록 때려주는 거지."

그녀의 표정을 보면 기꺼이 그 역할을 맡아줄 것 같았다.

'이토록 빨리 이런 꼴이 되다니! 라이어닐이 '윌로 런'에 온 지 아직 여섯 시간밖에 되지 않았는데 마터는 벌써 그에게 벌을 주겠다는군!'

그러나 페닐로피는 자신을 되찾은 것처럼 얼굴을 들었다.

"마터, 내가 엘러의 아이를 때릴 수 있을 것 같아?"

"그렇게 못하겠다면 내가 대신 하겠어."

마터는 당연하다는 듯한 표정이었다.

"바보 같으니! 저 아이는 지쳐 있는데다 틀림없이 향수병에 걸려 있는 거야. 익숙해지면 뭐든지 먹게 되지 않을까. 얼마 동안 내버려두기로 해, 마터."

마터가 말했다.

"네가 때리고 싶지 않다면 내버려두는 수밖에 없겠지. 저 아이는 고집스러워. 나는 저 아이의 눈을 보았을 때 곧 그렇게 생각했지. 저녁 식사용으로 소시지를 주문해 둘까?"

페닐로피는 라이어닐에게 항복할 마음은 없었다.

그녀는 무뚝뚝하게 말했다.

"아니, 소시지는 아이 몸에 좋지 않아."

마터도 퉁명스럽게 말했다.

"나는 어렸을 때 곧잘 먹었지만 이렇게 건강한걸."

라이어닐은 기차에서 잘 자지 못한 때문인지 깊이 잠들어 페닐로피가 서투른 손놀림으로 일광욕실 침대로 옮겨가도 깨어나지 않았다. 그의 얼굴은 장밋빛으로 잠들어 있어서 참으로 아이다운 순수한 표정이었다.

꾹 다물어져 있던 입술이 조금 벌려져 페닐로피는 라이어닐의 앞니가 한 개 빠져 있는 것을 보았다. 역시 어린아이로구나 하고 그녀는 절실하게 느꼈다.

'5파운드쯤 몸무게가 많은 게 아닐까? 얼마동안 식사를 하지 않는다 해도 걱정할 건 없을지도 몰라. 이 아이는 내 기대와 퍽 다르지만 그래도 역시 귀여운 점이 있어. 엘러는 아동심리에 대해서는 아무 것도 몰랐었는걸, 뭐. 아이에게 어떻게 대해야 좋을지 몰랐던 것도 무리가 아니지.'

저녁 식사는 맛있는 로스트치킨으로 라이어닐을 위해 시금치와 아이스크림이 특별히 곁들여졌다.

라이어닐이 또다시 말했다.

"소시지 줘요."

페닐로피는 절망적인 기분이 되었다. 모른 체 내버려두어 행동에 대한 결과가 어떻다는 걸 아이 자신이 배우도록 만드는 게 확실히 좋은 일임에 틀림없다. 그러나 그렇다고 해서 아이를 굶어죽게 할 수도 없지 않은가. 그러다가 죽기라도 하는 날에는 모든 게 헛일이 되고 만다.

"저……저……내일 아침에는 소시지를 줄 테니까 오늘은 이 맛있는 치킨을 먹도록 해, 아가야."

라이어닐은 고집스럽게 말했다.

"소시지가 먹고 싶어요. 그리고 내 이름은 아가가 아니라고 했잖아요. 집에서는 모두들 뱀프스(눈 위의 혹)라고 불렀어요."

마터가 나가더니 큰 접시에 소시지를 수북이 담아가지고 왔다. 그리고 반항하는 듯한 눈길로 페닐로피를 보며 말했다.

"막상 일이 생겼을 때를 위해 준비해 두었어. 모블리 내러즈의 메리 피터즈가 만들어줬지. 썩 좋은 돼지고기로 만들어서 마음놓아도 될 거야. 밤새도록 뱃속을 비워둘 수는 없는 일이니까. 그러다가는 병이 나고 말아."

라이어닐은 소시지에 덤벼들어 정신없이 먹었다. 완두콩에는 조금 손을 댔지만 시금치는 결코 먹으려 하지 않았다.

"시금치를 먹으면 5센트 주겠어."

마터의 말은 페닐로피를 깜짝 놀라게 했다. 라이어닐이 대답했다.

"10센트 은화를 주면 먹을 거예요."

그는 10센트짜리 은화를 받고 시금치를 하나도 남기지 않고 깨끗이 먹었다. 그리고 계약을 충분히 해냈다는 태도로 맛있게 아이스크림을 먹었다. 그러나 페닐로피가 커피를 거절하자 또 뿌루퉁해졌다.

그는 퉁명스럽게 말했다.

"나는 언제나 커피를 마셨단 말이에요."

"커피는 어린아이에게 좋지 않단다, 아가야."

그녀는 라이어닐의 요구에 응하려 하지 않았다. 그녀에게는 그날의 커피가 어쩐지 맛없게 여겨져 견딜 수 없었다. 라이어닐이 한 말도 그 원인 가운데 하나였다.

"아주 늙어버렸군요. 내 이름은 '아가야'가 아니라고 조금 전에 말했잖아요. 벌써 잊어버렸어요!"

이렇게 라이어닐이 '윌로 런'에 온 지 2주일 지났으나 페닐로피로서는 처음의 언짢았던 인상이 좀처럼 잊혀지지 않았다.

그러나 지금은 달걀과 베이컨을 좀 주면 소시지가 없어도 그럭저럭 먹게 되었고, 식욕도 걱정할 만큼 없는 것은 아니었다. 시금치도 '뇌물'을 주지 않아도 먹게 되었다.

식사문제는 이렇게 일단 해결되었지만, 그를 즐겁게 해주는 문제가 여전히 남아 있었다.

그는 이웃 아이들과 놀려 하지 않고 혼자 덩그러니 포치에 앉아 물끄러미 밖을 바라보거나 '윌로 런' 언저리를 어슬렁어슬렁 돌아다니기만 했다.

어느 날 페닐로피가 그를 잉글사이드로 데려가자 젬 블라이스와 곧 사이가 좋아져 그를 '강낭콩'이라고 부르며 즐겁게 놀았다. 그러나 날마다 잉글사이드로 데려갈 수도 없는 일이었다.

그는 다람쥐를 거들떠보지도 않았으며 또 페닐로피가 모처럼 뒤뜰에 매준 그네에도 관심을 보이지 않았다. 기계장치로 된 당나귀, 전차, 장난감 비행기를 사다줘도 전혀 돌아보지 않았다.

어느 날 그가 돌을 던지며 논 일이 있었다. 그것은 처음 있는 일이었는데, 때마침 영국교회 목사부인인 레이너 부인이 문 앞에 와 있었다. 돌은 하마터면 그 부인의 코에 맞을 뻔했다.

그 당당한 부인이 가버리자 페닐로피는 슬픈 표정으로 말했다.

"사람에게 돌을 던지면 안 돼, 아가야—아니, 라이어닐."

그때 그녀는 '해선 안 된다'고 말해서는 안 된다는 자신의 신조를 잊고 있었다.

"그 사람에게 던진 게 아니에요. 틀림없이 돌을 던지기는 했어요.

하지만 그 사람이 거기에 있었던 건 내 책임이 아니잖아요."

페닐로피는 밤마다 베란다에 마련된 그의 침실로 가서—라이어닐은 그 밖의 다른 방에서는 도무지 자려 하지 않았다—그녀의 자랑인 '암시'를 했다. 마터는 그것을 하나의 마법이라고 생각했지만, 페닐로피는 '라이어닐은 행복해' '소시지나 커피는 이제 먹고 싶지 않겠지?' '시금치를 좋아하게 되어야지' '모두 라이어닐을 사랑하고 있어'라는 등의 암시를 그에게 주려고 했다.

어느 날 밤 잠든 줄 알았던 라이어닐이 갑자기 말했다.

"마터 아줌마는 나를 사랑하지 않아요."

페닐로피는 절망적으로 말했다.

"저 아이는 일부러 우리 애정을 거부하고 있어. 아무리 잘 해주려 해도 저 아이는 하고 싶은 일이 없으니 말이야. 드라이브도 가지 않으려 하고 장난감을 가지고 놀기도 싫어하고 웃지도 않잖아? 그러고 보니 정말 무뚝뚝한 아이야, 마터. 마터도 그걸 알아차렸겠지?"

마터가 말했다.

"그렇구나. 하지만 웃지 않는 아이도 있지 않을까? 저런 아이를 기르는 데는 남자가 필요해. 여자만으로는 도저히 어쩔 수 없어."

페닐로피는 대답할 마음도 들지 않았다.

한참 뒤 그녀는 개를 기르면 어떨지 생각했다. 그녀는 개를 무척 좋아했지만, 아버지와 마터가 싫어한데다 아파트에서는 기를 수 없었다. 라이어닐은 틀림없이 좋아할 것이다. 남자아이에게는 개가 필요하다고 그녀는 생각했다.

"개를 기르게 해줄게, 아가야—아니, 라이어닐."

그녀는 라이어닐의 얼굴이 활짝 환하게 빛날 거라고 기대했는데, 그는 무심한 검은 눈으로 그녀를 흘끗 보았을 뿐이었다. 그는 기분 나쁜 투로 말했다.

"개라고요! 누가 개를 갖고 싶다고 했어요?"

페닐로피는 우물거리며 물었다.

"남자아이는 모두 개를 좋아하잖니?"

라이어닐이 말했다.

"난 좋아하지 않아요. 전에 물렸던 일이 있어요. 개보다 고양이가 훨씬 나아요. 잉글사이드에는 고양이가 아주 많던걸요."

페닐로피도 마터도 고양이를 좋아하지 않았지만, 소시지를 빼놓고는 라이어닐이 자기 쪽에서 갖고 싶다고 말한 첫번째 것이었다. 이 아이가 바라는 것을 들어주지 않으면 나쁜 결과가 될지도 모른다고 그녀는 생각했다.

'아이의 희망을 들어주는 일이야말로 우리가 바라는 감정의 정착을 아이에게 기대할 수 있다'라고 아동심리책에 씌어 있던 것을 그녀는 생각해 냈다.

곧 아기고양이를 맞아들였다. 블라이스 부인이 잉글사이드에서 보내준 것이었다. 라이어닐은 그 아기고양이를 조지라고 부르기로 했다고 말했다.

페닐로피는 우물거리며 말했다.

"하지만 라이어닐, 이건 암컷 아기고양이란다. 수전 베이커가 그렇게 가르쳐주었어."

"수전 베이커는 잭 프로스트를 수고양이로 잘못 안 거예요."

그는 잉글사이드에 가 있는 동안 페닐로피가 상상한 이상으로 많은 것을 듣고 있었던 것이다.

페닐로피는 물었다.

"플러피라고 부르는 게 좋지 않을까? 털이 아주 부드럽잖아? 아니면 톱시라는 건 어때?"

"조지로 정했어요."

라이어닐은 조지의 모든 시중을 혼자서 들어주었다. 페닐로피가 놀랍게도 잠자리에까지 데리고 들어갔다. 그러나 그녀의 기대와 달리 여전히 어두운 표정으로 '윌로 런'을 걸어다니며 전혀 즐거워 보이지 않았다. 페닐로피는 그가 말이 없는 데 익숙해져 버렸으나—라이어닐은 본디 말수가 적은 아이였다—그가 언제나 뭔지 모르게 불만스러워 보이는 데에는 아무래도 익숙해질 수 없었다. 그것은 그녀의 뼛속까지 사무치는 일이었다.

'암시'도 아무 효과 없는 모양이었다. 엘러의 아들은 왜 이토록 불행해 보이는 얼굴을 하는 걸까? 그녀는 어떤 때는 그를 기쁘게 해주려 하고 어떤 때는 내버려두며 여러 애를 써보았지만 그는 여전히 음울한 얼굴을 하고 있었다.

페닐로피는 위로하듯 마터에게 말했다.

"학교에 가게 되면 틀림없이 좋아질 거야. 학교에 가면 다른 아이들과 놀기도 하겠지. 친구도 생기고. 잉글사이드에 갔을 때는 전혀 다른 아이 같으니까."

마터가 말했다.

"블라이스 선생 내외에게는 육아 이론 같은 게 없는 모양이더라."

"그럴 리 없어. 그 댁 아이들은 아주 예절바르고 교육이 잘 되어 있어. 그건 그렇고, 이 근처에 사는 아이들을 이리로 데려오려 생각했었는데 부스럼난 아이가 있었어. 옳은 건지 어떤지 모르겠지만, 라이어닐을 가까이 가지 못하게 하는 편이 좋다고 생각해. 로저가 빨리 돌아와주면 좋으련만········"

그러자 마터가 말했다.

"거리에는 그분 말고도 의사선생님이 계시잖아? 아이를 한평생 솜에 싸둘 수는 없는 일이야. 나는 노처녀지만, 그런 것쯤은 알아. 학교가 시작되려면 아직 두 달이나 남았어."

그러나 마터는 사태를 비관하고 있는 것은 아니었다. 라이어닐에게 더러운 할멈이라는 말을 들었어도 그녀는 아이의 좋은 점을 충분히 인정하고 있었다.

라이어닐은 나쁜 장난을 하지 않고, 혼자 내버려둬도 다른 사람에게 무례한 말을 하지 않았다. 때로는 밤에 우유를 마시기 싫어하여 용돈을 뜯어내기는 했지만—마터는 페닐로피가 생각하는 것보다도 훨씬 자주 용돈을 주고 있었다—받은 돈을 소중하게 모으고 있었다.

어느 날 그는 위니펙까지 가는 데 얼마나 돈이 드느냐고 마터에게 묻고, 가르쳐주자 그 뒤로는 점심을 먹으려 하지 않았다. 그날 밤 그는 마터에게 말했다.

"이제 우유를 벌컥벌컥 마시는 건 그만둘 거예요. 나는 이미 갓난아기가 아닌걸요."

마터는 놀라며 말했다.

"페닐로피 아줌마가 뭐라고 하시겠니?"

"난 그런 거 상관하지 않아요."

마터도 지지 않고 말했다.

"신경 써야 해. 아줌마가 너에 대해 무척 걱정하고 있으니까."

어느 날 라이어닐이 무릎을 심하게 다쳐 돌아왔을 때, 페닐로피는 마침내 어떤 결론에 이르렀다. 그것은 그가 상처로 크게 소란 피운 탓이 아니라, 어떻게 다쳤느냐고 물었을 때 교회 뾰족탑이 떨어졌다고 대답했기 때문이었다.

페닐로피는 깜짝 놀라며 말했다.

"어머나, 라이어닐, 그건 거짓말이겠지. 그런 말은 믿을 수 없구나."

"나도 그게 사실이 아니라는 것쯤은 잘 알고 있어요. 월터 블라이스네 엄마는 월터가 거짓말을 하면 그것은 네가 상상한 것이겠지 라고 한대요."

"하지만 그것과 이것은 달라. 그 아이는 어머니가 그것을 믿을 거라고는 생각하지 않을 테니까."

그러자 라이어닐이 말했다.

"나도 아줌마가 믿을 거라고는 생각지 않아요. 하지만 여기서는 재미있는 일이 아무 것도 일어나지 않는걸요. 상상이라도 해야 하잖아요."

페닐로피는 그 이상 말씨름을 계속하기를 단념했다. 그녀는 욕실로 데려가 무릎의 상처를 소독해 주었다.

소독하면서 그녀는 그 무릎에 입맞춰주고 싶은 충동을 느꼈다. 그것은 귀엽고 통통한 다갈색 무릎이었다. 그러나 만일 그런 일을 하면 그는 틀림없이 사람을 모욕하는 듯한 표정으로 그녀를 볼 것이다. 그녀는 라이어닐의 얼굴에 이따금 나타나는 사람을 우습게 여기는 듯한 표정이 머릿속에 떠올랐다.

페닐로피는 병균이 들어가지 않도록 붕대를 감아줘야겠다고 생각했지만, 그는 못하게 했다. 라이어닐이 말했다.

"상처에 좀매미 입에서 나온 거품을 발라둘 거예요."

페닐로피가 놀라며 소리쳤다.

"어디서 그런 말을 들었니?"

라이어닐은 서슴지 않고 대답했다.

"쩸 블라이스가 가르쳐줬어요. 하지만 그 애는 아버지에게 말하지 않는대요. 그 애 아버지도 잘 알아듣지 못한다나 봐요. 아줌마나 마터 아줌마는 똑같아요."

로저만 있어준다면! 갑자기 이런 심정이 되어 페닐로피는 스스로도 놀랐다.

그날 오후 그녀는 골똘히 생각에 잠겨 있다가 라이어닐과 조지가 잠자리에 들자 그 결론을 마터에게 이야기했다.

"마터, 나는 라이어닐에게 필요한 것은 함께 놀아줄 친구라는 결론을 얻었어. 친한 친구 말이야. 모든 남자아이에게는 그게 필요하거든. 잉글사이드는 너무 거리가 멀잖아? 쩸이 라이어닐에게 좀매미 이야기를 했다는 말을 들으니…… 주변에 어른들밖에 없는 어린아이는 열등감을 갖는다고 하지. 아니면 우월감이었던가?"

"너는 스스로도 어떻게 해야 할지 모르는 게 아닐까? 블라이스 부인과 의논해 보는 게 어때? 지금 거리에 와 있다는데."

"블라이스 부인은 확실히 대학을 나왔지만, 아동심리에 대해서는 어떨까? 그런 일에 대한 평판은 들은 적이 없는걸."

"하지만 그 댁 아이들처럼 예절바르게 자란 아이들은 없어."

"그럴까? 아무튼 라이어닐에게는 함께 놀아줄 친구가 필요해."

"또 어느 집 남자아이를 양자로 데려오려는 건 아니겠지?"

마터의 목소리에는 설마하는 걱정스러움이 담겨 있었다.

"양자로 삼지는 않아. 그렇게 하지는 않아, 마터. 다만 여름 동안만 여기 와 있게 하려고 생각해. 학교가 시작될 때까지 말이야. 어제 엘우드 부인이 아이 이야기를 하고 있었어. 시어도 웰즈라는 아이라고 했던가?"

"짐 웰즈의 조카군. 놀랐어, 페닐로피 크레이그. 그 아이 어머니는 배우인지 뭔가 하잖아?"

"맞아, 샌드러 발디츠라는 사람이지. 짐 웰즈 형님이 10년 전 뉴욕인지 런던에서 결혼한 상대였어. 두 사람은 곧 헤어져서 시드니가 그 아이를 데려왔대. 그런데 시드니가 한 달쯤 전에 죽어버렸지. 그 뒤로 짐이 봐주고 있는데, 그의 부인은 자기 아이들만으로도 쩔쩔 맨다지 뭐야."

마터가 중얼거리듯 말했다.

"내가 듣기에 그 아이는 짐의 집에서 그다지 환영받지 못한다나봐."

"짐의 아내는 샌드러 발디츠 거처를 알게 될 때까지 그 아이를 맡아줄 사람을 찾으려 한다. 마터, 내게는 더 바랄 수 없이 좋은 이야기로 여겨지는데……"

"그 부인이 마땅히 그 아이를 돌봐줘야 한다고 생각해."

"마터, 그런 말하면 안 돼. 엘우드 부인 말에 의하면, 그 아이는 천사처럼 사랑스럽대."

"엘우드 부인은 무슨 말이든 하겠지. 그녀는 짐 웰즈 부인의 여동생이니까. 페닐로피, 그 아이가 어떤 아이며 또 라이어닐에게 어떤 영향을 줄지 아직 전혀 모르잖아?"

"엘우드 부인이 웰즈 씨네 아이들은 아주 예절바르게 잘 자랐다고 말하던걸."

"어머나, 그 사람이 그런 말을 했어? 물론 그댁 아이들은 그녀의 조카들이니까. 그녀는 좀 더 잘 알고 있을 거야."

"그 아이가 비록 장난꾸러기라 해도."

"그럼, 그녀가 그걸 인정했어? 물론 어린아이는 장난꾸러기가 도리어 좋지. 나는 노처녀지만 그런 것쯤은 알아. 네가 곧잘 본보기로 꺼내는 블라이스 씨댁 아이들은……"

"나는 그댁 아이들을 본보기로 끌어내거나 하지 않아, 마터. 그렇지만 갤브레이즈 선생은—

그냥 라이어닐 일로 한 가지 걱정되는 게 있어. 저 아이는 너무 얌전하잖아? 전혀 장난을 하지 않는다고 해도 좋을 정도야. 정상이 아니지. 만일 시어도가 온다면……"

"시어도가 온다면……이라고! 라이어닐의 경우보다도 더 나쁜 결과가 될 거야."

페닐로피는 진심으로 말했다.

"저, 마터, 알아. 내 생각은 잘못돼 있지 않다고 여겨."

"만일 너에게 남편이 있다면 양자를 몇이나 데려오든 나는 아무 말도 하지 않겠어. 하지만 노처녀 둘이서 남자아이를 여럿 기르다니—"

"그럴지도 모르겠지만, 마터, 나처럼 아동심리를 연구하는 여자는 어머니보다 육아에 대해 잘 알고 있어. 나는 이미 결심했어."

마터는 신음하듯 중얼거렸다.

"아! 로저 선생님이 돌아와주면 얼마나 좋을까! 그 선생님에게 그리 영향력이 있을 것 같지는 않지만."

시어도는 라이어닐과 아주 닮은 소년이었다. 호리호리하고 섬세한 느낌이 드는 아이로, 붉은 빛이 도는 금발과 놀랄 만큼 밝은 잿빛 눈을 가지고 있었다.

페닐로피는 기쁜 듯 말했다.

"이 아이가 시어도야."

시어도는 귀엽게 샐쭉 웃어보였다. 그에게는 라이어닐과 같은 거칠고 천한 느낌은 없었다.

페닐로피는 웃으며 말했다.

"이 아이는 라이어닐."

시어도가 말했다.

"이 아이에 대해서는 들었어요. 안녕, 뱀프스."

"안녕, 레드(빨강머리)."

미소를 띠고 페닐로피가 말했다.

"그럼, 뜰에 가서 저녁 식사 때까지 사이좋게 놀다 오너라."

그녀가 예상했던 것보다도 훨씬 더 잘 되어 가는 것 같았다.

마터는 흥! 콧방귀를 뀌었다. 그녀는 시어도 웰즈에 대해 무언가 알고 있는 모양이었다.

몇 분 뒤 소름이 끼칠 듯한 신음소리가 뒤뜰에서 들려왔다.

페닐로피와 마터가 기겁하여 달려가보니 두 소년은 자갈 깔린 길 위에서 서로 맞붙어 큰 싸움을 벌여 발로 차고 손톱으로 할퀴며 큰 소리로 외치고 있었다.

페닐로피와 마터는 가까스로 두 소년을 떼어 놓았다. 두 아이의 얼굴은 흙투성이였다.

시어도의 입술이 터지고 라이어닐의 이가 여러 개 빠져 있었다.

조지는 단풍나무에 올라가 자기 꼬리가 아직도 붙어 있는지 의심스럽게 생각하는 모양이었다.

페닐로피는 이성을 잃고 소리쳤다.

"자, 착한 아이들답게 그만둬라. 정말 속상하구나. 싸움을 해선 안 돼. 절대로 안 돼!"

페닐로피는 적어도 한순간 아동심리이론을 까맣게 잊고 있었다.

라이어닐이 고함쳤다.

"이게 조지의 꼬리를 잡아당겼어요. 내 고양이 꼬리를 잡아당기는 녀석은 용서 못해요."

시어 또한 지지 않고 대꾸했다.

"저게 네 고양이라는 걸 내가 어떻게 안단 말이야? 처음에 먼저 때린 게 저 녀석이었어요. 내 입술 좀 보세요, 크레이그 아줌마."

페닐로피는 떨면서 말했다.

"피가 나오는구나."

그녀는 아주 조금 나온 피를 보아도 참지 못하는 성질이었다. 그녀는 속이 나빠졌다.

마터가 말했다.

"조금 긁혔을 뿐이야. 바셀린을 발라주면 돼."

시어도가 놀려댔다.

"땅바닥에 키스하고 찾으면 네 이가 발견될 거야."

그러나 라이어닐은 그 말에 아무 대답하지 않았다. 부러진 이를 찾기에 열중했기 때문이었다.

'적어도 이 아이는 울보는 아니로구나.'

페닐로피는 이렇게 생각하며 자신을 위로했다.

'둘 다 울보가 아니어서 그나마 다행이야.'

마터는 라이어닐을 부엌으로 데려갔다. 그는 이를 찾았기 때문에 기뻐하며 따라갔다.

페닐로피는 시어도를 욕실로 데려가 그의 얼굴을 억지로 씻어주었다. 더욱이 목이며 몸이 구석구석 때투성이여서 목욕을 시켜야만 했다.

시어도는 깨끗해진 자신의 몸을 보며 말했다.

"쳇! 나는 아줌마처럼 언제나 깨끗이 하는 건 싫어요! 아줌마는 날마다 몸을 씻나요?"

"물론이지."

"온 몸을?"

"물론 그렇단다."

"1주일에 한 번만 펌프 가에서 얼굴을 씻으면 충분하잖아요? 그리고 나 아줌마를 엄마라고 불러도 돼요? 아줌마에게서는 아주 좋은 냄새가 나는걸요."

페닐로피는 머뭇거리며 물었다.

"아줌마라고 부르는 편이 좋지 않겠니?"

시어도가 대답했다.

"아줌마라면 얼마든지 있지만 엄마는 없잖아요? 저 말예요, 뱀프스의 그 이는 빠질 것같이 되어 있었던 거에요. 그리고 고양이 꼬리란 잡아당기기 위해 붙어 있는 게 아닐까요?"

"그렇지만 작은 동물을 괴롭히는 건 좋지 않아. 만일 네가 아기고양이였다면 꼬리가 잡아당겨질 때 기분 좋을까?"

시어도는 노랫가락을 붙여 말했다.

"내가 아기고양이고 꼬리가 있다면요."

듣기 좋은 맑고 아름다운 목소리였다. 라이어닐도 노래는 잘하는 편이었다.

저녁 식사가 끝나자 두 아이는 포치의 층계에 앉아 함께 여러 가지 노래를 불렀다. 그들의 노래 가운데에는 어린아이들이 불러서는 안된다고 여겨지는 것도 있었지만, 라이어닐이 마침내 열중할 수 있는 것을 찾아냈다는 게 그녀에게 크나큰 위로였다.

그녀는 생각했다.

'나는 옳았던 거야. 라이어닐이 정말로 바란 것은 친구였어.'

마터가 따지듯 말했다.

"저 아이들이 비이 이이의 노래 맨 끝부분을 어떻게 불렀는지 들었어? '밭 너머 저 길로'라고 부르지 않았어. 레이너 부인이 들으면 뭐라고 하겠어?"

레이너 부인은 듣지 못했지만, 우연히 그곳을 지나가던 엠블리 부인의 귀에 뚜렷이 들어갔다.

이튿날 그 이야기가 언저리에 파다하게 퍼졌다. 심지어 페닐로피에게 전화를 걸어온 사람까지 있었다. 시어도 웰즈는 라이어닐의 친구로서 정말로 알맞은 것일까? 마터로부터 모든 이야기를 듣고 페닐로피는 어찌해야 좋을지 모르게 되고 말았다. 게다가 그 바로 뒤 점심식사 전에 두 아이가 펌프 가에 있는 것을 마터가 발견했다. 마터는 라이어닐의 얼굴을 보면서 물었다.

"왜 그러지?"

라이어닐이 말했다.

"아무 것도 아니에요."

페닐로피는 무슨 일일까 걱정하며 뛰어갔다.

라이어닐이 목청을 돋구어 말했다.

"레드 녀석이 사탕무 뿌리를 씹어서 내게 뱉었어요."

"어머나! 시어도, 무슨 짓이지!"

시어도는 얼굴이 시뻘개져서 외쳤다.

"아줌마는 싸움을 해선 안 된다고 했잖아요? 그러니까 침을 뱉어 줄 수밖에 없었어요."

페닐로피는 가냘픈 목소리로 물었다.

"하지만 어째서 그랬지? 무엇 때문에 침을 뱉었느냔 말이야?"

"이 자식이 자기 아버지 자랑을 하잖아요. 만일 살아 있다면 우리 아버지를 죽도록 혼내줬을 거라고요. 우리 친척 욕을 하는 녀석은 절대로 그냥 둘 수 없어요! 내게는 누구에게도 지지 않는 용기가 있어요. 때리면 안 된다기에 침을 뱉은 거예요. 확 뱉어줬죠. 사탕무를 씹고 있었다는 걸 잊었거든요."

마터는 라이어닐의 얼굴을 다 씻어주고 나서 말했다.

"이제 남은 길은 하나밖에 없어, 페닐로피. 시어도를 자기 숙모에게로 돌려보낼 수밖에 없어."

"그렇게 할 수는 없어, 마터. 그렇게 하면…… 그렇지…… 끊임없이 패배를 인정한 게 될 거야. 로저도 나를 비웃을 거라고 생각해."

마터는 만족감을 느끼며 생각했다.

'페닐로피도 로저의 의견이 옳다는 것을 차츰 알게 되어 가는군.'

페닐로피는 끈질기게 주장했다.

"게다가 라이어닐은 요즘 완전히 달라졌잖아? 시어도가 온 뒤로 아직 조금밖에 지나지 않았는데도 말이야. 그 아이는 무언가에 흥미를 갖게 되었어."

그러자 마터가 말했다.

"그렇다면 실컷 싸우도록 내버려두어야겠군. 싸움을 하더라도 나쁠 건 없겠지. 저렇게 하면서 여러 가지를 배우게 될 테니까.

자, 저기 봐. 차고 뒤에서 사이좋게 땅속에 있는 벌레를 찾고 있잖아? 주먹질하고 침을 뱉었던 일 같은 건 마치 거짓말같아.

내게는 잉글사이드 아이들 이야기를 하지 말아줘. 저 두 아이는 부모도 다르고 자라온 과정도 전혀 다르니까."

페닐로피는 헌 누더기처럼 볼품 없어진 이론에 대한 환상에 아직도 매달리며 괴롭게 중얼거렸다.

"역시 아이에게는 욕구불만이 가장 나쁠지도 모르지."

라이어닐과 시어도에게는 이미 아무런 욕구불만도 없었다. 그들은 마음껏 싸움을 했다.

그날 두 아이는 벌써 한 번 크게 싸웠지만, 곧 다시 사이좋게 강으로 각시송어를 잡으러 가서 주렁주렁 실에 꿰어들고 의기양양하게 돌아와 저녁 식사 때 튀겨 달라고 말했다.

두 아이가 싸움을 할 때는 내버려두는 편이 좋을지도 모르는 일이었다.

그러나 페닐로피가 그렇게 생각하게 된 것은 욕구불만을 해소케 할 필요를 확신했던 탓이라기보다 그녀에게 싸우지 못하게 할 만한 힘이 없었기 때문이었다.

그녀는 참으로 부끄럽게 여기면서도 그것을 인정하지 않을 수 없었다. 그녀로서는 엘우드 부인이 말하는 예절 바른 남자아이란 대체 어떤 아이인지 이상하게 생각되어 견딜 수 없었다. 그녀는 정말 그런 아이로 기를 수 있을 것인가?

그녀의 마음은 여러 갈래로 혼란스러웠지만, 요 몇 주일 동안에 라이어닐에 관한 문제가 한 가지 해결되었다는 조그마한 위안이 있었다. 그는 무척 즐거운 듯했다. 아침부터 이슬이 촉촉히 내리는 저녁 무렵까지, 마터의 말을 빌면 그와 시어도는 '언제나 무슨 일인가에 열중해' 있었다.

두 아이는 곧잘 거친 소리로 외쳐대며 크게 싸웠다. 그 때문에 페닐로피는 두 아이가 호된 매질을 당하고 있다는 인상을 이웃사람에게 주는 게 아닐까 걱정했다. 그러나 라이어닐은 페닐로피에게 솔직하게 자신의 마음을 이야기했다.

"레드가 오기 전에는 싸울 사람이 없어서 무척 쓸쓸했어요."

시어도는 불끈하는 성질이 있었으나, 일단 분노가 폭발한 다음에는 아무 일도 없었던 것처럼 뒤가 깨끗했다. 마터까지도 그런 그의 모습을 좋은 점으로 인정하게 되었다. 마침내 페닐로피도 그들의 장난질은 결코 이상스러울 게 없으며 아주 예사로운 일이라고 스스로에게 타이르게 되었다. 잉글사이드 아이들을 잘 아는 사람이라면 그들 또한 똑같은 장난을 하고 있다고 여겼을 게 틀림없었다.

어느 날 시어도는 세탁실에 커다란 뱀을 잡아다두었다. 마터는 기겁하여 크게 소란을 떨었다. 그러자 시어도는 항의하듯 말했다.

"이건 얌전한 뱀이에요. 절대로 물지 않아요."

확실히 그 뱀은 사람에게 해를 주지 않는 얼룩뱀이었다. 그러나 뱀임에는 틀림없었다.

또 어떤 때에는 시어도가 피보디 부인의 모자를 납작하게 짜부라뜨려 버렸다. 그러나 그는 전혀 부끄러워하거나 머뭇거리는 기색 없이, 모자는 김을 쐬면 다시 본디 모양으로 돌아간다고 말하여 마침내 피보디 부인을 납득시켰다.

시어도는 일부러 그 모자를 깔고 앉은 것은 아니라고 주장했다. 페닐로피는 그의 말을 믿어주고 싶었지만, 아이들이 피보디 부인을 전부터 미워한 것을 알고 있었고 피보디 부인도 아주 꺼림칙해 하며 반신반의하는 형편이었다.

어째서 그녀는 정원의자에 모자를 놓아둔 채로 있었을까? 피보디 부인은 그 모자를 파리에서 산 거라고 했지만, 페닐로피는 그 말을 의심했다. 왜냐하면 며칠 전 샬럿타운의 찻집에서 블라이스 부인이 샬럿타운의 모자점에서 샀다는 더 멋진 모자를 쓰고 있는 것을 보았기 때문이다.

그 밖에도 라이어닐이 빵집 아이에게 호스를 대고 물을 뿜은 일이 있었고, 두 아이가 베개로 서로 때려 배갯속 깃털이 튀어나와 거실이 보기에도 폭격을 맞은 듯 무참한 광경이 된 일도 있었다.

레이너 부인은 하필 그런 때면 꼭 찾아오곤 했는데, 그날도 마침 목사와 그 가족을 데리고 찾아왔다. 그러나 이러한 광경에 대한 목사네 가족들의 반응은 참으로 볼 만해서, 목사는 자기가 어렸을 때는 훨씬 더 심한 장난을 했었다고 말했다.

그의 부인이 말했다.

"당신 아버지께서는 아이들 장난에 매로 응하셨겠죠."

그러자 목사는 대답했다.

"시대가 달라졌으니까 아이들 다루는 법도 달라져야 해요."

레이너 부인의 얼굴은 자신을 모욕하기 위해 일부러 이런 일을 계획한 것이라고 비난하는 듯한 표정이었다.

어느 날 밤, 두 아이가 없어져 페닐로피와 마터가 법석 떤 일이 있었다. 페닐로피가 그들의 침대가 놓인 베란다를 들여다보기만 했더라면 아무 문제도 일어나지 않았을 텐데, 어른들의 비난은 두 아이에게 집중되었다.

어째서 아이들만 나무라는 것일까 떳떳지 못한 심정으로 페닐로피는 생각했다. 그들은 저녁 식사를 끝내자 아무에게도 말하지 않고 잠자리에 들어가 잠들어 있었던 것이다. 주위의 피서객들이 모두 다 나와서 찾았고, 샬럿타운 경찰에 연락하려 할 무렵 두 아이는 고양이 조지를 사이에 끼고 편안한 숨소리를 내며 쌔근쌔근 잠들어 있었다.

페닐로피는 태어나 처음으로 미칠 것 같은 심정이 되었다. 그날 저녁 때 수상한 남자가 소년 둘을 데리고 자동차에 올라타는 것을 보았다는 사람이 나타났기 때문이었다.

마지막에 누군가가 베란다를 보고 오는 게 어떻겠느냐고 말했다. 마침내 지칠 대로 지쳐 곯아떨어진 두 아이가 발견되자 사람들은 저마다 한마디씩 비난했다.

"그 장난꾸러기들이 할 만한 짓이군."

그런 말에는 마터도 화가 나서 대꾸했다.

"잉글사이드의 젬 블라이스도 언젠가 똑같은 짓을 했지만 아무도 그를 벌주려는 생각은 하지 않았대."

그것은 수전 베이커에게서 들은 이야기였지만 그녀도 젬이 벌받지 않은 것을 기뻐하는 모양이었다.

그러나 그토록 감싸고 편들어줬지만, 페닐로피가 아동복지협회 모임에 가고 없던 어느 날 오후 시어도가 식당 테이블의 장식글자를 칼로 잘라냈을 때에는 벌주지 않을 수 없었다. 페닐로피가 아직 돌아오기 전에 마터가 손바닥으로 세게 때리자 시어도는 참으로 경멸하듯 말했다.

"조금도 안 아파. 아줌마는 때릴 줄 몰라. 우리 아줌마에게 배워오는 게 좋겠어."

마터는 쓸쓸한 마음으로 생각했다.

'정말이지 남자가 있어 주었으면 좋으련만!'

페닐로피도 아름다운 테이블이 형편없이 상처난 것을 보았을 때 마터와 똑같은 심정이 되었다.

그러는 동안 사방에서 항의하는 전화가 걸려오게 되었다. 페닐로피는 그때마다 미칠 것 같았다.

사람들이 두 아이에 대한 불평을 전화로 말하게 된 것은, 직접 페닐로피를 만나 이야기하면 그녀가 정색한 얼굴로 둘러대면서 나서기 때문이었다. 전화로 하면 하고 싶은 말을 한 다음 그대로 끊어버리면 된다.

"미스 크레이그, 댁의 아이들 좀 혼내주셔야겠습니다. 작살던지기 놀이를 하다가 우리 소를 맞혔지 뭡니까!"

"미스 크레이그, 댁의 아이들이 다울링 씨네 삼림지를 파면서 스컹크를 찾고 있더군요."

"미스 크레이그, 댁의 한 아이가 내게 몹시 무례한 말을 했어요. 꽃밭에서 나오라고 주의주었더니 내게 '올빼미 할멈'이라고 소리치더라니까요."

"미스 크레이그, 말하고 싶지 않지만 우리 아이는 이제 댁의 아이들과 놀게 할 수 없어요. 정말 지독한 말을 쓰니 말예요. '꽁무니'를 차주겠다며 로비너를 겁주었다지 뭐예요."

그날 밤 시어도는 말했다.

"로비너가 내게 도랑에서 주워온 개구쟁이라고 하잖아요, 페닐로피 아줌마. 난 그 녀석 꽁무니를 차지는 않았어요. 잠자코 있지 않으면 차주겠다고 말했을 뿐이에요."

"미스 크레이그, 댁의 남자아이들이 커슨 씨네 과수원에서 풋사과를 배불리 먹은 걸 모르세요?"

그 이야기를 들은 날 밤, 페닐로피는 날이 밝을 때까지 잠을 이룰 수가 없었다. 그녀로서는 마터가 원하는 것처럼 로저에게 가기는 아무래도 싫었다.

그녀는 말했다.

"푹 잠든다는 게 어떤 느낌이었는지 잊어버린 것 같아."

그리고 진저리치면서 자기는 갈수록 잔소리가 많아진 게 아닐까 생각했다.

그녀가 언제나 소중히 해왔던 평온함과 고요함은 영원히 사라져버리고 말았다. 그녀가 아이들 일로 마음쓰지 않아도 되는 일은 두 아이가 잠들어 있을 때와 저녁 무렵 과수원에서 사이좋게 노래부를 때 정도였다. 두 아이 노래는 바로 천사의 소리였다.

어째서 모두들 이 두 아이에게 그토록 심하게 대하는 것일까? 마터의 말로는 잉글사이드 아이들이 다른 집 아이를 기둥에 묶어놓고 불을 붙였다고 글렌 세인트 메리의 친구가 말하더라고 했다. 그러나 잉글사이드의 가족을 헐뜯는 사람은 아무도 없었다.

그녀는 마음이 약해져 생각했다.

'내가 아동심리 전문가니까 모두 우리 집 아이에게 많은 것을 기대하는 것일지도 몰라. 그래, 맞아. 그렇기 때문에 우리 집 아이에게는 완벽함을 요구하는 거야.'

어느 때 느닷없이 라이어닐이 그녀를 보고 벙글벙글 웃었다. 이가 두 개 빠진 아주 귀여운 얼굴이었다. 웃으면 이토록 귀여운 얼굴이 되는 것일까? 그를 보고 페닐로피도 방글 웃어주었다.

그녀는 마터에게 말했다.

"학교가 시작되려면 이제 2주일밖에 남지 않았어. 그렇게 되면 훨씬 좋아질 거야."

그러자 마터는 퉁명스러운 표정으로 말했다.

"도리어 나빠질지도 모르지. 어차피 여선생님일 테니까. 저 아이들에게 필요한 것은 남자라니까."

"블라이스씨 댁에는 물론 남자분이 계시지만, 다른 사람들 이야기로는……"

그러자 마터는 다시 따지듯 말했다.

"남의 이야기는 믿지 않겠다고 했잖아. 게다가 네 아이들에게는 모두들 기대가 다 쏠려 있어. 여러 해 동안 육아에 대한 방법을 가르쳐왔으니까. 블라이스 부인은 자기 일에만 마음쓰고 있으면 되지만."

페닐로피는 느닷없이 격한 목소리로 말했다.

"블라이스 부인 이야기는 이제 내게 하지 말아줘. 그댁 아이들이 다른 집 아이들보다 훌륭하다는 생각은 조금도 들지 않아."

마터가 말했다.

"블라이스 부인이 스스로 그렇게 말하는 건 아니야. 그 댁 아이들 자랑을 하고 있는 것은 수전 베이커지."

휴가가 끝나고 처음으로 찾아왔을 때 갤브레이즈 의사는 놀리듯 물었다.

"집안일은 잘 되어 가오?"

페닐로피는 어깨를 펴며 대답했다.

"네, 아주 잘 되고 있어요."

그게 사실인걸 뭐 그녀는 중얼거렸다.

'결코 거짓말이 아니야. 아이들은 모두 건강하고 행복해 보이고 조금도 이상한 점은 없어. 게다가 내가 아이들 일이 걱정되어 밤잠을 못 이루고 이론이 통하지 않거나 전화벨이 울릴 때마다 얼마나 끔찍스러워지는가를 이 사람이 알 리 없는걸.'

"당신을 보니 잘 되어가고 있다고 생각되지 않는구료. 많이 여위고 눈도 피로한 것 같소."

갤브레이즈 의사는 정말로 걱정스러운 태도였다. 페닐로피는 꺼림칙함을 느끼며 거짓말을 했다.

"더워서 그래요. 올여름은 유난히 덥잖아요."

확실히 그 말이 맞았다. 게다가 그녀는 매우 지쳐 있었다. 당장이라도 쓰러질 것 같았다.

그녀는 얼마 전에 만났던 블라이스 부인이 생각났다. 요즘 페닐로피는 블라이스 부인 일에 끊임없이 마음 쓰였다. 자동차가 있으면 글렌 세인트 메리에서 거리로 나가는 것은 간단하지만, 그렇더라도 그녀는 피서지 사람들과 곧잘 해나가고 있다. 아이가 다섯이나 되는데도.

페닐로피는 스스로 인정하지는 않았지만, 실은 블라이스 부인을 미워하기 시작하고 있었다. 그것은 이제까지 아무도 미워한 일 없는 페닐로피 크레이그로서는 생각할 수도 없는 일이었다.

대체 블라이스 부인이 그녀에게 무엇을 어떻게 했단 말인가. 그녀에게는 서로를 칭찬하는 가족이 있다는 것뿐이었다. 페닐로피 크레이그쯤 되는 사람이 질투를 느낄 리 없다. 그러나 거짓말인지 정말인지 모르지만 갖가지 소문이 나돌고 있는 것을 그녀는 알고 있었다. 아무튼 가을과 겨울에 있을 강연 약속만은 하지 말자고 그녀는 마음먹었다.

페닐로피는 절망적인 마음이 되어 스스로 위로했다.

'블라이스 부인이 강연을 했다는 이야기는 들어본 일이 없잖아! 어머나, 또 그녀 일에 마음 쓰이는군! 돌봐야 할 남자아이가 둘이나 있는데 남의 부인들에게 육아에 대한 이야기를 하고 다니다니 안 될 일이지. 블라이스 부인처럼 집안일에 마음을 쏟아야지.

그 부인의 일이 강박관념이 된 것 같아. 이제는 그녀에 대해 생각지 않기로 하자. 그곳 아이들은 우리 집 아이들보다 좋은 환경에 있는걸.

로저가 블라이스 선생과 저렇게 사이좋지 않다면 좋을 텐데. 남자들이란 저마다 자기 아이를 칭찬하고 싶어지는 모양이야.

하지만 시어도와 라이어닐은 사람을 기둥에 묶어놓고 불을 붙이는 지독한 짓은 하지 않았어. 블라이스 부인도 어디선가 데려온 고아였다잖아.

마터가 수전 베이커에게서 들은 말을 언제나 입에 달고 살기 때문에 자꾸만 마음이 조급해지는 거야. 잉글사이드 가족이 완벽하면 어떻단 말인가? 블라이스 부인도 내 강연을 어딘가에서 듣고 있을 거야.'

이렇게 생각하면 페닐로피의 마음이 밝아져 미쳐버리지나 않을까하는 두려움도 어디론가 사라졌다.

그리고 무엇보다도 로저가 돌아와 있었다. 페닐로피는 인정하고 싶지 않았지만, 로저가 있어 준다는 것은 그녀에게 크나큰 위안이었다. 라이어닐이 큰 소리로 외쳤다.

"큰일났어요! 페닐로피 아줌마!"

그는 시어도가 온 뒤로 아주 자연스럽게 '아줌마'라고 부르고 있었다.

"레드가 차고 지붕에서 뛰어내려 돌바닥에 쓰러졌어요. 이미 죽어버린 것 같아요. 레드는 내가 조지에게 죽은 쥐를 갖다주지 않으면 뛰어내리겠다고 했어요. 조지가 죽은 쥐를 어떻게 먹느냐며 싫다고 했더니 뛰어내리고 말았어요. 장례식에는 돈이 많이 드나요?"

라이어닐이 어른에게 이처럼 길게 이야기한 일은 일찍이 없었다. 이
야기가 채 끝나기도 전에 페닐로피와 마터는 정신 나간 사람처럼 뜰
을 가로질러 차고로 달려갔다. 시어도는 아주 단단해 보이는 돌바닥
에 몸을 구부리고 얼굴을 밑으로 한 채 누워 있었다.

마터가 신음하듯 말했다.

"뼈가 모조리 부러졌나 봐요."

놀란 페닐로피는 두 손을 마주 비비대며 외쳤다.

"로저에게 전화해줘. 얼른! 마터, 서둘러!"

마터는 곧 뛰어갔다.

그녀의 모습이 집안으로 사라지자 꽃무늬 시폰을 입은 한 여자가
가벼운 걸음걸이로 뜰을 가로질러 다가왔다. 그녀의 머리카락은 밝
은 금발이었으며 살갗은 빛나듯 희고 입술에 새빨간 입술연지가 칠
해져 있었다. 그녀는 페닐로피가 너무나도 놀라워 시어도에게 손도
대지 못하고 우두커니 서 있는 곳까지 와서 멈춰섰다.

"미스 크레이그죠? 나는 샌드러 발디츠예요. 가까스로⋯⋯어머나!
이 아이가 내 아들인가요?"

귀청이 찢어질 듯한 비명을 지르며 그녀는 쓰러져 있는 시어도 옆
의 먼지 속에 몸을 내던졌다. 페닐로피는 그녀의 팔을 잡고 말했다.

"건드리면 안 돼요. 건드리지 말아요. 이 아이 몸이 더 나빠질지도
모르니까요. 의사선생님께서 이제 곧 여기로 오실 거예요."

빨간 입술연지를 바른 여자는 울며 소리쳤다.

"이런 끔찍한 모습으로 만나다니!"

그러나 그녀의 입술은 뺨과 마찬가지로 조금도 파래지지 않았다.

"하나밖에 없는 내 아들이에요! 미스 크레이그, 대체 댁은 이 아이
를 어떻게 한 거죠? 자, 빨리 대답해 주세요. 도대체 어떻게 했나요?"

"아무 짓도, 아무 짓도 하지 않았어요. 이 아이가 혼자서 한 짓이
에요!"

'아! 인생은 어찌 이처럼 꼬이기만 한단 말인가! 만일 로저가 와주지 않는다면? 만일 멀리 왕진이라도 갔다면?'

물론 로저 말고도 의사는 있었지만 그녀는 로저 이외의 어느 의사도 믿지 않았다.

라이어닐이 말했다.

"레드가 발끝을 움직일 수 있는지 어떤지 보면 어떨까요? 만약 움직일 수 있다면 등뼈는 부러지지 않았어요. 레드에게 발끝을 움직여 보라고 말해 보세요, 페닐로피 아줌마."

발디츠는 의식을 잃은 아들의 몸을 앞뒤로 흔들며 한탄했다.

"아! 내 아들! 가엾기도 하지. 이런 꼴이 되어 버리다니! 너를 다른 사람에게 맡기지 말았어야만 했어. 함께 데려 갔더라면 좋았을걸!"

마터가 미친 사람처럼 되어서 찾고 있는데, 갤브레이즈 의사는 불쑥 그녀를 찾아왔다.

글렌 세인트 메리의 블라이스 선생도 함께였지만, 그런 일은 지금의 페닐로피에게 아무래도 좋았다. 그들은 진찰하러 가는 길이었다. 페닐로피는 로저의 가슴에 뛰어들고 싶은 충동을 느끼며 외쳤다.

"로저! 시어도가 지붕에서 뛰어내렸대요. 이미 죽은 것 같아요!—게다가 이 여자가……아! 빨리 어떻게 좀 해주세요."

갤브레이즈 선생은 의심스러운 투로 말했다.

"이미 죽은 거라면 손 쓸 필요가 없겠소."

그의 태도는 냉정하기 이를 데 없었다.

"이 아이는 이미 죽었나요?"

샌드러 발디츠는 연극적으로 말하고 마치 비극의 주인공처럼 펄쩍 뛰며 갤브레이즈 선생 쪽으로 돌아섰다.

갤브레이즈 선생은 여전히 차갑게 말했다.

"그렇게 여겨지지는 않는데요."

블라이스 선생은 웃음을 가까스로 참고 있는 것 같았다. 갤브레이즈 의사는 몸을 굽혀 시어도의 맥을 짚었다. 그는 엄숙하게 입을 꾹 다물고 무표정한 얼굴로 시어도의 몸을 뒤집어놓았다.

시어도의 파란 눈이 반짝 뜨였다. 발디츠는 다정하게 속삭였다.

"오! 내 아들, 살아 있다고 말해다오. 자, 말 좀 해다오."

의사가 조심성 없이 시어도의 어깨를 움켜잡아 그를 힘껏 일으켜 세우자 그녀는 비명을 지르며 항의했다.

"참으로 난폭하군요! 어쩌면, 어쩌면 그렇게도 심한 짓을! 미스 크 레이그, 댁은 어째서 이런 의사를 불렀나요? 샬럿타운에는 훨씬 더 훌륭한 의사선생님이 또 있을 게 아니에요?"

마터가 성나서 말했다.

"갤브레이즈 선생님은 이 섬에서 누구보다도 뛰어나신 의사선생님 이랍니다."

갤브레이즈 선생은 시어도를 놀려대듯 말했다.

"이게 대체 어찌된 일이냐?"

블라이스 선생은 더 참지 못하고 웃음을 터뜨렸다. 시어도는 신기 하게도 얌전한 얼굴로 말했다.

"난 모두들을 놀라게 해주려고 했을 뿐이에요. 사실 지붕에서 뛰어 내린 게 아니에요. 뱀프스를 놀라게 해주려고 뛰어내린다고 했을 뿐 이에요. 저 애가 보이지 않게 된 뒤 얼른 내려와 크게 소리지르며 뛰 어내려서 쓰러진 체했어요. 정말이에요."

갤브레이즈 의사는 페닐로피 쪽으로 돌아섰다.

"이 아이가 오늘 일을 잊지 않도록 내가 좀 호되게 벌줘야겠소. 그 리고 당신은 3주일 안으로 나와 결혼하는 겁니다. 이건 내 부탁이 아 니라 명령이라고 생각하기 바라오. 이제는 어떤 방해도 용납하지 않 겠소. 때가 무르익었소. 아동심리도 좋지만 당신은 내가 없는 동안 15파운드나 여위어버렸소. 이미 나는 참을 수 없게 되었소."

밉살스러운 블라이스 선생이 큰 소리로 말했다.

"축하합니다."

그러자 라이어닐이 외쳤다.

"레드에게 손가락 하나라도 대기만 해봐요! 이건 아저씨 같은 사람에게는 아무 관계없는 일이잖아요. 우리를 키워주는 사람은 페닐로피 아줌마니까요. 만약 레드를 때리면 내가 물어뜯어줄 거예요!"

블라이스 선생은 라이어닐의 목덜미를 움켜쥐어 문기둥 위에 올려 놓았다.

"너는 여기 이렇게 있는 편이 좋겠다. 갤브레이즈 선생님이 내려와도 좋다고 하실 때까지 거기 있도록 해."

몇 분 지나자, 차고 안에서 울부짖는 소리가 들렸다. 아무리 장난꾸러기인 시어도라 할지라도 갤브레이즈 선생의 호된 벌에는 마터 아줌마의 벌 받을 때처럼 무관심할 수 없는 모양이었다.

샌드러 발디츠가 다시 비명을 지르고 숨을 헐떡이며 말했다.

"저 사람은 내 아이를 죽일 작정이군요."

그러자 블라이스 선생이 웃으며 말했다.

"뭘요. 목숨에는 아무 이상 없을 겁니다."

뜻밖에도 샌드러 발디츠의 앞으로 나선 것은 페닐로피였다.

"방해해선 안 돼요. 시어도는 마땅히 받아야 할 벌을 받고 있는 것이니까요. 블라이스 선생님, 선생님이 나를 보고 웃으시는 것은 당연한 일이에요."

블라이스 선생이 얼른 둘러댔다.

"나는 당신을 보고 웃은 게 아닙니다, 미스 크레이그. 시어도의 우스꽝스러운 장난이라는 걸 곧 알 수 있었으니까요. 갤브레이즈 씨도 물론 그렇답니다."

페닐로피는 말했다.

"이 문제가 일단 처리되면 부디 저 아이를 데려가세요, 미스 발디츠. 내게는 뱀프스 하나만으로도 충분해요."

발디츠는 갑자기 조용하고 겸손한 태도로 바뀌었다.

"나는……나는 저 아이를 데리러 온 게 아니었어요. 내 직업은 아이가 딸리면 도저히 할 수 없거든요. 아시겠지요, 미스 크레이그. 내가 여기 온 것은 저 아이가 훌륭한 가정에서 제대로 잘 자라고 있는지 한번은 보고 싶었기 때문이에요."

"네, 그래요. 저 아이에게는 훌륭한 가정이 있고, 또 예절도 제대로……"

"그리고 애정이 많은 어머니도 계시군요."

"이제부터 어머니를 갖게 되었다고 말하는 편이 옳겠죠. 그리고 아버지도 곧 생긴답니다. 자, 웃어주세요, 블라이스 선생님. 선생님 댁 아이들은 나무랄 데 없으니까요!"

블라이스 선생이 웃음을 거두고 말했다.

"나무랄 데 없다고요. 천만의 말씀입니다. 우리 아이들, 특히 남자아이들은 라이어닐이나 시어도와 아주 꼭 닮았죠.

하지만 우리 집에는 아이들의 잘못을 바로 잡아줄 어른이 셋이나 있습니다. 어떻게든 질서를 유지해 나가는 겁니다. 벌줘야 할 때면 우리는 수전 베이커가 어디로 갈 때까지 기다려야만 하죠.

그리고—이런 말씀 드려도 될지 모르겠군요. 난 정말 기쁩니다. 마침내 갤브레이즈 선생과 결혼하실 결심을 하신 것이."

페닐로피가 얼굴을 붉히며 물었다.

"내가 결심했다고 누가 말하던가요?"

"갤브레이즈 씨가 했습니다. 조금 전 미스 발디츠에게 방해하면 안 된다고 말했을 때 나는 과연 그렇구나 하고 생각했습니다. 우리들 의사란 꽤 경험이 많다 보니 교활하답니다. 나는 미스 크레이그의 아동심리에 대한 연구를 헐뜯는 게 아닙니다. 확실히 그 가운데에는 배울 만한 일이 많습니다. 내 아내도 그 책을 책장에 하나 가득 갖고 있으니까요. 그렇지만 오랫동안 똑같은 일에만 매달리다 보면—"

페닐로피는 인정했다.

"다른 일이 필요해지죠. 난 정말 바보였어요, 블라이스 선생님. 이번에 선생님 내외분이 나오실 때는 '윌로 런'에 들러주시겠어요? 나는 부인과 좀 더 가까이 알고 지냈으면 해요."

"나는 언제나 환자 때문에 거리로 나오곤 하니 약속드릴 수 없지만, 아내는 틀림없이 기뻐할 겁니다. 엘스턴 부인댁 파티에서 언젠가 만나뵌 뒤로 미스 크레이그의 열성 팬이 되었으니까요."

페닐로피는 어째서 이렇듯 기쁜지 스스로 생각하기에도 이상하게 여기며 말했다.

"정말인가요? 우리는 어딘지 닮은 점이 있을지도 모르죠."

차고 안의 소리가 멎었다.

라이어닐이 걱정스럽게 물었다.

"갤브레이즈 선생님은 앞으로도 우리를 자주 때릴까요?"

블라이스 선생이 말했다.

"그런 일은 없을 게다. 너희들도 그분이 회초리를 들도록 하지 않을 테고 페닐로피 아줌마도 그렇게 하는 것을 용납하지 않으실 테니까."

그러자 라이어닐이 다시 말했다.

"갤브레이즈 선생님은 한번 마음먹으면 아줌마도 도저히 막지 못할 거예요. 블라이스 선생님 부인도 선생님을 막지는 못하겠죠?"

"못한다고? 너는 결혼이라는 것을 잘 모르는구나. 너도 언젠가는 알 때가 올 거야. 그렇지만 온갖 일이 다 있더라도 역시 결혼은 좋은 것이란다. 너는 틀림없이 갤브레이즈 선생을 퍽 좋아하게 될 게다."

"난 그 선생님을 전부터 좋아했어요. 페닐로피 아줌마가 저 선생님과 결혼하지 않을까 생각했는걸요."

페닐로피가 큰 소리로 물었다.

"그분이 나하고 결혼하려 하는 것을 어떻게 알았지?"

"레드가 그러던걸요. 그리고 누구나 알고 있어요. 아줌마 곁에 남자가 있으면 좋겠어요. 그러면 틀림없이 마터 아줌마도 저렇게 귀찮게 잔소리하지 않게 될 거예요."

"라이어닐, 마터 아줌마를 그렇게 말해선 안 돼."

라이어닐이 말했다.

"저 선생님이라면 나를 라이어닐이라고 부르지는 않을 거예요."

페닐로피는 갸우뚱하며 물었다.

"어째서 라이어닐이라고 부르는 게 싫지?"

라이어닐은 서슴지 않고 대답했다.

"왜냐하면 여자아이 이름 같은걸요."

페닐로피는 비난하듯 말했다.

"너의 어머니가 지어주신 이름이잖니? 확실히 네 어머니는 문학에 좀 물들어 있었지만 말이다."

그러자 라이어닐이 얼른 말했다.

"우리 어머니를 나쁘게 말하면 용서하지 않겠어요."

페닐로피는 왜 그런지 알 수 없었지만 라이어닐의 이 말을 듣고 매우 기쁜 마음이 들었다. 레드와 갤브레이즈 의사는 마치 다정한 친구 사이처럼 이야기하며 되돌아왔다. 로저의 벌은 그리 심한 게 아니었던 모양이다.

'로저는 아이를 심하게 때리거나 할 사람이 아니야. 게다가 블라이스 부인도 육아에 대한 책을 읽고 있다지 않은가. 역시 세상이란 그리 불행한 곳은 아니었어. 레드와 뱀프스도 다른 아이들보다 나쁜 아이가 아니고.'

페닐로피는 두 소년이 잉글사이드 아이들과 마찬가지로 훌륭한 아이들이라고 맹세해도 좋을 듯한 심정이 되었다.

'우리 아이들이 그댁 아이들보다 덜 행복한 것은 아버지가 없다는 점뿐이야. 그렇지만 레드와 뱀프스도 머지않아……'

패트릭의 후견인

　스티븐 블루스터 삼촌의 장례식이 끝났다. 어쨌든 저택 안에서 의식은 끝나고 집에서 관이 나갔다. 장례식에 참석한 사람들은 저마다 집으로 돌아가거나 묘지로 따라갔으며 뒤에는 패트릭만이 혼자 남겨져 있었다.

　패트릭은 패트라고 불리기를 좋아했지만 글렌 세인트 메리의 월터 블라이스밖에는 그렇게 불러주지 않았다. 하지만 월터를 좀처럼 만날 수 없었다. 스티븐 삼촌이 블라이스 집안사람들을 싫어했기 때문이다. 대학 나온 여자는 도무지 여자답지 못하기 때문이라는 것이 그 이유였다. 따라서 패트라고 불러준 것은 고작해야 블루스터네 아이들 정도였다. 친척들은 패트릭이 싫어하는 줄 알면서도 일부러 패티라고 불렀다.

　패트릭은 묘지에 함께 가지 않아도 되어 퍽 다행스럽게 여겼다. 어쩐지 무덤은 무서웠다. 아버지는 전혀 기억나지 않았으며 어머니는 잘 떠오르지 않는데 어쨌든 둘 다 매정한 죽음이 삼켜버리고 말았다.

그러나 얼마쯤 지나자 패트릭은 이 넓은 저택에 쓸쓸히 혼자 있는 것이 견딜 수 없었다. 누구에게나 외로움은 무섭지만, 아직 8살밖에 되지 않았는데도 아무도 사랑해 주지 않는 소년에게는 그 무서움이 한층 더했다. 패트릭은 자기가 아무도 좋아하지 않는다는 것을 잘 알고 있었다. 정말 누구 한 사람도─다만 월터 블라이스는 달랐다. 두세 번밖에 만난 적 없지만 이상하게 서로 마음이 통했다. 월터는 자기와 아주 비슷했다. 조용하고 꿈꾸는 듯하며 섬세하고⋯⋯하지만 월터는 자기와 달리 무서운 때는 무섭다고 아무렇지도 않게 다른 사람에게 이야기할 수가 있었다.

　　패트릭은 어떤가 하면 온갖 것들이 다 무서웠다. 그 때문에 스티븐 삼촌의 귀염을 받지 못한 듯했다. 삼촌은 남자아이는 남자아이답게 늠름하고 적극적인 걸 좋아했던 것이다. 입 밖에 내어 그렇게 말한 일도 있었다. 그러나 사실은 어떤 아이든 특히, 남자아이는 아주 싫어했다. 패트릭은 어린아이였지만 그것을 잘 알고 있었다. 주위 어른들로부터 삼촌이 얼마나 친절하고 얼마나 고맙게 생각해야만 하는지 누누이 듣고 있었지만, 자기를 싫어한다는 것을 알고 있었다.

　　빳빳이 풀 먹인 옷차림의 하녀들은 뒤처리를 하느라고 정신없이 바빴으며 낮은 목소리로 서로 수군거리고 있었다.

　　"패트릭 도련님은 나리께서 돌아가신 데 큰 충격을 받았나 봐요."

　　패트릭은 서재로 달아났다. 그곳이라면 그런 이야기를 듣고 떳떳지 못한 생각을 하지 않아도 되었다. 모두들 크게 잘못 생각하고 있다. 삼촌이 죽었다 해도 나는 아무렇지 않은걸. 사실은 이러면 안 되는 거지만 패트릭도 느끼고 있었으나, 어쩔 수 없는 일이었다.

　　심지어 이 저택 건물도 패트릭을 좋아해 주지 않았다. 잉글사이드를 찾아간 것은 셀 수 있을 만큼 적었으나, 그때 어린 마음에도 이 집은 사는 사람을 사랑하고 있다는 것을 느낀 일이 있었다. 블라이스 의사의 어머니와 스티븐 삼촌은 먼 친척이었다.

그렇지 않다면 서로 사귈 리 없다고 패트릭은 확신하고 있었다.

월터는 말해 주었다.

"우리가 집을 사랑하니까 집도 우리를 사랑해 주는 거야."

오클랜드 저택은 늘 패트릭을 감시하며 성나 있는 것 같았다. 저택의 당당하고 훌륭한 구조 안에서 겁먹어 움츠리는 쓸모없는 아이, 아무런 명예도 못 될 아이에게 볼일은 없었던 것이리라. 이 저택도 사람들이 무서워하기를 바라는 것이다. 스티븐 삼촌과 똑같다. 패트릭은 어째서인지 그것을 잘 알 수 없었다. 월터 블라이스도 잘 설명할 수 없을 것이다.

월터는 무서운 게 많다고 용감하게 털어놓았다. 하지만 자신의 가족이 무섭다느니 하는 걸 이해할 수 있을 리 없었다. 왜냐하면 전혀 대상이 다르기 때문이라고 패트릭은 생각했다. 월터의 아버지며 어머니라면 패트릭도 전혀 무섭지 않았다.

생각해 보면 스티븐 삼촌이 죽었다는 것이 이상하게 여겨졌다. 있을 수 없는 일이었다. 패트릭의 눈에는 무거운 비단 실내옷을 입은 삼촌이 어린 시절 같은 건 한 번도 없었다는 듯한 얼굴로 높은 의자에 앉아 잠자코 있는 모습이 뚜렷이 떠올랐다.

패트릭이 알고 있는 한 삼촌은 은빛 머리였지만 나이든 노인으로 보이지는 않았다. 심장이 나빠서 갤브레이즈 의사가 자주 왕진왔었다. 때로는 의견을 듣기 위해 글렌 세인트 메리에서 블라이스 의사도 찾아오곤 했다. 그런 때 블라이스 의사가 무척 좋은데도 패트릭은 묘하게 부끄러움을 느끼곤 했다. 스티븐 삼촌은 늘 예의 없이 굴었지만 블라이스 의사는 마음 쓰지 않는 듯했다.

이따금 두 의사가 진찰을 끝내고 돌아갈 때 뭔가 유별난 우스갯소리라도 하는 듯 자동차 안에서 웃음소리가 들렸다. 패트릭은 블라이스 의사 부부를 따르고 있음을 스티븐 삼촌에게 눈치채지 않도록 조심하고 있었다. 만일 알려져 버리면 다시는 글렌 세인트 메리에 가게 해주지 않으리라는 예감이 들었기 때문이다.

삼촌은 빈정거리기 잘하며 조금도 붙임성 없는 사람이었다. 그러나 마음내키면 상냥하고 남을 곧잘 웃기기도 했다. 패트릭으로서는 믿어지지 않는 일이었지만, 사람들은 삼촌을 유쾌한 사람으로 여기고 있었다. 패트릭은 삼촌의 웃음소리를 들어본 일이 없었다. 왜 그럴까? 잉글사이드에는 웃음소리가 메아리치고 있다. 수전 베이커도 경우에 따라 다르지만 웃잖아. 소리내어 웃는 사람과 산다면 어떤 기분일까—패트릭은 궁금했다.

스티븐 삼촌이 돌아가셨으니 나는 앞으로 어떻게 될까. 이 을씨년스러운 저택에서 스펠리 선생의 개인지도를 받으며 철자법이 틀릴 때마다 안경 너머로 흘기는 눈을 보면서 지내야 하는가. 이렇게 상상하자 또 무서워지고 말았다. 만일 달아날 수 있다면 어디로든 멀리 가버릴까. 마침 그때 버스가 요란한 소리를 내며 대문 앞을 지나갔다. 저걸 훌쩍 잡아 탈 수 있다면……

훨씬 전부터 버스를 타보고 싶었다. 잉글사이드 아이들은 곧잘 타곤 했지만 패트릭은 한 번도 탄 적이 없었다. 외출할 때는 늘 헨리가 운전하는 대형 자동차를 탔다. 패트릭은 그 자동차가 좋아지지 않았으며 헨리가 자기를 벙어리로 여기는 게 싫었다. 그가 가정부에게 그렇게 말하는 것을 들은 일이 있었다.

아, 한 번이라도 좋으니 버스를 탈 수 있었으면. 그렇지 않으면 월터와 계획했듯 멋진 검은 말에 올라타 들과 산을 뛰어다닐 수 있었으면. 월터는 자기는 흰 말을 타겠다고 했지만 어머니는 조금도 웃거나하지 않았다. 물론 검(劍)같은 것도 허리에 차야지. 참으로 엄청난데. 다른 세계에서는 내가 좋아하는 일을 뭐든지 다 해야지. 그러나 패트릭으로서는 이제 그 다른 세계가 너무도 멀어 그 속에 잠길 수 없었다.

생각해 보면 패트릭은 전부터 삼촌과 오클랜드 저택에서 살고 있었다. 그 무렵은 희미하게 안개 낀 꿈속처럼 어머니가 계셨다. 그리고 좀 더 희미한 기억이지만 어머니와 함께 멋진 곳에 있었던 기억이 떠오른다. 그곳은 잉글사이드를 떠올리게 하는 곳, 언덕 위의 방글방글 웃어주는 것 같은 밝은 집이었다. 뜰의 길은 진홍빛 제라늄과 희고 큰 조개껍질로 가장자리가 둘러져 있었으며 눈 아래 펼쳐진 들판 저 멀리에는 모래언덕이 보였다.

햇빛의 신기한 금빛 마술에 빠진 것 같은 모래언덕 위를 흰 갈매기가 빙빙 날고 있었다. 뒤뜰에는 한무리 오리가 있었다. 누군가가 벌꿀 빵 한 조각을 주었다.

패트릭은 그 세계의 기억이 너무도 또렷하여 한 발짝만 들여놓으면 영원토록 거기에서 사는 사람이 될 수 있을 듯한 기분이었다. 거기에서는 블라이스 의사를 꼭 닮은 젊은 사람이 목말을 태워주고 '패트'라고 불러주었다.

그러나 그 뒤 곧 어머니가 계시지 않게 되었다. 천국에 갔다고 가르쳐주는 사람이 있었지만 패트릭은 어머니가 다른 세계에 계신다고 믿었다. 스티븐 삼촌은 어머니가 죽었다고 말했으나 패트릭으로서는 아무래도 이해되지 않았다. 삼촌이 울보 녀석은 질색이라고 했으므로 밤에 이불 속 말고는 눈물을 보이지 않고 꾹꾹 견뎠다.

이제는 더 이상 울지 않는다. 실제로 조금도 울 생각이 없었다. 저토록 감정이 없는 아이는 본 적이 없다고 가정부가 말한 건 아마도 그 때문일 것이다.

패트릭은 개를 가지고 싶었다. 하지만 삼촌은 개를 싫어했으며 스펠리 선생님도 비위생적이므로 안 된다고 했다. 그런데 잉글사이드에는 의사 집인데도 개가 있잖은가.

다른 세계에는 개뿐만 아니라 넓은 숲속을 뛰어다니는 날씬한 아기사슴, 빛나는 피부에 말발굽이 섬세하고 예쁜 말, 잘 길들여져 손에서 먹을 것을 받아먹는 다람쥐, 갈기머리가 호화로운 사자도 모두 친구다.

패트릭의 다른 세계에는 새빨간 옷을 입은 어린 여자아이도 있었다. 그가 아주 좋아하는 잉글사이드의 딸들은 아니었다. 이 아이에 대해서는 월터에게도 이야기한 일이 없었지만, 다른 세계에는 반드시 이 아이가 늘 함께 놀고 재잘거리며 이야기하고 혀를 낼름 내밀기도 하는 것이었다. 잉글사이드의 릴러 같은 건강한 아이다. 하지만 이 두 아이의 얼굴은 조금도 닮지 않았다.

스펠리 선생님이 이걸 안다면 뭐라고 할까? 틀림없이 세찬 비처럼 차가운 목소리로 날카롭게 말할 것이다.

"상상도 적당히 해둬, 패트릭. 우리가 속해 있는 곳은 지금 두 발을 딛고 서 있는 이 세계야. 이런, 곱셈의 답이 틀렸어."

언제나 이런 식이다. 만일 수전 베이커가 선생이고 학생의 답이 틀렸다면 역시 이렇게 말할 것이다. 하지만 고맙게도 수전은 선생님이 아닌데다 월터가 시를 쓴다고 해서 야단치는 일 빼고는 좋은 사람이라고 패트릭은 생각하고 있었다.

묘지에서 돌아온 친척사람들은 서재에 모이기로 되어 있었다. 스티븐 삼촌의 유언을 듣기 위해서였다. 애트킨스 변호사가 모두들 참석해 주기를 요청했지만, 유언 내용에 흥미를 갖는 사람은 아무도 없었다. 어차피 유산은 패트릭에게로 갈 것이다. 스티븐이 살아 있을 때 그렇게 말해 왔으니까.

재산은 스티븐의 친어머니로부터 물려받은 것이었다. 장례식에 참석한 친척 가운데 패트릭의 아버지와 스티븐만이 같은 어머니에게서 태어난 친형제였다.

그러나 아직 후견인 문제가 있다. 적어도 한 사람은 필요할 것이다. 애트킨스 변호사가 지명될 게 틀림없지만 괴짜 스티븐이라면 어떻게 될지 짐작하기 어려웠……

친척들은 한 줄로 들어왔다. 모두 운 시늉을 하고 있었다. 멜러니 홀 고모, 존 블루스터 삼촌과 일리저버스 숙모 부부, 프레드릭 블루스터 삼촌과 화니 숙모 부부, 그리고 독신인 릴리언 블루스터 고모와 함께 사는 미스 신시어 애덤스 등이었다.

패트릭은 어느 사람이나 다 무서웠다. 모두 그의 결점만을 찾기 때문이었다. 문득 릴리언 고모와 눈이 마주친 패트릭은 의자 가로대에 올려놓았던 발을 어쩔 줄 모르며 바닥에 내려놓았다.

고모의 눈초리는 말하고 있었다.

"자, 어서 반듯하게 앉거라."

이상한 일이지만 잉글사이드에서도 수전 베이커가 늘 그런 일로 잔소리를 하고 있었다. 그러나 그때는 그것이 조금도 마음에 걸리지 않고 얼른 말을 들을 수 있었다.

마지막으로 애트킨스 변호사가 서류를 들고 들어왔다. 크고 잘생긴 얼굴생김에 별갑테안경을 의젓하게 쓰고 있었는데, 패트릭에게는 올빼미처럼 보였다. 바들바들 떨고 있는 생쥐에게 덤벼드는 올빼미다. 그러나 그렇게 말하면 애트킨스 변호사가 한편으로는 가엾다.

그는 정직한 사람으로, 이번 일로 의뢰인 블루스터 씨에게 크게 애먹었으며 유언 내용에는 지긋지긋했다.

유언은 간결하고 요령 있어 패트릭도 이해할 수 있었다. 오클랜드 저택은 팔기로 한다. 이건 기쁜 일이었다. 그러면 이제 여기서 살지 않아도 되는 것이다. 법적인 후견인으로는 애트킨스 변호사가 지명되어 있었다. 이에 덧붙여 패트릭은 어떤 삼촌이나 고모를 또 한 사람 부후견인으로 선정하여 21살이 되어 실제로 재산을 물려받을 때까지 함께 살아야 한다고 되어 있었다.

유산은 엄청난 금액으로 패트릭은 갈피를 잡을 수도 없었으나, 잉글사이드를 살 수 있을 만한 돈이구나 하고 생각했다.

후견인은 패트릭이 좋을 대로 정해도 좋았다. 그러나 일단 결정한 뒤에는 상대편이 죽지 않는 한 절대로 바꿀 수 없었다. 마지막으로 결정하기 전에 패트릭은 시험기간으로 어느 집에서나 석 달씩 살아보기로 되어 있었다. 이렇게 하여 선정된 후견인에게는 패트릭이 21살이 될 때까지의 식비와 주거비와 양육비 명목으로 1년에 2천 달러가 치러지는 것이었다.

패트릭은 어찌해야 할지 몰라 의자 가로대에 발을 올렸다. 릴리언 고모에게 다시 한번 눈총을 받을 듯했지만, 그렇게라도 하지 않으면 쓰러질 것 같았다.

이 방에 있는 어느 누구와도 함께 살기 싫었다. 아, 글렌 세인트 메리의 잉글사이드에서 살 수 있었으면! 그러나 잉글사이드 사람들은 친척이라고는 하지만 문제삼을 자격도 없는 먼 관계여서 도저히 무리한 이야기였다.

정말로 여기에 있는 사람과는 누구와도 살고 싶지 않았다. 생각하는 것도 고통스러웠다. 스티븐 삼촌은 그런 것을 다 알고 있었을 텐데 하고 생각하니 한층 더 속상한 마음이 들었다.

멜러니 고모는 미망인으로 몸집이 크고 수완이 있었으며 스스로 칭찬을 잘하는 여자였다. 누구에게나 공치사를 하여 블라이스 의사의 말에 따르면 하느님에게도 공치사를 할지 모른다고 했다.

존 블루스터 삼촌은 만나면 반드시 패트릭의 등을 탁 때렸다. 그아내인 일리저버스 숙모는 터무니없이 얼굴이 길었다. 이마도 코도 윗입술도 턱도 길어서 보기가 민망스러울 정도였다. 이 얼굴을 보며 몇 년이나 살다니, 불가능한 이야기다.

프레드릭 블루스터 삼촌은 여위고 궁상스럽게 생겼지만, 화니 숙모는 전형적인 숙모 타입이었다.

스티븐 삼촌이 말하는 것을 들은 적이 있었다.

"저 여자는 남편을 깔아뭉갠단 말이야."

패트릭은 그 말이 무슨 뜻인지 몰랐지만, 이 숙모와 함께 사는 게 싫다는 것만은 분명했다.

릴리언 고모와 미스 신시어 애덤스는 독신으로, 그런 일에는 전혀 무관심한 듯 행동하고 있었지만 패트릭은 직관적으로 두 사람의 진심을 꿰뚫어 보았다.

스티븐 삼촌은 이 두 여자와 한꺼번에 만나기를 싫어했다. 노처녀는 한 번에 한 사람이면 충분하다는 게 그 이유였다.

화니 숙모가 어이없다는 듯이 말했다.

"스티븐이 이런 유언서를 만들다니. 블라이스 선생이 연서인(連署人) 가운데 한 사람이에요. 틀림없이 그러라고 부추긴 건 그분이에요."

그녀는 마음속으로 생각하고 있었다.

'우리 집에 오게 해야 해. 아이는 아이끼리 어울리는 게 가장 좋아. 저 아이도 잉글사이드에 머물렀다가 돌아오면 다른 사람 같은걸. 블라이스 선생 부부는 그리 좋지 않지만 그 집은 아이들이 많으니까—확실히 얼마 동안은 패트릭도 여느 아이다워 보이거든. 하지만 우리 집을 골라잡을 것 같지 않아. 나를 따르지 않고, 또 스티븐이 여러가지를 말해 주었을 테니까.

그러나 석 달쯤 지나면…… 온 집안식구들이 애지중지해 주면 가망성 없는 것도 아니야. 2천 달러. 우리 집 아이들 교육비가 고스란히 남겠군. 지금 상태대로는 도저히 다른 데에서 구할 방법이 없는걸.

나와 프레드릭이 여행도 할 수 있겠어. 저 아이에게 좀 더 잘해주었더라면 좋았겠지만, 늘 묘하게 부끄러워하고, 친척 가운데 누구와도 닮지 않았으며 엉뚱하게도 월터 블라이스 같은 아이를 닮았지 뭐야. 하지만 우리 아이들에게는 애먹을 거야. 어린아이를 골탕먹이기 좋아하니까. 부모의 말이라고는 조금도 들으려 하지 않고. 우리의 어린시절과는 전혀 다르거든. 옛날에는 부모 의견에 그토록 얌전하게 잘 따랐었는데 말이야.'

일리저버스 숙모도 생각하고 있었다.

'그만한 돈이면 에이미의 결혼비용을 마련할 수 있겠어. 저 아이가 화니네 악동들과 지낸다 해서 재미있을 게 뭐야. 그 아이들은 정말 지독한 장난꾸러기니까. 릴리언 같은 노처녀 집으로 가다니, 생각만 해도 웃음이 그치지 않아.

그 친칠라 털가죽 어깨 망토. 그걸 산다면 멜러니의 두더지 털가죽 코트 같은 건 볼품없어질 텐데. 무어 앤드 스티븐스네 가게에 멋진 레이스 테이블보도 있었지. 물론 패트릭이 나를 좋아하리라고는 여기지 않아. 스티븐도 참 사람이 나빠. 아무튼 석 달이나 여유가 있으니까.'

릴리언 고모는 생각했다.

'역시 저 아이는 내게로 오는 게 옳아. 스티븐도 그걸 잘 알고 있었을 거야. 돈이 가장 필요한 사람은 바로 나잖아. 아끼고 또 아껴 쓰는 게 이젠 지긋지긋해. 내가 부자가 된 걸 알면 혹 조지 이믈리가 내게…… 내 집에 남자아이, 그것도 한창 자랄 나이의 남자아이가 있게 되다니 생각만 해도 소름끼쳐.

저 아이는 겁먹고 있어. 더욱이 그것을 감추려고도 하지 않으니. 하지만 석 달이 지나면—다만 신시어는 믿을 수 없어. 상냥한 척하겠지만 패트릭은 속지 않을 거야. 대체 아이를 좋아하는 사람들 마음을 모르겠어. 어차피 그건 겉치레일 뿐이야. 저 블라이스 선생 부인만 보면 화가 치밀어……'

존 삼촌이 와하하 큰 소리로 웃으며 말했다.

"그럼, 우리는 모두 아무런 부담이나 조건 없이 시작할 수 있는 셈이로군."

이 웃음소리에 패트릭은 언제나 흠칫 놀라곤 했다. 웃는다기보다도 짐승이 크게 울부짖는다는 말이 더 알맞았다. 삼촌은 패트릭의 여윈 등을 살찐 큰 손으로 탁 때렸다.

패트릭은 그 살찐 손이 너무 싫었다.

"맨 처음 누구네 집에 가고 싶니, 아가?"

패트릭은 아무 말 없이 잿빛 눈을 크게 뜨고 덫에 걸린 짐승처럼 한 사람 한 사람을 바라볼 뿐이었다.

릴리언 고모는 이 애는 역시 좀 늦되다고 여겼다. 월터 블라이스도 그렇다는 소문이 있었다. 그러나 이 두 아이는 먼 친척이라고는 하지만 핏줄은 아무 연관도 없는 거나 마찬가지였다. 어쨌든 그 월터에 대한 소문을 수전 베이커에게 넌지시 말했을 때 그녀가 퍼부은 갖가지 대답은 아무리 잊으려 해도 잊혀지지 않았다.

프레드릭 삼촌이 난처한 듯이 물었다.

"어떻게 할까요?"

멜러니 고모가 분명하게 딱 잘라 말했다.

"제비라도 뽑는 게 좋겠어요. 가장 공평하고 달리 방법도 없으니까요. 하기야 이 유산상속에 공평이란 조금도 없지만 말예요. 애트킨스 씨, 스티븐에게 조언을 하지 못했다니 정말 놀랍……"

애트킨스 변호사는 무뚝뚝하게 말했다.

"조언을 기꺼이 들을 만한 분이 아니었지, 블루스터 씨는."

확실히 그것은 누구나 다 알고 있는 사실이었다.

"틀림없이 누군가가 잔뜩 부추겼을 거예요. 블라이스 선생이라든가—"

"선생은 그날 우연히 와서, 이쪽에서 연서인이 되어 달라고 부탁했을 뿐입니다."

"아무튼 우리는 가까이 살고 있으니까 이 아이는 석 달마다 학교를 옮기지 않아도 돼서 크게 도움되겠어요."

그럼, 학교에 갈 수 있단 말인가. 패트릭은 기뻤다. 스펠리 선생과 헤어질 수 있는 일이라면 뭐든지 좋았다.

잉글사이드 남자아이들은 즐겁게 학교에 다니고 있다. 젬은 그렇다. 하지만 월터는……

릴리언 고모가 나직이 말했다.

"가엾어라."

패트릭은 더 이상 참을 수 없어 밖으로 달아났다. 멋대로 제비든 뭐든 뽑으라지. 누가 맨 처음이든 끝이든 한가운데든, 내가 알 게 뭐람.

갑자기 잉글사이드에서 손가락을 다쳤을 때의 일이 떠올랐다. 그때 수전 베이커도 "가엾어라" 안타까워 말했다. 하지만 그때는 어쩐지 기뻤다. 아, 이 세상은 도무지 영문을 모르겠다.

일리저버스 숙모가 말했다.

"문제아로군요, 정말. 우리는 의무로서—"

그러자 일리저버스 숙모에게는 뭐든지 반대하는 화니 숙모가 끼어들었다.

"어머나, 나라면 문제아니 뭐니 하지 않겠어요. 조금 색다르며 그저 아이답지 않다고나 할까요. 스티븐과 살았으니 무리도 아니에요. 그리고 저 아이 어머니는 집안이 좋지 않고 버젓한 친척도 없는 사람인데다 아버지는 서해안 광산에서 한 재산 만든 사람이었으니까요. 하지만 다른 아이들과 함께 놀게 되면 보통 아이가 되겠지요. 그 다른 세계니 하는 헛소리도 잊을 거예요."

"다른 세계라고요? 대체 스티븐은—"

"뭐, 모르겠어요. 저 아이의 어이없는 공상이에요. 스펠리 선생이 알아차린 일이지요. 정말 송곳처럼 날카로운 분이니까요. 패트릭과 월터 블라이스가 이야기하는 것을 엿들은 거겠죠.

나는 본디부터 스티븐이 블라이스 집안과 사귀는 것을 찬성하지 않았어요. 하지만 남의 의견을 들을 분이 아니었으니까요. 스펠리 선생은 몹시 걱정하시더군요. 그래서 내가 말했어요. 좀 더 자라면 곧 잊어버릴 테니 그리 마음 쓰지 말라고요. 어린아이 마음을 알 수 있는 사람이란 좀처럼 없으니까요. 갤브레이즈 선생 부인은—"

"그 사람의 육아론은 좀 빗나가 있다는 평판이에요. 물론 결혼한 뒤로는—"

그러자 존 삼촌의 고함소리가 터졌다.

"전혀 매듭이 지어지지 않잖소!"

화니 숙모가 말했다.

"정말이에요. 스티븐이 바라던 대로군요. 어차피 이건 친척들끼리 싸우도록 하기 위한 일이에요. 어쨌든 뻔히 속들여다보이는 짓을 어떻게든 해결해야 하니까……"

릴리언 고모가 끼어들었다.

"어떻게 매듭지을 생각이죠?"

"천박하게 말다툼할 생각은 없어요. 저마다 집에서 석 달씩 저 아이를 맡는다는 것이었죠? 그런 다음 어디에 자리잡을 것인지 결정하는 건 저 아이예요. 싫든좋든 저 아이가 결정할 일이니 차례 같은 건 문제가 안 되겠지요."

이리하여 패트릭은 먼저 9월부터 12월까지 일리저버스 숙모 집으로 가 있게 되었다. 패트릭은 서재로 불려왔다. 숙모는 일의 경위를 이야기하고 키스했다. 이 숙모의 키스는 질색이었다. 숙모가 싫었기 때문이다. 블라이스 부인의 키스라면 기뻤으련만.

오클랜드 저택을 떠날 때 패트릭은 아무런 느낌도 없었다. 일리저버스 숙모네 집에서 사촌 에이미도 키스해 주었다. 에이미는 결혼할 나이의 아가씨로, 손톱을 새빨갛게 칠하고 있었다. 패트릭은 블라이스 의사가 매니큐어를 몹시 경멸하며 비웃던 생각이 났다. 또 한 사람 오스커도 있었다. 만나면 "여, 아가야" 하고 말할 뿐 늘 무슨 일로 부루퉁해져 있는 듯한 사촌이었다. 하지만 에이미도 오스커도 좀처럼 만날 일이 없었다.

그나마 마음놓은 일은 일리저버스 숙모와도 그리 자주 얼굴을 마주치지 않아도 되는 것이었다. 숙모는 브리지 모임을 계획하고 자선

사업을 베풀거나 참석하기도 하며 아주 바빴다. 식사를 할 때에는 아무래도 숙모의 긴 얼굴을 보지 않을 수 없었지만, 흘끗 보기만 해도 식욕이 절반으로 줄어버리고 나머지 절반의 식욕도 숙모의 키스와 더불어 아예 사라져 버렸다. 아, 키스만이라도 그만둬 준다면 얼마나 좋을까!

온 집안사람들이 굉장히 친절했다. 패트릭은 재산 때문에 자기에게 잘 보이려고 모두들 무척 애쓰는 거라고 느꼈다.

어떤 바람이든 입 밖에 내어 말하면 그 자리에서 곧바로 이루어졌을 터이지만, 패트릭이 결단내려 숙모에게 말해 본 것은 꼭 한 번뿐이었다. 10월 어느 토요일 오후, 패트릭은 겁먹은 태도로 머뭇거리며 버스를 타도 되느냐고 부탁했던 것이다. 아주 잠깐만이라도 좋으니······

숙모는 깜짝 놀라 긴 얼굴이 한층 더 길어진 듯했다—물론 그런 일이 일어날 수 있으리라고는 믿어지지 않았지만.

"아가야, 그런 건 조금도 재미없어. 자동차를 타고 어디 가고 싶다면 에이미나 오스커나 내가 어디든 좋은 곳으로 데려다주마."

패트릭은 어디로 가고 싶은 게 아니었다. 글렌 세인트 메리는 다르지만 그곳에 가게 해주지 않을 것은 뻔했다. 일리저버스 숙모는 블라이스 선생 부부를 아주 싫어했다. 패트릭은 두 번 다시 버스 이야기를 하지 않았다.

선물은 끊임없이 받았다. 다만 패트릭이 진심으로 가지고 싶었던 것은 거의 없었다. 존 삼촌은 깨진 종소리 같은 목소리로 말을 걸며 등을 두드리고 날마다 캔디를 주었다. 몇해 동안이나 고집쟁이 스티븐 삼촌과 살아온 뒤였으므로 이 아이는 아주 유쾌하게 지내고 있으리라고 삼촌은 진정으로 생각하고 있었다. 존 블루스터는 남자아이 다루는 법을 잘 안다고 자부하고 있었다. 그러나 패트릭이 캔디 따위를 대수롭게 여기지 않는다는 것을 조금도 알아차리지 못했다. 패트릭은 캔디를 아기에게 주라며 빨래하러 오는 여자에게 거의 줬던 것이다.

존 삼촌은 아침마다 패트릭을 자동차에 태워 학교까지 데려다주었다. 가는 도중 내내 우스갯소리를 했지만, 패트릭은 뭐가 재미있다는 건지 도무지 알 수 없었다. 돌아올 때는 에이미나 일리저버스 숙모가 데리러 와 주었다. 학교에서는 친구를 그리 사귀지 못했다. 같은 학교에 다니는 화니 숙모의 아들들이 모든 아이들에게 '저 아이는 겁쟁이'라고 퍼뜨렸기에 '아가씨'라는 별명이 붙고 말았다. 그래도 스펠리 선생과 단둘이 하는 수업에 비하면 학교가 훨씬 좋았다.

집—이라고 해도 이곳은 결국 일리저버스 숙모네지만—에서는 대부분 층계참에 난 창문 아래 마련된 의자에 웅크리듯 앉아 지냈다. 거기서는 집들의 골짜기 사이 저 멀리 연보랏빛으로 흐릿한 숲에 둘러싸인 언덕이 보였다. 그 꼭대기에 집이 한 채 있었다. 그 집은 언덕 높은 곳에 살짝 놓인 듯이 보였다.

어떤 사람들이 살고 있을까. 잉글사이드 사람들은 아니야. 글렌 세인트 메리는 좀 더 멀 테니까. 그러나 그 집은 어딘지 잉글사이드를 떠올리게 했다.

11월 끝무렵이 되어 창문 너머로 너울너울 눈이 춤추게 되자 패트릭은 어스름한 저녁어둠이 감도는 겨울 집들 너머로 그 집을 지켜보았다. 그쪽에서는 희고 썰렁한 대기를 뚫고 별이 빛나는 게 보였다.

저 집은 나의 다른 세계에 있어—하고 패트릭은 생각했다. 새빨간 옷을 입은 여자아이가 저기에 살고 있을지도 몰랐다. 아득히 멀리 그 불빛이 반짝이고 있는 한 패트릭은 쓸쓸하지 않았다. 자신은 '쓸모없는 아이'라고 생각하지도 않았다.

하지만 그저 패트릭은 '쓸모없는 아이'였다. 모두가 바라고 있는 것은 돈일 뿐이었다. 어째서 그렇게 느꼈는지 설명할 수는 없었지만 패트릭은 직감적으로 깨닫고 있었다.

일리저버스 숙모는 한숨을 쉬며 존 삼촌에게 불평했다.

"저 아이를 이해한다는 건 무리가 아닐까요? 할 수 있는 일은 다 해줬는데도 도무지 친해지지 않아요."

삼촌 쪽에서는 패트릭을 완전히 이해한 것으로 여겨 최종적으로 뽑히는 건 자기들이라고 굳게 믿고 있었다.

"그럴까. 저런 아이가 있소. 태어날 때부터 얌전하기만 한 거요."

"하지만 저 애는 완전히 자기 껍질 속에 틀어박혀—"

"그러니 글렌 세인트 메리에 가게 하는 게 아니었다고 말했잖소."

삼촌은 이제까지 그런 말을 한 적이 없었는데도 갑자기 아내가 나쁘다는 기분이 들었다. 아, 여자는 언제나 손해야, 참기만 해야 하고…… 남자란 정말 제멋대로라고 숙모는 생각했다.

"에이미가 저 아이에게는 정말 조마조마해진대요."

그러자 삼촌이 말했다.

"그게 어떻다는 거요. 만일 조금이라도 블라이스 부인 같은—"

숙모는 딱 잘라 말했다.

"블라이스 부인 일은 아무 것도 듣고 싶지 않아요. 당신에게는 아마 이 세상에서 오직 그녀만이 완벽한 여성이겠지요. 오래 전부터 생각했었지만요."

"여보, 일리저버스—"

"말다툼할 생각은 없어요. 정말 싫어요. 패트릭에 대한 이야기나 해요."

"맞소, 중요한 것은 패트릭이오. 그 아이는 흠뻑 즐기며 만족하고 있는 것 같잖소. 여자는 뭐든지 떠벌려서 말한다니까. 염려없소. 결국은 우리 집을 고를 거요."

"저 아이의 눈은 이상해요. 당신도 알아차렸을 텐데요."

"아니, 몰랐소. 안과의사에게 데려가보는 게 어떻소?"

신기하게도 통찰력을 번뜩이며 숙모가 말했다.

"마치 사람 마음을 환히 꿰뚫어보며 찾아낼 수도 없을 듯한 것을

열심히 찾는 것 같은 눈이라고나 할까요. 당신은 정말로 우리를 택할 거라고 여겨요?"

"걱정없소. 화니네 아이들은 저 아이를 마구 괴롭힐 테고, 멜러나 릴리언도 남자아이를 다룰 줄 모르잖소. 의심할 나위도 없소. 그때가 되면 기뻐하며 우리 집으로 돌아올 거요. 틀림없소."

그러나 일리저버스 숙모는 그만한 확신이 없었다. 차라리 우리 집으로 반드시 오라는 약속이라도 해두고 싶은 심정이었지만 그것은 그만두기로 했다.

패트릭은 어딘지 모르게 다른 아이였다. 존은 자기 좋을 대로 잘 되리라는 장담만 하고 있으라지. 아이에 대해서는 아무 것도 모르면서. 거기에 비하면 나는 에이미와 오스커를 저만큼 돌봐주며 키웠으니까……

숙모는 이 말만 했다.

"아가야, 화니 숙모 댁에서 너를 괴롭히거든 여기 와서 기분을 풀도록 해라."

패트릭은 선뜻 대답했다.

"아무렇지도 않을 거예요."

일리저버스 숙모네로 나를 쫓아보낼 사람이 있을까? 있다면 굉장한 심술꾸러기일 테지. 아, 글렌 세인트 메리에 놀러갔으면.

블라이스 부인으로부터 더없이 고마운 초대장이 왔었다. 그래도 어른들은 보내주지 않았다. 대체 무엇 때문인지 알 수 없었다. 그러나 패트릭은 이유를 물어볼 마음이 들지 않았다.

화니 숙모네 아이들로부터는 호된 꼴을 당했다. 사촌들은 조와 빌이라는 이름이었는데, 어른들 눈길이 미치지 않을 때에만 교묘하게 패트릭을 괴롭혔다. 겉으로는 제법 예절바르게 행동하며 '아가씨'를 소중히 해줘야 한다고 말하기도 했다.

빌은 어머니가 귀중히 간직해 둔 중국 찻잔을 자기가 깨뜨렸을 때—숙모는 그것이 중국의 궁전에 있었던 물건이라고 했다—패트릭이 했다고 태연한 얼굴로 말했다.

패트릭은 이 일로 부드럽게 주의받았을 뿐이었다. 그러나 만일 화니 숙모가 사실을 알았다면 빌은 꽤 무서운 벌을 받았을 것이다.

조가 밉살스러운 듯 말했다.

"이제부터는 뭐든지 네가 했다고 말할 테야. 무슨 짓을 해도 야단맞지 않으니까. 엄마는 너를 우리 집에 있게 하고 싶어서 참는 거야. 오지 않는 게 좋아. 엄마는 폭발하면 무시무시하거든."

패트릭은 무엇을 해도 야단맞는 일이 없었다. 그 덕분에 사촌들로부터 몹시 미움을 받았다. 하지만 이런 특별한 취급을 당사자인 패트릭이 무엇보다도 싫어하는 줄은 아무도 알아차리지 못했다. 패트릭은 어떤 게 야단맞을 일인지 구별할 줄 알았다. 조와 빌이 패트릭의 유리한 입장을 알맞게 이용하며 그것을 시샘한다는 것도 그는 잘 알고 있었다.

이곳에서는 저 언덕 위에 있는 집이 보이는 창문이 하나도 없어 패트릭은 심심했다. 그러나 고맙게도 숙모는 키스를 하지 않았으며 프레드릭 삼촌은 가정 안에서 조금도 중요하게 여겨지지 않았지만 인상 좋은 사람이었다.

이 집은 소문날 만큼 정돈이 잘 되어 그야말로 진저리쳐질 만큼 깨끗이 치워져 있었다. 정해진 자리에서 튀어나온 책, 비뚤어진 카펫, 내던져진 스웨터 따위는 어림도 없었다. 잔소리를 듣지 않는 것은 패트릭뿐이었지만, 그는 잘 어질렀으므로 숙모는 허벅지를 꼬집으며 참고 또 참기를 거듭했다. 숙모는 꿈에도 몰랐지만 패트릭은 이런 숙모의 마음을 잘 알고 있었다. 그러나 다음 집으로 옮겨갈 때가 되자 숙모는 패트릭이 두 번 다시 돌아오지 않을 것 같은 기분이 들었다.

숙모는 프레드릭 삼촌에게 불평을 늘어놓았다.

"우리 집에 와서 처음으로 가정이라는 걸 알았을 텐데요. 그런데 조금도 고마워하지 않아요. 식사에 대해서도 얼마나 마음 썼는지 몰라요. 릴리언 고모네에서 무엇을 얻어먹게 될지 알 게 뭐예요. 아이 기르는 일에 대해서는 아무것도 모르는 사람이니까요."

프레드릭 삼촌이 말했다.

"하이에나처럼 모두 달려들어 저 아이를 속이고 있는 거나 같소. 저 아이는 내내 속고 있소."

숙모는 못 들은 척했다.

속았다고? 바보스러워라. 어리광을 받아주었다고 해야겠지요. 얼마든지 하고 싶은 대로 했잖아요. 우리 아이들도 그만큼 해줄 수 있으면 좋으련만.

3, 4, 5월은 릴리언 고모네 집이었다. 여기서는 '참 똑똑하구나'로 날이 밝고 해가 저물었다. 게다가 옷 때문에 소란 피우곤 하여 패트릭은 정신이 이상해질 것 같았다. 침실로 가려면 어두컴컴한 층계를 올라가 음침한 홀을 지나야만 했다. 홀에는 불이 켜져 있지 않았다. 릴리언 고모는 쓸데없이 전기를 낭비하는 것을 견디지 못하는 성미였다.

고모는 말했다.

"우리는 지출을 극도로 줄여야만 해. 스티븐 삼촌과 달리 나는 돈이 없고, 아래 홀 전등으로 위 홀도 충분히 밝으니까."

패트릭은 늘 전등 끄는 걸 잊어버리곤 했다.

미스 신시어 애덤스는 어떤가 하면, 패트릭이 마치 바퀴벌레의 일종이라도 되듯 기분 나쁜 표정으로 보았다. 집에서 기르는 늘씬한 페르시아 고양이도 패트릭을 모르는 척했다. 패트릭은 이 고양이와 몹시 친구가 되고 싶었지만 안 되었다. 미스 애덤스로서는 이 남자아이의 애정을 얻어야겠다는 동기가 처음부터 없었다. 함께 사는 릴리언이 패트릭을 차지한다 해서 자기 생활이 넉넉해질 리도 없으며, 무엇보다도 어린아이는 아주 성가셔서 싫었다.

패트릭은 존 삼촌이나 프레드릭 삼촌을 그리 그리워하지 않았지만, 그래도 이 남자 없는 집에는 도무지 견딜 수 없었다. 그 까닭은 알 수 없었다. 이를테면 수전 베이커와 단둘이 산다 해도 슬픈 일 같은 건 없으리라 생각했다.

차라리 멜러니 고모 댁이 훨씬 나았다. 단 한 가지, 멜러니 고모는 결코 키스하지 않았으며 "가엾어라"라는 말도 하지 않았다. 게다가 달마시안 종 개(크로아티아 남서부 달마티마의 개. 흰빛에 검은 반점이 있음)도 있었다. 잉글사이드의 개처럼 팬지 꽃밭을 뒹굴기도 하고 집 안으로 뼈다귀를 물어들이기도 하는 그야말로 개다운 개였다. 검은 얼룩이 반할 만했다. 이름은 스펑크로, 패트릭에게 호감을 가지고 있는 것 같았다.

그러나 멜러니 고모가 끊임없이 패트릭을 칭찬하여 만나는 사람에게 이러니저러니 늘 떠들어대는 데는 두 손 들었다. 패트릭은 말하기가 두려워졌다. 무슨 말이든 하면 고모는 다음 상대에게 반드시 그 말을 되풀이하기 때문이었다.

패트릭은 홀 끄트머리의 뒤뜰이 바라다보이는 작은 방에서 자고 싶었지만 크고 바람이 잘 통하는 정면 침실이 주어졌다. 하지만 작은 방에서는 그 언덕 위 집이 보이므로 패트릭은 고모 눈을 피해 그 방에 들어가 있곤 했다.

그 집은 희미하게 보랏빛을 띤 그림자 어린 골짜기 너머에 있었다. 때로 여름 안개가 자욱이 끼는 일이 있었지만 언덕 위까지 다 드리우지는 않았다. 그 집은 언제나 무리에서 떠나 조용히 혼자 살기를 즐기는 사람처럼 기품 높았다. 패트릭은 그렇게 공상하기를 좋아했다.

이제까지 집과 비교하여 멜러니 고모네에서는 괴로운 일이 없었다. 빈정거리는 사람도 심술꾸러기도 없다. 그러나 패트릭은 즐겁지 못했다. 더욱이 앞으로 12년 동안이나 신세 지게 될 집을 결정해야만 한다. 그날은 하루하루 인정사정없이 다가왔다. 애트킨스 변호사는 이미 결정 내릴 날을 잡았음을 알려 왔었다.

함께 살고 싶은 사람은 아무도 없었다. 뿐만 아니라 이 문제는 생각하기도 싫었다. 모두 퍽 잘해 주었다. 하지만 너무 떠들어대서 번거로웠다. 잉글사이드 식으로 야단맞는 편이 훨씬 좋았을 것이다.

게다가 어떤 사람은 교묘하게, 또 어떤 사람은 서투르게 서로의 험담을 패트릭에게 시시콜콜 들려주었다.

패트릭은 양육비 2천 달러가 목적이 아니라 자기를 진정으로 사랑해 줄 사람을 찾고 있었다. 스티븐 삼촌이 살아 있었다면 이처럼 자기가 난처해 하는 것을 보고 벙글벙글 웃지나 않을까 생각했다.

아홉 번째 생일이 다가오자, 그날은 무엇을 하겠느냐고 멜러니 고모가 물어왔다. 패트릭은 잉글사이드에 가서 월터 블라이스와 하루 놀고 싶다고 부탁했다. 멜러니 고모는 눈살을 찌푸리며 초대도 하지 않았는데 가겠느냐고 물었다. 그럴 필요는 없다고 패트릭은 생각했지만 단념하는 수밖에 없었다.

그래서 버스를 타보고 싶다고 말했다. 그러자 고모는 웃음을 터뜨렸다.

"아가야, 그런 것으로는 생일 축하가 되지 못해. 파티가 어떠니? 파티 좋아하지? 학교친구들을 네 마음대로 얼마든지 불러도 좋아. 그래, 파티가 좋겠지?"

패트릭이 파티를 어떻게 생각하는가 하는 건 상관없다. 파티는 하기로 이미 결정되어 있으니까. 이렇게 느끼자 패트릭은 뭐라고 대답해야 좋을지 모르게 되었다. 하지만 어떻게든 참을 수 있을 것 같았다. 친척들이 주는 산더미 같은 탐나지도 않는 값비싼 선물에도 "고맙습니다" 하고 말할 수 있을 듯 여겨졌다.

"월터 블라이스를 불러도 돼요?"

멜러니 고모는 또 눈살을 찌푸렸다. 어째서 이토록 블라이스네 집을 그리워하는지 까닭을 알 수 없었다. 그 사람들은 그 나름대로 홀

룡하기는 하지만 아무리 그렇더라도—고모는 설명하기 시작했다.

"너무 멀잖니, 아가야. 올 수 없을 게다. 그리고 그냥 시골 아이 아니니? 이제부터는 좀 더 다른 사람들과 사귀도록 해야 해."

패트릭은 화내며 말했다.

"월터는 내가 아는 가운데 가장 좋은 아이예요."

고모는 다정한 목소리로 타이르듯 말했다.

"쑥쑥 자라면 좋아하는 것도 달라져. 그리고 그 아이는 여자아이처럼 겁쟁이라는 소문이야."

패트릭이 화나서 소리쳤다.

"거짓말이에요. 월터는 아주 멋있어요—멋있다니까요. 그 집 사람들은 모두 다 그래요. 블라이스 부인처럼 멋있는 여자를 나는 달리 몰라요."

"어머나, 너는 그리 많은 여자를 만난 일이 없잖니? 그야 스펠리 선생님 같은 사람으로는 무리도 아니지. 하지만 설마 블라이스 부인이—그래, 이를테면 나나 화니 숙모나 릴리언 고모보다 멋있고 훌륭하다는 말은 아니겠지?"

패트릭은 대답할 수가 없었다.

생일 아침, 개 스펑크가 지나가던 트럭에 치어 죽었다. 고모는 그리 마음 쓰지 않았다. 강도 때문에 개를 기르는 것이므로 어느 개나 마찬가지였다. 그리고 스펑크는 뼈다귀를 잔뜩 물고 들어와 귀찮은 개였다. 하녀들이 언제나 투덜거렸다. 손님을 침실로 안내하면 마구 물어뜯어 놓은 뼈다귀가 긴 의자 위에 뒹굴거나 하여 참으로 창피하고 속상한 일이 많았다. 카펫 위에 잔뜩 묻어 있는 털도 엄청났다. 다음에는 페키니스 개(발바리)로 하려고 고모는 벌써 정하고 있었다. 페키니스는 귀엽고 세련된 느낌을 준다. 패트릭도 기뻐하겠지. 고모는 좀 더 빨리 그런 생각을 했더라면 좋았을걸 하고 아쉬워했다.

스펑크 시체가 실려간 다음, 패트릭은 비참해진 기분으로 말없이 문에 서 있었다. 반항심으로 가슴속이 부글부글 끓는 것 같았다.

세상에서 오직 하나 사랑하던 것이 사고로 죽었는데 파티 따위가 뭐야. 참을 수 없어! 참을 수 없어! 참을 수 없다니까!

바로 그때 버스가 왔다. 빨강과 노란색 대형 버스였다. 패트릭은 얼른 주머니를 뒤져보았다. 50센트가 있었다. 정류장으로 달려가 50센트어치만 태워달라고 운전수에게 부탁했다.

"글렌 세인트 메리까지 갈 수 있겠어요?"

운전수가 대답했다.

"안 돼, 무리야."

그러나 그는 남자아이에게 후한 듯했다.

"20마일이나 가야 하니까. 그리고 노선이 틀려. 하지만 그만큼 있으면 웨스트 브리지까지는 충분해. 자, 타거라."

그토록 즐거운 마음으로 타보기를 기다렸던 버스였지만 패트릭은 처음에 스펑크의 일로 가슴이 울적해 있었다. 중국종 차우 개와 그레이트데인 개(덴마크 종 큰 개)가 사이좋게 길 가장자리를 달리는 걸 보니 마음이 더욱 아팠다. 하지만 시간이 지남에 따라 서서히 즐거운 기분으로 바뀌어, 월터 블라이스와 나란히 앉아 눈에 보이는 것을 모두 이야깃거리로 삼는 공상에 잠겼다.

차츰 오르막이 되는 붉은 길은 아름다웠다. 가문비나무숲, 여기저기에 모습을 나타내는 시냇물, 글렌 세인트 메리 언저리와 마찬가지로 기복이 많은 목장, 접시꽃이며 여러해살이 패랭이꽃이며 전륜화가 흐드러지게 피어 있는 뜰. 그 뜰은 잉글사이드에서 수전이 가꾸는 꽃밭 한모퉁이와 너무나도 똑같았다.

공기는 맑고 반짝거렸다. 눈에 비치는 모든 것에 마음이 끌렸다. 문 앞에 앉아 있는 얼룩고양이, 우물지붕을 샛노랗게 칠하고 있는 노인. 저 문을 열면 다른 세계일지도 모른다.

월터와 함께 거기서 무엇을 찾아낼까.

패트릭은 차츰 상상을 부풀려 갔다.

버스를 타는 것은 생각했던 대로 즐거웠다. 기대는 조금도 빗나가지 않았다. 자기가 없어졌음을 알아차린 멜러니 고모가 얼굴이 새파랗게 질려 찾아다니는 광경을 머릿속으로 그려보고 패트릭은 혼자 웃음 지었다.

바로 그때였다. 뜻하지 않은 게 보인 것이다. 큰길은 언제나 멀리 바라보이던 언덕 꼭대기로 구불구불 이어져 있었는데, 거기에 패트릭이 몹시 그리워하던 그 집이 있었다. 가까이에서 본 것은 이번이 처음이었으나 한눈에 그 집임을 알아차렸다.

두 가닥 길이 합쳐지는 곳에 그 집은 있었다. 패트릭은 벌떡 일어나서 말했다.

"내리겠어요."

운전수는 왠지 걱정이 되었지만 친절하게 버스를 세워주었다. 이상한데…… 좀 남다른 아이로군…… 이 선량한 운전수는 잘 알 수 없었지만, 패트릭에게는 여느 아이와 어딘지 다른 데가 있는 듯 여겨졌다.

버스는 눈 깜짝할 사이에 멀어져 갔지만 패트릭은 돌아갈 때는 어떻게 할까 걱정하지 않았다. 돌아갈 수 없어도 괜찮아. 모두 다 나서서 내가 발견될 때까지 찾으면 되잖아. 패트릭은 조금도 후회하지 않았다. 그리고 나서 주위를 찬찬히 둘러보았다.

그 집 문에는 아무 꾸밈 없는 아치가 둘러지고 '언젠가 농장'이라고 씌어져 있었다. '언젠가'라니, 재미있는 이름이로구나. 흰 널빤지 집은 친밀해 보였으며 어딘지 잉글사이드를 생각나게 했다. 잉글사이드는 벽돌집이고 이쪽은 나무집이라는 차이가 있었지만……

시내에서 바라보았을 때는 꽤 가까이 다가와 보이던 숲이 실제로는 제법 멀리 떨어져 있었으나 그래도 집 둘레에 나무가 많이 있었다. 크게 팔을 벌린 단풍나무며 날씬한 은빛 유령과도 같은 자작나무, 그리고 가문비나무가 가득했다. 그것들이 나무울타리와 나란히 우거져 있는 모습은 글렌 세인트 메리 언저리의 농가와 아주 비슷했다.

재미있는 것은 눈길을 남쪽으로 돌리니 높은 지대에 있다는 느낌이 완전히 없어져버리는 것이었다. 눈에 보이는 밭과 과수원이 느릿한 비탈에 드넓게 펼쳐져 있었다. 그런데 빙글 돌아 북쪽을 향하면 경치가 싹 바뀌어 아득히 멀리 시내와 바다가 환히 내려다보여 이처럼 높은 곳에 있었던가 눈이 휘둥그레지는 것이었다.

패트릭은 이런 풍경을 어딘가에서 본 듯 여겨져 가슴이 벅차 견딜 수 없었다. 나날이 현실이 되어 가는 그 다른 세계 안에서였는지도 모른다. 이 집 이름만 해도 처음 들은 듯싶지 않았다.

젊은 남자 하나가 문에 기대서서 작은 나무못을 깎고 있었다. 그 옆에는 눈이 아름다운 레몬 빛 세터 개*¹가 앉아 있었다. 남자는 여위고 키가 컸으며 눈이 파랗고 더부룩한 금빛도는 붉은 머리칼을 가지고 있었다. 그리고 패트릭이 좋아하는 함박웃음을 짓고 있었다. 그것이야말로 진심 어린 웃음이었다.

"여, 안녕. 오늘은 참 날씨가 좋구나."

굵은 목소리도 믿음직스러웠다. 이 목소리는 전에 들은 적이 있는 것 같았다. 그러나 이 사람과는 처음 만났을 터였다.

패트릭이 대답했다.

"네, 정말로 화창해요."

"좋은 것은 날씨만이 아니라고 말하고 싶은 얼굴이구나. 나도 찬성이다. 이곳 경치도 확실히 멋지지. 여기에 처음 오는 사람들은 모두들 입에 침이 마르도록 칭찬해 준단다. 아무튼 20마일은 내다볼 수 있으니까. 글렌 세인트 메리의 항구까지도 보여. 포 윈즈 항구라고 부르지."

---

*1 잉글랜드 산 하운드屬 사냥개의 한 종류.

패트릭은 손가락으로 가리킨 쪽을 열심히 보았다.

"월터가 살고 있는 곳이에요. 블라이스 씨네 사람들을 알아요?"

"알고말고. 그런데 날씨와 경치야 어떻든, 혹시 무슨 고민거리가 있는 게 아니니?"

패트릭은 모든 일을 다 털어놓고 싶어졌다. 이상한 기분이었다. 이런 기분은 전에 잉글사이드에서 한번 느껴본 적이 있었을 뿐이었다.

"우리 집 개가 오늘 아침 차에 치어 죽어버렸어요. 그래서 오늘은 집에 있고 싶지 않았어요. 멜러니 고모가 내 생일 파티를 해주겠다고 했지만 나는 그런 데 가고 싶지 않았어요."

"그건 네 말이 맞아. 무리지. 한심한 어른들이 할 만한 일이야. 이름이 뭐지? 물어봐도 괜찮을까?"

"나는 패트 블루스터예요."

젊은이는 깜짝 놀라 나무못을 떨어뜨리고 굳어진 동작으로 손을 허우적거리며 가까스로 집어들었다.

"아, 흠…… 저, 나는 버너드 앤드루스야. 그보다도 그냥 바니라고 하는 편이 좋을까? 왜 그러지?"

어째서 바니가 흘끗흘끗 자기를 보는지 의아하게 여기며 패트는 말했다.

"좋은 이름이라고 생각했을 뿐이에요."

이때도 이 사람을 전에 만난 적 있는 듯한 기묘한 기분이 들었다. 그럴 리 없는데 이상했다.

바니의 속마음을 파고드는 듯한 눈길은 곧 사라지고 다시 반짝이는 다정한 눈이 되더니 문을 열고 안으로 들어가게 해줬다.

"샬럿타운을 11시에 떠났다면 배가 고프겠구나. 점심을 함께 좀 먹는 게 어떻겠니?"

패트는 예의 바르게 말했다.

"조금 폐를 끼칠게요."

멜러니 고모가 뜻하지 않은 손님을 맞을 때 얼굴은 아무리 방글거려도 마음속으로 어떻게 생각하는지 패트는 잘 알고 있었다.

"조금도 폐가 되지 않아. 갑작스러운 손님이라고 해서 소란 피우지는 않으니까. 수프는 그냥 물을 부어서 양을 늘릴 거야."

패트는 완전히 유쾌해져서 졸졸 따라갔다. 바니는 다 만들어진 나무못을 찔러넣을 구멍에 끼우고 나서 개를 쓰다듬고 있는 패트를 돌아보았다.

그리고 그는 딱 잘라 말했다.

"점심 식사가 끝날 때까지 그 개를 예뻐해 주지 마. 지그스는 너무 먹을 것만 탐내 고양이의 아침밥도 뺏어 먹어버렸지. 이따금 그런 짓을 해. 고양이에게는 아기고양이가 일곱 마리나 있는데 말이야.

네가 지금 쓰다듬어 주니까 벌써 용서한 것으로 여길 게다. 고양이 밥을 가로채서는 안 된다는 걸 단단히 알게 해줘야 해. 지그스는 예뻐해 주는 걸 아주 좋아하지. 개에 따라서 버릇들이는 방법도 여러 가지야. 스펑크는 어떻게 가르쳤니?"

"버릇 같은 건 가르치지 않았어요."

바니는 고개를 저었다.

"그건 잘못한 일이야. 개에게 버릇을 가르친다는 건 중요한 일이지. 그것도 그 개에게 꼭 맞는 방법으로 해야 해. 하지만 점심 식사 뒤에는 지그스를 얼마든지 귀여워해 줘도 돼."

두 사람은 뜰을 지나 집으로 향했다. 뜰은 좀 황폐한 느낌이었다. 이제 여기서 노는 아이가 없기 때문일 것이다. 그러나 옛날에 많은 아이들이 떠들썩하게 놀았던 느낌이 감돌고 있어 어쩐지 그립고 반가운 분위기가 있었다. 길 가장자리는 제라늄과 조개껍질로 테두리되어 있어 수전 베이커의 뜰과 같았다. 이상하게도 무엇을 보든지 잉글사이드를 떠오르게 했다. 그러면서도 조금도 닮지 않은 것이었다. 첫째로 잉글사이드는 퍽 엄해 보이는 벽돌집인데 여기는 그냥 농가였다.

앞뜰 잔디에는 피튜니아를 가득 심은 낡은 보드가 놓여 있었다. 두 사람은 1백 년이나 전부터 여기에 있어 반들반들하게 닳아빠진 해묵은 징검돌을 따라 걸었다. 옆길을 사이에 둔 맞은편에도 역시 똑같은 집이 또 한 채 있고 뜰에 군데군데 빨강 꽃이 피어 있었다.

집 뒤에서 눈처럼 흰 오리떼가 죽 늘어서서 뒤뚱뒤뚱 걸어나왔다.

패트가 느닷없이 소리쳤다.

"여기 와본 일 있어요! 내가 아주 어렸을 때예요. 이제 생각났어요. 저것과 똑같은 오리가 있었어요."

바니가 차분하게 말했다.

"이상할 것 없어. 우리는 늘 하얀 오리를 기르고 있었으니까. 그리고 오리알을 사러 오는 사람도 많아."

패트는 그 사실을 발견한 일로 정신이 혼란스러워 문 앞에서 고양이가 야옹 인사해도 입을 다물지 못할 정도였다. 옆에 놓인 바구니에는 아기고양이가 가득 들어 있었다. 지그스에게 먹을 것을 빼앗기곤 하는데도 고양이는 토실토실 살쪄 있었다.

바니가 말했다.

"아기고양이를 갖고 싶니? 우리는 고양이를 좋아하지만 여덟 마리는 아무래도 좀 많아. 아무리 '언젠가 농장'이지만 말이야. 잉글사이드의 월터가 한 마리 달라고 예약했지. 수전 베이커는 마음에 들지 않겠지만."

여기에도 이상한 연결이 있다고 여기며 패트는 물었다.

"그럼, 잉글사이드 사람들도 알아요?"

바니는 부엌의 갈색 문을 열며 말했다.

"꼬마들은 잘 알지. 멀더라도 이따금 오리알을 사러 오니까…… 자, 홀리 할머니. 무섭지 않아. 친구가 될 수 있는 좋은 할머니니까."

패트는 무섭지 않았다. 홀리 할머니는 주름이 조글조글한 작고 아

담하며 깔끔한 노인이었다. 패트는 할머니 눈이 참 다정해 보인다고
생각했다.

할머니는 패트를 작은 침실로 데려가더니 손을 깨끗이 씻으라고
했다. 이 침실도 할머니며 집과 마찬가지로 친숙하고 다정한 느낌이
들었다. 바닥에는 실이 드러나보일 만큼 낡았지만 깨끗한 카펫이 깔
리고 파란 구름무늬 물병과 세면대가 있었다.

방에서 뜰로 나가는 문은 열어젖혀 분홍빛 소라고둥껍질로 받쳐두
었다.

아니, 이것과 똑같은 큰 조개껍데기를 어디서 봤었지? 맞았어. 패
트는 생각났다. 수전 베이커의 방이다. 수전은 뱃사람인 삼촌이 서인
도제도에서 가져온 조가비라고 했었지.

밤이 되어 이 평화로워 보이는 홑이불 속에 들어갈 수 있으면 좋겠
다고 패트는 생각했다. 문을 활짝 열어놓고 접시꽃이며 총총히 반짝
이는 별을 보는 거야. 그렇게 하면 잉글사이드 베란다에 만들어둔 침
실과 같잖아. 아, 하지만 틀렸어. 멜러니 고모는 밤이 되기 전에 경찰
에 부탁해서라도 나를 찾아내고 말 테니까.

패트가 손을 깨끗이 씻고 부엌으로 돌아오자 바니가 싱긋 웃으며
물었다.

"너는 지금 식사하겠니? 아니면 좀 기다리겠니?"

"지금 먹겠어요."

패트도 싱긋 마주 웃어주었다. 패트가 애교 있게 싱긋 웃은 건 태
어나서 처음 있는 일이었다. 이제까지는 예절에 맞도록 가르쳐준 대
로 점잖게 억지로 웃은 일밖에 없었다.

결국 수프는 없고 차디찬 햄과 감자를 삶아 기름에 튀긴 것이 듬
뿍 나왔다. 바니는 그릇에 수북이 담아 패트에게 주었다.

"내 어린시절에 비해 남자아이들의 식성이 달라지지 않았으리라 여
긴다만. 수전 베이커가 늘 투덜거리는데, 잉글사이드 남자아이들은

한없이 먹어치운다잖니. 요즘 여자아이들은 그렇지도 않다고 하더라 만……"

그 말을 듣고 패트는 배가 몹시 고픈 것을 깨달았다. 게다가 이처럼 맛있는 것은 먹어본 적이 없다고 생각했다. 식탁에서는 아무도 말을 하지 않았다. 바니는 뭔가 깊은 생각에 잠겨 있었다. 뭔지는 모르지만 좋지 않은 일이 있는 듯하다는 것을 패트는 느꼈다. 하지만 '언젠가 농장'에 살면서 무슨 언짢은 일이 있을까.

개 지그스는 패트 곁에 앉아 아양 떨듯이 이따금 꼬리로 바닥을 탁탁 때렸다. 한번은 포치까지 나가 고양이 머리를 핥아주고 왔다. 지그스의 벌은 아직 끝나지 않았지만 패트는 햄을 한입씩 먹이고 있었다. 바니는 짐짓 모르는 척하고 있었다.

식사 뒤에는 진한 크림을 곁들인 사과 파이가 나왔다. 패트로서는 실로 '생명의 양식'이라 할 만한 것을 먹는 기분이었다.

식사가 끝난 뒤 바니가 물었다.

"오후에는 어떻게 지낼 거니?"

바니는 키가 큰 젊은이인데도 식욕이 그리 없는 듯했다. 홀리 할머니도 조금 께적거렸을 뿐이었다.

패트가 부탁했다.

"여기 있어도 될까요? 부탁이에요."

"아, 좋아. 나는 헛간 뒤 나무울타리를 고칠 테니 도와주겠니?"

패트는 바니가 다만 예의상 그렇게 말해 주었음을 잘 알 수 있었다. 도울 만한 일은 아무 것도 없었다. 그래도 바니 옆에 있고 싶었다. 패트는 바니가 내밀어준 손을 잡았다.

"집에서 걱정하지 않겠니? 누구와 살고 있지—지금은?"

패트는 어제까지의 일들을 이야기했다.

"그렇구나. 그럼, 네가 오늘은 '언젠가 농장'에 있다가 저녁에 돌아간 다고 전화하고 오마. 그게 어떠니?"

패트는 슬픈 얼굴로 말했다.

"그게 좋겠어요."

멜러니 고모네 집 같은 데 돌아가고 싶지는 않았지만 그렇게 할 수밖에 없었다.

패트는 안타까운 목소리로 말했다.

"여기서 살 수 있으면 좋겠어요."

바니는 못 들은 척했다.

"자, 이리 오너라."

그리고 그는 패트의 손을 잡았다.

바니의 손이 살찌지 않아서 좋았다. 블라이스 선생님처럼 차갑고 마른 손이 좋다고 패트는 생각했다. 패트는 바니가 꾸밈없는 그대로의 자기를 좋아해 주는 걸 알 수 있어 몹시 기뻤다. 왠지 패트의 가슴에 그것이 절실하게 전해져 왔다.

바니가 나무울타리를 고치는 동안 패트는 가문비나무 그늘 아래이끼 낀 큰 돌에 걸터앉아 있었다. 바니는 일하면서 이따금 마음이여기에 있지 않은 사람처럼 되곤 했다. 패트는 그것이 이상하게 생각되었다. 이토록 멋진 나무울타리를 고치는데 열중할 수 없는 사람이또 있을까. '뱀 모양의 울타리'라고 부르는 이름을 패트는 몰랐지만, 가로나무를 지그재그로 가로지른 울타리로 여기저기에 온갖 풀이자라 있었다.

멀리 금빛 모래언덕 건너편에 바다가 반짝이고 있었다. 바다까지거리가 아주 멀지만 잉글사이드에서 바라보이는 경치와 아주 비슷했다. 그리고 패트의 추억 속 풍경과 모두 같았다. 기억은 차츰 또렷이되살아났다. 나무들의 우듬지 너머로 엷은 구름이 흐르고 그 둘레에는 향긋한 풀내를 풍기며 햇살이 깃들어 있었다. 패트는 깊은 만족감에 잠겼다. 잉글사이드에서도 이토록 행복한 마음이 될 수 있다고 생각한 일은 없었다.

패트는 언제까지나 여기에 있고 싶었다. 멜러니 고모나 다른 고모·숙모들도 모두 몇백만 년, 몇백만 마일이나 멀리 떨어져 있는 듯 여겨졌다. 하지만 밤이 되면 네모반듯한 멜러니 고모네 집으로 돌아가야만 한다. 틀림없이 너그러이 봐주겠지만……그래도 저녁 때까지는 괜찮아. 너무너무 좋은 '언젠가 농장'에 있어도 되는 것이다.

오후 늦게 홀리 할머니는 빨간 설탕을 듬뿍 얹은 두툼한 버터 빵 한 조각을 가져다주었다. 잉글사이드의 수전 베이커와 아주 똑같은 방식으로 만든 것이다. 패트는 벌써 배가 고픈 것을 알고 적이 놀라며 이 조촐한 간식을 퍽 맛있게 먹었다.

바니가 옆에 와서 앉았다.

패트가 물었다.

"이 농장이 모두 자기 것이라면 어떤 기분이 들까요?"

바니는 씁쓰레하게 대답했다.

"정말로 내 것이라면 대답해 줄 수 있을 텐데. 글쎄, 한마디로 말해서 천국이겠지."

예상도 하지 못한 대답이었으므로 패트는 더 이상 묻지 않았다. 하지만 바니의 것이 아니라면 누구의 농장일까? 잘 설명할 수는 없지만 바니는 절대로 고용인이 아닐 거라고 패트는 확신하고 있었다.

바니야말로 '언젠가 농장'의 주인일 텐데 뭔가 형편나쁜 일이 있는 것일까. 패트는 의아스러웠다.

설탕얹은 빵을 다 먹고 둘이서 뒤뜰로 돌아가려 했을 때 패트는 잡고 있던 바니의 손이 움찔하는 것을 느꼈다.

마침 맞은편 집에서 나온 아가씨가 길을 건너오는 참이었다. 아가씨는 잉글사이드의 릴러 것과 똑같은 파란 스카프로 귀여운 곱슬머리를 감싸고 있었다. 상쾌한 바람을 맞는 얼굴에서 노르스름한 눈이 쾌활하게 반짝이고 있었다.

날씬한 금빛 팔에 금방이라도 날아갈 듯한 경쾌한 걸음걸이였다.

잉글사이드 소녀들도 좀 더 나이든 블라이스 부인도 이런 걸음이었다. 이 사람은 좋은 향기가 나는 제라늄이나 갓 구워낸 빵이나 금빛 모래언덕 같다고 패트는 생각했다. 그 옆을 터키 핑크빛 사라사 원피스를 입은 여자아이가 아장아장 걷고 있었다.

바니가 깜짝 놀란 듯이 말했다.

"오, 바버러 앤과 '인디언 아기'로구나."

어째서 일부러 깜짝 놀란 것일까 패트는 이상하게 생각했다. 분명 두 사람 모습이 멀리서도 보였을 텐데.

바니의 눈길도 달라져 있었다. 그러나 패트도 첫눈에 빨간 옷 입은 여자아이에게 마음이 끌렸다. 패트는 릴러 블라이스가 아주 좋았지만 이처럼 눈길을 빼앗긴 일은 없었다. 릴러는 이 아이처럼 혀를 내밀거나 하지 않았다. 릴러는 교육을 잘 받고 자란 아이다. 그러므로 혀를 내밀거나 하면 수전 베이커가 그야말로 잔뜩 잔소리를 늘어놓을 것이며, 이 일에 관해서는 블라이스 의사도 틀림없이 의견이 같을 것이다.

바버러 앤이 물었다.

"어디 사는 아이죠?"

목소리도 모습과 마찬가지로 밝은데도 패트의 귀에는 어쩐지 슬픈 울림으로 들렸다.

바니가 말했다.

"이 아이는 패트 블루스터요."

바버러 앤과 어린 여자아이는 옆의 나무문으로 들어왔다. 이 문은 늘 쓰여지고 있는 듯했다.

바니는 아무렇지도 않게 말했다.

"패트 블루스터의 일을 들은 적이 있으리라 여기는데……"

그 순간 바버러 앤의 눈에 묘한 빛이 떠올랐다. 이 여자가 내 일을 잘 알고 있는 것일까 생각하니 패트는 기분이 이상했다. 그럴 리 없어. 하지만 오늘은 하루 종일 이상한 느낌이 들었잖은가? 그리고 한 두 번 더 이상해진들 어떻겠는가. 패트는 이것은 모두 꿈속에서 일어난 일이라고 여기기로 했다.

바버러 앤의 쾌활한 눈은—지금은 그리 쾌활해 보이지도 않았지만—패트를 향해 반짝 빛났으며, 얼굴에는 블라이스 부인 같은 맑은 웃음이 떠올랐다. '언젠가 농장'에 있으면 어째서 이처럼 잉글사이드의 일이 하나하나 떠오르는 것일까. 집도 주인도 전혀 닮지 않았는데.

패트는 옛날부터 바버러 앤의 친구였던 듯한 기분이 들었다. 바버러 앤에게 "똑똑하구나" 하는 말을 듣는다면 키스해 줘도 좋다고 생각했다.

"이 아이는 '인디언 아기'야."

믿어지지 않는다. 게다가 혀도 낼름 내밀고. 빨간 옷을 입은 여자아이까지 있다. 이것은 모두 꿈이다. 하지만 얼마나 멋진 꿈인가. 얼마 동안은 눈을 뜨고 싶지 않았다.

'인디언 아기'는 바버러 앤이 흔들며 주의를 주어도 모르는 척하고 또 혀를 내밀었다. 예쁜 입도 혀도 모두 원피스와 마찬가지로 새빨갰다.

그리고 맨발인 발끝으로 빙글빙글 세 번 돌더니 문 옆의 큼직한 잿빛 화강암에 털썩 앉았다. 패트도 나란히 앉고 싶었지만 왠지 부끄러웠다. 그래서 대신 거꾸로 엎어놓은 젖 짜는 양동이에 앉아 흘끗흘끗 곁눈질해 보기로 했다.

바버러 앤과 바니는 이야기하고 있었다. 그러나 서로의 눈을 지그시 들여다보며 마치 입으로 하는 말과는 전혀 다르게 눈으로 말하고 있는 듯 보였다. 어째서 그렇게 생각했는지 패트는 스스로도 잘 알 수 없었다. 꿈나라에서는 뭐든지 할 수 있는 것일까.

두 사람은 나직이 서로 이야기나누고 있었는데, 패트가 들으리라고는 생각조차 못하는 듯했지만 패트의 귀에는 유난히도 잘 들렸다.

바버러 앤이 가볍게 말했다.

"나는 서해안으로 여행을 떠날 거예요."

바니도 역시 가볍게 물었다.

"무슨 일이 있었소?"

"어머나, 아무 일도. 정말 아무 일도 없었어요."

바버러 앤의 목소리를 듣고 패트는 언짢은 일이 있었구나 생각했다. 그리고 공연히 화가 났다.

"그냥 너무 오래 같은 곳에 있으면 싫증이 나요."

'언젠가 농장'에 싫증나는 사람도 있구나 하고 패트는 생각했다.

갑자기 '인디언 아기'가 말했다.

"너 싫어."

그뿐만이 아니었다. '인디언 아기'는 성나서 혀를 내미는 것도 그만 둬 버리고 이번에는 지그스를 건드리기 시작했다.

바니가 말했다.

"'언젠가 농장'은 심심하고 따분해."

바버러 앤은 고양이를 번쩍 안아올려 목을 가르릉 울리게 하며 말을 이었다.

"마음착한 오빠와 올케 그리고 이처럼 귀여운 '인디언 아기'와 살지만 역시 너무너무 단조로운걸요. 그리고 내가 더부살이하는 것 같은 기분이 들어요. '인디언 아기'에게 아기고양이를 한 마리 주겠어요?"

"갖고 싶다면 모두 다 주겠소. 물론 블라이스 씨네에서 먼저 예약한 것은 안 되지만."

"어머나, 그 댁에는 아직도 고양이가 모자라는 걸까요? 틀림없이 수전 베이커가—"

"모두들 오해하고 있지만, 수전이 잉글사이드를 마음대로 휘두르는 건 아니오. 그래, 그럼, 서쪽으로 가기로 했단 말이요?"

이 물음에 바버러 앤이 어떻게 대답하느냐에 따라 두 사람 관계가 달려 있다고 패트는 생각했다. 패트는 '인디언 아기'의 관심을 지그스로부터 돌리려고 했으나 소용없었다.

바니가 아무렇지 않게 물었다.

"오래 있을 거요?"

"글쎄요. 엘러 고모는 겨우내 있어 줬으면 좋겠다고 편지 보내 왔어요."

바버러 앤은 고양이를 살그머니 내려놓고는 돌아가려는 것 같았다.

바니가 말했다.

"그럼, 오래 있을지도 모르겠군요."

바버러 앤이 고개를 끄덕였다.

"네."

"분명히 말해서 가버린 채 돌아오지 않을 수도 있겠죠?"

"글쎄요. 서쪽에서는 여러 가지로 기회도 있을 테고……자, '인디언 아기'야, 이제 돌아가자. 오래 있었잖니."

"싫어, 안 갈래. 여기서 패트와 놀 테야."

바니가 말했다.

"그럼, 잘 가요."

'인디언 아기'의 말에 패트는 하늘에라도 오를 듯이 기뻤지만 바니의 목소리를 듣자 다시 묘한 기분이 들었다. 이 사람은 퍽 무리하고 있어. "그럼, 잘 가요" 아무렇지 않게 말하지만 갑자기 열 살이나 더 나이 먹은 사람처럼 힘없어 보이잖아. 패트 자신도 아침부터 줄곧 묘한 기분에만 사로잡혀 있어 한꺼번에 열 살이나 더 나이먹은 듯 느껴졌다.

"바버러 앤, 즐겁게 지내기를 바라겠소. 만일 내가 내내 여기에 있는다면 당신이 없어서 정말 쓸쓸할 거요. 하지만 실은 나도 다른 곳으로 가려고 생각해요."

말할 수 없는 슬픔이 한꺼번에 패트의 가슴에 덮쳐 왔다. 처음으로 이 꿈에서 깨어나고 싶은 생각이 들었다. 꿈은 이미 조금도 아름답지 않았다.

바버러 앤이 내뱉듯 물었다.

"어머나, 그래요?"

'인디언 아기'는 사람들로부터 무시되었으므로 다시 지그스를 건드리기 시작했다.

"그렇소. 드디어 차압당하게 되었소."

바버러 앤은 다시 말했다.

"저런."

패트는 고양이가 가르랑거리는 소리를 그만뒀으면 좋겠다고 생각했다. 이 심각한 자리에 어울리지 않았다.

"저당이란 그런 거요."

"하지만, 하지만 말예요."

"소용없소. 어쩔 도리가 없소. 어제 퍼시로부터 마지막 통고를 받았으니까."

"어머나."

바버러 앤의 눈은 어둡게 가라앉더니 고인 눈물이 그렁그렁 넘쳐흘렀다. 혼자 있었다면 소리내어 울지 않았을까 패트는 안타까웠다. 꿈속에서는 도무지 알 수 없는 일뿐이었다. '인디언 아기'만 해도 그랬다. 이를테면 마음은 패트에게 혀를 내밀어보이고 장난치고 싶을 텐데 어째서 지그스에게 열중한 척하는 것일까.

바버러 앤이 화내며 말했다.

"어찌된 일이죠? 지독하군요."

어째서 바버러 앤이 화내는지 패트로서는 알 수 없었다.

"증조할아버지대부터 '언젠가 농장'에 살고 있었잖아요. 게다가 당신은 그토록 버티며 지켜왔는데요."

'인디언 아기'가 지그스에게 등을 돌리고 고양이를 안으려 했으므로 패트는 못하게 했다. 그렇게 하면 혀를 내밀까 생각했기 때문이다.

바버러 앤은 차츰 더 흥분하여 빨개진 얼굴로 말했다.

"홀리 할머니 수술에 그토록 돈이 많이 들지 않았더라면 좀 나았을 텐데요."

'인디언 아기'는 맨발인 발가락에서 엉거시를 떼어내려 하고 있었다. 패트는 대신 해주고 싶었다. 저 햇볕에 그을린 먼지투성이인 귀여운 발을 내가 들어올려서……하지만……

"게다가 할머니는 이제 다 나았어요. 이제부터 어떻게든 일어서려는 때에 그 사람은 담보를 빼앗겠다는 거로군요."

빼앗다니 무슨 말이지 패트가 생각하고 있는데 '인디언 아기'는 혼자 엉거시를 다 떼어버리고 바다를 바라보기 시작했다. 이렇게 뭐든지 혼자서 할 줄 아는 아이는 귀엽지 않다고 패트는 생각했다.

바니가 말했다.

"퍼시를 나무랄 생각은 없어요. 이제까지 잘 참고 기다려주었으니까. 2년 동안이나 이자도 안 받았고, 앞으로 이룰 수 있을 만한 희망이 충분히 있다면 문제없겠지만 안 되겠어요. 할 수가 없어요."

바버러 앤은 갑자기 아주 부드러워진 목소리로 물었다.

"그래, 어떻게 할 생각이에요?"

"아, 홀리 할머니와 둘이 굶어죽지는 않아요. 여우를 기르는 업자가 와서 도와달라는 부탁도 있었소. 할머니와 나는 그럭저럭 살아갈 수 있을 거요."

바버러 앤이 흥분하여 물었다.

"당신이 여우를?"

바니는 쏠쏠레한 목소리로 말했다.

"살아가려면 하는 수 없잖소. 솔직히 말해서 우리 속에 갇혀 있는 짐승을 돌보는 일은 그리 마음내키지 않지만……"

패트는 이제 '인디언 아기'든 빨간 혀든 아무래도 좋았다. 빨리 꿈에서 깨어나고 싶었다.

바버러 앤은 숨이 막힐 듯해 목 언저리에 있는 파란 스카프를 느슨하게 했다. 그리고 한층 더 목소리를 낮추었다. 그러나 패트에게는 생생하게 잘 들렸다. 꿈속인걸. 뭐든지 들려. 대체 무슨 말을 하려는 것일까. '인디언 아기'는 이제 거들떠보지도 않았다.

"만일 스티븐 블루스터가 세상을 떠났을 때 당신도 떳떳이 밝히고 나섰더라면 시내에 사는 친척들과 같은 권리가 있었을 텐데요. 아니, 그 이상이에요. 왜냐하면 당신은 그 누구보다 가까운 외삼촌이잖아요. 그렇게 했더라면 빚을 갚을 수 있었을 텐데. 나는 그렇게 하기를 바랐어요. 당신은 이미 내 마음을 알고 있었을 거예요. 좋아요. 남자란 여자 말을 듣지 않으니까요."

무슨 말일까. 꿈이란 정말로 이상하다. '인디언 아기'는 발에서 엉거시를 하나 더 발견했다. 그러나 이때만은 비록 이 아이의 발이 온통 엉거시투성이라 하더라도 상관하고 있을 수 없었다. 바버러 앤은 스티븐 삼촌에 대해 뭔가를 알고 있는 것일까. 대체 바니와는 어떤 관계일까.

"자격이 없소, 바버러 앤. 이처럼 뒤떨어진 시대에 낡아빠진 농가잖소—"

'언젠가 농장'을 말하는 것일까. 설마 패트는 생각했다.

"학교만 해도 이곳 시골 학교며—"

잉글사이드 아이들이 다니는 학교도 시골 학교잖은가.

패트는 머릿속이 어질어질해졌다.

"그리고 돌봐줄 사람이라고는 홀리 할머니밖에 없잖소. 그렇게 되면 저 아이는 다른 아이들과 공평하다고 할 수 없어요."

바버러 앤이 딱 잘라 말했다.

"당신의 생각은 미칠 수 없을 만큼 공평해요. 남자란 어쩌면 그토록 모르는지 알 수 없군요.”

그 말이 맞다는 듯이 ‘인디언 아기’가 돌아보았다.

“게다가 내 자존심이—”

“그래요, 그렇고말고요. 당신의 자존심이 문제지요.”

바버러 앤의 말투가 너무나도 격렬했으므로 ‘인디언 아기’는 벌떡 일어났고 지그스는 다른 집 개라도 왔는가 하여 두리번거렸다.

“당신의 자존심 이야기라면 이제 됐어요. 잘 알고 있어요. 자존심을 위해서라면 뭐든지—누구든지 희생시킬 테죠.”

바니에게 그런 말을 하지 말았으면 좋겠다고 패트는 생각했다. 하지만 어떻게 하면 그만둬 줄까. ‘인디언 아기’가 두 번 다시 혀를 내밀어주지 않아도 좋으니 스티븐 삼촌이 어떻게 관계되어 있는지를 들어둬야만 한다. 엉거시에 정신을 빼앗긴 ‘인디언 아기’는 혀를 내밀 듯싶지도 않았다. 하고 싶은 대로 내버려두자.

바니가 말했다.

“그렇지는 않아요. 하지만 나는 하찮은 벌레는 아니오. 패트의 아버지와 나의 누님이 결혼했을 때 그 집안사람들은 누님을 마치 신기한 벌레나 되는 것처럼 내려다 보았소. 당신도 알고 있을 텐데.”

바버러 앤은 몹시 화를 냈다.

“블루스터 집안사람들이 대체 뭐예요? 어떻게 해서 이룩되었는지 모르는 사람은 없어요. 자랑할 만한 일이 아무 것도 없는 집안이에요. 게다가 아직 2대째잖아요? 앤드루스 집안은 6대나 이어지고 있는데요.”

바니는 고집스럽게 말했다.

“아무튼 머리를 숙이면서까지 갈 생각은 없었소. 어쨌든 그들은 저 아이를 내게 내주지 않을 테니까.”

“애트킨스 변호사가 당신에게 통지해 주지 않았나요?”

“아니, 해주었소.”

"그럼, 만일 저 아이가 오고 싶어하면 막을 수는 없을 텐데요. 애트킨스 씨는 공평한 분이에요. 게다가 스티븐 블루스터의 유언이라면 누구나 다 알고 있어요."

바니는 분한 듯이 말했다.

"그건 나를 싫어하리라는 걸 알기 때문이었소. 내가 후견인 권리를 주장한다 해도 저 아이는 우습게 여기며 비웃어버리리라 생각한 거요. 무리도 아니오. 오클랜드 저택에서 자란 아이가 여기를 선택할 것 같아요?"

바니는 말하면서 비스듬히 기울어진 대문이며 페인트가 형편없이 벗겨진 널빤지벽이며 가운데 뜰에 있는 오래된 추수기 등을 가리켜 보였다. 하지만 패트에게는 바니가 봄을 부르는 자줏빛 피튜니아가 가득 심겨진 작은 배나 귀여운 지그스 그리고 뜰로 나갈 수 있는 폭신폭신한 침실이며 푸르디 푸른 목장이 눈에 들어왔다. 아직 본 적은 없지만 친구들이 자기를 '패트'라고 다정하게 불러주고 '인디언 아기'가 마음껏 혀를 내밀며 괜찮은 학교를 가리켜보이는 것처럼 보였다. 혀에 대해서는 '인디언 아기'가 한 번 더 그렇게 하고 싶은 생각이 있다면 말이지만……

패트는 비틀비틀 일어서서 바니에게로 걸어갔다. 말할 수 있을지 걱정스러웠지만 반드시 해야만 할 이야기가 있었다. 이 말을 할 수 있는 사람은 자기밖에 없으며 무슨 일이 있더라도 반드시 해야만 했다. '인디언 아기'는 엉거시로부터 눈길을 들어 호기심 어린 얼굴로 패트의 뒷모습을 바라보았다. 지그스는 좋은 일이 일어날 것을 알고 있다며 대신 말하고 싶기라도 한 듯 꼬리를 흔들기 시작했다.

패트는 잿빛 눈으로 바니의 어두운 눈을 지그시 올려다보며 물었다.

"내 외삼촌이시죠?"

바니의 눈은 고통에 차 있었다. 달콤한 웃음 뒤에 이런 괴로움이 감춰져 있음을 어째서 알아차리지 못했는지 패트는 알 수 없었다.

바니는 소스라치게 놀랐다. 이 아이가 들었단 말인가. 바버러 앤도 깜짝 놀란 표정이었다. '인디언 아기'도 눈을 동그랗게 떴다. 그러나 이 것은 터무니없이 큰 엉거시를 발견했기 때문이었다. 지그스는 떨어져 나갈 듯이 꼬리를 흔들고 있었다. 고양이는 아까보다 배나 가르랑거렸다. 오리도 한꺼번에 울어댔다.

바니는 천천히 대답했다.

"그래. 나는 네 어머니의 막내동생이야. 네 아버지와 어머니가 결혼했을 때 나는 조그만 아이였었지. 여기는 네 어머니의 친정집이야."

"나…… 나는 여기에 와본 것 같았어요. 어째서인지는 몰랐지만요."

바버러 앤이 말했다.

"마음으로 느낀 거예요, 틀림없이. 이치니 뭐니 따질 것 없이 마음으로 느껴지는 일이 곧잘 있어요. 네 어머니가 나를 학교에 데려다 주곤 했었단다. 물론 나보다 훨씬 나이가 많았고 아주 훌륭한 분이었지."

바니가 말했다.

"너를 만나고 싶었다, 패트. 네가 5살 때 한번 얼굴을 봤을 뿐이었으니까. 그때는 스티븐 블루스터가 집에 없었을 때니 누님이 너를 여기에 데려와 주었었지."

패트가 외쳤다.

"기억나요. 전에 온 적이 있다는 걸 나는 알았는걸요."

"하지만 네 아버지 친척들은 그 뒤로 한 번도 여기에 보내주지 않았어. 그 뒤 누님이 돌아가시고—그래도 소용없었지. 네가 잉글사이드에 놀러와 머물고 있다는 말을 들었을 때 쏜살같이 달려갔지만 하루 차이로 만나지 못했었다. 넌 이미 집으로 돌아간 뒤였어."

패트가 물었다.

"집이라고요?"

'인디언 아기'도 흉내내어 말했다.

"집 말이야!"

흉내내는 것이 재미있고, 패트가 화나서 자기를 보아줄지도 모른다고 여겼기 때문이다.

패트는 이야기를 제자리로 돌렸다. 가장 중요한 일은 오직 한 가지뿐이다.

"제 외삼촌이잖아요. 함께 살아줘요. 외삼촌이라면 돈이 탐나서 나를 맡겠다는 생각 같은 건 하지 않겠지요?"

바니는 진심으로 말했다.

"아, 한푼 없는 빈털터리라도 기꺼이 너와 살고 싶어."

"저, 나이기 때문이지요?"

"그렇고말고. 하지만 패트, 모두 털어놓고 사실대로 말하지만 돈이 생긴다는 건 지금 내 형편으로는 말할 수 없이 도움되는 일이야."

패트는 빈틈없이 물었다.

"'언젠가 농장' 때문에요?"

"그래. 어떻게 알았지?"

"어떻게 알았을까요? 왠지 모르게 알게 되었어요. 그리고 내가 나쁠 때는 야단쳐 주겠지요?"

바니는 흘끗 바버러 앤을 보며 말했다.

"누군가가 좋다고 말한다면 그러지."

바버러 앤은 발그레한 얼굴로 고개를 수그리고 지그스를 열심히 쓰다듬고 있었다. '인디언 아기'는 여전히 엉거시와 씨름하고 있었다.

패트는 바니가 여우 같은 여자에게 홀린 것 같았다. 자기를 야단치든 말든 하는 것을 대체 누가 허락한다는 말인가?

홀리 할머니일 리는 없다. 하지만 중요한 일이 아직 결정되지 않았다.

패트는 딱 잘라 말했다.

"나는 무조건 외삼촌과 살겠어요. 그렇게 할 수 있어요. 누구와 함께 살 것인지는 내가 결정해도 되니까요."

"여기서 행복해질 것 같니, 패트?"

"행복해지겠느냐고요?"

패트는 집을 바라보고 바버러 앤과 '인디언 아기'를 마주 보았다. 그 순간 '인디언 아기'는 수줍게 딸기 같은 혀를 낼름 내밀며 엉거시 일은 잊어버린 듯했다.

패트는 열심히 말했다.

"아, 바니 외삼촌, 바니 외삼촌, 말해주세요."

"어떻게 생각해요, 바버러 앤?"

"나는 상관없는 일이에요."

그렇지, 이 사람에게는 상관없는 일이라고 패트는 생각했다. 어째서 바니는 저토록 느닷없이 웃음을 터뜨리는 것일까. 젊고 희망에 찬 진짜 호탕한 웃음이었다. 이런 시원한 웃음은 처음 들었다.

바버러 앤의 볼이 새빨갛구나. 멀리 가버린다니 안타까워. 그러나 '인디언 아기'는 여기 있겠지. 하지만 바니는 어째서 내가 묻는 말에 대답해 주지 않는 것일까. 패트에게 중요한 것은 이 일뿐이며 그 밖의 일은 결국 아무래도 좋았다.

마침내 바니가 말했다.

"기적이란 정말 일어나는 것이로군. 좋아, 우리 사이좋게 잘해보자, 패트. 엄청난 소동이 일어나겠지만."

"어째서요? 소동 따위는 일어나지 않을 거예요. 모두 귀찮은 나를 치워버려 시원할 거예요. 아무도 나를 좋아하지 않는걸요."

"그렇지도 않단다. 좋아하는 것은—아니, 그런 건 생각하지 말기로 하자. 아무래도 우리는 비슷한 사람 같구나. '언젠가 농장'은 이제 언제나 네 집이야."

패트는 양동이 위에 주저앉았다. 도저히 서 있을 수가 없었다. 바니가 말하는 소동이 무엇인지 잘 알 수 없었지만 바니가 반드시 이기리라고 생각했다. 그런데 바버러 앤은 어찌된 일일까? 울고 있다니 설마……

'인디언 아기'가 또 혀를 내밀어 패트는 마음이 놓였다. 그 덕분에 현실 속에 있는 듯했다. 설마 여기서 잠이 깨어—

패트는 걱정스럽게 물었다.

"꿈이 아니겠지요?"

"꿈이 아니야. 나도 꿈이라고밖에는 여겨지지 않지만 모든 것이 다 사실이야. 바버러 앤, 당신 말이 옳았소. 나는 좀 더 빨리 나를 밝히고 정정당당히 나섰어야만 했소."

바버러 앤이 배시시 웃으며 놀렸다.

"역시 기적이란 일어나는군요. 남자가 자기가 잘못했음을 인정하다니."

"고맙습니다, 바니 외삼촌. 나를 맡아주셔서 아주 기뻐요—"

"나도 기쁘단다."

바니는 또 큰 소리로 웃었고 바버러 앤은 울다가 웃다가 하였다. '인디언 아기'도 샐쭉 웃었다. 대체 이 아이의 진짜 이름은 뭘까? 되도록 빨리 알아내야만 한다. '인디언 아기' 따위로 부르면 화낼 테니까. 바버러 앤은 뭐라고 불러야 할까? 그렇지, 이 사람은 걱정하지 않아도 돼. 이제 곧 멀리 가버리니까. 그래서 우는 것일까 패트는 생각했다.

패트는 예의 바르게 용기내어 말했다.

"저…… 저…… 아줌마 서쪽으로 가지 않으면 좋겠어요."

진심으로 그렇게 생각하고 있었다.

"정말 그렇구나."

바니는 또 웃었다. 저도 모르게 덩달아서 따라 웃고 싶은 웃음이었다. 이렇게 웃으면 스티븐 삼촌이나 미스 신시어 애덤스라도 함께 웃어버리고 잊으리라 패트는 생각했다.

그렇게 된다면 이 날은 가장 큰 기적일 것이다. 마치 생일날 멋진 선물을 받은 기분이었다.

바니가 웃으며 말했다.

"괜찮아. 바버러 앤은 서쪽으로 가지 않아."

"그럼, 어디로 가요?"

"아, 그게 문제로구나. 어디로 갈 생각이요, 바버러 앤?"

바버러 앤의 볼은 순식간에 빨간 장미처럼 아름답게 물들었다.

"나는…… 길을 건너 맞은편으로 갈까요?……어떻게 생각해요, 바니?"

"최고요. 무엇보다 내게 도움말을 물어봐준 것이 특히 말이요."

바버러 앤이 새침해서 말했다.

"이번만이에요."

바니도 바버러 앤도 사실은 단둘이 있고 싶어 나와 '인디언 아기'가 어디로든 가주었으면 좋겠다고 여기는 게 아닐까 패트는 생각했다. 하지만 이상하게도 화나지 않았다.

그러나 무슨 일이 있더라도 짚고 넘어가야만 할 일이 있었다. 그것을 알게 되면 '인디언 아기'와 함께 저 아기고양이를 보러 가리라.

패트는 끈질기게 물었다.

"저, 바버러 앤은 어디로 가요? 길 건너 맞은편에는 '언젠가 농장'밖에 없어요."

바니도 바버러 앤도 배를 잡고 웃었다.

"바버러 앤을 우리 집으로 오게 해서 함께 살기로 하겠다. 괜찮겠지?"

패트는 좋아서 폴짝 뛰다가 다시 점잖게 대답했다.

"네, 좋아요. '인디언 아기'도 오나요?"

"아니, 아버지와 어머니가 보내주지 않을 게다. 하지만 자주 만날 수 있어. 너무 보게 되어 난처할 정도지."

패트가 말했다.

"에이, 바보 같군요."

태어나서 한 번도 해본 적 없는 말이었다. 하지만 '언젠가 농장'에서라면 해도 좋았다.

그러자 '인디언 아기'가 말했다.

"아기고양이를 보러 가. 월터 블라이스가 가장 예쁜 걸 가져가지만 엄마가 나도 한 마리 기르게 해준대. 나는 월터 블라이스가 싫어. 너는 좋니?"

"어째서 싫지?"

패트는 진심으로 월터가 아주 좋았다.

"왜냐하면 내가 혀를 낼름 내밀어도 모르는 척하니까."

아이들은 서로 지그시 바라보고 있는 바니와 바버러 앤을 남겨두고 아기고양이를 보러 갔다. 두 아이가 돌아보니 연인들은 아직도 서로 마주보고 있었다.

바버러 앤이 말했다.

"블루스터 집안사람들을 상대로 열심히 싸워야겠군요."

바니는 가슴을 펴며 말했다.

"이렇게 되면 온 세상을 상대하더라도 반드시 이겨 보이겠소."

Lucy Maud Montgomery
ANNE OF GREEN GABLES
《ANNE》의 에피소드

프린스 에드워드 섬을 떠나서

앤은 넋을 잃고 주위를 두리번거리며 입가에 미소를 띠고 있다. 또 상상의 세계에 빠져 있는 것이다. 앤과 만나면 꽃이 만발한 벚꽃나무는 요정의 여왕으로, 하얀 자두나무꽃은 곧 순결한 신부의 베일로 변해 버린다.

앤은 아름다움을 사랑한다. 자유로운 상상의 힘으로 보다 멋지게, 혹 그렇지 않은 평범한 현실에는 보다 환상적인 색채를 더한다.

10권 가운데서 3권째가 좀 특이한 것은, 이 권만 프린스 에드워드 섬이 아닌 킹스포트가 무대로 되어 있다는 점이다.

이 책에 나오는 도시 킹스포트는 앤의 다른 이야기에 나오는 장소와 마찬가지로 그 모델이 실재한다. 노바스코샤 주의 주도 핼리팩스가 바로 그곳이다.

프린스 에드워드 섬은 대서양 세인트 로렌스 만에 떠 있는 작은 섬이다. 작지만 하나의 주를 이루고 있는 이 섬은, 역시 대서양으로 두 주 노바스코샤와 뉴브런즈윅을 한데 묶어 대서양 연안주(Maritime Provinces)라고 부른다. 그런 만큼 이들 세 주는 여러 면에서 깊은 관계를 맺고 있다.

앤 시리즈에는 프린스 에드워드 섬과 더불어 때때로 이 두 주의 이름이 나오고 있다. 해리슨은 뉴브런즈윅에서 왔고, 필 고든은 노바스코샤 부호의 딸이다. 게다가 앤 자신도 필 고든 출신지인 노바스코샤의 볼링브로크 출신이다.

이 세 주 가운데 가장 큰 도시는 대서양 연안주 경제·문화 중심지인 핼리팩스이다. 몽고메리는 《앤》 이야기에서 이 '핼리팩스'라는 실제 이름 대신 '킹스포트'라는 이름을 등장시켰다.

핼리팩스는 아름다운 도시이다. 하지만 그곳은 프린스 에드워드 섬의 자연 그대로인 아름다움과 다르다. 그곳은 1749년에 영국의 요새로서 개척된 도시이므로 인공적인 아름다움을 갖고 있다. 또한 여기저기 옛 건조물이며 공원이 있어 영국다운 차분함을 지니고 있다.

나무들도 많고 대서양으로 깊이 패여진 좋은 항구이기에 맑은 날에는 크고 작은 여러 척의 배들이 오가는 모습이 눈을 즐겁게 한다. 잿빛 구름이 덮인 날에는 바다 쪽에서 피어 오르는 안개가 이 도시를 꿈의 세계로 만든다. 밤이 되면 등대 불빛이 반짝이는 등 북쪽 항구거리의 풍경과 정서로 충만되어 있다. 즉 핼리팩스 거리는 언제까지나 몽고메리가 이 책에서 묘사한 모습 그대로 대서양을 향해 있다.

도시뿐만 아니라 도시 속 대부분이 이름을 바꾸어 작품 가운데 등장한다. 앤이 로이 가드너와 만나 프로포즈를 받는 공원은 이 거리 교외의 곶 끄트머리에 있다. 바로 플레즌트곶 공원이다.

앤이 때때로 다닌 올드 세인트 존 묘지는 세인트 폴 성당의 묘지이다. 이 묘지는 앤이 말했듯 무척 오래된 것으로 이 도시가 시작된 해에 만들어졌다. 입구에는 크림 전쟁에서 전사한 노바스코샤 출신 두 병사의 기념비가 세워져 있고, 그 위에 사자상이 당당하게 올라타 있다.

앤이 공원에서 바라본 윌리엄스 섬은 조지 섬으로 지금도 바다에 떠 있다. 앤이 로맨틱한 이야기에서 나온 것 같다고 말했던 전망대가 서 있는 성채도 거리 한복판에 옛 모습 그대로 서 있다.

댈하우지 대학은 앤과 길버트가 동경했던 레드먼드 대학의 모델로, 1818년 창립되었다. 캠퍼스는 스코틀랜드의 에든버러 대학을 본따 지은 것으로 신사의 나라 영국적인 중후함으로 가득 차 있다. 여러 학

'도깨비숲'에서 발견한 사과나무 앤과 길버트가 야생 사과나무를 발견하고 외쳤다. "사과나무 야, 이런 깊숙한 곳에."

부 가운데 법학부와 의학부는 그 수준이 높기로 널리 알려져 있다. 그 의학부를 나온 길버트는 나중에 실력 있는 의사가 되어, '길버트 선생을 만나면 죽은 사람도 다시 살아난다'는 소문까지 나게 된다.

몽고메리 자신은 샬럿타운의 프린스 오브 웨일스 칼리지를 나와 1년 동안 교편을 잡은 뒤, 댈하우지 대학에서 1년간 영문학을 공부했다. 지금 댈하우지 대학은 학생수 9천 명인 큰 대학이지만 몽고메리가 배울 무렵(1895~96)의 학생수는 300명쯤이었다고 한다.

그런데 몽고메리는 일기 속에서 왠지 이 아름다운 핼리팩스 거리를 그다지 좋아하지 않는다고 말하고 있으며, 공원과 올드 세인트 폴 성당 묘지만은 다르다고 했다. 그래서 작품 속에서도 이 두 장소에 중요한 역할을 부여했다.

모드의 〈스크랩북스〉 '핼리팩스의 하루'

몽고메리는 일기에 킹스
포트는 핼리팩스이지만, 킹
스포트에서 앤의 나날은 자
기가 겪은 것을 소재로 삼
아 쓴 것이 아니라고도 말
했다. 몽고메리가 댈하우지
대학에서 공부한 1년 동안
앤과 같은 화려한 로맨스의
향기는 없었으며, 시골 아가
씨가 필사적으로 공부해서
좋은 성적을 얻기 위한 날
들로 채워졌을 것 같다.

시골 아가씨 몽고메리가
캐번디시에서 핼리팩스로(이
야기 속에서는 애번리에서 킹스

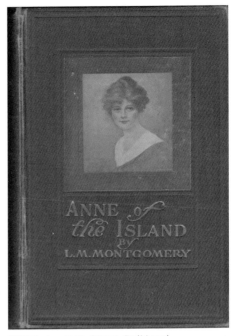

《첫사랑 *Anne of the Island*》(1915) 초판본 표지

포트로) 간 것은 그 무렵으로서는 대단한 일이었다. 이 책에서도 앤은
아침 일찍 기차로 애번리를 떠나 샬럿타운으로 갔다. 그녀는 거기서
배를 타고(오늘날의 자동차를 싣는 카 페리) 다시 기차로 갈아 탄 뒤 밤이
되어서야 킹스포트에 닿았다.

일기를 보면 몽고메리도 샬럿타운에 묵은 다음 아침 일찍 배로 해
협을 건너고, 거기서 기차로 170*km* 떨어진 핼리팩스에 그날 밤 7시 30
분쯤 도착했다고 한다. 그처럼 모두가 먼 곳에 있는 대서양 연안주의
문화 중심지 핼리팩스를 동경한 뜻을 짐작할 수 있다.

빨강머리, 주근깨투성이, 눈과 입이 큰 말라깽이, 미인이라고는 할
수 없지만 앤은 어딘가 사람을 끄는 데가 있다. 영리해 보이는 이마,
오똑한 코와 좁은 턱, 그러나 무엇보다도 앤의 매력은 잿빛 눈이다.
녹색이 섞인 회색 눈동자는 풍부한 감정을 나타내는 거울이다. 아름

해변의 붉은모래사장

다운 것을 만나면 기쁨에 번뜩이고 자존심이 상하게 되면 노여움의 불꽃이 타오르는 것이다. 그리고 로맨틱한 상상에 빠질 땐 넋을 잃다가 위안을 받아 다시 밝아진다.

어려서 부모를 잃은 앤은 가난하고 사랑이 부족한 환경에서 자랐다. 그러나 언제나 순수함과 명랑함을 잃지 않고 풍부한 상상력으로 외로움을 견뎌내고 있었다.

꿈꾸던 가정을 얻은 앤은 머릴러와 매슈를 열렬히 사랑한다. 샘처럼 솟아오르는 앤의 수다는 다른 사람을 생기 넘치게 한다. 앤의 수다는 공상과 현실 사이를 가볍게 오가며 머물 줄을 모른다. 처음부터 매슈를 자기편으로 만들어 머릴러를 어이없게 하고, 지나치게 떠든다고 꾸짖어도 가라앉지 않는다. 어쨌든 앤의 수다는 애정 표현인 것이다. 정서가 풍부한 앤은 언제부턴가 그린게이블즈에 없어서는 안될 존재가 된다.

위 : 핼리팩스 중심부에 있는 퍼블릭가든 공원 입구
시타델파크와 인접해 있다. 아름다운 화단과 나무가 어우러져 시민들의 휴식공간으로 유명
하다. 댈하우지 대학은 여기서 1km 떨어져 있다.

아래 : 세인트 폴 성당 묘지 입구
작품 속 '올드 세인트 존 묘지'의 무대이다. 입구에는 크림 전쟁에서 전사한 노바스코샤 병사
의 기념비가 있다.

댈하우지 대학 작품 속의 앤과 길버트가 동경했던 레드먼드 대학의 모델. 모드는 이 대학에서 영문학을 전공했다.

　열여덟 살이 된 앤, 기쁨이나 슬픔을 남들보다 더 강하게 받아들이는 점에서는 변함이 없지만, 그 표현방법은 훨씬 어른스러워졌다. 어른이 되려면 그만한 고통을 겪지 않으면 안 되지만, 그런대로 앤은 무사히 그 고난을 감내하여 사랑의 왕국으로 들어간다. 앤과 길버트에게 앞으로 어떤 인생이 기다리고 있을까?

김유경

숙명여자대학교 미술대학 서양화 전공(부전공 영문학) 졸업
창작미협전 「정월」 특선 목우회전 「주왕산」 입상
지은책 「조선 열두달 이야기」 옮긴책 「잉걸스·초원의 집」
「몽고메리·앤스북스」 10권

Lucy Maud Montgomery
ANNE OF GREEN GABLES

ANNE

3
첫사랑

루시 모드 몽고메리/김유경 옮김
1판 1쇄 발행/2002. 1. 1
2판 1쇄 발행/2004. 6. 1
3판 1쇄 발행/2014. 5. 5
3판 5쇄 발행/2023. 5. 1
발행인 고윤주
발행처 동서문화사
창업 1956. 12. 12. 등록 16−3799
서울 중구 마른내로 144(쌍림동)
☎ 546−0331~2 (FAX) 545−0331
www.dongsuhbook.com

*

본 저작물의 한국어 번역 편집 그림 장정 꾸밈 출판권은 동서문화사가 소유합니다.
의장권 제호권 편집권 특허권 저작권법에 의하여 보호를 받는 저작물이므로
무단전재와 무단복제를 금합니다.

*

사업자등록번호 211−87−75330
ISBN 978−89−497−0847−8 04840
ISBN 978−89−497−0844−7(전10권)

한국독서대상수상

올컬러 ANNE 총10권

그린 게이블즈 빨강머리 앤 | 루시 모드 몽고메리 | 김유경 옮김 | 동서문화사

1 만남 큰 눈에 주근깨투성이 빨강머리 앤이 꿈에 그리던 따뜻한 보금자리 그린게이블즈에서 지내는 소녀시절. 아름다운 마을에서 펼쳐지는 우정, 갈등, 행복, 사랑 이야기.

2 처녀시절 초등학교 신임교사로서 바쁜 나날을 보내는 열여섯 살 앤의 가을부터 이야기는 시작된다. 소녀에서 한 여성으로 성장해가는 앤의 정겨운 나날이 펼쳐진다.

3 첫사랑 앤의 즐거운 학창시절. 하지만 괴로움으로 마음이 요동치는 밤도 있었다. 꿈에 그리던 대학에서 공부하며 진정한 사랑에 눈떠가는 과정이 아름답게 펼쳐진다.

4 약속 서머사이드 중학교의 교장으로 부임한 앤을 맞이하는 사람들의 적의 시선. 타고난 유머와 인내로 곤경을 헤쳐 나가는 젊은 여성의 개성 넘치는 모습을 그리고 있다.

5 웨딩드레스 앤과 길버트는 해변 '꿈의 집'에서 달콤한 신혼생활을 보낸다. 특별한 이웃에 둘러싸여 행복하게 살아가는 둘에게 드디어 귀여운 아이도 태어나는데……

6 행복한 나날 의사인 남편 길버트를 도와 여섯 아이를 기르게 되고 친구를 맞으면서 바쁜 나날을 보내는 앤. 삶을 사랑하며 행복하게 살아가는 것은 더없이 멋진 일이다.

7 무지개 골짜기 '무지개 골짜기'에서 황홀한 나날, 순수한 꿈과 바람은 어른들에게 천사의 목소리로 울려온다. 자연과 인간 마음을 아름답게 그려낸 주옥같은 스토리.

8 아들들 딸들 세계대전이 일어나 아들과 딸의 연인들이 잇따라 출정을 하게 된다. 전쟁에서 사랑하는 사람을 잃은 슬픔을 견뎌내는 어머니 앤과 막내 릴러의 의연한 모습.

9 달이가고 해가가고 15년 만에 이루어진 사랑, 말 못하는 소녀를 구원하는 젊은 교사의 헌신적 애정 등, 앤 주위 사람들이 만들어가는 마음 따뜻한 주옥같은 이야기들.

10 언제까지나 신시어 숙모의 고양이는 어디로? 샬럿의 옛 애인은 누구? 언뜻 평온하면서도 뜻 깊은 애번리 여러 사건들, 그리고 감동적인 크리스마스 이야기가 펼쳐진다.